La Voleuse des Toits

Laure Dargelos

La Voleuse des Toits

Couverture et illustrations : Céline Perrier

© Laure Dargelos, 2019
Tous droits réservés

Toute reproduction, traduction, transmission, copie ou représentation totale ou partielle de cet ouvrage par quelque procédé que ce soit, sans autorisation expresse de l'auteur, est interdite et constituerait une contrefaçon sanctionnée par les articles L.335-2 et suivants du Code de la propriété intellectuelle.

Et si le temps n'était qu'une illusion ?

Lois du 3 juillet 1798

Suite à la décision des autorités compétentes et après consultation du Conseil entrent en vigueur les "règles écarlates", lesquelles disposent que :

Règle n° 1 : L'art est prohibé.
Règle n° 2 : Les livres sont prohibés.
Règle n° 3 : La musique est prohibée.

Par autorisation expresse du gouvernement, les règles n°s 2 et 3 tolèrent un nombre limité d'exceptions, mais qui ne s'appliquent que dans un cadre restreint et déterminé par la loi. Quiconque osera violer les règles écarlates sera considéré comme un traître à l'unité nationale et sera passible de la peine de mort.

Seräen, 1798
Oscarius Adhémar, secrétaire général

≡ Livre I ≡
Les Fiançailles écarlates

Imaginez, dans un royaume au-delà de nos frontières, une dictature et des remparts qui séparent les hommes. Comme personnage central, choisissez une jeune aristocrate en quête de liberté. Ajoutez-y un groupe de rebelles, un courtier à l'honnêteté douteuse, un vieil aveugle au savoir infini, un petit garçon muet et un couturier amoureux. Pour complexifier l'intrigue, faites miroiter le pouvoir à un être machiavélique et laissez-le agir à sa guise. Et enfin, n'oubliez pas une mystérieuse toile pour conduire vos héros bien plus loin qu'ils ne le pensent…

Chapitre 1
Plume

Une silhouette se laissa glisser le long du mur, telle une ombre mouvante parmi les ténèbres de la nuit. Ses pas couraient sur les pavés, à peine plus audibles qu'un souffle. Les sens en alerte, l'inconnu se dissimula dans le renfoncement d'une porte et tendit l'oreille. Il régnait un silence oppressant, presque une menace… Nul ne pouvait échapper à la milice. Quelque part dans la capitale, des pantins en uniforme gris arpentaient les ruelles, leurs bottes cirées frappant le sol en un rythme incessant. Violer le couvre-feu était passible de mort et pourtant, une poignée d'audacieux n'hésitait pas à défier le régime.

Avec précaution, l'être au manteau noir se risqua hors de sa cachette et escalada la devanture d'une maison de couture. Ses mains trouvaient naturellement leurs prises, usant du moindre rebord et des anfractuosités de la pierre pour se hisser jusqu'au toit. Sur la pancarte soigneusement astiquée, ses chaussures laissèrent l'empreinte d'une semelle sale, mais être suspecté de vandalisme n'était peut-être que la dernière accusation d'une très longue liste.

Reprenant son souffle, la silhouette rejeta en arrière son capuchon. Ses cheveux courts tombaient sur son front en des mèches rebelles. La moitié de son visage disparaissait sous un masque où, à travers deux fentes, des yeux bleu azur contemplaient l'immensité du ciel. En l'examinant de plus près, un détail aurait frappé un observateur extérieur : l'étonnant contraste entre la douceur de ses traits et son apparence masculine. Sous ces vêtements d'homme se dissimulait en réalité une jeune fille à peine sortie de l'adolescence.

— Désolée, Frédérion, murmura Plume, mais votre boutique était la plus facile à escalader.

C'était l'envie de vivre sans contraintes qui lui avait inspiré son surnom. Elle se remémorait souvent ce soir d'hiver où, blottie contre sa fenêtre, elle avait aperçu une plume minuscule virevolter dans le vent. Elle paraissait si légère, flottant dans les airs comme si elle ne voulait jamais redescendre. Plume savait que ces folles excursions ne dureraient pas éternellement. La milice avait ses espions aux quatre coins de la ville. Chaque nuit où elle regagnait la sécurité de sa chambre ne faisait que reculer l'inéluctable. Quotidiennement, des hommes et des femmes étaient traînés de force dans les prisons du palais. Tôt ou tard, elle finirait par les rejoindre, eux, les oubliés de la société, à moins que cela ne soit une exécution pure et simple. Dans les ruelles, il n'était pas rare d'apercevoir des taches rougeâtres ; du sang qui, même des semaines plus tard, continuait de marquer le sol par son souvenir.

Plus que des règles sur lesquelles reposait la société, c'étaient surtout des interdits. Une censure stricte s'imposait à toute forme d'expression : seule une cinquantaine d'ouvrages à la gloire du régime subsistait, et la musique se résumait à quelques airs destinés à animer les fêtes nationales. Quant à l'art, il avait été totalement prohibé. Durant les grands rassemblements, des flammes gigantesques dévoraient les derniers témoins d'un monde révolu où la culture ne se limitait pas à des dogmes. L'existence avait perdu de sa spontanéité, enfermée dans un carcan d'obligations. Les délations étaient fréquentes et chaque mois apportait son lot d'exécutions et de misère. Les artistes, musiciens et écrivains étaient pourchassés sans la moindre pitié et leurs œuvres systématiquement détruites.

Plume refusait d'abandonner la lutte. Elle ne supportait plus ces gens qui détournaient le regard ou qui, s'abritant derrière leurs richesses, pardonnaient les horreurs du régime. *La milice n'aurait jamais agi de la sorte si les condamnés n'étaient pas de dangereux criminels...* Combien de fois avait-elle entendu cette opinion prononcée à demi-voix, comme si chacun cherchait à justifier l'inadmissible ?

Personne ne méritait un tel sort. Plume avait huit ans lorsqu'elle avait été témoin de l'une de ces arrestations arbitraires. Un vieillard encadré par des miliciens avait été contraint à un sinistre défilé à travers la ville. C'était une humiliation publique ou une façon de dissuader les quelques audacieux qui seraient tentés de l'imiter. Dans ses yeux se lisait pourtant un profond sentiment de dignité. Il ne semblait prisonnier d'aucune entrave comme si son esprit s'était depuis longtemps affranchi de ses chaînes. La petite Plume s'était faufilée au premier rang du groupe de badauds amassés autour des officiers.

Le vieil homme lui avait adressé un faible sourire avant de prononcer du coin des lèvres :

— Regarde autour de toi, mon enfant. Ne vois-tu pas à quel point le monde a besoin d'être changé ?

Ses paroles étaient restées gravées dans sa mémoire comme l'image de cette nuit où, pour la première fois, elle avait brisé l'interdit pour s'aventurer sur les toits. Profitant d'une fenêtre cassée, la fillette s'était glissée dans la maison de ce vieillard dont le crime était de posséder des livres. Sous une latte du plancher, elle avait découvert l'un de ces objets défendus, oublié par la milice dans leur hâte de détruire ces écrits d'autrefois. Le propriétaire avait choisi de conserver cet ouvrage au péril de sa vie. À l'époque, elle n'avait pas saisi la grandeur de cette cause. Comment pouvait-on se sacrifier pour un simple livre ? Ce n'était rien d'autre que du papier… En feuilletant ces pages jaunies par tant d'années écoulées, une certitude avait fini par s'imposer en elle. Une vérité qui ne reposait sur aucune preuve et qu'aucun argument contraire n'était en mesure d'ébranler. Le monde n'avait pas toujours été ainsi. Jadis, les hommes étaient libres de penser et ces lignes étaient le témoin de ce temps révolu. Cela valait la peine de mourir pour en préserver le souvenir.

Plume s'était fait le serment de poursuivre ce combat. Seule, elle ne pouvait rien contre la société et les règles écarlates. Mais il existait une liberté qui jamais ne s'évanouirait. La liberté de rêver… Elle était devenue une voleuse des toits qui, à la nuit tombée, usait de l'obscurité pour dérober au gouvernement une part d'espoir. Un morceau de ciel étoilé qu'elle glissait sous son oreiller et qui l'accompagnait dans chacun de ses songes.

Échappant à la milice et à leurs patrouilles, Plume se risquait dans les quartiers malfamés pour tracer à la craie d'immenses fresques sur les murs tristes et ternes. Ses œuvres éphémères disparaissaient sous la pluie ou étaient effacées par la milice au petit matin. Le plus important était de transmettre un message : la promesse qu'un monde meilleur était possible.

Un aboiement vint déchirer le silence de la nuit et l'arracha à ses pensées. Le soleil allait bientôt se lever, chassant les ténèbres qui l'entouraient comme une présence réconfortante. Plume respira une dernière bouffée d'air frais avant de se remettre en marche. D'un pas léger, elle courut sur les toits, sa silhouette se fondant avec l'ombre des cheminées, tandis qu'elle remontait la longue série de maisons mitoyennes.

Elle s'immobilisa près d'une demeure en pierres, qui suscitait l'envie de tout le voisinage. C'était là que résidaient l'ancien ambassadeur et sa famille. Bien qu'il ait depuis longtemps cessé d'exercer ses fonctions, son statut suffisait à le faire inviter à toutes les soirées mondaines. Au premier étage, l'une des fenêtres était entrouverte. C'était la chambre d'Éléonore Herrenstein, la fille unique du couple.

Sans un bruit, Plume se faufila par la fenêtre. La pièce était plongée dans la pénombre et dans la cheminée, des braises mourantes laissaient deviner un imposant lit à baldaquin. Plume retira ses vêtements d'homme et après avoir enfilé une chemise de nuit, elle se glissa sous les draps et s'endormit.

❧•❧

— Mlle Éléonore, il est l'heure de vous lever, prononça une voix si basse qu'elle l'incitait plutôt à se rendormir.

Plume fronça les sourcils avant d'enfouir son visage sous l'oreiller. Elle n'avait pas besoin d'ouvrir les yeux pour savoir que Madge, sa femme de chambre, n'allait pas tarder à tirer les rideaux. Une vive lumière pénétra dans la pièce et la jeune fille accompagna cet événement d'un grognement sonore.

— Il est presque huit heures, mademoiselle. Je suis venue vous réveiller comme vous me l'avez demandé.

Plume ne se souvenait pas avoir formulé une telle requête. Il pouvait être midi passé qu'elle ne serait toujours pas décidée à quitter la chaleur de son lit.

— Il faut vous préparer, mademoiselle. Aujourd'hui, vous devez accompagner votre père à la cérémonie officielle.

— Aucun de ces hauts dignitaires ne s'apercevrait de mon absence, marmonna Plume. Je ne serai rien d'autre qu'un pantin juste assez bon pour sourire et faire la révérence.

— Votre père tient énormément à ce que vous soyez présente. Et puis, ajouta Madge dans un murmure, je crains qu'en vous couchant, vous n'ayez omis de réajuster votre coiffure.

Plume se redressa d'un bond alors qu'elle portait la main à ses cheveux. Madge avait raison. Sous ses doigts, elle sentait ses mèches courtes suffisantes pour déclencher une guerre civile si ses parents venaient à l'apprendre. Bondissant hors de son lit, elle se précipita vers sa penderie. Dissimulé sous ses robes de bal, un vieux coffre abritait le plus précieux des trésors : une perruque brune qui lui permettait d'afficher en public l'air respectable d'une demoiselle de bonne famille.

Personne ne devait découvrir sa double identité. Plume avait quinze ans lorsqu'elle avait coupé ses cheveux sous le coup d'une impulsion. Ce n'était pas seulement de la provocation, plutôt l'envie de se libérer. Le besoin de courir sur les toits sans sentir cette masse de boucles lui tomber sur les yeux… Travestie et le visage masqué, elle espérait créer une confusion si la milice venait à la pourchasser. D'ailleurs, qui pourrait supposer que ce voleur des ténèbres était une femme et qui plus est, la fille de l'ambassadeur ?

Madge connaissait son secret, mais n'évoquait ses cheveux que sous des formules déguisées. Elle n'avait jamais posé de question. La première fois qu'elle avait coiffé sa perruque, le peigne lui était tombé des mains. Plume avait cru que son cœur allait cesser de battre, mais la petite bonne avait repris sa tâche comme si de rien n'était. Depuis, la jeune fille éprouvait à son égard un profond sentiment de reconnaissance.

— Laissez-moi vous aider…

Délicatement, Madge replaça sa perruque et arrangea ses cheveux en un élégant chignon. Assise à sa coiffeuse, Plume fixait sans le voir le reflet que lui renvoyait le miroir. Celui d'une aristocrate au teint pâle qui, chaque jour, se rapprochait d'un mariage qui ne ferait que l'emprisonner davantage.

Avec des gestes lents, elle enfila une robe bleue resserrée autour de la taille par un ruban en velours. Autour de son cou, une longue chaîne argentée laissait apercevoir un médaillon au pourtour ouvragé. À l'image d'un porte-bonheur, ce bijou ne la quittait jamais. Depuis des années, il accompagnait chacun de ses pas, ceux d'une fillette frêle et hésitante, puis ceux d'une adolescente que la société voyait déjà comme une femme.

Lorsque Plume descendit dans la salle à manger, son père apparaissait à peine derrière *L'Orme glorieux*, le seul journal autorisé par le gouvernement. Sous le symbole d'un arbre à douze racines, les gros titres proclamaient : « UNE NOUVELLE VICTOIRE REMPORTÉE CONTRE VALACER ! LA FIN DU CONFLIT EST PROCHE ! » La guerre durait depuis presque un demi-siècle mais, chaque année, ils ne cessaient d'annoncer l'imminence d'un traité de paix. Des messages de propagande poussaient la population à redoubler d'efforts dans l'espoir que ces temps de trouble viennent enfin à s'achever.

— Bonjour, Père, fit Plume en s'asseyant à table.

Elle étala de la confiture sur une tranche de pain en lisant à la dérobée l'article qui occupait la première page. Sans surprise, il était signé Camillus Malbert, un journaliste dont l'optimisme s'accompagnait d'une bonne dose de contradiction. Il n'hésitait jamais à prédire la défaite écrasante de Valacer pour souligner, la fois suivante, la nécessité de doubler les effectifs militaires. La lecture de Plume fut malheureusement interrompue par le propriétaire du journal, qui replia l'édition du matin.

Armand Herrenstein était un homme d'une cinquantaine d'années aux cheveux grisonnants et au sourire bienveillant. Bien qu'il fût autrefois ambassadeur, il s'exprimait rarement sur les sujets politiques et accueillait chaque déclaration officielle par un haussement de sourcils. Plume n'avait jamais réussi à déterminer s'il s'agissait de sa façon d'approuver ou au contraire de critiquer les dérives du régime.

— Croyez-vous qu'une victoire contre Valacer soit réellement possible ? demanda-t-elle. Il paraît que leurs armes dépassent largement les nôtres.

— Rien de bon ne sort jamais d'un tel conflit, qu'il prenne fin par une victoire ou par une défaite.

Cette observation pleine de sagesse ne suffit pas à satisfaire la curiosité de Plume.

— Certes, admit-elle, mais vous vous êtes personnellement rendu en Valacer, vous avez dû voir de quoi ces gens étaient capables.

— J'étais le plus jeune des ambassadeurs, répondit son père, et cela remonte à de nombreuses années. Je serais malavisé de donner un avis sur la situation présente en me fondant sur mes seuls souvenirs. Mais si ces soldats n'étaient pas aussi redoutables que l'affirme le gouvernement, il est certain que le royaume d'Orme aurait déjà remporté cette guerre.

— Pourtant, Père, vous êtes mieux placé que quiconque pour…

Plume aurait voulu insister, mais M. Herrenstein l'interrompit d'un signe de tête.

— Il est beaucoup trop tôt pour discuter de choses aussi graves à table. D'ailleurs, il me semble entendre les pas de votre mère et vous savez à quel point un tel sujet l'ennuie.

Son père était passé maître dans l'art d'éviter les questions. Sans doute avait-il vu trop d'horreurs, quand il était encore en poste dans ces terres lointaines, pour souhaiter les revivre. Mais lorsque l'arrivée de Mme Herrenstein ne servait pas de prétexte, il évoquait la météo désastreuse ou des ordres pressants à donner aux domestiques. Aucun moment n'était opportun pour parler de la guerre.

— Cette robe vous va à ravir, lança Idris Herrenstein en pénétrant dans la pièce. J'ai toujours dit que le bleu était la couleur qui vous convenait le mieux. Elle met vos yeux en valeur et M. Céleste a fait un travail formidable avec le choix des tissus.

En dehors de la mode et des potins, peu de choses en réalité intéressaient Mme Herrenstein. Et si les décisions du gouvernement avaient moins d'intérêt pour elle que les frasques du fils Chrisaloy, attirer son attention sur un combat au-delà de la mer d'Oryat était quasiment illusoire. Plus jeune que son époux, Mme Herrenstein possédait – hormis sa beauté flétrie – une voix haut perchée qui lui permettait d'avoir toujours le dernier mot.

Avec une certaine fierté, elle posa sur l'épaule de Plume une main pourvue de plus de bagues que de doigts.

— Je suis certaine que notre chère Éléonore fera sensation aujourd'hui, déclara-t-elle avec emphase. D'après Mme Jusseau, de nombreux héritiers de la Ligue seront présents pour écouter le discours officiel.

La Ligue écarlate regroupait les douze familles les plus puissantes du royaume. Pour Mme Herrenstein, les héritiers étaient une proie rare car ils n'attendaient que la mort de leur père pour lui succéder. Si les détenteurs du titre étaient pour la plupart des vieillards depuis longtemps exclus des affaires matrimoniales, leurs fils étaient souvent des célibataires dont la seule vocation était de se marier. Faire entrer un tel atout dans son arbre généalogique assurait richesse et prospérité pour les décennies à venir.

— Ce n'est pas un bal, Mère, soupira Plume. Rien d'autre que la fête nationale et tous les regards seront tournés vers l'estrade.

— Mais vous serez légèrement à droite de l'estrade, fit observer Mme Herrenstein avec un indéniable sens pratique. Parfois, ces discours sont assez longs et croyez-moi, j'ai déjà observé le comportement de ces jeunes gens. Lorsqu'ils s'ennuient, ils ont tendance à balayer la foule du regard. Et si vous souriez, il n'est pas à exclure que l'un d'eux vous remarque.

C'était la première fois que Plume était autorisée à siéger au côté de son père. En tant que membre honorifique du Conseil, il assistait à la cérémonie depuis les gradins officiels. Mme Herrenstein avait aussitôt vu dans cet événement l'occasion de mettre sa fille en valeur, même si celle-ci devrait se contenter du coin le plus sombre de la tribune.

Plume hocha la tête devant l'obstination de sa mère. Ses pensées n'avaient comme ligne directrice que cet unique objectif. À l'origine destinée à accroître le prestige de leur nom, cette quête du gendre parfait s'était imposée avec une force nouvelle depuis leurs récents déboires financiers. Tout avait commencé avec un investissement dans une société de textile. Cette compagnie était le projet ambitieux d'un cousin éloigné, revenu dans la capitale après une longue absence.

— Je vous assure qu'il n'y a absolument aucun risque, répétait-il sans cesse alors que des pièces d'argent s'entrechoquaient à chacun de ses pas.

Si les affaires promettaient d'être florissantes – « Seul un sot refuserait d'être mon associé, ce serait de la folie de renoncer à un tel partenariat ! » –, le cousin Barnabé choisit pourtant de ne pas pousser plus loin l'expérience et de disparaître en pleine nuit. À bien y réfléchir, rien ne semblait indiquer qu'il ait jamais été riche. Confrontée à la terrible perspective de devoir quitter les beaux quartiers, Mme Herrenstein redoublait d'efforts pour trouver une nouvelle source de revenus.

— Dix mille merles ! s'exclama-t-elle en essuyant ses yeux à l'aide d'un mouchoir en dentelle. Comment pouvait-on envisager que cet escroc spolierait notre Éléonore de son héritage ? Et nous voilà contraints de lutter pour la survie de notre famille, alors que ce misérable est parti sans laisser de traces. Ah, si seulement il pouvait se présenter ici, je saurais lui faire comprendre à quel point sa conduite a été méprisable…

Loin de vouloir tirer profit d'un tel enseignement, le cousin Barnabé n'avait pas eu la décence de sonner à sa porte, condamnant Mme Herrenstein à se lancer chaque matin dans une tirade sur la malhonnêteté.

— Promettez-moi, ma chère, que vous sourirez durant la fête nationale, s'empressa-t-elle d'ajouter. Il vaut mieux avoir l'air crispée que triste et renfermée.

— Bien sûr, mentit Plume.

Elle haïssait la pensée de voir sa main marchandée au meilleur prix. Mais il s'agissait de la seule alternative à la ruine qui menaçait de s'abattre sur sa famille. Un sacrifice qui la priverait des toits et de ces rares moments de liberté où elle s'autorisait enfin à être elle-même.

※※※

À des kilomètres des Herrenstein et de leurs préoccupations matrimoniales, un homme observait par la fenêtre les murs qui isolaient les bas-fonds du cœur de la capitale. Ainsi était construite Seräen qui, pour masquer son lot de misère, parquait les pauvres gens aux confins de la ville comme si les éloigner du centre suffirait à les faire disparaître.

L'aube qui se levait annonçait une journée particulière : la fête nationale qui représentait l'unique occasion d'approcher le palais. Ils seraient des milliers grouillant sur la Grande Place, séparés des nobles par une barrière de gardes. Il serait impossible de la franchir et les soldats n'hésiteraient pas à faire feu à la moindre agitation. Ce rassemblement visait à célébrer l'unité de la population, mais de quelle unité parlaient donc ces autorités qui se moquaient bien des plus démunis ? Ils étaient considérés comme des êtres indignes, enfermés dans des logements insalubres pour une seule raison : ne pas être nés du bon côté de la ligne. Lui avait vu ces riches se pavaner dans leurs demeures luxueuses, indifférents au sort de ces hommes, femmes et enfants qui luttaient simplement pour survivre. Chaque année, des fils étaient arrachés à leur famille pour servir de chair à canon dans la guerre contre Valacer. Ils n'avaient aucune chance d'en réchapper ni même de remporter ce combat. Ils n'étaient rien d'autre que des victimes sacrifiées sur l'autel de la bêtise humaine. Valacer ne pouvait être vaincue car ses armes crachaient un feu destructeur, alors à quoi bon s'obstiner dans cette bataille ? *Parce que ceux qu'ils envoyaient au front n'avaient aucune importance...*

D'un mouvement de rage, l'homme frappa contre la table. Le gouvernement refusait de perdre la face, mais il valait mieux être esclaves de Valacer que de plier devant ces seigneurs qui prétendaient agir au nom du peuple.

— Oui ? fit-il quand les cheveux emmêlés de son frère apparurent dans l'entrebâillement de la porte.

— Il est l'heure d'y aller. Les gardes viennent d'ouvrir les portes et commencent à escorter les habitants jusqu'à la Grande Place.

— Très bien, j'arrive, murmura-t-il en enfilant une longue cape noire.

Embrassant une dernière fois la pièce du regard, il sortit dans la ruelle pour se mêler à la foule grandissante qui patientait devant les remparts. Il attendait ce moment depuis des mois, cet instant précis où il espérait déclencher l'étincelle de la révolte.

— Est-ce que tout le monde est prêt ? demanda-t-il. Pas d'imprévu de dernière minute ?

— J'ai inspecté nos troupes ce matin et rien à signaler, hormis que Killian a encore la marque du matelas sur le visage. On dirait vraiment qu'il est balafré.

— Je pensais plutôt à un élément pertinent. Tu sais, ajouta-t-il avec un léger sourire, quand tu parles de troupes, j'ai l'impression de diriger une véritable armée et pas une bande de voleurs pourchassés par les soldats.

— Que veux-tu ! Avant de risquer ma vie dans une mission suicidaire, je me sens toujours d'humeur facétieuse. De toute façon, il vaut mieux être un voleur honnête qu'un citoyen modèle qui n'hésite pas à dénoncer ses voisins... Ah, parfois, je me souviens de cette époque lointaine où on s'entraînait à attaquer les gardes à coup de lance-pierre. J'arrivais à les atteindre à plus de quinze mètres de distance. Pas de doute, j'étais vraiment le meilleur à ce jeu-là !

— Et toujours aussi modeste.

L'autre haussa les épaules.

— Quelle importance ! Il y a fort à parier que l'on se fera tous tuer d'ici quelques heures. Notre vie ne tient plus qu'à un fil depuis tant d'années, alors autant voir les choses avec le sourire.

— Dis-moi, Pandore, tu songes souvent à la mort ? Parfois, je me sens responsable de t'avoir entraîné avec moi.

— Si tu t'imaginais mener seul les opérations, tu te trompes lourdement, mon pauvre vieux. Tu m'as déjà posé cette question quand j'avais quinze ans. Et ma réponse est toujours la même. Je serais prêt à te suivre dans l'au-delà à condition…

— À condition que notre départ vers l'autre monde provoque un joyeux charivari, compléta son frère.

— C'est toi et moi contre tous les autres, Avalon, que cela te plaise ou non.

⁂

Dans chaque quartier de la capitale, les habitants se préparaient à assister à la fête nationale. Si la population des bas-fonds était escortée par des gardes de peur d'un débordement, un tel manquement au protocole n'était pas à attendre des nobles qui montaient tranquillement dans leurs fiacres. Dans la ruelle des artisans, un détail semblait retenir l'un de ces loyaux sujets. Debout sur une chaise, un homme astiquait sa pancarte en marmonnant des jurons. Depuis plusieurs mois, un étrange phénomène se produisait nuit après nuit : une empreinte de pied venait salir le nom de son établissement. Comment ses clients pouvaient-ils se fier à la renommée de la maison Céleste si sa devanture n'était même pas présentable ?

— Ça commence à bien faire, grommela-t-il.

Plusieurs fois, il avait songé à appeler la garde, mais personne ne voudrait croire qu'un individu osait braver le couvre-feu pour le simple plaisir de faire baisser son chiffre d'affaires. Et comme son premier réflexe était de faire disparaître cette marque disgracieuse, il ne disposait d'aucune preuve.

Frédérion Céleste fronça brusquement les sourcils. Peut-être qu'afficher la semelle sale d'une bottine était en réalité une publicité implicite pour un cordonnier. Non, mais quelle audace ! Comme si ce rival espérait détourner sa fidèle clientèle de son commerce en lui susurrant l'envie d'une nouvelle paire de chaussures. Dans toute la capitale et même au-delà des terres du Nord, tout le monde connaissait ses créations. Il était le couturier le plus prisé des aristocrates et chacun s'arrachait ses services à prix d'or.

« Ce comportement est absolument indigne d'un professionnel, songea-t-il. Je vais lui apprendre la politesse en l'ignorant. Quand il s'apercevra à quel point il est ridicule, il finira bien par se lasser. » Fier de son raisonnement, Frédérion se résolut donc à ne rien faire. Si l'auteur de ces actes de vandalisme souhaitait réellement nuire à sa boutique, il aurait trouvé en Frédérion une aide des plus précieuses. Pourtant, ce n'étaient pas les moyens de défense qui lui manquaient, car un monstre au pelage blanc et aux longues canines le suivait comme son ombre.

Ramené d'un pays lointain – au nom d'autant plus exotique que personne ne réussissait à le prononcer –, le manaestebal était un curieux mélange entre le loup et le phoque. C'était une créature ancienne, dernière survivante de cette époque révolue où la magie existait encore. Mais si beaucoup souhaitaient l'extinction complète de l'espèce, peu savaient que Sabre ne vivait que pour manger et dormir. La bête pouvait se montrer étonnement docile du moment que sa gamelle était pleine et que son panier était près du feu. Avec un long bâillement, Sabre étira ses membres et lança à son maître un regard vitreux comme pour souligner l'absurdité de se lever aussi tôt.

— Désolé, mon bon ami, murmura Frédérion en lui caressant le museau. Mais la fête nationale est une occasion que l'on ne saurait manquer.

Le couturier refusait de se séparer de son compagnon à quatre pattes et s'opposait à l'idée que son précieux Sabre puisse rester seul à garder la boutique.

— Allez, viens, il ne faudrait pas être en retard.

L'homme et l'animal se pressèrent vers la Grande Place, indifférents aux passants qui, poussant des cris d'horreur, se hâtaient de l'autre côté de la rue.

Chapitre 2
L'étincelle de la révolte

Plume lissa les plis de son manteau. Elle se sentait mal à l'aise, assise au côté de son père dans la tribune d'honneur. D'habitude, elle se joignait au reste des aristocrates qui formaient les premiers rangs d'une foule compacte, s'étendant bien au-delà de la Grande Place. C'était une immense fierté de pouvoir siéger avec les membres du Conseil, mais la jeune fille aurait préféré se fondre dans la masse. Le plus étonnant était que ce privilège n'avait encore jamais été accordé à quiconque. Aussi loin que remontaient ses souvenirs, seuls les hauts dignitaires occupaient les gradins officiels. La nouvelle était arrivée dans une enveloppe rouge quelques jours plus tôt et sa mère en avait aussitôt conclu qu'une grande destinée l'attendait.

— Éléonore ! s'écria une voix.

L'interpellée tourna la tête pour voir son amie Charlotte se précipiter vers elle. Les cheveux coiffés en une cascade de boucles, elle resplendissait dans une robe à volants, qui soulignait sa taille fine.

— Que vous êtes ravissante ! s'exclama Plume alors que Charlotte tournait sur elle-même pour lui faire admirer l'élégance de sa tenue.

— C'est un cadeau de mon fiancé. Il me l'a rapporté de son voyage d'affaires à Hirion, mais j'aurais préféré qu'il m'offre des oranges.

Si Seräen était spécialisée dans les armes, la seconde ville de l'Est faisait commerce des oranges : un produit de luxe qui n'avait pour clientèle que les plus riches familles d'Orme. Parfois, des audacieux se vantaient d'avoir un jour goûté à cette pulpe juteuse et sucrée mais, à défaut de contradicteurs, leurs mensonges suffisaient à faire saliver les curieux. Descendant de plusieurs générations de fabricants de savon, Charlotte n'avait aucune chance de faire partie de ces rares élus. Le commerce peu glorieux de ses parents l'écartait même des plus beaux partis de la ville. Son fiancé, Hugues Prescott, n'était autre que le partenaire en affaires chargé de l'exportation dans le reste du royaume. Son travail l'occupait la majeure partie du temps et lorsqu'il émergeait enfin de ses dossiers, il avait tendance à devenir étonnamment gauche si la conversation ne portait pas sur des chiffres ou des taxes. Longtemps, Plume avait cru que la présence de Charlotte était la raison de sa maladresse avant de comprendre qu'il n'était en réalité qu'un gros lourdaud.

— Comme ce doit être excitant pour vous d'assister à la cérémonie depuis la tribune officielle ! s'enthousiasma Charlotte.

— Oh oui, soupira Plume, j'arrive difficilement à contenir ma joie.

L'ironie de sa phrase échappa à Charlotte. Malgré ses qualités, son amie ne voyait que ce qu'elle avait envie de voir.

— Avez-vous entendu la rumeur ? Certains prétendent que les autorités prolongeraient volontairement la guerre contre Valacer afin d'augmenter les impôts. C'est parfaitement absurde quand on y réfléchit bien. Il existe d'autres moyens de remplir les caisses.

— Et qui vous a raconté une histoire pareille ? demanda Plume.

— Je ne me souviens plus si cet article portait le nom de l'auteur.

— Vous l'avez lu dans *L'Orme glorieux* ?

Plume ne pouvait cacher son étonnement. Ce genre de propos passait difficilement la censure et encore moins celle plus stricte de Camillus Malbert qui, outre son statut de journaliste, était également rédacteur en chef. Sous-entendre que le régime n'agissait pas uniquement pour le bien du peuple était considéré comme de la haute trahison.

— Non, lui chuchota Charlotte à l'oreille, j'ai surpris Maria – vous savez, ma cuisinière qui fait de si bonnes crèmes au chocolat – en train de lire ce qui ressemblait à des feuilles de papier maculées de taches. J'ai su aussitôt que c'était l'un de ces écrits interdits par le gouvernement. Au moment où je m'apprêtais à le détruire, un passage en lettres capitales m'a sauté aux yeux. C'est amusant ce que les gens peuvent écrire… Mais rassurez-vous, j'ai tout de suite dénoncé Maria même si ses pâtisseries vont certainement me manquer.

Pour Charlotte, ces avis contestataires n'étaient qu'une aimable plaisanterie destinée à distraire les âmes candides en quête de potins. Elle n'imaginait pas que sa malheureuse cuisinière risquait d'être exécutée pour avoir violé les règles écarlates. S'efforçant de paraître indifférente, Plume prononça de sa voix la plus innocente :

— Vous vous souvenez du titre de ce journal ?

Les lèvres de Charlotte s'étirèrent en une grimace.

— Ne le répétez à personne, mais disons que le titre était… assez choquant. Il s'intitulait *L'Étincelle de la révolte*.

Elle eut la même expression que si elle venait de proférer le plus terrible des jurons. Plume afficha un air offusqué, l'image même de la demoiselle outrée par une révélation scandaleuse. Intérieurement, elle se promit de mettre la main sur ce journal qui, du seul fait de sa prohibition, suscitait en elle une vive sympathie.

Son attention fut attirée par un brusque mouvement de foule, annonçant l'arrivée de Frédérion Céleste et de son animal de compagnie dont les canines proéminentes suffisaient à libérer le passage. Telle une tortue portant sa maison sur son dos, Frédérion présentait sur lui un échantillon de tous les tissus vendus dans sa boutique. Ce jour-là, il avait choisi un camaïeu de bleu qui, en passant du turquoise au bleu marine, donnait l'impression d'un morceau de mer ambulant. Il les salua d'un signe de tête et Plume lui répondit par un large sourire.

— J'ai vu M. Céleste la semaine dernière et il dit toujours le plus grand bien de vous, déclara Charlotte sur le ton des confidences.

— Vraiment ?

Plume savait que Frédérion ne manquait jamais une occasion de lui faire un compliment. S'il pouvait se montrer charmant, il était aussi naïf qu'aisément manipulé. Elle n'éprouvait aucune difficulté à lui susurrer une idée en lui faisant croire qu'il en était l'auteur.

— Et il est célibataire, ajouta Charlotte, bien que cette précision soit connue d'elles deux. Il n'y a rien de déshonorant à épouser le plus grand couturier de la capitale. Sa femme serait certainement la mieux vêtue de toute la noblesse.

— Mais est-ce que l'heureuse élue aurait envie de vivre avec un manaestebal qui ferait fuir n'importe quel invité ?

Le rire cristallin de Charlotte résonna dans l'air frais du matin. Cette note joyeuse ne tarda pas à être couverte par le rythme lent des tambours. La cérémonie était sur le point de débuter.

— Je vous prie de m'excuser, lui dit Charlotte, mais je vais devoir regagner ma place. Venez donc déjeuner chez moi, pourquoi pas la semaine prochaine, et nous continuerons cette discussion.

— Avec plaisir ! lança Plume alors que son amie disparaissait parmi les rangées de chaises.

Derrière l'immense voile, tendu afin de protéger les aristocrates des éventuelles intempéries, se dessinait l'hôtel de ville. L'édifice d'un blanc immaculé était une merveille architecturale, sublimée par les pilastres et les lourdes colonnes encadrant les fenêtres et les portes ouvragées. Au sommet d'une gigantesque tour, sous l'horloge qui annonçait solennellement onze heures, une ombre grignotait la façade. Celle d'un pantin, un mannequin pendu par le cou et qui se balançait au gré du vent. Fixée à son vêtement en guenilles, une pancarte à moitié rongée par l'humidité proclamait en lettres capitales : LÉONIS DARIEL RENÉGAT.

En Orme, chacun connaissait sa traîtrise. Dariel était un peintre qui, s'étant rallié à l'ennemi en abandonnant les siens, avait conduit les autorités à pourchasser les artistes. Aux yeux de Plume, il n'était qu'un prétexte qui avait permis au régime de resserrer son étau et d'instaurer les règles écarlates.

Un silence plein de respect se fit sur la Grande Place lorsque le maire – un homme pourvu d'une imposante bedaine luttant pour entrer dans un costume étriqué – monta sur l'estrade. Loin d'avoir été élu par la population, il avait sans doute été nommé sur la base de deux critères : suffisance et bêtise.

Pendant que l'heureux représentant du peuple réajustait son nœud-papillon, des silhouettes grises éparpillées aux quatre coins de la place se tenaient prêtes à répéter ses paroles. Personne ne pouvait échapper à la profondeur de sa pensée, résonnant jusqu'aux miséreux pour qui le maire n'était pas plus grand qu'une tête d'épingle.

— Mesdames et messieurs, prononça Obéron Tibérius de sa puissante voix de stentor, nous voici réunis pour célébrer la quarante-deuxième fête nationale qui sera placée sous le signe de l'unité et du sacrifice. Unité contre Valacer dont la perfidie ne cesse d'emprunter des chemins tortueux, se glissant dans les esprits avec une force redoutable. Car cette guerre n'a pas seulement lieu de l'autre côté de la mer d'Oryat, mais aussi dans notre belle nation où la traîtrise a le même goût amer que sur le champ de bataille. Et sacrifice, car aucune victoire ne saurait être remportée sans que le plus faible d'entre nous ne redouble d'efforts contre notre ennemi commun… Mais, avant de poursuivre, nous allons saluer les seigneurs de la Ligue écarlate.

Ainsi débutait chaque discours, par une courte introduction destinée à donner le ton des heures interminables qui allaient suivre. La Ligue écarlate n'était pas seulement une alliance fondée sur la richesse, c'était aussi une force militaire qui possédait sa propre armée ; une entité prête à soutenir le gouvernement en cas de soulèvement. Son rôle ne se limitait pas à être le bras armé du pouvoir : la Ligue édictait les lois ou plus exactement elle les soumettait au Conseil qui, à l'image d'une coquille vide, ne faisait que contresigner ses décisions. Officiellement pourtant, elle n'était qu'un appui. Depuis longtemps, Plume avait compris que l'ombre de la Ligue se cachait derrière chaque mesure de répression.

Sous une pluie d'applaudissements, les douze hommes firent leur entrée, prenant place sur les sièges disposés en arc-de-cercle autour de l'estrade. Ils étaient entièrement vêtus de rouge, les seuls autorisés à porter cette couleur qui symbolisait leur pouvoir. Plume réprima un bâillement – plus que malvenu en une telle situation – alors que le porte-parole du palais se préparait à clamer leur nom. La seule nouveauté, qui différenciait chacune de ces présentations, était le nombre d'héritiers brusquement devenus membres de la Ligue à part entière. L'année écoulée avait été marquée par le décès du seigneur Chrisaloy et nul n'ignorait que son fils enchaînait les frasques, même si *L'Orme glorieux* n'avait mentionné que son statut de célibataire.

— Monseigneur Mandias d'Aubrey !

L'intéressé répondit à l'appel par un hochement de tête. Assise à droite de l'estrade, dans la tribune d'honneur, Plume n'avait aucun mal à distinguer ses traits. La peau flétrie par le temps, il évoquait un chêne séculaire refusant de ployer face au vent. Ses mains noueuses serraient une canne au pommeau d'argent. Le plus marquant dans sa physionomie était son regard d'un bleu acier, fixant un point invisible comme à la recherche d'une personne qu'il savait pertinemment absente.

— Delphe Artéor !

Un homme d'une trentaine d'années salua d'un vague geste de la main. De toute la bande, il était celui que Plume détestait le plus. Ce sentiment était non seulement inspiré par ses manières désinvoltes, mais surtout par cette étrange impression qu'une aura de malveillance l'entourait. Il ressemblait à un serpent qui, tapi dans l'ombre, attendait patiemment le moment d'agir…

— Lydien Chrisaloy !

Un grand nombre de femmes poussèrent des cris suraigus. L'objet de leur admiration n'était autre qu'un bellâtre au visage poudré et à l'éclatante chevelure blonde. Il leur répondit par un clin d'œil qui, loin d'être discret, signifiait que d'autres scandales n'allaient pas tarder à suivre. Plume leva les yeux au ciel. À défaut de représenter une grande menace, il était sans doute le membre le plus idiot que la Ligue avait eu à subir en son sein.

Puis ce furent les seigneurs Vildace, Flaminius et Ravenald. Beaucoup avaient manigancé, tué des parents mieux placés dans l'ordre de succession mais, une fois parvenus dans la Ligue, ceux qui ne réussissaient pas à s'imposer perdaient toute influence. Eux n'étaient que des marionnettes au service des autres, notamment Thélismar, Naamas et Nemrod qui formaient le noyau de la Ligue. Une alliance secrète semblait unir ce trio et bien que leurs noms ne soient jamais cités, ils étaient à l'origine de la plupart des lois.

Le porte-parole continua son énumération, appelant Caspar Hadelin et Valory Silmore, deux septuagénaires pourvus de la même barbe en pointe. La rumeur voulait qu'ils aient un lien de parenté alors qu'en vérité, ils n'avaient en commun que le même barbier. Avec Mandias d'Aubrey, ils faisaient partie des seigneurs originels : ceux qui, cinquante ans plus tôt, avaient fondé la Ligue écarlate. Mais affaiblis par la maladie et concurrencés par la nouvelle génération, ils avaient perdu énormément de leurs pouvoirs.

Quant au dernier, Ianis Ynodil, il ne prêtait aucune attention à la foule et seul le hasard semblait expliquer sa présence sur l'estrade. Constamment le nez en l'air, il suivait distraitement le vol des oiseaux ou s'intéressait à la forme particulière d'un nuage. La dernière syllabe de son nom s'évanouit sous un brouhaha d'acclamations – non pour honorer le seigneur Ynodil qui n'aurait pas réagi davantage devant des bravos que face à des sifflets –, mais pour saluer l'arrivée de l'Oméga.

Il était le chef suprême qui, à l'abri dans son palais, ne cessait d'accroître sa puissance. Majestueux dans son manteau rouge, il s'avança jusqu'au trône placé au centre du demi-cercle que formait la Ligue. Nul n'avait jamais vu son visage. Son masque de bronze épousait parfaitement ses traits et seules de minces fentes pour le nez et les yeux venaient rompre cette surface lisse, étincelant sous les rayons du soleil. Un capuchon dissimulait le reste de sa tête et des gants recouvraient ses mains.

Il semblait immortel, comme si son règne était voué à perdurer pour l'éternité. Aucune révolte n'avait réussi à le renverser. Son masque était en soi une arme. À la fois dans l'ombre et dans la lumière, il n'était pas un homme, mais plutôt une idéologie aussi insaisissable que la fumée.

Comment tuer un être dont même le visage restait un mystère ? Il était libre de se déplacer dans la capitale, habillé comme n'importe quel sujet sans que personne ne puisse le reconnaître. Son anonymat était son immunité et son autorité paraissait inébranlable. L'Oméga ne s'exprimait jamais en public mais, d'un simple mouvement de tête, il commandait au reste des dignitaires. Et notamment au maire qui lui lança un dernier coup d'œil avant de poursuivre son discours.

— Cette année, déclara Tibérius, nous sommes fiers d'annoncer à la population de Seräen que jamais nous n'avons été aussi unis contre l'ennemi…

— Unis contre l'ennemi, nous sommes plus forts ! répondit le peuple qui, d'un même mouvement, s'était levé pour scander la devise nationale.

Plume se contenta de remuer les lèvres. Elle voyait dans ce cri prononcé d'une seule voix une autre forme d'endoctrinement et à défaut de pouvoir s'y opposer publiquement, elle avait fait vœu de silence.

— Durant ces douze derniers mois, continua le maire, l'insécurité a été repoussée bien au-delà des limites de la capitale. Il serait à présent injuste d'oublier le courage de ces héros quotidiens qui, servant leur patrie, ont protégé notre royaume contre la fourberie de Valacer. Ce soir même seront brûlées les toiles et les pages profanatrices arrachées aux traîtres ! Les trois règles visent à protéger notre société du vice qui, si nous n'y prenons pas garde, s'insinuerait dans nos âmes…

Plume avait le sentiment d'écouter continuellement le même discours comme si les phrases ne faisaient que changer d'ordre pour créer l'illusion de l'inédit. Se remémorant sa promesse, elle esquissa un mince sourire, mais l'assemblée était trop compacte pour qu'elle puisse discerner le visage de sa mère. De toute façon, qu'importait la façon dont elle exhibait ses dents, ses efforts seraient toujours insuffisants.

Et puis, qui pourrait bien s'intéresser à elle ? C'est alors que Plume remarqua une personne qui, immobile sur l'estrade, semblait la fixer du regard. L'Oméga…

Malgré la distance, elle devinait ses yeux posés sur elle, épiant le moindre de ses mouvements. Elle avait l'impression que les pensées de cet homme cherchaient les siennes. Plume tenta de se ressaisir. Après tout, elle se trouvait dans la tribune d'honneur et parmi tous les conseillers, elle était la seule jeune femme à sourire bêtement. Peut-être s'interrogeait-il simplement sur sa présence dans les gradins officiels.

— Mais d'ordinaire, lui souffla une petite voix intérieure, il est toujours tourné vers le maire pour surveiller les bêtises que le gros Tibérius pourrait prononcer.

C'était exact. Plume ne se souvenait d'aucune fête nationale où il aurait accordé aux membres du Conseil un tel intérêt. Et elle-même n'avait rien accompli, susceptible de justifier une telle attention. Elle n'était même pas une menace. À moins que…

— Et s'il parvenait à lire en moi ?

Cette idée avait beau être absurde, Plume sentit un frisson la parcourir. Une légende parlait de ce don, un talent rare qui permettait à certains privilégiés de s'introduire dans l'esprit des autres. Mais, depuis plus d'un siècle, la magie avait cessé d'exister, laissant les hommes conduire seuls le monde à sa perte. Si l'Oméga possédait un tel pouvoir, qu'aurait-il vu en elle ? Une aristocrate qui, la nuit venue, s'aventurait sur les toits et défiait le couvre-feu.

Troublée, Plume se résigna à suivre le déroulement de la cérémonie. Dans le doute, il valait mieux que sa tête soit pleine de ces aberrations débitées avec une constance qui forçait l'admiration, plutôt que par ses escapades nocturnes. Tibérius était en train de reprendre son souffle et à sa respiration laborieuse, Plume supposa qu'il attaquait la deuxième partie de son discours.

— Sacrifice et courage, car seule une nation unie nous permettra de mettre à terre Valacer. Mais, si nos combattants affrontent vaillamment ces armes meurtrières, le mal prend des formes multiples que nul ne saurait vaincre seul. Ainsi, dans une quinzaine de jours et avec l'accord du Conseil, dix mille hommes supplémentaires iront grossir nos rangs. Cette décision n'a pas été aisée à prendre, mais je tiens à vous assurer que la victoire est proche. Valacer tombera et nous réclamerons réparation pour chacune des vies qui nous auront été arrachées…

— Ah oui, et qui enverrez-vous au front ? Encore des gamins trop jeunes pour brandir une épée ?

Plume sursauta. Une voix forte avait jailli de la foule, un cri de colère qui résonnait au plus profond d'elle-même. Quelqu'un avait eu l'audace d'interrompre le maire et de clamer cette vérité qui, depuis des années, lui brûlait les lèvres. Des murmures stupéfaits parcoururent l'assemblée et imitant ses voisins qui s'interrogeaient les uns les autres, Plume se pencha vers son père.

— D'où venait cette voix ? chuchota-t-elle. Vous croyez que Tibérius va appeler la garde ?

— Je pense surtout qu'ils se sentiront obligés de faire l'exemple, répondit M. Herrenstein, mal à l'aise. Ils ne laisseront pas cet insolent s'échapper, même s'il profite de l'anonymat de la masse pour s'opposer au régime.

À la surprise générale, aucune violence ne fut nécessaire pour découvrir l'identité du coupable. Car une silhouette se hissa d'elle-même sur l'un des podiums disséminés sur la Grande Place. Ils étaient censés accueillir les Bouches du pouvoir, ces êtres dont la seule fonction était de répéter les paroles des dignitaires jusqu'aux rangs les plus éloignés. Pourtant, l'espace était vide et l'occupant titulaire semblait s'être volatilisé. À sa place se tenait à présent un homme, vêtu d'un manteau noir et d'un large capuchon qui laissait son visage dans l'ombre.

Plume jeta un coup d'œil vers l'Oméga. Étonnamment, il continuait de l'observer comme si elle était plus importante que ce trouble-fête. Durant un court instant, leurs regards se croisèrent ; puis, d'un geste lent, l'Oméga se tourna vers l'impertinent qui osait défier son autorité.

— Je suis la voix de ceux qui sont morts, s'exclama la silhouette encapuchonnée, ceux que vous envoyez se faire massacrer ! S'il nous faut mener une guerre, ce n'est pas contre Valacer mais contre ce régime qui prétend œuvrer pour le bien commun ! Les voici, les traîtres qui mériteraient de mourir par la main du peuple !

Une trentaine de gardes se précipitèrent dans sa direction, fendant la foule, alors que l'homme, impassible, poursuivait le plus intéressant discours que Plume eût jamais entendu.

— J'en appelle aux écrivains, aux peintres et aux musiciens ; aux familles qui ont perdu des êtres chers et à tous ceux qui veulent changer ce monde ! L'heure est venue de se battre et de prendre les armes contre l'Oméga. Ils peuvent nous oppresser, nous tuer et nous emprisonner, jamais ils nous empêcheront de penser. Et l'étincelle de la révolte survivra !

Il hurla cette dernière phrase qui se répercuta en des milliers d'échos sur la place silencieuse. Plume sut aussitôt qu'il se ferait tuer et que cette germe de rébellion s'éteindrait avec lui. Il n'y avait aucun espoir pour ceux qui se dressaient en hors-la-loi. Les soldats l'encerclaient, il ressemblait à un naufragé sur une île déserte, entouré par une mer hostile. Bientôt, il serait traîné sur l'estrade et exécuté mais, alors que ce destin ne souffrait d'aucune autre alternative, un crac sonore se fit entendre.

L'immense voile tendu au-dessus des premiers rangs s'abattit brusquement sur les nobles qui poussèrent des cris de stupeur. Les gardes disparurent dans ce chaos de formes humaines qui luttaient pour s'extraire de sous la toile. Au même moment, des explosions retentirent autour de l'hôtel de ville, répandant la panique parmi le reste du public. Les hurlements se succédaient tandis que des corps chutaient sur le sol, bousculés et à moitié piétinés par ceux qui tentaient de quitter la place. Mais les mieux placés se cognaient contre les remparts et les portes closes.

Quant à Plume, elle s'efforçait de réprimer un sourire qui n'avait plus rien de forcé. Cet homme n'était pas aussi suicidaire qu'elle l'avait cru. Lui et sa bande venaient de semer le désordre le jour le plus important de l'année. Combien étaient-ils ? Sûrement plus d'une dizaine de complices, dissimulés parmi l'assemblée. Dans la confusion ambiante, il était impossible de les identifier et encore moins de les arrêter.

— Capturez-le ! ordonna Tibérius qui transpirait dans son costume trop serré. Il ne doit pas s'enfuir !

Pourtant, le responsable de ce charivari ne paraissait pas décidé à s'arrêter en si bon chemin. Indifférent à la menace, il surgit sur la plus haute marche des gradins officiels et Plume se tordit le cou pour mieux l'apercevoir.

— Par ici, mes bons messieurs ! ricana-t-il.

Et s'adressant à la foule, il ajouta :

— Rejoignez ma cause et je jure de protéger ceux qui se rallieront à moi ! Vous n'avez aucune raison de me faire confiance, alors laissez-moi vous prouver que je suis un homme de parole. Je suis venu avec un certain nombre de mes camarades et je leur ai fait la promesse que nous en ressortirions tous vivants ! Nous ne sommes peut-être qu'un contre cent, mais je mets au défi Tibérius et toute sa clique de nous arrêter. Et quand vous verrez leur échec cuisant, vous saurez qu'aucune arme ne peut détruire le rêve d'un monde meilleur. Mort à l'Oméga !

Il s'évanouit dans une fumée épaisse qui fit tousser Plume. Autour de l'estrade, les soldats paraissaient désorientés, pointant inutilement leurs armes sur une cible invisible. Il leur avait échappé à deux reprises et pire que tout, il leur avait ri au nez.

Plume avait remarqué un détail. La voix n'était pas la même. Pour une oreille ordinaire, cela aurait pu passer inaperçu, mais des années passées à guetter les pas de la milice lui avaient appris à être attentive aux sons. Et ce mystérieux défenseur du peuple avait en réalité un double visage.

« Voilà comment il a réussi à être à plusieurs endroits en même temps, songea-t-elle. Ils sont deux, le premier qui est apparu au milieu de la foule et le second qui s'est brusquement matérialisé en haut de la tribune d'honneur. »

Assis près d'elle, son père ne semblait pas accorder à ce remue-ménage la même sympathie.

— Est-ce que vous voyez votre mère ? s'inquiéta-t-il.

Nerveuse, Plume se hissa sur la pointe des pieds et la chercha du regard. Jamais la Grande Place n'avait connu un tel chambardement et au milieu de ce désordre, il lui était difficile de l'apercevoir. Dans un éclair de couleur bleue, elle distingua pourtant la haute silhouette de Frédérion qui luttait pour maîtriser son manaestebal devenu fou à cause de l'agitation. Hormis les personnes tombées à terre, il n'y avait cependant aucun blessé. Ces inconnus étaient venus pour recruter et, au passage, montrer l'insuffisance des moyens de sécurité déployés. Les explosifs n'étaient qu'une démonstration de force mais, pour le peuple, ces bruits assourdissants étaient une invitation à un sauve-qui-peut général.

— Restez ici, Éléonore, ordonna M. Herrenstein. Je vais essayer de la retrouver… et voir ce que je peux faire.

Plume aurait voulu protester, mais son père avait déjà disparu dans la foule paniquée qui se bousculait pour atteindre les portes. Résignée, la jeune fille se rassit à sa place. Combien de temps pourrait durer ce chaos avant que l'Oméga et sa garde ne rétablissent l'ordre ? Une dizaine de minutes ou peut-être moins. Chaque individu serait alors soumis à un contrôle d'identité et sans passer par ces formalités, il serait impossible de quitter la place.

Lorsque cet homme avait parlé, Plume avait cru en lui. Sa promesse était celle d'un condamné à mort qui, dans les ténèbres de sa cellule, continuait de voir la lumière. Lentement, elle promena son regard sur les silhouettes indistinctes, cherchant parmi elles l'un de ces héros anonymes. À défaut de pouvoir franchir les remparts, ils espéraient sans doute se mêler au peuple pour regagner les bas quartiers. Mais les autorités refuseraient de perdre la face et quiconque ressemblant vaguement au coupable serait exécuté sur le champ. Une telle affaire ne pouvait se terminer que dans un bain de sang.

Plume cligna des yeux. Une vision inhabituelle venait de l'arracher à ses pensées. Dissimulé sous les gradins officiels, un homme était allongé sur le dos, serrant son épée contre lui. Son capuchon était tombé et laissait s'épanouir une chevelure blonde emmêlée. À travers l'espace qui séparait son banc du rang précédant, Plume distinguait chaque trait de son visage. Il semblait étonnamment jeune. Dix-huit ou dix-neuf ans tout au plus et à cet âge-là, il était déjà prêt à sacrifier sa vie pour une cause perdue d'avance.

Son observation ne passa pas inaperçue, car un juron à demi-étouffé lui répondit. L'homme se mordit la lèvre. Il venait d'être découvert et de la part de cette aristocrate, il n'attendait pas une autre réaction qu'un cri suraigu destiné à alerter la garde. Comme Plume demeurait silencieuse, il dégaina la seule arme à sa disposition : un large sourire aux dents jaunâtres. S'il espérait la séduire pour la faire taire, ses efforts ne reçurent en retour qu'une expression mitigée.

Mimant de s'intéresser à une poussière sur son manteau, Plume détourna le regard. Avec un peu d'imagination, il réussirait à se convaincre qu'elle souffrait d'une profonde myopie. Sa double identité devait rester secrète. Tant qu'elle pourrait être à la fois Plume et Éléonore Herrenstein, elle continuerait d'agir dans l'ombre.

Autour d'elle, l'agitation avait fini par décroître. Après une légère désorganisation, les soldats reprenaient peu à peu le contrôle de la place. Les bousculades avaient cessé et si beaucoup de nobles ressemblaient à présent à cet individu ébouriffé et couvert de terre, un certain ordre régnait.

— Que tout le monde se regroupe dans le calme ! hurla un sergent, reconnaissable à son épaulette.

Dans la mesure où l'ordre ne lui était pas adressé directement, Plume décida d'obtempérer le plus lentement possible. Elle se fut à peine levée qu'une main tira sur le bas de sa robe.

— Hey, mam'zelle, vous pourriez faire quelque chose pour moi ? chuchota une voix qui s'accompagnait de la poétique intonation des bas-fonds.

Plume tendit l'oreille. Quel contraste étonnant entre le chef plein d'assurance et ce gamin débraillé ! Comme si, une fois son texte récité, il laissait exprimer sa réelle personnalité.

— Vous ne voudriez quand même pas avoir la mort d'un innocent sur la conscience, non ?

Il n'était probablement pas aussi innocent qu'il le prétendait. Plume s'immobilisa et afin de calmer l'officier qui gesticulait dans sa direction, fit mine de réajuster son chapeau.

— Le plan a eu des ratés, développa son nouvel ami, et si je ne trouve pas le moyen de me tirer d'ici rapidement, ces imbéciles en uniforme vont finir par m'attraper. Est-ce que vous seriez suffisamment aimable pour faire une diversion ? Vers le nord de préférence…

Plume acquiesça d'un discret signe de tête. Puis, prenant une profonde inspiration, elle poussa un hurlement strident avant de désigner les cheminées de l'hôtel de ville d'un geste tremblant.

— Les traîtres ! s'exclama-t-elle. Ils sont là-bas, ils essayent de s'enfuir par les toits !

Une patrouille se précipita aussitôt vers les grilles alors que plusieurs centaines de personnes levaient le nez vers le ciel.

— Merci, princesse, prononça l'homme avec un clin d'œil malicieux.

Plume entendit à peine un froissement d'étoffe. Avec une apparente décontraction, il s'était glissé hors de sa cachette et se mêlant à la foule, venait de disparaître telle une ombre silencieuse. Si son idée de s'échapper par les toits était le résultat d'une inspiration soudaine, Plume ne tarda pas à être rejointe par de nouveaux partisans.

— Là-haut ! s'écria une femme au visage boudiné. Ils sont deux !

— Sur la tour ! lança quelqu'un d'autre. Ils ont tendu une corde pour passer au-dessus des murs !

Plume fronça les sourcils. Est-ce que par hasard elle aurait visé juste en indiquant les hauteurs comme un possible moyen de contourner la garde ? Des coups de feu furent tirés en direction des toits, mais elle eut beau plisser les yeux, elle n'apercevait aucune silhouette. Pourtant, des cris ne cessaient de fuser dans l'assemblée, répandant cette rumeur fantaisiste à la vitesse d'une traînée de poudre. Alors qu'elle fixait les tuiles avec une perplexité croissante, Plume sentit une main se poser sur son bras.

— Vous allez bien, Mlle Herrenstein ? Vous n'êtes pas blessée ?

Frédérion Céleste se tenait près d'elle. Accompagné de son manaestebal, il n'avait eu aucune difficulté à se frayer un passage à travers la foule.

La créature affichait un air grognon, comme vexée d'avoir été tirée de son sommeil pour subir l'agitation d'humains paniqués et bruyants.

— Je vais bien, répondit Plume. Mais ces quelques instants ont été tellement horribles ! J'ai cru que ces monstres étaient venus pour tuer l'Oméga…

— Ne vous en faites pas, la rassura Frédérion, tout est fini. Venez avec moi, nous allons rejoindre les autres et attendre que les autorités nous laissent regagner nos quartiers.

— Merci, murmura Plume en essuyant une larme imaginaire.

Avec Frédérion, elle avait toujours joué la demoiselle fragile. D'un seul battement de cils, elle était sûre d'obtenir de lui n'importe quelle faveur.

— Veuillez m'excuser, je suis encore sous le choc. J'ai du mal à comprendre comment une chose pareille ait pu se produire le jour de la fête nationale.

— En tout cas, on doit reconnaître que ces bougres étaient bien organisés, marmonna Frédérion.

— Combien étaient-ils à votre avis ?

— Probablement plus d'une dizaine. J'étais dans les premiers rangs, vous savez, et c'est à peine si j'ai aperçu des ombres avant que la toile ne s'abatte sur nous. Ils ont coupé les cordes en moins de quelques secondes, même les gardes étaient complètement dépassés.

— Oh, comme cela a dû être traumatisant !

Ses voisins étaient sans doute les plus traumatisés, car se retrouver piégés avec un manaestebal aurait mérité une reconnaissance officielle pour acte de bravoure. Remis de ses émotions, Sabre mâchonnait à présent un morceau de tissu dont l'origine devait être le vêtement d'un infortuné passant.

— Vous pensez qu'ils ont réussi à s'enfuir avec toute la sécurité déployée ? demanda Plume.

— J'ignorais qu'il était possible de quitter la Grande Place. Mais vous-même, vous avez été témoin de leur audace. Qui aurait pu supposer que les toits leur permettraient de passer au-dessus des remparts ?

— Vous les avez vus, vous aussi ?

— Pas vraiment non, mais j'ai cru apercevoir un léger mouvement derrière la plus haute des cheminées.

Plume commençait enfin à comprendre comment des dizaines de personnes criaient à la tentative d'évasion, alors qu'il n'y avait absolument pas matière à dénoncer. Ils obéissaient à une logique de groupe, répétant la même information sans la remettre en cause, persuadés que si leurs voisins l'affirmaient – eux aussi faisant partie de la noblesse –, ils ne pouvaient se tromper.

— Ne vous inquiétez pas, ajouta Frédérion. Personne n'échappe à l'Oméga, dans une semaine tout au plus, je suis sûr que les coupables seront arrêtés.

Sauf s'ils faisaient appel à la milice. Et dans ce cas, le garçon aux cheveux blonds serait exécuté avant même la tombée de la nuit. À la différence des militaires déployés en grand nombre autour du palais, la seule mission de ces hommes en uniforme gris était de veiller au respect des trois règles. Ils n'hésiteraient pas à brûler un immeuble entier pour s'emparer d'un seul contestataire. Après tout, survivre n'était peut-être pas le but de ces hors-la-loi. Leur mort était un sacrifice nécessaire s'ils espéraient déclencher l'étincelle de la révolte…

Chapitre 3
La Cour des fous

— Bon sang, Pandore ! Je t'interdis de me faire une frayeur pareille…

À la lumière faiblissante d'une torche, la silhouette d'Avalon se découpait sur le sol humide d'une galerie souterraine. Les traits de son visage, d'ordinaire si sévères, exprimaient à présent un profond soulagement.

— Désolé, grand frère, marmonna Pandore. Je n'ai pas pu quitter la place comme prévu. Tu ne devineras jamais ce qui m'est arrivé ! De tous les imbéciles présents, il a fallu qu'une grosse bourgeoise s'évanouisse devant la porte. Écoutant mon grand cœur, je l'aurais bien poussée, mais deux types se sont ramenés pour l'aider à se relever. Vu leurs efforts, c'était une charrette dont ils avaient besoin…

Pandore n'eut pas le temps d'achever son brillant exposé. Lâchant sa torche, Avalon s'était précipité vers lui pour le serrer dans ses bras.

— Tu m'as fait une de ces peurs, murmura-t-il. J'ai cru que tu étais mort…

— Qui, moi ? Tu sais bien que celui qui réussira à m'attraper n'est pas encore né.

Son frère relâcha lentement l'étreinte. Ils étaient les deux faces d'une même pièce, unis dans ce combat qu'ils s'étaient choisi dès l'adolescence. Si Pandore considérait la mort comme une facétie de l'existence, il savait déjà comment se terminerait leur ultime bataille : lui et Avalon baignant dans la même mare de sang.

— Tu sais quoi ? Je me suis fait une nouvelle amie et pas n'importe qui, une demoiselle de la noblesse !

Avalon leva un sourcil perplexe.

— Je m'étais caché sous la tribune officielle et cette fille m'a vu. Je pensais qu'elle allait hurler, mais elle a dû changer d'avis quand je lui ai fait mon plus beau sourire. Elle a même été suffisamment aimable pour faire diversion…

— Qui était cette fille exactement ?

— Sais pas, fit Pandore en se grattant la tête. Je ne lui ai pas demandé… N'empêche, elle était assez bizarre, cette demoiselle à bouclettes, mais drôlement efficace. Elle a crié à tous les idiots qu'on s'enfuyait par les toits.

— Sans remettre en doute tes talents de séducteur, pour quelle raison a-t-elle accepté de t'aider ?

— Peut-être que nous avons plus de partisans que nous le pensions. En tout cas, je n'ai jamais vu un tel bazar le jour de la fête nationale ! Tous ces nobles qui se bousculaient et hurlaient dès que Killian et Toby déclenchaient les explosifs… Oh, et ce moment où tu t'es dressé seul face à ces hauts dignitaires. On l'avait répété une centaine de fois, mais c'était quand même impressionnant !

— Toi aussi, tu étais impressionnant, assura Avalon.

— Je n'ai fait que réciter ma partie du discours. Que veux-tu ! Je n'ai jamais été doué pour les belles paroles. Mais aujourd'hui, je me suis surpassé pour entrer dans la peau du personnage. Ils ont dû être surpris, non, de nous voir surgir de chaque côté de la place ? Toi au milieu de la foule et moi sur les gradins… Franchement, je me suis bien amusé ! On devrait faire cela plus souvent.

— Au fait, j'ai bien réfléchi à ce que tu m'as dit tout à l'heure, lança Avalon.

— À propos de quoi ?

— Avec sa marque de matelas sur le visage, Killian a vraiment l'air balafré.

Ils éclatèrent de rire, leurs voix résonnant en des milliers d'échos, alors qu'ils s'enfonçaient dans les profondeurs du tunnel.

⁂

Plume resserra sa ceinture autour de sa taille. La nuit était tombée depuis plusieurs heures et la voix hystérique de sa mère avait enfin laissé place au silence. L'après-midi n'avait été qu'un long compte-rendu des événements de la matinée. À grand renfort de cris suraigus, Mme Herrenstein n'avait cessé de récriminer contre ces traîtres qui, en provoquant une panique sans précédent, avaient totalement ruiné sa coiffure.

— Je me suis retrouvée projetée sur le sol ! Moi, l'épouse de l'ambassadeur ! J'ai cru que ma robe allait finir piétinée par ces malpropres qui me dépassaient sans la moindre considération pour ma personne… Mes cheveux étaient dans un état épouvantable.

Les pensées de sa mère étaient un dédale sans fin où seules des considérations bassement matérielles avaient de l'importance. Les motivations de ces hors-la-loi étaient un sujet qui ne rencontrait en elle que des portes closes. Qu'il s'agisse de rebelles ou de marchands de savons en colère, Plume était certaine qu'elle n'aurait pas réagi autrement.

Il avait fallu à la garde plus de trois heures pour soumettre chaque individu présent à un contrôle d'identité. Ou plus précisément pour examiner les certificats des nobles – des documents officiels vantant en lettres capitales les titres ronflants de leurs propriétaires – ; quant au bas peuple, ces papiers laissaient place à une série de chiffres tatoués sur l'avant-bras, obligatoires dès le plus jeune âge sous peine de prison. Certains criminels tentaient parfois de se mutiler la peau, mais la présence d'une cicatrice valait pour les autorités un aveu implicite de culpabilité. Pourtant, malgré les efforts déployés, aucune exécution n'était venue conclure dans le sang cette journée mouvementée.

« Ou le régime faiblit, songea Plume, ou tout ceci n'est qu'une ruse pour frapper plus fort le coup suivant. » Elle ne s'attendait pas à ce que Tibérius et ses hommes se déclarent vaincus. En ouvrant les immenses portes, ils avaient cependant admis leur impuissance à faire respecter l'ordre et pire encore, qu'une bande de malfrats avait réussi à quitter les lieux sans laisser de traces. De la part du gouvernement, une telle faiblesse était inimaginable…

Mais une autre question préoccupait Plume. Une question qui la poussa à enjamber le rebord de sa fenêtre pour se glisser à l'extérieur. Par où les rebelles s'étaient-ils échappés ? Ils auraient pu se fondre dans la foule, mais Plume avait l'étrange sentiment qu'il existait bien une issue ; une sortie dérobée qui n'avait rien à voir avec cette histoire d'évasion par les toits.

« Si je ne trouve pas le moyen de me tirer d'ici rapidement, ces imbéciles en uniforme vont finir par m'attraper. »

Indépendamment de sa prose poétique, ce garçon aux cheveux blonds avait été étonnamment explicite. *Se tirer d'ici…* Comment espérait-il contourner les remparts qui séparaient les beaux quartiers des bas-fonds ? Il n'y avait en réalité que deux hypothèses.

« C'était impossible de passer par au-dessus, pensa Plume. Il ne reste plus que par en dessous. » Beaucoup d'habitants de Seräen connaissaient la légende, celle qui parlait des galeries creusées à des dizaines de mètres sous terre. Pour Plume, ce n'était pas seulement une rumeur. C'était une réalité, un monde étrange dont elle avait poussé la porte quelques années plus tôt. Elle avait découvert l'un de ces passages dissimulés qui menait à la Cour des fous, un espace de non-droit où s'épanouissaient la contrebande et les trafics les plus douteux. Ce repaire ne constituait qu'une minuscule fraction des souterrains existants. Il n'était qu'une porte entrebâillée sur un royaume bien plus secret, un enchevêtrement de tunnels que l'on disait si vaste qu'il englobait la capitale tout entière. Ceux qui jusqu'alors avaient tenté de s'aventurer plus loin, plus profondément dans les ténèbres, n'avaient rencontré que des couloirs impraticables.

La fête nationale avait laissé entrevoir un espoir à Plume. Peut-être que ces hommes-là avaient réussi… La vérité était que quiconque maîtriserait ce labyrinthe disposerait d'une arme redoutable. Et il semblerait que cette arme ait enfin trouvé une main habile pour l'actionner.

Plume connaissait par cœur le chemin des bas-fonds. Sans la moindre hésitation, elle se faufila sur les toits des maisons mitoyennes, se mêlant aux ombres des cheminées, loin au-dessus des miliciens qui patrouillaient dans les ruelles. Parvenue à l'extrême limite des quartiers pauvres, elle se laissa glisser jusqu'au sol. Là, derrière les dernières habitations, s'étendait un terrain abandonné depuis des années. La nature avait repris ses droits et un vent fort agitait les branches des arbres qui, à l'image d'une étrange forêt, avaient envahi l'espace. Au milieu des hautes herbes, des ruines menaçaient de s'écrouler et des monceaux de terre s'élevaient de part et d'autre, laissant deviner d'anciennes fosses communes.

Ce paysage de désolation dissimulait pourtant un passage conservé avec âpreté par les Passeurs. À première vue, rien ne distinguait ce mur branlant des autres vestiges qui, alentours, témoignaient d'une époque révolue. Hormis son étonnante conservation et l'impression que l'herbe avait été piétinée à proximité.

D'un geste expert, Plume poussa la troisième brique en partant du bas. Elle entendit un léger déclic alors que s'enclenchait un mécanisme secret, révélant les marches d'un escalier plongé dans les ténèbres. La trappe était à peine visible et sans connaître son existence, il aurait été impossible de la découvrir. Réajustant son capuchon, Plume s'enfonça dans les galeries souterraines, ses pas résonnant dans le silence de la nuit. Un bruit sourd ne tarda pas à lui annoncer que le passage s'était refermé derrière elle. Mais Plume n'avait jamais eu l'impression d'être enfermée sous terre. Plutôt le sentiment que le monde à l'air libre constituait sa prison…

Elle parcourut plusieurs dizaines de mètres, ses mains tâtant dans l'obscurité, lorsqu'une faible lumière éclaira la silhouette de deux hommes. Immobiles telles des statues de marbre, ils auraient pu passer inaperçus si leurs épées croisées ne formaient pas un rempart infranchissable. Leur masque en forme de renard leur donnait l'apparence de créatures fantastiques mi-humaines mi-animales. Jamais personne n'avait tenté de percer le mystère de leur ordre. Ils appartenaient à une dynastie de gardiens qui, de génération en génération, protégeaient la Cour des fous. Ils défendaient l'accès et dans ce royaume sans roi ni seigneur, ils représentaient l'autorité suprême.

— Mot de passe ou énigme ? prononça l'un des Passeurs de sa voix monotone.

— Énigme, répondit Plume.

Le mot de passe ne circulait que parmi un groupe d'initiés. Il changeait chaque semaine, le temps qu'il aurait fallu à Plume pour le découvrir. De bonne grâce, elle se soumettait alors à l'énigme, une question qui visait à démontrer le partage d'idéaux communs. Autrement dit, la haine du régime.

— *Immaculé et souillé, à la fois mort et vivant, je n'ai ni fin ni commencement.*

— La Ligue écarlate, fit Plume sans la moindre hésitation. Immaculé et souillé, car les seigneurs veillent à ce que leurs mains restent propres en confiant leur sale besogne à d'autres. Mort et vivant, puisque chaque héritier prend la place de son prédécesseur, créant l'illusion d'une continuité d'âme et de corps. Et sans fin ni commencement en référence à cette légende selon laquelle la Ligue serait éternelle.

— Exact.

Les Passeurs s'écartèrent d'un même mouvement. Plume s'engagea dans une galerie où des torches fixées au mur dessinaient son ombre sur le sol. Son manteau frôlait les dalles usées par des milliers de bottes qui avaient arpenté ces couloirs. Elles appartenaient à des voleurs, des artisans, des étrangers, parfois des criminels, des musiciens et d'anciens poètes, des vieillards qui racontaient d'étranges histoires et tous ceux qui espéraient un monde meilleur. L'extérieur était régi par une multitude de devoirs mais, dans cet univers souterrain, une seule règle s'imposait : la loi du silence.

Au fur et à mesure qu'elle s'enfonçait sous terre, Plume entendait le bruit familier d'une musique mêlée à des éclats de voix. Les notes hésitantes d'un violon s'élevaient dans les airs comme le chant d'un prisonnier qui se prenait à rêver. Les murmures devinrent des chuchotements, se muant peu à peu en des exclamations bruyantes qui se répercutaient en une succession d'échos. Parvenue à l'extrémité de la galerie, Plume poussa une large tenture et pénétra dans la Cour des fous.

C'était une salle gigantesque dont le plafond en forme de dôme semblait plus taillé dans la roche que creusé sous terre. Suspendu à dix mètres au-dessus du sol, un immense lustre surplombait des étalages de fortune, proposant des marchandises aussi hétéroclites que des armes, des livres prohibés aux pages jaunies, des herbes médicinales ou encore des objets dérobés à des nobles ignorant que leurs biens finiraient manipulés par des mains poisseuses. « Issi, on vent dé poison » proclamait une pancarte à l'orthographe douteuse alors que, plus loin, une femme enveloppée dans un châle se vantait de lire l'avenir. Une frontière invisible semblait séparer ce monde de la puissante Seräen où riches et miséreux évoluaient sans jamais se croiser.

— Vous voulez de l'anorentia ? proposa un adolescent à la voix sifflante.

Obéissant à un accord tacite, nul n'aurait eu l'audace de se présenter à visage découvert et encore moins de clamer son nom véritable. Mais ses joues étaient si sales qu'elles le dispensaient de porter un masque.

En guise d'illustration, le garçon brandit une poudre brillante d'un sac percé qui menaçait de faire disparaître sous peu son fonds de commerce. Plume secoua la tête. Elle n'avait encore jamais entendu parler de cette substance et l'air roublard de son interlocuteur suffit à la convaincre qu'il venait juste de l'inventer.

— Non merci, répondit-elle.

— Ça ne coûte que cinq merles, m'sieur, insista l'autre.

Plume lui avait déjà tourné le dos et s'éloignait dans la foule compacte. Elle n'était pas venue pour acheter, mais pour chercher des réponses. Et un seul homme était en mesure de les lui fournir. Il répondait au nom d'Archibald. C'était un vieillard qui avait choisi de vivre dans les souterrains. Comme toujours, il était assis le long d'un mur, mâchonnant ce qui ressemblait à un morceau de viande. Sa barbe touchait le sol, serpentant autour de lui et de mauvaises langues chuchotaient qu'il s'enroulait dedans pour dormir.

— Ah, Plume, lança-t-il, je me demandais justement si tu allais venir me voir.

— Comment avez-vous su que c'était moi ?

Aussi loin que remontaient ses souvenirs, elle l'avait toujours connu aveugle. Il avait perdu la vue lors d'un incendie et le large bandeau qui recouvrait ses yeux en était un cuisant rappel. Bien qu'il s'attirait immanquablement la pitié, Archibald possédait une richesse insoupçonnable : non pas son argent – qui, en cet instant, devait s'élever à un maigre pécule d'un ou deux merles –, mais les informations qui s'imprimaient dans sa mémoire. Sa bibliothèque imaginaire s'étalait sur des centaines de rangées où, jour après jour, il conservait les informations qui circulaient dans la Cour des fous.

— Je ne le savais pas, lui dit-il avec un sourire malicieux, mais tu viens de me le confirmer. Tu as toujours été curieuse, jeune Plume, et qui d'autre marcherait vers moi d'un pas décidé quand la fête nationale a vu des hommes se lever contre le régime ? Je suis peut-être aveugle, ma petite, mais je suis loin d'être sourd. Le bruit de tes bottines sur le sol, la dague qui se balance à ta ceinture ou ton parfum digne de la noblesse sont autant d'indices.

Cette référence à son statut d'aristocrate ne l'inquiétait pas. Si jusqu'alors Archibald n'en avait jamais soufflé mot, Plume le soupçonnait d'avoir entraperçu la vérité. D'avoir deviné à travers ses manières qu'elle n'était pas originaire des bas-fonds.

— Que pouvez-vous me dire sur ces hommes ? demanda-t-elle.

— C'est une bande de voleurs mais, contrairement à tous ceux qui fréquentent la Cour des fous, ils se soucient du peuple. Ils volent les quartiers bourgeois de la zone nord pour reverser aux pauvres le fruit de leurs larcins. Et aujourd'hui, il semblerait qu'ils aient abandonné les ténèbres pour enfin agir en pleine lumière.

— Vous connaissez leur nom ?

— Je sais juste qu'ils sont menés par deux frères que les miséreux ont surnommés les princes maudits. Seules certaines personnes de confiance connaissent leurs noms véritables.

— Et où peut-on les trouver ?

— On ne les trouve pas, ma chère, c'est bien là la difficulté. Intéresse-toi à eux, pose des questions et c'est eux qui viendront à toi. Cette organisation a de nombreuses ramifications et ils ont probablement des oreilles à chaque coin de rue. Mais méfie-toi, si tu te joins à ces voleurs, ce sera un chemin sans retour.

— Pour le moment, j'ai seulement besoin de réponses. J'ai vu l'un de ces hommes, ajouta Plume, un garçon aux cheveux blonds emmêlés qui semblait à peine plus âgé que moi. Je suis sûre qu'il a réussi à quitter la Grande Place avant que les gardes ne commencent les contrôles. Ils ont emprunté les souterrains, n'est-ce pas ?

— Personne ne peut se volatiliser alors s'il n'existe aucune autre solution, il faut considérer cette hypothèse comme la vérité. Qu'y a-t-il ? Tu es surprise que quelqu'un se soit enfin emparé de la clef des souterrains ? Nous avons tous su qu'un jour ou l'autre, l'un de nous trouverait le chemin des galeries… Ces couloirs existent, ils représentent une chance inespérée de passer de l'autre côté de ces maudits murs sans être repérés par la garde.

— Ils ont parlé de l'étincelle de la révolte. Rien d'étonnant s'ils envisagent de renverser le régime, mais une amie m'a parlé d'un journal dissident…

— Qui porte le même nom, je présume, compléta Archibald.

— En effet, est-ce que vous savez où je peux m'en procurer un exemplaire ?

— Très certainement, tu auras besoin d'un intermédiaire et j'entends justement ses pas gracieux se diriger vers nous.

Plume tourna la tête. Juste à temps pour voir une main se glisser dans sa sacoche et en retirer sa bourse. Son premier réflexe fut de brandir sa dague en direction du coupable.

— Mais c'est qu'elle essaierait de me tuer, la jeune demoiselle !

— Que veux-tu, Jack ! Je t'ai pris pour l'un de ces voleurs qui font les poches des gens. Loin de moi l'idée de croire que c'était précisément ce que tu étais en train de faire.

— Oh, ce n'était rien d'autre qu'une aimable plaisanterie.

— Comme la fois où tu m'as dérobé mon arme, par exemple ?

— J'ai bien fini par te la rendre, non ?

Mimant une révérence, il lui tendit sa bourse et Plume s'empressa de la faire disparaître de sa vue avant qu'il ne change d'avis. Jacquelin Thibault, dit Jack, était ce que Plume appelait un truand honnête. Âgé de vingt-six ans, les cheveux coiffés en catogan et portant de luxueux vêtements, il aimait se faire passer pour un noble. Mais, dans la Cour des fous, ses manières perdaient de leur distinction pour se plier à l'image plus réaliste d'un garçon des bas-fonds.

— Il paraît que tu as besoin de mes services, lança-t-il.

— Qu'est-ce qui te fait croire ça ?

— Je ne sais pas, d'habitude c'est moi ton fournisseur et tu ne viens jamais ici pour le plaisir. Respirer cette délicieuse odeur de renfermé ou admirer ces visages charmants qui n'inspirent que la sympathie… J'ai éprouvé une pointe de jalousie quand je t'ai vue discuter avec Archibald. Et, dans un moment de détresse, j'ai presque cru que tu préférais sa compagnie à la mienne.

— Arrête tes balivernes.

— Alors, dis-moi plutôt ce qui t'amène ici.

Plume poussa un soupir. Elle s'était adressée à Archibald dans l'espoir d'échapper à Jack qui, en bon commerçant, facturait le moindre de ses services.

— Je cherche un exemplaire de *L'Étincelle de la révolte*, marmonna-t-elle.

— Aucun problème, fit Jack alors que ses sourcils se fronçaient sous l'effet d'un rapide calcul mental. Quatre merles.

— Trois.

— Quatre ou rien du tout.

— Pour cinq merles, je peux avoir de l'anorentia et je te demande seulement un morceau de papier froissé.

— Bien tenté, mais c'est moi qui ai conseillé à mon nouvel associé de vendre de l'anorentia. Enfin, si cette plante existait, ça se saurait… Non, Plume, ce que tu me demandes, c'est de violer la deuxième règle, je risque l'exécution si la milice me surprend avec ce truc sur moi.

— Très bien, je te propose cinq merles si en plus tu réponds à deux questions.

— Donc, ça revient à un demi-merle la question… Étant donné qu'Archibald n'a pas su te répondre, c'est un tarif raisonnable. Vas-y, je t'écoute, qu'est-ce que tu veux savoir ?

— Est-ce que tu as déjà entendu parler des princes maudits ?

Plume vit Jack se mordre la lèvre. Cette expression n'avait qu'une seule signification : il ne savait pas grand-chose et cherchait désespérément un moyen de justifier son prix.

— Je peux me renseigner pour toi, lâcha-t-il, finalement.

Jack jeta un coup d'œil à Archibald. Il n'avait jamais hésité à puiser dans cette mine d'informations pour ensuite marchander ces renseignements à un client. Or, cette fois-ci, il semblait que Plume avait eu la prévoyance de s'adresser directement à la source.

— Dans ce cas, je ne te paierai que si je suis satisfaite.

— Tu le seras, affirma-t-il. Et ta deuxième question ?

— Comment est-ce que tu fais pour traverser la ville et échapper à la milice ?

Plusieurs fois, Plume l'avait surpris dans les quartiers riches : en pleine journée et l'air décontracté, il évoluait parmi la foule sans se sentir le moins du monde inquiété. Pour quitter les bas-fonds et pénétrer dans la belle Seräen, des contrôles stricts obligeaient quiconque à présenter une autorisation officielle. Jack n'avait pas de papiers, mais assez de jugeote pour ne pas tenter de les contrefaire – une entreprise hautement périlleuse qui finissait toujours par envoyer les coupables à l'échafaud. Comment s'y prenait-il ? C'était un mystère que Plume n'avait jamais réussi à percer.

— Secret professionnel. Puis-je savoir ce qui motive cette curiosité ?

— J'essaye d'entrer en contact avec les princes maudits et le fait que tu te déplaces à ta guise m'amène à penser que…

Jack ne lui laissa pas le temps de terminer sa phrase. Il lui saisit le bras et l'entraîna à l'écart, l'éloignant d'Archibald et de son ouïe aiguisée.

— Je n'ai pas la clef des souterrains, chuchota-t-il. Est-ce que tu crois vraiment qu'un type comme moi ait pu consacrer des mois, voire des années entières, à examiner des murs en ruine et à se traîner dans la poussière ?

— Alors, comment est-ce que tu fais ? Ne me dis pas que tu passes par les toits.

— Parce que c'est comme ça que tu t'y prends, n'est-ce pas ? Eh bien, non, désolé de te décevoir, mais je suis partisan d'une troisième méthode.

Plume leva un sourcil interrogateur.

— Quelle méthode ?

— Si j'avais la liberté de te le dire, je le ferais… moyennant une certaine somme, bien sûr. Mais je me suis engagé à me taire à ce sujet.

C'était bien la première fois qu'un serment enchaînait Jack au point de le pousser à refuser de l'argent.

— Donne-moi trois merles et ne me parle plus de cette histoire. Tu auras ton journal, j'ai un contact qui pourra certainement me le procurer.

Profitant de cette occasion unique, Plume s'empressa de le payer. Il fourra les pièces dans sa poche après les avoir recomptées.

— Au revoir, Plume. Ravi de t'avoir revue…

Il s'éloigna sans un regard en arrière comme un homme trop affairé pour s'attarder. Haussant les épaules, Plume retourna voir Archibald. Le vieillard n'était plus seul et son interlocuteur, un individu à la maigreur cadavérique, gesticulait avec force.

— … et mon fils de quinze ans est malade. Les herbes médicinales coûtent cher, ce guérisseur m'a assuré que l'arfaniol pourrait apaiser sa fièvre. Mais je veux être sûr qu'il dise la vérité.

— L'arfaniol est une arnaque mise au point en l'an 1821 de l'ère Isior, récita Archibald. Son créateur, Aldéric Valcourt, mort en 1834 à la suite d'une crise cardiaque, continue d'inspirer les nôtres qui reproduisent sa prétendue recette miracle avec des effets plus ou moins nocifs pour la santé. Ne prenez pas l'arfaniol… À droite, vous trouverez une femme avec une cicatrice sur le front, elle vend des remèdes et pour deux merles, votre fils sera guéri.

— Je n'ai pas deux merles ! s'exclama l'autre.

— Tenez, fit Plume en lui glissant une pièce dans la main.

— Oh, merci, mon jeune seigneur ! Merci beaucoup…

Sans cesser de sourire, l'homme s'enfonça dans la foule. Plume le vit disparaître derrière un étalage d'étoffes, aussi heureux que si elle lui avait offert une fortune.

— Tu as fait preuve d'une grande générosité, commenta Archibald.

— Ce n'était rien du tout.

— Peut-être, mais tu ne connaissais pas ce père de famille. Tu as sauvé son enfant d'une mort certaine. Une légende ancienne prétend que si tu aides un inconnu, un inconnu t'aidera en retour.

— Si seulement cela pouvait être vrai, soupira Plume.

— Jack est parti fâché, n'est-ce pas ?

— Comment l'avez-vous deviné ? Vous n'avez pas pu nous entendre.

— Ce garçon aime bavarder avec toi. S'il s'en est allé aussi vite, c'est bien parce que son esprit était préoccupé.

— De toute façon, il est libre de garder ses secrets, du moment qu'il a l'honnêteté de ne pas les inclure dans son prix…

Intérieurement, Plume n'éprouvait aucune colère. Elle venait de découvrir que Jack n'était pas le mercenaire qu'il prétendait. S'il vendait habituellement ses services au plus offrant, il était encore capable de tenir ses promesses.

❦

Camillus Malbert reposa sa plume. Dans son bureau aménagé en chambre à coucher, il avait entendu les pas rythmés des miliciens, annonçant le début du couvre-feu. À présent, les yeux rougis de fatigue et une tisane brûlante dans la main, il n'aurait pas été étonné qu'un soleil blafard vienne chasser la pénombre du petit matin. Dans quelques heures, *L'Orme glorieux* sortirait de la presse et présenterait la version officielle des événements. Or, s'il avait passé la nuit entière à noircir des pages, aucun de ses brouillons ne parvenait à le satisfaire.

— Voyons, concentre-toi, murmura-t-il. Il doit bien y avoir un moyen de rédiger ce maudit article.

Sa difficulté tenait en un mot : censure. Un texte décrivant les faits tels qu'ils avaient eu lieu serait immédiatement jeté à la corbeille. Nul n'aurait envie de lire qu'une bande de voyous avait réussi à s'enfuir malgré les efforts déployés par la garde. D'ailleurs, cette idée elle-même était ridicule ! Personne ne pouvait échapper au régime. C'était une vérité aussi incontestable que deux et deux font quatre.

« Ils finiront bien par les attraper », songea Malbert. En tant que rédacteur en chef, il faisait preuve d'une foi inébranlable dans la justice orméenne. Ce prétendu échec ne pouvait être qu'un plan habile qui, tôt ou tard, aboutirait à la capture des criminels. Pourtant, s'il en était convaincu, affirmer noir sur blanc qu'il s'agissait d'une stratégie mise en place par les autorités était inimaginable. Ce serait révélé à ces vauriens qu'une menace planait sur leur existence faite d'oisiveté et de vols. Plissant le front, Malbert trempa sa plume dans l'encrier et commença à écrire :

« *LA FÊTE NATIONALE DU 14 OCTOBRE 1842, INTERROMPUE PAR UN INCIDENT PYROTECHNIQUE*

La cérémonie inscrite dans la pure tradition orméenne a été l'occasion pour le maire Tibérius d'apporter un message d'espoir en ces temps troublés. Unité et sacrifice ont été les principaux points de son discours, trahissant son optimisme quant à une proche victoire contre Valacer. Si ses paroles ont été saluées par la foule venue en masse acclamer l'Oméga, une maladresse de l'équipe pyrotechnique est venue assombrir les réjouissances nationales. Conçue comme une surprise, des artifices auraient dû conclure cette journée en une pluie d'étincelles et de lumières. Malheureusement, une erreur humaine serait à l'origine d'un déclenchement prématuré des explosifs. Les autorités ont fait part de leur regret que ces détonations aient pu provoquer un mouvement de panique. »

Camillus Malbert relut sa prose avec un sentiment de profonde fierté. Il lui restait assez de temps pour dénicher quelques généralités et conclure son article sur une touche positive. Il se souvenait de cette époque, pas si lointaine, où il recevait chaque soir un mince feuillet du secrétaire général. C'était la liste des directives qui présentait la position du gouvernement sur les sujets sensibles. Désormais, si la moindre ligne continuait d'être contrôlée, il avait acquis suffisamment de crédit pour choisir seul la version officielle qui paraîtrait dans son quotidien. Les autorités lui faisaient confiance et lui-même craignait plus que tout d'entendre la milice frapper à sa porte.

⁂

Lorsque Plume se glissa hors des souterrains, les ténèbres de la nuit l'enveloppaient. Seules de lointaines lueurs venaient chasser l'obscurité, mais la jeune fille n'était qu'une ombre parmi d'autres. Avec la grâce d'un félin, elle escalada le mur le plus proche et parvint à se hisser jusqu'au toit.

De là-haut, elle dominait Seräen qui, tel un monde clos, constituait son seul avenir. Personne ne quittait jamais la capitale, hormis les commerçants et les dignitaires en voyage d'affaires. Parfois, Plume songeait à ce royaume de l'autre côté des remparts : un territoire sauvage où serpentaient des routes de terre, reliant les villes les unes aux autres. Mais chaque cité était une copie de Seräen, une reproduction à quelques différences près, un reflet éternel érigé en modèle. Partout, les mêmes murailles obstruaient l'horizon. Dans ces contrées éloignées, le bureau de l'Intendant remplaçait le palais et se faisait l'écho des directives qui, par la voie de messagers, répandaient les ordres de l'Oméga.

Plusieurs fois, Plume avait rêvé de s'enfuir pour construire sa vie ailleurs. Avec un sourire malicieux, elle l'avait chuchoté à l'oreille de Jack qui, d'ordinaire si habile pour proposer un prix, était resté muet.

— On ne peut pas partir d'ici, avait-il fini par marmonner. Même si on trouvait le moyen de franchir les derniers remparts, la milice nous repérerait. Imagine un peu, on serait visibles sur des dizaines de kilomètres à la ronde. Ils nous exécuteraient sur le champ…

Jack avait raison, animé par son indéniable sens des affaires. Il préférait enchaîner les marchés douteux plutôt que de se lancer dans une mission suicidaire. Et si le maître des combines en tout genre s'avérait impuissant, Plume savait que ses chances étaient quasiment nulles. De toute façon, elle n'aurait aucun endroit où aller. Orme était une île bordée par une mer impétueuse et une guerre qui faisait rage sur les rivages de Valacer. Il n'y avait aucune échappatoire possible. Ce n'était qu'un labyrinthe sans le moindre espoir de sortie.

Un événement ne tarda pas à ramener son esprit à la dure réalité. Plume se jeta en avant, s'allongeant jusqu'à se fondre avec les tuiles. Dissimulée dans l'ombre d'une cheminée, elle risqua un nouveau regard en contrebas. Une silhouette encapuchonnée marchait dans la ruelle… Vêtu d'un long manteau noir qui lui tombait jusqu'aux chevilles, l'inconnu s'engagea dans une impasse. Sans un bruit, ses pas s'enchaînaient les uns aux autres comme étouffés par une couche de neige invisible. L'individu avançait avec une telle rapidité que ses pieds semblaient à peine toucher le sol. De son poste d'observation, Plume était certaine qu'il devait au moins mesurer dans les deux mètres. Malgré sa taille, il paraissait ne faire qu'un avec l'obscurité.

« Ce n'est pas un milicien », songea Plume alors qu'une voix intérieure lui susurrait une autre réalité à l'oreille. Ce n'était pas non plus un voleur. Aucun hors-la-loi n'aurait eu l'audace de se déplacer ainsi, exposé à la vue du moindre curieux qui tirerait ses rideaux. Aussi étrange que cela puisse paraître, il ne cherchait pas à se cacher. Sa démarche volontaire ne trahissait aucune crainte, comme s'il savait pertinemment qu'il ne serait jamais arrêté.

Plume retint sa respiration. D'un mouvement imperceptible, elle rampa sur le toit, s'avançant légèrement pour mieux observer la scène. L'homme venait de s'immobiliser devant une porte fermée par un lourd cadenas. Elle menait à l'arrière-boutique d'un apothicaire et un écriteau à la peinture écaillée invitait la clientèle à emprunter l'entrée principale. Confronté à un cul-de-sac, n'importe qui se serait empressé de faire demi-tour, mais l'inconnu ne faisait pas partie de ces gens-là.

« Peut-être qu'il attend quelqu'un », supposa Plume, bien que l'endroit ne se prêtait guère à ce genre de rendez-vous. Elle le vit alors caresser le mur de briques d'un geste lent, ses mains gantées effleurant la surface de la pierre. Un cri dans le lointain, un chien qui aboie… Plume sursauta lorsqu'un coup de feu déchira l'air froid de la nuit. Quelque part dans Seräen, une mare de sang venait de souiller les ruelles pavées. Quelqu'un venait d'être exécuté et ami ou ennemi, elle ne le saurait jamais. Avec un pincement au cœur, Plume reporta son attention sur l'inconnu. Elle ne put étouffer un cri de surprise : l'homme avait disparu…

Chapitre 4
Le voleur de la nuit

— Enfin, Éléonore, faites un effort pour vous tenir droite !

Plume se redressa dans un soupir à fendre l'âme. Remise de ses émotions de la veille, sa mère avait eu le malheur de se réveiller avec un nouveau plan d'attaque. Après avoir décidé qu'elle n'irait pas à la réception des Lavoisier, Mme Herrenstein n'avait pas tardé à changer d'avis à la suite d'un rêve prémonitoire – ou plus précisément une indiscrétion des domestiques.

— Il paraît que Mme Lavoisier attend un invité d'honneur. Je donnerais cher pour savoir de qui il s'agit. Mais, s'agissant de cette famille, l'information est aussi bien protégée que dans un coffre-fort.

Juchée sur un tabouret, Plume estimait que l'information avait suffisamment fuité. Un invité d'honneur dans la bouche de sa mère signifiait un homme riche. Et si un tel homme se révélait célibataire, elle devait absolument être de la fête.

Contrainte d'essayer chacune de ses robes, Plume avait l'impression d'étouffer dans son corset. Elle haïssait les bals et encore plus ces pantalons en dentelle qui lui démangeaient les jambes. Dans le miroir en pied posé contre le mur, son reflet était celui d'une jeune fille qui disparaissait sous une avalanche de fanfreluches. Pas de doute possible, Frédérion avait dû s'inspirer du chou à la crème pour créer ce modèle.

— Non, conclut Mme Herrenstein d'un ton expert. Cherchons plutôt l'élégance et la simplicité.

Ravie d'échapper à cette monstruosité de rubans et de taffetas, Plume s'empressa d'acquiescer.

— Et celle que je portais pour la fête nationale ? proposa-t-elle, décidée à choisir le moindre des maux.

Au souvenir de cette cérémonie où tous les malheurs du monde s'étaient acharnés sur elle, Mme Herrenstein plissa le nez.

— Ce n'est pas une robe appropriée pour un bal, marmonna-t-elle. Et si vous paradez toujours dans la même tenue, les gens vont croire que vous n'avez rien d'autre à vous mettre.

Sa mère ignorait qu'un hors-la-loi avait apposé ses mains sales sur la précieuse étoffe. Sans quoi, la robe aurait probablement terminé sa courte existence au fond d'une malle.

— Essayons plutôt la vert clair. Elle souligne votre taille et je suis sûre qu'Anémone vous enviera.

Ce commentaire visait la fille des Lavoisier, une demoiselle connue pour ses dents proéminentes. Son physique était cependant compensé par la fortune colossale de son père ; un héritage certain qui faisait oublier à ses prétendants cette impression désagréable de converser avec un cheval.

Il fallut à sa mère plusieurs heures pour fixer son choix en faveur d'une robe saumon en tulle et satin. En se contemplant dans la glace, Plume aurait dû se trouver belle. Pourtant, elle ne voyait qu'une fille de bonne famille que l'on cherchait à pousser dans les bras d'un riche inconnu.

⁂

Jack claqua la langue pour exprimer son agacement. Il ne supportait pas ces êtres mous qui lui obstruaient le passage et encore moins lorsqu'il était en mission. L'homme à la charrette se retourna et avisant la richesse de ses vêtements, s'empressa de s'écarter. « S'habiller au-dessus de son rang a décidément des avantages », conclut Jack alors qu'il repartait d'un pas énergique. Plume lui avait demandé *L'Étincelle de la révolte*. Il aurait donné cher pour savoir ce qu'elle mijotait, mais cette gamine partageait rarement ses plans avec lui.

— Ce n'est pas comme si je m'intéressais à elle, grommela Jack dans le col de son manteau. Elle fait ce qu'elle veut après tout.

D'habitude, il ne cherchait pas à connaître les motivations de ses clients, mais Plume était un cas à part – déjà, parce qu'elle le payait sans trop discuter, une mauvaise habitude qui l'incitait chaque fois à augmenter ses prix.

Jack était courtier, une profession qui avait l'intonation de l'honnêteté. Son travail consistait à rapprocher des personnes qui, sans sa présence providentielle, n'auraient jamais su comment entrer en relation. Il possédait une liste impressionnante de contacts et connaissait chaque recoin de la ville.

Lorsque Jack était plus jeune, il avait goûté à la vie des bas-fonds, à cette existence faite de privations qui l'avait contraint à travailler sur des machines monstrueuses. Jour après jour, il avait subi le bruit assourdissant, les cadences infernales et la fumée qui lui irritait les narines. Ce dur labeur ne trouvait comme récompense qu'un demi-merle quotidien. Même pas assez pour s'acheter du pain… Il se souvenait de ces ouvriers qui s'écroulaient de fatigue le soir venu, et de ces patrons méprisants qui renvoyaient sur le champ ceux qui avaient eu le malheur de leur désobéir. Jack avait tiré un trait sur son passé et désormais, il usait du système pour se remplir les poches.

L'air satisfait, il s'arrêta devant une manufacture des tabacs. Il savait déjà qu'en le voyant, le patron étirerait ses lèvres en un sourire forcé. Bizarrement, les gens n'étaient jamais ravis de le découvrir sur le seuil de leur porte. Lorsqu'il avait rencontré Plume pour la première fois, elle l'avait même mordu. Elle n'avait que quatorze ans quand elle avait croisé sa route. Et à ses yeux, elle était encore cette petite fille qui lui était apparue dans la pénombre d'un souterrain…

⸎

Trois ans plus tôt, Jack marchait d'un pas léger vers la Cour des fous. Il venait de remplir sa part du contrat et son employeur serait ravi de l'apprendre. Lui-même ne doutait pas que sa joie s'exprimerait par la remise séance tenante d'une bourse bien remplie. L'argent était la seule chose qui comptait à ses yeux. Se plaçant devant le mur en ruine, Jack actionna le mécanisme secret qui révélait l'entrée des souterrains. C'est alors qu'il entendit un léger bruissement. L'effleurement d'une chaussure sur les feuilles mortes…Quelqu'un était en train de le suivre.

« Si c'est un homme à Sémire, songea-t-il, je vais lui apprendre ce qui arrive aux tueurs de son espèce. » Jack s'enfonça dans la galerie et profitant de la pénombre, se plaqua contre la paroi humide. Sa dague serrée contre lui, il n'attendait que son poursuivant. Si un cadavre était retrouvé dans le passage, il risquait d'être exclu de la Cour des fous. « Il va falloir que je l'enterre assez loin », pesta-t-il intérieurement, déjà épuisé à l'idée d'accomplir cette corvée.

Des pas hésitants annoncèrent l'arrivée d'une silhouette. Elle semblait si frêle que Jack en fut soulagé. Il craignait un homme taillé en armoire à glace, impossible à soulever et encore moins à déplacer. Mais la chance lui souriait. D'un mouvement fluide, il bondit hors de sa cachette et propulsa son ennemi sur le sol. Le menaçant de sa lame, Jack choisit de précéder sa mise à mort d'un court interrogatoire.

— Pour qui tu travailles ? lança-t-il d'un ton nonchalant.

En réalité, la réponse lui importait peu, puisque le résultat serait toujours le même. Il s'attendait à des insultes ou à des noms crachés à contrecœur, mais certainement pas à cela : une voix pleine de larmes.

— Je suis désolée… Je vous en prie, ne me tuez pas.

Un doute s'empara de Jack. Lentement, il rejeta en arrière le capuchon de l'inconnu pour découvrir une masse de cheveux bouclés. Une gamine ! Personne n'oserait engager une enfant pour se débarrasser de lui. Et si elle ne le suivait pas, alors que faisait-elle là ?

— C'est bon, marmonna-t-il, je n'assassine pas les petites filles.

Essayant de paraître galant, il l'aida à se relever et poussa même le zèle jusqu'à épousseter son manteau couvert de poussière.

— Qu'est-ce que tu fiches ici ? demanda-t-il.

— Rien.

— Pourquoi tu n'essaierais pas un mensonge plus original, hein ? Une histoire avec un peu plus de détails, par exemple.

Jack n'avait pas l'apparence d'un tueur, mais il était clair qu'il l'intimidait. La fille ne cessait de fixer ses chaussures comme si elle espérait y trouver le moyen de se tirer de ce mauvais pas.

— Je vous ai vu marcher parmi les décombres, bafouilla-t-elle. J'étais juste intriguée, j'ignorais complètement qu'il y avait un souterrain.

Dans un instant de faiblesse, Jack choisit de la croire. Son air étonné et ses yeux rougis plaidaient en faveur d'un malencontreux hasard. Il se pencha pour se mettre à sa hauteur, à l'image du grand frère compatissant qu'il n'était pas.

— Et qu'est-ce que tu fais dehors à une heure pareille ? Tu t'es perdue ?

— Non, je me promène.

En voilà une réponse bien surprenante ! Dans la bouche de l'adolescente, ces mots prenaient un autre sens. Cette promenade semblait dire : « Je me moque éperdument du couvre-feu et encore plus de la milice. »

— Comment tu t'appelles ? fit Jack qui ne pouvait cacher son amusement.

— Plume.

— Comme ce truc qui sert à écrire ?

Elle n'eut pas le temps de répondre. Sans prévenir, Jack lui plaqua la main sur la bouche et la poussa dans un recoin sombre du couloir. Il ne pensait pas qu'elle se débattrait et sur ce point, il eut raison. Car ce furent ses dents qui se plantèrent dans sa chair.

— C'est pour ton bien, petite peste, chuchota-t-il dans un gémissement de douleur.

Presque aussitôt, un homme portant un masque de renard traversa la galerie. Il ne les remarqua pas et disparut dans les ténèbres, son ombre tremblotant à la lumière d'une torche. Jack retira sa main meurtrie et l'observa avec la même attention que s'il redoutait une maladie contagieuse.

— Désolée, s'excusa Plume avec un regard coupable.

— Ça va, je vais survivre.

— Qui était cet homme ? Et pourquoi est-ce qu'il portait un masque ?

— C'est un Passeur et à la différence de ton serviteur qui cherche à être reconnu, personne ne montre son visage à découvert. Question de survie et la prochaine fois que tu te promènes, cache-moi ce joli minois derrière autre chose qu'un capuchon. Maintenant, ajouta Jack, on va faire un jeu. Je ferme les yeux, je compte jusqu'à trois et quand je les rouvre, tu as disparu. Qu'est-ce que tu en penses ?

— Non.

Jack décida d'expliciter sa pensée.

— Allez ouste, ce n'est pas un endroit pour jouer à la poupée. Il y a des criminels, des voleurs et plein de gens douteux.

— Mais ils sont tous contre le gouvernement, n'est-ce pas ?

— Bien sûr, sinon on ne se donnerait pas la peine de se cacher.

— Alors, je veux les rencontrer.

— Quoi ? Tu veux pénétrer dans la Cour des fous ?

Décidément, cette gamine ne manquait pas d'air. Jack lui posa la main sur l'épaule, prêt à la raccompagner jusqu'à la sortie s'il le fallait.

— Vous êtes une sorte de mercenaire, non ? lança-t-elle. Si je vous paye, est-ce que vous accepteriez de m'introduire ?

— Pas de chance, trésor, je ne fais pas de réduction. Mon prix est de cinq merles et quelque chose me dit que tu ne les as pas.

— Je vous propose le double si, en plus, vous m'accordez votre protection.

Jack resta bouche bée. Comment ce petit bout de femme pouvait prétendre posséder une somme pareille ?

— Tu les as sur toi ? demanda-t-il en tentant vainement de dissimuler son intérêt.

— Non, je vous les apporterai demain. Car si je ne survis pas à cette nuit, je n'ai aucune raison de vous payer d'avance.

Jack émit un sifflement admiratif. Si jeune et elle avait déjà le sens des affaires ! Cette histoire n'était sans doute qu'un mensonge reposant sur son goût immodéré pour l'argent. Mais ce soir, il avait envie d'être magnanime et il ne pouvait nier que cette enfant l'intriguait.

— Suis-moi, jeune demoiselle, susurra-t-il, je vais te montrer la Cour des fous.

Quand Plume s'était éloignée dans les ténèbres de la nuit, il ne s'attendait pas à la revoir. Pourtant, à sa plus grande surprise, elle était revenue le soir suivant avec la somme promise. Dans l'esprit de Jack, une conclusion s'était imposée avec la force d'un tampon officiel sur un ordre d'exécution : Plume était riche. Elle appartenait sûrement à la noblesse et un jour ou l'autre, cette source de revenus disparaîtrait, happée par un mariage arrangé.

Jack se faisait un devoir de respecter chacun de ses contrats. Il avait reçu dix merles pour veiller sur elle et trois ans plus tard, il continuait encore d'honorer son engagement.

⁂

— Père, est-ce que je peux vous parler ?

Le visage de Plume apparaissait à travers l'entrebâillement de la porte. M. Herrenstein releva la tête des nombreux dossiers qui s'étalaient sur son bureau.

— Si cela concerne la réception, lui dit-il dans un sourire, je n'ai aucun pouvoir sur votre mère pour la faire changer d'avis.

— Non, c'est à propos de la fête nationale.

Comme à chaque fois qu'elle évoquait un sujet politique, l'expression de son père se fit distante. Il ne répondait jamais à ses questions et cherchait probablement un prétexte pour se défiler.

— Avez-vous lu le journal de ce matin ? lança-t-il. Il paraît que les explosions étaient dues à une erreur de l'équipe pyrotechnique. Dans sa grande bonté, l'Oméga avait prévu de conclure la cérémonie par des artifices…

— En plein jour ? fit remarquer Plume. Quel dommage, en effet, que nous ayons été privés de ce spectacle !

L'ironie était flagrante et M. Herrenstein retira ses lunettes d'un geste fatigué.

— Si c'est la version du gouvernement, il n'y a aucune raison de la contredire.

— Non, c'est une histoire à dormir debout et vous le savez très bien. Il faudrait être idiot pour croire à une pareille coïncidence. Comment pouvez-vous admettre que des détonations puissent succéder sans le moindre lien à un appel à la révolte ?

— Les gens ont besoin d'être rassurés, soupira M. Herrenstein. J'ai toujours admiré la vivacité de votre esprit, mais je vous en prie, Éléonore, ne répétez jamais de tels propos en public.

Plume se mordit la lèvre. Elle n'avait pas cherché à provoquer son père, mais les mots avaient dépassé sa pensée. Cette version des faits comportait des trous béants et il était étonnant que Camillus Malbert ne soit pas tombé dedans.

— Je suis désolée, lui dit-elle. Mais ce n'est pas pour évoquer ce sujet que je suis venue vous trouver.

— Que puis-je faire pour vous, dans ce cas ?

— Je me demandais simplement si c'était grâce à votre concours que j'ai pu siéger dans la tribune d'honneur.

M. Herrenstein secoua la tête.

— Ce n'est pas moi que vous devez remercier. L'autorisation venait d'en haut, c'était un immense privilège, mais j'ignore absolument qui est l'auteur d'une telle initiative.

Tentant de dissimuler son trouble, Plume tritura machinalement son médaillon. Elle avait espéré que l'ombre de son père se cachait derrière cette enveloppe rouge, reçue un beau matin et frappée du sceau officiel. S'il n'était pas intervenu alors qui, parmi les membres du Conseil, avait fait pression sur les autorités ? Et pourquoi l'Oméga l'observait-il fixement durant la cérémonie ? La mine pensive, Plume retourna dans sa chambre.

De nombreuses questions se bousculaient dans son esprit : l'identité de ce mystérieux protecteur, la clef des souterrains et cet homme en manteau noir qui avait disparu dans la nuit. La porte de l'apothicaire était close, fermée par un lourd cadenas et à moins de faire demi-tour, une impasse restait une impasse. Pourtant, si l'inconnu était revenu sur ses pas, la position de Plume surplombant la ruelle et le quartier alentour lui aurait permis de l'apercevoir.

— Il s'est volatilisé, murmura-t-elle, comme s'il était passé à travers le mur.

C'était impossible. Et il aurait été imprudent pour elle de retourner sur les lieux. Une raison qui la poussa donc, quand sa pendule annonça vingt-trois heures, à se glisser par la fenêtre.

La curiosité était un vilain défaut, pourtant cette énigme-là était la seule qu'elle pouvait encore résoudre. Chercher l'expéditeur de la lettre obligeait à remonter les circuits redondants de l'administration. Quelqu'un s'était penché vers elle, lui accordant une place dans la tribune officielle, alors que ce privilège était jusqu'à présent réservé aux membres du Conseil. Mais Plume n'avait pas les appuis nécessaires pour percer son anonymat. Quant aux souterrains, elle n'avait aucun indice pour en découvrir l'entrée. Une première étape aurait été d'inspecter la Grande Place mais, même dans l'obscurité, l'opération était risquée. La zone fourmillait de gardes et s'approcher de l'hôtel de ville équivalait à une mort immédiate. C'est pourquoi Plume s'élança en direction des bas-fonds et de la boutique de l'apothicaire.

Pandore tapota sur la table d'un geste impatient. Son impatience n'avait aucune raison d'être, car son assiette était vide et rien n'allait la remplir avant le lendemain matin. Avalon n'avait pas touché à son pain et si dans les pensées de Pandore naissait un plan cupide pour s'en emparer, le regard affamé de Toby lui confirma la présence d'un rival. Ils étaient sept dans la pièce et un nombre équivalent de couteaux étaient plantés dans un journal écartelé au centre de la table.

— Ils prennent vraiment les gens pour des idiots, marmonna Killian, un grand gaillard aux cheveux fauves.

Il n'avait jamais appris à lire, contraint dès son plus jeune âge à travailler dans une manufacture de coton où compter son salaire était plus intéressant que de savoir déchiffrer de minuscules caractères. Mais il avait compensé son analphabétisme par une force redoutable et ses kilos de muscles se contractèrent lorsqu'il tapa sur la table.

— Pour avaler ces tissus de mensonge, il faudrait avoir de la bouillie à la place du cerveau.

— Oh, je suis sûr que ces lignes ne convaincront personne, fit Avalon, mais les gens ont peur. Ils préféreront s'opposer à leur propre raison plutôt que de soutenir le contraire. Le gouvernement essaye simplement de classer l'affaire.

— Mais de là à inventer une histoire d'artifices, soupira Killian.

— Oui, pourquoi pas un dragon cracheur de feu ? lança Pandore.

Cette plaisanterie arracha un sourire à Toby. Du haut de ses seize ans, il était le plus jeune de leur bande et son talent rare pour introduire ses mains dans les poches d'autrui en faisait un élément précieux.

— La population vit dans la crainte de la milice, continua Avalon, imperturbable. Laissez-leur quelques semaines et même ceux qui étaient présents sur la place seront persuadés d'avoir vu des artifices.

— Et que proposez-vous de faire ? demanda Édelmard.

C'était un érudit qui s'était réfugié dans les bas-fonds quand il avait compris le danger que représentait une trop grande intelligence. Depuis son arrivée, deux ans plus tôt, il s'obstinait à vouvoyer chacun de ses camarades, surpris d'être traités comme des seigneurs.

— Pour l'instant, on reste dans l'ombre, déclara Avalon. Le risque serait d'agir dans la précipitation. Si les autorités ont réduit notre attaque à un simple discours dissident, ils ne nous ont pas oubliés pour autant.

Conscient de l'attention qui pesait sur son pain, Avalon rompit son quignon et en tendit la moitié à Pandore et l'autre à Toby. Ce spectacle s'attira le regard plein de dédain de Gilfred, assis en bout de table. Son visage était couvert de cicatrices. Le son de sa voix restait un mystère car il s'exprimait le plus souvent par grognements. Pour l'instant, ses yeux étirés en deux minces fentes lançaient à Pandore un message non équivoque : il n'était rien d'autre qu'un misérable pique-assiette.

— Nous avons déjà échappé aux gardes, intervint Killian. Ils nous ont pourchassés pendant des années sans le moindre résultat.

Gilfred émit un grognement et Killian s'empressa de corriger.

— Bien sûr, à part Gilfred qui avait été atteint par une balle.

— Et que l'on a réussi à sauver, heureusement, car que serait notre bande sans sa joyeuse compagnie ! s'exclama Pandore en mâchonnant son bout de pain.

— Cette fois-ci, il y a fort à craindre que ce soit de la milice dont nous ayons à nous méfier, fit observer Édelmard en réajustant ses bésicles sur son nez.

L'humour de Pandore était une chose à laquelle il était profondément imperméable surtout quand il s'agissait de sujets graves, mais Pandore avait l'habitude de rire de tout et de rien.

— La poudre noire est composée de charbon de bois, de salpêtre qui apporte l'oxygène et de soufre qui régularise la combustion et facilite l'allumage. La vitesse de propagation de l'onde explosive peut varier entre plusieurs centaines de mètres par seconde, tout cela dépend de…

Ce discours hautement pertinent venait d'être débité par un homme qui dégageait une forte odeur de poudre. Jusqu'à présent, il avait l'air de somnoler, les paupières closes et la tête appuyée sur son bras. Nector était connu pour ses brusques sursauts qui se manifestaient par une volonté d'instruire son prochain sur la science des explosifs. S'il avait parfois des moments de lucidité, il n'était jamais envoyé sur le terrain. Avalon préférait confier le soin d'allumer la mèche à des personnes qui ne resteraient pas à proximité pour le simple plaisir de contempler leur œuvre.

— Fascinant, interrompit Pandore. Nous, du moment que ça fait boum boum, on est contents.

— Pour fabriquer la poudre noire, on prépare séparément deux mélanges binaires qui…

— Boum boum, répéta Pandore.

Nector roula des yeux et après un instant où il parut se débattre contre ses propres pensées, il posa sa tête sur la table et se rendormit.

— Cette cachette a prouvé son efficacité par le passé, fit Toby comme si Nector ne constituait qu'un intermède. La milice se cassera les dents si elle tente de nous mettre la main dessus. Je serais presque curieux de les voir essayer.

— Je ne veux pas prendre de risques, insista Avalon. Si l'un de nous tombe, c'est toute l'organisation qui est menacée.

Ils n'étaient que sept, mais ils dirigeaient en réalité une multitude de réseaux dispersés dans toute la capitale. Chacun transmettait les ordres à un sous-groupe qui agissait sans connaître l'identité du chef véritable. Sans surprise, Nector supervisait la fabrication des explosifs ; Édelmard rassemblait autour de lui les écrivains et les artistes ; Killian se chargeait des travaux nécessitant sa force de géant ; Toby commandait une bande de vagabonds et Gilfred usait de ses relations ou de son faciès peu avenant pour se procurer des matériaux difficiles d'accès. Quant à Pandore et Avalon, ils étaient les piliers sur lesquels reposait l'organisation.

— Nous allons attendre quelques semaines, poursuivit Avalon, car le moindre faux pas pourrait nous être fatal. Nous mettrons ce temps à profit pour prévoir la suite des opérations. L'Oméga espère nous contrecarrer avec de l'encre et du papier, alors nous allons répondre par des mots. Édelmard, qu'en est-il du Faucon ?

— Il s'attelle toujours à *L'Étincelle de la révolte* et malheureusement, nos moyens ne sont pas ceux de *L'Orme glorieux*. Je suis assez fier du résultat, mais les difficultés sont nombreuses pour répandre les exemplaires parmi la population. Les gens n'osent pas les lire à cause de la deuxième règle.

— Il faut persévérer. Demande au Faucon d'écrire, si ce n'est déjà fait, un article pour contredire celui de Camillus Malbert. Je me chargerai moi-même de lui trouver de nouveaux intermédiaires. Tant qu'il y aura des curieux, nous continuerons de publier le journal.

— À propos d'intermédiaires, M. Willbridge, vous savez le patron de la manufacture des tabacs, a parlé d'un homme qui serait venu l'interroger sur les princes maudits.

Pandore tendit l'oreille. Se renseigner sur leur compte ne signifiait que deux choses : soit on cherchait à rejoindre leur bande, soit on voulait leur faire emprunter un raccourci vers la case cimetière.

— Son nom ? interrogea Avalon sans se départir de son air impassible.
— Quelque chose comme Jack Thibault.

Toby poussa un soupir.

— Je le connais, marmonna-t-il. Ou plutôt on m'a parlé de lui. C'est un courtier qui rencontre généralement ses clients dans la Cour des fous. Il n'a pas d'autre morale que l'argent, mais il respecte toujours ses contrats.

— Il a donc été envoyé par quelqu'un d'autre, conclut Avalon. Toby, surveille-le et essaye de savoir pour qui il travaille. Tu me feras un rapport dès que tu en sauras plus.

— À tes ordres, chef.

— Tu penses que c'est un ennemi ? demanda Killian en faisant craquer les jointures de ses doigts.

— Tout le monde est considéré comme un traître potentiel tant que je ne le juge pas digne de confiance. Et s'il ne vit que pour l'argent, il n'est pas prêt d'être l'un des nôtres. À présent, ajouta Avalon, j'aimerais qu'on parle d'un sujet beaucoup plus urgent. Il y a encore eu un éboulement dans le souterrain de la zone sud…

Gilfred accompagna cette annonce d'une grimace qui, pour une fois, se retrouvait sur le visage de Pandore. Un éboulement, cela signifiait qu'ils allaient devoir déblayer le passage à grands coups de pelle. Les galeries avaient beau être anciennes, Pandore avait l'impression que ces accidents à répétition résultaient d'une intention délibérée de leur nuire. Comme si quelqu'un tentait de restreindre leur terrain de jeu… Quand leur bande avait découvert ces couloirs, les siècles passés ne semblaient avoir eu aucune incidence sur les poutres et piliers qui soutenaient le plafond. Il avait suffi qu'ils posent un pied dans les souterrains pour que tout s'effondre comme un château de cartes.

⁕

Plume prit son élan et sauta sur le toit d'en face. Elle s'envola, telle une curieuse créature ailée dont la cape fouettait l'air. Jamais elle n'avait eu peur du vide, elle était devenue un chat de gouttière qui escaladait les murs avec une étonnante facilité. Ces instants de liberté lui apparaissaient comme une échappatoire où le monde et ses règles cessaient d'exister. La nuit était son royaume et elle en maîtrisait chaque recoin.

Le destin se jouait souvent des hommes et ce soir-là, il lui réservait une nouvelle surprise. Contrairement à ses plans, elle ne quitta pas les beaux quartiers. Elle ne s'aventura pas de l'autre côté des remparts. Car une lumière inhabituelle l'attira, la guidant comme un papillon hypnotisé par l'éclat d'une lampe. Plume connaissait cette demeure, celle qui se dressait au coin de la rue des Tilleuls : une immense bâtisse en pierres blanches dont le portail ouvragé portait les armoiries de la famille d'Aubrey.

Mandias d'Aubrey faisait partie de la Ligue écarlate, c'était un vieillard au regard d'acier qui, malgré son âge, continuait d'imposer sa volonté aux autres seigneurs. Pour Plume, il évoquait une main de fer dans un gant de velours. À l'image des hauts dignitaires, il logeait au palais et ne quittait le cœur de la capitale qu'en de rares occasions. Plume n'avait jamais vu la moindre lueur briller derrière ces carreaux. La maison était d'ordinaire fermée et hormis un vieux gardien qui dormait au rez-de-chaussée, les domestiques avaient été renvoyés. Pourtant, quelqu'un s'activait au second étage.

Plume haïssait la Ligue. Mais, pour une fois, elle était curieuse de mettre son nez dans leurs affaires. Avec précaution, elle se faufila le long du toit et s'agrippant au rebord, se laissa tomber sur le balcon. Elle se réceptionna sans le moindre bruit. La jeune fille venait de pénétrer en terrain ennemi. Désormais, la moindre erreur ou tressaillement qui trahirait sa présence se retournerait contre elle.

« Je ne reste pas longtemps, songea-t-elle, je veux juste découvrir ce qui se passe. » C'était la promesse d'une enfant qui connaissait ses limites, mais s'obstinait à se rapprocher du précipice. Des années passées à rire de la milice avaient fait naître en elle l'illusion d'un sentiment d'invulnérabilité. Tant qu'elle restait à proximité des toits, une pirouette lui permettrait encore de s'enfuir. Ses pas ne faisaient pourtant que l'éloigner de cette zone où elle se croyait naïvement en sécurité.

Lentement, Plume s'avança vers la porte-fenêtre. Les rideaux étaient tirés, mais une légère fente laissait deviner un bien étrange spectacle. À la lumière d'une bougie, un homme s'acharnait sur une bibliothèque. Sans avoir besoin d'apercevoir les titres, Plume savait qu'il s'agissait des livres de la liste écarlate : une cinquantaine de volumes à la gloire du régime, qui avaient survécu à la censure. Parfois, dans le but d'offrir aux visiteurs un étalage d'érudition, certains nobles n'hésitaient pas à acquérir plusieurs exemplaires du même livre. Et cette grande bibliothèque, qui montait jusqu'au plafond, en était une parfaite démonstration.

L'inconnu ne paraissait pas se soucier de telles considérations. Le front plissé, à peine visible sous des mèches rebelles, il s'emparait des ouvrages avant de les remettre brutalement à leur place.

Obéissant à une mode répandue parmi le peuple de la nuit, il était entièrement vêtu de noir. Sa présence dans les lieux ne laissait planer aucun doute.

« C'est un voleur », pensa Plume. S'il avait fait deux têtes de plus, peut-être l'aurait-elle confondu avec la mystérieuse silhouette qui s'était volatilisée devant la boutique de l'apothicaire. Mais sa stature ne correspondait pas aux souvenirs de Plume. L'autre était beaucoup plus robuste et malgré les ténèbres trompeuses, il ne pouvait s'agir du même homme.

— Qu'est-ce qu'il cherche ? murmura-t-elle.

La maison des d'Aubrey devait déborder de richesses, alors pourquoi s'aventurer dans ce cabinet de travail ? Plume ne tarda pas à découvrir la raison d'une telle agitation. Avec un léger déclic, la porte d'un coffre-fort, jusqu'alors dissimulée dans le mur, s'ouvrit brusquement. Le voleur abandonna *Le combat du peuple orméen* qui déclenchait le mécanisme secret. Il se pencha vers le contenu du coffre et Plume se hissa sur la pointe des pieds pour tenter de l'apercevoir. Lorsqu'il se redressa, l'homme serrait dans sa main un mince rouleau lié par une ficelle d'argent. L'espace d'un instant, il disparut de son champ de vision avant de réapparaître, éclairant à la lumière de sa bougie une peinture à l'huile.

Plume réprima un cri de surprise. Posséder un tableau était un crime, une atteinte à la première règle martelée par la milice et rappelée régulièrement au rythme des arrestations. La famille d'Aubrey appartenait à la Ligue et jamais elle n'aurait imaginé que ses membres osaient défier l'interdiction. L'angle ne lui permettait pas de distinguer la scène représentée. Était-ce un paysage aux couleurs si saisissantes qu'il avait échappé aux flammes ? Ou le portrait d'un être cher ? Plume sut aussitôt que ses questions resteraient sans réponse.

Indifférent à sa curiosité, l'homme venait de rouler la toile et de la glisser sous sa veste. Laissant sa bougie sur la table, il quitta la pièce et Plume entendit la porte se refermer derrière lui. La jeune fille hésita. La raison lui ordonnait de regagner les toits, mais une voix intérieure lui susurrait de pénétrer à son tour dans la demeure. Peut-être que le coffre abritait un autre trésor ?

Avec le sentiment de commettre une erreur, Plume força la serrure à l'aide d'une épingle à cheveux. Jack lui avait appris ce tour, des années auparavant – « un merle de l'heure, tarif d'ami ». La tentation était la plus forte. Plume avait beau se répéter qu'aucun objet prohibé n'aurait échappé à son prédécesseur, la curiosité était un mal qu'on ne pouvait vaincre. Doucement, elle poussa la porte-fenêtre et se risqua dans la pièce. Elle discerna vaguement les boiseries murales, les moulures au plafond et le luxueux tapis qui recouvrait les dalles de marbre. La pièce semblait endormie sous une imposante couche de poussière comme si des décennies s'étaient écoulées sans que personne ne frappe à sa porte.

Un froissement d'étoffe, un souffle sur sa nuque… Un coup puissant la projeta sur le sol. Le choc fut si violent que Plume resta prostrée, la respiration coupée. Son assaillant ne lui laissa qu'un court répit. Elle fut bientôt saisie par les cheveux et forcée à se redresser. Et celui qui lui faisait face n'était autre que le voleur de la nuit.

— Je ne supporte pas d'être espionné ! Est-ce que tu veux savoir le sort que je réserve à ceux de ton espèce ?

Plume ne répondit pas. Cette scène lui rappelait étrangement sa rencontre avec Jack. À la différence qu'elle était plus jeune et que le courtier s'était pris de pitié pour elle. Avec cet individu, elle n'était pas sûre de pouvoir prétendre à la même compassion.

Plume jeta un coup d'œil derrière son épaule. Elle n'était qu'à quelques pas de la fenêtre. Si elle parvenait seulement à lui échapper un court instant et à atteindre les toits…

— Lâchez-moi, marmonna-t-elle, vous me faites mal.

— C'est précisément le but, ricana l'autre. Maintenant, tu vas me dire exactement ce que tu as vu et j'envisagerai peut-être de te laisser la vie sauve.

Il ne plaisantait pas et Plume le sentait dans son intonation. Ses yeux d'un bleu gris la fixaient d'un regard intense, celui d'un oiseau de proie qui s'apprêtait à fondre sur sa victime.

— Je…, prononça-t-elle d'une voix hésitante.

— Mais encore ?

D'un mouvement brusque, ses doigts se refermèrent sur la poignée de sa dague. Elle dégaina son arme, prête à attaquer, mais une torsion sur son bras suffit à lui faire lâcher prise. La lame toucha le sol en un bruit sourd, à peine couvert par un rire méprisant.

— Tu pensais vraiment me poignarder par surprise ?

Plume ne pouvait nier que cette idée lui avait effectivement traversé l'esprit. Sa réponse fut cependant un gémissement de douleur lorsqu'il accentua la pression sur son bras.

— Qui t'a demandé d'accomplir le sale boulot ?

— Personne, je suis juste une voleuse…

C'était un mensonge, puisqu'elle se contentait d'admirer le ciel étoilé et de dessiner des fresques éphémères sur les murs des bas-fonds. Mais elle savait que cet homme refuserait de la croire.

Au fond, que lui reprochait-il ? De s'être introduite par la ruse, alors que lui-même l'avait précédée sur les lieux du crime ?

— Une voleuse ? répéta-t-il. Tu veux dire que tu es…

Il ne termina pas sa phrase. D'un geste hésitant, l'homme lui retira son masque. Son regard se posa sur les traits fins de son visage, l'arc délicat de ses sourcils et la douce pâleur de sa peau. Sa réaction fut immédiate : il lâcha aussitôt son poignet et recula de plusieurs pas.

— Je vous prie de m'excuser, bafouilla-t-il. Ma conduite a été absolument détestable.

Plume fut stupéfaite. Jack ne lui avait jamais parlé du moindre code d'honneur parmi les hors-la-loi, mais il suffisait apparemment d'être une femme pour radoucir la pire des brutes.

— Écoutez, lui dit-elle, je me fiche éperdument des d'Aubrey. Je ne veux pas savoir ce que vous leur avez volé. Laissez-moi partir et vous n'entendrez plus jamais parler de moi.

— Parce qu'il existe une solidarité entre voleurs, n'est-ce pas ?

La jeune fille acquiesça d'un signe de tête.

— Et si nous discutions un peu, qu'en pensez-vous ? Je suis conscient que j'ai tenu à votre égard des propos déplacés, mais cela ne se reproduira plus. Je vous ai pris pour quelqu'un d'autre, vous comprenez ?

— Vous n'avez pas peur que les domestiques nous entendent ?

Plume cherchait un prétexte pour fuir sa compagnie. Son bras continuait de la faire souffrir et elle espérait plus que tout regagner la sécurité des toits.

— Il n'y a qu'un vieux gardien sourd comme un pot. On pourrait tirer des coups de canon qu'il ne se réveillerait pas…

Dans un sursaut de galanterie, il se pencha et ramassa la dague. Plume le vit examiner la lame comme on observe un objet précieux. Malgré ses belles paroles, il n'en restait pas moins un ennemi à ses yeux. Elle n'avait pas oublié avec quelle force il s'était jeté sur elle.

— Rendez-la-moi, s'il vous plaît.

— Est-ce que vous me donneriez votre nom, en échange ?

Plume hésita. C'était la première fois qu'elle le croisait et même s'il fréquentait la Cour des fous, il y avait fort à parier que ce serait aussi la dernière.

— Plume, répondit-elle dans un souffle.

L'homme eut un large sourire. Il lui tendit son arme et la jeune fille s'empressa de la ranger dans son fourreau.

— Je m'appelle Élias, lui dit-il, voleur à mes heures perdues. Et vous, chère Plume, vous me semblez bien jeune pour vous adonner à de tels vices. Qu'est-ce qui vous a poussée à embrasser une vie de criminelle ?

— Cela ne vous regarde pas. Et maintenant, je vous demanderai de bien vouloir me laisser passer.

Élias s'écarta d'un gracieux pas chassé. La situation semblait l'amuser, mais Plume ne voyait pas ce qu'il y avait de drôle.

— Je croyais que vous étiez venue pour voler. Une professionnelle comme vous ne devrait pas repartir les mains vides, non ?

— Vous avez pris tout ce qui avait de la valeur, rétorqua-t-elle.

La vérité était qu'elle refusait de se compromettre. Si jamais l'objet litigieux était retrouvé dans ses affaires, ce serait une exécution immédiate sans le moindre procès. La justice ne plaisantait pas et en particulier lorsqu'il s'agissait de la Ligue écarlate.

— Mais pas du tout ! se défendit Élias. Regardez, je vous ai laissé cette magnifique montre à gousset. Au marché noir, elle peut sûrement se négocier à plusieurs centaines de merles.

À contrecœur, Plume s'empara de la montre et sans un regard, la glissa dans sa poche. Elle pourrait toujours la confier à Jack avec pour mission de l'enterrer quelque part. Dans la voix d'Élias, elle avait senti qu'il lui lançait un défi. Ou qu'il essayait de la piéger.

— Vous êtes satisfait ? lâcha-t-elle.

— Je n'agis que dans votre intérêt. Cela me peinerait que ma présence perturbe vos plans. Et puis, j'ai déjà eu l'occasion de visiter cette maison. Le salon est vraiment splendide, cela vous plairait-il de le voir ?

— C'est une invitation ?

Élias se caressa la lèvre d'un air malicieux.

— Peut-être bien. Nous pourrions même pousser l'exploration jusqu'à la cuisine. Il y a sûrement à boire et à manger à outrance. Un festin nocturne, n'est-ce pas une charmante idée ? Je meurs de faim…

Il ne voulait pas la laisser partir. Plume pressentait un danger bien plus grand dans ses sourires que dans ses menaces de mort. Certains voleurs étaient capables de tuer s'ils se croyaient découverts. Plume l'avait surpris en train d'escamoter une peinture et quelque part dans Seräen, un riche client devait l'attendre, prêt à mettre le prix. Une règle d'or était de ne jamais laisser de témoin. Comme un chat riant d'une souris, il jouerait sans doute avec elle avant de s'en débarrasser…

« Si je quitte la pièce, songea Plume, je ne pourrai plus regagner les toits. » Attaquer Élias de front était une erreur. Elle avait déjà goûté à la puissance de ses muscles et l'expérience s'était conclue dans la douleur.

Face à la force, Plume choisit la ruse. Elle était passée maître dans l'art de manipuler Frédérion, mais le numéro de la demoiselle en détresse se combinait mal avec la présence d'une arme. Il fallait trouver autre chose…

Qu'attendait Élias d'elle ? Qu'elle le suive dans la maison et finisse par se jeter à son cou ?

— On pourrait nous surprendre, murmura-t-elle en affichant un air ingénu.

— Faites-moi confiance, j'ai un talent rare pour éviter les ennuis. Restez près de moi et je vous garantis que personne n'osera s'en prendre à vous.

Plume se souvenait d'un excellent dîner. Mais imitant une jeune fille affamée, volant dans le seul but de survivre, elle fixa ses chaussures avant d'acquiescer dans un souffle :

— Montrez-moi le chemin de la cuisine.

— Avec le plus grand plaisir, fit Élias.

Il se dirigea vers la porte et Plume lui emboîta le pas. Lorsqu'il entrebâilla le panneau, la flamme de sa bougie éclaira un long couloir où un œil-de-bœuf laissait pénétrer les rayons de la lune.

— Je ne suis pas sûre, chuchota Plume en le retenant par le bras.

Sa phrase resta volontairement en suspens.

— N'ayez pas peur, prononça Élias d'une voix douce. Je vous l'ai dit, hormis un vieux serviteur, il n'y a personne qui risquerait de s'apercevoir de notre présence.

Plume glissa alors sa main dans la sienne. L'espace d'un instant, les yeux d'Élias s'écarquillèrent de surprise devant la spontanéité du geste. Profitant de cette seconde d'inattention, Plume lui fracassa un vase sur la tête et l'homme s'écroula sur le sol. Elle se précipita aussitôt vers le balcon, craignant qu'une force ne vienne brusquement la happer en arrière. Que les fenêtres se referment et ne la laissent prisonnière… Plume ignorait si Élias était inconscient ou si remis de son étourdissement, il était déjà prêt à réclamer vengeance.

Lorsque ses doigts s'agrippèrent à la gouttière, son cœur battait à tout rompre dans sa poitrine. De toute sa vie, elle ne s'était jamais sentie aussi vulnérable. Quelques mouvements précipités et Plume réussit à se hisser sur le toit. Elle était sauvée…

Une heure plus tard, une adolescente blottie sous ses draps songea à une mystérieuse toile. Elle l'avait abandonnée derrière elle, entièrement concentrée sur sa survie. Et alors que les rêves chassaient sa peur, un regret s'insinua dans son esprit.

Chapitre 5

Le bal des secrets

Loin de Camillus Malbert, des souterrains ou de l'agitation bruyante des bas-fonds, un homme écrivait. Sa plume exécutait des allers-retours incessants entre son encrier et le rouleau de parchemin noirci qui se déroulait sans fin sur sa table. Avalon lui faisait confiance pour répandre l'étincelle de la révolte, comme une rumeur qui se murmure au coin des rues et s'évanouit dès que pointe l'ombre d'un soldat.

Il l'avait rencontré des années auparavant, au hasard d'une échauffourée. Des coups de feu, du sang et une silhouette blessée qui se traînait sur le sol. Lui ne faisait que passer… Il n'était qu'un témoin involontaire qui s'était retrouvé là au mauvais endroit et au mauvais moment. Jusqu'à ce qu'il devienne un allié. Il ne supportait pas la violence ni la brutalité de la milice, pourquoi s'acharner sur ce corps alors que la mort semblait déjà le guetter ? Et puis, il avait lu dans les yeux d'Avalon un cri de détresse. Une supplication muette qui était restée gravée dans sa mémoire. Le regard d'un homme qui, avant de s'abandonner à la justice de ses semblables, ne pouvait laisser sa mission inachevée.

— Aidez-moi, semblaient dire ses yeux.

Alors, il avait fait le choix de lui tendre la main. De le hisser sur ses épaules jusqu'à un repère de voleurs, l'un de ces lieux malfamés où il n'aurait jamais pensé s'aventurer. Tandis qu'il marchait cahin-caha, luttant pour porter cet inconnu, sa voix s'était faite entendre en lui. Elle lui parlait d'une bataille à mener, d'un combat qui ne saurait reposer sur un seul être, mais sur plusieurs générations. Et parce que c'était impossible, il sut qu'il le suivrait jusqu'au bout de cette quête insensée.

Pour Avalon, il renonça à son nom, il trahit les siens et usa de son influence pour s'infiltrer au plus près du pouvoir. Il détourna les documents officiels, subtilisa l'encre rouge du palais et fut les oreilles de la rébellion. Pour Avalon, il devint le Faucon.

Lorsque Plume s'éveilla, des images confuses se bousculaient dans sa tête. Elle se souvenait d'une course effrénée sur les toits de la ville, d'une douleur lancinante dans le bras et d'un vase brisé. Toute la nuit, un homme l'avait poursuivie dans ses rêves, sa silhouette avait hanté chacun de ses songes.

Élias l'aurait tuée si elle n'avait pas réussi à s'enfuir, Plume en avait la certitude. Tant qu'elle resterait Éléonore Herrenstein, elle serait en sécurité. Personne n'oserait faire le lien entre elle et la fille de l'ambassadeur. Pourtant, une angoisse planait dans son esprit, une menace qui concernait ses escapades nocturnes. Si elle reprenait le masque, ne risquait-elle pas de retomber sur Élias ? Il la cherchait probablement et quel meilleur endroit où la trouver que la Cour des fous ?

« J'ai besoin de voir Jack », songea Plume. Il était son intermédiaire, la porte qui menait à ce monde souterrain où n'importe quel marché devenait possible. Il avait promis de se renseigner sur les princes maudits, de lui procurer un exemplaire de ce journal interdit et surtout, elle l'avait payé d'avance. Il était hors de question qu'il garde la monnaie !

Souvent, lorsque Plume discutait avec Jack, elle l'avait vu jeter des coups d'œil derrière son épaule. Il craignait qu'un ennemi puisse défier le statu quo pour le poignarder dans le dos. À présent, elle aussi partageait ce sentiment. Dans les jours ou les semaines à venir, elle devrait se méfier d'Élias.

— Mlle Éléonore !

Une voix claire venait de rompre le silence du matin. À travers les rideaux tirés de son lit à baldaquin, Plume devinait la présence de Madge qui s'affairait autour de la fenêtre. Une lumière vive pénétra dans la pièce, chassant les ténèbres de la nuit.

— C'est une belle journée qui s'annonce, mademoiselle ! lança sa femme de chambre.

Plume n'était pas d'humeur à la contredire. Ce soir-là, elle devrait parader à une réception mondaine dans l'espoir d'attirer dans ses filets un homme suffisamment riche pour combler les dettes de sa famille. Un programme qui n'avait rien d'enthousiasmant.

— Cette montre est à vous, mademoiselle ?

Madge venait de ramasser une montre en bronze dont la longue chaîne pendait entre ses doigts. Elle avait dû tomber de sa poche lorsque Plume s'était glissée par la fenêtre.

— Euh… oui, répondit-elle.

C'était un mensonge et sa femme de chambre le savait très bien. Un objet d'homme finissait rarement dans les affaires d'une demoiselle.

— Vous devriez faire plus attention.

La phrase sonna comme un avertissement. Madge connaissait son secret, mais jamais une telle lueur de reproche n'avait brillé dans ses yeux. Aussi naturellement que s'il s'agissait d'une épingle à chapeau, elle posa la montre sur la table de nuit. Son index souligna délicatement un élément du décor ciselé, finement exécuté par un horloger de talent. Un nom gravé dans le métal : d'Aubrey.

Plume sentit ses joues s'empourprer de honte. En Madge, elle avait placé toute sa confiance. Sa domestique ne la trahirait jamais, mais la pensée de passer pour une voleuse à ses yeux lui était insupportable.

— Ce n'est pas ce que vous croyez, bafouilla-t-elle.

L'expression impénétrable de Madge signifiait clairement qu'en tant que femme de chambre, elle n'avait pas d'avis à formuler.

— J'étais… obligée de la prendre, prononça Plume d'une voix hésitante. J'avais l'intention de m'en débarrasser.

— Je suis désolée, mademoiselle, lui dit Madge, je ne vois pas de quoi vous parlez.

Avec un léger sourire, la petite bonne quitta la pièce. Elle se tairait comme elle gardait le silence pour ses vêtements masculins ou ses cheveux courts. Pour récompenser sa loyauté, Plume devrait faire appel à Jack. Car Madge n'avait qu'une seule faiblesse : le chocolat.

⁂

Penché en arrière sur sa chaise, Élias avait les pieds sur la table et son visage disparaissait à moitié sous un chiffon humide. Des coups administrés contre la porte lui arrachèrent un grognement. Pourquoi le monde s'obstinait-il à être aussi bruyant quand un mal de crâne persistant rendait douloureuse chacune de ses pensées ?

— Oui, entrez, grommela-t-il.

Un homme plein d'énergie traversa la pièce avant de s'immobiliser en claquant des talons. Élias entrouvrit une paupière : une moitié de chemise noire, un demi-visage en forme de lune et une grimace qui, dans son intégralité, devait être un sourire crispé. Les rouages de son cerveau se mirent en marche pour associer un nom à cette apparition matinale.

— Qu'y a-t-il, Harckof ? marmonna Élias après une puissante réflexion.

— Vous m'avez demandé, monsieur.

Ce souvenir se fit lentement une place dans l'esprit d'Élias. Oui, il se rappelait avoir une mission à lui confier. Une tâche qui concernait une jeune insolente.

— Exact, répondit-il en tentant de se redresser. J'aimerais que tu retrouves une fille pour moi. Elle m'a dit s'appeler Plume, mais je n'en suis qu'à moitié convaincu. Elle faisait à peu près cette taille – Élias agita la main au niveau de son épaule. Cheveux marron coupés courts, yeux bleus et elle doit avoir entre seize et dix-huit ans. Elle portait un manteau à capuchon et un masque. J'ai aussi des raisons de penser qu'elle escalade les toits… Ah oui, ajouta-t-il, elle doit être en possession d'une montre à gousset avec le nom des d'Aubrey dessus. Vois si quelqu'un essaye de la revendre au marché noir.

— Et que dois-je faire d'elle, monsieur ?

— Tu la ramènes ici. Pas de brutalité, pas de bruit… Je n'ai pas envie que l'on se fasse remarquer.

— À vos ordres, monsieur.

— Oh, fit Élias, une dernière chose. Ne lui tourne jamais le dos et ne te laisse surtout pas embobiner par son air ingénu. Elle a une dague mais, je te rassure tout de suite, elle n'a pas l'habitude de s'en servir.

Harckof accueillit l'information d'un nouveau claquement de talons. Avec un soupir, Élias l'entendit refermer la porte derrière lui. Il était son homme de main le plus efficace. Ce soir ou peut-être demain, il retrouverait cette gamine et Élias pourrait enfin régler ses comptes avec elle.

D'un geste distrait, il fit tourner un coupe-papier entre ses doigts. Il se sentait humilié, un sentiment que jusqu'à présent il avait réservé à ses adversaires. Des imbéciles dont il parait les attaques avec une facilité déconcertante. Combien de fois les avait-il forcés à mordre la poussière ? Et lui, comment avait-il pu se laisser prendre par une manœuvre aussi grossière ? Un battement de cils et un joli sourire avaient suffi pour lui faire perdre ses moyens.

— Attends un peu, ma jolie, murmura-t-il, et tu verras qu'on ne se moque pas de moi impunément.

⁕

Archibald fronça les sourcils. Chez lui, ce n'était pas le signe d'une quelconque contrariété, mais le résultat d'une intense réflexion. Depuis le matin même, les informations glanées aux quatre coins de la Cour des fous menaçaient de semer le désordre dans sa bibliothèque imaginaire. De la même façon que s'il classait des dossiers, il ordonna ses pensées. Dans un premier registre intitulé *Bavardages et futilités*, il inscrivit mentalement :

— « Troisième guérison miraculeuse d'Annabelle Maupin (a survécu cette fois-ci à un empoisonnement). Signe que les plantes médicinales de M. Pendelhof sont une arnaque et Mlle Maupin une complice.

— Disparition d'un chat au pelage roux, "p'tit Louis", qui a probablement terminé au fond d'une marmite.

— Will le Trapu n'a pas remis les pieds à la Cour des fous depuis quinze jours. Arrestation ? »

Le vieil homme hésita à rayer la mention relative au chat. Mais une donnée ne trouvait parfois son utilité que des semaines plus tard, alors d'un geste méticuleux, Archibald ajouta : « Si affaire oubliée d'ici un mois, direction la corbeille à papier. »

Jusqu'à présent, sa mémoire n'avait jamais connu de saturation mais, comme tout propriétaire consciencieux, il se plaisait à faire le ménage. Il lui fallait aérer ces longues rangées poussiéreuses où s'entassaient d'épais volumes. L'un d'eux attira son attention car, à la différence des autres, il avait pour titre le nom d'un individu : *Jacquelin Thibaut, courtier de profession…*

Archibald tourna les pages noircies jusqu'au dernier chapitre *Avertissements et menaces sérieuses*.

« Se méfier d'un homme qui traîne les pieds en marchant, écrivit-il. Accent prononcé des bas-fonds, a tendance à se racler la gorge. Poches remplies d'un argent qui n'est sans doute pas le sien. Cherche Jack et intentions loin d'être amicales. Possible règlement de compte. »

Archibald savait que Jack ne se montrerait pas ce soir-là. Son ouïe aiguisée l'avait surprise en train de conclure un contrat qui l'enverrait à l'autre bout de la capitale. Ce garçon semblait toujours se déplacer à sa guise, sans se soucier de la milice…

La première fois qu'Archibald l'avait entendu – une voix grave qui articulait avec soin le montant de ses tarifs –, il l'avait classé dans la catégorie des mercenaires. L'argent était son seul sujet de préoccupation jusqu'au jour où Plume était entrée dans la Cour des fous. Elle avait plus d'influence sur Jack que lui-même ne voulait l'admettre.

Plissant le front, le vieil aveugle compléta son paragraphe d'une nouvelle indication : « Peut-être un lien avec les princes maudits, dire à Plume de faire attention. »

Anémone ressemblait à une citrouille. Telle fut la comparaison flatteuse qui traversa l'esprit de Plume lorsqu'elle l'aperçut dans le hall d'entrée. Son hôtesse était vêtue en orange de la tête aux pieds et sa tenue ne faisait qu'accentuer l'éclat de sa crinière rousse, pour l'instant domptée en un imposant chignon. Avec ses dents en avant et son profil chevalin, elle avait l'air d'une étrange créature mi-animal mi-légume.

— Oh, Éléonore, s'exclama-t-elle en la voyant, je ne pensais pas que vous nous feriez l'honneur de votre présence !

— Comment aurais-je pu manquer cette réception ? Cela faisait tellement longtemps que nous n'avions pas eu l'occasion de nous voir !

Plume et Anémone se détestaient cordialement et chaque formule de politesse échangée n'était qu'une façon déguisée de relancer les hostilités. Elles se penchèrent en avant pour se faire la bise et Plume sentit la main d'Anémone froisser le volant de sa robe, alors qu'elle-même imprimait la marque de sa semelle sur ses souliers vernis.

— Il paraît que vous attendez un invité d'honneur, lança Plume en lui agitant son éventail sous le nez. C'est en tout cas ce que vos domestiques ont raconté aux nôtres, lorsqu'ils se sont croisés sur la place du marché.

— Les domestiques sont incapables de garder un secret. De vrais moulins à paroles, à peine le seuil de la maison franchi ! Je suis sûre que vous devez être impatiente de connaître son nom…

— Absolument pas, fit Plume avec un large sourire. J'ai suffisamment de prétendants et il me peinerait de leur imposer un nouveau rival.

Les lèvres d'Anémone se pincèrent en une moue renfrognée. En réalité, elle n'avait jamais eu l'intention de lui répondre. Pourquoi satisfaire sa curiosité alors qu'elle avait le loisir de la faire languir ? Mais Plume n'avait pas eu la bonté de lui offrir cette distraction.

— Quand vous évoquez vos soupirants, je suppose que cela vise exclusivement M. Céleste…

— Dans mon souvenir, M. Céleste est encore célibataire alors que ce n'est plus le cas de M. Guérin, il me semble ?

M. Guérin avait été le fiancé d'Anémone jusqu'à ce qu'un éclair de lucidité le pousse brusquement à en épouser une autre. Cette nouvelle avait aussitôt fait la joie de Mme Herrenstein, convaincue qu'elle pourrait marier sa fille bien avant celle de Mme Lavoisier.

— Savez-vous pourquoi vous êtes ici, Éléonore ? siffla Anémone entre ses dents.

— Parce que vous m'avez invitée, je présume.

— Et je ne vous ai invitée que parce que vous êtes la fille de l'ambassadeur. Votre père a beau porter le titre, vous-même, vous n'avez rien. Ni le nom ni même la richesse, car si j'écoute une rumeur perfide, il paraît que votre famille est complètement ruinée…

— C'est possible, mais ce n'est pas mon père qui offre des centaines de merles pour que les hommes daignent s'intéresser à moi.

— Vous méritez de finir dans les bas-fonds comme cette misérable fille de marchands de savons !

Plume sentit la colère monter en elle. Anémone ne manquait jamais une occasion de s'en prendre à Charlotte et de souligner l'origine de sa fortune. Et il était vrai que le savon lui ouvrait peu de portes dans les milieux mondains. La première réaction de Plume aurait été de lui administrer un coup d'éventail sur la tête. Mais, alors qu'elle réfléchissait à la meilleure façon de faire passer son acte pour un accident, un mouvement de foule vint brusquement interrompre ses pensées. Plume se retourna pour voir Frédérion, accompagné de son fidèle Sabre, pénétrer dans le hall.

S'il pouvait se montrer d'une extrême précision en matière de dentelle ou de faux plis, Frédérion ne remarquait jamais le tressaillement qui parcourait la salle à chacune de ses entrées. Ou comment, d'un seul mouvement, tous les invités se plaquaient contre le mur pour lui libérer le passage.

— Oh non, soupira Anémone, pourquoi faut-il toujours qu'il emmène cette horrible créature ? Et pourquoi vient-il droit vers nous ?

— Probablement parce que j'agite la main, répondit Plume.

Anémone lui lança un regard assassin avant d'étirer ses lèvres en un sourire crispé. Frédérion était le plus grand couturier de la capitale et sa boîte aux lettres débordait de cartons d'invitation. Sa renommée suffisait à lui attirer la faveur des nobles, même si beaucoup souhaitaient la mort prématurée de son manaestebal. Pour l'occasion, Sabre portait un ruban rose autour du cou, mais qui ne parvenait à compenser ni son air grognon ni ses longues canines.

— M. Céleste, c'est toujours un honneur de vous recevoir parmi nous, déclara Anémone en se tenant éloignée de Sabre qui cherchait à renifler sa robe.

— Et c'est un plaisir pour moi d'être présent, assura Frédérion. Une réception chez la famille Lavoisier est une occasion qui ne se refuse pas.

— Nous étions justement en train de parler de vous, ajouta Anémone dont les yeux brillaient d'une lueur malveillante. Éléonore me disait à l'instant à quel point elle trouvait que votre manaestebal était une créature adorable. Elle meurt d'envie de le caresser…

— Mais je vous en prie, Mlle Herrenstein.

Anémone eut la même expression réjouie que si Plume était contrainte de monter sur l'échafaud. Mais, loin d'être effrayée par la bête, la jeune fille se pencha vers Sabre et plongea son regard azur dans ses prunelles sombres. Elle laissa ses mains glisser sur son pelage jusqu'à lui effleurer le museau. Le manaestebal n'était pas aussi monstrueux que son aspect le laissait supposer. Hormis Frédérion, il était tenu à l'écart de toute compagnie humaine. Il aurait pu dévorer n'importe qui, mais Sabre souffrait seulement d'un terrible besoin d'affection.

— N'est-ce pas qu'il est mignon ? lança Plume alors que l'animal lui léchait le visage.

— Euh oui, en effet, bafouilla Anémone. Veuillez m'excuser, je dois aller accueillir les autres invités.

Elle s'empressa de rejoindre ses parents qui, immobiles au bas des marches de l'escalier, ressemblaient à des statues de marbre, honorant leurs hôtes d'un sourire condescendant.

À la différence d'Anémone, Mme Lavoisier était dotée d'une taille imposante qui entraînait l'achat de deux fois plus de tissus pour la vêtir que la majorité des dames. Son mari, quant à lui, possédait une épaisse moustache d'où s'échappaient par intermittence les volutes de fumée émanant de sa pipe.

— Vous savez ce qui me plaît le plus dans les bals ? demanda Frédérion.

Il n'avait jamais été réputé pour ses talents de danseur et Plume répondit par un poli hochement de tête.

— C'est de voir mes créations prendre vie lorsqu'elles sont sublimées par de si belles femmes.

Plume rougit. Sa robe, couleur saumon, avait été dessinée par Frédérion. C'était une succession de volants en tulle et satin, qui donnait à sa silhouette une impression de légèreté. Avec ses cheveux remontés sur sa nuque en un élégant chignon, elle savait précisément ce que Frédérion voyait en elle. Il la courtisait depuis trop longtemps pour qu'elle puisse l'ignorer.

— Et si nous allions dans la salle de bal ? proposa Plume.

— Avec plaisir. Mais je dois d'abord me séparer de mon pauvre Sabre, ajouta Frédérion. Il est très sensible aux bruits et la musique ne pourra avoir qu'un effet nocif sur sa santé... Je vous prie de bien vouloir m'attendre, Mlle Herrenstein, je ne serai pas long.

Frédérion lui adressa un dernier regard avant de disparaître dans la foule. Sabre n'était pas d'une constitution aussi fragile que le prétendait son maître. Seulement interdit de salle de bal et contraint de demeurer attaché à l'extérieur. Restée seule, Plume n'eut pas à souffrir longtemps de cette absence. Car une main lui saisit vivement le poignet, accompagnée d'un chuchotement surexcité.

— Éléonore, vous ne devinerez jamais qui est là, lui souffla sa mère à l'oreille. Il vient juste d'arriver et vous devez absolument lui être présentée.

— Mais je suis censée attendre M. Céleste, protesta Plume. Il va revenir d'une minute à l'autre.

— Au diable, M. Céleste !

Il avait beau être son soupirant le plus assidu, Frédérion n'était pour Mme Herrenstein qu'un prétendant de seconde catégorie. Celui qui serait accueilli à bras ouverts si sa fille ne trouvait pas mieux ailleurs.

— Je suppose qu'il s'agit de l'invité surprise, marmonna Plume.

— Exactement, et Anémone est déjà en train de lui faire du charme. Dépêchez-vous avant qu'il ne soit trop tard.

Entraînée dans le sillage de sa mère, Plume fut forcée de la suivre. À contre-courant, elles se frayèrent un passage parmi les nombreux invités qui se pressaient vers la salle de bal. Mme Herrenstein tremblait d'excitation et pour Plume, ce phénomène n'avait qu'une seule explication : cet homme devait être encore plus riche qu'elle ne l'avait supposé.

— Vous aurez du mal à l'admettre, moi-même, j'ai cru à une plaisanterie, continua sa mère, mais il s'agit de M. d'Aubrey !

— Monseigneur d'Aubrey est très âgé, fit remarquer Plume.

— Mais non, je vous parle de son fils ! Il vient tout juste de revenir dans la capitale et bien sûr, il est célibataire...

Plume sentit son cœur s'arrêter de battre. Au centre d'un groupe, composé en grande majorité de demoiselles à marier, un homme attirait tous les regards. Lui ou plutôt le rouge éclatant de sa chemise, symbole de la Ligue écarlate. Il devait être âgé d'une vingtaine d'années, et ses cheveux noirs encadraient un visage aux traits durs comme taillés au couteau. Ses prunelles d'un intense bleu gris évoquaient un rapace, surplombant les plaines à la recherche d'une proie. Plume n'eut aucune difficulté à le reconnaître. C'était lui, ce voleur de la nuit qu'elle avait laissé inconscient sur le sol froid d'un cabinet de travail. Élias d'Aubrey...

Une peur sans nom s'empara d'elle. Pendant des années, son existence n'avait tenu qu'à un fil, un éternel numéro de funambule où, nuit après nuit, elle résistait à l'attirance du vide. Jusqu'à cet instant précis où le sol venait de se dérober sous ses pieds. Il n'y avait aucune échappatoire. Elle ne pourrait plus s'enfuir par les toits, regagner sa chambre pour changer d'identité. Plume était Éléonore Herrenstein et cet homme n'allait pas tarder à s'en apercevoir.

Comment avait-elle pu être aussi bête pour s'introduire chez les d'Aubrey ? Elle avait pris cet inconnu pour un voleur alors qu'il n'était autre que le maître des lieux. Et lui avait joué le jeu, riant de sa naïveté.

— Venez, ma chère, lui dit Mme Herrenstein.

Se penchant vers Plume, elle réajusta son médaillon et glissa une mèche bouclée derrière son oreille. Ce serait donc sa mère qui la pousserait dans l'arène et la forcerait à s'avancer parmi ces filles de bonne famille qui, semblables à des mouches attirées par le miel, se bousculaient pour être présentées. Elle n'eut pas la force de s'opposer. Comment lui faire comprendre les conséquences qui découleraient d'un tel face-à-face ? Il était héritier de la Ligue et bientôt, il serait en mesure de la détruire. Jamais Plume n'avait imaginé connaître une pareille fin. Elle pensait mourir sous les balles de la milice, traquée comme un animal sur les toits de la ville. Pourtant, le destin était plein de surprises. La vérité n'éclaterait pas dans le décor sombre d'une ruelle malfamée, mais dans le cadre luxueux d'une résidence des beaux quartiers.

— M. d'Aubrey, fit le père d'Anémone, voici Mlle Vial-Barry dont la famille possède les manufactures de coton les plus importantes de la capitale.

Élias s'inclina alors que l'intéressée, une adolescente aussi raide qu'une planche de bois, s'efforçait de faire la révérence.

— Mlle Herrenstein dont le père est ambassadeur et membre du Conseil, poursuivit M. Lavoisier.

Plume retint son souffle. Elle s'attendait à ce qu'une expression de surprise apparaisse sur le visage d'Élias. Elle s'attendait à une dénonciation publique ou à ce qu'il l'entraîne dans une pièce adjacente. Elle s'attendait à des cris ou à des menaces. Elle s'attendait à beaucoup de choses, mais certainement pas à un bâillement. Élias lui accorda à peine un regard, la traitant avec le même intérêt que si elle appartenait à une espèce inférieure. Plume éprouva aussitôt un immense soulagement.

« Quel imbécile », songea-t-elle. En temps normal, ce manque de respect lui serait apparu comme un affront. Mais cette indifférence était sa seule porte de salut. Si elle parvenait à éviter Élias pour le reste de la soirée, elle pourrait encore échapper à la milice. De toute façon, l'autre ne s'intéressait pas à elle et suffisamment de demoiselles se pressaient sur les rangs pour qu'il n'ait pas à chercher loin sa cavalière.

Sans demander son reste, Plume se faufila vers la salle de bal où elle retrouva Frédérion, adossé contre l'un des piliers. La pièce était gigantesque et des miroirs recouvraient les murs, créant l'illusion d'un espace décuplé à l'infini. Un immense lustre de cristal, qui faisait la fierté de la famille d'Anémone, scintillait de mille feux. Sa lumière éclairait l'estrade où une dizaine de musiciens entamaient l'air d'une valse. Sur la piste de danse, des couples tournoyaient et de somptueuses robes se côtoyaient dans une explosion de couleurs.

Les musiques autorisées par la censure étaient au nombre de six : une demi-douzaine de mélodies qui se répétaient en une boucle infernale. Comment des notes pouvaient-elles être jugées contraires au régime ? Pour l'Oméga, ce n'était sans doute qu'une façon de resserrer son contrôle, d'imposer ces airs comme il codifiait les pas de danse. On privait les individus de leur liberté, les habituant peu à peu à cette surveillance constante. Jusqu'à ce que la dictature leur paraisse naturelle.

— Ah, Mlle Herrenstein ! fit Frédérion. Je me demandais où vous étiez.

— Je suis vraiment désolée, lui dit Plume, mais ma mère a insisté pour me présenter à M. d'Aubrey. Il est héritier de la Ligue et…

Réprimant un sanglot, Plume se tamponna les yeux avec un mouchoir en dentelle. Elle avait besoin de Frédérion et simuler une crise de larmes était une méthode qui avait déjà fait ses preuves. Facilement manipulable, Frédérion se pencha vers elle, prêt à lui offrir une épaule réconfortante.

— Vous allez bien ? s'inquiéta-t-il.

— M. d'Aubrey… m'a complètement ignorée, prononça-t-elle d'une voix faible. Comme si je n'avais aucune importance. Vous savez que mes parents espèrent me voir épouser un homme riche. Parfois, j'ai l'impression d'être un objet qui chercherait simplement un acquéreur. Vous ne pouvez pas comprendre ce que je ressens…

Le ton était parfaitement maîtrisé et un battement de cils suffit à convaincre Frédérion qu'il était l'homme de la situation.

— Mlle Herrenstein, assura-t-il, cet individu a été absolument grossier à votre égard et aucune fortune ne justifie un pareil comportement.

— Je me sens tellement humiliée, sanglota Plume, je n'oserai plus jamais paraître devant lui.

— Ne vous inquiétez pas, personne ne vous obligera à danser avec lui si sa compagnie vous met mal à l'aise.

— Vous n'étiez pas à la réception des Barkin la semaine dernière, ajouta-t-elle, vous n'avez pas été témoin de ma honte. J'ai passé la nuit seule, assise sur une chaise, et personne ne daignait s'intéresser à moi. Aujourd'hui, j'ignore encore comment je suis censée supporter tous ces affronts sans devenir une machine.

Plume ne s'était jamais rendue à cette soirée, mais son interlocuteur n'était pas en mesure de le savoir. L'idée qu'elle puisse être à ce point malheureuse produisit aussitôt chez Frédérion l'effet escompté.

— Rien ne me ferait plus plaisir que d'être votre cavalier, affirma-t-il. Vous n'êtes pas quelconque, Mlle Herrenstein… Vous avez plus de valeur pour moi que vous ne pouvez l'imaginer.

Levant vers lui un regard reconnaissant, Plume s'empressa d'accepter son bras. Parfois, elle éprouvait de la pitié pour Frédérion ; elle se sentait coupable de n'en faire qu'une marionnette entre ses doigts. Elle ne doutait pas qu'il l'aimait profondément. Mais, hormis de l'amitié, elle n'avait rien à lui offrir.

— Vous aimez la valse, Mlle Herrenstein ?

Plume lui adressa un sourire alors qu'elle le suivait sur la piste de danse. Ils se mêlèrent aux autres couples et la main de Frédérion se posa délicatement sur sa taille. Avec sa haute silhouette et leur différence d'altitude, il ressemblait à un géant luttant pour la faire tournoyer.

— Vous pouvez m'appeler Éléonore, lui dit-elle. Nous nous connaissons depuis si longtemps.

— Alors, appelez-moi aussi par mon prénom.

Un murmure parcourut la foule et ne tarda pas à leur annoncer l'arrivée d'Élias. Son choix s'était porté sur Anémone et l'heureuse élue rayonnait comme si une alliance scintillait déjà à son doigt.

— Je vous en prie, chuchota Plume, je ne voudrais surtout pas qu'il me voie.

Avec une grande efficacité, Frédérion se plia à cette consigne. Quand Élias choisissait de valser à droite de la salle, il se déportait sur la gauche et jouait avec les piliers pour éviter de le croiser. Il le contournait avec une aisance qui forçait l'admiration.

Une heure se déroula ainsi, marquée seulement par le changement de partenaires d'Élias. Après deux danses avec Anémone, il laissa sa chance à Mlle Vial-Barry, puis enchaîna avec une jeune fille au teint pâle presque maladif que Plume ne connaissait pas. Avant de revenir vers Anémone pour son plus grand contentement.

Élias était bien le centre de toutes les attentions. Chacun de ses gestes était épié par la plupart des invités et dès que la musique s'interrompait, une multitude de demoiselles se précipitaient vers lui, tels des satellites gravitant autour de leur étoile. Il n'avait que l'embarras du choix.

— Et si nous faisions une pause ? proposa Frédérion.

L'exercice avait fait naître des gouttes de sueur sur son front. Plume acquiesça. Elle avait perdu Élias de vue, mais il était sans doute dans la pièce adjacente, entouré par des filles en robe froufroutante et qui gloussaient en déployant leurs charmes.

— Monseigneur d'Aubrey est sans doute proche de la fin, marmonna Frédérion.

— Il est mourant ? s'étonna Plume.

— Ce genre d'information ne filtre jamais du palais, mais pour quelle autre raison aurait-il fait revenir son fils ? Les seigneurs de la Ligue protègent leur descendance comme la prunelle de leurs yeux.

— Alors, M. d'Aubrey est uniquement là pour lui succéder ?

— Vous êtes bien trop jeune pour comprendre les subtilités du pouvoir, fit Frédérion dans un pâle sourire. Mais la dynastie doit perdurer et tant que l'héritier n'est pas suffisamment puissant, il demeure dans l'ombre. Il y a déjà eu de nombreux attentats, des empoisonnements qui ne visaient qu'à affaiblir l'une des familles de la Ligue. Les enfants ne sont qu'une carte à abattre dans cette guerre d'influence qui dure depuis plusieurs générations.

« Un nid de serpents », conclut Plume. Elle n'ignorait pas qu'une lutte interne divisait la Ligue et assassiner les successeurs devait faire partie des règles du jeu. Il était vrai que les héritiers surgissaient souvent du néant. Leur identité jusqu'alors tenue secrète, ils ne s'affirmaient aux yeux du monde qu'à l'âge adulte.

Lorsque Mandias d'Aubrey avait siégé à la fête nationale, il n'avait pas semblé plus affaibli que d'ordinaire. Aussi loin que remontaient les souvenirs de Plume, il lui était toujours apparu comme un roc bravant les assauts du vent. Sa force dissimulait peut-être un mal qui le rongeait de l'intérieur. À moins qu'Élias ne soit qu'un renfort appelé pour consolider la place de son père.

— Excusez-moi, M. Céleste, prononça un valet en livrée blanche.

L'espace d'un instant, Plume crut qu'il était venu leur proposer un verre. Pourtant, à la différence des autres serviteurs, il ne portait aucun plateau.

— Oui, qu'y a-t-il ? questionna Frédérion.

— Votre manaestebal, monsieur, bredouilla le domestique. Il s'est détaché.

— Ah ? Eh bien, rattachez-le.

Cette solution pleine de bon sens ne parut pas enthousiasmer son interlocuteur. Il se tordait les mains, comme sur le point de leur faire une confession honteuse.

— Monsieur, la créature s'est introduite dans la cuisine et elle est en train de piller le garde-manger…

Plume imagina aussitôt Sabre, devenu maître d'un royaume de nourritures et chassant une population de cuisiniers hors de ses terres.

— J'arrive tout de suite, soupira Frédérion. Mlle Herren… je veux dire, Éléonore, je vous prie de bien vouloir m'excuser quelques instants.

Frédérion claqua des talons et s'éloigna solennellement en direction de la salle du pillage.

« Pauvre Sabre, songea Plume, pour une fois qu'il appréciait la fête. »

L'immense horloge derrière l'estrade des musiciens sonna vingt-deux heures. Dehors régnait déjà le couvre-feu et s'il était interdit de sortir à la nuit tombée, une parade avait vite été imaginée. La réception débutait avant le coucher du soleil et se poursuivait jusqu'au petit matin. Prisonniers d'une salle de bal où l'alcool coulait à flots, la plupart des nobles finissaient dans un état comateux, avachis sur le plancher.

— Est-ce que vous m'accorderiez cette danse ?

Plume sursauta. Elle se retourna pour tomber nez-à-nez avec Élias dont l'air ennuyé avait laissé place à un sourire aimable. Il s'était débarrassé de ses prétendantes qui, de l'autre côté de la pièce, lui lançaient des regards plein d'espoir.

— Je regrette, monsieur, répondit Plume en s'abritant derrière son éventail, je suis déjà prise pour cette danse.

— Vraiment ? Pourtant, je ne vois aucun cavalier susceptible de revendiquer son droit.

— Il vient juste de s'absenter, marmonna-t-elle, mal à l'aise.

Plume n'arrivait pas à déterminer si Élias l'avait ou non reconnue. Après tout, il avait aperçu son visage à la lumière tremblotante d'une bougie. Si la chance était son alliée, peut-être ne ferait-il pas le lien avec elle. Avec sa robe saumon et sa perruque aux cheveux bouclés, personne n'aurait pu supposer qu'elle passait ses nuits à escalader les toits.

— Je doute que ce monsieur daigne réapparaître, fit Élias.

Et sans lui demander son avis, il lui prit la main et l'entraîna sur la piste de danse. Plume dut se séparer de son éventail lorsque l'un des morceaux autorisés par le gouvernement se fit entendre pour la cinquième fois consécutive.

Élias la saisit par la taille et commença à la faire tournoyer alors que leurs pas s'enchaînaient dans une chorégraphie maintes fois répétée.

— Ainsi, votre père est ambassadeur et membre du Conseil ? demanda Élias dans un souci louable de faire la conversation.

— Oui, répondit Plume qui faisait des efforts pour ne pas le regarder dans les yeux.

— Cela doit être passionnant. Et je suppose qu'en tant que fille de l'ambassadeur, vous devez être conviée à de nombreuses réceptions.

— En effet.

Élias s'immobilisa brusquement. D'un geste doux, il lui souleva le menton et Plume sentit son regard d'aigle scruter son visage. Elle s'empressa de détourner la tête, mais le front d'Élias s'était déjà plissé sous l'effet de la réflexion.

— Dites-moi, on ne se serait pas déjà croisés quelque part ?

— Je ne crois pas, bafouilla-t-elle.

— Vous ne vous êtes jamais rendue à Hirion ? Non ? Pourtant, je suis sûr de vous avoir déjà rencontrée.

— Vous devez me confondre avec quelqu'un d'autre.

— Attendez, je crois me souvenir. Ne serait-ce pas à la fête nationale, il y a deux ans ? Ou, ajouta Élias avec un sourire en coin, plus vraisemblablement hier quand vous m'avez fracassé un vase sur la tête.

Sa voix était passée du bavardage à un ton lourd d'accusation. Plume ne chercha même pas à protester. Cela n'aurait servi à rien, seulement à repousser cet inévitable face-à-face.

— Comment est-ce que vous m'avez reconnue ? murmura-t-elle.

— Comment aurais-je fait pour ne pas vous reconnaître ? J'ai su que c'était vous au moment précis où vous m'êtes apparue parmi toutes ces demoiselles frivoles qui trépignaient d'impatience. À moins que vous ne vous demandiez pourquoi j'ai attendu si longtemps pour vous le dire ?

Si jusqu'à présent ses sentiments pour Élias étaient confus, Plume sut aussitôt qu'elle le détestait. Cette réalité dut lui échapper car, imperturbable, il l'entraîna à nouveau parmi les couples de danseurs. Leur discussion ne semblait être rien d'autre pour lui qu'un échange de banalités.

— Que voulez-vous ! soupira Élias en la faisant tourner sur elle-même. L'ennui me guette si facilement, alors quand je vous ai vue, essayant désespérément de me fuir, l'occasion m'a paru trop belle pour la laisser passer. Pourquoi vous dénoncer devant tous ces imbéciles qui n'attendent qu'un scandale à se mettre sous la dent ? Je connais votre nom et il n'y a plus aucune raison pour que vous me filiez entre les doigts.

Élias n'était qu'un chat jouant avec une souris entre ses griffes. Il l'avait volontairement ignorée, lui laissant croire en une échappatoire, alors qu'il n'attendait que l'instant propice pour refermer le piège sur elle.

— Et dire que, ce matin même, j'ai ordonné à l'un de mes hommes de vous retrouver. Franchement, je n'aurais jamais imaginé que vous puissiez être une fille d'aristocrates. Je ne regrette absolument pas d'être venu à cette réception. Il n'empêche que ces gens ont un sacré culot ! Je n'étais pas encore arrivé dans la capitale que l'invitation était déjà dans ma boîte aux lettres... « Cher M. d'Aubrey, nous serions plus qu'honorés de vous compter parmi nos invités » et blablabla. En réalité, malgré un terrible mal de crâne – auquel vous n'êtes pas étrangère –, je ne me suis traîné ici que pour élucider ce mystère. Personne n'était censé connaître mon retour, alors comment cette maudite famille a-t-elle pu être au courant ? Mais, chère Mlle Herrenstein, se ressaisit Élias, je ne voudrais pas vous ennuyer avec mes problèmes. Vous êtes en tout cas une distraction bien plus passionnante que cette affaire d'indiscrétion...

Plume se mordit la lèvre. Elle jeta un coup d'œil derrière son épaule, mais Frédérion n'était toujours pas réapparu.

— Si j'ai bien compris, M. Céleste fait mumuse avec des chiffons, est-ce bien cela ?

— Il est couturier, rectifia Plume, et il est l'un des meilleurs de Seräen.

À l'image des autres danseurs, Élias la souleva par la taille avant de la reposer sur le sol avec une force surprenante. Dans ses bras, Plume avait l'impression de n'être qu'une feuille soumise aux caprices du vent. Elle haïssait le contact de ses mains sur son corps et ce plaisir sournois que trahissait chacune de ses phrases.

— C'est moi qui ai détaché son loufoque d'animal, susurra Élias en se penchant vers elle. Il me fallait un prétexte pour me débarrasser de lui, il n'aurait fait que nous déranger.

— Le manaestebal est une créature entre le loup et le phoque, marmonna Plume. Il n'a rien de drôle !

— C'est bien ce que je dis, ricana l'autre, un *loup-phoque* d'animal.

Ce trait d'esprit n'arracha à Plume qu'un haussement de sourcils. Élias dissimulait ses réelles intentions derrière ses bavardages. Et Plume ne supportait plus cette attente qui précédait l'instant où, lassé de ce petit jeu, il finirait par lui asséner le coup fatal.

— Qu'est-ce que vous voulez ?

— Je vous demande pardon ? demanda Élias avec un sourire poli.

— N'essayez pas de me faire croire que vous n'avez aucune idée derrière la tête. Vous êtes comme le prédateur qui se délecte de sa proie et, si je n'avais pas un intérêt à vos yeux, vous seriez en train de séduire l'une de ces filles en quête d'argent !

— Vous êtes consciente que je suis héritier de la Ligue et que si j'étais plus attaché au protocole, votre manque de respect vous conduirait directement dans les prisons du palais ?

Plume se décida alors à traduire autrement sa pensée.

— Puis-je connaître, M. d'Aubrey, la raison qui vous pousse à honorer mon humble personne de votre compagnie ?

Élias eut un petit rire.

— Finalement, continuez de me parler comme vous le faisiez, lui dit-il. Personne n'a osé employer ce ton à mon égard depuis des années… Pour reprendre vos charmants propos, je n'étais pas en train de séduire ces filles. Tout d'abord, parce que c'est inutile, la couleur de ma chemise suffit à m'attirer toutes leurs faveurs. Et ensuite, parce que ces mercenaires en dentelle cherchent uniquement à planter leurs doigts griffus dans ma bourse… Non, j'essayais simplement de glaner des informations sur vous. Comment une demoiselle de bonne famille a-t-elle fini en chat de gouttière ? Mlle Lavoisier, cette plante vénéneuse, est une source inépuisable de renseignements.

— Je me moque d'Anémone, votre pouvoir de nuisance dépasse largement le sien.

— Est-ce la raison qui pousse vos pas de danse à devenir un, deux, un, deux, j'écrase-les-pieds-de-mon-cavalier ?

Plume baissa la tête pour découvrir l'empreinte nette de sa semelle sur les chaussures d'Élias. Ce devait être la réponse de son subconscient et il était hors de question qu'elle s'excuse.

— Vous ne l'avez pas volé, marmonna-t-elle.

— Et pourquoi donc ? fit Élias en prenant un air offusqué. C'est moi qui vous ai fracassé un vase sur la tête ?

— Non, vous m'avez tordu le bras.

— Je vous ai déjà dit à quel point je regrettais cet incident… Oui, je plaide coupable ! Je ne suis qu'un provincial qui ignorait qu'à la capitale, il était de coutume de se promener masqué après le début du couvre-feu. Je vous ai prise pour un tueur, une supposition dont vous me pardonnerez l'incongruité. J'étais bien naïf de penser qu'une silhouette vêtue de noir et m'épiant à travers les carreaux avait été envoyée par l'un de mes ennemis.

— Vous aviez l'intention de m'assassiner, siffla Plume entre ses dents.

— Oui, vous avez absolument raison. Quand je vous ai vue agiter bêtement votre dague, j'ai su que vous représentiez un danger mortel, lança Élias sur un ton sarcastique. Et maintenant, vous seriez bien aimable de me suivre. Il nous reste certaines petites choses à régler et il y a trop d'oreilles indiscrètes dans cette pièce.

À contrecœur, Plume se laissa entraîner jusqu'au balcon. Un couple enlacé occupait déjà la place, mais la vision d'un héritier de la Ligue fronçant les sourcils suffit à les convaincre de regagner la salle de bal. Dans un dernier gloussement, ils refermèrent la porte derrière eux. La musique ne fut plus qu'un lointain écho et dans la fraîcheur de la nuit, Plume se mit à frissonner.

L'heure était venue d'abattre leurs cartes et à la mine réjouie d'Élias, il était évident que son jeu était plus fourni que le sien. Le seul atout de Plume était ce mystérieux tableau dissimulé dans le cabinet de travail. Ce n'était pas suffisant pour imposer sa volonté surtout que cet homme connaissait sa double identité. Les forces étant contre elle, Plume choisit de faire appel à ses talents de manipulatrice.

— Écoutez, lui dit-elle, je suis vraiment désolée. Vous étiez habillé en noir, vous étiez en train de fouiller dans la bibliothèque, j'ai cru que vous étiez un voleur… Si j'avais su qui vous étiez en réalité, jamais je n'aurais osé…

Plume s'interrompit. Élias avait penché la tête de côté, comme pour l'observer sous un angle nouveau. Un rictus apparaissait à la commissure de ses lèvres, une expression qui lui rappelait celle d'un homme écoutant en boucle la même plaisanterie et qui continuerait d'en rire.

— Est-ce que je ressemble à M. Céleste ?

Ils n'avaient aucun point commun mais, loin d'être purement rhétorique, sa question était lourde de sous-entendus.

— Je vous ai observée tout à l'heure, vous savez, continua Élias. J'ai vu ce charmant petit numéro du mouchoir en dentelle et la façon dont vous lui avez susurré l'idée d'être votre cavalier. C'était bien joué, on s'intéresse moins à une fille en train de danser, perdue au milieu de la foule, qu'à une demoiselle esseulée.

— Comment est-ce que vous avez pu nous entendre ? fit Plume, offusquée que sa conversation privée ait pu parvenir jusqu'à ses oreilles.

— Je ne vous ai pas entendus, je lis sur les lèvres. C'est assez pratique, je dois le reconnaître, pour surprendre les complots et les machinations.

Plume se fit aussitôt le serment de ne plus jamais prononcer le moindre mot compromettant en sa présence.

— Vous êtes très douée, complimenta Élias. Mais je suis déjà tombé dans le piège la nuit dernière pour ne plus me laisser prendre à votre petit jeu. Alors, vous allez m'épargner votre comédie et répondre à mes questions.

— Qu'est-ce que vous voulez savoir ?

Bien qu'ils soient seuls sur le balcon, Élias l'attira dans le coin opposé comme s'il redoutait que cet apparent silence puisse abriter un espion.

— La chose interdite, chuchota-t-il, qu'avez-vous vu exactement ?

— Vous voulez dire la toile ? demanda Plume d'une voix innocente.

— D'après vous ?

— J'en ai vu suffisamment pour savoir que la milice serait ravie d'enquêter sur vous. C'est une atteinte manifeste à la première règle et en tant qu'Orméenne, mon devoir serait de prévenir immédiatement les autorités.

Élias n'eut pas l'air de se sentir menacé.

— C'est une accusation grave, ricana-t-il, et j'ai bien peur que sans preuves, personne n'ose remettre en cause l'honorabilité de la famille d'Aubrey. Vous pensez vraiment que quelqu'un se risquera à vous croire ? Comment voulez-vous que la Ligue puisse violer une règle qu'elle a elle-même édictée ?

— Quand on retrouvera le tableau dans vos affaires, je suppose que mon histoire ne semblera plus aussi fantaisiste.

— Et que représente donc cette peinture dont vous paraissez si convaincue de l'existence ?

Plume n'en avait aucune idée. Elle n'avait fait que l'apercevoir, trop éloignée pour discerner autre chose qu'un amas de couleurs.

— C'était un paysage, prétendit-elle.

— Mais encore ?

— Avec des arbres et un grand ciel bleu.

Imperturbable, Élias la fixait avec son regard perçant. Plume était incapable de savoir si elle avait visé juste ou si elle était complètement dans l'erreur. Après tout, qui n'aurait pas envie de peindre une nature vierge de tout rempart où les champs constitueraient le seul horizon ?

— Je vois, murmura Élias. Je suis surpris qu'ayant déroulé la toile dos à la fenêtre, vous ayez pu en avoir une vision aussi nette. Vous êtes une menteuse, Mlle Herrenstein, mais pour une fois, cela m'est parfaitement égal.

— Si je n'ai rien vu, je ne représente pas un danger pour vous ?

— Ce serait vous surestimer que de croire cela.

— Dans ce cas, on est quittes ?

Élias éclata de rire et Plume chassa aussitôt de ses pensées l'image d'un quelconque statut quo.

— Vous n'avez pas l'air de comprendre, chère mademoiselle, développa Élias. Vous n'avez jamais eu d'arme contre moi, alors que je sais précisément comment vous faire tomber. Que dirait la haute société en apprenant qu'une aristocrate use de l'obscurité pour se livrer à des vols ?

— Je ne suis pas une voleuse ! rétorqua Plume.

— Pourtant, vous êtes bien partie avec ma montre ?

— C'est vous qui avez insisté pour que je la prenne.

— Peut-être bien, mais vous aurez du mal à le démontrer. Et même si c'était le cas, qu'est-ce que vous faisiez sur les toits ?

— J'observais les étoiles, marmonna-t-elle, ce qui n'était qu'une légère déformation de la vérité. Je me suis approchée de votre maison parce que j'ai vu de la lumière.

— Vous avez de bien curieuses occupations, commenta Élias avec un sourire moqueur. Et si nous revenions à nos moutons, qu'est-ce que vous me donnez pour que je me taise ?

Du chantage ! Plume éprouva une soudaine envie de l'étrangler. Elle se sentait piégée, contrainte de reculer dans ses retranchements, alors que son ennemi ne lui offrait que sarcasmes et railleries.

— Je vais me débarrasser de la montre et vous n'aurez plus aucune preuve contre moi !

— Laissez-moi réfléchir... Dans mon souvenir, la petite Plume avait les cheveux courts. Étant donné qu'ils n'ont pas pu repousser en une seule journée, je suppose que ce que vous avez là est une perruque. La preuve est à portée de main, non ?

— Non, c'est l'inverse, prétendit-elle. J'ai caché mes cheveux longs sous une perruque. Ils n'ont jamais été courts...

— Oh, vraiment ? Pourtant, je me rappelle très bien avoir glissé mes doigts dedans – vous savez, quand je vous ai tirée en arrière – et ils m'ont paru bien résistants. On peut réitérer l'expérience si vous le souhaitez.

— Vous n'oseriez pas toucher les cheveux d'une dame ! s'exclama Plume en reculant de plusieurs pas.

— Déjà, vous n'êtes pas une dame, fit remarquer Élias, car une dame ne porterait jamais une dague sur elle. Ensuite, ce ne sont pas vos cheveux puisqu'il s'agit d'une perruque.

Élias était beaucoup plus fort qu'elle. S'obstiner à lui faire face était une erreur. S'il était impossible de le manipuler, la seule solution était d'accepter ses conditions.

— Très bien, consentit Plume de mauvaise grâce. Quel est votre prix ?

— Je ne veux pas d'argent, j'en ai beaucoup plus que je ne pourrai jamais en dépenser.

— Alors, que voulez-vous ?

Plume s'attendait à conclure un pacte avec le diable. Il allait l'enchaîner à son service et elle ne pourrait plus jamais retrouver sa liberté, à moins de voir son secret révélé. Un long silence s'en suivit avant qu'Élias se décide enfin à parler.

— J'exige de plates excuses, déclara-t-il. Vous m'avez fracassé un vase sur la tête, alors que je vous avais aimablement invitée à piller mes cuisines.

— C'est une plaisanterie ? lança Plume qui la trouvait déjà de très mauvais goût.

— Absolument pas. Je ne suis pas assez machiavélique, Mlle Herrenstein, pour souhaiter votre perte. Reconnaissez simplement vos torts et j'oublierai toute cette histoire.

Il avait l'air étonnamment sérieux. Avec une moue sceptique, Plume s'inclina en une profonde révérence.

— Veuillez me pardonner, M. d'Aubrey, d'avoir usé de la violence sur votre auguste personne. Je vous promets de ne plus recommencer et que…

— Bon, ça suffit, coupa Élias. Dans votre bouche, même les excuses sonnent comme une moquerie.

Plume ne pouvait nier qu'elle avait du mal à dissimuler le mépris que lui inspirait cet homme. Mais l'intéressé ne semblait pas s'en offusquer. Adossé contre la balustrade, il lui fit signe d'approcher et Plume obtempéra à contrecœur.

— Venez vous asseoir, lui dit Élias en désignant le rebord à côté de lui.

— Je préfère rester debout.

— Comme vous voulez.

Élias se caressa la lèvre. Dans ses prunelles bleu gris, Plume devinait les rouages de son esprit s'enclencher lentement comme une machinerie bien huilée. Elle n'était pas assez naïve pour voir dans sa mansuétude autre chose qu'une nouvelle ruse. Pourquoi renoncerait-il si facilement à ce moyen de pression, alors qu'elle n'avait d'autre choix que de lui obéir ?

— Puisque nous n'avons plus aucun différend, prononça Plume dans une vaine tentative de repli, est-ce que je peux retourner dans la salle de bal ? M. Céleste me cherche probablement.

Élias acquiesça d'un hochement de tête. Mais Plume se fut à peine éloignée qu'il la retint par le poignet.

— Attendez un peu. Une dernière chose…

Plume lui tendit une oreille peu complaisante.

— En tant qu'héritier de la Ligue, mon devoir est de me marier afin d'assurer la lignée. Il s'agit d'une obligation à laquelle je ne saurais me soustraire. Les plus beaux partis de la capitale ont été conviés à cette réception et il serait illusoire de me voiler la face. Ces demoiselles n'espèrent me séduire que pour obtenir mon argent.

— C'est malheureux, compatit Plume dans un soupir hypocrite. J'ose à peine imaginer la souffrance que vous devez éprouver à l'idée d'occuper une telle position.

— D'après vous, comment réagirait Mlle Lavoisier si je lui faisais ma demande ?

Si Anémone était sa favorite, Plume ne doutait pas qu'ils formeraient un joli couple : le rapace et la ronce. Elle devinait déjà son sourire triomphant qui ne ferait que révéler ses dents de cheval.

— Elle serait enchantée, assurément. Comment pourrait-il en être autrement alors que vous lui offrez la possibilité de parader en robe écarlate ?

— Dans ce cas, Mlle Lavoisier risque d'être déçue, ricana Élias, parce que je n'ai pas l'intention de me fiancer avec elle. Souhaitez-vous connaître le nom de l'heureuse élue ?

Plume répondit par un haussement d'épaules. Anémone possédait une fortune considérable, mais il n'était pas improbable qu'une dot plus conséquente soit l'apanage d'une autre demoiselle. Des critères tels que l'attirance ou la beauté n'intervenaient sans doute pas dans le choix d'Élias.

— Et de qui s'agit-il ? questionna Plume avec un désintérêt manifeste.

— De *vous*, Mlle Herrenstein.

Chapitre 6

La demande en mariage

— Voulez-vous m'épouser ? explicita Élias. Est-ce que cela vous plairait de devenir Mme d'Aubrey ?

Plume fronça les sourcils. Elle s'attendait à un éclat de rire, à une preuve que cette demande en mariage n'était qu'une démonstration de son humour douteux. Pourtant, le visage d'Élias n'exprimait aucun sarcasme. Sa main s'était emparée de la sienne et Plume ne tenta même pas de se dégager.

— Vous êtes surprise, lui dit-il, c'est normal. Acceptez d'être ma femme et je promets de vous rendre heureuse.

— Écoutez, murmura Plume à la recherche d'une explication logique. On vous a mal renseigné, je n'ai pas d'argent…

— Non, au contraire, Mlle Lavoisier a été particulièrement claire sur ce point. Il paraît que votre famille a de graves difficultés financières. Mais je vous l'ai déjà dit, j'ai assez d'argent pour me désintéresser de ces considérations pécuniaires. Alors, ajouta Élias, quelle est votre réponse ?

Sa réponse ! Comment pouvait-elle répondre à un homme qui, quelques minutes plus tôt, menaçait de la dénoncer ?

— Vous êtes en train de vous moquer de moi ! s'écria Plume.

— Je ne plaisante jamais sur des sujets aussi graves. Et mes intentions sont tout ce qu'il y a d'honnête.

— Très bien, marmonna-t-elle. Dans ce cas, où est le piège ?

— Quel piège ?

— Je ne suis pas aussi idiote que vous le pensez, M. d'Aubrey. Aucun héritier de la Ligue n'épouserait une inconnue sur un coup de tête, alors qu'elle n'a ni nom ni fortune. Tous vos prédécesseurs ont conclu des alliances qui ne visaient qu'à accroître leur puissance.

— Je suis peut-être décidé à rompre avec la tradition…

— Vous ne me proposeriez pas de vous épouser si vous n'espériez pas en tirer un quelconque avantage !

— Un avantage, mais votre charmante présence ! Vous avez l'art de me distraire et j'ai le malheur de m'ennuyer si facilement. Ne me dites pas que vous n'avez jamais rêvé d'une vie de princesse avec une garde-robe bien remplie et une armée de domestiques pour vous servir ?

— Non, je préfère être pauvre et finir dans les bas-fonds plutôt que d'être claquemurée dans une prison dorée ! Et certainement pas avec vous !

Plume retira brutalement sa main de celle d'Élias.

— Il vaut mieux être mon alliée que mon ennemie, Mlle Herrenstein, lui fit remarquer Élias d'un ton doucereux. Personne n'a jamais dit non à un seigneur de la Ligue.

— Vous n'avez pas encore le titre, répliqua Plume, et longue vie à Monseigneur d'Aubrey !

Élias ne fit aucun geste pour la retenir alors qu'elle se précipitait vers la salle de bal. Plume ne partit pas rejoindre Frédérion, elle se faufila dans la demeure, bousculant les invités jusqu'à rencontrer une porte close. Sans réfléchir, elle se glissa à l'intérieur. C'était un placard à balais.

Plume voulait fuir Élias, échapper à cette pensée angoissante qu'il la suivrait telle une ombre menaçante. Il lui avait demandé sa main et si la raison de son geste demeurait un mystère, elle n'avait rien d'innocente. Mais un regret l'empêchait de réfléchir. Jamais elle n'aurait dû succomber à la tentation et rencontrer Élias. Elle s'était créé son propre ennemi et pour parfaire sa chute, l'avait doté des armes nécessaires pour la vaincre. Si seulement elle avait pu rester Éléonore Herrenstein…

Un bruit léger lui fit relever la tête. Une silhouette se mouvait dans la pénombre, un corps gigantesque qui donnait l'impression de ramper sur le sol. C'est alors qu'elle sentit une langue chaude lui lécher le nez.

— Sabre ? chuchota-t-elle. Tu es là ?

Ses doigts effleurèrent son pelage doux et malgré les ténèbres, elle devinait ses immenses yeux plongés dans les siens. Ainsi s'était conclue son escapade dans la cuisine. Par son enfermement dans ce minuscule placard. Frédérion s'était sans doute fié aux domestiques, persuadé que Sabre ne ferait que passer la nuit loin du garde-manger.

— Reste avec moi, murmura Plume.

Lentement, elle enfouit son visage dans le creux de son cou. Sabre répondit à cette étreinte par un grognement. Loin d'être hostile, ce grondement sourd était seulement sa façon d'exprimer son affection.

Une larme, puis une seconde glissèrent le long de ses joues. Et pour la première fois depuis des années, Plume pleura…

Quelque part à Seräen, dans les souterrains qui parcouraient la ville, une pièce abritait une bande de voleurs recherchés par les gardes. Allongés sur le sol ou sur l'unique matelas – attribué à tour de rôle –, ces hors-la-loi étaient pour l'instant endormis comme le trahissait la symphonie de ronflements. Seuls les yeux d'Avalon perçaient l'obscurité. Il devait être quatre heures du matin, mais il ne parvenait pas à trouver le sommeil. Il attendait.

Toby n'était pas encore revenu de la Cour des fous. Il avait beau être le chef d'une bande de vagabonds, il n'en restait pas moins un gamin de seize ans. Une pensée hantait toujours Avalon, la crainte qu'un jour ou l'autre, l'un de ses compagnons ne rentre pas. Toby était le plus jeune et son devoir était de le protéger. Il l'aimait comme un frère, comme Pandore qui, à quelques mètres de là, partageait une couverture avec Killian. Pour chacun d'eux, Avalon se sentait responsable. Édelmard, Gilfred, Nector… et aussi Pipo. Mais lui avait acquis une place particulière dans son cœur. Ce n'était pas un voleur, encore moins un criminel. Seulement un petit garçon de quatre ans, blotti dans ses bras.

Pipo s'était glissé dans sa vie, un soir d'hiver. Un soir froid et humide où plusieurs familles avaient été arrêtées par la milice. Avalon les avait vues monter dans de monstrueuses cages de fer, des prisons sur roues qui ne tarderaient pas à les conduire dans les cachots du palais. Parmi les captifs, une femme aux cheveux blonds sanglotait dans un mouchoir. À travers les barreaux, son regard avait croisé celui d'Avalon.

— Mon fils, je vous en supplie…

Pourquoi l'avait-elle choisi ? Lui-même l'ignorait : un hasard, à moins que son instinct de mère ne lui ait laissé entrevoir l'avenir. Que cet homme, si distant parmi les badauds qui observaient la scène, serait bientôt prêt à mourir pour sauver son enfant.

Lentement, Avalon avait acquiescé d'un signe de tête. Fidèle à sa parole, il s'était faufilé dans la maison. Des meubles retournés, des assiettes brisées, un bouquet de fleurs fanées éparpillées sur le sol… Une trace de la violence des miliciens qui avaient défoncé la porte pour détruire tant d'existences. Quel crime ces gens avaient-ils bien pu commettre ? Étaient-ce des opposants au régime ou seulement des intellectuels convaincus que le savoir passait par les livres ? Avalon n'eut jamais la réponse à cette question.

Pendant de longues minutes, il avait fouillé chacune des chambres. Jusqu'à ce qu'un coffre en bois se mette à renifler. Caché à l'intérieur, il avait découvert un petit garçon aux yeux rougis, qui serrait contre lui une couverture sale.

— Viens avec moi, lui avait dit Avalon, je promets de veiller sur toi.

Et Avalon avait tenu sa promesse. Il l'avait porté sous son manteau ; il l'avait emmené dans son royaume souterrain, loin de la cruauté du monde extérieur. Ces événements remontaient à un an. Depuis, Pipo n'avait jamais prononcé un mot. Il ne parlait pas, traumatisé par ce drame qui l'avait blessé au plus profond de son cœur d'enfant. Les premières semaines, il avait pleuré chaque nuit et puis, il avait brusquement cessé. Car il n'avait plus assez de larmes pour le faire. Plusieurs fois, Pandore avait essayé de le faire rire. Il avait enchaîné les grimaces et les pitreries sans le moindre résultat.

Un bruit de pas dans la pièce adjacente tira Avalon de ses pensées. S'efforçant de ne pas réveiller Pipo, il parvint à s'extraire de son lit de fortune. Toby était de retour et à sa mine triomphante, il était clair que la nuit n'avait pas été vaine.

— Tu es déjà debout, patron ? s'étonna l'adolescent en se laissant tomber sur une chaise.

— Je t'ai entendu rentrer. Alors, de bonnes nouvelles ?

— Oui, je me suis renseigné sur ce Jack Thibault et contre une poignée de merles, beaucoup de langues se sont déliées. Il n'était pas là ce soir, mais je crois savoir pour qui il travaille. On m'a donné un nom : Plume. Ce serait un gosse aux poches bien remplies.

— Un gosse ? répéta Avalon, surpris qu'un courtier comme Jack puisse être aux ordres d'un enfant.

— Oui, en tout cas, c'est la version officielle. Tu as déjà mis les pieds là-bas, tu sais que la Cour des fous est comme un bal masqué. Personne ne circule à visage découvert. Pourtant, certains m'ont murmuré à l'oreille que ce Plume serait en réalité une fille.

— De plus en plus intéressant. Et où peut-on trouver cette demoiselle ?

— Bien que le vieux Archibald ait refusé de me répondre, il paraît qu'elle est bien trop riche pour venir des bas-fonds.

— Est-ce que tu es en train de me dire qu'elle habiterait les beaux quartiers ?

— À moins d'être issue d'une famille fortunée, où une fille aussi jeune peut-elle trouver autant d'argent ?

— Une aristocrate aurait donc engagé Thibault pour se renseigner sur les princes maudits, résuma Avalon. Est-ce que tu connais la raison de cet intérêt ?

Toby secoua la tête.

— Non, marmonna-t-il, je ne peux pas tout avoir d'un seul coup. Et si c'était juste de la curiosité ?

Un trottinement se fit entendre et Pipo apparut sur le seuil, les paupières à moitié closes et traînant derrière lui sa couverture. L'absence d'Avalon suffisait à le réveiller. Il s'écoulait rarement plus de cinq minutes avant qu'il ne le rejoigne et ne s'agrippe à son bras. Quand Avalon sortait, Pipo pouvait rester des heures, immobile à l'entrée du souterrain, à guetter son retour.

— Tu veux bien être gentil et aller me chercher Pandore ? demanda Avalon en lui déposant un baiser sur le front.

Pipo parut hésiter. Il restait toujours indécis quand il s'agissait de s'éloigner d'Avalon. Lentement, il retourna dans le dortoir et un grognement distinct ne tarda pas à résonner dans le silence du matin. Pipo revint, tirant par la manche un Pandore aux cheveux emmêlés et à l'air peu coopératif.

— Qu'est-ce qu'il y a ? grommela-t-il. J'étais en train de rêver qu'une jolie femme était d'accord pour repriser mon linge…

— Il faut qu'on te parle de choses importantes.

Indifférent à ce problème, Pipo escalada les genoux d'Avalon et serrant sa couverture contre lui, n'eut aucun mal à se rendormir.

— Veinard, soupira Pandore qui aurait bien aimé en faire autant. Alors, t'as trouvé qui fouinait sur notre compte ?

— Il semblerait que cela soit une demoiselle de la noblesse. Cela ne te rappelle rien ?

Pandore écarquilla les yeux. Le même doute commençait à se glisser en lui, chassant ses pensées de chaussettes raccommodées et de lit confortable.

— Tu crois que ça pourrait être cette fille à bouclettes qui m'a aidé lors de la fête nationale ? s'exclama-t-il.

— Franchement, je n'ai aucune certitude. Ce serait étonnant qu'à quelques heures d'intervalle, une aristocrate te sauve la vie et une autre cherche à entrer en contact avec nous. Il n'est pas à exclure qu'il s'agisse de la même personne. Toby, est-ce que tu aurais une description d'elle ?

— Pas vraiment, puisqu'elle porte un masque. D'après ce que j'ai pu glaner à droite à gauche, elle aurait les cheveux bruns, le teint plutôt pâle et elle mesurerait dans les un mètre soixante. C'est assez maigre, mais c'est tout ce que j'ai.

— Et toi, Pandore ? questionna Avalon alors que son frère se grattait la tête d'un air pensif.

— Elle était brune, c'est sûr et pour la taille, ce devait être à peu près ça. En tout cas, elle n'était pas très grande même avec ses talons hauts.

— Peut-être bien que c'est elle, supposa Toby. Qu'est-ce que tu proposes de faire, chef ?

— Tu laisses quelqu'un à la Cour des fous pour l'intercepter lorsqu'elle y retournera. Je veux qu'elle sache que les princes maudits s'intéressent à elle. Je n'ai pas l'habitude de prendre des décisions précipitées, ajouta Avalon. Si cette fille est une alliée, nous le saurons bien assez tôt.

— Et maintenant, qu'est-ce qu'on fait ?

— On retourne se coucher, pardi ! lança Pandore. Tu es beaucoup trop zélé, Toby…

— Oui, fit Avalon en soulevant Pipo dans ses bras, j'en connais un qui a besoin de dormir.

⁂

Charlotte l'avait invitée à déjeuner chez elle, mais ce fut finalement Plume qui reçut son amie dans le cadre feutré du petit salon. Bizarrement, ses visites surprises coïncidaient avec les soirées où, exclue en raison du commerce peu glorieux des savons, elle devait se contenter des rumeurs. Plume lui servait alors à rattraper son retard sur les potins échangés durant la nuit.

— Et comment était Anémone ? demanda Charlotte en portant une tasse de thé à ses lèvres.

— Aussi suffisante que d'ordinaire et sa robe la faisait ressembler à une citrouille.

— Son père a beau être riche, elle n'a jamais eu de goût en matière de mode.

Plume luttait pour faire bonne figure. Mais le souvenir d'Élias la rongeait de l'intérieur. Elle était certaine de s'être fait un ennemi et que s'enfuir du balcon n'avait fait que retarder leur affrontement.

— Est-ce que vous pouvez garder un secret ? murmura-t-elle.

En bonne commère, Charlotte s'empressa d'acquiescer. Plume avait besoin de se confier mais, choisissant la voie de la prudence, elle préféra présenter une version légèrement déformée de la vérité. Sans s'attarder sur les détails, elle lui raconta comment, alors même qu'elle marchait innocemment dans les couloirs, elle avait surpris une conversation entre Élias et un mystérieux individu. Des propos laissant supposer qu'il violait l'une des règles écarlates ! L'idée qu'un héritier puisse clamer un tel secret en pleine réception ne parut pas perturber Charlotte.

— Il faut absolument le dénoncer à la milice, déclara-t-elle. Les règles n'ont pas été édictées pour être bafouées. Qu'il soit héritier de la Ligue n'y change rien !

— Je n'ai aucun moyen de le prouver, soupira Plume, et il serait dangereux de s'attaquer à la famille d'Aubrey.

— Dans ce cas, oubliez ce que vous avez entendu. Je ne voudrais pas que les crimes de cet individu retombent sur vous. Certaines personnes ont toujours été au-dessus des lois.

Plume n'était pas sûre que Charlotte lui soit d'un réel secours. En l'espace d'une minute, elle était capable d'affirmer une chose et son contraire avec la même conviction.

— Vous ne le répéterez à personne, n'est-ce pas ?

— Pourquoi ? Que s'est-il passé ?

— Il m'a demandé de l'épouser.

Charlotte, qui avait ouvert la bouche pour avaler une meringue, resta muette de stupeur. La pâtisserie lui échappa des mains et rebondit sur le tapis.

— Vous êtes sérieuse ? s'exclama-t-elle.

Plume répondit d'un hochement de tête. Toute la nuit, la scène avait défilé dans son esprit, mêlée à des rêves troublés où elle espérait croire à un effet de son imagination.

— Que lui avez-vous répondu ?

— J'ai refusé.

Le visage de Charlotte exprima aussitôt une vive déception. Après avoir condamné les agissements d'Élias, elle voyait désormais en lui un excellent parti dont il serait absurde de décliner les avances.

— Mais pourquoi ? Il est si riche, c'était de la folie de lui dire non !

— Vous ne comprenez pas, s'emporta Plume, il sait que je suis au courant ! Je suis sûre que sa demande fait partie d'un plan destiné à me décrédibiliser !

Seule dans le placard, blottie contre Sabre, elle était parvenue à une conclusion. Elle n'avait pas assez d'argent pour intéresser un héritier de la Ligue. Une seule explication pouvait justifier cette demande en mariage : Élias cherchait à se débarrasser d'elle. Qu'elle n'ait pas le moyen de prouver ses dires n'avait aucune importance. Elle représentait une menace, un danger susceptible de briser ses rêves de pouvoir. Élias avait suffisamment d'ambition pour espérer imposer sa volonté aux autres seigneurs. Et en bon stratège, il ne supportait pas qu'une personne soit en mesure de le faire tomber. Plume devait disparaître… Ne jamais laisser de traces était la devise de la Ligue écarlate. Mais assassiner la fille de l'ambassadeur n'était pas aussi aisé que de supprimer une voleuse des bas-fonds. Son décès pourrait susciter des questions, alors quelle meilleure solution que de l'emprisonner chez lui ?

Si elle devenait sa femme, elle serait sous son autorité et il n'aurait aucune difficulté à la contraindre au silence.

— Ce n'est peut-être qu'un malentendu, supposa Charlotte. Vous êtes une femme très belle, Éléonore, pourquoi ne pas admettre qu'il ait décidé de passer outre son statut parce que vous lui plaisiez ?

— Je ne peux pas lui plaire, je lui ai fracassé un vase sur la tête ! Il était décidé à me tuer et je n'avais pas le choix.

Choquée, Charlotte porta la main à son cœur. Elle-même n'avait jamais réussi à écraser une araignée vagabonde sans une aide extérieure. Alors, ce déferlement de violence lui semblait difficilement imaginable.

— Et la demande en mariage était-elle antérieure ou postérieure à cet événement fâcheux ?

— Postérieure, répondit Plume. Et non, je ne pense pas qu'il m'ait pardonné. Il essaye seulement de me faire taire. Vous ne l'avez pas vu, Charlotte… Si vous aviez vu ses yeux, vous sauriez que cet homme-là ne plaisante pas.

— Est-ce qu'il en a parlé à votre père ?

— Non.

Si Élias s'était donné cette peine, les cris hystériques de Mme Herrenstein auraient suffi à l'en informer.

— Très bien. Dans ce cas, trouvez-vous un fiancé avant qu'il n'ait le temps d'officialiser sa demande.

— Quoi ?

— Il est impossible de s'opposer à un héritier de la Ligue, développa Charlotte. Vous serez forcée de l'épouser, alors la seule échappatoire est de lui couper l'herbe sous le pied. Si vous êtes promise à un autre, il ne pourra plus rien contre vous.

Pour une fois, Plume devait reconnaître que Charlotte ne manquait pas de bon sens. Mais son plan consistait à choisir une prison pour échapper à un sort bien pire. Qu'importait l'homme qui lui mettrait la bague au doigt, il n'y aurait plus de toits ni de Cour des fous. Ni même Jack et ses marchés douteux.

— Vous pensez à M. Céleste ?

— Il vous aime énormément, assura Charlotte. Je suis convaincue qu'il n'attend que l'instant propice pour vous faire sa déclaration.

Intérieurement, Plume s'imaginait déjà lui susurrer cette idée à l'oreille avec une étonnante facilité. Mais elle n'éprouvait aucune tendresse pour Frédérion.

— Je vais y réfléchir, murmura-t-elle.

— Il est aussi envisageable que M. d'Aubrey se contente de votre refus, ajouta Charlotte avec une touche d'optimisme. Peut-être n'est-il pas aussi sournois que vous le pensez.

— Ce serait se méprendre sur sa nature, marmonna Plume. Il a beau sourire et faire des politesses, cet homme n'a aucune morale. Je l'ai détesté dès que je l'ai vu et…

Elle s'interrompit brusquement. Charlotte venait de se décomposer, fixant un point derrière son épaule. Intriguée, Plume se retourna et la raison de son trouble ne fut pas longue à découvrir.

— M. d'Aubrey, mademoiselle, annonça le valet.

Il s'écarta pour laisser entrer Élias qui affichait un sourire malicieux. Visiblement, la conversation et les propos déplaisants échangés sur sa personne ne lui avaient pas échappé. Plume se mordit la langue. Pourquoi le seul individu, dont elle se serait volontiers passée de la présence, surgissait toujours aux moments les plus inopportuns ? Elle n'avait jamais mentionné une invitation à boire le thé, alors que faisait-il là ?

— Quelle surprise ! lança Plume en tentant de se ressaisir. Nous ne nous attendions pas à votre visite.

— Oui, c'est ce que j'ai cru comprendre.

— Vous ne connaissez pas Mlle Borléans, il me semble, continua Plume qui, en bonne maîtresse de maison, se devait de faire les présentations. Charlotte, voici M. d'Aubrey.

— Enchanté, mademoiselle, lui dit Élias en s'inclinant.

Ces formalités étant accomplies, un silence pesant s'installa dans la pièce. Plume se sentait désemparée. Élias venait de les surprendre en train de l'insulter et le privilège d'ouvrir les hostilités lui revenait de droit. Mais comme il ne semblait pas décider à intervenir, ce fut finalement Charlotte qui prit la parole.

— Vous êtes nouveau en ville, M. d'Aubrey ? demanda-t-elle à défaut d'une question plus originale.

— En effet, répondit Élias. Bien sûr, Seräen ne m'était pas étrangère, j'ai déjà effectué plusieurs séjours dans la capitale mais, cette fois-ci, je compte m'y installer définitivement.

— Et où viviez-vous auparavant ?

— À Hirion.

— Mon fiancé était justement à Hirion pour affaires, soupira Charlotte en esquissant un sourire forcé. J'aurais tellement aimé qu'il me rapporte des oranges. Avez-vous déjà eu l'occasion d'y goûter ?

Élias fouilla dans sa poche d'un geste inspiré.

— Ceci ? lâcha-t-il en leur présentant une orange à moitié écrasée.

Les yeux de Charlotte s'agrandirent comme des soucoupes. Elle n'avait jamais eu la chance d'en voir et son émerveillement lui faisait oublier avec quelle désinvolture Élias traitait ses affaires.

— Est-ce que je peux la toucher ?

Élias eut un petit rire.

— J'ai une meilleure idée, lui dit-il. Tenez, je vous en fais cadeau.

Avec une expression de ravissement, Charlotte serra l'orange dans sa main. En cet instant, Plume doutait qu'elle partageait encore son sentiment d'hostilité à l'égard d'Élias.

— Oh, merci beaucoup, M. d'Aubrey ! s'exclama Charlotte.

— Je vous en prie. À présent, ajouta Élias, auriez-vous l'amabilité de nous laisser seuls, Mlle Herrenstein et moi ?

Plume secoua vivement la tête, profitant qu'Élias lui tournait le dos pour manifester sa désapprobation. Charlotte eut l'air d'hésiter entre l'allégeance qu'elle avait prêtée au camp de Plume et la brusque sympathie que lui inspirait Élias. Comme pour faire pencher la balance en sa faveur, ce dernier opta pour un compliment à peine dissimulé.

— Borléans ? s'interrogea-t-il en mimant une profonde réflexion. Mais n'est-ce pas le nom de cette fabrique de savons dont le succès est tel qu'elle s'est implantée dans les terres de l'Est ? Lorsque j'étais en voyage à Narae, combien de fois ai-je entendu des nobles m'affirmer à quel point leurs mains étaient douces et parfumées ? Ce produit tiendrait du miracle, si je crois tous ceux qui m'en ont vanté les bienfaits.

Charlotte s'empressa d'acquiescer alors que ses joues devenaient aussi écarlates que la cape d'Élias. Ses connaissances en matière de savon s'expliquaient sans doute plus par les commérages d'Anémone – ravie de décrire les mauvaises fréquentations de Plume – que par une quelconque renommée.

— Maintenant, Mlle Borléans, pourriez-vous nous dispenser de votre charmante compagnie ?

Charlotte se retrouva expulsée du petit salon et ne chercha même pas à protester. Plume était désormais seule avec Élias. Comment une orange et une histoire de savons avaient-elles suffi pour convertir Charlotte à sa cause ?

— Vous nous avez entendues tout à l'heure ? marmonna Plume.

— Quand vous disiez du mal de moi ? ricana Élias. Il aurait été difficile de ne pas vous entendre.

— Alors, sachez que je ne retirerai pas plus mes paroles que je n'ai l'intention de m'excuser.

— Quelle délicieuse entrée en matière ! Comme il est apparemment inutile de s'encombrer avec vous de formules de politesse, je vais vous exposer sans plus tarder la raison de ma présence.

Plume croisa les bras en attendant qu'il poursuive. Se sentant l'âme d'un promeneur, Élias fit le tour de la pièce et caressa du doigt les bibelots qui trônaient sur le haut de la cheminée.

— Lors de la réception d'hier soir, j'étais plutôt assoiffé et il n'est pas improbable que plusieurs verres d'alcool soient passés entre mes mains.

« Il était ivre, songea Plume avec espoir. Il est venu retirer sa proposition de peur que je ne l'accepte ! Peut-être qu'il se croit suffisamment à l'abri pour se moquer de ce que je sais ou non sur son compte. »

Avec un large sourire, Plume désigna la chaise récemment occupée par Charlotte.

— M. d'Aubrey, je manque à tous mes devoirs, s'excusa-t-elle, mais je vous en prie, asseyez-vous.

Élias prit place en face d'elle, de l'autre côté de la table basse où un plateau de pâtisseries ne tarda pas à attirer son attention.

— Je suis tout à fait disposée à oublier ce qui s'est passé hier soir, si tel est le motif de votre visite, ajouta Plume. Bien sûr, je n'ai pas envisagé une seule seconde que votre proposition puisse être autre chose qu'une plaisanterie…

— C'est précisément pour chasser ce doute que je suis venu vous trouver. Je reconnais avoir bu plus que de raison, mais j'étais parfaitement lucide et je souhaiterais à présent réitérer ma demande en mariage.

— Quoi ?

— La même chose que la dernière fois, traduisit Élias en choisissant un chou à la crème. Voulez-vous m'épouser ? J'attends une réponse en oui ou non. Si c'est oui, je considérerai que ma mission est accomplie et j'irai traiter d'autres affaires pressantes.

Plume eut un mouvement de recul. Finalement, Élias n'avait pas renoncé à ses plans.

— Vous préférez que je mette un genou à terre ou je peux rester assis ? s'enquit-il.

— Ni l'un ni l'autre, ma réponse est non !

— Je sens que la négociation va être longue, soupira Élias. Et dire que j'avais prévu de passer chez l'administrateur avant seize heures. Tant pis, je serai obligé de reporter mon rendez-vous… Chère Mlle Herrenstein, votre obstination me contraint à vous poursuivre de mes assiduités et à ce petit jeu, je serai le plus acharné de vos soupirants.

— Si vous voulez m'épouser, vous n'avez qu'à demander ma main à mon père ! s'écria Plume avec mépris.

— J'en viens.

— Pardon ?

Plume refusait de croire ce qu'elle venait d'entendre. Comment aurait-il pu passer par M. Herrenstein sans même la consulter ?

— Monsieur votre père a été enthousiasmé par ma proposition.

— Si c'était vrai, je le saurais…

Deux étages plus haut, un cri suraigu lui annonça que l'information venait d'atteindre les oreilles de Mme Herrenstein. Élias ne lui mentait pas. S'il n'avait pas su la convaincre, ses parents se chargeraient de le faire. Ils ignoraient sa double identité, et Plume ne pourrait jamais leur révéler un tel secret et encore moins les raisons qui lui faisaient craindre la vengeance d'Élias. La jeune fille avait l'impression de se trouver au bord d'un gouffre. Elle allait devenir sa femme et Élias aurait bientôt tous les pouvoirs sur elle. Il n'y aurait plus d'escapades sur les toits, plus de Plume, seulement une aristocrate ayant accompli le mariage parfait. Comme pour lui ôter ses dernières illusions, Élias lui glissa une bague à l'annulaire.

— Désolé pour M. Céleste, susurra-t-il. Votre couturier pourra toujours s'inspirer de son chagrin d'amour pour créer une nouvelle collection de robes.

— Combien ? murmura Plume.

— J'ai du mal à saisir le sens de votre question.

— Je veux savoir combien vous avez promis à mon père. Vous venez de m'acheter comme un vulgaire bibelot, j'ai le droit de connaître ma valeur, il me semble.

— Il n'est pas dans mes habitudes de parler d'argent avec une dame.

— Plus ou moins de dix mille ?

— Plus, beaucoup plus, répondit Élias.

Son mariage permettrait au moins de combler le trou laissé dans leurs finances depuis la fuite du cousin Barnabé. Plume n'avait plus la force de protester. Elle sentait déjà les larmes lui monter aux yeux. Lentement, elle se leva et tournant le dos à Élias, elle contempla par la fenêtre le spectacle monotone de la rue.

— Très bien, prononça-t-elle dans un souffle. À partir de maintenant, je vous demanderai de régler les détails du mariage uniquement avec mon père. D'ici là, vous auriez l'amabilité de ne plus m'importuner.

— Vous êtes contrariée ?

Plume ne répondit pas. Elle espérait que son mutisme suffirait à persuader Élias de partir. Mais, au lieu de se diriger vers la sortie, il se rapprocha d'elle.

— Écoutez, lui dit-il, je sais ce que vous pensez de moi. Vous me prenez pour un être perfide qui ne cherche à vous épouser que pour vous faire taire. C'est vrai, je n'hésiterais pas à me débarrasser de quiconque se mettrait au travers de ma route. Mais vous, Mlle Herrenstein, vous représentez bien plus qu'un témoin gênant…Vous seriez une autre, je vous avouerais de faux sentiments, mais vous n'êtes pas assez naïve pour me croire. La vérité est que j'ai l'intention de me servir de vous. Vous avez une force dont vous ignorez l'existence et je compte bien l'employer pour m'imposer parmi les seigneurs de la Ligue.

— Si ce n'est pas mon silence qui vous préoccupe, alors pourquoi vous intéressez-vous à moi ?

— Je ne vous révélerai cette raison que le jour où vous serez devenue ma femme. Je compte vous utiliser dans un but bien précis, ajouta Élias, mais cela ne signifie pas nécessairement que je serai cruel envers vous.

— Vous me laisserez aller sur les toits ? demanda Plume avec une lueur d'espoir.

— Et si nous considérions cette union comme un pacte ? Vous avez autant besoin de ma protection que j'ai besoin de vous.

— Je ne veux pas de votre protection !

— Oh que si, rétorqua Élias, un jour ou l'autre, vous serez capturée par la milice. Personne ne leur échappe indéfiniment et à ce moment-là, vous serez ravie d'être mon alliée. Épousez-moi et je ferai tout mon possible pour veiller sur vous.

— Vous me parlez comme si j'avais le choix ! Vous avez déjà convenu de notre mariage avec mon père.

— Vous ne remarquez rien ?

Plume baissa alors les yeux vers la bague qui brillait à son doigt. Deux lys en argent s'entremêlaient autour d'une pierre écarlate dont la taille aurait suffi à faire s'évanouir Anémone. Contrairement à ce qu'elle croyait, Élias lui avait passé la bague à l'annulaire droit.

— J'ai demandé à votre père l'autorisation de vous faire la cour pendant un an, expliqua-t-il. Si, à l'issue de ce délai, vous choisissez de me dire non, j'annulerai nos fiançailles et j'en supporterai seul les conséquences.

— Pourquoi vous feriez une chose pareille ? s'étonna Plume.

— Parce que j'ai conscience de vous voler votre vie. Je suppose que, petite fille, vous rêviez de vous marier par amour, de trouver l'âme sœur ou une autre idiotie de ce genre. Et je n'ai pas envie de passer mes nuits à subir les pleurs d'une épouse malheureuse. Je ne suis pas un monstre, Mlle Herrenstein.

— Je croyais faire partie de votre plan…

— Vous êtes un élément précieux, oui, mais pas totalement indispensable. Votre refus m'obligerait seulement à trouver un autre moyen de manipuler la Ligue. Maintenant, réfléchissez bien à ma proposition… Au revoir, Éléonore.

Dans le reflet de la glace, Plume le vit s'éloigner avant de s'immobiliser sur le seuil de la porte.

— Ah oui, une dernière chose, ajouta-t-il. Je ne tolèrerai aucun rival et si jamais l'un de vos autres prétendants se montre un peu trop insistant, je le défie à l'épée et je le tue.

Sur ce, Élias claqua des talons et quitta la pièce.

Chapitre 7

Le courtier, le messager et le boiteux

Jack déambulait dans la Cour des fous, attentif à ces visages et expressions soucieuses qui signifiaient pour lui la promesse d'un contrat. Sa réputation le précédait et si tous connaissaient son efficacité, personne en cet instant ne semblait réclamer ses services. La soirée avait plutôt mal débuté : cela avait commencé avec les Passeurs qui, animés d'une mauvaise foi évidente, lui avaient presque refusé l'accès. Comment pouvait-il deviner que le mot de passe avait déjà changé ? Grognon, Jack avait dû se soumettre à l'énigme et ne s'en était tiré que sur un coup de chance.

Désœuvré et errant comme une âme en peine, il traînait à présent entre les étalages sans que se profile l'ombre d'un client. Condamné à prendre son mal en patience, le courtier choisit de se consacrer au suivi de ses affaires. Le commerce de l'anorentia mené par le jeune Marino ne recevait qu'un succès mitigé. Cette impression de crasse profonde, indissociable de son associé, n'était sans doute pas étrangère à ce désintérêt du public. Après lui avoir administré une dizaine de tapes à l'arrière du crâne, exigé de lui le paiement de trois merles pour un motif que quiconque à sa place aurait trouvé infondé, Jack se sentait d'excellente humeur. Sa dernière combine n'était peut-être pas une réussite, mais il avait encore une chance de faire entrer les ficelles du métier dans cet esprit obtus et récalcitrant. Parfois, il avait le sentiment que Marino refusait de croire que la malhonnêteté, comme toute autre discipline, se devait d'être pratiquée régulièrement.

— Ce gamin est la fainéantise incarnée, marmonna Jack.

Alors qu'il continuait intérieurement de lister ses défauts, une main lointaine s'agita soudain dans sa direction. Un vieil aveugle était en train de lui faire signe et si le comment de la chose restait pour Jack un mystère, l'invitation d'Archibald ne faisait pourtant aucun doute. Il serait une pièce de monnaie entre ses doigts et à l'image d'une pie voleuse, Jack ne résistait jamais à l'appel de l'argent.

— Que puis-je faire pour vous ? demanda-t-il du ton poli qu'il réservait habituellement à ses clients.

— Pour moi, absolument rien, répondit Archibald en faisant disparaître le merle dans sa poche. J'avais besoin de te parler et jouer sur ta cupidité est le meilleur moyen de te faire accourir ventre à terre.

— Comment vous avez su que j'étais à proximité ?

— C'est ta démarche, mon garçon. Je perdrais des heures si je t'expliquais ces mille et un détails qui suffisent à trahir n'importe qui. L'ouïe et l'odorat sont des sens bien précieux pour un infirme qui erre dans les ténèbres.

L'idée d'entraîner Archibald à reconnaître ses ennemis traversa l'esprit de Jack. Et il n'aurait même pas à le rémunérer ! Contrairement à lui, le vieillard n'exigeait jamais de paiement et sa survie ne reposait que sur le bon vouloir des uns et des autres.

— Il faut que tu fasses attention, Jack, lui dit Archibald. Hier, un homme est venu à la Cour des fous et il posait de nombreuses questions sur toi.

— Si c'est à propos de Morin et de son trafic de colle, je n'ai rien à voir dans cette affaire.

— J'ai bien peur que cela dépasse tes arnaques de bas étage. Plume t'a bien chargé d'interroger tes contacts sur les princes maudits ?

Jack répondit par un grognement. Comment Archibald faisait-il pour être au courant des détails de leur arrangement ?

— Vous pensez que c'est eux qui ont envoyé ce type ? lança-t-il.

— Ce n'est pas impossible.

— Alors, le patron de la manufacture des tabacs fait partie de leur bande. J'avais raison de croire que derrière son air de truand se cachait bien plus qu'une simple volonté de contourner la loi.

Loin de partager une vision communément admise de la morale, Jack avait développé sa propre hiérarchie des valeurs. Il y avait la malhonnêteté, mais tous ceux qui rentraient dans cette catégorie ne se valaient pas. Une ligne invisible séparait les escrocs, voleurs et autres magouilleurs de son espèce des véritables criminels, ceux qui tuaient à tort et à travers sans se soucier de respecter un code d'honneur. Les princes maudits étaient un cas à part. À défaut de connaître le fonctionnement de leur organisation, Jack les avait classés dans un troisième groupe : ni ennemis ni alliés.

— Et qu'est-ce qu'ils me veulent ? grommela-t-il en feignant l'indifférence.

— Pourquoi ne leur demandes-tu pas toi-même ? Je suis sûr que leurs réponses seront plus concrètes que mes humbles suppositions.

— Comment voulez-vous que je retrouve ce gars ? Rien ne me dit qu'il est encore là… Et si leurs chefs avaient un peu de jugeote, ils n'enverraient pas le même homme deux nuits de suite.

— Oh, n'aie aucun doute sur leur présence à la Cour des fous. On ne manifeste pas un tel empressement à te rencontrer pour abandonner aussi vite la partie. D'ailleurs, je croyais que tu étais le meilleur courtier de Seräen ? ajouta Archibald avec un sourire en coin. Cela devrait être un jeu d'enfant pour toi, non ?

Jack bomba aussitôt le torse. Il ne tolérait pas que l'on remette en cause ses talents de courtier et encore moins sa capacité à se sortir de situations difficiles.

— Absolument, affirma-t-il. Je vous parie que, dans moins de deux heures, j'aurai mis la main sur ces types. Quand on me cherche, on me trouve…

Fier de la profondeur de sa menace, Jack salua Archibald et s'éloigna d'un pas énergique. Le problème se résumait en une seule question. Comment reconnaître parmi cette foule un parfait inconnu ? Aucune énigme n'était réellement insoluble. S'il partait avec un désavantage de poids, Jack n'était pas à court de combines pour rééquilibrer les forces. Avec un peu de chance, l'autre en face n'avait de lui qu'une description approximative. Pour réussir son coup, il allait avoir besoin d'un partenaire.

— Marino, t'es réquisitionné !

Sans lui laisser le temps de protester, il l'entraîna avec lui. Arraché à son commerce, Marino peinait à comprendre la logique de son raisonnement. Après lui avoir reproché la mollesse de ses techniques de vente, voilà que Jack le privait d'un client sur le point de conclure.

— Enfin, ce vieux bonhomme était d'accord pour m'en acheter une poignée !

— Ça m'est égal. Considère plutôt que tu as fait une bonne action en évitant à cet imbécile de se faire escroquer. Et maintenant, écoute-moi bien… J'ai décidé de te nommer chef !

— Chef de quoi ?

— Chef de rien du tout. Cette nuit, exceptionnellement, tu te feras passer pour moi. Désormais, tu es Jack Thibault, alors fais au moins un effort pour te tenir droit.

Au lieu de se sentir flatté, Marino s'avachit davantage.

— Dambroise est revenu, c'est ça ? s'inquiéta-t-il. Il a embauché des gens pour te tuer et tu as choisi de me sacrifier à ta place ?

— Ce sale rat a disparu depuis deux mois et il n'est sûrement pas prêt de réapparaître. Et puis, ne sois pas ridicule, Marino. Je n'ai aucun intérêt à me débarrasser de toi, puisque tu me dois encore de l'argent… À présent, trêve de plaisanterie, prends ma cape et donne-moi cette chose qui te sert de manteau.

Marino s'exécuta. En échangeant leurs vêtements, il avait l'impression de se glisser dans la peau de Jack. La ressemblance entre les deux hommes n'était pas frappante. Marino devait pourtant admettre que la cape de Jack suffisait à lui donner une certaine prestance. Sa silhouette faisait beaucoup moins filiforme et le large capuchon plongeait dans l'ombre son visage couvert de crasse. Ainsi accoutré, il n'avait aucune difficulté à se faire passer pour un courtier respectable.

— Très bien, mon petit, lui dit Jack. À présent, toi et moi, nous allons faire un tour…

— Je vais mourir ? siffla Marino qui, sans une main providentielle posée sur son épaule, aurait déjà décampé.

— Tu n'as donc aucune confiance en moi ?

Marino ne pouvait nier que la confiance n'était pas le premier sentiment que lui inspirait Jack.

— Bon, ouvre grand tes oreilles, car je ne le répéterai pas. Celui qui ose te faire du mal, je me charge moi-même de le trucider !

Moyennement rassuré, Marino lui emboîta le pas. Ils arpentèrent ensemble les longues rangées de la Cour des fous et s'attardèrent devant des stands aux marchandises hétéroclites. Pendant plus d'une heure, Jack improvisa une discussion ponctuée par des phrases telles que « Tu as absolument raison, Jack », « Qu'est-ce que tu me dis là, Thibault ? » ou des formules destinées uniquement à placer son nom dans la conversation.

— Ça devrait suffire pour l'instant, chuchota-t-il finalement. Tu vois ce recoin sombre ? Va te poster là-bas, Marino, et fais semblant de regarder ta montre. Comme si tu attendais quelqu'un…

Jack le vit s'éloigner d'une démarche mal assurée. L'heure écoulée n'avait pas été une perte de temps. Il avait aperçu au moins trois individus qui avaient paru réagir à l'entente de son nom. Il ne lui restait plus qu'à attendre et à fondre sur le premier d'entre eux qui ferait mine d'approcher Marino. D'ordinaire, ce genre de plan ne se retournait jamais contre lui. Aussi, Jack fut-il particulièrement surpris de sentir une lame effleurer son dos.

— Tu me croyais assez naïf pour gober ton stratagème ? lui glissa une voix à l'oreille.

— J'avais bon espoir, marmonna-t-il.

S'il prenait un malin plaisir à attaquer les autres par derrière, Jack détestait jouer le rôle de la victime. D'un discret mouvement de tête, il fit signe à

Marino de disparaître. Encouragé par son chef, le garçon ne fit plus aucun effort pour avoir l'air courageux. Il détala aussi vite que le lui permettaient ses longues jambes, emportant avec lui toute promesse de renfort.

— Tu as l'intention de me tuer ? soupira Jack.

À moins d'être complètement suicidaire, personne ne prendrait le risque de commettre un crime à l'intérieur même de la Cour des fous. Les Passeurs veillaient à maintenir le statu quo. Ils étaient sans pitié pour les meurtriers, car la violence ne devait jamais pénétrer ces murs. Laisser les querelles se régler dans le sang était la promesse que bientôt, la seule loi qui s'appliquerait serait celle du plus fort. Les rumeurs parlaient de ces hommes retrouvés écartelés, de ces cadavres exposés à la vue de tous et destinés à rappeler le plus fondamental des interdits.

Le poignard que Jack sentait remonter le long de son dos ne pouvait être qu'une invitation à bavarder. Dans des milieux plus distingués, on proposait des tasses de thé en se renseignant sur la santé de Monsieur ou Madame. Chez les hors-la-loi, s'échanger des menaces de mort n'était qu'une salutation comme une autre.

— Tu as le bonjour des princes maudits.

— Tu ne peux pas imaginer à quel point je me sens flatté, grommela Jack. Et sinon, ces gentilshommes ont-ils un message plus consistant à me communiquer ?

— Il paraît que tu travailles pour une fille, une demoiselle riche qui s'est récemment découvert un intérêt pour mes patrons.

— Je travaille pour énormément de gens, rétorqua Jack dans un claquement de langue. Je ne peux pas me souvenir de chacun de mes clients.

— Et le nom de Plume ne te rappelle rien ?

Visiblement, il était mieux informé que Jack ne l'avait supposé.

— La fille est sous ma protection, lâcha-t-il. Si vous avez une affaire à traiter avec elle, vous la traiterez d'abord avec moi.

— Tu lui sers aussi de chevalier servant ? Eh bien, dis donc, je ne sais pas combien elle te verse mais, vu ton efficacité, c'est sûrement trop cher payé !

— Ah bon et pourquoi ?

— Parce que, de toute ma vie, je n'ai jamais vu un tueur surveiller aussi peu ses arrières.

— Je ne suis pas un tueur, mon brave... Je suis courtier !

D'un geste brusque, Jack tira des profondeurs de sa poche une poudre argentée qu'il lui jeta au visage. Cette attaque surprise arracha à son ennemi un violent éternuement. Profitant que son attention était désormais focalisée sur son nez, Jack le plaqua violemment contre le mur et le menaça de sa dague.

— Oh, c'est vraiment pénible, les allergies, ricana-t-il. Pour ta gouverne, ça s'appelle de l'anorentia et mon camarade en vend cinq merles la poignée. Finalement, ce n'est pas vraiment une arnaque, puisque je viens de lui trouver une utilité. Je pourrais lancer une nouvelle mode ! Tu imagines, des gens qui riposteraient à grands coups de poudre dans les yeux ! Mais je m'éloigne du sujet… Où en étions-nous déjà ? Ah oui, j'étais sur le point de te demander ce que tes patrons me voulaient.

— On ne s'intéresse pas à toi, cracha l'homme à contrecœur, seulement à la fille. Dis-lui que les princes maudits la contacteront quand l'heure sera venue.

— Quand exactement ? Tu veux bien être plus précis ?

— Je n'en sais pas plus. Mais c'est eux qui viendront à elle. En attendant, cessez de vous mêler de nos affaires ! Ce n'est pas un avertissement, mais un conseil… Les choses pourraient facilement empirer si vous n'y prenez pas garde.

— Donc, si je comprends bien, tu n'es rien d'autre qu'une boîte aux lettres. Alors, on va faire retour à l'expéditeur et tu vas dire à ces types que s'ils s'avisent de faire du mal à Plume, ils en répondront devant moi. Est-ce que j'ai été assez clair ?

L'autre émit un grognement qui pouvait passer aussi bien pour un oui que pour un non. Devant ce manque de conviction, Jack lui lança une nouvelle poignée d'anorentia en pleine figure. Il s'éloigna d'un pas nonchalant alors qu'une tempête d'éternuements saluait son départ.

⁂

— M. d'Aubrey !

L'intéressé abaissa son journal, révélant derrière la une de *L'Orme glorieux* un visage aux traits fatigués. Sa journée avait été longue et s'il espérait somnoler en lisant les titres, Mme Roussel venait de l'arracher à sa torpeur.

— Vous pouvez m'appeler par mon prénom, vous le savez bien, lui dit-il en souriant. À une époque, je n'étais pas M. d'Aubrey pour vous.

— Oui, mais vous étiez alors un petit garçon, M. Andreas.

Andreas d'Aubrey était le frère cadet d'Élias. Six années les séparaient et bien qu'ils partageaient le même nom, plus rien désormais ne semblait les unir, hormis un profond sentiment d'hostilité.

Mme Roussel avait été leur gouvernante. C'était une femme à l'allure stricte dont les cheveux grisonnants se séparaient en une raie bien nette. Lorsque ses élèves avaient atteint l'âge où ses enseignements devenaient inutiles, Andreas avait insisté pour la garder à son service. À peine adulte, il touchait déjà une importante rente et fier de son indépendance, le jeune homme avait quitté Hirion pour goûter aux plaisirs de la capitale. Disposant d'une armée de domestiques, Andreas avait aussitôt placé Mme Roussel en haut de la hiérarchie, lui donnant tous les pouvoirs pour administrer sa maison.

Elle était la seule à pouvoir le comprendre, à saisir cette relation unique qui le liait à son frère. Plus que le souhait d'une réconciliation, c'était l'espoir de remonter le temps. D'effacer le souvenir de ce jour maudit où le destin les avait menés à la croisée des chemins.

— C'est à propos de mon frère ? demanda Andreas.

Mme Roussel avait l'air mal à l'aise et serrait maladroitement une enveloppe entre ses doigts. D'ordinaire, seuls ces conflits fraternels étaient susceptibles de la mettre dans un tel état d'agitation.

— La lettre porte son cachet de cire et elle m'a été remise par Harckof, répondit-elle. C'est à peine s'il m'a saluée, parfois je me demande si ce sinistre individu est capable d'articuler une formule de politesse.

Harckof était l'homme de main d'Élias. Il lui vouait une loyauté sans bornes et partout où surgissait sa face patibulaire, son maître n'était jamais loin. Poussant un soupir, Andreas décacheta l'enveloppe et découvrit l'écriture de son frère.

« Je me moque éperdument de ta santé ou de la façon dont tu occupes tes journées. Je t'épargnerai donc un long paragraphe où, en tant que parent, je serais censé m'enquérir de ton état. Si j'ai choisi de gaspiller mon encre, c'est pour une raison très simple. Mon arrivée à la capitale devait rester secrète ; or, à peine descendu de fiacre, j'ai eu la surprise de découvrir une invitation à un bal. Comme Père était le seul au courant de mon retour et qu'il n'aurait pas eu la bêtise d'en faire part à des inconnus, j'en conclus que tu as été mis dans la confidence. Dans l'absolu, cela m'est parfaitement égal. Mais je ne saurais tolérer que des informations non désirées puissent se répandre à mon sujet. Par conséquent, si tu t'avises encore de mettre ton nez dans mes affaires, je te le ferai regretter. Il me semble inutile de te rappeler que mes menaces ne sont

pas à prendre à la légère. Par ailleurs, j'occupe désormais la résidence de Père et dans ton intérêt, je te conseille d'éviter ce quartier à l'avenir.

Élias d'Aubrey

PS : J'ai entendu dire que Cordélia de Mézières s'était mariée. »

Avec un air impassible, Andreas reposa la lettre sur la table. Ornées de splendides arabesques, ces quelques lignes n'étaient que du poison à ses yeux : un message destiné à terminer son existence au fond de la corbeille à papiers. Au lieu de chiffonner la feuille, Andreas s'accorda cependant une seconde lecture.

Rien de ce que faisait son frère n'était dû au hasard. S'il avait pris la peine de retrouver son adresse, une telle initiative dissimulait sans doute une raison plus profonde que cette histoire de bal. Pourquoi lui reprocher une indiscrétion pour affirmer plus bas que cela lui était indifférent ? Parce qu'Élias était venu pour s'imposer parmi les seigneurs de la Ligue… Depuis plusieurs mois, l'état de leur père ne cessait d'empirer et le titre n'allait pas tarder à lui échoir. Cette lettre n'était qu'une action préventive : une façon de s'assurer que personne n'oserait lui barrer la route. En le menaçant pour un prétexte quelconque, Élias espérait le dissuader pour le jour où il serait vraiment en mesure de lui nuire.

— Comme si j'étais suffisamment idiot pour m'opposer à lui, murmura Andreas.

L'idée lui semblait pourtant tentante. Il possédait un secret capable à lui seul d'ébranler Élias dans la conviction qu'il se faisait de sa propre force. Il avait les moyens de le faire reculer, de faire planer une menace sur ses rêves de pouvoir. Mais se dresser face à Élias avait un prix. Il l'avait goûté amèrement l'été précédent, quand son frère l'avait contraint à rompre ses fiançailles. À renoncer à la belle Cordélia et à ses promesses de bonheur…

— Tout va bien ? s'inquiéta Mme Roussel.

— Rien qui change de l'ordinaire. Élias est revenu à la capitale et il me promet tous les malheurs du monde si je croise à nouveau son chemin. Connaissant mon frère, cette lettre est presque amicale.

— Pourquoi est-ce que vous le laissez vous tourmenter ?

Sans l'inciter à un comportement belliqueux, Mme Roussel critiquait son inaction. Cette même mollesse qui, enfant déjà, le poussait à ignorer les insultes d'Élias. Lorsqu'ils en venaient aux mains, il était toujours perdant.

Sa maîtrise des armes n'était que superficielle, suffisante pour impressionner les amateurs, mais pas assez pour rivaliser avec Élias.

— C'est vous que votre père aurait dû désigner pour lui succéder, affirma Mme Roussel.

— Élias est l'aîné, marmonna Andreas. C'est le privilège d'être né six ans avant moi qui lui donne ce droit.

— Mais vous savez bien qu'il n'a aucune morale !

— Du moment que je reste loin de lui, il me laisse tranquille. C'est au moins un statu quo qu'il respecte.

— Et pour Mlle de Mézières, vous lui avez pardonné ?

— Apparemment, Cordélia s'est consolée avec un autre, soupira Andreas. Ainsi va la vie.

— Oh, mon pauvre garçon ! s'exclama Mme Roussel. Et c'est votre frère qui vous l'annonce ! Mais qu'avez-vous bien pu lui faire pour qu'il s'amuse à vous torturer ? Cela ne lui suffit donc pas d'avoir mis fin à vos fiançailles ? Parfois, j'ai envie de lui tirer les oreilles comme lorsqu'il était ce gamin turbulent qui refusait d'apprendre ses leçons…

La pensée d'un Élias adulte se laissant mettre au coin par son ancienne gouvernante arracha un sourire à Andreas. Mme Roussel avait toujours défendu ses intérêts, ceux d'un petit garçon maladroit contraint de vivre dans l'ombre d'un grand frère promis à une brillante destinée.

— Est-ce que vous pourriez me préparer une tasse de thé, s'il vous plaît ?

Cette requête était le signe que la conversation était terminée. Malgré l'affection qu'il lui portait, le jeune homme refusait de la laisser interférer dans ses affaires. Il n'appartenait pas à Mme Roussel de prendre les décisions à sa place.

— Oui, je vous l'apporte tout de suite, fit la vieille dame en quittant la pièce.

Lentement, Andreas se leva avec difficulté pour atteindre le sofa. Sa jambe droite le faisait souffrir, l'obligeant à s'appuyer sur une canne en bois. Depuis des années, Andreas boitait et malheureusement, son frère n'y était pas étranger.

❃❀❃

Plume venait d'atteindre la limite des bas-fonds. Elle avait escaladé les toits de la capitale dans un état second, indifférente aux dangers que dissimulaient les ténèbres. Toute la journée, elle avait contemplé sa bague de fiançailles, persuadée qu'elle appartenait à une autre. Ce ne pouvait être qu'un cauchemar mais, pour sa mère, il s'agissait assurément du plus beau jour de sa vie.

— Éléonore, j'ai toujours su que vous vous élèveriez dans la société ! s'était-elle exclamée en la serrant dans ses bras. Vous ne pouviez pas trouver plus riche qu'un héritier de la Ligue !

Élias lui apparaissait comme le gendre idéal, un homme tombé du ciel alors que la ruine menaçait de s'abattre sur leur famille. L'idée même que sa fille puisse être malheureuse était loin d'occuper les pensées de Mme Herrenstein. Comme si richesse et bonheur allaient nécessairement de pair. Plume n'avait pas prononcé le moindre mot. Durant le dîner, elle avait lutté pour retenir ses larmes. Deux jours plus tôt, elle ne connaissait pas Élias et si son destin lui semblait empli d'incertitudes, elle ne s'attendait pas à un pareil revirement. Éléonore d'Aubrey... Ce nom même lui donnait la nausée. Élias lui avait accordé un délai d'un an pour faire son choix. Mais à quoi bon un tel sursis quand sa réponse ne faisait de doute pour personne ? Elle lui dirait oui, car s'opposer à un membre de la Ligue était une folie.

— Ce garçon souhaite vous laisser plus de temps pour faire connaissance, avait aussitôt conclu Mme Herrenstein. Quelle prévenance de sa part !

Non, il avait un plan en tête et ses affaires pouvaient certainement attendre une année entière. Jamais Plume n'avait imaginé épouser un homme qu'elle aimerait sincèrement. Au mieux, un lourdaud qu'elle aurait mené par le bout du nez.

— Hé, Plume !

La jeune fille sursauta. Jack venait de surgir de derrière un arbre. Malgré son air désinvolte, il l'attendait probablement depuis des heures. Elle ne pensait pas le trouver en dehors de la Cour des fous, là, à quelques pas à peine de l'entrée secrète du royaume des Passeurs.

— Faut que je te parle, annonça-t-il. Les princes maudits m'ont...

Plume ne se souciait plus des princes maudits. Sans réfléchir, elle se précipita dans les bras de Jack. Sa première réaction fut de saisir sa bourse, comme pour se prémunir d'une tentative de vol.

— S'il te plaît, ne me repousse pas...

Plume sanglotait contre lui. Perplexe, Jack se gratta le menton. D'ordinaire, les filles le giflaient ou l'insultaient avec une originalité inégalée. C'était bien la première fois que l'une d'elles choisissait son épaule pour apaiser ses pleurs. Avec l'impression de débuter en la matière, il essaya maladroitement de lui donner des tapes dans le dos.

— Dis-moi ce qui ne va pas, lui murmura-t-il à l'oreille. Et si tu as besoin de mon aide, je te propose cinquante pour cent de réduction par rapport à mes tarifs habituels.

Loin de susciter l'enthousiasme, cette offre généreuse précéda une série de hoquets et de reniflements. Mal à l'aise, Jack l'entraîna au milieu des mauvaises herbes vers l'un des rares murs encore debout et qui ne menaçait pas de s'effondrer. Il s'adossa contre la paroi et regarda Plume s'asseoir sur le sol humide.

— Tu sais pourquoi les autorités laissent ce terrain à l'abandon ? lança Jack à défaut d'une remarque plus pertinente. Archibald me l'a raconté l'autre jour. Il paraît qu'à une certaine époque, l'Akheos s'est déclaré dans ce quartier et a décimé ses habitants en à peine une semaine. Je pensais que c'était l'effet d'une guerre, mais quand on connaît les ravages que provoque cette maladie, un conflit armé aurait presque été préférable. Plus personne n'osait s'aventurer par ici et le gouvernement a déclaré la zone dangereuse. Une chance pour nos amis voleurs, tu ne crois pas ? Si cette épidémie n'avait pas choisi pour nous, j'ignore où on aurait pu établir notre camp de base. En tout cas, j'espère qu'Archibald avait raison en m'affirmant qu'il n'y avait plus aucun risque de contamination… Tiens, je m'étonne que tu ne m'aies jamais posé la question. De toutes mes relations, tu es la fille la plus curieuse que j'ai eu l'occasion de rencontrer. Toujours à me demander « pourquoi ci et pourquoi ça »…

Cette évocation du temps passé ne parut pas délier la langue de Plume. S'il était un bavard invétéré, Jack commençait à épuiser ses ressources en matière de monologues.

— C'est terrible de songer que des gens sont morts et qu'en quelques décennies, leur sort nous est presque devenu indifférent, continua-t-il dans un sursaut philosophique. À présent, tout ce qui compte, c'est que la milice est absente. L'oubli est peut-être plus terrible que l'Akheos, après tout… Plume, je veux bien essayer de te distraire mais là, je m'ennuie un peu. Soit tu me dis enfin ce qui t'a mise dans un état pareil, soit on parle d'autre chose, mais tu ne vas pas me laisser causer tout seul.

Plume ouvrit plusieurs fois la bouche sans qu'aucun son n'en sorte avant de prononcer à demi-voix :

— Mes parents veulent me marier.

Cette nouvelle arracha un sursaut à Jack. Le mariage, cela signifiait qu'il ne la reverrait plus : elle serait sous la coupe d'un époux acariâtre et lui-même privé d'une importante source de revenus.

— Et ton fiancé, marmonna Jack, je suppose qu'il est opposé aux escapades nocturnes ?

— Tu es capable de garder un secret ? demanda Plume.

La main sur le cœur, Jack lui jura immédiatement une loyauté absolue. Aucune révélation ne craignait avec lui tant que personne ne surenchérissait pour le faire parler.

— Tu sais qui je suis, non ?

— Vu ton porte-monnaie, je dirais une aristocrate, supposa Jack. À moins que tu n'aies déterré un trésor au fond de ton jardin.

— Mon véritable nom est Éléonore Herrenstein. Je suis la fille de l'ambassadeur et si je n'épouse pas un homme riche, ma famille risque d'être ruinée.

Jack déglutit. Deux informations contradictoires se bousculaient dans son esprit. Comment pouvait-on appartenir à la noblesse et être menacé de finir à la rue ?

— Et votre… enfin ton fiancé, il est de la haute société, lui aussi ?

En guise de réponse, Plume lui présenta son annulaire où scintillait une bague écarlate.

— Mazette ! s'écria Jack dont les méninges s'activaient déjà pour en calculer le prix. Tu vas épouser un membre de la Ligue… S'il te plaît, ne me dis pas qu'il s'agit de Chrisaloy car connaissant ce type, tu aurais toutes les raisons de te plaindre.

— Tu as déjà rencontré Chrisaloy ?

— Non, bafouilla-t-il, simple façon de parler. Même un roturier comme moi est au courant de tous les scandales où il est impliqué.

Ne pas connaître Lydien Chrisaloy et ses frasques à répétition revenait à ignorer l'une des histoires les plus croustillantes qui avait animé Seräen depuis des années.

— Mon fiancé s'appelle Élias d'Aubrey, déclara Plume. Et comme son nom l'indique, il est l'héritier de Mandias d'Aubrey.

— Le vieux qui pourrait rester assis sur sa chaise même si une tornade venait arracher le toit de l'hôtel de ville ?

— Exactement.

Alors, Plume lui raconta sa rencontre avec Élias, son horrible méprise lorsqu'elle l'avait confondu avec un voleur et enfin sa demande en mariage sur le balcon. Elle lui parla de sa peur à l'idée de devenir sa femme, de cette toile cachée dans un coffre secret et enfin, de cette machination où il entendait lui faire jouer un rôle. Jack resta impassible jusqu'à ce que ses lèvres s'étirent en un large sourire.

— Épouse-le, je me charge de le tuer et on se partage son argent.

Jack n'avait jamais renoncé à son sens pratique et manifestement, s'attaquer à un futur seigneur de la Ligue n'était pas suffisant pour l'effrayer.

— Tu veux qu'on se fasse exécuter ? s'exclama Plume.

— Je connais un poison très efficace et qui est absolument indétectable, développa Jack. J'en mets un soupçon dans son vin et avec des effets qui apparaissent quelques heures plus tard, personne ne sera capable d'en retrouver la source. Qui sait ce qu'il aura ingurgité durant ce temps-là ? Tu n'auras plus qu'à jouer la veuve éplorée et à gratifier ton serviteur d'une coquette somme. Et voilà, le problème est réglé !

— Je refuse ! C'est du pur suicide. Élias n'est pas le dernier des imbéciles, il flairera le piège et tu seras pendu pour tentative d'assassinat ! Je ne veux pas que tu meures à cause de moi !

— C'est bien aimable de ta part. Admettons qu'on lui laisse la vie sauve. Tu ne vas quand même pas passer tes journées à te lamenter dans une cage dorée ? Tu finirais par devenir folle…

— Je pourrais m'enfuir.

— T'enfuir où ? On ne quitte pas Seräen, c'est impossible ! Il faudrait passer de l'autre côté des murs et les soldats contrôlent chaque convoi qui s'apprête à franchir les grilles.

Le raisonnement du courtier ne souffrait d'aucune faille. Plume était prisonnière de ces remparts et aucune issue ne lui permettrait d'échapper à un mariage arrangé.

— Désolé de changer de sujet, fit Jack, mais ça fait un bout de temps que je t'attendais dans le froid et ce n'était pas pour évoquer un projet d'évasion. Les princes maudits ont envoyé un imbécile allergique à l'anorentia pour te communiquer un message. Ils te contacteront en temps voulu et en attendant, on est priés de se mêler de nos affaires. Bref, ce fut une conversation des plus sympathiques, ajouta-t-il dans un bâillement.

À le voir aussi nonchalant, Plume ne se serait jamais doutée que Jack avait menacé les princes maudits de mort s'ils osaient lever la main sur elle.

— Dans le fond, tu as eu ce que tu voulais. Tu m'avais demandé des renseignements sur les princes maudits et ces altesses sont décidées à te rencontrer. Par conséquent, je n'ai pas usurpé mon titre de meilleur courtier, non ?

— S'ils me fixent un rendez-vous, murmura Plume, est-ce que tu m'accompagneras ?

— Oui, mais j'appliquerai mon tarif de quatre merles l'heure avec un surplus en cas d'affrontement et encore un autre surplus si je suis blessé.

La raison voulait qu'une personne sensée ne se rende pas seule dans un repère de malfrats. Pourtant, Plume n'éprouvait aucune crainte. Elle était même curieuse de faire leur connaissance. De partager avec des hommes qui, comme elle, haïssaient l'Oméga. Elle les avait vus, prêts à tous les sacrifices pour un combat dont l'issue même semblait inéluctable.

La fête nationale lui avait redonné espoir. Ce jour-là, une bande de voleurs s'était dressée face à un géant de pierre. Ils lui avaient montré que l'impossible était possible…

— Au fait, j'ai ton journal, fit Jack en lui tendant un exemplaire froissé. J'ai même un contact qui peut te trouver le prochain numéro.

Il faisait trop sombre pour déchiffrer les titres et à contrecœur, Plume le glissa dans sa poche. Apparemment, Jack n'avait pas abandonné son projet d'assassinat car il revint à la charge.

— Et pour d'Aubrey, qu'est-ce que tu comptes faire ?

— Pour le moment, je vais m'armer contre lui, répondit Plume. Sa seule faiblesse est ce tableau et tant que je n'en saurai pas plus, je serai vulnérable. Je vais profiter de l'obscurité pour me faufiler dans son cabinet de travail et avec un peu de chance, la toile sera encore dans la cache secrète.

— Alors, bonne chance !

Jack lui tendit la main et Plume fixa sa paume avec perplexité.

— Je te dois de l'argent ?

— Non, c'est une façon de se saluer, soupira Jack. Tu étais bien sur le point de partir ?

Plume était tellement habituée à ce qu'il lui réclame de l'argent que l'idée même de lui serrer la main paraissait incongrue. Elle hésita un instant, puis lui déposa un baiser sur la joue.

— Au revoir, Jack ! lança-t-elle.

Bientôt, elle ne fut plus qu'une silhouette lointaine, mais Jack n'avait toujours pas bougé. Pensif, il se frottait la joue alors qu'une question tournait en boucle dans sa tête. Plume s'était jetée dans ses bras, elle avait refusé de le voir risquer sa vie et finalement, elle avait choisi sa peau mal rasée pour y presser ses lèvres. Comment diantre était-il censé interpréter un tel comportement ?

Chapitre 8

La femme du tableau

Pipo observait attentivement Pandore. Vautré sur un matelas de fortune, il ronflait la bouche grande ouverte et un mince filet de bave s'échappait de ses lèvres. Du haut de ses quatre ans, le petit garçon était conscient de l'étrange créature que représentait Pandore. Il ressemblait à un ours. Ce même ours qu'il avait un jour contemplé dans un livre d'images. Mais ce livre avait été brûlé, il avait vu des hommes en colère en arracher lentement les pages avant de le jeter dans la cheminée…

C'était un soir d'hiver, un soir où sa maman l'avait fait entrer dans un coffre pour une partie de cache-cache. Pipo avait voulu protester, comment pourrait-il gagner si sa cachette n'était déjà plus un secret ? Non, cette fois-ci, le jeu serait différent. Des gens en gris allaient arriver et eux ne devraient jamais le trouver. Pipo entendait déjà les coups frappés contre la porte. Sa maman l'avait embrassé sur le front, elle l'avait enveloppé dans une couverture avant de lui demander s'il avait bien compris. Et puis, ces hommes étaient entrés. Ils avaient crié des choses, des mots d'adulte que Pipo ne saisissait pas. L'un d'eux avait vociféré : « Vous avez violé la seconde règle ! » Son père n'avait rien répondu mais un grand BANG ! avait retenti. À travers le mince interstice, Pipo avait été surpris de le voir dormir. Allongé sur le sol dans une position inconfortable.

Quand sa chemise s'était teintée de rouge, il avait cru à un nouveau jeu. Jusqu'à ce que sa maman s'effondre en sanglots. « Il est mort. Vous l'avez tué ! » La mort, c'était quand on ne se réveille pas. Comme sa tante Adélia qui était très malade. Pourtant, son père n'était pas souffrant, il n'avait pas de vilain rhume qui le faisait tousser ou éternuer.

Pipo avait voulu hurler, mais son cri était resté coincé dans sa gorge. Alors, il avait pleuré des larmes silencieuses. Le corps de son père avait été traîné hors de la maison et sa mère avait été emmenée, elle aussi, poussée de force dans le froid glacial. Pipo s'était recroquevillé dans le coffre. Il avait eu peur que les uniformes reviennent et qu'il soit jeté dans le feu comme son livre d'images. Lorsqu'il avait entendu des pas, il avait mis sa couverture au-dessus de sa tête. Mais l'homme l'avait trouvé. Et pour une fois, Pipo avait été content de perdre à cache-cache.

Ce grand monsieur l'avait pris dans ses bras. Il l'avait emmené avec lui dans les souterrains et il lui avait donné une famille. Il y avait Édelmard qui lui racontait de belles histoires ; Toby qui s'amusait à glisser des papillons dans sa poche ; Nector qui parlait tout seul d'une poudre noire ; Killian qui l'intimidait avec ses montagnes de muscles et Gilfred qui passait son temps à grogner.

Les mots ne voulaient jamais sortir de sa bouche, alors quand Pipo avait une question à poser, il interrogeait avec les yeux. Pandore avait souvent du mal à le comprendre. Lorsqu'il devinait son regard fixé sur lui, il fronçait les sourcils et finissait par lui donner son assiette.

Avalon n'avait pas besoin d'explications. Un jour, l'enfant avait pointé son petit doigt vers lui. Dans le langage de Pipo, cela voulait dire : « Qui es-tu et qu'est-ce que tu fais ? »

— Je suis un voleur, lui avait répondu Avalon. Je vis dans les souterrains pour échapper aux gardes. Il y a beaucoup de gens là-haut qui souffrent, car les règles sont mauvaises. Je vais rassembler des hommes et nous allons lutter contre le régime.

Le régime, Pipo avait déjà entendu ce mot. C'étaient les méchants qui lui avaient fait du mal. Avalon voulait venger ses parents et tous les enfants qui n'avaient plus personne pour les consoler. Lorsqu'il quittait les souterrains, Pipo craignait toujours de ne pas le voir revenir. Et cette nuit-là, le petit garçon était inquiet, car Avalon était sorti sans prévenir. Il ne voulait pas dormir seul et il faisait trop noir pour guetter près de la grande porte. Pipo avait trottiné jusqu'au lit de Pandore et timidement, lui avait secoué l'épaule. Sa dixième tentative porta enfin ses fruits car, dans un effort surhumain, l'ours se tourna vers lui.

— Hum, qu'est-ce qu'il y a ? marmonna-t-il.

Posée au sol, une lampe à huile répandait une faible lumière, mais suffisante pour deviner la silhouette de son interlocuteur. Comme il dépassait à peine les quatre-vingt-dix centimètres, son identité ne fut pas longue à découvrir.

— Oui, Avalon m'a dit qu'il allait faire un tour. C'est rien, retourne te coucher.

Pipo ne bougea pas. Il attendait une invitation précise et tant qu'elle n'aurait pas lieu, il resterait planté au bord du matelas.

— Tu veux venir avec moi ? proposa Pandore.

Il eut à peine le temps de s'écarter que Pipo s'était déjà glissé sous la couverture. Blotti dans ses bras, il suça son pouce et se rendormit.

⸝⸱⸞

— Il est hors de question que je devienne sa femme, murmura Plume.

Elle se répétait cette phrase comme une pensée réconfortante, un refrain qui lui donnait le courage de s'aventurer à nouveau dans le manoir des d'Aubrey. Élias avait forcément une faiblesse et malgré sa prétendue indifférence, cette toile constituait une menace. Si seulement elle parvenait à faire pression sur lui… Avant que Plume ne voie Jack, elle se croyait déjà vouée à une existence malheureuse. Jusqu'à ce que la réalité lui apparaisse sous un jour plus favorable. Il lui restait un an pour faire annuler ce mariage.

Sans un bruit, Plume se réceptionna sur le balcon. Aucune lumière ne brillait à l'étage. Élias était probablement endormi et à moins de tirer un coup de canon, sa venue passerait inaperçue. Munie d'une épingle à cheveux, Plume força la serrure de la porte-fenêtre et se glissa à l'intérieur. L'immense bibliothèque se trouvait à sa droite et l'un de ces livres ouvrait la cache secrète. Mais, dans la pénombre, Plume était incapable de distinguer les titres.

« Il doit bien y avoir une chandelle quelque part », songea-t-elle. Lentement, elle s'avança jusqu'au bureau qui n'était pour elle qu'une masse noirâtre. Ses mains tâtonnèrent parmi l'encrier et les plumes d'oie, alignés à côté du papier à lettres. Elle s'apprêtait à fouiller dans les tiroirs quand ses doigts sentirent brusquement le contact d'une bougie. Il y avait quelque chose d'étrange, pourtant. Car, loin d'être posé sur la table, le bâtonnet de cire flottait dans les airs.

— Qu'est-ce que…, murmura Plume.

Intriguée, elle suivit le contour de l'objet et la réponse à ce mystère ne tarda pas à lui apparaître. Ce n'était pas un chandelier, mais une main qui lui présentait obligeamment l'objet de ses recherches. Plume réprima un cri de frayeur. Sous le choc, elle recula de plusieurs pas et renversa l'une des chaises.

— Ah, ce que je m'amuse ! s'exclama une voix familière.

Plume entendit une allumette craquer. À la lumière d'une flamme vacillante, elle aperçut le visage d'Élias dont les lèvres s'étiraient en un sourire goguenard. Fier de lui, il se laissa tomber sur son fauteuil, les pieds posés sur la table.

— Qu'est-ce que vous faites là ? lança Plume qui luttait pour retrouver son sang-froid.

— Dans mon souvenir, j'habite encore ici. Ce serait plutôt à moi de vous poser cette question.

— Vous m'attendiez ?

— D'après vous, chère Plume ? Le problème, c'est que vous ne réfléchissez jamais avant d'agir. Vous êtes venue ici sans supposer un seul instant que j'aurais pu prédire votre arrivée. Et comment je le sais ? Parce que vous êtes une petite curieuse, attirée par l'interdit... Vous pensiez vraiment que je laisserais ma toile sans surveillance ?

C'était exact, mais Plume n'était pas décidée à admettre sa défaite.

— Vous allez me dénoncer ? répliqua-t-elle sur un ton de défi.

— Non, je vais faire beaucoup mieux. Je vais vous donner un double de mes clefs pour que vous cessiez de forcer mes serrures.

— Épargnez-moi vos sarcasmes !

— Comme si c'était moi qui vous avais dit de vous faufiler dans ma maison par la ruse. Voyons, nous n'allons pas nous disputer pour si peu. Vous voulez boire quelque chose ?

— Non, grommela Plume.

— Même si j'en prends une gorgée pour vous prouver que ce n'est pas empoisonné ?

— Étranglez-vous avec !

Plume ne supportait pas sa position. Elle était la voleuse surprise par le maître des lieux et l'attitude d'Élias l'irritait par-dessus tout. Comment avait-elle pu le sous-estimer ? Non seulement il avait deviné sa venue mais, sûr de lui, il avait passé la nuit à l'attendre.

— Vous ai-je contrariée d'une quelconque façon ? ricana Élias.

La jeune fille lui lança un regard noir. Finalement, le projet de Jack de l'assassiner avait toute sa sympathie.

— Vous m'en voulez parce que je vous taquine ? Après tout, un gentilhomme ne devrait pas se moquer d'une dame et encore moins quand elle est son hôte. Oublions donc cette histoire et considérons plutôt que vous avez aimablement répondu à mon invitation... Mlle Plume, ajouta Élias avec emphase, quelle joie de vous recevoir dans mon humble demeure ! Je suis honoré que vous ayez sacrifié vos autres rendez-vous pour me rendre visite.

Souriant de toutes ses dents, Élias se leva de son fauteuil. Il s'approcha de la bibliothèque et laissa ses doigts courir le long des reliures avant d'actionner le mécanisme secret. La porte du coffre mural s'ouvrit dans un léger déclic.

— Qu'est-ce que vous faites ? s'étonna Plume.

— Je vous montre la toile, c'est bien pour la voir que vous êtes là, non ?

Plume n'en croyait pas ses oreilles. Elle pensait utiliser cette peinture pour se libérer de son emprise et fuir ce mariage qu'elle était incapable de refuser. Mais Élias avait peut-être raison. La Ligue se croyait tellement à l'abri de la milice qu'il ne risquait rien à la mettre dans la confidence. Elle s'était imaginée posséder un atout alors que, depuis le début, c'était lui qui menait la danse.

— Vous me faites confiance pour que je me taise ? Vous n'avez pas peur que j'en parle aux autorités ?

— Vous ne le ferez pas, affirma Élias. Vous savez comment finissent les tableaux, brûlés et détruits sur la place publique, et quelque chose me dit que vous aimez l'art.

Avec précaution, il déroula la toile. Et ce que vit Plume la laissa muette de stupeur. Assise à l'ombre d'un arbre, une jeune femme paraissait assoupie, perdue au milieu d'un champ où aucun mur n'obstruait l'horizon. Jamais Plume n'avait contemplé un spectacle aussi saisissant. D'un simple coup de pinceau, l'artiste avait donné vie à son œuvre comme si une magie ancienne imprégnait chaque détail. Plume avait l'impression qu'en se penchant de plus près, elle aurait aperçu les feuilles se soulever sous l'effet d'une brise ou senti sur sa peau les rayons du soleil.

— C'est... merveilleux, murmura-t-elle.

— Ravi que cela vous plaise. À présent, si vous voulez que cette toile finisse en un tas de cendres, libre à vous de le faire.

— Non, je ne vous dénoncerai pas. Où avez-vous eu cette peinture ? questionna Plume. Au marché noir ?

— Si je vous réponds, est-ce que vous vous prêterez au même jeu ?

— Oui, s'il le faut.

Son désir de savoir était tel qu'elle était prête à accepter toutes ses conditions. Lentement, Élias tira une enveloppe de sa poche.

— Tenez, lui dit-il, lisez cela.

Plume déplia la feuille de papier pliée en quatre. L'écriture était malhabile et des lettres tracées en toute hâte s'accompagnaient de taches d'encre.

« *Cher M. d'Aubrey,*

Vous n'avez aucune raison de me faire confiance ni même de me croire. Mais, avant que vous ne froissiez ce message, je vous demanderais de vérifier mes affirmations. À Seräen est dissimulée dans la résidence de votre père une peinture qui, depuis des années, a su échapper à la milice. Dans la bibliothèque du cabinet du travail, l'un des livres est relié à un mécanisme permettant de révéler une cache secrète. Vous y trouverez la toile. Sachez seulement que son histoire est particulière et qu'un mystère entoure sa réalisation. Dans l'espoir d'avoir su éveiller votre curiosité, je vous prie d'agréer mes salutations distinguées.

Votre dévoué serviteur »

— J'ai reçu cette lettre le jour de mon départ pour la capitale, expliqua Élias. Je n'ai aucune idée de l'identité de l'expéditeur. Mes domestiques n'avaient pas vu le porteur. Cette histoire me semblait hautement fantaisiste et pourtant, j'ai voulu chasser ce doute de mon esprit. Mon père a toujours été un homme mystérieux mais, en aucune façon, il ne serait allé à l'encontre d'une règle qu'il avait lui-même édictée. Je suis arrivé à Seräen, tard dans la nuit, avec un mépris total pour le couvre-feu puisque ma chevalière suffit à m'ouvrir n'importe quelle porte. Je cherchais ce fameux coffre, bien que je doutais encore de son existence. Vous n'imaginez pas ma surprise quand j'ai découvert que ce message n'était pas une plaisanterie.

— Et votre père, demanda Plume, vous l'avez interrogé ?

— Je n'ai pas vu mon père depuis dix ans... C'est le triste destin des enfants de la Ligue. Même maintenant que ma place en tant qu'héritier ne va pas tarder à être officialisée, il n'a pas pu se libérer pour me recevoir. Alors, comment voulez-vous que j'aborde un tel sujet avec lui ? Faire partie de la Ligue a toujours eu un prix... Mais revenons-en plutôt au tableau, poursuivit Élias. Vos yeux perçants ont peut-être remarqué la date : 1793, soit quasiment cinquante ans dans le passé. Et le plus étonnant est le nom du peintre.

Plume baissa la tête. Son regard se posa sur une signature en lettres capitales, apposée au bas de la toile.

— Dariel, lut-elle. Dariel comme Léonis Dariel, celui qui a trahi les siens pour Valacer ?

— C'est ce que je pense, moi aussi. L'époque coïncide et ce nom est suffisamment rare pour qu'il ne puisse s'agir d'un homonyme. Est-ce que vous connaissez l'histoire de cet homme ?

— Bien sûr, mon précepteur n'a pas cessé de m'en parler. C'est à cause de lui que la première des règles a été établie. Valacer lui aurait donné une somme d'argent si importante qu'il est passé chez l'ennemi en entraînant d'autres artistes à sa suite. Ils ont renié Orme et les autorités ont commencé à accuser de traîtrise quiconque peignait ou possédait des tableaux. Au fil des années, la seconde et la troisième règles sont venues étendre l'interdiction aux écrivains et aux musiciens. Et tout ce qui nous reste désormais, c'est une cinquantaine d'ouvrages et une demi-douzaine de mélodies.

— Je vois que la petite Plume a bien appris ses leçons… Dariel est resté dans les mémoires comme le plus grand des renégats. Mais ne trouvez-vous pas que tout cela est légèrement disproportionné pour lutter contre un seul individu ?

Plume hésita. Sa réponse risquait d'être une critique manifeste du gouvernement, alors pouvait-elle partager son opinion avec un héritier de la Ligue ? Après tout, Élias avait eu plusieurs occasions de la dénoncer et il ne l'avait toujours pas fait.

— La Ligue avait besoin d'un prétexte pour contrôler la population, murmura-t-elle. En interdisant les moyens d'expression, on limite le savoir et il est plus facile de faire croire les mensonges du gouvernement. Dariel a peut-être contribué à cette guerre, mais rien ne justifie que la prohibition perdure un demi-siècle plus tard.

Élias applaudit. Adossé contre l'étagère, il semblait se réjouir d'avoir enfin rencontré une personne capable de voir au-delà des dogmes du régime.

— Vous m'impressionnez, lui dit-il. Je crois en effet que pour gouverner les moutons, rien ne vaut l'ignorance. À elles seules, les trois règles sont plus efficaces que la milice.

— Et cela ne vous gêne pas ? s'agaça Plume. Que des familles soient sacrifiées, alors que leur seul crime est de posséder un livre prohibé ou d'aimer la musique ?

— Il y a toujours eu des victimes collatérales, fit remarquer Élias avec indifférence. Nous sommes en guerre contre Valacer. Sauf si vous tenez à devenir leur esclave, le régime ne peut se maintenir sans que certains en supportent les conséquences.

— Ce raisonnement est ignoble !

— Non, c'est un constat réaliste. Orme est resté fort face à Valacer, car il a su faire des choix difficiles. Il n'y a pas assez de récoltes pour nourrir la population, pensez-vous un seul instant que, sans une main de fer pour nous gouverner, le pays n'aurait pas déjà sombré dans une guerre civile ?

— Vous dites cela parce que vous êtes riche. Vous n'avez jamais connu la faim ni vu des proches partir au champ de bataille en sachant pertinemment qu'ils ne reviendront jamais !

— Vous me faites la morale, mais comment réagiriez-vous si ces pauvres que vous défendez tant pillaient la demeure des Herrenstein ? Est-ce que la jeune Éléonore serait ravie de voir des pouilleux brûler sa chambre ou voler ses bijoux ?

— S'il doit y avoir une révolte, elle serait tout à fait justifiée.

— Ah oui ? Vous aimeriez que notre royaume soit contraint d'implorer la pitié de Valacer ? Car si les rebelles prennent le pouvoir, ce sera une défaite sans précédent. Nos richesses iront directement dans les coffres de l'ennemi. Ce sera la famine et il nous faudra supporter des décennies de misère avant que nous puissions enfin relever la tête.

Plume ne répondit rien. Elle n'avait jamais envisagé de telles conséquences mais, dans la bouche d'Élias, elle ne sentait aucune exagération. Ce qu'il décrivait était d'autant plus cruel que ces événements n'avaient rien d'irréalistes.

— Vous m'avez parlé tout à l'heure des hommes envoyés au front, reprit Élias. Vous êtes consciente qu'en cas de révolte, les rebelles puniront non seulement la Ligue, mais aussi les membres du Conseil ? C'est à eux qu'appartient la décision de fixer le nombre de jeunes gens qui iront grossir nos rangs. Et votre père, lui avez-vous dit qu'il était ignoble parce qu'il cautionne le système ?

— Mon père n'est que membre honorifique, rétorqua Plume, il ne fait que donner son avis !

— Alors, il vous a menti, conclut Élias, car tous les conseillers ont un droit de vote. À la dernière fête nationale, ils ont annoncé un nouveau régiment de dix mille hommes. Vous croyez vraiment que votre père s'y est opposé ?

— Je vous interdis de dire du mal de mon père !

Plume était furieuse. Ce siège au Conseil ne visait qu'à récompenser sa carrière d'ambassadeur. M. Herrenstein se rendait parfois au palais, mais jamais elle n'avait supposé que sa mission puisse dépasser le simple rôle de façade. Comment aurait-il pu, sans sourciller, apporter son vote à une telle décision ?

— Je vous prie de m'excuser, lui dit Élias, je n'avais pas l'intention de vous offenser. Je voulais seulement vous ouvrir les yeux. Il y a de nombreuses injustices dans ce monde, mais elles visent à éviter une situation pire encore. Je ne juge personne et encore moins votre père, je présente seulement les faits tels qu'ils sont.

Plume accepta ses excuses d'un signe de tête. La peinture continuait d'attiser sa curiosité et tant qu'Élias se montrait loquace, elle refusait de se disputer avec lui pour de la politique.

Devinant son regard posé sur la toile, le jeune homme ajouta :

— Cette femme est belle, vous ne trouvez pas ? Il pourrait très bien s'agir d'une personne existante, quelqu'un de si proche de Dariel qu'il lui a dédié un tableau. Quand on sait qu'il a fui cette année-là pour Valacer, on peut imaginer tellement d'histoires les concernant : des amants contraints de trahir leur patrie, une séparation douloureuse les laissant l'un et l'autre de chaque côté de la mer d'Oryat…

Plume admira à son tour le visage de cette femme, si serein que nul n'aurait pu prédire l'éminence d'une guerre. Ses traits étaient à peine esquissés et pourtant, on devinait sa peau pâle et ses paupières closes. Des mèches de cheveux s'échappaient d'un élégant chignon maintenu par un ruban de couleur. Quant à sa robe, elle était digne des créations de Frédérion. D'un joli mauve, avec une ceinture à la taille, elle dessinait une silhouette vaporeuse et des perles parsemaient l'étoffe à l'image d'un ciel étoilé.

— Oui, elle est très belle, murmura Plume.

— Que pensez-vous que je dois faire à présent ? demanda Élias. Cette peinture a sûrement une signification, un message dissimulé et qui n'attend qu'à être découvert. Mon père n'aurait jamais pris le risque de la conserver sans raison.

— Peut-être que Monseigneur d'Aubrey est seulement moins hostile à l'art que vous ne l'avez supposé.

— De toute façon, je finirai bien par le découvrir.

Débordant d'une énergie nouvelle, Élias se planta devant elle avec une expression proche de celle de Jack quand il avait rempli sa part du contrat.

— Tout à l'heure, vous vous êtes engagée à satisfaire ma curiosité, lui rappela-t-il. Vous m'avez demandé d'où venait cette toile. À présent, c'est à mon tour de poser les questions.

— Très bien, marmonna Plume qui regrettait déjà sa promesse. Qu'est-ce que vous voulez savoir ?

— Oh, rien de bien sorcier. Qu'est-ce qu'une fille comme vous fait sur les toits à la nuit tombée ?

— Je vous l'ai déjà dit, j'observe les étoiles.

— À d'autres.

Comme Élias n'était pas d'humeur à renoncer facilement, Plume se résigna à approfondir son histoire. Occultant la Cour des fous et les fresques tracées sur les murs des bas-fonds, elle choisit de présenter une semi-vérité.

— Quand vous m'avez surprise chez vous, je me rendais en réalité de l'autre côté des remparts, développa-t-elle. Plus précisément dans une ruelle qui mène à l'arrière-boutique d'un apothicaire.

— Et puis-je connaître la raison de cette charmante promenade ?

— La nuit précédente, j'ai aperçu un homme disparaître dans cette impasse. Il était de haute taille et entièrement vêtu de noir. C'était vraiment étrange… Même sa démarche avait quelque chose de surnaturel, il semblait glisser sur le sol.

Avec un peu de chance, Élias la croirait folle et il abandonnerait l'idée de l'épouser de peur que ses héritiers soient atteints du même mal.

— Il avait l'air d'attendre devant une porte fermée par un cadenas, poursuivit Plume. J'ai tourné la tête un instant et la seconde suivante, il s'était volatilisé.

— Et si ce monsieur avait simplement la clef ? Il est entré dans l'arrière-boutique parce qu'il avait rendez-vous avec l'apothicaire.

— Bien sûr, lança Plume avec ironie, et il aurait remis le cadenas derrière lui !

— Vous marquez un point, très chère… Si vous le souhaitez, je peux charger Harckof de retrouver cet individu. C'est précisément le genre de travail que je lui confie habituellement.

— Non, merci. Je peux me débrouiller seule.

— Comme vous voudrez… Désolé de vous le faire remarquer, ajouta Élias dans un ricanement, mais je crains que votre réponse à ma question ne soit que partielle. Car, avant de vouloir résoudre ce mystère, vous étiez bien en train de déambuler sur les toits. D'où veniez-vous ?

— De nulle part.

Plume le vit alors se caresser la lèvre. Cette expression commençait à lui être familière, c'était le signe qu'une idée avait germé dans son esprit. Et généralement, cela n'annonçait rien de bon.

— C'est amusant, fit Élias. En voyant la toile tout à l'heure, vous m'avez demandé si je l'avais eue au marché noir. Est-ce que par hasard vous êtes familière de ce genre d'endroit ? En y réfléchissant bien, cela permettrait d'expliquer des choses : ce masque que vous portez, votre mépris pour le régime…

— Je ne vous dirai rien de plus.

— Alors, dois-je conclure que j'ai raison ? Vous avez une façon de vous trahir qui force mon admiration.

Plume ignora ses sarcasmes. Quelque part dans la maison, une horloge sonna cinq heures du matin. Si elle ne voulait pas se laisser surprendre par l'aube, il était temps pour elle de regagner sa chambre.

— Il faut que je rentre.

— Déjà ? s'étonna Élias. Vous pouvez bien m'accorder encore une dizaine de minutes. Voyez-vous, je me sens coupable d'avoir été un fiancé aussi négligent et pour me faire pardonner, j'aimerais vous offrir un présent. Dans un élan romantique, je vous inviterais même à y voir… comment dit-on déjà ? Ah oui, une marque de mon estime et de ma profonde admiration.

— Je ne veux rien qui vienne de vous.

N'y prêtant guère attention, il lui tendit un mince paquet enroulé dans du papier journal.

— Gardez-le…

Élias ne l'achèterait pas en la couvrant de cadeaux. À la différence de toutes les autres filles de Seräen, elle était la seule à ne pas être attirée par son argent.

— Si vous refusez, je me verrai obligé d'insister et de me déplacer jusqu'à votre domicile. Quoique, cette idée n'a rien de déplaisant ! Peut-être bien que votre mère me conviera à boire le thé.

La pensée de voir Élias débarquer le lendemain suffit à la convaincre. Plume prit le paquet et le glissa dans sa poche. Qu'importait son contenu, il avait toutes les chances de finir dans les ordures.

— À présent, permettez-moi de vous raccompagner jusqu'à la sortie, prononça Élias d'une voix faussement aimable.

D'un geste galant, il lui ouvrit en grand la porte-fenêtre. Avec la légèreté d'un chat, Plume prit appui sur la balustrade et en quelques mouvements, disparut dans les ténèbres de la nuit.

※※※

Avalon était sorti au milieu de la nuit. Il avait laissé derrière lui un petit garçon endormi qui, même dans son sommeil, cherchait ses bras. À chaque fois qu'il abandonnait Pipo, il éprouvait un sentiment de culpabilité. Car Avalon n'était jamais sûr de revenir.

« Pauvre gosse », songea-t-il. Il n'avait rien d'autre à lui offrir qu'une vie sous terre, loin des rayons du soleil. La dernière fois qu'Avalon l'avait emmené à l'air libre, l'enfant s'était agrippé à sa jambe. Dans ses yeux, il avait deviné la même angoisse que ce jour où il l'avait découvert, recroquevillé dans un coffre. Depuis, Pipo avait vécu tapi dans l'ombre, traînant dans son sillage sa couverture pleine de poussière. Sur l'étoffe grisâtre, son nom avait été brodé à la main, quatre lettres dont il ne restait plus désormais que des morceaux de fils usés.

— Tu es en retard ! lança une voix.

À la lumière d'une torche, Avalon reconnut la silhouette du Faucon. Adossé contre le mur, il tournait nonchalamment les pages d'un journal. Leurs rendez-vous avaient toujours lieu dans les souterrains, à l'abri des oreilles indiscrètes.

— Je vois que tu as emporté de la lecture, remarqua Avalon.

— *L'Orme glorieux* a beau être de la propagande, il est toujours bon de savoir ce que pense l'ennemi.

— En tout cas, je suis content que tu aies pu te libérer. Il paraît que tu as un message important à me transmettre ?

— Oui, assura le Faucon, de la plus haute importance. Comme tu le sais, j'ai des contacts au palais et depuis la fête nationale, je suis à l'affût de la moindre information. Tibérius était furieux, il a donné l'ordre de vous retrouver et de vous exécuter sur la place publique pour faire l'exemple.

— Rien d'inhabituel jusque-là, constata Avalon avec flegme.

— Mais le plus surprenant est que l'ordre a été annulé par quelqu'un d'en haut.

— Quoi ?

Avalon fronça les sourcils. Renoncer à les pourchasser ne ressemblait pas au gouvernement. Ils avaient semé une telle pagaille que leurs têtes auraient dû être mises à prix. Pourquoi les autorités auraient-elles choisi de les laisser filer ?

— Qui aurait pu prendre une telle décision ? demanda Avalon. La Ligue écarlate ?

— Non, la Ligue connaît d'autres difficultés en ce moment. Une alliance a été conclue pour essayer d'éliminer Chrisaloy car, avec ses scandales à répétition, il risque de décrédibiliser l'institution dans son entier. J'ai entendu parler d'un possible attentat mais, loin d'être aussi idiot qu'il semble l'être, Chrisaloy a assassiné tous ceux de sa famille qui pourraient prendre sa place. Hormis un parent éloigné, un cousin au sixième degré, qui a l'air particulièrement machiavélique. La Ligue ne peut se passer de l'un de ses membres, sinon l'équilibre serait menacé. Et entre garder le coureur de jupons ou accueillir un potentiel sournois – qui pourrait bien tenter un coup d'État –, le choix n'est pas aisé. Bref, conclut le Faucon, je ne pense pas que ton organisation figure parmi leurs priorités.

— Alors, qui ? Qui est capable d'imposer sa volonté à Tibérius ?

— Ma foi, c'est assez difficile à déterminer. Dans l'absolu, il y a peu de gens suffisamment gradés pour intervenir dans une affaire aussi délicate.

— Le Conseil, dans ce cas ?

— Le Conseil est une coquille vide depuis trop longtemps. Ils ne font qu'entériner les décisions de la Ligue. Le plus important n'est peut-être pas de savoir qui, mais de savoir pourquoi.

— Je doute qu'annuler les recherches soit une marque de sympathie, soupira Avalon. Tu penses qu'ils nous surveillent ?

— C'est à toi de me le dire. La première fois qu'on s'est rencontrés, tu m'as assuré de l'inviolabilité des souterrains. S'ils ne savent pas où vous êtes, pourquoi ne font-ils aucun effort pour vous retrouver ?

Avalon se mordit la lèvre. Il refusait d'admettre que le régime ait pu percer le secret des souterrains. Ce labyrinthe sans fin était l'un des atouts de la rébellion, un piège certain qui se refermerait sur les intrus.

— Même s'ils avaient découvert l'une des entrées, ils ne pourraient jamais nous arrêter, déclara Avalon. Ces tunnels ont une étendue qui dépasse Seräen, ce serait chercher une aiguille dans une botte de foin.

— À moins qu'il y ait un traître parmi vous.

— Non, je connais chacun de ces garçons. Je les ai vus risquer leur vie des centaines de fois, aucun d'eux n'irait rejoindre l'ennemi. Si nous devons périr, ce sera par les armes et non parce que la méfiance a fini par nous détruire.

— Je n'insinue rien, murmura le Faucon, je cherche seulement une logique à l'action du gouvernement. Et pour le moment, je n'en trouve aucune... Je retournerai au palais demain, ajouta-t-il, voir si par hasard je peux remonter jusqu'à la source, mais il y a peu de chance que j'y parvienne. En attendant, qu'est-ce que tu comptes faire ?

— Je vais déplacer le camp. De toute façon, il est grand temps pour nous de déménager et Killian nous a déniché un nouveau repère, bien meilleur que le précédent. Tu ne peux pas savoir à quel point l'humidité est un sérieux problème.

— Et l'enfant, tu crois vraiment qu'il va pouvoir te suivre encore longtemps ?

— Je veille sur Pipo et il se sent en sécurité avec moi, c'est tout ce qui m'importe.

— Peut-être mais, un jour ou l'autre, il faudra bien qu'il retourne à la surface. Tu sais, j'ai de nombreux contacts, je pourrais te mettre en relation avec une famille qui serait prête à l'accueillir. Ce serait mieux pour lui, il aurait une vraie chambre et pas un demi-bout de matelas à partager avec quelqu'un d'autre.

— Est-ce qu'il serait heureux ?

— Je n'en sais rien, mais prends la peine d'y réfléchir. Et en parlant de Pipo, j'ai un cadeau pour lui.

Le Faucon tira de sa poche un lapin en peluche.

— Oh, avec un présent pareil, fit Avalon en souriant, il sera tellement content qu'il ne pourra plus fermer l'œil de la nuit.

Les deux hommes se serrèrent la main. Ils s'apprêtaient à se séparer lorsque le Faucon revint brusquement sur ses pas.

— Élias d'Aubrey est de retour, marmonna-t-il.

Avalon accueillit cette nouvelle d'un haussement de sourcils.

— Est-ce que cela signifie que Monseigneur d'Aubrey est mourant ? demanda-t-il.

— Il est gravement malade et son état ne fait plus de doute pour personne. La loi veut que son fils aîné lui succède et je crains qu'Élias ne soit décidé à s'imposer parmi les seigneurs de la Ligue. Et le pire, c'est qu'il est suffisamment retors pour y parvenir.

— Sauf si son frère est nommé à sa place.

Du haut de ses dix-huit ans, Andreas était un homme responsable, plus à même d'inspirer la confiance que n'importe quel héritier. Mais le pouvoir était une tentation à laquelle il n'avait jamais succombé. Il haïssait cette ambition qui s'infiltrait dans le cœur de ses semblables comme le pire des poisons. C'était ce désintérêt pour la politique qui faisait d'Andreas un être spécial.

— La loi n'est qu'un imbroglio de mots savants où chaque paragraphe contredit le précédent, affirma Avalon. Il n'est pas rare qu'un parent éloigné revendique le titre. La rébellion aurait tout intérêt à ce qu'Andreas intègre la Ligue écarlate. Ce serait au moins un seigneur dont l'intégrité ne ferait aucun doute.

La chute du régime se jouait telle une éternelle partie de dés. Ils avaient beau disposer leurs pièces sur l'immense plateau, le hasard restait leur meilleur allié. Andreas était l'une de ces cartes susceptibles de faire pencher la balance en leur faveur.

— Il n'osera jamais s'opposer à son frère, murmura le Faucon.

— Les temps changent. Un jour ou l'autre, il ne pourra plus rester en retrait et il sera bien obligé de choisir un camp…

≥}{•}≤

    Alors que l'obscurité laissait place aux timides rayons du soleil, une jeune fille endormie rêvait d'une mystérieuse toile, Mme Herrenstein imaginait le reste de sa vie comme une longue succession de réceptions, son époux songeait à ses lointains voyages en Valacer, Élias ordonnait à son subordonné d'inspecter la boutique d'un apothicaire, Andreas soulevait avec difficulté sa jambe douloureuse, un petit garçon observait avec émerveillement une peluche aux longues oreilles, Avalon réfléchissait à l'étrange manœuvre des autorités, Pandore tentait vainement d'aplatir ses cheveux, Jack comptait son argent, Archibald faisait le tri dans sa bibliothèque mentale et un homme se mouvait dans l'ombre pour causer leur perte…

Chapitre 9

Le lustre brisé

Lorsque Plume s'éveilla, sa pendule n'annonçait pas encore huit heures. Sa première pensée fut d'enfouir sa tête sous l'oreiller pour savourer ces derniers instants de répit avant que Madge ne vienne tirer les rideaux de sa chambre. Mais le souvenir d'un journal prohibé la fit brusquement sursauter. *L'Étincelle de la révolte* !

Avec des gestes précipités, elle extirpa les feuilles chiffonnées de sous son matelas. Les lettres n'étaient pas de la même taille et l'encre avait bavé à plusieurs endroits. Les caractères mobiles avaient dû être assemblés en toute hâte dans les machines de presse. Plume devinait un atelier clandestin et un compositeur s'activant à la lumière faiblissante d'une bougie. Chaque édition était une entorse à la seconde règle et risquait de disparaître dans le feu. Qu'importaient les moyens du bord, ce journal dissident avait déjà la chance d'exister.

Sur la première page, un article portait un titre évocateur : *Pourquoi la guerre contre Valacer ne connaîtra jamais de fin...* En dessous d'un texte couvert de taches de gras – probablement le résultat d'une cohabitation avec le déjeuner de Jack dans la même poche –, un nom attira son attention : le Faucon.

« Quel étrange pseudonyme », songea Plume alors qu'elle débutait sa lecture.

« La guerre contre Valacer ne connaîtra jamais de fin. Depuis des années, Tibérius nous promet la paix, mais la situation ne cesse de s'enliser. Il n'y aura pas d'armistice, car le régime n'a aucun intérêt à se déclarer ni vainqueur ni vaincu. Ne voyez-vous pas la vérité ? Chaque discours officiel ne vise qu'à maintenir l'illusion que l'issue du combat est proche.

Des milliers d'hommes sont envoyés à la guerre et le plus souvent, ces nouvelles recrues n'ont qu'une vingtaine d'années. À peine arrachés à leur famille, ils savent déjà qu'ils ne reviendront jamais. Qui n'a pas été témoin de ces journées de terreur ? De ces heures horribles où des enfants tremblent de peur à l'idée d'être emmenés de force. Les soldats envahissent les quartiers pauvres, ils s'emparent des malheureux jugés suffisamment robustes pour affronter les canons de Valacer. Ce n'est qu'un choix arbitraire qui épargne les uns et condamne les autres. Presque un tirage au sort qui décide de la vie ou de la mort. »

Plume s'empressa de tourner la page. Le Faucon était un homme qui savait. Par ses écrits, il ne cherchait pas seulement à dénoncer les abus, il utilisait la raison pour convaincre. Lui aussi avait entendu les autorités évoquer une victoire qui ne servait qu'à justifier la dureté des sanctions. La suite ne fit que confirmer les soupçons de Plume.

« *Mais un point commun unit "les valeureux défenseurs de la nation". Ils sont tous issus des bas-fonds. Aucun aristocrate ou fils de la Ligue n'ira jamais grossir les rangs, car la guerre n'a qu'un seul but : celui de purger la société. Imaginez que tous les miséreux se lèvent contre l'Oméga, imaginez une foule en colère qui marcherait vers le palais. Combien de temps pensez-vous que les militaires seraient en mesure de les repousser ? Le gouvernement a conscience de cette menace. Et quel meilleur moyen de défense que d'envoyer ces futurs insurgés périr à la guerre ? Les enfants grouillent dans les quartiers populaires, les familles ont souvent plus de bouches à nourrir qu'elles ne peuvent le supporter. Si on les laissait faire, ils seraient une armée qui ne tarderait pas à se rebeller. La guerre contre Valacer n'est pas un combat du bien contre le mal, mais une occasion pour assassiner les plus pauvres d'entre nous.* »

Ces lignes avaient beau être cruelles, elles résonnaient en Plume comme un cri de vérité. Élias avait évoqué un système rendu nécessaire pour éviter la guerre civile. Le Faucon, lui, décrivait la même réalité : il parlait de ces hommes qui servaient de chair à canon afin de prémunir le royaume contre un soulèvement.

Le paragraphe suivant était illisible, car une énorme tache d'encre s'épanouissait en son centre. Plume reprit sa lecture quinze lignes plus bas. D'après les mots épargnés, le Faucon parlait de l'avènement de la Ligue écarlate. Sous couvert de chasser l'insécurité, elle avait laissé s'évanouir les notions de justice et d'égalité. Les exécutions quotidiennes étaient devenues la norme et dans les prisons du palais s'entassaient les opposants au régime.

« *Je ne vous demande pas de me croire sur parole, mais seulement de réfléchir. Interrogez-vous, analysez ces paroles dont nous abreuve le gouvernement à chaque cérémonie. Ouvrez votre esprit et tentez de voir au-delà des dogmes qui nous étouffent depuis tant d'années. L'étincelle de la révolte naîtra quand le peuple sera prêt à se diriger lui-même.*

Ceux qui nous commandent sont les riches de ce monde. Or la richesse s'accompagne aussi de devoirs. Aucun de ces hommes n'a été élu, c'est le sang qui leur donne ce privilège et fiers de ce statut, ils ne cherchent qu'à accroître leurs pouvoirs. Certains ont fait valoir que se lever contre l'Oméga revenait à perdre la guerre. Mais ne vaut-il pas mieux être soumis aux volontés d'une puissance étrangère que de subir les humiliations de son propre gouvernement ? Ma réponse est que ce régime n'est rien d'autre qu'un colosse aux pieds d'argile. Tôt ou tard, il sombrera car c'est ainsi que s'achève toute tyrannie... »

Plume replia le journal. Inconsciemment, sa main avait froissé l'une des pages. Elle éprouvait de la haine pour l'Oméga, mais surtout de la colère contre elle-même. Elle avait été naïve de ne voir que la surface des choses, de maudire cette guerre sans songer aux réelles motivations des autorités. Le gouvernement menait un double jeu : à la fois ennemi de Valacer dont les sympathisants supposés étaient aussitôt exécutés, et allié de cette machine destructrice qui ne laissait derrière elle que des cadavres.

— Pourquoi Père ne s'est-il jamais opposé à de telles atrocités ? murmura Plume.

Parce que la peur avait ce pouvoir insidieux de paralyser n'importe quel audacieux. Seul, ce serait une pure folie de s'opposer au régime. Était-ce pour cette raison que M. Herrenstein fuyait ses questions ? Car il se sentait responsable de ces êtres sacrifiés, de ces victimes collatérales comme les appelait Élias ?

Elle devait absolument lui parler. Plume se leva d'un bond et trébucha sur un objet posé à même le sol. C'était le cadeau de son fiancé... Il avait si peu d'importance à ses yeux qu'elle l'avait jeté sur le tapis, sans se soucier de son contenu. La jeune fille s'attendait à un étalage de luxe, un échantillon de cette fortune monstrueuse qui était celle de la famille d'Aubrey. Mais, lorsqu'elle ouvrit le paquet, un cri de surprise s'échappa de ses lèvres. Elle venait de découvrir, enveloppés dans du papier kraft, des pinceaux de taille différente et plusieurs pots opaques. Quand Plume ôta délicatement l'un des couvercles, la lumière filtrant à travers les rideaux lui laissa apercevoir une poudre colorée.

« Des pigments, réalisa-t-elle, stupéfaite. C'est de la peinture ! » Où Élias avait-il pu se procurer un tel matériel ? Même Jack refuserait de se charger d'une mission aussi suicidaire. Depuis que la première règle avait été édictée, les peintres avaient vu leur atelier périr dans le feu ainsi que tous leurs outils. Ce que Plume tenait entre les doigts émanait d'une époque lointaine où la milice n'existait pas encore.

« Quelque chose me dit que vous aimez l'art… » Les paroles d'Élias lui revenaient lentement en mémoire. Jamais Plume n'aurait laissé cet homme la couvrir de présents pour gagner son affection. Il avait pourtant trouvé l'une de ses faiblesses. Oui, elle aimait l'art. Lorsqu'elle s'était risquée dans son cabinet de travail, c'était dans l'espoir d'admirer l'un de ces chefs-d'œuvre passés. Et Élias l'avait bien compris.

❊

Harckof précéda son entrée d'un léger toussotement. Cette précaution se révéla utile, car un poignard frôla le haut de sa tête pour aller se planter dans le mur derrière lui.

— Ce n'est pas toi que je visais, marmonna Élias.

Assis à son bureau, il manifestait sa mauvaise humeur en lançant des couteaux à travers la pièce. Harckof connaissait cette attitude : son maître avait dû recevoir une nouvelle déplaisante et il préférait ne pas lui servir de cible.

— Quoi ? fit Élias.

— Vous m'avez chargé d'inspecter la boutique d'un apothicaire, monsieur.

— Et alors, tu as découvert quelque chose ?

Comme pour démontrer son sérieux, Harckof tira un calepin de sa poche. Son rapport s'étalait sur plusieurs pages en une écriture brouillonne faite de pattes de mouche.

— La porte de l'arrière-boutique est en bois, lut-il. Elle est fermée par un cadenas qui s'ouvre grâce à une petite clef. D'après mon enquête, il est impossible de forcer la serrure en moins d'une minute – c'est le temps qu'il m'a fallu.

— Ce que je veux savoir, c'est comment disparaître de cette maudite impasse. Est-ce qu'il y aurait une trappe ou quelque chose de ce genre ?

— Non, monsieur. Seulement une porte. Les murs sont en pierre et je n'ai remarqué aucun passage secret.

— Laisse tomber la porte. Sauf si tu m'expliques comment replacer le cadenas après ton passage… Au fait, ajouta Élias en faisant tourner un couteau entre ses doigts, pourquoi une telle protection, alors que ce type ne vend que des remèdes et des herbes ?

— Parce qu'il sert de receleur à une bande de voyous.

Intérieurement, Élias admira la conscience professionnelle d'Harckof. Pour obtenir de tels renseignements, il avait dû employer des méthodes peu amicales et l'apothicaire risquait de se souvenir longtemps de sa venue.

— Très bien, soupira Élias, tu peux disposer.

Harckof salua d'un signe de tête avant de quitter la pièce. Élias était légèrement déçu. En lui confiant cette énigme à résoudre, il avait espéré obtenir un semblant de réponse. Il existait forcément une explication rationnelle susceptible d'éclaircir ce mystère. Personne n'était capable de s'évanouir sans laisser de traces. Quelle autre piste lui restait-il ? Son subordonné avait déjà fouillé les environs et son air patibulaire aurait suffi à délier n'importe quelle langue…. À moins qu'Éléonore n'ait eu une hallucination ou que cette histoire ne soit rien d'autre qu'une invention.

À plusieurs reprises, elle avait déjà tenté de lui mentir. Mais cette affaire était bien trop élaborée pour être le résultat d'une inspiration soudaine. Et dans ses yeux, Élias avait surpris une étrange lueur comme si la jeune fille doutait de ses sens. Avait-elle du mal à croire en cette scène irréelle surprise dans la pénombre de la nuit ?

— Décidément, on ne s'ennuie jamais ici, conclut Élias dans un pâle sourire.

Quand il était arrivé à Seräen, il ne s'attendait pas à une telle rencontre. Il était vrai qu'Éléonore ne ressemblait à aucune des femmes qu'il avait croisées jusqu'alors. Aucune d'elles n'aurait eu l'audace de se couper les cheveux et encore moins de se comporter en garçon manqué. Avant de faire sa connaissance, ces créatures gloussantes et étouffant à moitié dans leurs corsets ne lui inspiraient que de l'amusement.

Lorsqu'il était encore à Hirion, Élias se plaisait à les observer. Il riait de ces demoiselles raffinées se muant en véritables harpies dès qu'il faisait mine de leur tourner le dos. Il en avait courtisé un certain nombre, chacune chassant le souvenir de la précédente. Pour se distraire, Élias avait même poussé le vice jusqu'à les monter les unes contre les autres. Il avait murmuré à Lily que Paula critiquait son nez, affirmé à Ariane que Lily n'avait pas la moindre dot et à Paula que ses robes en dentelle faisaient ricaner Ariane. Ah oui, à ce jeu-là, Élias était le meilleur ! Il n'avait aucun scrupule à semer la discorde. De toute façon, ce n'étaient que des rapaces persuadés qu'un joli sourire suffirait à leur ouvrir les portes de la Ligue écarlate.

Éléonore était différente. Elle était la seule à mépriser son argent, à fuir sa compagnie, alors que n'importe quelle autre fille – à commencer par cette

Anémone et ses dents de cheval – se serait parjurée pour être à sa place. C'était avec elle qu'il avait choisi de croiser le fer...

Elle n'était pas assez idiote pour se laisser prendre à ses pièges, pour croire les mots doux chuchotés dans l'intimité ou voir dans ses politesses autre chose qu'une ruse.

Pourtant, Éléonore ne devinerait jamais la raison qui l'avait poussé à faire sa demande en mariage. Parmi toutes les machinations qu'il avait élaborées, celle-ci était d'une simplicité étonnante. Pour une fois, il n'avait pas besoin d'un plan tortueux pour parvenir à ses fins...

Lorsque la jeune fille serait enfin en mesure de comprendre, elle aurait la bague au doigt. Et lui veillerait à ce que la vérité lui échappe jusqu'à cet instant fatidique. Élias avait un an pour la persuader d'être sa femme. Séduire cette jeune entêtée avait l'avantage de lui faire oublier ce lourd fardeau qui le suivait depuis tant d'années.

Quand il avait reçu cette lettre anonyme, lui parlant d'une peinture cachée dans le cabinet de travail, il avait cru trouver un indice. La pièce d'un puzzle sur lequel il s'acharnait en vain. Son père avait violé l'une des règles écarlates mais, loin d'éprouver un sentiment de trahison, Élias n'avait ressenti que de la curiosité. Une question hantait ses pensées, une question qu'enfant il n'avait cessé de chuchoter dans les ténèbres de sa chambre.

« Père, qui êtes-vous ? »

Il aurait tant aimé le connaître. Connaître cet homme au cœur du pouvoir, qui n'avait jamais de temps à lui consacrer. Son travail le retenait au palais quand le jeune Élias vivait dans les terres de l'Est pour cacher son statut d'héritier. Des nuits durant, il avait rêvé de ce jour où il serait prêt à s'affirmer comme son successeur. Où il n'aurait plus peur des ennemis de son père, avides de le tuer pour mettre fin à sa lignée. Il avait haï la Ligue qui l'obligeait à rester dans l'ombre. Et à la place des pantins qui lui servaient à s'entraîner au maniement des armes, il imaginait les autres seigneurs décapités et vaincus. À cause d'eux, il devait se contenter d'une vieille gouvernante qui lui décrivait son père comme un livre d'histoire.

Lorsque Andreas était parti s'installer dans la capitale, Élias avait été terriblement jaloux. Son frère n'avait pas vocation à porter le titre et parce qu'il ne représentait rien, il était libre de circuler à sa guise ! Pourquoi ce gamin boiteux déjeunait-il avec leur père, tandis que lui devait se morfondre dans un trou perdu ? Et puis, Élias avait eu vingt-quatre ans. L'âge de paraître à Seräen sous son nom véritable. Il était devenu un homme. Son esprit s'était formé à l'art des complots et c'était désormais aux autres de le craindre.

Durant le long trajet en fiacre, il avait pensé à cette mystérieuse toile ; elle était pour lui la promesse d'en apprendre plus sur son père. Il aurait retourné chacune des pièces du manoir pour mettre la main sur ce tableau. Mandias d'Aubrey avait-il rencontré Dariel ou même cette femme qui lui avait servi de modèle ? Mais ses questions étaient restées sans réponse. Sur son bureau reposait un morceau de papier froissé. Quelques lignes qui lui annonçaient que son père ne pourrait pas le recevoir. Apparemment, rien n'avait changé. Les affaires du palais étaient toujours plus importantes que lui.

❖

— Je vois que vous êtes matinale, constata M. Herrenstein.

Plume venait de franchir le seuil de la salle à manger à l'heure où, d'ordinaire, Madge devait faire preuve de persuasion pour l'arracher à son lit.

— J'ai des choses importantes à vous dire, déclara-t-elle.

— Plus importantes que votre mariage ? À écouter votre mère, attendre une année sera plus difficile pour elle que pour vous. Elle a prévu de rendre visite à Mme Lavoisier pour lui annoncer la nouvelle, j'espère seulement qu'Anémone n'en fera pas une crise cardiaque.

— Non, cela ne concerne pas mon mariage et encore moins M. d'Aubrey. Je veux savoir quel est votre rôle exact au sein du Conseil.

M. Herrenstein leva un sourcil perplexe. Plume s'était plantée devant lui et ses manières ressemblaient davantage à celles d'un général commandant une armée qu'à celles d'une demoiselle de bonne famille.

— Eh bien, répondit-il, je siège avec les autres conseillers et nous débattons ensemble de sujets importants. Notamment ceux que la Ligue nous soumet… Je doute que cela puisse vous intéresser de si bon matin.

— Vous avez un droit de vote ?

— Je ne suis que membre honorifique, j'écoute les avis et parfois, on me demande le mien.

— Mon aimable fiancé prétend le contraire.

Plume ne supportait plus les faux-semblants. Elle ne laisserait pas son père lui mentir sous prétexte que la gent féminine n'avait pas à s'intéresser à la politique. Dans sa poche, elle serrait fébrilement l'article du Faucon, décidée à vérifier point par point si chaque élément était exact.

— Père, je vous en prie, murmura-t-elle, dites-moi si oui ou non, vous avez laissé des milliers d'innocents périr sous les canons de Valacer.

M. Herrenstein reposa lentement le couteau qui lui servait à étaler du beurre sur sa tartine. Il n'avait encore jamais vu Plume aussi déterminée à obtenir une réponse et une explication vague ne suffirait pas, cette fois-ci, à satisfaire sa curiosité.

— Nous sommes en guerre, prononça-t-il, impossible. Bien que cette décision me désole, il serait impossible de remporter la victoire sans faire des sacrifices.

— Tibérius a annoncé un nouveau régiment de dix mille hommes. Aucun d'eux ne reviendra vivant et vous le savez bien. Pourquoi le Conseil s'obstine-t-il alors que tous les ans, il envoie les siens à l'abattoir ?

Son père se leva d'un bond.

— Je ne veux pas entendre un mot de plus ! s'exclama-t-il.

Visiblement, Plume avait posé le pied sur la limite à ne pas franchir. Était-ce le mot « abattoir » qui l'avait fait réagir aussi vivement ? Prête à enfoncer le clou, elle posa sur la table *L'Étincelle de la révolte* dont la mise en page bâclée trahissait sans peine qu'il s'agissait d'un journal dissident.

— Ce sont de véritables rafles que les soldats effectuent parmi la population des bas-fonds ! s'exclama Plume. Ils arrachent des jeunes gens à leur famille pour les envoyer mourir au front. Et tout cela parce que le gouvernement craint un soulèvement !

— Cet article n'est rien d'autre qu'un tissu de mensonges ! répliqua M. Herrenstein. La plupart des soldats sont volontaires, ils sont fiers de défendre leur patrie. Et jamais l'Oméga n'oserait enrôler des hommes inexpérimentés !

— Alors, pourquoi n'est-il jamais question d'un armistice ? lança Plume. La vérité est que le gouvernement n'a aucun intérêt à ce que la guerre s'achève…

— Ça suffit, ordonna son père. À présent, Éléonore, vous allez m'écouter… Je ne chercherai pas à savoir où vous avez déniché ce journal, si vous me jurez d'oublier cette histoire. Vous êtes la fille de l'ambassadeur et j'attends de vous que vous vous comportiez comme telle. Que vous n'ayez pas peur de moi, c'est une chose, mais n'importe qui entendrait de pareils propos sortir de votre bouche irait immédiatement vous dénoncer. Vous ne pouvez pas lutter contre la Ligue ! Et je refuse de vous laisser courir à votre perte. Vous n'avez aucune idée de ce qui se passe, alors n'essayez surtout pas de vous en mêler !

— Il est hors de question que…

Plume n'acheva pas sa phrase. Des bruits de pas dans le couloir venaient d'annoncer l'arrivée imminente de Mme Herrenstein. Obéissant à un accord tacite, Plume et son père prirent aussitôt place autour de la table. La jeune fille se força à mettre un petit pain dans sa bouche, tandis que M. Herrenstein faisait disparaître *L'Étincelle de la révolte* sous sa serviette.

— Quelle belle journée ! commenta Plume en prenant un air faussement détaché. Je regrette seulement que mon cher Élias n'ait pu se libérer pour venir boire le thé.

— Vos fiançailles me comblent de joie, ajouta son père avec beaucoup moins de conviction.

— Ce jeune homme est vraiment charmant, affirma Mme Herrenstein. J'ai tellement hâte de voir la réaction de Mme Lavoisier lorsqu'elle apprendra la nouvelle. Vous devriez venir, Éléonore.

Voir Anémone s'étrangler de fureur était un spectacle qui valait sûrement le déplacement, mais Plume préféra décliner l'invitation. Dans sa chambre l'attendait une incroyable palette de couleurs et si sa mère sortait, elle pourrait se risquer à braver l'interdit et à laisser son pinceau glisser sur le papier immaculé…

— J'ai encore du mal à réaliser que vous allez devenir l'épouse de M. d'Aubrey, continua Mme Herrenstein, ravie d'aborder son nouveau sujet favori. En une seule danse, vous avez su lui plaire, alors qu'Anémone a quasiment passé la soirée entière, agrippée à son bras. J'ai toujours su que notre chère Éléonore irait loin, mais dame de la Ligue écarlate !

— Le cœur des hommes est impénétrable, marmonna Plume, persuadée que si Élias avait un cœur, il serait probablement en pierre.

— Il vous faut absolument une nouvelle robe. Pourquoi pas dans des tons violets, pour changer un peu de vos autres tenues. Je suis sûre que M. Céleste sera ravi d'en concevoir le modèle.

Depuis des années, Frédérion la courtisait et la jeune fille était désormais promise à un autre. Comment pourrait-il se réjouir pour elle ? Dès que la nouvelle de ses fiançailles aurait atteint les oreilles d'Anémone, elle se répandrait dans la ville à la vitesse d'une traînée de poudre. Plume imaginait aisément Frédérion, penché dans son atelier et apprenant au détour d'une conversation que Mlle Herrenstein allait épouser Élias d'Aubrey.

« Je suis vraiment désolée, Frédérion », songea-t-elle.

Sa mère était en train de reprendre son souffle, seule interruption au milieu d'un long monologue, lorsqu'un fracas terrible les fit brusquement sursauter. Quelqu'un hurla dans le hall et Mme Herrenstein ne tarda pas à en faire de même.

— Bon sang, mais qu'est-ce que c'était ? s'écria-t-elle. On aurait dit un bruit de verre brisé…

Plume s'était déjà levée. Elle se précipita dans le couloir et l'explication ne fut pas longue à découvrir. Le somptueux lustre de l'entrée n'était plus que des milliers d'éclats éparpillés sur le sol en un tapis scintillant. Madge se tenait sur les marches de l'escalier. Sa bouche grande ouverte était apparemment la source du cri strident qui avait suivi la destruction du luminaire.

— Que s'est-il passé ? demanda Plume.

— Le lustre s'est détaché, mademoiselle, bafouilla Madge comme si elle craignait d'en être tenue responsable. Il est tombé à quelques pas de moi...

— Ce n'est rien. Le plus important, c'est que vous ne soyez pas blessée.

Lorsque Mme Herrenstein apparut à son tour, l'examen de ce désastre décoratif ne fut pas aussi complaisant. Résultat d'un travail d'orfèvre, le lustre ne se réduisait plus à présent qu'à une structure en bronze, dépourvue des pampilles qui avaient fait sa gloire.

— Les fixations ont dû céder, supposa Plume.

— Mais c'est horrible ! Comment allons-nous faire ? Il nous est impossible de recevoir des visiteurs avec un hall dans un état pareil !

— Je doute que plus d'un après-midi soit nécessaire pour ramasser les morceaux.

— Et le plafond, nous ne pouvons pas le laisser avec un vide aussi béant ! Il est clair qu'il manque un lustre même en nettoyant ce désordre. Nous devrons faire appel à des artisans et qui sait le temps que cela leur prendra...

Si les réparations devaient durer plusieurs semaines, Plume espérait qu'aucun invité ne serait autorisé à franchir le seuil. Et surtout pas Élias... Finalement, cet incident aurait peut-être des conséquences positives. Essayant d'afficher un air contrarié, Plume écouta sa mère décrire avec grand renfort de détails à quel point la situation était catastrophique.

— Et moi qui voulais organiser une réception pour célébrer vos fiançailles, se désola-t-elle. Que va donc penser M. d'Aubrey ?

Élias se réjouirait sans doute d'être libéré d'une contrainte aussi mondaine que superflue. Il pourrait également en déduire qu'il n'était pas le bienvenu, mais Plume avait peu d'espoir.

— Madge, rassemblez les autres domestiques, déclara Mme Herrenstein après d'interminables palabres. Qu'ils abandonnent leurs autres tâches, la priorité est de s'occuper du hall... Éléonore, pourriez-vous aller chercher votre père ?

Lorsque Plume retourna dans la salle à manger, M. Herrenstein ne semblait pas avoir esquissé le moindre mouvement pour les rejoindre. Il fixait son assiette sans se soucier d'être désormais le seul à table.

— Père, le lustre s'est fracassé sur le sol, lança Plume.

— Je ne crois pas que ma présence aurait changé quoi que ce soit à cette affaire. Et d'après ce que j'entends, votre mère est déjà en train de donner des ordres…

— Quelque chose ne va pas ? s'inquiéta-t-elle. Si vous êtes encore fâché pour tout à l'heure, je regrette sincèrement d'avoir élevé le ton. Je ne cherchais pas à me disputer avec vous.

— Je le sais bien. Et le pire, c'est que vous aviez raison…

M. Herrenstein se leva lentement de son siège.

— La vérité a beau être amère, murmura-t-il, vous resterez toujours ma petite Éléonore. Je ne veux pas qu'il vous arrive du mal. Tout ce que j'ai fait, c'était pour vous protéger. Votre mère ne doit rien savoir… S'il vous plaît, oubliez cette histoire de poissons.

« De poissons ? » pensa Plume, perplexe. Pourquoi lui parlait-il de poissons ? Elle n'eut pas le temps de s'interroger davantage car, dans un claquement de porte, son père quitta la pièce.

⁂

— Oh, le beau lapin, soupira Pandore.

C'était la cinquième fois que Pipo lui brandissait son animal sous le nez. Et si cette peluche avait été un véritable lapin, elle aurait directement fini dans la casserole. Cette même casserole qui, attachée tant bien que mal au sac à dos de Pandore, accompagnait chacun de ses pas d'un bruit métallique. C'était l'heure du repas mais, loin de se soucier de ce genre de considération, Avalon avait insisté pour déplacer le campement. Tout cela à cause d'un problème d'humidité…

Le nouveau repère se situait à plus de deux kilomètres. Ils avaient passé la matinée à déménager leurs affaires et les jambes douloureuses de Pandore comptaient les allers-retours qui s'enchaînaient comme les grimaces sur le visage de Gilfred. Il avait fallu transporter le peu de meubles qu'ils possédaient et notamment la grande table, car ce fainéant de Killian refusait d'en construire une autre. Il y avait aussi la montagne de livres d'Édelmard, que lui et sa bande d'intellectuels cachaient dans les souterrains pour les protéger de la milice.

— S'ils les avaient brûlés, avait grommelé Pandore, on se serait épargné un voyage inutile.

Mais le plus pénible avait été de déplacer les tonneaux de Nector et sa précieuse poudre noire. Alors qu'il passait la majeure partie de son temps à marmonner dans sa barbe, il se montrait étonnamment réactif quand il s'agissait de son matériel. Nector s'était métamorphosé en une bombe à retardement, capable d'exploser au moindre incident. Pandore s'était vu traiter d'incompétent, de fainéant et d'imbécile analphabète à cause d'une malheureuse mèche qu'il avait fait semblant d'allumer pour amuser Toby. Leurs pitreries avaient failli déclencher une guerre interne. Et comme si le hasard lui-même était décidé à le punir, Pandore était condamné à porter des ustensiles de cuisine tandis que son ventre criait famine.

Pipo les avait rejoints pour le dernier trajet. Contrairement au reste du groupe, ployant sous le poids des sacs, il n'avait comme seule charge qu'une peluche et une couverture à moitié effilochée.

— Hé, tu ne veux pas échanger ? lança Pandore. Moi, je prends ton doudou et toi, tu me débarrasses de cette énorme marmite.

Le calcul n'était pas difficile à faire et Pipo s'empressa de secouer la tête. De toute façon, le petit garçon ne se séparait jamais de ses affaires. Il était constamment agrippé à son morceau de tissu dont l'extrémité traînait tellement par terre qu'il aurait pu le reconvertir en serpillère. Avec le cadeau du Faucon, il était obligé de mordre l'oreille de son lapin pour se libérer une main.

— Pipo, appela Toby, viens voir ! Je suis sûr que tu ne devineras jamais ce que j'ai dans ma poche…

« C'est une coccinelle », songea Pandore. Il avait vu Toby piéger l'insecte dans un flacon transparent. D'habitude, il lui ramenait des papillons. Des créatures aux ailes multicolores que Pipo s'amusait à poursuivre dans les souterrains.

L'enfant trottina vers Toby et ses yeux s'agrandirent de surprise lorsque l'adolescent déposa la coccinelle au creux de sa paume.

— Elle te plaît ?

Pipo se contentait de peu et n'importe quel insecte suffisait à faire son bonheur. Avec la même expression que s'il venait de recevoir un jouet extraordinaire, il courut derrière la coccinelle qui n'était plus qu'un point rouge et noir, voletant dans la pénombre des tunnels.

— Reste près de nous, lui dit Avalon qui le surveillait du coin de l'œil.

Mais Pipo ne l'écoutait pas. Sa nouvelle amie s'était aventurée dans une galerie et ses petites jambes tentaient vainement de la rattraper. Il disparut bientôt de leur champ de vision, emporté par son jeu, alors que chacun de ses pas ne faisait que l'éloigner davantage. Avalon cria son nom. En vain.

— Je vais le chercher, annonça Toby.

Il s'empara de la torche de Gilfred et suivit l'enfant dans l'un de ces couloirs sombres et humides qui s'entremêlaient dans un labyrinthe interminable. Pandore profita de cette pause pour jeter son sac à ses pieds. Au moins, Pipo lui donnait l'occasion de reprendre son souffle. Toby allait probablement le retrouver, à quelques dizaines de mètres de leur groupe, sautillant sur place dans l'espoir d'attraper sa coccinelle. Les minutes s'écoulèrent, mais ni l'un ni l'autre ne semblaient décidés à réapparaître.

— S'est peut-être perdu, marmonna Killian. Le gamin n'a pas dû se rendre compte qu'il allait trop loin.

— Il n'y a pas cinquante possibilités, soupira Pandore. Si Pipo ne voyait pas devant lui, il aurait tout de suite fait demi-tour et il serait tombé sur Toby. Ils doivent être à proximité et ils prennent leur temps pour revenir, parce que le petit n'avance pas vite.

— Dans ce cas, pourquoi ne les entendons-nous pas ? intervint Édelmard. Que l'enfant soit incapable de parler est une chose, mais Toby nous aurait aussitôt prévenus s'il l'avait retrouvé.

Édelmard venait de marquer un point. La voix de Toby s'était depuis longtemps évanouie, comme un murmure aspiré par les ténèbres.

— Au pire, qu'aurait-il bien pu leur arriver ? lâcha Pandore. Nous sommes les seuls à posséder la clef des souterrains. Même la milice serait incapable de traîner ses uniformes par ici. Toby a dû confondre sa droite et sa gauche, on les reverra dans une heure ou deux quand ils auront fini d'errer dans la mauvaise direction. Cette histoire va se terminer par une semaine entière à rire de leurs mésaventures et un gros câlin pour Pipo ! Et toi, qu'est-ce que tu en penses, Avalon ?

Son frère se mordit la lèvre. En tant que chef, il lui appartenait de prendre une décision. Depuis la veille, les paroles du Faucon résonnaient dans sa tête. *S'ils ne savent pas où vous êtes, pourquoi ne font-ils aucun effort pour vous retrouver ?* Derrière le prétendu désintérêt du gouvernement à les pourchasser, une ombre semblait planer sur l'avenir de la rébellion. Les galeries avaient beau être une cachette sûre, des événements étranges ne cessaient de se succéder. Et cette disparition en faisait malheureusement partie.

— Je pense que quelque chose d'anormal retient Toby, déclara Avalon. Pandore, Killian, Gilfred, venez avec moi et n'oubliez pas vos armes ! Nector, Édelmard, restez ici pour surveiller les affaires !

— Va falloir se battre ? s'exclama Pandore.

— Je n'en sais rien, mais je préfère me préparer au pire.

Pandore vérifia que son épée était toujours dans son fourreau et à titre de précaution, emporta aussi une casserole. Même si elle sentait encore la soupe à l'oignon, cette arme improvisée n'en demeurait pas moins redoutable pour assommer un ennemi.

Une heure plus tard, il n'y avait toujours aucune trace de Toby, de Pipo ou même de la coccinelle. Lorsqu'ils étaient parvenus à la première intersection, Avalon avait refusé qu'ils partent chacun dans une direction opposée. Comme l'avait souligné Pandore, chercher des disparus pour se séparer par groupe de un n'avait aucun intérêt. Mais même ses plaisanteries avaient laissé place à une réelle inquiétude.

— Hé ho ! cria Pandore. Est-ce que quelqu'un m'entend ?

Gilfred l'entendait très bien, car chacun de ses appels s'accompagnait d'un grognement hostile. Il était clair que les « hé ho » de Pandore l'agaçaient. Son seul espoir était que l'autre se casse la voix, ce qui lui permettrait au moins de reposer ses oreilles fatiguées.

— Tu crois vraiment qu'ils auraient pu marcher aussi longtemps ? lança Pandore. On a quand même affaire à un petit garçon de quatre ans, sauf si Toby a réussi l'exploit de se perdre tout seul.

— Ils doivent bien être quelque part, murmura Avalon.

Machinalement, il avait serré le poing avec une telle force que ses ongles avaient imprimé leur marque sur sa peau. Pipo était sous sa protection, il avait juré de veiller sur lui et ces dernières semaines lui avaient laissé espérer qu'il pourrait un jour retrouver l'usage de la parole. Traumatisé par la mort de ses parents, Pipo ne risquait-il pas de s'enfermer dans le silence s'il se croyait de nouveau abandonné ?

— Encore un embranchement, grommela Killian.

La galerie se divisait en deux couloirs qui, à la lueur de leurs torches, semblaient en tout point identiques. Dans l'hypothèse même où Toby serait parvenu jusque-là, de quel côté aurait-il choisi de poursuivre sa route ?

Sans soumettre sa décision à un vote populaire, Avalon emprunta le chemin de droite.

— Pourquoi on va de ce côté-là ? interrogea Pandore.

— Parce que Toby va vers un endroit qu'il connaît.

Indifférent à ce problème, Killian sortit une craie sale de sa poche pour tracer une croix sur le mur. Depuis le début de leur marche forcée, il avait pris l'initiative de marquer leur itinéraire de peur que Toby ne soit que le premier d'une longue lignée d'individus égarés, déambulant bêtement dans les souterrains.

— Mais encore ?

— Ce n'est pas difficile à comprendre, expliqua Avalon. Soit Toby a tenté de revenir vers nous – ce qui n'est pas le cas, puisqu'on aurait fini par le croiser –, soit il marche dans une autre direction. On cherche un gosse qui a grandi dans les bas-fonds et qui est le chef d'une bande de vagabonds. Avant de nous rejoindre, il avait fait de la Cour des fous son terrain de jeu… Alors, à sa place, où serais-tu allé ?

— Au nouveau campement, parce que le garde-manger est là-bas, répondit Pandore dont le ventre continuait de gargouiller. Pourquoi tenter de trouver une logique ? Moi, j'ai toujours agi de façon illogique. J'aurais alterné droite-gauche juste pour voir où cela me mènerait…

— Quelle chance alors qu'on ne soit pas obligés de te chercher, soupira Killian tandis que Gilfred grognait pour exprimer son approbation.

— À mon avis, il faudrait…

Personne ne sut jamais l'avis de Pandore, car un cri venait de déchirer le silence, résonnant en des milliers d'échos. Avalon se précipita en avant, suivi par les trois autres qui avaient brandi leurs armes dont une casserole à moitié rouillée.

Une silhouette ne tarda pas à se dresser dans la pénombre.

— Liz, je t'en prie, pardonne-moi ! Je n'avais pas le choix…

L'homme titubait dans l'étroit passage et traînait une masse accrochée à sa jambe. Il leur fallut quelques instants pour reconnaître Toby. Il semblait si différent : son visage était devenu livide, des plaies déchiraient sa peau et ses ongles couverts de sang trahissaient qu'il s'était lui-même infligé ces blessures. Ses yeux roulaient dans leurs orbites et quand son regard se posa sur le petit groupe, il ne parut pas s'apercevoir de leur présence.

— Qu'est-ce qui t'est arrivé ? s'écria Killian.

Le géant voulut poser sa main sur son épaule, mais Toby se débattit, luttant autant contre Killian que contre ses propres pensées. La lueur d'une torche révéla brusquement le corps d'un enfant, fermement agrippé à sa jambe.

— Pipo ! s'exclama Avalon.

Il l'arracha au pantalon de Toby pour le serrer dans ses bras. Le petit garçon se blottit contre lui et suça son pouce. Des larmes perlaient à ses cils, prêtes à couler le long de ses joues. La dernière fois que Pipo avait pleuré, il venait de perdre ses parents.

— Est-ce que tu vas bien ? s'inquiéta Avalon.

Pipo ne réagit pas. À la différence de Toby, il ne semblait souffrir que d'un choc émotionnel, mais qui l'avait laissé dans un état second.

— Qu'est-ce qui a bien pu se passer ? lança Pandore qui s'ébouriffait les cheveux à la recherche d'une explication.

Toby se bouchait les oreilles alors qu'il continuait de sangloter, hurlant des paroles dépourvues de sens. Comme s'il s'adressait à un interlocuteur imaginaire, issu de son passé et qui ressurgissait pour le tourmenter.

— Je te jure que j'ignorais qu'ils allaient mettre le feu ! Liz, je n'ai jamais voulu que tu meures !

— Toby, est-ce que tu m'entends ? prononça Avalon d'une voix douce. Est-ce que tu sais qui je suis ?

— Des voix dans ma tête ! Je veux qu'elles se taisent… Laissez-moi tranquille ! Oh, Liz, tu étais si belle dans ta robe blanche…

— Qui est Liz ? murmura Pandore. Il ne nous a jamais parlé d'elle.

En réalité, ils ne savaient rien de sa vie avant ce jour où il avait rejoint la rébellion. Il s'était présenté un beau matin, sans bagages ni famille. En tant que voleur, Toby avait aussitôt fait ses preuves. Il se chargeait toujours des missions les plus dangereuses avec une attitude presque désinvolte.

— Qui lui a fait ça ? marmonna Killian dont la voix contenait à peine sa colère. Je ne l'ai encore jamais vu dans un état pareil.

— Je pense que Pipo le sait, déclara Avalon. Il a dû être témoin de la scène et il a eu tellement peur qu'il s'est agrippé à la jambe de Toby.

— Mais personne d'autre ne connaît ces souterrains, fit remarquer Pandore. Sinon, ça ferait des années que la milice nous aurait exécutés.

— Et si les éboulements n'étaient pas l'œuvre du temps ? Ces galeries existent depuis des décennies et il a suffi que nous y installions notre repère pour que les murs s'effondrent les uns après les autres.

Gilfred grogna en montrant les dents, signe que la situation commençait vraiment à lui déplaire.

— Quelque chose de grave est arrivé à Toby, poursuivit Avalon. Il n'est même plus capable de nous reconnaître. C'est sans doute son instinct qui l'a conduit vers la Cour des fous.

— Vous croyez qu'il s'est fait torturer ? supposa Killian.

— Le passé est peut-être la pire des tortures. Qu'importe le rôle qu'il a joué dans la mort de cette fille, ses souvenirs sont en train de le ronger de l'intérieur.

— Hé, Pipo, intervint Pandore en agitant les bras pour capter son attention, est-ce que tu as vu des gens ? Des méchants messieurs en uniforme, par exemple ?

Pipo resserra sa prise autour de son lapin comme s'il craignait que ces gesticulations ne soient qu'une ruse pour dérober sa peluche.

— C'est très important. Tu vois, Toby, il a plein de vilaines griffures autour du nez et on a besoin de savoir pourquoi. Tu veux bien répondre par oui ou par non ? ajouta Pandore. Alors, tu courais après ta coccinelle et Toby t'a rejoint, jusque-là, on est tous d'accord. Ensuite, est-ce que des hommes sont venus ?

L'enfant enfouit sa tête dans le cou d'Avalon. Il n'avait pas envie de répondre ni de revivre ces instants où des images terribles étaient venues s'ajouter aux cauchemars qui hantaient déjà ses nuits.

— Oh, en voilà un petit garçon courageux ! fit Pandore dans une vaine tentative de flatterie. Quand on racontera cette histoire au Faucon, il sera tellement impressionné qu'il te donnera sûrement un beau jouet…

Mais Pipo n'eut pas l'air sensible à la promesse d'un nouveau cadeau. Avec un soupir résigné, Avalon lui déposa un baiser sur le front.

— On va le laisser se reposer, dit-il. Il sera peut-être plus coopératif demain matin.

— Qu'est-ce qu'on fait de Toby ? demanda Killian. Il a besoin de voir un guérisseur.

L'adolescent avait fini par se laisser glisser le long du mur. Il ne réagissait plus et ses yeux vitreux semblaient fixer un point sans le voir. Penché sur lui, Killian examinait ses blessures et s'efforçait d'essuyer les traces de sang avec son mouchoir.

— On l'emmène au campement, décida Avalon. Édelmard a des connaissances en plantes médicinales, il saura le soigner. Je crains hélas que sa plus grande blessure soit au niveau de son mental.

— Et qu'est-ce qu'on fait pour les types qui les ont attaqués ? Faudrait pas plutôt remonter à la surface ? s'inquiéta Pandore.

— Nous organiserons des tours de garde.

Si Tibérius avait renoncé à poursuivre les dissidents qui avaient semé une belle pagaille à la fête nationale, ils risquaient toujours de se faire arrêter par la garde.

Les soldats les attendaient au-dehors et dans les souterrains, une menace planait dans l'ombre des galeries. Il n'y avait plus aucun endroit à Seräen où ils pouvaient encore se croire à l'abri.

Pour la première fois depuis ce soir d'hiver où il l'avait recueilli, Avalon envisagea sérieusement de se séparer de Pipo. D'accepter l'offre du Faucon et de placer le petit garçon dans une famille fortunée. Le destin l'avait suffisamment fait souffrir.

Chapitre 10

Le sang des innocents

Une belle agitation régnait dans la demeure. Entre les serviteurs s'activant autour du lustre brisé, Mme Herrenstein convaincue que rien ne l'empêcherait de porter la bonne nouvelle jusqu'aux oreilles de Mme Lavoisier et son père enfermé dans son bureau pour traiter d'importants dossiers, Plume était sûre de ne pas être dérangée. Cachée derrière le paravent lui servant d'ordinaire à se dévêtir, elle aurait choqué n'importe quelle demoiselle par sa position : assise en tailleur et les jupons relevés, laissant apparaître ses pantalons en dentelle. Dans son atelier improvisé, Plume trempa son pinceau dans un mélange de pigments et d'eau. La couleur était beaucoup trop liquide, elle imbibait sa feuille de papier et menaçait de tacher le carrelage. L'expérience avait pourtant le goût de l'interdit.

— Finalement, être fiancée avec Élias a de bons côtés, murmura-t-elle, un sourire aux lèvres.

Plume ne l'admettrait jamais en sa présence. Hors de question qu'il s'imagine posséder sur elle un quelconque pouvoir ! Sans la fortune des d'Aubrey et la peur qu'inspirait la Ligue, Plume n'aurait jamais pu s'adonner à la magie de l'art. Sentir un univers jaillir sous son pinceau n'avait pas de prix… Cela n'était en rien comparable avec ses fresques qui mouraient chaque matin sous les mains des soldats. Effacées tel un affront qui, en disparaissant sous des coups de chiffons énergiques, donnaient l'impression de n'avoir jamais existé.

Plume avait appris à dessiner quand sa soif de liberté avait surpassé sa raison. Des nuits durant, elle s'était entraînée à donner vie à ses rêves. Son imagination lui dictait des scènes de la vie quotidienne, mais où aucun rempart ne venait séparer les individus : un royaume sans dictature, sans milice, sans pauvres ni riches… Dès qu'elle saisissait un morceau de craie, son esprit parvenait à reconstituer les images qui se bousculaient dans sa tête. Chaque détail surgissait de ses pensées pour recouvrir les murs de sa vision du monde.

Jusqu'à présent, Plume espérait que ses esquisses changeraient les choses. Qu'en défiant la garde, elle finirait par toucher les consciences. Désormais, c'était la colère qui l'animait ! Elle haïssait l'Oméga, lui qui massacrait son peuple pour se maintenir au pouvoir… Des atrocités se perpétraient en silence et les hauts dignitaires choisissaient de l'ignorer. Plume ne pouvait blâmer son père. Il ne cherchait qu'à protéger sa famille et pourtant, en préférant se taire, il ne faisait que permettre à ce mensonge de perdurer.

Plume n'avait pas la force de renverser le régime. Le Faucon avait prophétisé que l'étincelle de la révolte naîtrait quand le peuple serait prêt à se diriger lui-même. Il lui suffisait d'être patiente… ou de mettre le feu aux poudres.

⸎⸎⸎

Assis à son bureau, Andreas ne cessait de consulter sa montre à gousset. Lui-même était toujours ponctuel, car sa jambe boiteuse l'obligeait à prévoir deux fois plus de temps que le commun des piétons et il haïssait se faire attendre. Mais son visiteur ne semblait pas se soucier d'une telle politesse. Cela faisait plus d'une demi-heure qu'il guettait son arrivée.

Andreas avait beau avoir pesé le pour et le contre, il n'était pas sûr d'avoir fait le bon choix. Comment pourrait-il brusquement s'opposer à Élias, alors qu'il avait passé la majeure partie de sa vie à éviter tout conflit avec lui ? Peut-être était-ce cette lettre où son frère aîné lui ordonnait de ne pas se mêler de ses affaires, qui avait été l'élément déclencheur. Élias avait vingt-quatre ans et lui n'en avait que dix-huit. Lorsqu'il n'était encore qu'un enfant, ces six années de différence l'intimidaient. À présent, il était un homme et il lui appartenait de s'affirmer pour revendiquer ses droits.

Il lui faudrait des heures pour lister le nombre de torts que lui avait causés Élias. Avec un plaisir malin, il l'avait forcé à mettre fin à ses fiançailles et l'avait contraint à boiter pour le restant de ses jours. Chacun de ses courriers n'était que des menaces à peine voilées. Dès qu'Andreas avait tenté de répliquer, ses contre-attaques avaient rencontré un esprit retors, adepte des machinations et qui ne tolérait jamais la défaite.

Des dizaines de fois, Élias avait été en mesure de le tuer et il avait choisi de lui laisser la vie sauve. Non pas par bonté d'âme – car, comme il lui avait lui-même précisé, sa mort ne ferait qu'ajouter ses funérailles à un emploi du temps surchargé –, mais parce que tourmenter son cadet suffisait à le distraire. Élias l'avait toujours considéré comme un petit garçon maladroit qu'une simple tape envoyait rouler au sol. Encore et encore, il l'avait fait chuter sans que les ripostes d'Andreas ne lui arrachent autre chose qu'un éclat de rire.

— Maintenant, ça suffit, marmonna Andreas.

Oui, il avait bien réfléchi. Il n'y avait en réalité qu'une seule façon de nuire à Élias. Depuis son enfance, son frère avait voué son existence à un unique but : devenir un jour seigneur de la Ligue.

Élias avait toujours agi sans se soucier des lois mais, cette fois-ci, Andreas était décidé à faire appel à cette force méconnue. Il existait des codes et des règlements à n'en plus finir : s'il trouvait un seul article en sa faveur, même l'épée d'Élias serait incapable de faire plier les autorités. Pour cela, il avait besoin de…

— M. Waerman, annonça Mme Roussel.

— Docteur ès travers, compléta l'intéressé en soulevant son chapeau haut-de-forme. Vous avez demandé à me voir, M. d'Aubrey.

Il lui avait aussi demandé d'arriver à l'heure, mais ce détail ne semblait pas le préoccuper. Avec la même décontraction que si Andreas l'avait invité à prendre ses aises, il se laissa tomber sur le fauteuil à accoudoirs qui faisait face au bureau. C'était un homme de petite taille, doté d'un profil de rat mais qui, dans le cadre de son métier, était plutôt un gage de confiance.

— Merci, Mme Roussel, fit Andreas tandis que son ancienne gouvernante refermait la porte avec une expression soupçonneuse.

Elle le suspectait de préparer une bêtise mais, comme il n'était plus sous sa garde, le gronder se révélait plus difficile. M. Waerman était spécialiste d'une discipline qui, dans certains milieux, était connue sous le nom de *travers* ou plus exactement l'art de manipuler le *droit*. Contrairement aux trois règles – jugées d'une clarté d'autant plus limpide qu'elles ne souffraient d'aucune discussion –, le reste des lois n'était qu'un entremêlement complexe où chaque privilège accordé était aussitôt restreint. Seul un homme passé maître dans l'art de contourner les interdictions permettait à certains clients fortunés de tirer leur épingle du jeu.

— Si j'ai bien compris votre message, prononça M. Waerman en extirpant d'une vieille sacoche en cuir une masse de documents poussiéreux, vous seriez intéressé par la possibilité de revendiquer le titre de seigneur de la Ligue.

Sa requête avait de quoi surprendre. Généralement, les héritiers éventuels ne s'encombraient pas de telles précautions. Ils engageaient directement un tueur tout aussi efficace pour les aider à surmonter l'obstacle d'un parent bien mieux placé dans l'ordre des successions.

— Je ne veux pas le titre, murmura Andreas, je veux faire en sorte qu'Élias ne l'ait jamais.

— Je peine à voir la nuance entre votre pensée et ma propre interprétation, puisque la situation sera rigoureusement identique.

— À votre avis, est-ce qu'il existe un moyen pour je devienne seigneur à la place de mon frère ?

L'avis de M. Waerman se matérialisa sous la forme d'un long parchemin qu'il déroula sur la table.

— En théorie, non, déclara-t-il avec un rictus laissant sous-entendre qu'en pratique tout était possible. Même si aucune loi ne prévoit que le fils aîné succède au père, la tradition a consacré ce principe. Cependant, et en votre faveur, la seule condition permettant de désigner l'héritier est une reconnaissance du seigneur en titre.

— Mais il ne fait aucun doute qu'Élias sera appelé à la succession, soupira Andreas. Pourquoi mon père nommerait-il quelqu'un d'autre alors que, depuis des années, il prépare son fils aîné à prendre la relève ?

— Je crains que vous ne saisissiez mal la situation. En réalité, la volonté de Monseigneur d'Aubrey est une chose et la façon dont elle sera comprise par la suite en est une autre. Imaginons qu'à sa mort, monsieur votre frère se présente pour intégrer la Ligue et que, dans un pur souci de vérité, nous intentions une action. M. d'Aubrey n'aura qu'à prouver que son père l'a expressément reconnu comme tel, mais supposons un instant qu'il ne puisse apporter cette preuve. Ou plus précisément qu'il ressorte d'un certain nombre d'éléments que, malgré votre statut de cadet, vous étiez le favori de Monseigneur d'Aubrey. La décision sera soumise au Grand Juge et il n'est pas improbable qu'il se range de notre avis.

— Et comment avez-vous l'intention de réussir ce tour de force ?

— Tout d'abord, existe-t-il à votre connaissance un écrit où votre père aurait affirmé son désir de conférer le titre à M. Élias d'Aubrey ?

Andreas fronça les sourcils. Il doutait que son père ait pris la peine de l'écrire noir sur blanc, puisque la passation de pouvoir ne souffrait d'aucune autre alternative. C'était tellement évident que cela paraissait presque inutile de l'officialiser. Pourtant, le souvenir d'une feuille de papier brandie sous son nez lui revint en mémoire… Il se traînait sur le sol, blessé à la jambe, sans savoir que plus jamais il ne marcherait comme avant. Élias avait lâché son épée encore couverte de son sang et le toisait, son pied posé sur son torse, alors que lui hurlait de douleur.

— *Vous êtes destiné à devenir bien plus qu'un seigneur de la Ligue*, avait lu Élias après avoir extirpé une lettre froissée de sa poche. Père m'a envoyé cette missive la semaine dernière. Qu'as-tu à ajouter à cela ?

Andreas ne lui avait rien répondu. Il avait rampé comme un animal blessé avant de sombrer dans l'inconscience. À son réveil, il n'était plus qu'un handicapé, incapable de marcher sans sa maudite canne en bois.

— Père a écrit à Élias qu'il était destiné à devenir bien plus qu'un seigneur de la Ligue, marmonna Andreas. À part détruire cette lettre, je vois mal ce qu'on peut faire d'autre.

Mais, loin d'admettre la défaite, M. Waerman étira ses lèvres en un sourire qui dévoila une longue rangée de dents jaunâtres.

— Est-ce que vous êtes certain de l'exacte formulation ?

— Bien sûr que je le suis, assura Andreas. Pourquoi ?

— Parce qu'à défaut de plus larges développements, cette simple phrase ne constitue en rien une preuve. Si je m'en tiens au texte, devenir bien plus qu'un seigneur de la Ligue ne signifie pas pour autant qu'il portera le titre de seigneur. Rien n'interdit de croire qu'en écrivant ces lignes, votre père n'envisageait pas pour M. d'Aubrey une carrière en dehors de la Ligue. Après, qui sait ce que sous-entend ce « bien plus » ? D'un point de vue extérieur, certains postes au palais peuvent être considérés comme étant au-dessus de la Ligue. À titre d'exemple, le secrétaire général a parfois plus de pouvoirs que la Ligue elle-même comme toujours enlisée dans des conflits internes. Tout est une question d'interprétation.

En le voyant à l'œuvre, Andreas comprit brusquement pourquoi ses honoraires étaient aussi élevés. M. Waerman possédait le talent rare de tordre les mots, de les forcer à dire ce que leur auteur n'aurait jamais supposé voir sortir de sa bouche.

— M. Élias d'Aubrey aurait-il en sa possession un autre document de ce genre ?

— Je ne crois pas, répondit Andreas.

Sa relation avec Élias avait beau être complexe, il savait que leur père avait rarement le temps de lui écrire. Il lui avait suffi de voir l'expression réjouie d'Élias pour deviner que cette phrase était la confirmation qu'il attendait depuis des années.

— Dans l'hypothèse où votre frère ne saurait présenter d'autres éléments, continua M. Waerman, rien ne vous empêcherait alors de revendiquer le titre. Avant de venir vous trouver, je me suis permis de mener ma petite enquête. À l'âge de dix-sept ans, vous avez quitté Hirion pour vous installer dans la capitale. Vous rendez régulièrement visite à votre père qui, malgré sa surcharge de travail, trouve toujours le moyen de vous recevoir. Or, il m'a semblé comprendre que bien qu'il fasse preuve de beaucoup d'insistance, M. Élias ne rencontre que des portes closes. Est-ce exact ?

— Quoi, donc ? fit Andreas qui n'était pas sûr de comprendre.

— Est-il vrai qu'objectivement, vous apparaissez comme le favori de votre père ? Vous passez plus de temps avec lui que votre frère aîné, non ?

Andreas se mordit la lèvre.

— Élias a dû rester à Hirion pour préserver son statut d'héritier, expliqua-t-il dans un souci d'honnêteté. Et vu la distance, notre père ne pouvait pas être aussi présent qu'il l'aurait souhaité.

— Il ressort cependant de mon dossier qu'aucune entrevue n'a été accordée à votre frère, alors même qu'il était de retour à Seräen. Vous pourriez devenir seigneur de la Ligue, M. d'Aubrey, si vous me laissiez manipuler le Grand Juge dans votre intérêt. Présentez-lui un fils aimant, habitué à arpenter les couloirs du palais et vous obtiendrez gain de cause. Par ailleurs, des rumeurs ont laissé entendre que M. Élias d'Aubrey usait souvent de ruses et se délectait à fomenter des machinations. D'après vous, pour qui la justice tranchera-t-elle ? Un homme droit et respectable ou un être perfide prêt à entraîner la Ligue dans une nouvelle guerre de pouvoir ?

Andreas ne comprenait que trop bien les paroles de M. Waerman. S'il voulait s'imposer face à Élias, il devrait déformer les preuves et donc s'abaisser au même niveau que son adversaire.

— Je ne laisserai pas Élias prendre la place de Père, murmura-t-il en serrant les poings. Il a trop de sang sur les mains pour mériter le titre.

⁂

Plume se laissa glisser le long de la gouttière et se réceptionna sans le moindre bruit. Elle venait d'atteindre les bas-fonds. Lentement, elle tira de son sac un rouleau de feuilles où sur plusieurs mètres, une scène prenait vie pour dénoncer les atrocités du régime. Toute la journée, Plume avait peint. Sa technique était encore maladroite, mais sous ses pinceaux avait peu à peu surgi une foule en colère. Les remparts étaient détruits et un peuple uni s'avançait entre les ruines en brandissant leurs armes. C'était un appel à la révolte ! Un message qui faisait écho à celui des princes maudits… Plume allait leur montrer que leur cri avait été entendu.

Tendant l'oreille pour ne pas être surprise, elle étala de la colle sur le revers du papier. Elle ressemblait à l'un de ces ouvriers chargés de couvrir les devantures d'affiches de propagande. Avec précaution, la jeune fille tenta de fixer son œuvre sur le mur. La fresque était légèrement de travers mais, comparé aux risques encourus, ce défaut de parallélisme n'était que secondaire.

« Mort à l'Oméga ! » s'exclama Plume intérieurement.

Le lendemain, les soldats découvriraient son crime. Ils sauraient que parmi la population de Seräen, quelqu'un avait osé bafouer la première règle et se plaisait à les narguer. Comme pour ses dessins tracés à la craie, ils feraient disparaître son travail et Plume reviendrait la nuit suivante, encore et encore, jusqu'à ce qu'elle n'ait plus de peinture pour s'exprimer.

⁎⁂⁎

Toby était allongé sur un matelas de fortune. Un chiffon humide était posé sur son front et à l'image d'un blessé de guerre, il était observé par un demi-cercle d'apprentis médecins, se disputant sur la nature du meilleur remède à prescrire.

— Faut mettre de la glace sur ses blessures, affirma Killian.

— Je veux bien aller en chercher, fit Pandore, si tu me dis où en trouver. La dernière fois qu'on a eu de la neige, c'était l'année dernière.

Les saisons n'avaient jamais eu d'impact sur Killian et encore moins sur son habillement. Que ce soit l'hiver ou l'été, il portait constamment un manteau en peaux de bêtes et se moquait bien du calendrier.

— Il semble aller mieux, constata Édelmard. La potion que je lui ai préparée tout à l'heure a dû produire ses effets.

— Ça ne m'étonne pas, grommela Pandore.

Selon lui, la décoction dégageait une telle odeur nauséabonde que n'importe quel malade se serait aussitôt empressé de taire ses symptômes. Mais il était vrai que l'état de Toby s'était stabilisé. Il avait cessé de hurler et de s'écorcher la peau.

— Toby, mon grand, demanda Avalon, est-ce que tu nous entends ?

Cette fois-ci, l'adolescent hocha lentement la tête. Ses yeux étaient à moitié clos et d'un geste doux, il effleura la joue de Pipo qui le fixait en suçant son pouce.

— Est-ce qu'il va bien ? prononça-t-il dans un souffle.

— Pour le moment, c'est toi qui nous inquiètes, lui répondit Avalon. Est-ce que tu peux nous dire ce qui s'est passé dans les souterrains ?

— Je cherchais Pipo, murmura Toby. Il était juste à quelques pas de notre petit groupe... Il essayait d'attraper une coccinelle, j'ai sorti un bocal de verre pour la capturer et la lui rendre plus tard… Et puis, tout est devenu noir. J'ai entendu une voix dans ma tête, elle me parlait de Liz, elle me disait que j'étais responsable…

— Qui est Liz ? questionna Pandore.

Le regard de Toby était devenu brillant de larmes. Ses mains froissaient fébrilement les couvertures et l'espace d'un instant, il parut vouloir fuir sa propre conscience.

— Ma sœur. Elle avait douze ans… quand je l'ai tuée, sanglota-t-il. Elle était mon rayon de soleil, si belle… si joyeuse et moi, j'ai été lâche… Elle est morte parce que je n'ai pas eu le courage de me taire.

— Je suis sûr que ce n'était pas ta faute, affirma Avalon. Toby, je ne te jugerai jamais. Nous avons tous une part d'ombre qui nous a conduits à vivre en hors-la-loi. Tu ne dois pas avoir honte.

— C'était il y a deux ans, raconta Toby. Avec ma sœur, nous chapardions de la nourriture sur les étalages ou alors nous faisions les poches aux passants. Et puis, un jour, une bande de voyous nous a proposé de travailler pour eux. Nous étions orphelins, livrés à nous-mêmes et nous survivions grâce à nos petits larcins. J'ai accepté… Il s'est passé à peine un mois avant que la garde ne m'arrête. Ce n'était pas moi qui les intéressais, ils voulaient le chef. Je n'ai pas hésité à parler, pensant sauver ma vie, et cet homme a été exécuté sur la place publique. Mais le reste de la bande a su que j'étais le traître… Ils ont enfermé ma sœur dans une pièce et ils ont mis le feu… Ils m'ont forcé à regarder, je l'entendais hurler derrière la porte et je ne pouvais rien faire ! Si vous saviez à quel point je regrette…

Le corps de Toby était agité de spasmes. Il voulut chasser ses larmes, mais elles continuaient de glisser le long de ses joues. Dans un sursaut de solidarité, Pandore lui tendit un mouchoir qui, après avoir traîné dans sa poche, semblait servir à tout sauf à se moucher.

— Je ne vous dénoncerai jamais, je vous le jure ! lança Toby.

Il semblait attendre le verdict d'Avalon, craignant que cette confession suffise à ce qu'on lui jette la pierre. Mais, dans le regard de ses compagnons, il ne lut aucun reproche. Plutôt de la pitié qui se manifestait dans l'air triste d'Édelmard ou dans la moue un peu moins renfrognée de Gilfred.

— Tu n'étais qu'un gosse, Toby. Nous avons tous le droit de commettre des erreurs, déclara Avalon, et je suis certain que ta sœur t'a déjà pardonné une centaine de fois… Le passé a le pouvoir de nous rendre plus forts. C'est parce que tu as su te relever que tu dois garder ces événements douloureux en mémoire. L'avenir t'appartient : il sera ce que tu choisiras d'en faire. Nous allons mener ensemble la rébellion et quand l'Oméga tombera, tu sauras que ta sœur n'est pas morte pour rien.

— Merci, répondit Toby en reniflant bruyamment. Tu es le meilleur ami que j'aurais pu avoir…

— Tu seras toujours mon camarade de jeu, assura Pandore, et pas seulement parce que tu es le seul à comprendre les règles du cric-crac.

— Si tu ne changeais pas les règles à chaque partie pour avoir toujours la meilleure donne, tu trouverais plus de gens pour jouer avec toi.

Pandore lui adressa un clin d'œil complice.

— Je ne sais pas ce qui s'est passé dans les souterrains, reprit Toby. Des images tournaient sans cesse dans ma tête et cette voix hurlait en moi. Quand je me suis réveillé, j'étais allongé ici…

— On t'a retrouvé en train de marcher vers la Cour des fous, marmonna Killian. Tu t'arrachais la peau et tu ne nous reconnaissais pas.

— Alors, vous n'avez vu aucune silhouette ? interrogea Édelmard. Vous n'avez senti aucune présence ?

— Si, il y avait quelque chose dans ces couloirs, murmura Toby. Je me souviens de Pipo, j'ai vu ses yeux s'agrandir comme s'il avait peur et ensuite, plus rien…

D'un mouvement collectif, ils se tournèrent tous vers le petit garçon. Depuis qu'il avait regagné le nouveau repère, il n'avait pas quitté les bras d'Avalon. Il était le seul à connaître la vérité et le malheur avait voulu que l'unique témoin soit un témoin muet…

⁂

— Madge !

— Oui, mademoiselle. Qu'y a-t-il ?

Plume était perplexe. Elle avait prévu de rendre visite à Charlotte dans l'espoir d'échapper à cette ambiance pesante où la moitié des conversations tournait autour de ses fiançailles, alors que l'autre moitié concernait le lustre brisé. Mais son armoire en avait décidé autrement. Elle ou plutôt l'impression que des mains poisseuses avaient déplacé ses affaires.

— Est-ce que par hasard vous auriez touché à mes robes ? demanda Plume.

— Pas depuis hier matin, quand je suis venue ranger le linge. Pourquoi, mademoiselle, est-ce qu'il vous manque quelque chose ?

C'était difficile à dire. Plusieurs de ses vêtements avaient été froissés, poussés sur le côté par une personne apparemment désireuse de s'emparer d'un objet précis.

— Je crois qu'un voleur s'est introduit ici, murmura Plume.

Madge eut un léger sursaut, choquée par la gravité d'une telle accusation.

— Vous en êtes sûre, mademoiselle ?

— J'ai bien peur que oui.

D'ordinaire, l'intérieur de sa penderie ne suscitait en elle qu'un intérêt limité. La veille même, il faisait déjà sombre lorsque Plume avait caché sa perruque dans les profondeurs de son placard pour aller courir sur les toits. Elle n'avait en tête que ses pinceaux et ses pots de peinture, alors aussi loin que remontaient ses souvenirs, le vol aurait très bien pu avoir lieu juste après l'incident du lustre.

— Faut-il appeler la garde ? s'inquiéta Madge.

La pensée d'inviter des soldats à farfouiller dans ses jupons lui arracha une grimace. Ils risquaient de découvrir ses habits d'homme et ce serait elle qui finirait dans les prisons du palais.

— Non, ce n'est pas la peine, répondit Plume. Madge, est-ce que vous pourriez m'aider à faire l'inventaire ? Et, s'il vous plaît, ne dites rien à mes parents…

Sa femme de chambre acquiesça d'un discret signe de tête. L'heure qui suivit fut l'occasion pour Plume de découvrir à quel point sa garde-robe était complète. Il y avait des tenues à n'en plus finir, des foulards et une multitude de fanfreluches dont elle avait oublié l'existence.

— Est-ce que la ceinture avec la boucle d'argent est encore là ?

— Oui, mademoiselle. Je viens de la remettre avec les autres.

Plume se laissa tomber sur son lit. Rien ne manquait à l'appel. Les créations de Frédérion avaient une certaine valeur et pourtant, elles continuaient de reposer sur les étagères. Comme si un voleur s'était faufilé dans sa chambre et dédaignant ses richesses, se serait amusé à semer le désordre dans son armoire. Cette histoire n'avait vraiment aucun sens.

— À moins que…

Une idée absurde venait de bousculer ses pensées. Il restait une chose que Plume n'avait pas encore vérifiée. Sautant sur ses pieds, elle fouilla dans une pile de vêtements jusqu'à retrouver un sachet en velours. À l'origine, il contenait un cadeau de son père mais, depuis quelques jours, elle y avait caché la montre d'Élias. Au marché noir, elle aurait pu la revendre à plusieurs centaines de merles. Comparée aux risques encourus, cette somme n'était pas suffisamment importante pour justifier un cambriolage dans la demeure des Herrenstein. Mais, lorsqu'elle ouvrit le sachet, Plume fut presque surprise d'avoir vu juste. La montre avait disparu !

— Vous a-t-on volé quelque chose, mademoiselle ?

— Rien du tout, mentit Plume. Écoutez, j'ai dû faire une erreur. Je me suis laissée emporter par mon imagination et je regrette de vous avoir fait perdre votre temps.

Cette dernière phrase laissant sous-entendre qu'elle pouvait disposer, Madge s'apprêtait à franchir le seuil de la porte lorsqu'elle revint brusquement sur ses pas.

— C'est la montre, n'est-ce pas ? prononça-t-elle dans un souffle.

— Comment le savez-vous ?

— Parce qu'il s'agit d'un objet qui n'aurait jamais dû être en votre possession. Depuis le premier jour, j'ai gardé vos secrets, mademoiselle, et je garderai celui-ci aussi précieusement que si c'était le mien.

— Je vous ai toujours fait confiance, Madge... Ce vol n'a absolument aucune logique, ajouta Plume, pensive. Pourquoi une personne se serait-elle glissée dans ma chambre pour repartir avec un butin aussi modeste ?

— Je l'ignore, mademoiselle. Mais si j'étais vous, je m'intéresserais aux coïncidences.

— Quelles coïncidences ?

— Le lustre brisé, répondit Madge avec un air sous-entendu.

Oui, songea Plume alors que la servante s'inclinait et quittait la pièce, il y avait quelque chose d'étrange dans la façon dont les événements s'enchaînaient. Une nuit où il était particulièrement bavard, Jack lui avait expliqué les règles de base de l'apprenti cambrioleur. Aucun voyou sensé n'irait s'aventurer en plein jour dans une maison grouillant de serviteurs. Pour atteindre sa chambre, il aurait dû monter les marches de l'escalier et traverser le second étage, une mission quasiment impossible à relever.

— Le lustre servait de diversion, murmura Plume.

Quelqu'un avait sciemment dévissé les attaches. En réduisant cet élément décoratif à des milliers d'éclats de verre, il était sûr de ne croiser personne au premier étage. Ramasser les morceaux était devenu une priorité ou, comme le soulignait Jack, un moyen habile d'occuper les domestiques pendant que l'heureux stratège se remplissait les poches.

Pourtant, le voleur s'était contenté d'une simple montre. Quelle valeur pouvait-elle bien avoir ?

— Aïe !

Frédérion contempla son pouce. Il s'était blessé avec sa paire de ciseaux et du sang perlait sur sa table de travail. Depuis le matin même, ce genre d'accidents se succédait, lui laissant croire qu'une mauvaise aura flottait au-dessus de son atelier. Il s'était déjà piqué le doigt avec une aiguille, avait manqué de finir enseveli sous des rouleaux de tissu et par mégarde, il avait écrasé la queue de Sabre qui l'avait plutôt mal pris. Décidément, la chance ne lui souriait pas. Ou plus précisément elle avait cessé de lui sourire quand Mme Jensen lui avait annoncé la nouvelle qui faisait frémir d'envie les plus riches familles de Seräen. Éléonore Herrenstein allait se marier… Elle allait épouser Élias d'Aubrey, ce personnage grossier qui l'avait ignorée durant le bal. Cet homme pourrait bientôt se targuer de l'avoir pour femme.

Frédérion l'aimait en secret depuis des années. Depuis ce jour où elle avait franchi timidement le seuil de sa boutique, en compagnie de sa mère. Elle cherchait une robe pour sa première réception mondaine et lui avait déployé des trésors d'imagination pour faire d'Éléonore le centre de toutes les attentions… D'Aubrey n'avait fait qu'apparaître un beau soir et réclamer sa main comme une armée victorieuse exige son butin. Elle n'avait pas le droit de refuser. À cette fête où tant de demoiselles rivalisaient de charme, pourquoi avait-il choisi la seule pour laquelle son cœur battait ?

Sabre grogna avec hostilité, arrachant Frédérion à ses pensées. La raison de son mécontentement ne fut pas longue à découvrir. Une clameur venait de parvenir aux oreilles de son maître. Plus loin, à quelques rues de là, des gens étaient en train de crier.

— Qu'est-ce que c'est encore ? marmonna Frédérion.

Depuis la fête nationale, plus rien n'était comme avant. Partout, il craignait de voir surgir ces dissidents incapables d'apprécier un bon discours ou de porter autre chose qu'une cape rapiécée. Ce manque de goût en matière d'habillement était presque une insulte à sa profession. Qu'avaient-ils encore inventé pour semer le désordre ?

— Viens, Sabre, allons voir ce qui se passe !

En quittant le calme tranquille de son atelier, Frédérion fut choqué par l'agitation qui régnait au-dehors. Des dizaines de personnes se précipitaient vers les remparts avec la mine curieuse des badauds se réjouissant d'assister à un spectacle inattendu. En principe, rien n'interdisait aux riches de se rendre dans les bas-fonds, bien que d'ordinaire ils manifestaient peu d'intérêt pour cette population crasseuse, juste assez bonne pour servir de main-d'œuvre aux industries.

— Qu'y a-t-il ? lança Frédérion en apostrophant un groupe d'hommes. Pourquoi tout ce bruit ?

— Quelqu'un a osé violer la première règle, répondit l'un d'eux. Les soldats sont arrivés en masse tout à l'heure, vous ne les avez pas vus passer ? Il paraît qu'ils vont faire l'exemple.

— Et en quoi cela vous intéresse-t-il ?

— Parce qu'il s'agit probablement des traîtres qui ont eu l'audace de s'élever contre Tibérius !

— Oui, on espère qu'ils vont trouver les coupables et les châtier comme il se doit, ajouta un autre en pressant le pas. Et attachez votre satanée bestiole !

Sabre fut contraint de s'éloigner du mollet qu'il lorgnait avec un appétit non dissimulé. D'une tape sur le museau, Frédérion le força à retourner dans la boutique. Alors qu'il reprenait place derrière son bureau, il eut l'impression de se détourner d'un événement qui n'allait pas tarder à faire la une de *L'Orme glorieux*. Mais Frédérion savait déjà ce que cela signifiait et contrairement à ces imbéciles, il n'avait pas envie d'en être témoin.

— Ils vont faire couler du sang, murmura-t-il. Les sols vont devenir rouges…

≥⦂⦂⦂≤

Jack marchait d'un pas nonchalant. À le voir aussi désinvolte, nul n'aurait pu supposer qu'il s'apprêtait à frauder pour pénétrer dans les beaux quartiers. Il faisait partie de cette catégorie d'individus qui, se moquant des cartes que leur avait données le destin, parvenaient toujours à leurs fins. Jack restait persuadé que, dans une vie antérieure, il avait dû être un riche seigneur oisif dans sa belle demeure. Oui, il y avait eu une erreur à sa naissance, quand ses parents s'étaient révélés être de simples ouvriers luttant pour survivre.

Les remparts se dessinaient au loin. Il devinait presque les soldats qui, chargés des contrôles, s'écarteraient bientôt pour le laisser passer. Avec eux, il n'avait jamais eu de problèmes. Il lui suffisait de présenter son atout secret pour que les difficultés s'évanouissent. Mais un détail inhabituel le fit soudain froncer les sourcils. Il y avait du monde, beaucoup de monde et peut-être même trop de monde pour que la situation soit tout à fait normale.

— Pourvu que ce ne soit pas moi qu'ils recherchent, marmonna Jack dans sa barbe. J'ai toujours su que je ne pouvais pas me fier à ce type !

En réalité, les militaires ne s'intéressaient pas à lui. Ce qui les préoccupait était une immense bande de papier collée contre l'un des murs. Quelqu'un avait eu le toupet de peindre et d'afficher son œuvre aux yeux de tous ! Il fallait être suicidaire ou complètement stupide pour être l'auteur d'un tel acte. Et plus il se rapprochait, plus Jack avait une idée précise de l'identité du coupable.

— Oh, Plume, prononça-t-il dans un souffle, qu'as-tu fait ?

— Allez, Pipo, un petit effort ! insista Pandore. Regarde, pour dire oui, on hoche la tête de haut en bas et non, c'est de droite à gauche. On essaye encore, tu veux bien ? Alors, est-ce que tu as vu des hommes dans le souterrain ?

Pipo ne répondit pas. Depuis qu'Avalon l'avait retrouvé, agrippé à la jambe de Toby, il refusait totalement de s'exprimer. Même Gilfred avait tenté de le faire réagir en lui confisquant son lapin, mais Pipo n'avait pas esquissé le moindre mouvement pour le récupérer. Gêné d'être vu avec une peluche à la main, Gilfred avait fini par la lui rendre.

— Bon, on recommence, continua Pandore qui n'allait pas tarder à se décourager. Est-ce que tu veux des friandises ? Tu aimes les friandises, n'est-ce pas ? Alors, oui ou non ?

— Pipo est encore sous le choc, intervint Avalon, tu devrais être plus patient avec lui…

Un bruit de cavalcade leur fit brusquement tourner la tête. Killian, qui avait été nommé pour le premier tour de garde, venait d'abandonner son poste. Il était accompagné par un gamin au visage rouge tomate et par Nector qui avait probablement suivi le mouvement sans comprendre ce qui se passait.

— M'sieur, fit le garçon en reprenant son souffle, j'ai couru aussi vite que j'ai pu. Faut absolument que vous veniez ! Va y avoir des exécutions dans les bas-fonds…

— Des exécutions ? s'exclama Avalon. À cause de la fête nationale ?

— Non, à cause d'une peinture accrochée à un mur. Tibérius a donné l'ordre d'exécuter des gens jusqu'à ce que quelqu'un se décide à parler ! Vite, vous devez vous dépêcher avant qu'ils commencent.

— J'arrive tout de suite. Pandore, Killian, Nector avec moi ! Gilfred, tu montes la garde et Édelmard, tu t'occupes de Toby et de Pipo !

— Boum boum, acquiesça Nector en tirant des explosifs de sa poche.

Alors qu'ils couraient dans les galeries, Avalon sut que le jeune vagabond attendait de lui un miracle. Un an plus tôt, il l'avait arraché à la misère et depuis, son petit protégé avait placé en lui une confiance sans faille. Mais cette fois-ci, Avalon avait le sentiment qu'il était trop tard pour espérer sauver ces malheureux.

⁂

— Rue de l'Hermine, je vous prie, annonça Plume.

Le cocher émit un sifflement et le fiacre s'ébranla lentement. La demeure de Charlotte se trouvait de l'autre côté de la ville. Plume était attendue depuis plus d'une heure. Elle était en retard et son amie était probablement en train de guetter son arrivée par la fenêtre. Connaissant Charlotte, sa plus grande préoccupation était sans doute que le thé allait refroidir.

Le véhicule ralentit brusquement. Malgré les rideaux tirés, Plume devinait une certaine agitation régner à l'extérieur. Elle entendait des cris, des voix vociféraient des ordres et le brouhaha d'une foule parvenait jusqu'à ses oreilles. Plume ouvrit la portière et la réponse du chauffeur à cette question muette fut de lever les bras au ciel. Il ignorait ce qui se passait. Plusieurs fiacres étaient immobilisés sur la route, bloqués par une longue procession de badauds qui se hâtaient vers les bas-fonds.

— Oh non, murmura Plume.

La rue ne lui était pas inconnue. À quelques pas de là, sur une place coincée entre plusieurs immeubles grisâtres, elle avait collé une peinture sur le mur. Une provocation délibérée où un peuple en colère menaçait de détruire l'Oméga… Plume sauta de voiture pour se mêler aux passants qui franchissaient les remparts.

— Mademoiselle, revenez ! appela le cocher. C'est peut-être dangereux !

Mais la jeune fille ne l'écoutait pas. Elle tentait d'avancer malgré la cohue, bousculant les curieux attirés par la promesse d'un divertissement. Dans toutes les bouches, Plume surprenait les mêmes mots : *la mort des traîtres*. Ce fut lorsqu'elle réussit à atteindre le centre de l'attroupement que la réalité lui apparut dans toute son horreur. Des hommes et des femmes avaient été tirés hors de leurs maisons, des familles entières avaient été enchaînées par les gardes. Sur le côté, une quinzaine de silhouettes hurlaient de douleur alors que les fouets déchiraient leur chair.

— Nous les exécuterons tous jusqu'au dernier tant que le coupable ne se dénoncera pas ! aboya un officier. Donnez-nous le nom du responsable et vous sauverez peut-être vos vies !

Cette dernière phrase s'adressait à la masse des prisonniers qui, impuissants, observaient leur père, leur frère ou leur mari s'écrouler sous les coups des soldats. Plusieurs d'entre eux pleuraient, tandis que d'autres criaient avec force qu'ils étaient innocents. Leur seul crime était d'habiter là, ils n'avaient rien vu ni entendu. Ils étaient les sacrifiés choisis par les autorités pour faire l'exemple.

Les yeux de Plume s'emplirent de larmes. Comment avait-elle pu être aussi idiote ? Jamais elle n'avait imaginé que les choses prendraient une telle tournure. En violant la première règle, elle pensait donner de l'espoir aux gens, montrer qu'il était possible de s'opposer à Tibérius et à ses sbires. Elle était allée trop loin…

Cette peinture n'avait rien à voir avec les simples dessins à la craie que les militaires effaçaient d'un revers de main. C'était une véritable attaque contre le régime ! Peut-être était-ce la fête nationale qui avait conduit l'Oméga à durcir sa politique. Ils avaient laissé les princes maudits s'échapper et pour ne plus perdre la face, la moindre provocation serait désormais réprimée dans le sang.

— Ce n'est pas ta faute, lui murmura une voix à l'oreille. Tu ne pouvais pas savoir ce qui allait se passer.

Plume se retourna. Jack se tenait derrière elle. Il l'avait reconnue malgré sa perruque et sa robe à volants. Sur le coup, elle ne chercha même pas à savoir ce qu'il faisait là.

— Ils vont mourir à cause de moi. Je n'ai jamais voulu que des innocents souffrent…

La main du courtier se posa doucement sur son épaule.

— Depuis la fête nationale, ils cherchaient un prétexte pour justifier une exécution publique, affirma-t-il. Quelqu'un allait forcément en payer le prix. Regarde ces idiots autour de toi… Pour les riches de ce monde, cela ne fait aucune différence du moment que l'Oméga est toujours victorieux.

— Qu'est-ce qu'on peut faire pour arrêter ça ?

Jack avait sûrement un plan, une idée merveilleuse pour aider ces malheureux à s'échapper. Mais, dans son regard, Plume ne surprit aucune étincelle de malice. Il la fixait avec un sérieux qui ne lui ressemblait guère.

— Il y a au moins une cinquantaine de gardes, marmonna-t-il. On est deux, ce qui fait à peu près vingt-cinq soldats par personne. Ce serait de la pure folie que de tenter quoi que ce soit.

— Alors, on va juste les regarder mourir ?

— Qu'est-ce que tu proposes ?

Plume avait l'impression que le monde s'était mis à tourner autour d'elle et menaçait de s'écrouler. Si Jack n'avait aucune solution, que pourrait-elle bien faire ?

— Cette place sera rouge sang, hurla l'officier, puisque le coupable ne se dénonce pas ! La première règle a été créée pour nous protéger de la traîtrise de Valacer. Celui qui a osé s'opposer au régime est un misérable qui menace la pureté de notre patrie !

Il cracha au sol. Plume remarqua alors sa peinture, réduite en des dizaines de morceaux disséminés sur les pavés. Son œuvre était piétinée, écrasée par une foule de badauds avides d'assister à une exécution.

— J'assume les conséquences de mes actes, déclara Plume. Ils peuvent me tuer, ça m'est égal.

Le premier réflexe de Jack fut de la retenir par le poignet.

— Si tu te dénonces, je me dénonce aussi, menaça-t-il. Et tu auras ma mort sur la conscience !

— Je t'interdis de faire une chose pareille !

— Reste tranquille et écoute-moi… Tu es la fille de l'ambassadeur, ils refuseront d'admettre qu'une demoiselle de la haute société ait pu s'élever contre le régime.

— J'arracherai ma perruque et ils seront forcés de me croire !

— Et à quoi bon ? Ces gens mourront de toute façon et ta famille sera déshonorée… Tu as oublié de me demander comment j'ai su que c'était toi, ajouta Jack. Je l'ai deviné à l'instant précis où mes yeux se sont posés sur cette banderole. Parce que c'était l'œuvre d'une personne qui espérait changer les choses… Tu as pris la décision de défier les règles et ce qui se passe aujourd'hui fait partie des risques. La première fois qu'on s'est rencontrés, tu m'as dit que tu te promenais. Tu t'en souviens ? Tu es toujours cette petite fille qui se moquait de la milice et du couvre-feu. Alors, réfléchis bien. Cela ne sert à rien de sacrifier ta vie pour ces inconnus. Ne renonce pas maintenant, il y a beaucoup d'autres combats à mener…

— Je ne peux pas, Jack. Si tu étais à ma place, tu te détournerais vraiment de ces gens condamnés à mort par ta faute ?

— Sans la moindre hésitation. J'irais dans une taverne me commander à boire et comme je suis d'humeur magnanime, j'envisagerais même de t'offrir un verre… Il n'y a plus rien à faire, Plume, sauf si tu connais quelqu'un de suffisamment puissant pour arrêter ces soldats.

— Non, bien sûr que…

Les mots s'évanouirent sur ses lèvres. C'était faux. Il y avait bien une autorité capable de mettre fin à ce massacre. Pourquoi n'y avait-elle pas pensé plus tôt ?

— La Ligue écarlate, murmura Plume.

Chapitre 11

Les princes maudits

Plume tambourina contre la porte. Un valet en livrée blanche ne tarda pas à lui lancer un regard suspicieux quand il avisa ses cheveux s'échappant de son chignon, son visage rougi par l'effort et le bas de ses jupons sali par la boue. Plume avait couru aussi vite que ses jambes avaient pu la porter. Mais, pour ce domestique habitué à accueillir des visiteurs élégants, elle avait tout l'air d'une intruse.

— Je désire voir M. d'Aubrey, déclara-t-elle.

— M. d'Aubrey est très occupé. Il ne peut recevoir personne pour l'instant.

— Je suis sûre qu'il fera une exception pour moi.

Plume voulut franchir le seuil, mais le valet lui bloqua le passage. Pour garder la porte, il se révélait très efficace. La jeune fille n'avait pas de temps à perdre. D'un geste autoritaire, elle lui brandit son alliance sous le nez.

— Vous êtes nouveau ? s'exclama-t-elle. Je suis la fiancée de M. d'Aubrey et quand je lui annoncerai que vous avez refusé de me laisser entrer, il vous renverra sur le champ !

La menace produisit aussitôt l'effet escompté. Les joues du valet devinrent aussi rouges que les siennes.

— Je vous prie de m'excuser, prononça-t-il, gêné. Suivez-moi, mademoiselle.

Lorsqu'elle pénétra dans le hall, Plume comprit pourquoi la majorité des demoiselles de Seräen auraient été prêtes à tuer pour être à sa place. L'entrée était imposante : des statues de marbre soutenaient le plafond et sur le sol, des dalles successivement blanches et noires formaient comme un immense échiquier. La richesse des d'Aubrey n'était pas qu'une simple rumeur.

Le valet conduisit Plume dans un large couloir. Il se déplaçait avec le calme inhérent à sa profession, si solennel que même une révolte n'aurait pas été en mesure de lui faire accélérer le mouvement. Après avoir traversé un nombre incroyable de pièces, plus somptueuses les unes que les autres, il finit par s'arrêter devant une porte à double battants. De l'autre côté du mur, Plume entendait des cris. Élias avait demandé à ne pas être dérangé : était-il en train de torturer quelqu'un ?

Le valet précéda son entrée de trois coups administrés contre le panneau. Un grognement lui répondit, une sorte de « Qu'est-ce que c'est ? »

lâché à contrecœur. Obéissant à cette charmante invitation, le domestique entrouvrit la porte.

— Monsieur, annonça-t-il, cette demoiselle demande à vous voir.

Il s'écarta pour laisser passer Plume. Ce n'était pas une salle des tortures, mais une salle d'escrime. Élias était en train de manier l'épée contre un individu à la barbe savamment taillée. Les deux hommes se livraient un combat féroce. Chaque fois qu'Élias avançait d'un pas, le terrain gagné était aussitôt reconquis par son adversaire. En le voyant repousser les attaques, Plume comprit à quel point elle avait été naïve d'espérer le poignarder avec sa dague. Dans les mains d'Élias, la lame devenait une partie de son corps. Ses pas s'enchaînaient dans une danse étrange où chaque geste semblait obéir à une chorégraphie complexe. Il n'y avait aucune place pour l'hésitation et son entrée suffit à déconcentrer Élias. Un mince sourire flotta sur ses lèvres lorsqu'il l'aperçut. Avec une rapidité fulgurante, son arme lui fut alors arrachée des mains et rencontra le sol en un bruit sourd.

— Si vous n'aviez pas regardé la demoiselle, vous auriez pu remporter l'assaut.

— Je ne m'attendais pas à ce que ma fiancée illumine ma journée par sa resplendissante présence… Mlle Herrenstein, je vous présente maître Griffin.

— Enchanté, mademoiselle.

Plume fit la révérence en essayant d'ignorer la mine réjouie d'Élias.

— J'aimerais vous parler en privé, murmura-t-elle. C'est très important.

— Je m'en doute, sinon vous ne seriez pas venue à l'improviste. Et dire que je ne pensais pas vous voir entrer chez moi autrement que par la fenêtre. Cela a dû vous faire bizarre de passer par la grande porte, non ?

— Pas devant ce monsieur, siffla Plume entre ses dents.

Avec un soupir, Élias fit un signe de tête à maître Griffin. Ce dernier quitta la pièce après un léger salut et referma la porte derrière lui.

— J'étais sur le point de le battre, fit Élias en s'essuyant le visage avec une serviette. Il m'entraîne depuis mon adolescence mais, même en atteignant l'excellence, il est toujours meilleur que moi.

— J'ai besoin de votre aide, marmonna Plume qui se moquait éperdument de son professeur d'escrime.

— Oh, vraiment ? Et que puis-je faire pour vous, chère Éléonore ?

— Une peinture a été trouvée dans les bas-fonds et les soldats menacent d'exécuter des innocents si le responsable ne se dénonce pas. J'ai pensé que vous aviez l'autorité nécessaire pour…

— Un instant, coupa Élias. Quand vous dites « trouvée », cela signifie bien sûr dissimulée dans une bonne cachette et que seul un malheureux hasard a permis de découvrir ?

Plume sut qu'elle ne pourrait pas mentir à Élias. Il était beaucoup trop perspicace pour qu'elle réussisse à le berner.

— Non, reconnut-elle, la peinture était exposée sur la place.

— Il vous a sans doute paru inutile de m'en informer, ricana son fiancé. Et ce coupable, serais-je trop présomptueux d'imaginer que je l'ai sous les yeux ?

— Vous savez bien que oui. Vous allez intervenir, n'est-ce pas ?

Élias s'accorda un instant de réflexion. Ramassant son épée, il s'appuya nonchalamment contre le mur et commença à faire des moulinets avec son arme.

— Et pourquoi est-ce que je me donnerais cette peine ? susurra-t-il. Pour vos jolis yeux ?

— Parce que vous ne laisseriez pas ces gens mourir pour un crime qu'ils n'ont pas commis.

Plume espérait faire appel à sa pitié, réveiller en lui cette once de compassion qui existait en tout homme. Mais son regard glacial suffit à la persuader du contraire. En se penchant sur son berceau, les bonnes fées avaient sans doute préféré lui accorder des dons plus utiles que l'empathie. « L'insensibilité et l'arrogance », songea Plume avec mépris.

— Franchement, leur sort m'est parfaitement égal. Ce n'est pas comme si je les connaissais… Quoique, à bien y réfléchir, je ne suis pas certain que je bougerais même si c'était le cas.

— Vous n'avez donc pas de cœur ?

— Absolument aucun, répondit Élias, mais dans un élan de romantisme, j'ajouterai que mon cœur de pierre n'appartient qu'à vous.

— Je ne vous épouserai jamais !

— C'est ce que nous allons voir… Mais, avant de nous enliser dans ces questions matrimoniales, j'aimerais savoir une toute petite chose. Pourquoi Mlle Herrenstein a-t-elle commis la bêtise d'exposer sa peinture aux yeux de tous ?

— Je pensais qu'en défiant l'Oméga, je pourrais donner de l'espoir à la population des bas-fonds, leur montrer qu'il était possible de violer la première règle… Je n'ai jamais voulu qu'ils soient condamnés à ma place.

— Il n'y a aucun espoir pour ceux qui s'opposent au régime. Cette histoire ne pouvait pas finir autrement que dans le sang. À l'avenir, évitez ce genre d'initiatives pleines de bons sentiments, mais qui ne feront que durcir la répression.

— Très bien. Je ne vais pas vous importuner davantage... Au revoir, M. d'Aubrey !

Drapée dans sa dignité, Plume se dirigea vers la grande porte. Elle avait traversé la ville en courant, espérant qu'Élias lui viendrait en aide. Il était le seul à pouvoir sauver ces malheureux d'une mort certaine et pourtant, son refus n'avait pas d'autre motif que son indifférence. Alors que sa main se refermait lentement sur la poignée de la porte, Plume choisit brusquement de revenir sur ses pas. Avec Élias, elle avait tenté le numéro de la demoiselle en détresse, les larmes imaginaires et même les menaces. Il était temps pour elle d'expérimenter une nouvelle approche. Son fiancé n'avait pas bougé et n'esquissa pas le moindre mouvement lorsqu'elle se planta devant lui.

— Je ferai tout ce que vous voudrez, murmura-t-elle. S'il vous plaît...

Son visage perdit brusquement toute expression sarcastique. Élias lâcha son épée et même la dureté de ses traits parut s'atténuer.

— Je ne peux pas, lui dit-il d'une voix étonnamment douce. Ce que vous me demandez n'est pas en mon pouvoir.

— Mais pourquoi ? Vous êtes héritier de la Ligue, vous êtes au-dessus des lois ! Qu'est-ce qui vous empêche d'ordonner à la garde de cesser le massacre ?

— Vous ne comprendriez pas... Je n'ai pas encore le titre de seigneur et tant que ma position est incertaine, je n'ai pas le droit à la moindre faiblesse. D'après vous, que penseraient des hommes aussi puissants que Nemrod, Thélismar ou Naamas ? Ce sont eux qui forment le cœur de la Ligue. Ils doivent être mes alliés si je veux réussir à m'affirmer comme l'un des leurs. Vous n'avez pas idée de ce que cela représente ! Il n'y a pas de place pour l'erreur. À votre avis, de quoi aurais-je l'air si je perdais mon temps à secourir une bande de miséreux ?

— Pourtant, le peuple vous serait reconnaissant !

— Je n'ai pas besoin du peuple. J'ai besoin d'inspirer la peur pour qu'aucun de mes ennemis n'essaye de me poignarder dans le dos ! Quand une chienne met bas un chiot trop faible, il est dans sa nature de rejeter l'animal et de le laisser mourir. La Ligue n'est en rien différente, elle n'hésitera pas à se débarrasser de ses membres les plus vulnérables !

— Alors, c'est pour cette raison que vous ne ferez rien. Parce que vous craignez que les autres ne s'unissent contre vous.

— Exactement. Et maintenant, vous allez m'écouter, lança Élias. Je vous interdis formellement de risquer à nouveau votre vie dans des entreprises aussi stupides que celle-ci ! Personne n'échappe éternellement à la milice.

Tôt ou tard, ils finiront par vous capturer et le fait que vous soyez la fille de l'ambassadeur ne changera rien. Est-ce que vous avez déjà vu des exécutions ? Des murs criblés de balles où l'odeur de la poudre se mêle à celle du sang ? Eh bien, je vais vous dire une chose, Éléonore : il n'y a jamais de femmes à ces exécutions. Et vous voulez savoir pourquoi ? Parce qu'elles sont jetées dans les prisons du palais et servent de distraction pour les gardes ! Vous serez enchaînée et traitée comme une moins que rien et même moi, je serai incapable de vous tirer de là !

— Je ne vous demande pas de répondre de mes actes !

— Et moi qui croyais que vous me suppliez de réparer vos bêtises !

— De toute façon, vous refusez de m'aider !

— Eh oui, je suis un être pragmatique qui n'a aucune envie de se faire dévorer dans la fosse aux lions.

— Non, vous êtes lâche ! s'écria Plume. Si vous étiez aussi fort que vous le prétendez, vous trouveriez le moyen de sauver ces gens sans perdre la face...

Élias l'interrompit d'un geste de la main. Il avait fermé les yeux et Plume sentait qu'une idée était sur le point de germer. Son cerveau était comparable à une horloge, une machinerie complexe où les rouages s'enclenchaient les uns après les autres sans jamais se dérégler. Les données du problème devenaient une simple équation : un jeu mathématique qui, en chassant toute émotion, faisait oublier ces dizaines de vies suspendues à la solution.

Lentement, les lèvres d'Élias s'étirèrent en un rictus.

— Finalement, il se peut que cette provocation ait produit l'effet escompté. Vous aviez raison, très chère : j'ai eu le malheur de me sous-estimer. Et ne vous avisez plus jamais de me traiter de lâche... Voyons voir, je suppose que cette robe n'a aucune valeur sentimentale pour vous.

Sans attendre sa réponse, il déchira sa manche d'un coup d'épée. Perplexe, Plume observa le tissu pendre lamentablement et révéler une partie de son bras.

— Qu'est-ce que vous faites ?

Élias ignora sa question.

— Quoi ? hurla-t-il en tapant violemment contre le mur. Les soldats ont osé brutaliser une demoiselle de l'aristocratie ! C'est absolument inadmissible ! Je ne laisserai pas un tel affront rester impuni ! Vous êtes ma fiancée, une future dame de la Ligue écarlate, et ces hommes vous ont manqué de respect... Harckof !

L'intéressé se matérialisa aussitôt sur le seuil de la porte. Apparemment, il ne vivait que pour exécuter les ordres d'Élias et n'avait pas d'autre objectif dans la vie que de suivre son maître.

— Vous m'avez appelé, monsieur ?
— Rassemble ma garde personnelle. Nous allons dans les bas-fonds venger l'honneur de Mlle Herrenstein !

Harckof salua d'un claquement de talons.

— Mais les soldats ne m'ont même pas touchée ! protesta Plume. Ils sauront que cette histoire a été inventée de toutes pièces !

— Quelle importance ! Personne n'a encore jamais essayé de me contredire... Vous verrez, même les gens présents jureront avoir été témoins de l'incident. Il vous suffit de porter du rouge écarlate pour que tout le monde se rallie à votre version des faits.

— Merci, murmura-t-elle.

⁂

Nector administra une tape sur les doigts de Pandore. Dissimulés dans une ruelle, les deux hommes entouraient un tonneau de poudre et n'avaient pas la même vision des choses.

— Tu vas faire exploser tout le quartier ! lança Pandore. Tu te souviens, on en a déjà parlé... Notre but, c'est de faire une diversion, pas de tuer tous ces gens qui n'ont rien demandé ! Les ordres d'Avalon étaient plutôt clairs, non ?

— Si pas d'explosion, pas de diversion, marmonna Nector en répandant une longue traînée de poudre sur le sol. Il faut faire du bruit, beaucoup de bruit, sinon cela passera pour de simples pétards.

Pandore regretta aussitôt la décision de son frère de mêler Nector à une action sur le terrain. Sa tendance à vouloir miser sur le spectaculaire faisait de lui un très dangereux maître d'œuvre. La plupart du temps, il avait l'air complètement fou avec ses cheveux hérissés sur son crâne comme sous l'effet d'une déflagration. Mais, lorsqu'il avait une torche à la main et menaçait de tous les faire sauter, cette impression de folie devenait une réelle certitude.

— Écoute, vieux, fit Pandore dans un effort de conciliation, on va transvaser une partie de la poudre dans une autre barrique. Et tu verras, même avec un demi-tonneau, le résultat sera très impressionnant !

— Pure folie, grommela Nector. Pour défoncer une porte, tu prendrais un bélier ou un porte-manteau ?

— Bon, ça suffit. Avalon m'a chargé de superviser ton travail et je ne suis pas...

Pandore n'eut pas le temps de s'affirmer en tant que sous-chef. Un cri venait de précéder l'arrivée d'un gamin à la respiration laborieuse. Il s'écroula à moitié le long du mur et s'efforça de reprendre son souffle.

— Oui, Kei, qu'est-ce qu'il y a ?

La dernière fois qu'il avait surgi dans un tel état, c'était pour leur annoncer l'imminence d'une exécution.

— Avalon dit de tout arrêter, bafouilla le gamin.

— Pourquoi Avalon dit ça ?

Pandore était perplexe. Son frère s'était posté sur la place avec Killian. Qu'avait-il bien pu se passer pour qu'ils annulent toute l'opération ? La seule explication qui traversa l'esprit de Pandore fut que les prisonniers avaient déjà été tués. Pourquoi avait-il perdu autant de temps à se chamailler avec Nector ?

— Des types sont arrivés, répondit Kei en tentant de soulager son point de côté. Ils sont en train de prendre le contrôle de la place et le plus bizarre, c'est qu'ils parlent d'une robe déchirée.

— D'une robe ? répéta Pandore. Qu'est-ce que c'est encore que cette histoire ?

Ce que Kei baragouinait n'avait aucun sens. Décidé à tirer au clair cette affaire, Pandore s'empressa de parcourir la ruelle en tirant Nector par la manche – car l'autre était suffisamment frappadingue pour mettre son plan à exécution. Lorsqu'il parvint sur la place, Pandore ne put s'empêcher d'ouvrir la bouche de stupeur. Finalement, les réponses de Kei n'avaient rien de confus… Une vingtaine d'hommes entouraient la garde et s'ils étaient en sous-nombre, l'autorité de leur chef ne faisait aucun doute. Malgré la distance, Pandore apercevait le rouge écarlate de sa cape.

— Mais qu'est-ce que la Ligue fabrique ici ? marmonna-t-il.

❧❦•❦❧

Plume était admirative devant l'efficacité d'Élias. Lorsqu'ils avaient quitté sa demeure, son fiancé avait pris la tête d'un groupe d'hommes en uniforme. De loin, ils auraient pu passer pour de simples soldats mais, cousu sur leur chemise, un écusson représentant un lion ailé trahissait leur allégeance à la famille d'Aubrey. Chaque seigneur disposait de sa garde personnelle, presque une armée qui, obéissant à ses seuls ordres, lui permettait d'asseoir son autorité.

— À partir de maintenant, vous allez m'obéir sans discuter, lança Élias d'un ton autoritaire. Je vais essayer d'interrompre une exécution et pour passer au-dessus des ordres de leur commandant, mon histoire a besoin de paraître un minimum crédible. Vous êtes censée être ma fiancée, Éléonore, alors comportez-vous comme telle. Pour commencer, vous seriez bien aimable de glisser votre bague à l'annulaire gauche.

Plume s'exécuta en se faisant le serment qu'une fois le danger écarté, elle remettrait la bague à sa juste place, c'est-à-dire à n'importe lequel de ses neuf autres doigts.

— Vous acquiescerez à tout ce que je dirai, poursuivit Élias. Je vais accuser ce type d'avoir déchiré votre robe, alors que nous savons pertinemment que vous ne l'avez pas approché. Donc, si vous pouviez mimer un air offensé, je vous en serais infiniment reconnaissant…

Élias se déplaçait à grandes enjambées et avec ses chaussures à talon, Plume peinait à le suivre. Sans se soucier de son accord, il l'obligea à accepter son bras. Agrippée à lui, elle ressemblait à un naufragé cramponné à sa bouée.

— Une dernière chose, ajouta Élias, je ne fais rien de tout cela par pure bonté d'âme. Dans un instant de faiblesse, il m'a semblé vous entendre dire « Je ferai tout ce que vous voudrez ». Et vous connaissez suffisamment ma nature charitable pour savoir que je ne refuse jamais ce genre de proposition.

— Très bien, marmonna Plume, quel est votre prix ?

— Je vous dirai plus tard ce que j'attends de vous. Pour le moment, contentez-vous de jouer le rôle de la demoiselle en détresse, c'est un exercice dans lequel vous excellez, non ?

Plume ne lui répondit pas. Ils venaient d'atteindre la foule des curieux qui, en apercevant Élias et ses hommes, s'écartèrent aussitôt pour les laisser passer. Des chuchotements accompagnèrent leur arrivée, comme si leur présence était la promesse d'un nouveau divertissement. Au centre de l'attroupement, Plume fut soulagée de constater qu'aucun corps ne gisait sur le sol. Les exécutions n'avaient pas encore débuté et si son fiancé était aussi habile qu'il le prétendait, ils avaient encore une chance d'éviter le massacre.

— Commandant, interpella Élias en se plantant devant un officier à la mine perplexe, puis-je savoir la cause de ce désordre ?

— Une peinture provocatrice a été exposée sur la place, monsieur, répondit l'autre en claquant les talons dans une parfaite imitation d'Harckof. L'un de ces misérables connaît forcément le coupable et si aucun d'entre eux ne se décide à parler, ils seront exécutés au nom de l'Oméga afin que la première règle ne soit jamais…

— Je me fiche des prisonniers ! Vous n'imaginez quand même pas que j'ai déplacé ma garde personnelle pour une raison aussi absurde que la mise à mort d'une bande de pouilleux… Vous savez très bien pourquoi je suis là, non ?

L'officier eut à peine le temps d'ouvrir la bouche que simulant une profonde colère, Élias s'exclama :

— Comment avez-vous l'audace de nier ? Vous avez osé brutaliser ma fiancée, Mlle Herrenstein !

— Votre fiancée, bafouilla le commandant. Je suis désolé, monsieur… Je ne suis pas sûr de comprendre.

— Insinuez-vous que je mens ou pire que Mlle Herrenstein, ici présente, est une menteuse ?

En guise d'illustration, Élias lui présenta la déchirure sur la robe de Plume. Avec ses cheveux décoiffés et ses joues rougies par sa folle course à travers la ville, elle n'avait aucune difficulté à jouer la victime.

— Vous pensiez vraiment que cet affront resterait impuni ? Qu'il est possible à un officier de manquer de respect à une jeune fille de l'aristocratie sans en subir les conséquences ?

— Je ne vois absolument pas de quoi vous voulez parler, se défendit le militaire.

— Je suppose que vous ne vous rappelez pas d'avoir bousculé ma fiancée, ni même de l'avoir insultée ?

Le visage de son interlocuteur exprima clairement que ces événements n'avaient pas laissé le moindre souvenir dans sa mémoire. Parmi les badauds, les murmures se faisaient de moins en moins discrets. L'indignation commençait à gronder et Plume eut du mal à cacher sa propre surprise. Comment ces gens pouvaient-ils admettre une histoire aussi ridicule ? La plupart avait assisté au moindre agissement des soldats depuis que l'armée avait menacé de faire couler le sang sur la place. Et pourtant, ces mêmes témoins marmonnaient qu'effectivement, une demoiselle riche avait été jetée au sol… Oui, une jeune innocente dont le seul crime avait été de trop s'avancer pour voir les exécutions. C'était scandaleux ! Que deviendrait Seräen si même les nobles en venaient à être traités comme n'importe quel délinquant ?

— C'est la première fois de ma vie que je vois votre fiancée, se défendit l'officier alors que la foule protestait devant une telle mauvaise foi.

— Vous savez qui je suis ? Je suis Élias d'Aubrey, je suis héritier de la Ligue écarlate et vous, qui êtes-vous pour me répondre sur ce ton ? D'un claquement de doigts, je pourrais vous retirer le grade de commandant et vous envoyer croupir dans les cachots du palais…

La prestation d'Élias était excellente, songea Plume. Non seulement il menait la conversation, mais l'idée de torturer les prisonniers était passée en second plan. Comment une affaire de chiffons pouvait-elle faire oublier la peinture qui, quelques minutes plus tôt, était le centre de toutes les attentions ?

S'apercevant que sa liste d'alliés s'amenuisait à vue d'œil, l'officier choisit d'adopter une nouvelle approche. Nier ne ferait que retourner contre lui la puissance du régime : il serait condamné pour un affront qu'il n'avait pas commis, de la même façon qu'il espérait forcer des innocents à admettre leur complicité. Décidément, le monde était bien cruel ! Avec son uniforme et tous ses galons, il ne s'imaginait pas devoir s'incliner devant ce gamin qui, portant la couleur de la Ligue, se croyait tout permis.

— Je vous prie d'accepter mes excuses, grommela-t-il. Je reconnais avoir bousculé votre fiancée, mais ce geste était involontaire. Je n'avais pas remarqué qu'elle se tenait derrière moi.

— Je préfère ça. Maintenant, vous allez me faire le plaisir de dégager la place ! s'écria Élias. Ce désordre n'a aucune raison d'être ! Les règles ont été édictées pour assurer la pérennité du royaume et non pour permettre aux soldats d'outrepasser leurs pouvoirs !

Plume s'efforça de cacher sa satisfaction. Il ne faisait plus aucun doute à présent que c'était Élias qui donnait les ordres. Alors qu'elle s'apprêtait à assister à un déploiement de menaces, un détail lui fit froncer les sourcils. Quelque chose venait de lui tomber sur la tête… Sa première pensée fut que la pluie s'était jointe à eux et suffirait à tous les disperser. Mais cette pluie avait un aspect inhabituel : non, ce n'était pas de l'eau, c'était de la mie de pain !

— Qu'est-ce que…

En se retournant, elle s'attendait à voir Jack dans une tentative réussie pour attirer son attention. Il y avait bien un homme qui gesticulait dans sa direction, mais ce n'était pas son ami courtier. C'était ce garçon aux cheveux emmêlés, qui lui avait demandé son aide à la fête nationale ! Il avait une miche dans son sac et lorsqu'il s'aperçut que sa manœuvre avait porté ses fruits, il enfourna un morceau dans sa bouche.

— Bon sang, qu'est-ce qu'il fait là ? murmura Plume.

Après avoir avalé son bout de pain, l'intéressé se mit à articuler avec exagération de façon à ce qu'elle puisse lire sur ses lèvres.

— Venez avec moi, disait-il en se pointant du doigt.

Plume jeta un coup d'œil à Élias. Emporté dans son élan, il était en train d'hurler sur le commandant, lui reprochant tous les maux de l'univers. Si elle parvenait à s'éclipser discrètement, il ne remarquerait même pas son absence.

La place était désormais noire de monde. Tel un océan soumis à des courants contraires, une masse de badauds se bousculaient et se pressaient les uns contre les autres. D'ici que son fiancé se soucie à nouveau d'elle – une fois réglé ce qui promettait d'être une réprimande en règle –, elle aurait largement eu le temps de réapparaître. Et même si Élias se mettait à la chercher, il la croirait perdue dans la foule, dissimulée dans cette marée sans fin qui ne cessait de croître.

Avec précaution, Plume se glissa parmi les derniers rangs jusqu'à atteindre le garçon débraillé.

— Je ne suis pas censée vous connaître, chuchota-t-elle.

— Pourtant, vous connaissez les princes maudits. C'est bien vous qui avez demandé à un certain Jack Thibault de se renseigner sur notre compte ? Je cherche une fille qui, dans la Cour des fous, se fait appeler Plume. Si ce n'est pas vous, je m'excuse d'avoir parsemé votre coiffure de mie de pain.

— Qui êtes-vous exactement ?

— Vous pouvez m'appeler Pandore… Vous venez, faut qu'on quitte la place avant que l'autre type en rouge s'aperçoive que vous lui avez faussé compagnie.

Plume le suivit dans une des ruelles adjacentes. Il marchait en traînant les pieds avec une étonnante désinvolture. En le voyant aussi décontracté, nul n'aurait pu supposer qu'il était recherché par la garde. S'il restait un étranger, Plume ne pouvait nier que Pandore lui inspirait de la sympathie. Il ressemblait à un adolescent à moitié endormi mais qui, derrière son apparence dépenaillée, maîtrisait l'art de disparaître sous le nez des autorités.

— Où est-ce que nous allons ? demanda Plume en faisant claquer ses talons sur le sol pavé.

— Par là, répondit l'autre en agitant la main de façon si vague qu'il englobait la moitié de la ville. Il faut que nous parlions, vous et moi, j'ai des choses importantes à vous dire.

— Quelles choses ?

— Vous verrez, princesse. L'impatience est un vilain défaut. Dès que nous aurons atteint un endroit sûr, je répondrai à toutes vos questions.

— Vous n'avez pas peur que je vous trahisse ? lança Plume qui s'étonnait de ce manque de prudence.

— Vous savez déjà de quoi j'ai l'air et vous n'avez rien fait pour me dénoncer… Je pourrais vous enlever et vous conduire dans un endroit sombre et effrayant, mais à quoi bon ? Ce n'est pas comme si vous étiez une ennemie. Par principe, je fais confiance à tous ceux qui me sauvent la vie. Tant que vous n'essayez pas de me poignarder dans le dos, je n'ai rien contre vous… Ah, au fait, ajouta Pandore, vous n'auriez pas du chocolat sur vous par hasard ?

— Non, pourquoi ?

— J'ai promis au gosse que je lui en rapporterai. Tant pis, va falloir que je trouve une poche charitable où m'en procurer à moindre frais. Mais, bizarrement, j'ai tendance à confondre le chocolat et les espèces sonnantes et trébuchantes. Quand je tombe sur une bourse pleine, elle devient toujours mienne avant que je n'aie le temps de réaliser mon erreur.

Par réflexe, Plume vérifia ses poches. Heureusement, son nouveau camarade ne semblait pas décidé à lui démontrer ses talents de voleur. D'un ton badin, Pandore continuait son bavardage, lui expliquant à quel point le métier de hors-la-loi s'avérait de plus en plus difficile à exercer. Il n'attendait aucune réponse de sa part comme si ces histoires ne visaient qu'à la mettre à l'aise. À aucun moment, pourtant, il ne laissa échapper le moindre détail qui lui aurait permis de remonter jusqu'à sa bande. Alors qu'ils s'engageaient dans un passage étroit, une porte s'ouvrit sur leur droite.

Plume pénétra dans une pièce où des rideaux tirés plongeaient dans la pénombre le visage de ses hôtes. Manifestement, la définition de Pandore de la confiance ne s'appliquait qu'à lui. Assis autour d'une table, éclairés par la faible lueur d'une bougie, trois hommes lui faisaient face et de larges capuchons servaient à dissimuler leur identité.

Plume sentit une légère crainte l'envahir. Son premier réflexe aurait été de se précipiter vers la sortie, mais un bruit sourd lui fit comprendre que la porte venait de se refermer derrière elle. Une quatrième silhouette s'était adossée contre le panneau et son rôle était visiblement d'empêcher quiconque d'entrer ou de quitter la pièce.

— Ah désolé, fit Pandore, je crois que pour l'endroit sombre et effrayant, j'ai légèrement menti sur les bords. Vous ne m'en voulez pas, princesse ? Moi, je vous aime bien, mais les autres préfèrent ne pas courir le risque d'être reconnus. D'un autre côté, si vous ne m'aviez pas déjà vu à la fête nationale, j'aurais sûrement fait comme eux.

Il s'était tourné vers elle, les lèvres étirées en un large sourire. Ils étaient cinq contre un et avec une expression ingénue, Plume choisit de rétablir l'équilibre.

— J'aurais dû laisser les gardes vous tuer sur la Grande Place, sanglota-t-elle. Je vous prenais pour un ami et vous, vous m'avez…

Pandore commençait à se frotter le nez d'un air coupable. Sans lui laisser le temps de réagir, la jeune fille se jeta sur lui et arracha l'épée qui dépassait de sa ceinture. Son fiancé lui avait déjà montré à quel point sa technique était risible. Mais tenir une arme entre ses mains suffisait à la rassurer même si seule contre ces hommes, Plume ne ferait jamais le poids.

— Eh, mon épée ! s'exclama Pandore. Espèce de petite chipie…

— Laisse-lui, intervint l'une des silhouettes encapuchonnées. Si cela peut faire plaisir à notre invitée… Je vous en prie, mademoiselle, veuillez nous excuser d'avoir usé d'un tour aussi grossier pour organiser cette rencontre. Mon nom est Avalon et je suis le chef de la rébellion. Avant tout, j'aimerais vous exprimer ma gratitude pour avoir sauvé la vie de mon frère.

— Que me voulez-vous exactement ? marmonna Plume en ignorant ses remerciements.

— Est-ce que M. Thibault ne vous aurait pas transmis le message ? Il devait vous informer de notre désir de faire votre connaissance.

Jack s'était bien acquitté de sa mission. Lorsqu'il avait parlé d'un rendez-vous, Plume n'avait pourtant pas imaginé les choses de cette façon. Elle pensait à une entrevue dans la Cour des fous, dans un lieu où régnait le statu quo et non pas dans un espace clos où elle serait en situation d'infériorité. Les princes maudits l'intriguaient, elle en avait dressé le portrait de héros ano-nymes risquant leur vie pour combattre le régime.

Se retrouver brusquement face à eux, habillée en noble et non pas en voleuse masquée, suffisait à la faire douter de ses positions. Elle leur dévoilait son double visage, leur révélant son secret, alors que ces hommes restaient volontairement dans l'ombre.

— Voyez-vous, continua Avalon, j'ai été très surpris d'apprendre qu'une jeune aristocrate fréquentait le monde de la nuit. Vous avez de curieuses occupations, Mlle Herrenstein.

— Comment est-ce que vous connaissez mon nom ?

— J'ai des oreilles dans les moindres recoins de la capitale. D'après vous, combien de temps m'a-t-il fallu pour découvrir l'identité de la seule jeune femme qui fut autorisée à siéger avec les membres du Conseil ? Mais là n'est pas la question. Il se trouve que j'entends beaucoup parler de vous. Et aujourd'hui, quel ne fut pas mon étonnement en vous voyant interrompre les exécutions au bras d'un héritier de la Ligue…

Plume relâcha sa prise sur l'épée. Avalon ne semblait pas hostile. Il s'exprimait d'une voix posée et ses manières lui faisaient penser à un aristocrate qui, pour servir une cause idéologique, aurait choisi le camp des hors-la-loi.

— Ces hommes allaient mourir, murmura-t-elle, j'ai fait ce qu'il fallait pour éviter le pire.

— Je ne vous blâme pas. D'ordinaire, je n'aime pas la Ligue mais, pour une fois, j'ai été content de la voir intervenir. Cela nous a évité, à mes amis et à moi-même, de mettre en œuvre un plan mal préparé qui aurait fini par se retourner contre nous. Ce qui m'intéresse plutôt, c'est la raison pour laquelle vous avez décidé d'agir. Pour tous ces gens présents sur la place, ce n'était qu'un divertissement…

— Il n'y a aucun plaisir à voir des innocents se faire torturer.

Plume choisit de passer sous silence son implication dans cette affaire. Les princes maudits en savaient déjà plus sur son compte qu'elle ne l'aurait souhaité.

— Que pensez-vous de la rébellion ? demanda Avalon.

Ce n'était pas une question piège. C'était une invitation à prouver sa haine du régime et son mépris pour ces règles, toujours plus nombreuses, qui ne faisaient qu'étouffer sa soif de liberté.

Plume médita longuement sa réponse avant de prononcer dans un souffle :

— La rébellion mérite que l'on meure pour elle.

— Je vois, fit Avalon. Est-ce que vous seriez prête à nous rejoindre ? À abandonner votre famille et l'aristocratie ? Ce serait vous mentir que de vous faire croire à un destin autre qu'une mort douloureuse ou des années passées à croupir dans une cellule. Vous seriez traitée comme une criminelle et votre nom serait traîné dans la boue. Vous le feriez pour la cause ?

Plume eut une légère hésitation. Était-ce cela la fameuse croisée des chemins ? Un oui ou un non qui marquerait son engagement à suivre Avalon ou, au contraire, sa volonté de rester simple spectatrice d'un monde en perdition.

— Oui, répondit-elle.

— Vous accepteriez de renoncer au luxe, de dormir à même le sol dans des endroits humides où les rats se glissent sous vos couvertures ? Vous vous engageriez dans une bataille où il vous faudrait affronter des soldats expérimentés ?

— Oui, répéta-t-elle.

— Vous êtes bien sûre d'avoir compris les conséquences d'une telle décision ?

La jeune fille acquiesça d'un signe de tête. Les risques faisaient partie de son quotidien depuis ce jour où elle était devenue Plume. Jusqu'à présent, elle avait cru que quelques dessins à la craie suffiraient à exprimer sa révolte. Avalon lui fournissait l'occasion de faire trembler les autorités, de montrer à cette poignée de privilégiés que leur pouvoir n'était qu'une illusion.

Mais, à sa plus grande surprise, Avalon éclata de rire. Est-ce que sa proposition n'était rien d'autre qu'une plaisanterie ? À moins qu'elle ne soit trop jeune pour qu'il la prenne au sérieux.

— Qu'y a-t-il de si drôle ? s'agaça Plume.

— Vous êtes décidément une personne extraordinaire, Mlle Herrenstein, déclara Avalon après avoir retrouvé son sérieux. Je vous rassure tout de suite, je ne vous demanderai jamais de vous battre ni même d'aller sur le terrain.

— Pourquoi ? Parce que je suis une femme ?

— Ouais, fit Pandore dans son coin, et moi, j'aimerais bien que la poupée en porcelaine me rende mon arme.

— Parce que vous vous feriez tuer en moins d'une minute, affirma Avalon.

— Eh bien, apprenez-moi à manier l'épée !

— Manquerait plus que ça, marmonna Pandore.

— Je ne suis pas devenu chef pour envoyer à la mort ceux qui sont sous mes ordres. Je ne laisserai pas une demoiselle se faire mettre en pièces, parce qu'elle s'imagine que lutter contre l'Oméga est un combat plein de noblesse. Vous ignorez à quel point la réalité est cruelle.

— Je ferai mes preuves !

— Très bien, commencez par vous asseoir et écoutez-moi attentivement.

Plume s'exécuta et prit place face à Avalon.

— Vous êtes un atout, pas une recrue à sacrifier. Si vous voulez servir la rébellion, j'ai une mission à vous confier qui est précisément dans vos cordes.

— Qu'est-ce que vous attendez de moi ? lança Plume en croisant les bras.

— Que vous épousiez Élias d'Aubrey.

— Quoi ?

— Le gars là-bas qui a crié que vous étiez sa fiancée, développa Pandore. Vous savez, le mariage, la bague au doigt, la promesse de passer sa vie l'un avec l'autre. Romantique, non ?

— Monseigneur d'Aubrey est mourant, expliqua Avalon. Dans peu de temps, son fils aîné sera appelé à lui succéder. Et quand ce jour sera venu, il serait bon pour la cause d'avoir un espion au sein de la Ligue écarlate.

— Vous me demandez d'espionner Élias ?

— Exactement. Devenez sa femme, arpentez pour nous les couloirs du palais et rapportez-nous chacun de ses agissements. C'est ainsi que vous prouverez votre valeur, en nous donnant les informations qui nous permettront de remporter la victoire.

— Je...

Plume se mordit la lèvre. Elle ne pensait pas que ses fiançailles puissent avoir une telle importance aux yeux d'Avalon. Comment serait-elle en mesure de refuser ? Quelques minutes plus tôt, elle était prête à devenir l'une des leurs, à se battre à leurs côtés sans imaginer que son rôle serait de dire oui à un héritier de la Ligue.

— Élias se méfiera de moi, murmura-t-elle. Il ne me laissera pas approcher de ses dossiers.

— Tout homme a une faiblesse. Trouvez-la et je suis sûr que jamais il ne vous suspectera d'être les oreilles de la rébellion. Vous êtes une très belle femme, jouez de vos charmes et M. d'Aubrey n'y restera pas indifférent.

Élias était incapable d'aimer. Comment pourrait-elle se glisser dans son intimité, alors qu'il n'éprouvait aucun sentiment ni pour elle ni pour personne d'autre d'ailleurs ? L'idée même qu'il s'agissait d'une trahison heurta à peine sa conscience. Après tout, il avait reconnu vouloir l'épouser pour manipuler la Ligue. Se servir d'Élias pour infiltrer le cœur du pouvoir n'était qu'un juste retour des choses.

— Prenez le temps de réfléchir, lui dit Avalon. Je ne vous forcerai jamais la main. Je ne veux pas que vous preniez une décision précipitée sur un coup de tête. Si vous fréquentez les hors-la-loi, tôt ou tard, vous serez amenée à en payer le prix… Est-ce que vous jouez souvent aux cartes, Mlle Herrenstein ?

— Non, pas vraiment, répondit Plume, perplexe.

D'un geste théâtral, Avalon tira un jeu de sa poche et commença lentement à battre les cartes.

— Pour que notre organisation perdure, il est vital que les membres ne se connaissent pas les uns les autres, continua-t-il. Nous ne sommes pas à l'abri d'éventuelles dénonciations ou que sous la torture, certaines langues se délient. C'est pourquoi votre nom ne doit pas être révélé. Est-ce qu'il vous plairait de devenir la dame de cœur ?

Avalon lui tendit une carte aux bords cornés, où une femme à la chevelure brune tenait une rose entre ses doigts.

— Ce sera un secret entre nous. Quand vous recevrez cette carte, vous saurez que cela vient de moi. Après mûre réflexion, si vous choisissez de renoncer à notre collaboration, écrivez « non » au verso et vous avez ma parole que l'on ne vous importunera plus.

Avalon ne ressemblait pas à l'homme que Plume avait imaginé. Elle l'avait cru déterminé et prêt à tous les sacrifices. Et pourtant, sous ses airs de chef, il se souciait d'elle non pas en tant qu'un pion à manœuvrer, mais comme une adolescente dont la vie était précieuse.

— Ce surnom, prononça Plume d'une voix hésitante, est-ce qu'il s'agit d'un nom de code comme celui du Faucon ?

— Est-ce que je dois en conclure que vous avez lu *L'Étincelle de la révolte* ?

— Oui. Cet homme est bien avec vous, n'est-ce pas ? Il affirme que l'Oméga assassine son peuple pour éviter que les pauvres ne provoquent un soulèvement. Comment a-t-il pu avoir de telles informations ?

— Je ne peux rien vous dire sur le Faucon, déclara Avalon. Si son identité était découverte, je perdrais l'un de mes meilleurs agents. Vous devrez être patiente, très chère, pour espérer le rencontrer. Par principe, il fait preuve d'une grande méfiance envers les étrangers…

— La petite princesse est plutôt bien renseignée, ajouta Pandore avec un sourire narquois. Qu'est-ce que vous savez d'autre ?

— Je sais que vous possédez la clef des souterrains et que les passages secrets vous ont permis de quitter la Grande Place sans craindre les soldats.

— Pas mal, commenta Pandore. Mais, comme l'affirme si bien mon frangin, on ne vous connaît pas assez pour répondre à vos questions.

— Je n'ai pas l'intention de vous trahir, je veux seulement…

Plume ne termina pas sa phrase. Un choc violent venait de faire trembler la porte. Presque aussitôt, une seconde secousse eut raison du panneau qui céda dans un terrible craquement. La lumière éblouit Plume. Sur le seuil, elle aperçut une silhouette victorieuse qui, bombant le torse, toisait les princes maudits de toute sa hauteur.

— Plume, viens avec moi ! lança une voix familière.

Une main se glissa alors dans la sienne. Plume sentait les callosités sur sa paume et en clignant des yeux, elle distingua le visage de Jack. Il avait l'air de très mauvaise humeur.

— Monsieur Thibault, je présume ? demanda Avalon qui ne paraissait pas s'offusquer de cette intrusion. Comme vous le voyez, Mlle Herrenstein ne souffre d'aucun mal. Nous sommes des gentilshommes…

— Ah ouais ? lâcha Jack. Alors, pourquoi elle tient une épée ?

— Parce qu'elle me l'a volée, grommela Pandore. Moi qui m'étais donné tant de mal pour la dérober à un imbécile de militaire.

— Je vais bien, assura Plume.

— Vous voulez vous joindre à notre charmante réunion ? proposa Avalon. Vous n'étiez pas invité, mais pourquoi pas.

— Non, je n'aime pas votre bande. Et je n'ai pas besoin d'entendre vos jolis discours pour savoir ce que vous manigancez… Voyons voir, vous lui avez demandé de s'enrôler dans votre équipe de justiciers ? C'est encore une gamine et je refuse qu'elle se fasse tuer dans un combat idéologique perdu d'avance. Maintenant, laissez-la tranquille…

— Je veux le faire, Jack, intervint Plume. Ce n'est pas ce que tu crois, ils ne me forcent pas à intégrer la rébellion…

— Oh, bien sûr que non ! Mais ils ne te connaissent pas aussi bien que moi. Tu deviens inconsciente des dangers dès qu'il s'agit de lutter contre l'Oméga ! Tu ne pourras pas continuer éternellement à bafouer les règles, ce n'est pas un jeu !

— Qu'est-ce qui ne va pas ? s'inquiéta Plume. Pourquoi est-ce que tu es aussi…

— Quoi ? Grognon ? Tu n'as qu'à demander à l'autre là-bas !

Un signe de tête en direction de la rue laissa supposer qu'Élias était responsable de son irritabilité. Quand Plume avait quitté le cercle des badauds, son fiancé contrôlait la situation. Qu'avait-il bien pu se passer durant son absence ? Élias n'aurait quand même pas profité qu'elle ait le dos tourné pour revenir sur son engagement ?

— M. d'Aubrey a bien interrompu les exécutions, n'est-ce pas ?

Jack répondit par un reniflement méprisant.

— Il a fait bien mieux que ça. Il vient de décapiter l'officier parce que sa réponse ne lui plaisait pas.

— Hein ? s'exclama Plume en oubliant toute distinction.

— Tu m'as très bien entendu. Ton cher fiancé vient de tuer un commandant et le pire, c'est qu'aucun soldat n'a protesté. Ils ont aussitôt obéi à ses ordres et en moins de deux, ils ont retiré le cadavre dégoulinant de sang de la place.

— Eh bien, dis donc ! siffla Pandore, admiratif. Dommage que je n'aie pas pu assister au spectacle. Pour une fois que ces idiots s'entretuent entre eux…

— Ton Élias n'a même pas répondu à une provocation, poursuivit Jack en ignorant Pandore. Il lui a coupé la tête, comme ça… presque sans raison. J'espère que tu vas trouver le moyen d'éviter le mariage avec ce dingue, car je n'ai jamais vu une telle violence. Ses yeux étaient aussi froids que de la glace, il aurait pu assassiner toute la garde sans même sourciller !

— En réalité, déclara Plume, je suis bien décidée à l'épouser.

— Parce qu'il est riche ?

— Non, parce que les princes maudits m'ont proposé de l'espionner pour leur compte.

Jack fusilla Pandore du regard.

— C'est précisément le genre de missions suicidaires que je redoutais. À présent, viens avec moi, il faut qu'on retourne là-bas avant que ta future moitié ne s'interroge sur ta disparition.

À contrecœur, Plume se laissa entraîner par Jack. Elle lâcha l'épée de Pandore et suivit son ami dans les ruelles malfamées de Seräen.

Chapitre 12

Le cousin Herrenstein

— Comment est-ce que tu as su que j'étais là ? lança Plume. Tu m'as suivie ?

— Pas vraiment, non, marmonna Jack. Je t'ai vue quitter la place avec ce gars débraillé. Le temps que j'arrive à m'extraire du groupe de badauds, tu avais disparu. Il m'a suffi d'interroger un gamin, un petit vieux et un mendiant pour retrouver ta trace. C'est assez rare de voir une demoiselle riche marcher dans les bas-fonds. Après, rien de plus facile. La milice a chassé une famille de leur maison, il y a trois jours. J'ai supposé que vous étiez à l'intérieur… Les princes maudits ne sont pas assez stupides pour te conduire dans leur repère, tu risquerais de les dénoncer. Alors, quel meilleur endroit où te chercher que ce logement inoccupé ?

— Merci, Jack.

— Pourquoi ? Je croyais que ces types étaient devenus tes meilleurs amis.

— Parce que tu t'inquiètes pour moi.

— N'importe quoi ! protesta Jack sans la moindre conviction. Je m'inquiète pour l'argent que je vais perdre si tu t'engages dans la rébellion.

— Tu sais très bien que c'est faux, soupira Plume.

— Si tu deviens l'une des leurs, tu ne pourras plus jamais revenir en arrière. Tu es trop jeune pour comprendre les enjeux.

— Alors, accompagne-moi.

— Je ne servirai pas la rébellion, je ne sers que mes intérêts. Et il n'est pas dans mon intérêt de voir mon nom s'afficher avec une récompense à la clef sur les murs de Seräen.

— Comme tu veux, murmura Plume.

Jack était un être buté, mais pas totalement dénué de conscience. Il rejoindrait les princes maudits le jour où l'Oméga s'en prendrait à la Cour des fous et à son commerce. Lorsqu'il n'aurait plus de clients pour réclamer ses services, Plume était certaine qu'il se mêlerait aux rebelles.

— Tu crois qu'Élias est encore sur la place ?

Elle ne pensait pas s'absenter aussi longtemps. Plume était venue au bras de son fiancé, comment réagirait-il en s'apercevant qu'elle n'était plus dans la foule ? La jeune fille devait absolument le tenir à l'écart du complot.

— Je ne sais pas, répondit Jack. Avec un peu de chance, peut-être qu'il est rentré chez lui sans se poser de questions.

— Pourvu qu'il ne soit pas en train de me chercher. J'ignore encore quel bobard je vais bien pouvoir lui raconter.

— *Je n'ai plus besoin de vous chercher, puisque je viens de vous trouver…*

Plume sursauta. Une silhouette venait de quitter l'ombre d'une ruelle adjacente. Sous les rayons du soleil, le rouge écarlate de sa cape étincelait comme jamais.

— Oh, M. d'Aubrey, bafouilla Plume, quelle surprise !

— Une bonne ou une mauvaise ?

— Euh… vous ne connaissez pas mon cousin, il me semble.

Elle donna une légère tape dans les côtes de Jack dans l'espoir qu'il se rappelle brusquement leurs liens de parenté.

— Jacquelin Herrenstein, enchanté ! grommela l'intéressé en tendant une main molle.

— Votre cousin ? répéta Élias avec un sourire en coin.

— Oui, il s'agit du fils du frère de mon père, qui est en voyage d'affaires à la capitale.

— Comme c'est amusant… Quelque chose me dit que si je parle de lui à M. Herrenstein, il m'assurera ne pas avoir de frère. Et surtout pas un neveu qui a passé sa vie dans les bas-fonds !

Avant que Jack ait eu le temps de réagir, Élias lui avait remonté la manche jusqu'au coude, révélant une série de chiffres tatoués sur la peau – un numéro d'identification que les autorités imposaient dès le plus jeune âge à ceux qui naissaient du côté des quartiers malfamés. Le premier réflexe de Jack fut de brandir son épée, mais Élias n'eut pas l'air intéressé par la promesse d'un combat.

— Je n'ai pas envie de tacher la robe de Mlle Herrenstein. Une autre fois, si cela ne vous dérange pas.

— Qu'est-ce que vous allez lui faire ? cracha Jack en désignant Plume du menton.

— Vous êtes son chevalier servant ? D'un autre côté, cela ne m'étonne pas. Vous avez tout l'air d'un amoureux transi, prêt à venir à son secours au moindre battement de cils langoureux… Je vous rassure tout de suite, ajouta Élias, je n'ai pas l'intention de lever la main sur elle. Donc, on peut très bien se passer de votre aimable présence. Je suis persuadé que Mlle Herrenstein a eu le temps de m'inventer un… comment déjà ? Ah oui, un bobard que j'écouterai béatement sans en relever les nombreuses incohérences.

— Ce que je fais ne vous regarde pas, lâcha Plume.

— Une réponse moins diplomate que celle que j'attendais. Vous avez toujours l'art de me surprendre, très chère. Maintenant, vous allez me dire où vous étiez.

— J'étais avec mon cousin.

— Et qu'est-ce que vous faisiez ?

— On comparait nos garde-robes. J'ai été très surprise d'apprendre qu'il avait plus de chaussures que moi. Inimaginable, non ?

Élias ne parut pas apprécier la plaisanterie. Il s'apprêtait à répliquer lorsque Jack choisit de présenter un mensonge beaucoup plus élaboré.

— Elle avait besoin de me parler, prétendit-il.

— Vous parler de quoi ?

— Je suis le genre d'homme qui fournit des renseignements contre rémunération, déclara Jack. Mlle Herrenstein voulait connaître le moyen de quitter Seräen et de fuir un mariage qui lui déplaît au plus haut point. Mais, comme je viens de lui expliquer, il est impossible de franchir les remparts sans se faire repérer par la garde. Des questions ?

Plume n'était pas sûre de comprendre la stratégie de Jack. Pourquoi rapportait-il à Élias la discussion qu'ils avaient eue le soir où elle avait pleuré dans ses bras ?

— Est-ce que c'est vrai ? demanda Élias en se tournant vers Plume.

La jeune fille acquiesça d'un signe de tête.

— Très bien, conclut Élias. Restez donc avec votre cousin, il me peinerait de vous imposer ma présence plus longtemps.

Et sans un mot de plus, il s'éloigna en direction de la place, sa cape ondulant dans son sillage. Plume et Jack s'échangèrent un regard interloqué.

— Ce type est vraiment bizarre, commenta le courtier. J'ai cru qu'il allait me décapiter comme l'autre gars sur la place.

— Pourquoi est-ce que tu lui as dit ça ?

— Parce qu'il lui fallait une réponse. C'était toujours mieux que de lui confesser ta rencontre avec les princes maudits. Finalement, je trouve qu'il ne l'a pas trop mal pris.

Plume se méfiait. Son fiancé n'était pas du genre à abandonner aussi facilement la partie. Il était forcément en train de manigancer quelque chose. Mais quoi ? Tant que Plume n'était pas sa femme, il n'avait pas le pouvoir de lui interdire quoi que ce soit. Ni de se déplacer à sa guise ni de fréquenter Jack. Sauf s'il parvenait à l'éliminer discrètement…

— Je dois y aller ! s'exclama-t-elle.

— Ne me dis pas que tu vas lui courir après !

Plume ne lui répondit pas. Elle s'élança dans la ruelle, relevant ses jupons sans se soucier d'offrir ses pantalons en spectacle. Ses pieds souffraient alors que ses talons se coinçaient dans les irrégularités du sol pavé. Élias n'avait qu'une courte avance et pourtant, malgré ses efforts, elle ne parvenait pas à le rattraper. De quel côté avait-il bien pu disparaître ? Il lui fallut de longues minutes pour le retrouver, adossé contre un mur et occupé à examiner les traces de sang qui parsemaient la lame de son épée. Il ne releva pas la tête à son approche.

— M. d'Aubrey ? prononça Plume en essayant d'oublier son teint fuchsia.

— Oui, qu'y a-t-il ?

— Je voulais vous dire que j'étais désolée.

— Je ne vais pas tuer ce Jacquelin Herrenstein, si c'est pour cela que vous êtes venue. J'ai mieux à faire de mon temps que d'occire cet imbécile. Et au risque de briser vos dernières illusions, vous n'avez aucune chance de quitter la capitale.

— J'ai renoncé à ce projet.

— Je suis un homme de parole, marmonna Élias. Si l'idée de m'épouser vous dégoûte à ce point, vous n'avez qu'à me dire non au lieu de vous lancer dans des plans farfelus qui ne peuvent qu'échouer.

— Je ne vous aime pas, murmura Plume, mais je vous épouserai quand même. Vous savez très bien que je n'ai pas le droit de refuser. J'accomplirai mes devoirs, même si cela ne m'enchante pas. De toute façon, ma famille serait déshonorée si j'osais vous claquer la porte au nez.

— Parfait, alors rien n'a changé entre nous. Ne serait-il pas mieux que nous soyons alliés plutôt que des ennemis constamment à couteaux tirés ? Je ne vous ai pas menti, Éléonore, j'ai besoin de vous pour accroître mon pouvoir au sein de la Ligue. Et je suis sûr que vous tireriez avantage d'un mari capable de mobiliser sa garde personnelle pour sauver quelques miséreux.

— Pourquoi est-ce que vous avez décapité le commandant ? Il avait reconnu avoir déchiré ma robe. Vous n'étiez pas obligé…

— Bien sûr que si ! N'essayez pas de me faire croire que vous en ignorez la raison. Quand vous êtes venue me chercher, vous saviez pertinemment que cette histoire se terminerait dans le sang. J'étais forcé de tuer cet homme si je voulais imposer mon autorité. Vous pensez vraiment que les autres soldats m'auraient obéi sans la menace de finir comme leur supérieur ? Cela faisait partie du prix à payer pour que les prisonniers ne soient pas exécutés.

Plume songea qu'Élias avait raison. Qu'inconsciemment, elle avait toujours su que si la mort devait frapper, il valait mieux que les militaires soient sacrifiés plutôt que les innocents condamnés par sa faute.

— Vous avez tué beaucoup de personnes ? demanda Plume avec un sentiment d'appréhension.

— Il y a un moment où on arrête de compter. Je ne l'ai pas encore atteint, si cela peut vous rassurer.

⋰⋱•⋰⋱

Pandore se laissa tomber sur une chaise. Il était fatigué par sa longue course à travers la ville, par sa conversation épuisante avec Nector – persuadé que faire sauter la place serait la solution du problème – et surtout par cette fille qui lui avait volé son épée.

— Est-ce que Toby va mieux ? s'enquit-il.

— Il dort depuis plusieurs heures, répondit Édelmard en essuyant les verres de ses bésicles. Je lui ai préparé un remède à base de plantes dans l'espoir que cela apaise ses cauchemars. Mais je crains que le Toby que nous connaissons ne revienne jamais.

— Qu'est-ce qui a bien pu se passer dans ces souterrains ? soupira Pandore. Et le petit, il n'a toujours rien dit ? Enfin, hocher la tête dans un sens ou dans l'autre, ce qui serait déjà un progrès.

Pipo était assis sur les genoux d'Édelmard et contemplait les illustrations d'un livre prohibé.

— Non. Mais j'ai beaucoup réfléchi, déclara l'érudit, et j'ai peut-être une explication.

— Ah oui, laquelle ?

— *La magie.*

— Quoi ? lança Pandore, persuadé d'avoir mal entendu.

— La magie, mon petit, répéta Édelmard avec un sourire las.

— Et qu'est-ce que les tours de passe-passe viennent faire dans cette histoire ?

— Ce n'est pas une simple invention humaine destinée à expliquer l'inexplicable. Il y a quelques décennies, la magie existait encore. Une force supérieure qui vivait en chaque être et qui réalisait de véritables prodiges. On la disait capable de réunir deux âmes sœurs séparées par un océan en colère ou encore de permettre à quelques privilégiés de voyager à travers le temps.

Pandore s'autorisa un haussement d'épaules sceptique.

— Et alors ? lâcha-t-il.

— Aujourd'hui, il ne reste plus que des fragments de cette puissance passée. Elle s'est éteinte quand les dogmes du régime ont remplacé les croyances populaires. Chaque miracle apparaît désormais comme une simple coïncidence. Il n'y a plus personne pour espérer et croire en la magie.

— Peut-être parce qu'elle émanait de l'imaginaire collectif, avança Pandore. Tu sais, quand je marche dans la rue et que je manque de me faire écraser par un fiacre, je me félicite d'abord pour mes excellents réflexes avant de remercier ma bonne étoile.

— Les choses ne sont pas aussi simples, poursuivit Édelmard. Vous refusez d'admettre son existence, mais la magie blanche n'est malheureusement pas la seule à influer sur nos vies.

— Qu'est-ce que tu veux dire ?

— Chaque entité a sa part d'ombre et de lumière. Et la magie noire est le mal qui se glisse dans les ténèbres de la nuit. Elle a enfanté des créatures démoniaques que nos ancêtres avaient combattues durement avant de supposer qu'elles étaient mortes. Mais je pense qu'elles ont survécu. Elles sont restées tapies en attendant le jour où elles ressortiraient des profondeurs de l'oubli.

— Genre l'espèce de loup aux longues dents que le couturier promène partout avec lui ?

— Non, pas un manaestebal. Je vous parle du mal incarné, de monstruosités qui répandent la mort sur leur passage.

— Et ta version des événements est que Toby s'est fait attaquer par l'une de ces bestioles ?

— La rumeur prétendait qu'elles avaient le pouvoir de se faufiler dans l'esprit de leurs victimes pour les torturer de l'intérieur.

— Bien sûr, ironisa Pandore, pourquoi n'y avons-nous pas songé plus tôt ?

— Je suis très sérieux. Ces créatures ont disparu de la surface d'Orme, mais les souterrains sont restés inviolés pendant des décennies. Elles auraient très bien pu y trouver refuge jusqu'à ce que notre présence provoque leur réveil.

— Absurde, grommela Pandore, je préfère croire que Toby a été pris d'une crise de remords et que…

Le jeune homme s'interrompit. Pipo venait de quitter les bras d'Édelmard et à sa plus grande surprise, plongea son regard dans le sien avant de hocher vivement la tête.

— Ça alors, s'exclama Pandore, tous mes efforts n'ont pas été vains ! Qu'est-ce que tu veux dire, mon grand ? Oui à quoi ?

En guise de réponse, Pipo désigna Édelmard du doigt.

⁂

Élias avait retrouvé son bureau et sa position préférée : penché en arrière sur sa chaise et les pieds sur la table. Il espérait profiter du silence pour s'accorder une sieste bien méritée, mais un bruit de pas dans le couloir lui annonça l'arrivée imminente d'un perturbateur. Pourquoi est-ce que ces imbéciles ne pouvaient pas se débrouiller sans lui ? Depuis qu'il s'était installé à Seräen, il ne parvenait pas à avoir la paix plus de quelques heures d'affilée. La porte s'ouvrit sur son valet, accompagné d'un individu dont les chaussures pleines de boue répandaient des salissures sur le tapis. C'était encore ce soi-disant cousin Herrenstein…

« Non, mais quelle audace ! » songea Élias. Le toupet dont faisait preuve ce parasite l'agaçait au plus haut point. Sans penser une seule seconde que son hôte pourrait l'éliminer, Jack pénétra dans la pièce d'un pas nonchalant et se laissa tomber dans un fauteuil à accoudoirs.

— Si c'est Mlle Herrenstein qui vous envoie, lança Élias, je n'ai aucune envie de passer par un intermédiaire.

— Dans ce cas, vous allez être déçu parce que je suis venu de mon propre chef.

— Et que me vaut le déplaisir de votre visite ?

— Une chose très simple. Je ne veux pas que vous épousiez Plume.

Élias ricana. Décidément, l'autre ne manquait pas d'air !

— Sauf preuve du contraire, vous n'êtes pas son cousin et même si c'était le cas, je n'aurais pas besoin de votre consentement. Vous n'êtes qu'un voleur des bas-fonds qui gravite autour de ma fiancée.

— Est-ce que vous savez que votre fiancée a passé un temps considérable à sangloter dans mes bras ?

— C'est ce que font les filles, non ? À la différence près que Mlle Herrenstein utilise ses larmes pour manipuler les hommes naïfs, si dociles pour lui tendre un mouchoir ou lui proposer une épaule réconfortante.

— Vous ne méritez pas Plume, affirma Jack. Vous allez la rendre malheureuse et je refuse de la laisser devenir votre femme, même si elle pense que son devoir est d'accepter.

— Mais de quoi je me mêle ?

— Il y a des années, Plume m'a payé dix merles pour que je la protège. Je me suis engagé à le faire et vous savez quoi ? J'honore toujours mes contrats… Je continuerai de veiller sur elle, quoi qu'il arrive.

— Dix merles, ce n'est pas cher payé, commenta Élias. À votre place, j'aurais augmenté mes tarifs… Pour revenir à notre problème, je n'ai pas l'intention de céder. Déjà, parce que vous ne m'impressionnez pas et ensuite parce que votre discours de preux chevalier ne m'inspire que de l'amusement. Vous avez su trouver ma porte, ajouta-t-il, eh bien, je vous invite à effectuer le chemin dans l'autre sens.

Avec la même expression qu'un homme assailli par le travail, Élias ferma les yeux pour reprendre sa sieste où il l'avait laissée.

— Pourquoi est-ce que vous voulez l'épouser ? marmonna Jack.

— Parce que m'unir avec une demoiselle sans nom ni fortune m'apparaît comme un excellent investissement pour l'avenir. Avec elle, je vais conquérir la Ligue et personne ne pourra m'en empêcher. Cela vous convient comme réponse ? De toute façon, le stratège que je suis n'a pas pour habitude de révéler ses plans à des intrus qui envahissent son bureau.

— Est-ce que vous l'aimez ?

— Bien sûr que non. Pourquoi voulez-vous que je me soucie de Mlle Herrenstein autrement que comme un raccourci vers le pouvoir ? Je ressemble à un être sentimental, tombé sous le charme d'une femme seulement parce qu'elle est jeune et jolie ?

Jack se mordit la lèvre.

— Je vous propose un pacte… Annulez vos fiançailles et je vous offre mes services en échange.

— Vos services ? répéta Élias en ouvrant les yeux. Et pourquoi aurais-je besoin de vos services ? J'ai déjà Harckof, un gentil garçon qui se charge de la sale besogne sans discuter. Alors, quel intérêt aurais-je à vous recruter ?

— Ce Harckof est un tueur, je présume. Moi, je suis bien plus que cela : je suis courtier. Je sais ce qui se passe dans les moindres recoins de la capitale. Vous n'avez pas envie d'avoir un allié pour vous informer des manœuvres de vos ennemis ? Si j'espionne pour votre compte, vous aurez toujours un coup d'avance…

— Vous savez vous vendre, coupa Élias, mais non merci. Pourquoi je me fierais à vous ? Vous n'obéiriez jamais à mes ordres sans l'arrière-pensée de me trahir à la première occasion.

— Je ne vous trahirai pas, déclara Jack. Je serai la droiture incarnée si seulement vous me promettez de renoncer à Plume.

Élias lui lança un coup d'œil perplexe. Dans le regard de Jack ne brillait aucune lueur de malice. Il avait l'air étonnamment sincère. Les mains dans les poches, il était venu abattre la seule carte en sa possession.

— Vous tenez à elle à ce point ? s'étonna Élias. Vous seriez prêt à vous sacrifier pour elle ?

— Oui, patron.

— Je ne suis pas votre patron. Au risque de me répéter, j'ai déjà Harckof.

— Très bien, je me doutais que la partie ne serait pas aisée, alors laissez-moi vous convaincre. Il se trouve que j'ai sur moi le meilleur des arguments. Quand vous en aurez pris connaissance, vous n'aurez plus envie de vous passer de mes services.

D'un geste solennel, Jack extirpa de sa veste une feuille pliée en quatre. Élias leva un sourcil sceptique et sans le lire, déchira aussitôt le papier en plusieurs morceaux.

— Je me moque des informations que vous avez pu piocher ici ou là, lâcha-t-il. Qu'importe vos talents, Mlle Herrenstein deviendra ma femme que cela vous plaise ou non.

Le courtier serra les poings.

— Quelqu'un s'apprête à vous tendre un piège, siffla-t-il entre ses dents, et quand vous vous en apercevrez, il sera trop tard. Vous regretterez de ne pas avoir accepté mon offre.

— Mais bien sûr, ironisa Élias. Avant que vous partiez, une dernière chose : que représente Éléonore pour vous ?

— Une amie.

— Une amie ou la femme qui aurait fini par vous ouvrir son cœur ?

— Qu'est-ce que ça peut vous faire ?

— Dans le fond, je me fiche éperdument que vous soyez l'un de ses prétendants, soupira Élias. Puisqu'une fois qu'elle aura la bague au doigt, vous ne la reverrez plus jamais.

— Vous ne réussirez pas à l'enfermer ! rétorqua Jack. Essayez un peu et votre volonté se brisera sur une obstination plus forte que la vôtre. Plume vit pour être sur les toits. Si vous la privez de sa bouffée de liberté, elle deviendra la pire de vos ennemis.

— Comme si j'avais peur d'elle... Vous voyez ce rectangle marron avec des charnières ? Cela s'appelle une porte, je vous serais reconnaissant de l'emprunter.

Étouffant un juron, Jack s'apprêtait à quitter la pièce lorsqu'il fit brusquement volte-face et se planta devant Élias.

— Je vous interdis de lui faire du mal, vous m'entendez ?

— Je ne suis pas sourd.

— Si vous vous avisez de la toucher, je vous préviens que…

— La toucher, vous voulez dire le devoir conjugal ? Bizarrement, je vois mal pourquoi je m'en priverais… À votre tour de m'écouter, cousin Herrenstein. Si vous vous intéressez vraiment à Éléonore, dites-lui d'arrêter de narguer l'Oméga. La milice finira par la capturer et ni vous ni moi ne pourrons rien faire pour l'aider… Et pour répondre à l'interrogation muette qu'exprime si bien votre mine confuse, la santé d'Éléonore m'est complètement indifférente. J'ai seulement besoin qu'elle reste en vie jusqu'au mariage.

— J'ai proposé à Plume de vous tuer, mais elle a refusé, grommela Jack. Et maintenant que je vous ai en face de moi, j'ai très envie de passer outre son veto.

— Mais je vous en prie, s'exclama Élias en bondissant sur ses pieds, la salle d'escrime est au bout du couloir ! Vous préférez que je vous blesse au bras, à la jambe ou que je coupe cette horrible chose que vous nommez un catogan ?

Jack ne répondit pas. Sa grande spécialité était l'attaque surprise et s'il fuyait les combats à la loyale, c'était précisément parce qu'il se battait de façon déloyale.

— On se reverra, conclut-il. Mais si je surprends Plume à pleurer encore une seule fois à cause de vous, je vous ouvre en deux.

※※※

— C'est ce qu'il y a de mieux pour lui, assura le Faucon.

Avalon resta silencieux. En réalité, il n'était pas sûr d'avoir fait le bon choix. Depuis un an, cette question trottait dans sa tête et il n'avait cessé de la reporter au lendemain. Non, il ne pouvait pas garder Pipo avec lui. Les souterrains, sombres et humides, n'étaient pas un endroit pour élever un enfant. Et pourtant, il avait espéré que loin de la cruauté du monde, le petit garçon retrouverait l'usage de la parole. Mais sa guérison semblait de plus en plus incertaine. Pipo avait passé les dernières heures, blotti dans ses bras à tressaillir au moindre bruit. Les récents événements n'avaient fait que le renfermer davantage.

— Tu connais personnellement ces gens ? marmonna Avalon.

— Pas vraiment, non, mais tu n'as pas à t'en faire. J'ai été mis en contact par une personne de confiance, qui a mené sa petite enquête sur leur situation financière. C'est un couple de bourgeois qui a fait fortune dans la vente de coton. Ils ont perdu leur fille l'année dernière. Adopter Pipo les aiderait à faire leur deuil.

— Tu leur as précisé qu'il ne parle pas ?

— Je leur ai dit que l'enfant était traumatisé par la mort de sa famille. Ne t'inquiète pas, Avalon, ils sauront s'occuper de lui. Ils ont déjà engagé une nourrice pour prendre soin du petit.

Avalon fit la grimace. Il n'aimait pas la pensée de laisser Pipo à des étrangers. Et surtout pas à des riches persuadés que faire appel à une gouvernante suffisait à faire d'eux de bons parents.

— Tu verras, il s'habituera très bien à cette nouvelle vie, ajouta le Faucon. Les Beauchamp ont une superbe demeure et Pipo aura une chambre rien que pour lui. Il ne sera pas malheureux… Mince, le thé va refroidir. Je suppose que tu n'en veux pas ?

L'horloge annonçait vingt-trois heures et bien qu'il fût tard, le Faucon continuait d'avaler des quantités impressionnantes de ce breuvage. Avalon s'était glissé chez lui par la fenêtre de derrière : personne n'avait croisé son chemin lorsqu'il avait parcouru les longs couloirs plongés dans l'obscurité. Comme il l'avait supposé, le Faucon était encore dans son bureau. Son visage n'avait exprimé aucune surprise en découvrant Avalon et le petit garçon qu'il portait sur son dos. Pipo s'était endormi un peu après qu'ils eurent quitté les bas-fonds. Pour lui, il s'agissait d'une simple promenade. La promesse de ne pas rester seul dans un lit froid à guetter le retour d'Avalon.

— Non, merci, je n'ai pas soif.

En hôte distingué, le Faucon ne manquait jamais de lui proposer une tasse de thé. Quand il franchissait le seuil de sa porte, Avalon avait ce sentiment étrange de ne plus être un hors-la-loi, mais plutôt un invité de marque. Or, se comporter comme l'un de ces hommes mondains lui semblait légèrement irréel.

— Les choses sont simples, annonça le Faucon. Pipo passe la nuit ici et demain matin, à l'aube, je le conduis chez les Beauchamp. Il n'y aura pas de complication.

— Et si c'était toi qui gardais Pipo ?

— J'aimerais bien, mais c'est impossible. Les voisins se mettraient à jaser, comment pourrais-je leur expliquer sa présence chez moi ? J'ai un statut à préserver et une histoire d'enfant illégitime pourrait m'exclure de la haute société.

— Je sais bien, désolé…

— Il faut éloigner Pipo de la rébellion si tu ne veux pas qu'il en paye le prix. Toi et moi, nous savons où ce combat finira par nous mener. Nous avons accepté les risques depuis bien longtemps. Mais, dans l'hypothèse même où je réussirais à présenter Pipo comme un lointain neveu, cela ne ferait que déplacer le problème. La seule façon de lui sauver la vie, c'est de le laisser grandir loin d'ici…

— Une fois qu'il sera chez les Beauchamp, je ne pourrai plus jamais le revoir, marmonna Avalon.

— Tu n'es pas son père, lui fit remarquer son ami d'une voix douce. En le recueillant, tu as toujours su que tôt ou tard, tu devrais lui dire au revoir. On ne peut pas s'occuper d'un enfant quand la menace d'une exécution pèse sur sa tête. Si tu l'aimes vraiment, laisse-le partir. Pipo n'a que quatre ans, il finira par t'oublier.

— Tu as sans doute raison.

— Les Beauchamp sont des gens bien, tu ne regretteras pas ta décision… Est-ce que tu lui en as parlé ? demanda le Faucon en désignant Pipo du menton.

L'enfant dormait dans un large fauteuil, la cape d'Avalon posée sur ses épaules.

— Non, je n'en ai pas eu le courage. Mais il faut que je lui fasse mes adieux. Je ne veux pas qu'il se sente abandonné si je ne suis pas près de lui à son réveil…

Lentement, il s'approcha de Pipo et lui effleura la joue. Le petit garçon ouvrit les yeux et cilla en apercevant le Faucon. Son premier réflexe fut de s'agripper au bras d'Avalon et de serrer contre lui sa peluche et sa couverture effilochée.

— Regarde, c'est le Faucon… C'est lui qui t'a offert ton lapin, tu te souviens ?

Pipo parut se détendre. La première fois qu'il avait vu le Faucon, sa haute taille l'avait impressionné. Mais il s'était peu à peu habitué à cet étrange oiseau qui lui apportait toujours du chocolat ou des bonbons acidulés.

— J'ai une chose importante à te dire. Je vais te demander d'être très courageux…

Pipo bâilla. Être courageux, c'était marcher dans le noir sans avoir une grande personne pour lui tenir la main. En cet instant, il avait sommeil et l'idée de trottiner dans l'obscurité n'avait rien d'enthousiasmant.

— Je t'ai dit un jour que j'étais un voleur. Tu sais ce que cela signifie ?

Oui, Pipo le savait… Voler, c'était ce que faisait Pandore quand il chipait de la nourriture dans l'assiette d'un propriétaire négligent.

— Je ne peux pas te garder avec moi, continua Avalon. Tu pourrais être blessé et je ne supporterais pas que tu souffres par ma faute. Le Faucon connaît une famille, ces gens vont veiller sur toi bien mieux que je ne saurais le faire. Tu auras des parents qui t'aimeront de tout leur cœur. Avec eux, tu ne seras plus obligé de vivre dans les souterrains. Cela te plairait, n'est-ce pas ? Une jolie chambre avec un grand lit et d'autres enfants pour jouer avec toi ?

Pipo n'avait pas besoin d'un nouveau papa et d'une nouvelle maman, puisqu'il avait Avalon. Il ne comprenait pas ce que l'autre essayait de lui dire. Et puis, il y avait quelque chose dans son ton qui le mettait mal à l'aise. Pourquoi est-ce qu'ils ne rentraient pas à la maison ? Ce n'était pas vraiment une maison avec un toit et des fenêtres, c'étaient des galeries loin des rayons du soleil mais, là-bas, il se sentait en sécurité. L'autre jour, c'était vrai, il avait pleuré très fort quand Toby et lui avaient été attaqués. Mais Avalon l'avait retrouvé et tant qu'il serait avec lui, aucun homme en uniforme gris ou de méchantes voix n'oseraient lui faire du mal.

— Demain, tu iras dans ta nouvelle famille. Tu veux bien, mon grand ?

C'est alors qu'une idée horrible se glissa dans les pensées de Pipo. Est-ce qu'Avalon ne viendrait pas avec lui ? C'était idiot, il le savait, Avalon avait toujours dit qu'il le protégerait. Il n'allait pas le laisser là… Comme pour chasser ce doute, l'enfant pointa son doigt vers lui.

— Je ne peux pas rester avec toi, lui répondit Avalon. C'est beaucoup trop dangereux…

Il ne devait pas fléchir, il lui fallait être ferme s'il voulait que Pipo l'accepte. Aucune larme ne trahirait la peine que représentait pour lui une telle séparation. Doucement, il se pencha vers le petit garçon et lui déposa un baiser sur le front.

— Je t'aime, Pipo, murmura-t-il. Je te souhaite d'être heureux…

Il refusait que les adieux s'éternisent. Le Faucon prendrait certainement le relais, il serait là pour rassurer l'enfant. Alors, d'un geste déterminé, Avalon se dirigea vers la porte. C'était pour son bien. Lorsque Pipo serait plus grand, il réaliserait que lui ne cherchait que son bonheur. En cet instant, son acte ressemblait pourtant à une trahison. Après tant de nuits passées à chasser ses cauchemars, comment pouvait-il l'abandonner ?

« Je suis désolé, songea Avalon. Pardonne-moi… »

Il s'apprêtait à franchir le seuil de la porte quand une voix le fit brusquement se retourner. C'était à peine un chuchotement, presque un souffle.

Un seul mot, mais dans ces trois syllabes reposait plus qu'un espoir. *Avalon...*

— C'est le petit qui vient de... ? interrogea le Faucon qui peinait à y croire.

Pipo l'avait appelé. Il n'avait pas parlé depuis un an et dans sa bouche, son nom sonnait comme un cri de détresse. Avalon n'hésita pas. Il revint sur ses pas et souleva Pipo dans ses bras. Sa tête contre son cou, il le serra fort contre lui.

— J'allais commettre la plus grosse erreur de ma vie, lança-t-il au Faucon. J'ai fait une promesse et je vais la tenir... Dis aux Beauchamp qu'ils n'auront pas Pipo. C'est moi qui suis sa famille !

Chapitre 13

L'enveloppe écarlate

Plume caressait du doigt son médaillon, le laissant glisser sur sa longue chaîne argentée d'un geste machinal. La veille, elle n'avait pu honorer l'invitation de Charlotte à boire le thé. Assise à son bureau, elle tentait de griffonner un message d'excuse à son intention, mais manquait d'inspiration. Évoquer les exécutions n'aurait aucun intérêt et ne ferait que persuader son amie qu'elle avait préféré un autre divertissement à sa compagnie. Alors qu'elle suçait l'extrémité de sa plume à la recherche d'un mensonge acceptable, des coups contre la porte l'interrompirent dans son exercice.

— Oui, qu'y a-t-il ?
— M. d'Aubrey, mademoiselle, annonça sa femme de chambre. Il demande à vous voir.

La bouche de Plume se tordit en une grimace. Le souvenir d'un pacte passé la veille lui revint lentement en mémoire. À l'image d'un créancier, Élias était probablement venu exiger d'elle le paiement de ses services. Il avait impliqué la Ligue pour sauver des innocents, quelle faveur pouvait-il bien attendre d'elle ?

— Vous voulez dire qu'il est là ? marmonna Plume.
— Oui, mademoiselle. Je l'ai prié de patienter dans le petit salon.
— Je croyais que Mère ne voulait laisser entrer personne tant que le lustre n'aurait pas été remplacé.

De toute façon, un tel détail n'aurait jamais arrêté Élias. Plume l'imaginait aisément écarter le valet et pénétrer dans la demeure d'un pas conquérant.

— Très bien, soupira-t-elle. Je vais le recevoir.
— À l'annonce de vos fiançailles, votre mère m'a demandé de vous servir de chaperon, mademoiselle. Elle estime qu'il ne serait pas convenable que vous vous retrouviez seule en la compagnie de M. d'Aubrey.

Un chaperon ! Une précaution bien inutile… Depuis le premier jour, la relation qu'elle entretenait avec cet homme avait été tout sauf conforme au protocole. Si l'inventeur de ces règles absurdes avait été témoin de leurs entrevues, il se serait retourné plusieurs fois dans sa tombe.

— S'il vous plaît, dites à ma mère que vous étiez présente.

Qu'importait la raison de sa venue, Élias ne s'était sans doute pas déplacé pour débattre avec elle des conditions météorologiques. Connaissant les occupations nocturnes de sa maîtresse, Madge n'insista pas et lui adressa un sourire entendu. Elle avait toujours gardé ses secrets et continuerait de fermer les yeux.

Faisant un effort sur elle-même, Plume traversa le couloir jusqu'au petit salon. Elle n'avait aucune envie de voir Élias. Pourquoi avait-elle eu la faiblesse de lui dire « Je ferai tout ce que vous voudrez » ? C'était bien le genre de déclaration qui la forcerait à céder à n'importe lequel de ses caprices. Bizarrement, elle n'éprouvait pour lui aucun sentiment de gratitude. Élias n'agissait pas par bonté d'âme, il avait risqué sa place au sein de la Ligue mais, pour compenser cette mansuétude, il venait à présent lui imposer une contrepartie.

Lorsque Plume ouvrit la porte, la silhouette de son fiancé se découpait devant la fenêtre. Il semblait absorbé par le spectacle de la rue et la jeune fille hésita avant de s'éclaircir la gorge.

— Que puis-je faire pour vous ? lança-t-elle sans dissimuler son intention d'en faire le moins possible.

Élias se retourna et Plume fronça les sourcils sous l'effet d'une profonde perplexité. Deux choses étaient franchement curieuses : tout d'abord, l'énorme bouquet de fleurs qui laissait à peine apparaître le menton d'Élias, mais surtout le large sourire qui étirait ses lèvres. Qu'avait-il bien pu inventer ? S'il espérait la séduire, il lui faudrait trouver mieux qu'un bouquet et des dents blanches à exhiber.

— Vous ai-je déjà dit à quel point je vous trouvais ravissante ? s'exclama Élias en s'avançant vers elle.

Il mima une révérence et de mauvaise grâce, Plume accepta son bouquet. Elle s'empressa de le poser sur un guéridon en se promettant intérieurement de le laisser se dessécher.

— Pourquoi est-ce que vous êtes venu ? maugréa-t-elle.

— Parce que vous me manquiez.

Plume lui jeta un regard soupçonneux. Ou Élias cherchait à se distraire ou un nouveau plan nécessitait qu'il manipule ses sentiments. Dans tous les cas, il avait l'intention de se jouer d'elle. Plume avait au moins une certitude : le jour où elle craquerait pour son joli sourire n'était pas près d'arriver.

— Une promenade en calèche, rien que vous et moi, cela vous tente ?

La perspective de se retrouver seule en sa compagnie ne l'enchantait guère. Pourquoi aurait-elle envie de l'accompagner ? Dans un an, elle serait sa femme et d'ici là, son seul but était de retarder cet instant fatal où elle serait obligée de cohabiter avec lui.

— Non, j'ai déjà des choses de prévues.

— Oh, vraiment ? Comme quoi, par exemple ?

— Le programme de ma journée ne vous regarde pas.

— Pourquoi est-ce que vous faites autant d'efforts pour vous montrer désagréable ?

Plume estimait que ses efforts étaient proportionnels à ceux que déployait Élias pour tenter de la charmer. Elle ne faisait que maintenir l'équilibre afin de respecter ce sentiment d'hostilité qui caractérisait chacune de leurs rencontres.

— En réalité, je vous ai menti, reprit Élias, ce n'est pas pour vous proposer une promenade que je suis venu vous voir.

— Alors, qu'est-ce que vous voulez ?

— *J'espérais un baiser*, murmura-t-il en faisant un pas dans sa direction.

Plume recula. Elle se plaqua contre le mur, mais Élias se rapprochait lentement d'elle. Bientôt, elle distingua les moindres détails de son visage : son nez aquilin, ses traits durs et ses prunelles sombres qui évoquaient l'image d'un rapace pourchassant sa proie. Il était beaucoup trop près. Plume détourna la tête alors que les lèvres de son fiancé frôlaient sa joue.

— Mon père est dans la pièce d'à côté. Il peut arriver d'un instant à l'autre.

Cet argument ne parut pas convaincre Élias. Plume sentait son souffle contre sa peau et ses doigts effleurer son cou.

— Ne vous inquiétez pas, on l'entendra traverser le couloir…

Plume n'était pas décidée à se laisser faire. Puisque la douceur ne portait pas ses fruits, elle allait employer les menaces.

— Reculez immédiatement ou je hurle ! lança-t-elle.

— Je vous demande pardon ?

— Vous m'avez très bien entendue ! Je vous interdis de me toucher…

Élias eut l'air décontenancé. Il la fixait avec une expression étrange comme s'il soupçonnait son refus de n'être rien d'autre qu'une plaisanterie.

— Je ne suis pas sûr de bien comprendre, marmonna-t-il. S'il s'agit d'un jeu, je serais ravi d'en connaître les règles…

— Je ne vous aime pas ! siffla Plume entre ses dents. Qu'est-ce que vous ne comprenez pas là-dedans ?

— Est-ce que… J'ai bien rêvé de vous cette nuit, n'est-ce pas ?

— Mais rêvez de ce que vous voulez, mon brave !

Qu'essayait-il d'insinuer ? songea Plume. Qu'une vision prémonitoire lui aurait laissé entrevoir un accueil chaleureux s'il se présentait chez elle avec un bouquet à la main ?

D'un geste brusque, Élias s'empara de sa main droite et la retourna. Ses yeux s'agrandirent alors de stupeur.

— Je vous prie de m'excuser, bafouilla-t-il. Ma conduite est absolument indigne d'un héritier de la Ligue. Je vous promets que cela ne se reproduira plus.

Élias recula aussitôt de plusieurs pas. Raide comme un piquet, il ressemblait à une statue de marbre plantée au milieu de la pièce.

— Je peux savoir ce qui vous a pris ? grommela Plume.

— Rien qu'une tentative maladroite pour vous manipuler, confessa son fiancé. D'habitude, les autres demoiselles sont beaucoup plus réceptives que vous. La dernière fois, c'était avec une certaine Adélaïde, j'ai réussi à la mener par le bout du nez pendant des semaines…

— Comme c'est charmant !

— Vous m'avez bien fait le numéro de la demoiselle en détresse, pourquoi n'aurais-je pas le droit de tenter ma chance ?

— Donc, vous êtes bien venu pour me demander quelque chose. Que voulez-vous à la fin ?

— Votre charmante permission pour avancer notre mariage de deux mois.

— Et en quel honneur ?

— Mes affaires l'exigent. J'aurais besoin de vous plus tôt que prévu et attendre une année entière me semble difficilement concevable.

— Je suppose que vous allez encore refuser de me dire pour quelle raison vous souhaitez m'épouser ?

— Ravi de voir que vous n'insistez pas. Alors, quelle est votre réponse ?

— J'accepte, mais à une condition.

— Quel plaisir d'être constamment obligé de marchander avec vous !

— Hier, j'ai promis de faire tout ce que vous voudrez en échange de votre aide. Si vous considérez que cet accord remplit ma part du contrat, alors je ne m'y opposerai pas.

— Parfait, conclut Élias.

Plume n'imaginait pas se libérer aussi facilement de son engagement. Finalement, Élias était capable de se montrer conciliant. Considérant que le pacte était conclu, il la salua d'un signe de tête et s'apprêtait à partir lorsque Plume le retint par le bras.

— Attendez, fit-elle. J'aurais une question à vous poser.

— Je suis tout ouïe. Quelles préoccupations tourmentent donc Mlle Herrenstein ?

— C'est à propos de votre montre…

— Vous voulez que je vous explique comment la remonter ou vous n'avez pas trouvé de receleur ?

— Non, j'ai des raisons de croire qu'elle a été volée.

— La voleuse volée, commenta Élias, voilà qui est effectivement inadmissible !

— Je suis sérieuse, s'agaça Plume. Une personne s'est introduite dans ma chambre pour dérober votre montre. Elle est allée jusqu'à détacher le lustre du hall d'entrée pour faire diversion…

— Vous en êtes sûre ? Cela fait quand même beaucoup de risques encourus pour un butin d'à peine quelques centaines de merles.

— C'est ce que j'ai pensé moi aussi. Vous ne voyez aucune raison qui aurait poussé un homme à s'emparer de votre montre ?

— Pas la moindre, si l'on écarte la stupidité ou une volonté suicidaire de finir dans les prisons du palais… Il y a quelque chose qui me chiffonne dans votre histoire, ajouta Élias. De quelle manière ce maraudeur aurait-il détaché votre lustre ? Je reconnais que des milliers d'éclats de verre constituent un excellent moyen de s'assurer la tranquillité. Mais comment cet individu malhonnête aurait-il pu atteindre votre plafond ? À moins d'être un géant, il lui aurait fallu une échelle. Alors, vous pensez vraiment que ce type aurait eu le temps de monter tout en haut, de défaire les fixations et de redescendre sans que personne ne le repère ? Est-ce qu'il n'aurait pas été plus facile d'aller directement dans votre chambre ?

Plume n'avait pas envisagé le problème de cette manière. Il était clair pourtant que son fiancé venait de mettre le doigt sur un point sensible.

— Madge était présente quand le lustre est tombé, se souvint-elle. Peut-être que le voleur s'est contenté de le défaire à un moment où tous les domestiques étaient occupés… Juste de quelques centimètres. Ainsi, il aurait eu la certitude que le lustre aurait fini par se détacher de lui-même. Et bien sûr, cela lui aurait laissé le temps de cacher son échelle et d'attendre l'instant propice.

— Une théorie fumeuse, si vous voulez mon avis. Pourquoi se donner tant de mal pour un bout de métal qui fait tic-tac ? Ne serait-il pas plus simple de considérer que cet incident fait partie des choses qui arrivent et que ma montre est ensevelie quelque part sous vos affaires ?

— Vous ne me croyez pas ?

— Je crois surtout que vous avez une imagination débordante. Si vous êtes sage, je vous offrirai une nouvelle montre pour votre anniversaire.

— Je n'en veux pas. Je veux seulement savoir pourquoi quelqu'un est entré dans ma chambre.

— Ou bien un cadenas inattaquable pour votre porte… Oui, je suis certain qu'avec un joli ruban, il ira très bien en haut de votre pile de cadeaux.

— Laissez tomber, soupira Plume.

※※•※※

Dans les couloirs du palais, une rumeur se chuchotait de la bouche d'une femme de chambre à l'oreille complaisante d'un valet. La nouvelle se propagea lorsque le valet croisa l'une des aides-cuisinières qui, grande amatrice de potins, s'empressa de répandre les ragots jusqu'à l'étage inférieur.

Quand un haut dignitaire se présenta au bureau du secrétaire général dans un bourdonnement de murmures excités, il devint clair que la rumeur était fondée.

Une heure plus tard, un messager à l'uniforme guindé traversa d'un bon pas les dédales du palais. Et aucun membre du personnel – qui croisait inopinément sa route – ne manqua de remarquer les deux lettres écarlates qui dépassaient de sa sacoche. Ni eux ni même le cocher qui, après l'avoir salué d'un signe de tête, s'empressa de lancer le fiacre à vive allure dans les rues de la capitale.

Trente minutes s'écoulèrent avant qu'une femme âgée, répondant à un impérieux coup de sonnette, n'ouvre la porte d'une maison des beaux quartiers. Le visiteur fut aussitôt invité à entrer et ce fut Andreas d'Aubrey qui le reçut.

— M. Bower, prononça-t-il alors que le messager prenait place dans un large fauteuil. Est-ce que…

Andreas n'acheva pas sa phrase. Cela ne servait à rien. Ils savaient tous deux que seul un événement précis pouvait conduire un représentant du palais à solliciter un entretien. D'un geste solennel, M. Bower lui tendit une enveloppe écarlate. Andreas la décacheta et ses yeux se posèrent alors sur ces mots qu'il redoutait tant de lire.

« *Monsieur d'Aubrey,*

En ce triste jour du 20 octobre 1842, nous avons le regret de vous informer du décès de votre père, Monseigneur Mandias d'Aubrey, qui a succombé à une crise cardiaque. Nous vous présentons nos plus sincères condoléances.

Kieran Latham, secrétaire général du palais »

Andreas froissa la lettre. Son père était mort... Il ne devait pas pleurer, pas en présence de cet homme qui n'attendait de sa part qu'un hochement de tête entendu. Dans les autres familles du royaume, des fils devenus brusquement orphelins avaient le droit de fondre en larmes. Mais pas lorsqu'ils appartenaient à la Ligue écarlate. Le protocole interdisait la moindre émotion : ce courrier représentait seulement le signe qu'une nouvelle génération était invitée à prendre la place de la précédente.

Depuis son enfance, Andreas avait reçu une éducation stricte. Des centaines de fois, il avait entendu parler de cette fameuse passation de pouvoirs. Jamais on ne lui avait mentionné la souffrance de perdre un être cher. Cette impression de se retrouver seul au monde, alors qu'il se devait de faire bonne figure.

Le texte même du message était d'un laconisme presque révoltant. Personne ne semblait s'imaginer qu'un siège libéré pouvait provoquer autre chose que de la cupidité. Non, il n'y avait pas d'amour dans la Ligue. Chaque enfant était élevé pour assurer la dynastie. Et pourtant, Andreas avait aimé cet homme au visage impassible et à la peau parcheminée. Un père dont le corps dévoré par la maladie reposerait bientôt sous une stèle mortuaire...

— Est-ce que vous êtes venu me trouver en premier ? demanda Andreas d'une voix rauque.

— Oui, monsieur, conformément à vos instructions.

Cela faisait à peine deux jours qu'il avait soudoyé Bower. Il lui avait remis une coquette somme contre la promesse qu'il serait le premier informé. Comment aurait-il pu supposer que moins de quarante-huit heures plus tard, cet investissement porterait déjà ses fruits ?

— Très bien, vous pouvez disposer.

Bower s'empressa de quitter la pièce. Seul, Andreas résista à la tentation de s'abandonner à la tristesse. Il devait agir vite, profiter de son avance sur Élias pour avertir la seule personne en mesure de l'aider. Il trempa sa plume dans son encrier et griffonna sur une feuille de papier : « Monseigneur d'Aubrey est mort. Faites le nécessaire. »

— Mme Roussel ! appela-t-il.

Son ancienne gouvernante ne tarda pas à le rejoindre dans son bureau. Sans doute avait-elle attendu tout ce temps derrière la porte. Elle connaissait suffisamment Andreas pour savoir à quel point ce drame avait dû l'affecter.

— Vous allez bien ? murmura-t-elle.

— S'il vous plaît, envoyez immédiatement quelqu'un déposer cette missive à l'adresse de M. Waerman, lança Andreas. Et ensuite, revenez me voir… Je ne vais vraiment pas bien.

※※※

Élias descendit de fiacre. Lorsqu'il franchit le seuil de sa demeure, il faillit percuter Harckof. Pour une raison obscure, l'autre restait planté devant lui et ne semblait pas décidé à libérer le passage.

— Quoi ? grommela Élias.

En guise de réponse, Harckof posa un genou à terre. La première pensée d'Élias fut que son subordonné s'était pris les pieds dans le tapis. Mais non, cet imbécile s'obstinait à garder la pose ! Qui donc lui avait donné l'ordre de s'agenouiller ? Et c'est alors qu'Élias comprit. Plus personne désormais ne l'appellerait M. d'Aubrey. En l'espace de quelques heures, il était devenu Monseigneur d'Aubrey…

※※※

— Oh, M. Céleste ! Nous sommes très honorés que vous vous soyez déplacé en personne, s'exclama Mme Herrenstein.

En tant que meilleur couturier de la capitale, Frédérion avait pour habitude d'envoyer ses assistants s'occuper des tâches les moins gratifiantes. S'il était en l'occurrence accompagné d'un trio d'apprentis, sa présence apparaissait davantage comme une visite de courtoisie que justifiée par des raisons professionnelles. Pour Mme Herrenstein, il était devenu un hôte à traiter avec déférence depuis que ses chances d'acquérir le statut de gendre s'étaient révélées quasi nulles.

— Éléonore va être absolument ravie de vous voir, ajouta-t-elle. Et vous avez amené votre… euh manaestebal.

L'équipe de Frédérion venait de pénétrer dans le hall et pour le plus grand malheur de toute maîtresse de maison, une ombre monstrueuse annonçait la présence de Sabre. Il franchit à son tour le seuil de la porte et s'allongea aux pieds de Frédérion, son pelage blanc se teintant de reflets gris sous la lumière artificielle. Mme Herrenstein plissa le nez. Elle haïssait cette créature et si les bonnes manières ne lui imposaient pas une certaine conduite, elle se serait empressée de chasser l'animal à coups de balai.

— Éléonore, ma chère, nos invités sont arrivés !

Le lustre manquant représentait toujours un affront au bon goût et alors que ce vide béant n'allait pas tarder à sauter aux yeux du couturier, Plume se décida enfin à descendre les marches.

— Bonjour, messieurs… Quelle surprise de vous voir, Frédérion !

Et au désarroi de Mme Herrenstein, elle se pencha pour caresser le museau de Sabre. Si la bête s'était dressée sur ses pattes arrière, elle aurait sans doute dépassé Plume d'une bonne vingtaine de centimètres. D'ailleurs, rien que la taille de ses griffes aurait dû dissuader n'importe quelle jeune fille sensée de s'en approcher.

— Nous allons passer dans le salon, si vous le voulez bien, annonça Mme Herrenstein en désignant une porte sur la droite.

Plume suivit le petit groupe dans la pièce adjacente. Depuis l'annonce de ses fiançailles, sa mère s'était mise en tête de renouveler sa garde-robe, une dépense bien inutile puisque Élias aurait été incapable de différencier ses tenues les unes des autres.

La vérité était que Plume redoutait de se retrouver seule face à Frédérion. Elle ne l'avait pas revu depuis le bal et comment pourrait-elle lui sourire en sachant qu'elle serait bientôt Mme d'Aubrey ?

— Posez la malle ici, ordonna Frédérion à ses assistants.

Les trois hommes s'exécutèrent, soulagés de se débarrasser de cet énorme coffre en bois qui les forçait à avancer en crabe. Ils s'épongèrent le front avant d'ouvrir la malle et de tirer de ses profondeurs une somptueuse robe en taffetas.

— Elle est absolument magnifique ! s'enthousiasma Mme Herrenstein qui s'évertuait à ne pas regarder Sabre, occupé à renifler son guéridon. Madge, aidez donc Éléonore à l'enfiler…

Accompagnée de sa femme de chambre, Plume s'isola dans une salle annexe. Lorsqu'elle revint au salon, entièrement vêtue de mauve et luttant pour respirer malgré son corset étriqué, Mme Herrenstein ne put cacher son admiration.

— Vous êtes ravissante ! Je suis sûre que M. d'Aubrey sera encore plus amoureux de vous qu'il ne l'est déjà.

Élias n'aimait personne, songea Plume, et l'idée même qu'il puisse s'éprendre d'elle était aussi ridicule que d'imaginer Jack investir son argent durement gagné dans une œuvre de charité.

Madge l'aida à se hisser en haut d'un tabouret, tandis que Frédérion et ses apprentis se concentraient sur les retouches à faire.

— J'aimerais que ma fille scintille de mille feux. Est-ce que vous ne pourriez pas mettre plus de perles sur les manches ? Et peut-être rajouter une ceinture…

Le seul but de sa mère était de la faire ressembler à un présentoir à bijoux. Ce serait un véritable miracle si, une fois sa robe finalisée, elle parvenait encore à marcher.

— Qu'en pensez-vous, Mlle Herrenstein ? lui demanda Frédérion.

L'immense miroir que lui présentaient ses assistants lui renvoya le reflet d'une jeune fille à la silhouette vaporeuse, s'efforçant de sourire devant ses invités. Elle n'avait jamais été aussi élégante et pourtant, elle se sentait indifférente aux efforts qu'avait déployés Frédérion pour la satisfaire. Cette création, aussi belle soit-elle, était uniquement destinée à plaire à Élias.

— C'est une pure merveille et vous vous êtes surpassé, mentit-elle.

— C'est vous qui sublimez mes créations, Mlle Herrenstein.

Plume se mordit la lèvre. Frédérion lui avait déjà adressé le même compliment le soir de ce fameux bal où quelques heures avaient suffi à effacer des années entières passées à la courtiser.

— Excusez-moi, Madame, intervint un valet en surgissant dans la pièce. Monsieur demande à vous voir.

— Très bien, soupira Mme Herrenstein. M. Céleste, je vous laisse continuer votre travail.

Lorsque la porte se referma derrière elle, il fut clair que Frédérion espérait une entrevue avec Plume, loin du regard scrutateur de sa mère. Lentement, il se rapprocha d'elle et entreprit de piquer l'ourlet de sa robe.

— J'ai oublié de vous féliciter pour vos fiançailles, marmonna-t-il. Cette demande a dû vous combler de joie, non ?

Plume baissa la tête. Ce n'était pas sa faute, elle n'avait pas choisi Élias, mais elle ne parvenait pas à se défaire d'un sentiment de culpabilité.

— Je suis désolée, murmura-t-elle. J'aurais dû vous l'annoncer moi-même…

— Vous m'aviez dit que M. d'Aubrey vous avait ignorée, qu'il vous avait tellement offensée que vous ne vouliez plus paraître devant lui. Alors, comment a-t-il pu vous demander votre main ?

— S'il vous plaît, ne soyez pas en colère contre moi. Je ne vous ai pas menti, je n'éprouve rien pour M. d'Aubrey.

— Je ne suis pas en colère, prononça Frédérion dans un pâle sourire. Je n'ai jamais rien voulu d'autre que votre bonheur, Éléonore. Mais j'aurais tellement préféré vous savoir heureuse plutôt que promise à un avenir qui vous attriste déjà. Je le vois dans vos yeux... D'ordinaire, vous rayonnez mais, aujourd'hui, vous n'êtes plus qu'un écho de vous-même.

— Je n'ai pas eu le choix. Ma famille est menacée par la ruine, comment aurais-je pu dire non à un héritier de la Ligue ?

— Je ne vous blâme pas. Vous avez écouté votre raison et je regrette d'avoir failli à ma promesse. Vous vous souvenez ? Je m'étais engagé à être votre partenaire pour la soirée.

Un silence s'installa entre eux. Il n'y avait plus rien à ajouter. Plume ne pourrait jamais se confier à Frédérion et lui expliquer qu'Élias était bien plus qu'individu mal élevé qui l'avait doublé dans la course au mariage.

— Si les choses étaient différentes, supposa Frédérion, est-ce que vous auriez refusé ? Même si M. d'Aubrey représentait le meilleur parti de Seräen ?

Oui, dans un monde où la Ligue n'existerait pas, Plume l'aurait sans doute envoyé promener.

— Je n'aurais jamais accepté, répondit-elle. Mais à quoi bon y songer ? Il est impossible de changer le passé.

— Vous n'ignorez pas ce que je ressens pour vous, n'est-ce pas ? ajouta Frédérion d'un ton hésitant.

Elle n'avait aucun doute sur ses sentiments. Mais comment lui faire comprendre qu'elle ne l'aurait choisi que par défaut ? Le mariage ne représentait pour Plume qu'une prison sociale et sans parents pour régir sa vie, elle serait restée célibataire jusqu'à la fin de ses jours.

— S'il n'avait pas été trop tard, est-ce que vous m'auriez... épousé ?

Plume redoutait cette question. L'entendre de la bouche de Frédérion à cet instant précis où il n'avait plus le droit d'y croire était pire que ce qu'elle avait imaginé.

— Non.

Elle n'avait pu empêcher ce mot de franchir le seuil de ses lèvres. Devant elle, le couturier eut bientôt la même expression que s'il venait d'avaler une aiguille. Ses assistants, qu'un ordre providentiel avait envoyés au loin farfouiller dans la malle, commencèrent à marmonner entre eux pour commenter l'événement. De loin, Frédérion avait tout l'air de faire un malaise. Même Sabre abandonna le pied du guéridon pour émettre un grognement inquiet.

— Pardonnez-moi, lui dit Plume. Je ne voulais pas vous offenser.

— Ne vous excusez pas. Vous avez été honnête, bafouilla Frédérion en faisant un effort sur lui-même pour se ressaisir. Je n'aurais pas dû me montrer aussi inconvenant.

— Je tiens énormément à vous, mais vous serez toujours un ami à mes yeux. Ne me demandez pas de vous aimer, j'en serais incapable et… je ne veux pas vous voir souffrir à cause de moi.

— Je comprends.

Frédérion s'inclina et sans un mot de plus, il quitta la pièce. Sabre ne tarda pas à lui emboîter le pas, heureux de fuir cet endroit où il n'y avait décidément rien à se mettre sous la dent. Restés seuls avec elle, les apprentis optèrent pour la solution la plus diplomatique : faire comme si rien d'inhabituel ne venait d'avoir lieu.

— Si vous le permettez, mademoiselle, prononça l'un d'eux, nous allons terminer les retouches sur votre robe.

Perchée sur son tabouret, Plume entendit la porte claquer. Avec regret, elle renonça à courir derrière Frédérion. Cela n'aurait servi à rien, car la meilleure chose à faire était de le laisser dans l'ignorance. L'écarter des affaires de la Ligue pour mieux le protéger.

※❈•❈※

C'était le jour qu'attendait Élias depuis des années. Et pourtant, il ne ressentait aucune excitation à l'idée de devenir seigneur de la Ligue. Depuis son enfance, il avait toujours su que le titre lui échoirait tôt ou tard. À présent, les dés étaient jetés et son nom ne tarderait pas à s'inscrire sur le mur de la gloire. Cette surface de marbre où quelques coups de burin suffisaient à faire d'un homme l'un des piliers de la nation. Mais Élias regrettait que le destin ne lui ait pas laissé plus de temps pour s'y préparer. Était-ce trop demander que d'espérer un sursis de quelques mois ? Un délai nécessaire pour se faire lentement à la pensée que désormais, il serait orphelin.

Finalement, son retour à Seräen n'avait rien changé. Son père était resté absent de sa vie, que lui-même soit à quelques kilomètres ou dans les terres de l'Est. Le dernier message qu'il garderait de lui serait un maigre paragraphe griffonné sur un bout de papier. Il ne pouvait pas le recevoir… Élias en avait deviné le contenu avant même de décacheter l'enveloppe. Et puis, cette autre lettre du palais était arrivée : elle fixait un rendez-vous, une ultime occasion de revoir son père. *La cérémonie de son enterrement.*

Le hasard était parfois cruel, choisissant les circonstances avec un plaisir malin. La mort, cette rencontre avec la Grande Faucheuse à laquelle nul ne pouvait échapper, avait fini par happer Mandias. Pour Élias, cela signifiait qu'il était trop tard. Il n'entendrait jamais ces mots réconfortants, ces paroles où son père lui affirmerait qu'il était son digne successeur. Il aurait tant voulu percevoir la fierté dans sa voix, sentir que ce n'était pas seulement le droit d'aînesse qui l'autorisait à régner.

« Vous êtes destiné à devenir bien plus qu'un seigneur de la Ligue. » Oui, ces quelques mots avaient sonné comme une confirmation, la certitude que son père voyait en lui un égal. Mais jamais il ne le lui avait dit en face.

Mandias d'Aubrey était mort. Jusqu'à ses derniers jours, il était resté pour Élias ce qu'il avait toujours été. Un étranger.

— Monseigneur ?

Élias tourna la tête et la vision d'Harckof chassa momentanément l'image de son père. Son subordonné avait adopté une nouvelle chorégraphie. Il s'inclinait à chaque fois qu'il le croisait. Avec un sérieux qui forçait l'admiration, il avait même substitué à ses « monsieur » un « monseigneur » qui sonnait bizarrement à ses oreilles. Sans doute faudrait-il à Élias plusieurs jours pour s'y habituer.

— Quoi encore ? marmonna-t-il.
— Une nouvelle lettre est arrivée pour vous, monseigneur.

Élias haussa les épaules. Était-ce la peine de le déranger pour un simple courrier ? Il n'allait pas s'autodétruire ! De mauvaise grâce, il s'empara de l'enveloppe qu'Harckof lui tendait. C'est alors qu'il remarqua le cachet de cire frappé d'un sceau officiel. Celui du Grand Tribunal.

À ses yeux, la justice n'était qu'une entité abstraite à l'utilité limitée. Pourquoi l'un de ces juges s'intéresserait-il à lui ? L'enveloppe ne contenait qu'un mince feuillet. Fronçant les sourcils, Élias lut :

« *À M. Élias d'Aubrey,*

Nous vous informons par le présent courrier que suite au décès de Monseigneur Mandias d'Aubrey, une opposition a été déposée par M. Andreas d'Aubrey, représenté par le docteur Waerman. Le demandeur se prétend titulaire d'un droit à accéder au titre de seigneur. Sa requête remplissant les conditions fixées par le Tribunal, la cérémonie de passation de pouvoir ne saurait se dérouler dans le délai de trois jours consacré par le protocole, et sera reportée à une date ultérieure. En raison du caractère exceptionnel de la demande, une audience anticipée aura lieu le 2 novembre 1842. À cette occasion seront examinés tous les documents et éléments probatoires que les parties seront en mesure de présenter. »

Élias ne se donna pas la peine de lire la suite. Il avait très bien compris l'idée générale. Andreas avait le culot de s'opposer à la succession ! Sur ce coup-là, il devait reconnaître qu'il ne l'avait pas vu venir. Comment ce boiteux osait-il se mettre en travers de sa route ? Ses menaces étaient suffisamment claires pour que même un imbécile comprenne où se situait son intérêt. Andreas faisait la sourde oreille ? Très bien, il allait le lui faire payer !

— Je vais le tuer ! s'exclama Élias en chiffonnant la lettre entre ses doigts.

S'il devenait le seul fils de Mandias d'Aubrey, il n'y aurait plus de problème. Fier de son raisonnement, Élias se précipita dans son bureau. Il avait besoin de son épée, d'une lame bien tranchante pour faire taire cet idiot. Pourquoi ne s'estimait-il pas heureux d'être encore en vie ? Non, il avait décidé de lui pourrir l'existence à l'instant précis où Élias en avait le moins besoin.

Son frère possédait un secret. Depuis plus d'une décennie, cette terrible vérité était restée enfouie au plus profond de sa mémoire. Malgré son jeune âge au moment des faits, Andreas s'en était souvenu. Si jamais son secret était révélé, tous les rêves de pouvoir d'Élias s'écrouleraient comme un château de cartes en plein vent.

D'un geste furieux, il renversa les multiples dossiers qui s'empilaient sur sa table de travail. Son regard se posa alors sur sa corbeille à papier. La veille, un élément perturbateur était venu troubler sa sieste. Le cousin Herrenstein qui prétendait avoir une information à lui transmettre… Il avait déchiré la feuille sans même la lire. Élias se précipita vers sa corbeille et en extirpa les morceaux. Il n'eut aucune difficulté à reconstituer le puzzle. Ce type avait raison : si lui n'avait pas été aussi buté, il l'aurait probablement engagé.

« Andreas d'Aubrey a fait appel à un docteur ès travers pour s'emparer du titre de seigneur de la Ligue », avait écrit Jack.

Élias ne savait pas qui il détestait le plus : Andreas pour son audace ou lui-même pour avoir négligé les avertissements du cousin Herrenstein. Heureusement, il lui restait encore du temps pour régler cette affaire.

Dans un bruit sourd, il tira son épée hors de son fourreau.

— Allons rendre une petite visite à Andreas, murmura-t-il.

Chapitre 14

Le secret d'Élias

— Vous ne devinerez jamais ce qui vient de se passer ! s'exclama Mme Herrenstein.

Plume n'allait probablement pas tarder à le savoir. Les assistants de Frédérion venaient à peine d'être raccompagnés à la porte que les cris hystériques de sa mère avaient résonné dans toute la demeure.

— Le cousin Barnabé vient d'être retrouvé par la garde. Votre père a reçu une lettre lui annonçant que son argent lui serait restitué. N'est-ce pas merveilleux ?

C'était surtout inattendu. Les autorités orméennes n'avaient jamais déployé un grand zèle pour régler les conflits entre particuliers. Il n'y avait pas d'urgence tant que l'escroc ou le fraudeur ne s'en prenait pas aux caisses de l'État.

— Et comment ont-ils fait ? s'étonna Plume. Je croyais que le cousin Barnabé avait réussi à quitter la capitale.

— Oh, si j'ai bien compris, il s'est fait arrêter dans une ville de l'Est. Il tentait de trouver des investisseurs pour monter une nouvelle compagnie de textile. Vous ne pouvez pas savoir à quel point je suis contente que justice soit faite !

— Alors, notre famille n'a plus de problème financier ?

— Exactement, ma chère, s'enthousiasma Mme Herrenstein avec des trémolos dans la voix. Votre père pourra enfin marcher la tête haute sans craindre d'être expulsé par des créanciers peu scrupuleux. J'ai toujours su que cet argent ne serait pas perdu pour toujours… Et avec votre mariage avec M. d'Aubrey, vous serez encore plus riche que vous n'auriez pu l'imaginer.

Oui, songea Plume, la menace de finir ruinés et déshonorés s'éloignait d'eux comme une épée de Damoclès brusquement rangée dans son fourreau. Et pourtant, elle devrait quand même épouser Élias. Désormais, il ne s'agissait plus de payer leurs dettes, mais d'acquérir le prestige que seul pouvait leur octroyer le rouge écarlate. Rien n'avait changé.

— Très bien, marmonna Plume, je vais remonter dans ma chambre.

— Cette nouvelle n'a pas l'air de vous enchanter, constata Mme Herrenstein.

C'était bien la première fois qu'elle se montrait aussi perspicace. À moins que le visage de Plume soit devenu le reflet de ses pensées. En réalité, la jeune fille aurait presque préféré que le cousin Barnabé reste introuvable afin que son sacrifice ait un peu de noblesse. Se condamner à une vie loin des toits pour éviter un désastre financier était une chose, mais mourir d'ennui pour permettre à ses descendants d'intégrer la Ligue en était une autre.

— Les essayages m'ont épuisée, mentit Plume.

— Je vous comprends, assura sa mère. Cela a dû être tellement éreintant pour vous.

Un toussotement distingué signala la présence d'un valet en livrée blanche.

— Une dame demande à voir Mlle Herrenstein, annonça-t-il. Elle n'a pas donné son nom, mais il s'agirait d'une affaire de la plus haute importance.

Il leva un sourcil sceptique, montrant par là que cette requête lui apparaissait des plus fantaisistes. Intriguée, Plume le suivit dans le petit salon où une femme semblait en proie à une vive agitation. Elle ne cessait de se tordre les mains et ses cheveux grisonnants donnaient l'impression d'avoir été décoiffés par un violent coup de vent. En apercevant Plume, elle se précipita vers elle.

— Vous êtes bien Mlle Herrenstein ? s'enquit-elle.

— Oui, c'est moi. Que me vaut le plaisir de votre visite ?

— Il faut absolument que vous veniez avec moi. Mon maître est sur le point de se faire tuer, vous êtes la seule à pouvoir lui sauver la vie…

Plume commençait à partager la perplexité du valet. Pour quelle raison devrait-elle intervenir dans ce sauvetage ? Elle était la fille de l'ambassadeur et non pas une guérisseuse ou un membre de la garde.

— Je suis attristée de l'apprendre, prononça-t-elle d'un ton conciliant, mais si un meurtre va être commis, pourquoi ne vous adressez-vous pas à l'autorité compétente ?

— Parce qu'il s'agit de M. d'Aubrey ! s'écria la vieille dame.

Si Élias était victime d'une tentative de meurtre, Plume avait encore moins envie d'intervenir. Elle l'avait vu manier l'épée contre maître Griffin et à ses yeux, il ne faisait aucun doute que son agresseur était déjà mort.

— Je suis sûre qu'Élias d'Aubrey saura très bien se tirer de ce mauvais pas, affirma-t-elle. Vous n'avez pas à vous inquiéter pour sa sécurité.

Mais, à voir les hochements de tête répétés de son interlocutrice, il était clair qu'un élément lui échappait.

— Vous ne comprenez pas… Mon maître est le frère d'Élias d'Aubrey !

— Vous voulez dire que…

— Élias est venu pour le tuer ! J'ignore ce qui a provoqué sa colère, mais il est arrivé une épée à la main en hurlant qu'il allait le découper en morceaux.

— Peut-être qu'il plaisantait.

Plume elle-même n'y croyait pas. Élias n'était pas réputé pour son sens de l'humour et il y avait fort à parier qu'il avait déjà mis son plan à exécution.

— Pourquoi n'avez-vous pas appelé la garde ?

— Les soldats ne s'intéressent pas aux affaires de la Ligue. Ils vont fermer les yeux, c'est pourquoi je suis venue vous voir. J'ai entendu dire que vous étiez sa fiancée…

Après la décapitation d'un officier dans l'indifférence générale, aucun militaire n'oserait plus s'interposer. De toute façon, les conflits mêlant la Ligue écarlate se déroulaient souvent en toute impunité, frappant les témoins d'une étrange amnésie.

— Je n'ai aucun pouvoir sur Élias, confia Plume. Je suis incapable de l'en empêcher !

— Il ne tuera jamais son frère devant vous. Je vous en prie, venez avec moi ! Je ne veux pas que mon maître meure…

Après avoir prétendu qu'elle se sentait fatiguée, Plume eut le plus grand mal à ne pas courir dans les couloirs. Elle marmonna à l'adresse de ses parents une excuse imaginée de toutes pièces et sitôt la porte franchie, oublia toute distinction alors qu'elle se précipitait vers un fiacre et un cocher bayant aux corneilles.

Il fallut à Plume et à la vieille gouvernante moins de cinq minutes pour parvenir devant la maison d'Andreas d'Aubrey. Bizarrement, la jeune fille ne s'étonnait pas qu'Élias ait gardé secrète l'existence de son frère. D'après les explications confuses de Mme Roussel, les deux hommes se détestaient.

— Nous y voilà ! lança le cocher. Cela vous fera un demi-merle pour la course.

Plume jeta une pièce dans sa direction sans se soucier de savoir si elle parvenait ou non à son destinataire. Lorsqu'elle descendit de voiture, elle remarqua la présence d'un attroupement dans la rue. Manifestement, chaque événement impliquant du sang, que ce soit une exécution ou un combat à l'épée, attirait du public. Encore une masse de badauds qui, passant par là, se réjouissaient d'échapper à la morosité de leur quotidien.

D'après les traces laissées au sol, le duel avait débuté à l'intérieur pour se poursuivre devant la maison. Élias se battait avec un homme qui lui ressemblait de façon frappante : la même stature, le même visage aux traits durs et le même regard aux prunelles sombres. Pourtant, au-delà de ces points communs, Andreas ne correspondait pas à l'image que s'en faisait Plume. Il avait l'air tellement jeune. Presque un gamin qui s'efforçait de lutter contre un adversaire surentraîné, alors que lui-même peinait à brandir son épée. Il boitait et chaque pas lui arrachait un cri de douleur. Andreas reculait encore et encore, obligé de perdre du terrain jusqu'à se retrouver acculé contre le mur.

Pour Plume, il était surprenant qu'il ait pu survivre aussi longtemps. Élias jouait-il autant avec ses nerfs qu'avec cette jambe douloureuse, raide comme un morceau de bois ? Il aurait pu tuer Andreas à chaque instant, mais il s'obstinait à poursuivre l'échange, parant ses ripostes et accueillant chacun de ses coups d'un rire moqueur.

— Tu es encore plus mauvais que dans mon souvenir ! ricana Élias.

Andreas ne répondit pas. Il s'efforçait de se maintenir debout et par moments, lançait des regards paniqués en direction de la foule. Aucun de ces hommes n'allait lui venir en aide. Quand il finirait par s'effondrer au milieu d'une mare de sang, personne n'aurait rien vu. Les curieux se disperseraient, déçus qu'un pareil divertissement ait pu se conclure aussi brutalement. Son cadavre serait découvert par la garde et devant l'indifférence de la Ligue à réclamer justice, l'affaire serait aussitôt classée par un commandant soucieux de rester en vie. Une ligne dans *L'Orme glorieux* annoncerait sa mort d'une façon laconique et ni Camillus Malbert ni aucun habitant de Seräen ne se poseraient de questions.

Dans les yeux d'Élias, il ne devinait aucune hésitation. Son aîné avait toujours agi avec un calme presque glacial. Ses attaques étaient d'une précision redoutable et manquaient rarement leur cible. Ces longues minutes où Andreas s'était défendu corps et âme n'étaient pour l'autre qu'un échauffement. Lui n'était qu'un piètre escrimeur, convaincu que la diplomatie était la meilleure des armes. Mais, face à son frère, aucun argument n'avait de poids : pour son esprit retors et calculateur, s'asseoir pour discuter d'un problème n'était rien d'autre qu'une perte de temps. Alors qu'Andreas s'apprêtait à fermer les yeux pour recevoir le coup fatal, un miracle se produisit. Une femme bouscula les premiers rangs pour marcher vers Élias d'un pas décidé.

Plume ignorait ce qu'elle devait faire. Est-ce que menacer son fiancé en public lui ferait déposer les armes ? Hausser le ton ne servirait à rien, hormis à attiser sa colère. Une idée se glissa soudain dans les pensées de la jeune fille. La veille, Élias lui avait révélé un fait intéressant. Il refusait de passer pour un être vulnérable que les autres seigneurs se feraient un plaisir d'éliminer. Et pour le mettre dans l'embarras, Plume savait très bien comment s'y prendre.

— Élias, mon trésor ! s'exclama-t-elle en affichant un sourire niais. Vous avez une tache sur le bout du nez.

Son trésor écarquilla les yeux lorsqu'elle s'agrippa à son bras. S'empressant de faire disparaître cette tache imaginaire, Plume lui frotta le nez avec une telle application que des rires commencèrent à jaillir de la foule.

— Mon pauvre chéri, lui dit-elle d'un ton réprobateur, que vous est-il arrivé ? On dirait que vous vous êtes roulé dans la poussière.

— Mais qu'est-ce que vous faites là ? grommela Élias.

— Je suis venue voir comment allait mon petit lapin en sucre…

Les lèvres d'Élias se tordirent en un rictus. Ce devait être la première fois que quelqu'un osait l'affubler en public d'un surnom aussi ridicule. Avec un grognement, il voulut se dégager le bras, mais Plume resserra son étreinte.

— Vous ne nous présentez pas ? demanda-t-elle d'un air ingénu.

— Mon frère, Andreas d'Aubrey, marmonna Élias, et voici ma fiancée, Mlle Éléonore Herrenstein.

Cette conversation était tellement irréelle. Andreas haussa les sourcils, surpris que le protocole se rappelle à eux à cet instant précis où la mort lui paraissait imminente. Comment cette fille haute comme trois pommes pouvait-elle interrompre le combat et s'imposer face à Élias ?

— Je suis enchantée de faire votre connaissance, assura Plume. Vous m'excuserez, j'en suis sûre, si je vous emprunte Élias. Il m'avait promis une promenade en fiacre, mais regardez donc sa petite moue renfrognée… Ce cher amour a dû oublier son engagement.

Plume commençait sérieusement à énerver Élias. Il ne s'attendait pas à la voir et encore moins à devenir la risée d'une bande de curieux qui le montraient du doigt. Eux pensaient assister à une exécution et voilà que le candidat que tous les pronostics désignaient vainqueur se révélait être une femmelette dorlotée par sa fiancée. Passant de la tragédie au comique, la situation ne manquait pas de faire ricaner et les commentaires se faisaient de moins en moins discrets.

— C'est Mme Roussel qui est allée vous chercher ? siffla Élias entre ses dents à la recherche d'un coupable. J'aurais dû me méfier de cette petite vieille. Cela m'étonnait aussi de la voir abandonner la partie après avoir passé dix minutes à me crier dans les oreilles.

— Mon ange, je ne vois pas du tout de quoi vous parlez.

— Cessez tout de suite cette mascarade ! Vous n'avez rien à faire ici, alors faites-moi le plaisir de rentrer chez vous.

La réponse de Plume fut un rire cristallin.

— Ce que vous êtes taquin ! lança-t-elle.
— Taquin ? Et je le serai toujours quand j'aurai décapité cet idiot ?
— Quelle joie de voir que vous êtes restés de grands enfants qui aiment plaisanter ! s'enthousiasma Plume. J'espère que lorsque nous serons mariés, votre frère nous fera souvent l'honneur de sa visite.
— Vous serez libre de le visiter au cimetière, concéda Élias.
— Tu vas vraiment me tuer devant ta fiancée ?

Andreas avait du mal à articuler. Le combat semblait l'avoir épuisé et appuyé contre le mur, il tentait de soulager sa jambe droite qui tremblait sous son poids.

— Je vais me gêner, répliqua Élias. Je t'ai déjà dit que si tu t'opposais à moi, tu en paierais les conséquences. Si j'avais le temps, je te ferais avaler toute cette paperasse que tu as remplie pour le simple plaisir de me nuire.
— Tu parles de cette chose que l'on nomme une action en justice ?
— Je me fiche de la justice et quand ton docteur Waerman n'aura plus de client, le Grand Juge sera bien obligé de me donner raison. Ta mort sera considérée comme un malheureux accident et il n'y aura pas plus de complications que de témoins prêts à s'élever contre un seigneur de la Ligue !
— Vous voulez dire que… votre père est mort ? murmura Plume.

Mme Roussel ne lui avait donné aucune explication. Elle savait seulement que, pour un prétexte quelconque, Élias avait défoncé la porte avec la ferme intention de réduire son frère au silence.

— Vous êtes très perspicace, ironisa son fiancé. Et ce misérable a eu le culot de prétendre que le titre devait lui revenir !
— Parce que tu t'attendais vraiment à ce que je laisse la mort de Jonas impunie ? cracha Andreas. Il valait cent fois mieux que toi ! C'était notre frère et toi, tu as…
— Pas devant la fille, coupa Élias. À titre de rappel, je te signale que la dernière fois que tu m'as parlé de cette histoire, tu as fini boiteux. Tu ne te souviens pas ? Tu te traînais sur le sol en implorant ma pitié. Je suis presque déçu que tu ne recommences pas.
— Pour espérer la pitié de quelqu'un, il faudrait encore que cette personne ait un cœur. Et toi, tu n'as rien d'autre qu'un morceau de pierre… Quand ta jolie fiancée t'aura vu sous ton vrai jour, elle passera chaque instant à te maudire.
— Ça m'est parfaitement égal.

Dans la foule, les badauds chuchotaient entre eux. Le combat allait-il reprendre ? On leur avait promis du spectacle, mais l'entracte ne cessait de se prolonger. Plusieurs tirèrent leur montre à gousset de leur poche. Diantre, il était déjà seize heures et ils avaient mieux à faire que d'attendre !

— Si vous voulez tuer votre frère, menaça Plume, vous serez obligé de me passer sur le corps !

— Je pourrais aussi vous écarter. Vu votre poids, ce ne doit pas être trop difficile.

De mauvaise humeur, Élias la poussa brutalement sur le côté. Libérant son bras, il brandit son épée en direction d'Andreas. Son frère laissa tomber son arme : l'affronter une nouvelle fois ne servirait à rien puisque son aîné finissait toujours par l'emporter. Le malheureux retint son souffle, prêt à sentir la lame s'enfoncer dans sa chair.

— Non ! s'écria Plume en s'interposant entre eux.

— Hors de mon chemin, ordonna Élias.

— Arrêtez ça ou sinon…

— Sinon quoi ? Vous direz à vos parents que je suis un monstre ? Moi aussi, j'aurais des choses intéressantes à leur dire sur vos activités nocturnes.

Plume résista à l'envie de l'insulter. Quelles possibilités lui restait-il ? Si elle persévérait dans le rôle de la fiancée niaise, elle ne ferait qu'agacer Élias et retarder l'inéluctable. Elle pourrait tenter de le distraire… Mais comment occuper un homme déterminé à assassiner son propre sang ?

« Je sais », songea-t-elle. Ce n'était pas son plan le plus brillant. Elle risquait de le regretter dans les heures à venir mais, en cet instant, elle n'avait aucune autre alternative. Avec un sourire forcé, Plume se jeta au cou d'Élias et pressa ses lèvres sur les siennes. La jeune fille sentit ses mains glisser le long de sa taille avant que, lentement, elle ne relâche l'étreinte.

— Je vous en prie, Monseigneur d'Aubrey, murmura-t-elle à son oreille. Faites-le pour moi…

Le visage d'Élias resta impassible. Dans un violent effort sur lui-même, il se tourna vers Andreas qui, perplexe, contemplait la scène.

— Toi là, grommela-t-il, tu vas retirer ta plainte et gare à toi si tu t'avises encore de croiser ma route. Essaye à nouveau de me mettre des bâtons dans les roues et ni Mme Roussel ni Mlle Herrenstein ne seront en mesure de te sauver la vie. Est-ce que tu m'as bien compris ?

— Oui, acquiesça Andreas d'une voix faible.

— Et vous, ajouta Élias en fusillant la foule du regard, vous n'avez rien vu ni entendu. Car si j'entends la moindre rumeur concernant cette journée ou même la réputation de Mlle Herrenstein, je vous enverrai tous croupir dans les prisons du palais.

Il saisit Plume par le bras et l'entraîna vers un fiacre qui portait l'écusson de la famille d'Aubrey. Sans ménagement, elle fut poussée sur l'une des banquettes et avant d'avoir pu exprimer son consentement, le véhicule s'ébranla. Les rideaux étaient tirés et plongée dans cette semi-pénombre, Plume apercevait la silhouette d'Élias, avachie de l'autre côté.

— Où est-ce que vous m'emmenez ? lança-t-elle.

Seule avec lui dans cet espace clos, elle ne pouvait nier éprouver un certain malaise. Surtout qu'Élias semblait s'être retranché dans un silence qui n'annonçait rien de bon.

— Si je vous le dis, marmonna-t-il, l'enlèvement perdrait de son charme, non ?

Un enlèvement ! Plume voulut aussitôt ouvrir la portière, mais un éclat de rire salua sa vaine tentative d'actionner la poignée.

— Elle est bloquée et il faut que je la fasse réparer, commenta Élias. Mais ce n'est pas comme si vous aviez peur de moi, je me trompe ? Vous étiez assez convaincante dans le rôle de la fiancée éperdue d'amour…

— Vous m'en voulez ?

— De vous être payée ma tête en public ? Bien sûr que oui !

— C'était nécessaire, sinon vous auriez tué ce pauvre garçon…

— Ce pauvre garçon ? répéta Élias avec mépris. Laissez-moi deviner… Mme Roussel est venue vous trouver et vous a suppliée d'intervenir. À la seule pensée que j'allais commettre un fratricide, vous avez décidé de sauver cet inconnu. Sous prétexte que moi-même étant le mal incarné, l'autre en face ne pouvait être qu'une malheureuse victime.

— Exactement, confirma Plume. Vous n'êtes qu'une brute et votre frère a eu tout à fait raison de vouloir vous ravir le titre.

— Il ne l'aurait jamais eu. Ce n'était qu'une façon de gagner du temps et de me faire perdre le mien.

Plume ne répondit pas. Une question lui brûlait les lèvres et bien qu'Élias ne fût pas l'interlocuteur rêvé, elle choisit de s'aventurer en zone dangereuse.

— Qui est Jonas ? demanda-t-elle.

— Restez en dehors de cette affaire.

— C'était votre frère aîné, n'est-ce pas ?

— Cela ne vous regarde pas.

Un frère aîné, cela signifiait bien des choses… Était-il possible qu'à sa naissance, Élias n'était pas destiné à devenir seigneur de la Ligue ? Par ses paroles, Andreas avait laissé entrevoir une sombre vérité. Comme un secret de famille qui ressurgissait des profondeurs du passé. Il y avait fort à parier que le décès de Jonas n'avait rien d'accidentel. Devant l'air grognon de son fiancé, Plume sut qu'elle ferait mieux de ne pas insister.

— Je veux descendre ! s'exclama-t-elle.

— Ce n'est pas vous qui m'avez parlé d'une promenade en fiacre ? susurra Élias.

— Vous savez bien que je n'étais pas sérieuse.

— Que redoutez-vous en ma compagnie ? Que je vous découpe en morceaux ?

— C'est pourtant ce que vous avez dit à Andreas, non ?

— Parfaitement, reconnut-il. Je suis ravi de constater que Mme Roussel n'est pas aussi sourde que je le pensais.

— Vous aviez vraiment l'intention de le faire ?

Plume craignait d'entendre sa réponse. Un oui franc et direct qui ne ferait que confirmer ses pires soupçons. Qu'Élias était autant dépourvu de morale que d'esprit de famille.

— Non, soupira-t-il. Ce n'étaient que des paroles en l'air... Je n'étais pas plus venu pour le découper en lamelles que pour le tuer.

— Alors, pourquoi vous vous battiez contre lui ? s'étonna Plume.

— Vous appelez cela se battre ? Ce gosse tient son épée comme un manche à balai. Il serait capable de s'embrocher lui-même, tellement sa technique est médiocre... Libre à vous de me croire ou non, mais je ne suis pas aussi cruel que j'en ai l'air. En me traînant chez cet imbécile, j'espérais seulement le blesser. Oh, rien de bien méchant, juste une petite égratignure à l'épaule qui aurait suffi à l'immobiliser quelques jours.

— Pourquoi feriez-vous cela ?

— Pour qu'il cesse de s'opposer à moi. J'aurais pu le tuer à chaque instant, mais je ne l'ai pas fait. L'envoyer au cimetière n'aurait servi à rien. Il peut continuer sa triste vie du moment qu'il ne se mêle pas de mes affaires... Le titre de seigneur m'appartient et de toute façon, Andreas est trop faible pour intégrer la Ligue. Il se ferait dévorer par les autres sans même avoir eu le temps de réagir.

— J'ai du mal à vous comprendre... Andreas est votre frère, alors pourquoi ne pas simplement le lui dire ?

— Ou pourquoi je ne déploie pas des trésors d'argumentation pour le convaincre de rester à sa place ? ricana Élias. Andreas est un héritier potentiel et pour qu'il ne représente pas une menace, il n'existe en réalité que deux solutions. Soit je m'en débarrasse à titre préventif, soit je lui inspire une telle peur qu'il préfèrera rester cloîtré chez lui... L'équation est simple à saisir.

S'il tente quoi que ce soit, je l'envoie rouler au sol. Ce n'est qu'une image, mais rien ne vaut parfois une bonne illustration. Andreas n'essaiera pas de se relever. S'il le fait, je recommence. Bien sûr, ma patience a des limites et je n'hésiterai pas à l'écraser comme un insecte s'il dépasse les bornes.

Le fiacre s'immobilisa et Élias bondit de voiture. Comme pour restaurer son image d'homme galant, il lui proposa sa main pour descendre. Avec un certain soulagement, Plume reconnut la façade de sa demeure. Après avoir laissé planer la menace d'un enlèvement, son fiancé n'avait fait que la raccompagner chez elle.

— Votre intervention avait beau être inutile, lui dit-il, ma journée aurait été bien triste sans votre charmante présence. Vos lèvres ont vraiment un goût délicieux.

Et avec un large sourire, Élias remonta dans le fiacre et donna l'ordre à son cocher de le conduire rue des Tilleuls.

⁂

Pandore lança un coup d'œil à sa montre. Pas la sienne évidemment, celle d'un gros bourgeois qui l'avait bousculé près de la manufacture des tabacs. Avec ce nouvel accessoire, il ressemblait à un prince – si l'on exceptait bien sûr sa peau mal rasée, ses chaussures sales et ses vêtements troués. Oui, il méritait bien le titre de prince maudit… Pourtant, malgré cette certitude d'appartenir à la noblesse, Pandore avait été nommé pour le tour de garde. Et le hasard avait choisi pour lui l'heure du repas. Il avait faim et depuis dix minutes déjà, Gilfred aurait dû venir prendre la relève.

— Gilfred ! cria-t-il dans l'espoir de le voir se matérialiser. C'est ton tour !

L'autre avait beau s'exprimer par grognements, il n'était pas sourd. Et lui n'allait pas s'égosiller comme un fou jusqu'à perdre sa belle voix de baryton. Si ses performances vocales étaient appréciées différemment selon les uns et les autres, Édelmard était son plus grand admirateur.

— J'ai longtemps considéré la troisième règle comme une entrave à la liberté individuelle mais, en vous entendant chanter, je suis certain que la paix de mes oreilles vaut largement ce sacrifice.

En réalité, Pandore n'avait pas compris la pensée profonde de l'érudit. De toute façon, la moitié de ses phrases employait des mots complexes qui dépassaient l'enseignement lacunaire qu'il avait reçu dans les bas-fonds. Passer son enfance à être poursuivi par des gardes ne le préparait pas à devenir un intellectuel à l'âge adulte. Depuis la veille, il avait tenté d'éviter Édelmard avec la même réussite que s'il cherchait à fuir un milicien dans un couloir. Loin de se décourager, l'autre avait approfondi sa théorie fumeuse sur d'anciennes créatures engendrées par le mal. Comment la magie pourrait-elle vraiment exister ? C'était ridicule ! Mais, au lieu d'écouter le bon sens, Édelmard s'obstinait à vouloir convertir de nouveaux adeptes. Avalon s'était contenté d'une réponse diplomate, Killian avait marmonné dans sa barbe et Gilfred avait haussé les épaules. Partout, il avait reçu le même accueil sceptique.

— Tôt ou tard, le rationnel ne pourra plus satisfaire votre soif d'explication ! s'était exclamé Édelmard en leur agitant une plume sous le nez. Ce jour-là, vous admettrez qu'une force obscure a survécu dans les ténèbres. Elle se nourrit des doutes des hommes et se glisse dans leurs pensées les plus secrètes…

— C'est ça, c'est ça, avait marmonné Pandore distraitement.

Édelmard s'était alors retranché dans sa bibliothèque. Il avait passé des heures à feuilleter des livres poussiéreux, convaincu que la solution était inscrite dans ces pages oubliées. Pour Pandore, ce n'était rien d'autre qu'une perte de temps. Il préférait se concentrer sur des choses plus concrètes, l'heure du repas par exemple.

— Dépêche-toi, Gilfred…

Guetter dans une galerie était loin d'être une tâche passionnante. La lumière de sa torche dessinait des ombres mouvantes et parfois, son cerveau fatigué lui laissait imaginer d'étranges menaces. Avec le soupir du sacrifié affrontant une lente agonie, Pandore resserra autour de lui les pans de sa cape. Compter les secondes ne faisait qu'accentuer sa faim et afin de se changer les idées, il se mit à siffler. Une vieille mélodie, un air prohibé que sa mère lui chantonnait lorsqu'il n'était encore qu'un enfant. Elle était morte comme la mère de Pipo, emportée par la milice… Il ne gardait d'elle qu'un vague souvenir : l'image confuse d'un sourire que sa mémoire avait peu à peu effacée.

Édelmard avait-il raison ? Était-ce croire en la magie que d'espérer que là-haut, quelqu'un veillait sur lui ? Parfois, il avait l'impression qu'une force guidait ses pas… Pandore et son frère avaient été jetés dans les bas-fonds. Ils avaient grandi trop vite, forcés de voler pour survivre. Pourtant, un soir d'hiver où son avenir se résumait au seul jour du lendemain, Pandore s'était fait un serment. Celui de renverser l'Oméga ! L'espoir sans doute illusoire de sauver sa mère… Il savait que rien ne pouvait ramener les morts mais, dans son esprit, ce n'était pas seulement cette femme disparue sans un au revoir. C'était la mère de tous ces enfants qui, impuissants, regardaient le monde faire d'eux des orphelins.

Alors que la dernière note s'évanouissait sur ses lèvres, un léger bruit le fit tressaillir. L'espace d'un instant, il avait cru apercevoir une forme lointaine. Comme une masse noirâtre qui se déplaçait dans la pénombre.

— Y a quelqu'un ? lança Pandore en bondissant sur ses pieds.

Seul le silence lui répondit. Le jeune homme brandit sa torche, mais les flammes n'éclairèrent que des rats fuyant à son approche. Dans ce couloir sombre et humide, les parois ne dissimulaient aucun renfoncement. Aucune cachette où un ennemi aurait pu se glisser et attendre dans les ténèbres.

Il n'y avait personne d'autre que lui. Soulagé, Pandore s'efforça de calmer les battements de son cœur. Lentement, il regagna sa place. C'était idiot… À force d'entendre les sombres théories d'Édelmard, il s'était laissé envahir par la panique. Avalon avait donné pour ordre de lui signaler tout mouvement suspect. Mais comment pourrait-il admettre qu'une illusion avait surpassé sa raison ? Une hallucination qui avait pris l'apparence d'un long manteau noir brusquement surgi du néant. Et ce n'était pas le plus troublant. Sur le coup, il aurait juré que cette mystérieuse silhouette s'était évanouie en traversant les murs.

— Tu deviens fou, mon pauvre vieux, prononça Pandore dans un souffle.

⁂

— M. d'Aubrey, mademoiselle.

Plume marmonna un juron. « Encore lui ! » songea-t-elle. Était-il décidé à venir l'importuner tous les jours de la semaine ? Depuis l'incident du lustre, elle n'avait jamais vu autant d'invités se presser à sa porte.

— Je vais le recevoir, soupira-t-elle à contrecœur.

Le valet s'écarta pour laisser entrer celui que Plume voyait déjà comme un perturbateur. Elle n'avait aucune envie d'entendre son fiancé commenter le baiser qu'elle avait eu le malheur de lui donner. Hormis pour passer le temps, il n'avait probablement aucune raison d'être là. Dès qu'elle en aurait la certitude, elle s'empresserait de le faire raccompagner. La jeune fille n'eut pas l'occasion de mettre son plan à exécution. Sur le seuil de la porte venait d'apparaître la silhouette d'un homme dont la troisième jambe était une canne en bois. Ce n'était pas Élias.

— Oh, M. d'Aubrey, bafouilla Plume, je ne m'attendais pas à votre visite. Mais je vous en prie, asseyez-vous !

Andreas lui adressa un faible sourire alors qu'il prenait place en face d'elle.

Ses traits étaient tirés et à le voir aussi fatigué, Plume devinait que son combat de la veille avait laissé des séquelles.

— Je souhaiterais vous remercier, lui dit Andreas. C'est grâce à vous si je peux me considérer chanceux d'être encore de ce monde.

— Vous n'avez pas à me remercier, assura-t-elle. Je n'ai fait que mon…

Plume hésita. Était-ce le mot « devoir » sur lequel elle butait ? Il était difficile de parler de devoir quand il s'agissait de sauver la vie d'un homme. Andreas n'y prêta pas attention. Une lettre aurait suffi à exprimer sa reconnaissance et s'il s'était forcé à traverser la moitié de la ville, un sujet bien plus délicat occupait sans doute ses pensées.

— Le protocole voudrait que je vous félicite pour vos fiançailles mais, connaissant les relations que j'entretiens avec mon frère, vous comprendrez que je m'abstienne de cette formalité. En réalité, je suis venu pour vous mettre en garde.

— Contre Élias ?

C'était inutile ! Elle n'avait besoin d'aucun avertissement de sa part pour savoir que son mariage ne serait pas la promesse d'une heureuse félicité.

— En apprenant vos fiançailles, je me suis permis d'enquêter sur votre compte, lui confia Andreas. Au risque de vous offenser, vous n'avez ni nom ni fortune et mon frère n'aurait jamais envisagé cette alliance s'il n'espérait pas en tirer un avantage.

Puisqu'ils étaient dans le même camp, Plume choisit de jouer cartes sur table. Andreas pourrait s'avérer un allié précieux s'ils décidaient d'unir leurs forces.

— Je sais déjà qu'Élias manigance quelque chose. Il désire m'épouser pour manipuler la Ligue écarlate.

— Mais je présume que vous ignorez la façon dont il compte s'y prendre… J'ai passé mon enfance à le côtoyer. Au fil des ans, j'ai vu son esprit se former ; je l'ai vu se pervertir et se jouer de la morale pour imposer sa volonté. De tous ses ennemis, je suis peut-être le seul à le connaître aussi bien. Et je pense savoir pourquoi Élias a jeté son dévolu sur vous.

— Vraiment ?

— Il est assez difficile de prédire ses agissements. Mon frère est comme un coffre dont on s'obstinerait en vain à forcer la serrure. Je crois pourtant que ce n'est pas vous qui l'intéressez.

— Que voulez-vous dire ?

Plume se mordit la lèvre. Pour quelle raison Élias chercherait-il à l'épouser si ce n'était pour elle ? Avec la même expression que s'il s'apprêtait à lui ôter ses dernières illusions, Andreas développa sa théorie.

— Ce n'est pas de vous dont Élias a besoin, mais du soutien de votre père.

— Du soutien de mon père ?

— Élias vise très haut, bien au-delà de la Ligue écarlate. Vous ne voyez toujours pas ? Et si je vous dis que l'Oméga est un vieil homme que la mort guette depuis des années… Oh, bien sûr, le peuple est persuadé que l'Oméga est immortel mais, tôt ou tard, la réalité finira par rattraper la croyance populaire. Dans la mesure où il n'a pas d'héritier, les conseillers seront appelés à siéger en session extraordinaire pour désigner son successeur parmi les douze seigneurs de la Ligue. Quant à Élias…

— Il a besoin du vote de mon père pour obtenir le trône, compléta Plume dans un souffle.

— Son statut de membre honorifique lui confère un vote qui compte double. En s'assurant de son soutien et en exerçant une légère pression sur les autres conseillers, Élias espère être choisi.

Plume se sentit brusquement idiote. Comment avait-elle pu être aussi aveugle ? Elle n'avait aucune valeur aux yeux de son fiancé, elle n'était qu'un accessoire qui lui permettrait de devenir le maître suprême d'Orme. Tous ses efforts ne visaient qu'à obtenir la loyauté de M. Herrenstein. Il serait forcé de rejoindre sa cause, car comment s'opposer à un homme qui venait d'épouser sa propre fille ?

— Lorsqu'il m'a dit vouloir manipuler la Ligue écarlate, j'ai eu la bêtise de le croire, murmura Plume.

— Ne vous jugez pas trop durement, lui dit Andreas d'une voix douce. Beaucoup de gens ignorent la procédure en vigueur à la mort de l'Oméga. Ce n'est qu'une minuscule clause à moitié oubliée qui donne de telles prérogatives aux membres du Conseil. Mais ce n'est pas le plus grave…

— Qu'y a-t-il de pire que cela ?

— Quelque chose qui vous concerne de près, hélas. Je suis vraiment désolé d'être porteur de mauvaises nouvelles, mais vous méritez de savoir la vérité. Élias n'a aucun sentiment ni pour vous ni pour personne d'autre. Lorsque les conseillers auront délibéré, que mon frère soit ou non désigné, vous ne lui serez plus d'aucune utilité. Et je crains qu'il ne se débarrasse de vous.

— Il va essayer de me tuer ? s'exclama Plume dans un sursaut.

— Pas vous tuer, il va vous répudier. Vous pouvez lui faire confiance pour trouver n'importe quel prétexte. Vous serez renvoyée chez vous et déshonorée. Sitôt libéré, Élias épousera une femme de la haute société qui lui donnera des héritiers… Je ne dis pas cela pour vous faire du mal, je veux seulement vous prévenir. Élias n'a aucune morale, il n'hésitera pas à vous jeter à la rue dès que vous ne servirez plus ses intérêts.

— Et que dois-je faire pour l'en empêcher ?

La répudiation était l'un des pires destins qui pouvaient l'attendre. Ce n'était pas seulement la honte d'être montrée du doigt ; c'était la certitude de finir abandonnée de tous et de voir son nom traîné dans la boue. Son unique réconfort était que rien ne changerait jamais entre elle et Jack – hormis qu'il regretterait sans doute de ne plus être payé comme avant.

Andreas la contemplait avec une pitié évidente. Lentement, il posa sa main sur la sienne avant de prononcer les mots les plus durs que Plume aurait à entendre.

— On ne peut rien faire contre Élias, soupira-t-il. Et croyez-moi, j'ai déjà essayé… Il est possible qu'il ait d'autres cartes dans ses manches, mais je pense affirmer sans me tromper que c'est le trône de l'Oméga qu'il convoite. Et il ne laissera pas sa position être remise en cause par une mésalliance.

— Alors, je vais rester les bras croisés en attendant d'être répudiée ?

— J'en ai bien peur. Je ne peux pas vous aider, marmonna Andreas, mais, si un jour vous avez besoin de quelqu'un avec qui parler, ma porte vous sera grande ouverte.

Plume était dévastée. Connaître les plans de son fiancé sans pouvoir les contrecarrer était pire que l'ignorance. Bizarrement, elle aurait préféré qu'Andreas ne soit jamais venu.

— Élias m'avait dit que j'étais libre de refuser…

— Mon frère est un manipulateur. En réalité, il ne vous laisse aucun choix puisqu'il sait pertinemment que vous serez obligée d'accepter… Si vous voulez comprendre Élias, vous devez apprendre à voir au-delà des mots. En règle générale, plus il se montre conciliant et plus il se prépare à vous tendre un piège.

— Il m'avait donné un délai d'un an pour prendre ma décision. Hier, il a insisté pour avancer la date du mariage…

— Élias ne vous fait aucune faveur. Probablement qu'il n'avait guère envie de s'encombrer d'une épouse pendant une année entière. Mais un espion au palais a dû lui rapporter que l'état de l'Oméga s'était aggravé. Il avance la date du mariage par crainte d'être doublé si le vote avait lieu plus tôt que prévu… Vous verrez, avec Élias, les choses ne sont jamais ce qu'elles semblent être.

— Dans ce cas, pourquoi a-t-il interrompu les exécutions dans les bas-fonds ? Il a pris le risque de passer pour un être faible aux yeux des autres seigneurs de la Ligue.

Plume ne cherchait pas à le défendre. Elle espérait seulement découvrir les secrets que masquait si bien son sourire sarcastique. Andreas analysait chaque élément avec un regard critique, presque une loupe lui permettant d'apercevoir cette bribe de vérité jusqu'alors dissimulée dans l'ombre. Il n'y avait aucune once d'exagération dans ses paroles. Plume avait suffisamment côtoyé Élias pour savoir que ces théories n'avaient rien d'impossible.

— Oui, j'en ai entendu parler, lui dit Andreas. J'ai surtout retenu qu'il avait décapité un officier de la garde. Quel message pensez-vous qu'il ait adressé à la Ligue ? Qu'il serait facile de l'évincer ou que même sans le titre, il était déjà au-dessus des lois ? Élias n'a aucun scrupule à vous mentir. À l'instant précis où il a convoqué sa garde personnelle, il prévoyait déjà de faire couler le sang. À votre avis, pourquoi ne m'a-t-il pas tué hier alors qu'il en avait la possibilité ?

— Dans le fiacre, il a affirmé qu'il n'avait pas l'intention de vous faire du mal. Il voulait seulement vous effrayer pour que vous retiriez votre plainte.

Andreas eut un petit rire.

— Bien sûr qu'il vous a dit cela. Il n'allait pas prétendre le contraire ! Il m'a épargné uniquement parce que vous étiez présente. Son but est de vous épouser : il va probablement essayer de vous séduire pour que vous deveniez son alliée. Rien ne vaut une demoiselle amoureuse pour obtenir le soutien de son père, vous ne croyez pas ?

Oui, Élias avait tenté de la charmer. Était-ce pour cette raison qu'il avait voulu l'embrasser ? Pour mieux la manipuler... Et quand il serait las de jouer avec ses sentiments, il se débarrasserait d'elle sans le moindre égard.

— Il oserait vraiment tuer son propre frère ? murmura-t-elle.

— C'est ce qu'il a fait avec Jonas.

— Qui est Jonas ?

Plume n'était pas sûre de vouloir connaître la réponse. Certaines histoires de la Ligue ressurgissaient parfois avec leur lot de meurtres et de disparitions étranges. Elles se chuchotaient dans la Cour des fous comme autant de rumeurs qui n'osaient remonter à la surface, dans ce monde où *L'Orme glorieux* était le seul dépositaire de la vérité.

— Jonas était notre demi-frère. Il était l'aîné, celui qui aurait dû succéder à Père, déclara Andreas, mais le destin en a décidé autrement. Il est mort à l'âge de vingt ans... Il est mort parce qu'Élias l'a tué.

— Vous l'avez vu ?

— Je n'avais que cinq ans à l'époque des faits, Élias en avait onze. Je me souviens pourtant de cette journée comme si c'était hier. Nous étions à Hirion dans la vieille demeure de notre tante quand un cri a déchiré l'air. Avez-vous déjà entendu la Mort ? Je ne vous parle pas d'un corps inerte, je parle de cette voix qui vous susurre à l'oreille que plus rien ne sera comme avant. J'ai senti la Mort, je l'ai vue de mes yeux… Jonas avait été poignardé dans le dos, il gisait sur le sol au milieu d'une mare rougeâtre. J'étais dissimulé derrière une porte lorsque Élias est passé à quelques mètres de moi. Il avait un couteau dans la main, un couteau qui dégoulinait du sang de notre frère. Alors oui, je pense sincèrement qu'il n'aurait pas hésité à me tuer.

— Mais il n'avait que onze ans ! lança Plume, horrifiée. Comment un enfant de cet âge peut commettre un tel acte ?

— Il y a toujours eu du mal en lui, le nombre d'années n'y change rien… Pendant plus d'une décennie, j'ai gardé ce secret pour moi. Jusqu'à ce jour où Élias m'a défié à l'épée. Il m'avait envoyé rouler au sol, je me traînais misérablement à ses pieds. Et puis, je ne sais pas… Peut-être était-ce une envie suicidaire ou le besoin de lui crier la vérité en pleine face. Je lui ai hurlé que je l'avais vu à côté du cadavre de Jonas ! Il est devenu fou de rage et m'a enfoncé sa lame dans la jambe. J'ai sombré dans l'inconscience, persuadé que j'allais mourir à mon tour. À mon réveil, j'étais boiteux et depuis, cette maudite canne me suit comme mon ombre.

— C'est pour cette raison qu'Élias vous déteste autant ? Parce que vous connaissez son secret ?

— Élias s'est toujours acharné sur moi, je suppose que c'est sa façon de se distraire, répondit Andreas dans un pâle sourire. L'été dernier, j'aurais dû me marier, mais mon cher frère s'est débrouillé pour impliquer ma fiancée dans un scandale qui a détruit sa réputation. Elle est devenue la risée de toute l'aristocratie et j'ai été contraint de renoncer à elle. J'aimais profondément Cordélia, c'est sans doute pour cela qu'Élias a pris tellement de plaisir à saboter mon mariage. Ce soir-là, j'ai aperçu la silhouette d'Harckof et comme vous l'apprendrez vite, il s'agit de son âme damnée. Partout où surgit Harckof, vous pouvez être sûre qu'Élias n'est pas loin.

— Je suis sincèrement désolée, murmura Plume.

Les mots lui manquaient. Aucune parole ne saurait exprimer à quel point elle partageait sa peine. Oui, Élias était bien dépourvu de cœur… Comment avait-il pu assassiner son frère aîné et s'amuser à torturer son cadet ? À présent, elle comprenait mieux les avertissements d'Andreas.

— Lorsque notre mère est morte, Élias n'a même pas pleuré, poursuivit-il. Pendant longtemps, j'ai essayé de croire qu'une once de bonté aurait survécu malgré sa cruauté. Aujourd'hui, je pense qu'il n'éprouve aucune émotion… Voici l'homme que vous vous apprêtez à épouser, Mlle Herrenstein.

Chapitre 15

Escapade par les toits

Cela faisait deux jours que Plume ressassait les paroles d'Andreas. Ses avertissements tournaient dans sa tête comme une mélodie lancinante. En jetant son dévolu sur elle, Élias espérait devenir bien plus qu'un seigneur de la Ligue. Il visait le pouvoir absolu… À quel instant précis s'était-il lancé dans cette sombre machination ? Lorsqu'il avait découvert son identité, savait-il déjà qu'elle aurait un rôle à jouer ?

— Je le déteste, marmonna Plume.

Avalon attendait de sa nouvelle recrue qu'elle espionne la Ligue pour le compte de la rébellion. Une perspective qui l'enchantait peu depuis les sinistres prédictions d'Andreas. *Élias se débarrasserait d'elle dès qu'elle n'aurait plus d'utilité à ses yeux…* Ce qui plaçait Plume face à un dilemme. Soit elle suivait les consignes des princes maudits au risque d'être rapidement évincée. Soit elle parvenait à saboter son mariage et contrecarrait par là même les plans d'Élias. Que valait-il mieux pour la cause : quelques informations glanées par-ci, par-là ou la certitude d'échapper à une tyrannie bien pire encore ?

— Mademoiselle ? prononça Madge en apparaissant sur le seuil de la porte.

— Si c'est encore mon fiancé, dites-lui que je suis souffrante. Il ne vous croira pas, mais essayez quand même…

— Monseigneur d'Aubrey vous a envoyé une lettre, mademoiselle.

Au moins, Plume n'aurait pas à supporter sa présence. À contrecœur, elle saisit l'enveloppe écarlate que Madge lui tendait. Le sceau en forme de lion ailé ne laissait planer aucun doute quant à l'identité de l'expéditeur. Plume déplia la lettre et lut :

« *Chère Mlle Herrenstein,*

Vous me feriez un plaisir immense en acceptant de dîner chez moi ce soir. Si cela peut vous rassurer, sachez que vous ne serez pas ma seule invitée puisque j'ai également convié ma tante Aubépine, mon cousin Victorien ainsi que mon frère Andreas (il s'agit d'un repas de famille et malheureusement, il fait partie de mes parents). Je souhaiterais vous présenter à ces personnes qui comptent énormément pour moi (sauf le dernier, mais je pense que vous l'avez compris). Je vous attends à dix-neuf heures.

Si, par hasard, vous vous sentez étrangement indisposée, je vous rendrai visite demain. Et il n'est pas exclu que je questionne M. Herrenstein sur la santé de son neveu. Je vous laisse imaginer sa réaction en découvrant l'existence de ce personnage.

Élias d'Aubrey, seigneur de la Ligue écarlate
(l'autre imbécile peut dire ce qui lui chante, ce titre est le mien) »

Les lèvres de Plume s'étirèrent en une grimace. Elle n'avait absolument aucune envie d'aller dîner chez Élias. Mais elle devait reconnaître que sa menace était particulièrement efficace. Si son père entendait parler du cousin Herrenstein, elle aurait bien du mal à expliquer sa relation avec lui.

— C'est bon, grommela-t-elle, je vais venir.

⁂

Jack poussa un grognement alors qu'il pourfendait un ennemi imaginaire. Mais, pour un observateur extérieur, il avait tout l'air d'un fou agitant son épée dans les airs. Après avoir effectué une étrange chorégraphie mêlant esquives et attaques féroces, Jack se laissa tomber sur le sol à côté d'Archibald. Bien que le vieillard fût aveugle, il avait vite compris que la lame du courtier n'était pas passée très loin de sa tête.

— Je veux tuer ce type ! s'exclama Jack, apportant la confirmation qu'il en avait bien après quelqu'un.

— La haine et la colère ne font pas bon ménage, déclara Archibald.

— Il m'énerve ! *Mais je vous en prie, la salle d'escrime est au bout du couloir*, grommela l'autre dans une parfaite imitation de la voix d'Élias. Pour qui se prend-il, celui-là ?

— Pour quelqu'un qui t'aurait mis une raclée si tu avais accepté son invitation.

C'était bien là le problème… Avec son flair inégalé, Jack avait aussitôt perçu qu'en relevant le défi, il finirait estropié en moins de deux. Élias était le meilleur ! Non seulement parce qu'il était membre de la Ligue et n'avait pas à justifier la présence d'un cadavre dans son salon mais aussi, et Jack déglutit, parce que cela se voyait dans ses yeux. Il avait un regard de rapace. Aucune lueur d'hésitation n'était apparue dans ses prunelles sombres lorsqu'il avait décapité l'officier de la garde. Quel culot, n'empêche ! N'importe qui à sa place aurait été exécuté sur le champ. Décidément, porter le rouge écarlate avait ses avantages…

— Qu'est-ce que je peux faire ? Vous n'auriez pas une idée, Archi ?

Archibald était une bibliothèque vivante, mais ses talents étaient rarement sollicités pour élaborer des assassinats. Avec un soupir, il arpenta les nombreux couloirs qui formaient les dédales de son esprit.

— Qu'est-ce que tu veux savoir exactement ? demanda-t-il en commençant à feuilleter *Tentatives réussies et avortées d'homicides prémédités*.

— Comment tuer un héritier de la Ligue ou un seigneur, je ne sais pas trop. Il paraît qu'il a eu le titre mais sans vraiment l'avoir.

Les explications de Jack n'étaient jamais très claires. Avant qu'il ne débarque avec ses problèmes insolubles, Archibald s'apprêtait à attaquer son petit-déjeuner. Et l'entendre ruminer nuisait gravement à son programme. L'équation « Jack satisfait égale Jack vite reparti » était digne d'être vérifiée.

— Voyons, voyons, marmonna Archibald en consultant un long chapitre. En 1833, Mya Basillius a cherché à poignarder Monseigneur Hadelin. Elle aurait pu réussir si ses bésicles n'étaient pas tombées de son nez à cet instant précis, un incident qui l'a amenée à s'acharner sur son homme de main. Exécution immédiate et la raison de son geste est restée inexpliquée…

— Je m'en fiche, coupa Jack. Citez-moi seulement quelqu'un qui a réussi et pas une affaire de vieille femme.

— En 1834, Monseigneur Artéor est décédé. Après vérification, sa coupe contenait du poison. Cependant, la version officielle est qu'il serait mort d'une crise cardiaque.

— Autre chose ?

— J'ai peur qu'hormis les attentats fomentés par les parents d'un héritier, aucune tentative n'ait vraiment abouti. Assez récemment, le seigneur Chrisaloy a manœuvré de façon à éliminer une bonne partie de sa famille, notamment son frère aîné qui…

— Chrisaloy ! s'écria Jack comme si les paroles d'Archibald lui avaient fait l'effet d'une révélation. Il doit savoir comment se débarrasser de ce d'Aubrey.

Les sourcils de l'aveugle se hissèrent sur son front jusqu'à disparaître sous ses longues mèches argentées.

— Est-ce que je dois en conclure que tu le connais personnellement ?

— Disons que lui et moi, on a un petit arrangement qui nous procure une grande satisfaction…

— C'est dangereux, Jack, de traiter avec un seigneur de la Ligue.

— Peut-être bien, mais s'il est le seul à pouvoir m'aider, pourquoi pas ? De toute façon, je ne devrais même pas vous en parler. J'ai juré de me taire croix de bois-croix de fer mais, bizarrement, il me semble avoir croisé les doigts… Bref, vous m'avez été très utile, Archi !

Le vieil homme entendit ses pas devenir des murmures, alors qu'ils se perdaient dans la foule des marchands et autres voleurs qui arpentaient la Cour des fous. Le départ de Jack signifiait la paix pour ses oreilles, mais Archibald resta songeur. Ce garçon avait tort de vouloir pactiser avec la Ligue…

⁕⁂⁕

Lorsque l'horloge sonna dix-huit heures trente, Plume grimpa dans un fiacre en direction de la rue des Tilleuls. Il faisait déjà nuit et là-haut sur les toits, une voix semblait l'appeler. Comme elle aurait aimé se hisser sur les hauteurs de la ville ! La Cour des fous lui manquait, Jack aussi… Et surtout cette sensation de vivre, l'espace de quelques heures, loin du régime et de ses règles.

Ce soir-là, il n'y aurait que protocole et politesse. Plume appréhendait particulièrement les remarques d'Élias. Du moment qu'il n'évoquait pas sa double identité, elle pourrait encore supporter ses insinuations. En lisant sa lettre, elle avait été surprise de découvrir l'existence de cette tante Aubépine ou même de ce cousin Victorien. Heureusement, son frère serait présent. Si ce repas l'ennuyait déjà, elle aurait au moins un allié à table.

Avec un soupir, Plume lissa sa robe. Sa mère avait insisté pour lui faire revêtir la dernière création de Frédérion et pressé par un message impérieux, un assistant l'avait rapportée en toute hâte de l'atelier. Lorsque Plume s'était contemplée dans la glace, elle avait éprouvé une curieuse sensation de déjà-vu. Comme si, à l'occasion d'un bal, elle aurait déjà croisé une jeune fille portant la même tenue qu'elle.

À travers la vitre, elle distinguait les contours du manoir qui se découpaient dans la pénombre. Lentement, le fiacre s'immobilisa le long du trottoir. Inspirant profondément, Plume descendit du véhicule. Le cocher avait à peine fouetté ses chevaux pour repartir que la porte s'ouvrit dans un grincement. Or, ce n'était pas ce valet désagréable qui lui faisait face. C'était Élias lui-même…

— Mlle Herrenstein, ricana-t-il. Quelle joie de constater que vous n'êtes pas souffrante !

— Comment aurais-je pu refuser votre invitation ? ironisa Plume en le fusillant du regard.

— Mais je vous en prie, entrez.

Son fiancé s'écarta pour la laisser passer. Plume eut à peine franchi le seuil qu'un détail attira son attention. Il régnait un silence inhabituel, presque étrange dans une maison qui s'apprêtait à accueillir des invités… Et puis, depuis quand le maître des lieux ouvrait-il lui-même la porte ? Où étaient passés ses domestiques ?

— Est-ce que votre famille est déjà là ?

— Quelle famille ?

— Mais votre tante…

— Oh, elle est morte l'année dernière. Ne me présentez pas vos condoléances, c'était une femme avec un caractère épouvantable… Je vois la perplexité naître sur votre visage, ajouta Élias avec un sourire malicieux. Vous allez probablement me demander où est mon cousin Victorien ou je ne sais plus quel prénom j'ai choisi au hasard. En réalité, il n'existe pas : je l'ai inventé de toutes pièces. Quant à ce cher Andreas, c'est malheureux mais j'ai oublié d'envoyer le carton d'invitation. Comme je peux être distrait parfois !

— Vous voulez dire que vous n'avez invité que moi ?

— Exactement. Vous ne vous êtes pas étonnée que je fixe le dîner pour le soir même ?

Le fait qu'Élias n'ait pas plus de considération pour ses hôtes n'avait pas choqué Plume. Sa lettre lui ordonnait de se présenter chez lui, alors pourquoi se serait-elle offusquée d'une impolitesse de plus ?

— J'ai eu cette idée en me levant, raconta Élias. Oui, en bondissant de mon lit, je me suis dit : « Envoyons un message à cette chère Éléonore. » Si j'avais écrit la vérité noir sur blanc, vous auriez refusé de venir. Vos parents en auraient conclu que ce repas en tête-à-tête n'était pas convenable. Ou pire que tout, ils vous auraient fait suivre par un chaperon et j'aurais eu du mal à m'en dépêtrer. Alors, que voulez-vous, le mensonge est parfois une excellente alternative !

— Et vos serviteurs, où sont-ils ?

— Mes serviteurs ? répéta Élias en se frottant le menton comme si Plume l'interrogeait sur l'emplacement d'une chaussette égarée. Ils ne sont pas là ? Voilà qui est de plus en plus inhabituel… Peut-être que je leur ai accordé leur soirée. Maintenant que j'y réfléchis, je me revois distinctement ordonner à tout ce petit monde de libérer les lieux.

— Est-ce que vous insinuez que nous sommes seuls ici ? lança Plume avec mauvaise humeur.

— Dans la mesure où j'ai chassé mes domestiques, on peut en conclure que oui.

— Espèce de…

— Je ne tolérerai pas que des mots grossiers franchissent vos jolies lèvres, coupa Élias. Quelque chose ne va pas, petite Plume ?

— Vous vous êtes moqué de moi ! s'écria-t-elle. Je vous préviens tout de suite que si vous vous avisez de me toucher, je le dirai à…

— À qui ? Au cousin Herrenstein ? À la pensée même qu'il pourrait venir ici venger votre honneur, je tremble d'effroi…

— Je rentre chez moi !

— Sauf erreur de ma part, vous aurez du mal à regagner vos pénates sans votre cocher et je l'ai vu tourner au coin de la rue… Écoutez, je n'avais pas l'intention de vous offenser. Ce n'est pas la première fois que nous nous retrouvons seuls, vous et moi, non ? L'autre nuit, je vous avais proposé de piller mes cuisines et vous m'aviez fracassé un vase sur la tête. Alors, pourquoi ne pas accepter mon invitation ?

Plume lui adressa un regard méfiant.

— Tenez, fit Élias en lui tendant son arme. Si vous trouvez que je me montre entreprenant, libre à vous de me tuer.

La jeune fille s'empara de son épée. La lame était beaucoup plus lourde qu'elle ne l'aurait cru. Même si Élias était désarmé, Plume savait qu'elle n'aurait aucune chance de le battre. Son cocher ne devait pas revenir la chercher avant trois heures. La perspective d'attendre dans la nuit noire le passage d'un éventuel fiacre n'était guère une option plus attrayante.

— Très bien, marmonna-t-elle. Vous avez gagné.

— À la bonne heure ! Comme vous êtes absolument charmante, je vais même vous laisser choisir entre deux possibilités : petit un, nous allons au salon et nous dégustons un plat de tout ce qu'il y a de plus traditionnel… Petit deux, nous emportons des fruits, du poulet froid, du fromage et tout ce qu'il faut pour constituer un pique-nique savoureux et nous mangeons sur les toits.

— Sur les toits ? s'étonna Plume.

Est-ce qu'il s'agissait d'une plaisanterie ? Pourtant, Élias avait l'air étonnamment sérieux. Avec une mine réjouie, il ramassa un vieux panier posé sur le sol.

— Possibilité deux, je présume ? J'ai bien fait décidément de préparer ce panier de victuailles… Venez, suivez-moi.

Plume lui emboîta le pas. Ils gravirent un grand escalier de marbre puis, parvenu dans le couloir des domestiques, Élias lui fit emprunter une volée de marches jusqu'au grenier, une pièce poussiéreuse dont le plafond en pente les obligeait à avancer courbés.

— Par ici, indiqua Élias en désignant une fenêtre.

Il ouvrit les battants et se glissa à l'extérieur. Lorsque Plume se hissa sur les toits, elle fut surprise par la beauté du ciel. Par ces milliers d'étoiles qui formaient comme un plafond scintillant où l'horizon constituait la seule limite. La vue était magnifique ! C'était la première fois que la jeune fille pouvait se tenir droite sans craindre la milice. Plume ressentait une joie intense, l'impression confuse que toutes ces nuits passées à violer le couvre-feu n'étaient qu'un pâle reflet de cette sensation merveilleuse. Comme si un voile épais la séparait jusqu'alors de ce monde étoilé et venait brusquement de se déchirer.

— Est-ce que cela vous plaît ? demanda Élias.

— Oui.

— Parfait. Si je vous propose la même chose la semaine prochaine, vous viendrez ? Après avoir invité ma famille, je convierai les notables et ensuite, ce sera le tour des marchands… Ma foi, mes domestiques vont être ravis d'avoir autant de soirées de repos !

Plume n'était pas sûre d'accepter. L'expérience avait beau être plaisante, elle craignait de devenir dépendante, d'attendre ces invitations avec impatience alors qu'elle s'était juré de haïr cet homme. Élias faisait ce qu'Andreas lui avait prédit. Il cherchait à la séduire pour obtenir le vote de son père. Les toits, tout comme les instruments de peinture, n'étaient qu'un moyen de la tenir en son pouvoir.

— Alors, qu'est-il arrivé de palpitant dans votre vie ? lança Élias en ouvrant son panier.

— Le cousin Barnabé a été retrouvé, répondit Plume.

— Celui qui devait de l'argent à votre père ?

— Comment le savez-vous ? Je ne vous ai jamais parlé de lui.

— La douce Anémone s'est fait une joie de me détailler votre situation financière et apparemment, aucun détail ne lui a échappé. Mais c'est une bonne nouvelle ! Votre famille n'est plus menacée par la ruine, vous êtes de nouveau une demoiselle fortunée.

— Il a été arrêté dans une ville de l'Est, marmonna Plume. Ce qui est assez bizarre, puisqu'il avait déjà des créanciers là-bas qui n'attendaient que son retour pour le jeter en prison.

— Oh, je pense surtout qu'il était poursuivi dans tous les coins d'Orme… Vous voulez de l'orange ? proposa Élias. Comment s'appelait cette fille déjà, celle qui fabriquait des savons ?

— Charlotte Borléans.

— Ah oui, maintenant cela me revient. Je lui enverrai un panier d'oranges, si j'y pense. Elle avait l'air de les apprécier.

Plume ne lui répondit pas. Elle se souvenait très bien de son fiancé chassant Charlotte de la pièce avec pour seules armes un sourire et une orange à moitié écrasée. Distraitement, elle tritura la chaîne de son médaillon.

— C'est joli ce que vous avez là, commenta Élias d'une façon assez peu naturelle.

Il avait de la suite dans les idées : après avoir chassé sa réticence première en l'emmenant sur les toits, il était passé au compliment.

— Qui vous l'a offert ? demanda-t-il.

— Je ne sais pas. Aussi loin que remontent mes souvenirs, il m'a toujours appartenu. Ce médaillon a beaucoup de valeur pour moi, prononça Plume dans un souffle, mais je suis incapable de vous dire pourquoi.

Malgré la fraîcheur du soir, la jeune fille commençait à étouffer. Lentement, elle défit les boutons de son manteau, laissant apparaître sa robe. En la voyant, les yeux d'Élias s'écarquillèrent de surprise. Sans se soucier de son accord, il prit son visage entre ses mains et lui tourna la tête de trois quart.

— Lâchez-moi, s'exclama Plume, ou je vous embroche avec votre épée !

— Cette robe, bafouilla Élias, est-ce qu'elle est ancienne ?

— Non, elle est toute neuve ! Frédérion vient de nous la faire livrer… Et maintenant, retirez vos sales pattes de mon menton.

Élias s'exécuta aussitôt. Mais il y avait quelque chose d'anormal dans son regard, presque une lueur de folie. Il semblait étrangement agité pour un homme qui, toute sa vie, s'était interdit le moindre sentiment.

— Qu'est-ce qui vous a pris ? grommela Plume.

— Vous ne voyez pas ? Cette robe, c'est impossible…

— Il n'y a rien d'impossible là-dedans, c'est ce qu'on appelle de la couture…

Son fiancé secoua vivement la tête. Plume ne comprenait pas comment un simple morceau de tissu pouvait le plonger dans un tel trouble. Jusqu'à ce qu'Élias se penche vers elle et lui murmure à l'oreille :

— *Vous êtes la femme du tableau…*

— Quoi ?

— La femme du tableau ! répéta-t-il. Vous ressemblez de façon frappante à la silhouette endormie sur la toile de Dariel.

Sous le coup de la surprise, Plume laissa tomber son orange qui roula sur le toit avant de disparaître dans la pénombre. Ce que disait Élias n'avait aucun sens… Et pourtant, quand elle s'était contemplée dans la glace, cette robe lui avait paru familière. Mais comment pourrait-elle figurer sur une peinture datant d'un demi-siècle ?

— Cette théorie semble complètement folle, murmura-t-elle. Dariel est mort depuis des années.

— Je ne prétends pas pouvoir l'expliquer… Regardez-vous, bon sang ! Vous êtes la réplique parfaite de cette femme. Votre chignon, le ruban dans vos cheveux, cette robe mauve… Il n'y a quasiment aucun détail qui ne diffère.

— Cette personne et moi avons des points communs, c'est vrai, reconnut Plume. Mais il faut être réaliste, jamais je n'aurais pu poser pour un peintre en 1793. Peut-être que Frédérion s'est simplement inspiré d'un vieux modèle.

Élias se mordit la lèvre. Il ne paraissait pas convaincu par cette interprétation. Chaque création qui sortait des ateliers Céleste était réputée pour être unique dans le royaume d'Orme. Et même si Frédérion avait écouté la voix de la paresse, tout ce qui appartenait à l'Histoire avait été détruit par la Ligue et les patrons de couture ne faisaient pas exception.

— Ce n'est peut-être qu'une coïncidence, avança Plume. Rien qu'un hasard.

— Vous n'y croyez pas et moi non plus. Je sais que mes paroles iraient très bien dans la bouche d'un vieux fou. Il n'y a aucune logique dans tout cela, mais vous ne pouvez pas chasser cette réalité troublante d'un revers de main… Venez avec moi, allons examiner cette toile d'un peu plus près !

Plume suivit Élias alors qu'il se faufilait à nouveau par la fenêtre. Oui, il avait raison… Un lien l'unissait à cette mystérieuse peinture, un secret oublié qui venait de ressurgir des profondeurs du passé. Lorsque Plume avait admiré cette toile pour la première fois, elle avait bien remarqué une similitude de traits. Jamais pourtant elle n'aurait osé se reconnaître en cette femme. Ses cheveux bruns étaient bouclés comme l'imposaient la mode et ses nombreux carcans. Elle-même n'avait aucun signe distinctif, aucun détail susceptible d'attirer son attention. Cette silhouette aurait pu être son portrait comme celui de beaucoup de demoiselles de Seräen.

Après avoir traversé l'étage à grandes enjambées, Élias poussa la porte de son cabinet de travail. Il se dirigea aussitôt vers sa bibliothèque et actionna le mécanisme secret. Un déclic retentit quand la porte du coffre-fort s'entrouvrit lentement. Avec précaution, Plume s'empara de la toile et la déroula sur le bureau au milieu des dossiers et des encriers.

— Vous voyez ! s'exclama Élias. Ce n'était pas seulement un effet de mon imagination !

À présent que la peinture s'étalait sous ses yeux, Plume ne pouvait cacher sa stupéfaction. La ressemblance était encore plus saisissante que dans son souvenir. Les perles, la ceinture à sa taille et même la forme de ses escarpins étaient identiques. Élias la fixait comme s'il attendait d'elle une explication. Elle n'avait cependant pas l'ombre d'une réponse à lui fournir.

— Je ne sais vraiment pas quoi vous dire, murmura Plume. Cette peinture ne devrait pas exister…

— Ce qui est bien ici, c'est qu'il y a toujours de l'animation, commenta son fiancé. Depuis mon arrivée à Seräen, je n'ai pas eu l'occasion de m'ennuyer une seule fois.

— Est-ce que vous pensez que… disons, votre père aurait pu connaître la vérité ? C'est peut-être pour cette raison qu'il avait caché la toile.

— Mon père n'a jamais eu la chance de vous rencontrer. Vous n'étiez pour lui qu'une étrangère et il est trop tard désormais pour lui poser la question… Est-ce que Dariel aurait pu peindre l'un de vos aïeux ? Mais, même s'il avait croisé la route de votre grand-mère, cela ne justifierait pas la présence de la robe. Il y a forcément quelque chose qui nous échappe…

Penchée sur l'œuvre, Plume examinait le coin supérieur lorsqu'elle distingua un point doré qui apparaissait au-dessus des branches de l'arbre. Ce n'était sans doute qu'un détail, mais chaque pièce du puzzle avait son importance s'ils espéraient résoudre cette surprenante énigme.

— À votre avis, que représente ce point ?

— Je dirais une étoile à première vue, répondit Élias en plissant les yeux. Quoique, ce serait assez curieux de représenter un astre en plein jour même si ce Dariel semble avoir des idées plutôt bizarres.

— Et si c'était un message ? Il s'agit de la dernière œuvre de Dariel avant qu'il ne trahisse les siens pour Valacer. Il aurait pu y cacher, je ne sais pas… une information quelconque en rapport avec la guerre.

— Parce qu'il a peint votre joli minois, vous présumez aussitôt qu'il s'adresse à vous, ricana Élias. Pourquoi aurait-il voulu guider vos pas dans cette lutte absurde que vous avez déclarée à l'Oméga ? Dariel ignorait que vous alliez naître, à moins qu'il ne fût en mesure de prédire l'avenir. Mais, voyez-vous, j'en doute…

— Puisque vous êtes si malin, que proposez-vous de faire ?

— On pourrait rendre visite à votre ami couturier pour commencer. Je suis sûr que ce Frédérion a des choses intéressantes à nous dire.

— Il n'a jamais vu cette toile…

— Oh, vraiment ? Et moi qui croyais que plein de gens s'invitaient chez moi pour visiter les lieux !

Plume lui lança un regard noir.

— Vous êtes vraiment agaçant à toujours vous comporter comme si vous étiez plus intelligent que tout le monde. Même Anémone est moins pénible que vous !

— Taisez-vous…

— Et pourquoi est-ce que je devrais vous obéir ?

— Parce que c'est un ordre.

Elle s'apprêtait à répliquer, mais Élias lui posa d'autorité la main sur la bouche. Ses traits s'étaient durcis, il parut brusquement plus âgé et dans le silence de la nuit, Plume entendit un son métallique résonner dans l'air, suivi d'un grincement.

— On dirait que cela vient de la rue…

— Ce bruit, affirma Élias d'un ton catégorique, c'est mon portail qui est en train de s'ouvrir. Et le souci, c'est que je n'ai invité personne d'autre que vous. Peu importe qui est cet intrus, il ne vient probablement pas pour m'emprunter du sucre.

Plume se précipita vers la fenêtre. Dissimulée derrière les lourds rideaux de velours, elle discernait l'allée en graviers qui menait à la demeure des d'Aubrey. Malheureusement, le triste pronostic d'Élias se révélait exact. À une différence près… Ce n'était pas une, mais une vingtaine de silhouettes encapuchonnées qui s'avançaient dans l'herbe. Vêtues de longs manteaux noirs, elles se fondaient presque dans les ténèbres. Ces êtres se déplaçaient sans bruit comme si leurs pas ne faisaient que frôler le sol.

— J'ai déjà vu l'un d'eux ! s'écria Plume. Dans l'impasse de l'apothicaire !

— Vous parlez de celui qui a disparu sans laisser de traces ?

Plume acquiesça d'un signe de tête. L'angoisse commençait lentement à s'emparer d'elle alors qu'une conclusion chassait ses autres pensées. Ces hommes se préparaient à les attaquer ! Avec une organisation comparable à celle des miliciens, ils se répartissaient de chaque côté du bâtiment de façon à l'encercler. Faisant un effort sur elle-même, Plume se tourna vers Élias. Pour une fois, elle aurait tant souhaité qu'il s'agisse de l'une de ses plaisanteries idiotes. Mais ses lèvres restaient figées en un rictus.

— Qu'est-ce qu'on fait ? chuchota-t-elle.

— Déjà, vous allez me rendre mon épée. Je pense que je vais en avoir besoin. Et si, par hasard, vous avez une arme cachée sous vos jupons, je vous invite à la sortir.

L'expression impassible d'Élias laissait présager un terrible danger. Est-ce qu'ils allaient devoir se battre ? Plume n'avait pas emporté sa dague. À la base, ce devait être un dîner formel avec la famille d'Aubrey, pas un repas sur les toits et encore moins un combat à mort.

— Vous avez bien une garde personnelle, non ? Vous ne pouvez pas appeler Harckof ou n'importe qui d'autre ?

— Je vous l'ai dit tout à l'heure, marmonna Élias. J'ai renvoyé tous mes domestiques, je voulais passer la soirée seul avec vous. Bizarrement, l'idée de me faire envahir ne m'avait pas traversé l'esprit !

— Alors, personne ne viendra nous aider ?

— J'en ai bien peur. Sauf si vous parvenez à prévenir les soldats par pigeon voyageur.

— Ils sont venus pour nous tuer ?

— Aucune idée, mais cette théorie ne me semble pas totalement fantaisiste… Écoutez, Éléonore, je n'ai jamais vu ces gens. J'ignore totalement ce qui les pousse à nous attaquer, mais il faut que vous gardiez votre sang-froid. Vous êtes chez moi et je ne tolérerai pas que mon invitée se fasse blesser par des envahisseurs ! Si ces imbéciles cherchent la bagarre, je les tuerai tous jusqu'au dernier.

Cette déclaration de guerre parvint à lui arracher un mince sourire. Plume avait déjà vu Élias manier l'épée et le hasard lui offrait un allié de choix. Au moins, elle pouvait se réjouir qu'il soit dans son camp.

— Hum, fit Élias, je crois que je vais légèrement nuancer mes propos.

— Pourquoi ? Vous savez pertinemment qu'aucun adversaire ne vous arrive à la cheville. Vous m'avez dit l'autre jour que seul maître Griffin était plus fort que vous !

Plume avait espéré gonfler l'orgueil d'Élias et lui faire oublier qu'il était seul contre vingt. Pourtant, son fiancé ne parut pas sensible au compliment.

— Ah oui, mon cher professeur… Il m'expliquait lui-même que je n'aurais eu aucun intérêt à m'entraîner avec lui si je le battais à plate couture. Eh bien, c'est un hasard que vous me parliez de lui, mais ce type en bas – celui qui donne les ordres et qui, accessoirement, marche droit vers la porte –, *c'est mon maître…*

Plume se pencha à son tour. L'un des hommes venait de retirer son capuchon et malgré la distance, la jeune fille apercevait nettement sa barbe savamment taillée. Voilà qui changeait la donne… L'un de leurs assaillants était non seulement un traître, mais ne leur laissait surtout qu'une faible chance de le vaincre.

— Finalement, il s'est rallié à l'ennemi, commenta Élias comme s'il s'agissait d'une erreur tout à fait excusable. Et il me semble même que dans un instant de faiblesse, je lui ai donné un double des clefs.

— Alors, il est déjà à l'intérieur ?

— Oui et apparemment, il a emmené des amis. J'ai compté cinq de ces individus patibulaires qui piétinaient ma pelouse. Les autres ont été postés à l'extérieur pour nous empêcher de nous échapper. Si on arrive à se débarrasser des cinq premiers, quelque chose me dit que les autres s'empresseront de prendre la relève.

Si Plume avait écouté son instinct, elle aurait aussitôt couru pour fuir le danger. Élias, lui, ne bougeait pas. Il restait planté devant la fenêtre à observer ce qui se passait à l'extérieur. Voir des inconnus leur bloquer tous les accès possibles n'avait rien de motivant. Quel intérêt trouvait-il à ce spectacle ? Sa lenteur à lancer la contre-attaque allait se retourner contre eux et Plume refusait de finir prisonnière de ces quatre murs.

— Venez ! Il faut qu'on parte le plus vite possible…

— Qu'est-ce que Griffin manigance ? grommela Élias. À qui a-t-il bien pu prêter allégeance ? Ce n'est quand même pas ce benêt d'Andreas qui a réussi à le retourner contre moi.

— On s'en fiche, lâcha Plume en le tirant par la manche. Si vous êtes encore en vie à l'aube, vous aurez largement le temps de régler cette histoire.

— Très bien, comme vous voudrez… Éléonore, vous serez mon bras droit. Votre mission est simple : vous prenez la peinture avec vous et vous la protégez de ces idiots. Qu'importe ce qui les amène ici, l'œuvre de Dariel ne doit pas tomber en leur possession.

Plume roula la toile entre ses mains tremblantes et la serra fermement contre elle. Tendant l'oreille, elle percevait des bruits de pas qui, inexorablement, se rapprochaient d'eux. Griffin n'allait pas tarder à arriver. Qu'attendait donc Élias ?

— Suivez-moi, lança-t-il, finalement. Nous allons montrer à cette bande d'imbéciles que nul n'a le droit de s'introduire chez un seigneur de la Ligue.

Élias s'était approché de la cheminée et d'un geste vif, apposa sa chevalière contre une marque de forme circulaire, à peine visible sur la pierre. À l'image de deux éléments complémentaires s'emboîtant l'un dans l'autre, la chevalière tourna légèrement dans la serrure. Élias retira sa main alors qu'un déclic accompagnait l'ouverture d'une porte secrète. Derrière la bibliothèque, un couloir sombre venait d'apparaître comme une ultime sortie de secours.

— Ayez un peu confiance en moi, fit Élias. Je ne vais pas vous laisser subir les conséquences de cet assaut surprise. Le truc, c'est de toujours avoir un coup d'avance. Même Griffin ne connaît pas ce passage. Cette maison est un véritable labyrinthe de trappes et de portes dérobées. Alors, vous allez vous cacher là et me promettre de ne pas faire de bêtises.

Avec un certain soulagement, Plume s'engouffra dans le passage secret. Le panneau se referma derrière elle. L'endroit était étroit et serrée contre l'une des parois, la jeune fille avait du mal à respirer. L'espace d'un instant, elle avait cru qu'Élias la rejoindrait, mais il ne semblait pas décidé à choisir la voie de la facilité.

Après tout, songea-t-elle, quand Griffin et sa bande seraient las de tourner en rond, ils finiraient bien par repartir. Pourquoi Élias insistait-il pour défier son maître ? Bizarrement, Plume n'avait aucune envie de voir son fiancé se faire tuer, car il représentait sa meilleure défense contre ces mercenaires. Ce n'était pas vraiment s'inquiéter pour sa sécurité, c'était plutôt craindre pour la sienne si Élias venait à échouer.

L'architecte, qui avait conçu ce dédale de couloirs, avait très bien fait son travail : une mince fente permettait d'espionner l'intérieur du bureau. Entre deux ouvrages à la couverture abîmée – qui, de l'autre côté du mur, encadraient ce judas improvisé –, Plume devinait la silhouette d'Élias adossée nonchalamment contre la bibliothèque. Griffin apparut bientôt sur le seuil de la porte. Il était seul, mais Plume ne doutait pas que ses sbires répondraient à son appel au moindre cri de sa part.

— Cher professeur, ironisa Élias, les circonstances m'obligent à vous renvoyer. Cela me peine après de si bons et loyaux services, mais n'ayez crainte : vous serez récompensé à votre juste valeur... Je vais me faire un plaisir de vous ouvrir en deux, développa-t-il. Comment osez-vous vous dresser contre moi après tout ce que j'ai fait pour vous ?

— Vous n'avez rien fait pour moi, répliqua Griffin. C'est moi qui ai fait de vous l'homme que vous êtes devenu. Je vous ai appris l'escrime comme on apprend à un enfant à marcher. Lorsque j'ai débuté votre initiation, vous n'étiez rien d'autre qu'un gosse dévoré par l'ambition. J'ai aiguisé votre esprit de la même manière que l'on aiguise la lame d'une épée.

— Et la trahison faisait aussi partie de mon apprentissage ?

— Peut-être bien. Vous vous êtes toujours fié à moi si aveuglément... Savez-vous pourquoi vous n'avez jamais réussi à me battre ? Parce que je connais chacune de vos faiblesses, je peux prédire vos ripostes pour la simple raison que vous n'avez jamais su vous détacher de mes enseignements.

— Sans rire ? Et là, qu'est-ce que je m'apprête à faire ?

— Vous espérez me tuer pour sauver votre jeune fiancée.

La voix de Griffin claqua comme un fouet. Avec un sourire mielleux, il se tourna vers Élias qui, haussant les sourcils, mimait très bien la surprise.

— Ma fiancée ? répéta-t-il. Vous voyez la demoiselle Herrenstein quelque part ?

— Non, bien sûr que non, puisque vous l'avez cachée derrière la bibliothèque.

Plume tressaillit. Comment pouvait-il être au courant ? Élias venait de lui affirmer que Griffin ne connaissait pas ce passage. Finalement, le maître était presque aussi sournois que son élève. La bataille entre ces deux hommes ne faisait que commencer. Un éclat de rire lui parvint, sans doute la réponse d'Élias, mais son rire paraissait étrangement forcé.

— Derrière la bibliothèque ? s'étonna-t-il. Vous voulez dire qu'il y aurait des passages dissimulés dans cette maison ? Ma foi, je serais ravi que vous me fassiez visiter…

— Vous pouvez faire l'idiot aussi longtemps que cela vous chante. Cela ne changera pas le fait que vous et moi, nous savons pertinemment comment fonctionnent tous ces mécanismes.

— Alors, allez-y, montrez-moi !

Et pour la deuxième fois dans la même soirée, une expression de profonde surprise se dessina sur le visage d'Élias. Répondant à son invitation, Griffin venait de tirer une chevalière de sa poche – comparable dans les moindres détails à celle des d'Aubrey – et l'introduisit dans la serrure secrète de la cheminée. Depuis le début, Élias n'avait fait que sous-estimer son maître : rien dans ses plans ne se déroulait comme prévu.

Faisant un effort pour se ressaisir, Élias n'attendit pas que la porte s'entrouvre. Il s'empara d'un plateau en argent et le lança en direction de Griffin. Le projectile effectua une courbe parfaite et toucha sa cible en pleine tête. À moitié assommé, le professeur d'escrime bascula en arrière.

— Courez, Éléonore ! s'exclama Élias en se précipitant vers elle.

Sa main se glissa dans la sienne et Plume se sentit entraînée, tirée en avant dans ces couloirs à peine assez larges pour la laisser passer avec sa robe. Ses talons claquaient sur le sol, elle entendait les battements de son cœur s'accélérer dans sa poitrine, tandis que son souffle se faisait de plus en plus laborieux. Derrière eux, des bruits de pas leur annoncèrent que Griffin s'était lancé à leur poursuite. Était-il seul ou ses hommes s'étaient-ils joints à lui ?

— On va tenter d'échapper à Griffin, marmonna Élias en jetant des coups d'œil frénétiques derrière son épaule, et je vous le dis tout de suite, ce n'est pas gagné d'avance !

— Comment savait-il où j'étais ?

— Aucune idée. J'ignore où il a bien pu se procurer un double de ma chevalière, mais une chose est sûre : ce complot est beaucoup plus élaboré que je ne l'avais imaginé !

Plume peinait à avancer. Ses jupons frottaient contre les murs et gênaient sa progression. Élias ne cessait de grommeler des jurons au fur et à mesure qu'ils perdaient du terrain.

— Il va nous rattraper, siffla-t-il entre ses dents.

L'écho d'un cri de rage leur parvint.

— Vous ne pourrez pas fuir éternellement, hurlait la voix grave de maître Griffin. C'est de la pure lâcheté que de refuser le combat !

— Et c'est l'art d'embêter le monde que de se pointer chez moi sans être invité, rétorqua Élias.

D'un instant à l'autre, Griffin allait surgir derrière eux. Bloqués dans ce couloir, ils étaient piégés comme des rats. Poussant un soupir résigné, Élias fit brusquement pivoter une paroi.

— Par ici !

Avec difficulté, Plume s'extirpa du passage secret. Dans la pénombre, elle discerna une large pièce qui aurait très bien pu faire office de salle de bal. Mais, loin d'être destiné à un tel usage, l'endroit abritait des meubles recouverts de draps blancs pour les protéger de la poussière. Probablement les biens précieux amassés par la Ligue au fil des confiscations, et qui avaient été entreposés là dans l'attente de leur trouver une place ou un nouveau propriétaire à gratifier.

— Nous avons très peu de temps, annonça Élias. Alors, faites ce que je vous demande sans discuter… Tenez, prenez ce poignard. Si jamais Griffin vous trouve, tentez le numéro de la demoiselle en pleurs. Sanglotez comme vous savez si bien le faire et avec un peu de chance, vous arriverez peut-être à le blesser par surprise. À présent, ajouta-t-il, soyez gentille, mettez-vous dans ce coin et levez les bras au-dessus de la tête.

Cette requête avait beau être farfelue, Plume s'exécuta. Elle avait l'air ridicule dans cette position, mais son fiancé ne tarda pas à préciser son plan. Arrachant l'un des draps d'une commode, Élias lui adressa un faible sourire avant de la recouvrir avec le tissu.

— Désormais, vous êtes une statue, affirma-t-il. Et à titre de rappel, les statues ne bougent pas, ne reniflent pas et n'éternuent pas.

Plume s'efforça de tenir la pose. Avec ce drap sur la tête, elle aurait aussi pu imiter un fantôme agitant ses chaînes pour effrayer des âmes sensibles. À travers l'étoffe, elle aperçut la haute silhouette d'Élias saluer son maître d'un mouvement d'épée.

— Vous n'êtes plus un petit garçon, susurra Griffin. Vous avez passé l'âge de jouer à cache-cache.

— Je n'ai pas peur de vous. Je veux juste m'assurer qu'il n'y aura pas de perte collatérale.

— Vous seriez prêt à me défier pour sauver cette fille ? Quelle pensée galante pour un homme au cœur de pierre…

— En réalité, je n'ai qu'un pur intérêt stratégique à la garder en vie. Vous voyez ? Aucun romantisme de ma part… Et au risque de vous contredire, ce n'est pas vous qui allez contrecarrer mes petites machinations.

— Vous n'avez jamais réussi à me battre. Qu'est-ce qui vous fait croire que ce soir, ce sera différent ?

— Une chose très simple. Vous vous êtes vanté tout à l'heure de pouvoir prédire mes agissements. Eh bien, vous avez beau être mon professeur, ce n'est pas de vous que j'ai tiré la leçon la plus importante de mon existence. Mais de mon père… Il m'a appris à ne faire confiance à personne.

— Qu'est-ce que vous insinuez ? cracha Griffin. Que vous vous méfiez de moi depuis le début ?

— Vous ne comprenez pas ? Jamais je ne vous aurais permis d'être meilleur que moi. Si jusqu'à présent vous avez dominé tous les assauts, c'est seulement parce que je vous laissais faire… Bien sûr, vous êtes un combattant hors pair, ajouta Élias dans un long bâillement, mais j'aurais pu briser votre défense des centaines de fois. Au lieu d'exploiter vos faiblesses, j'ai choisi de les ignorer. Dès mon adolescence, je me méfiais de vous et j'ai toujours su que pour me protéger d'une éventuelle traîtrise de votre part, je devais paraître moins bon que je ne l'étais vraiment. Désolé de vous avoir menti avec un tel aplomb. Sans rancune, maître ?

En guise de réponse, Griffin dégaina son épée. Se jaugeant du regard, les deux hommes commencèrent à tourner l'un autour de l'autre. Ils exécutaient un cercle parfait, visant à maintenir entre eux la même distance.

— Puisque vous serez bientôt mort, pourquoi ne pas satisfaire ma curiosité ? proposa Élias dans un ricanement. Pour qui travaillez-vous ?

— Pour une personne à qui j'ai juré loyauté, il y a des années.

— Étant donné que vous avez aussi juré de me servir, cette personne pourrait légitimement s'interroger sur votre loyauté. Je suppose que je vais devoir vous arracher les informations par la force. À moins que vos amis soient plus bavards que vous. Où est-ce que vous les avez recrutés ? Dans un tripot des bas-fonds ?

— Même si je vous répondais, vous ne me croiriez pas.

— Je ne sais pas, dites toujours… Il m'arrive d'être assez ouvert d'esprit. Donnez-moi le nom de votre chef et j'envisagerai éventuellement de vous laisser en vie.

— Je ne vous dirai rien. Et maintenant, si vous êtes vraiment aussi fort que vous le prétendez, c'est le moment de le montrer. En garde !

Griffin bondit en avant. Sa lame rencontra celle d'Élias qui para l'attaque sans sourciller. Pour des adversaires habitués à s'affronter, il ne s'agissait que d'un échauffement. Une façon de se tester avant d'enchaîner avec ce qui promettait d'être un duel à mort. À travers le drap, Plume ne discernait que des formes confuses, mais la métamorphose d'Élias ne faisait aucun doute. Alors que ses mouvements étaient déjà d'une grande habileté, son épée ne semblait plus lui appartenir comme muée par une volonté propre. Griffin lui-même avait du mal à dissimuler sa surprise. Lui qui d'ordinaire remportait chaque manche était contraint de reculer.

Brusquement, Élias n'était plus l'élève en quête de perfection. Il était devenu un homme aguerri dont la précision des gestes était sans égal. Dans son regard glacial brillait une lueur de haine. Pour un être comme lui, dépourvu d'émotions, Griffin était ce qui ressemblait le plus à un ami. Sa trahison avait un goût amer et bien qu'Élias feignît l'indifférence, il sentait la colère l'agiter au plus profond de son âme. À une certaine époque, il l'avait considéré comme un père de substitution. Comment son maître avait-il pu le former pendant tant d'années pour se vendre ensuite au plus offrant ? Mais le pire était qu'Élias l'avait prévu. Il s'était toujours préparé à ce que, tôt ou tard, ses proches se retournent contre lui. Par principe, un seigneur de la Ligue n'avait que des alliés temporaires, des personnes qu'il poignarderait dans le dos dès qu'elles cesseraient de lui être utiles.

Griffin fut vaincu avant même qu'il ne réalise sa défaite. Blessé à la jambe, il n'opposa qu'une faible résistance lorsque Élias lui arracha l'épée des mains. Avec un rictus, ce dernier posa la pointe de sa lame sur sa gorge.

— Je gagne toujours. Vous avez été idiot de croire le contraire. À présent, soit vous parlez soit je vous décapite. Je l'ai déjà fait cette semaine et franchement, cela m'est parfaitement égal de recommencer.

— Pardonnez-moi, murmura Griffin, les yeux révulsés.

— Je ne connais pas le sens de ce verbe, mais si vous vous montrez loquace, je vous enverrai peut-être croupir dans les prisons du palais.

— Vous avez été mon meilleur disciple…

Et sans un mot de plus, Griffin se jeta sur la lame d'Élias. Sa gorge fut transpercée, répandant un flot de sang autour de lui. Il tomba à genoux, aux pieds de son élève qui se pencha vers lui dans une vaine tentative pour le rattraper. Dans un dernier souffle, Griffin prit sa main dans la sienne et baisa sa chevalière. Puis le maître d'escrime s'effondra sur le sol poussiéreux. Mort.

Perplexe, Élias fixait sa main couverte de sang. Pourquoi Griffin avait-il embrassé sa chevalière ? Ce geste servait à exprimer la loyauté, mais cela n'avait aucun sens de la part d'un traître. À moins qu'il ne cherchait véritablement à obtenir son pardon…

— Éléonore, vous pouvez quitter cette position ridicule.

La jeune fille rejeta en arrière le drap blanc. Elle eut un sursaut en découvrant la mare rougeâtre qui s'était formée autour du cadavre. Avachi sur le parquet, Griffin avait l'air d'un mannequin désarticulé à l'expression figée.

— Si vous vous évanouissez, menaça Élias, je vous abandonne avec lui.

— Non, c'est bon.

— Alors, venez avec moi. Il vaut mieux ne pas traîner par ici. Il reste encore une vingtaine de ces types qui cherchent à nous tuer.

Plume acquiesça d'un signe de tête. Il y avait dans l'attitude d'Élias quelque chose de distant qui la mettait mal à l'aise. Comment pouvait-il se montrer aussi impassible, alors que l'homme qui lui avait tout appris venait de mettre fin à ses jours ?

— Vous allez bien ? murmura-t-elle.

— Question typiquement féminine, commenta Élias. Et si vous pensez que je vais fondre en larmes à cause de Griffin, vous vous trompez lourdement. Il peut s'embrocher sur ma lame si ça lui chante. Ce n'est pas son décès qui va m'empêcher de dormir.

— Vous êtes vraiment sans cœur !

— Heureux de constater que vous me comprenez si bien. Maintenant, vous allez vous taire… On va pénétrer en zone dangereuse. Vous restez derrière moi et vous m'obéissez sans tergiverser. Compris ?

— Oui, monsieur, marmonna Plume à contrecœur.

— En réalité, c'est monseigneur mais l'idée est là.

Élias ouvrit la porte donnant sur le couloir. Apparemment, ils ne retourneraient pas dans le passage secret. Griffin les avait déjà surpris en actionnant le mécanisme. S'ils devaient combattre ses acolytes, mieux valait ne pas finir bloqués dans des galeries étroites où manier l'épée risquait de se retourner contre eux.

Le corridor était désert mais, dans la pénombre, chaque renfoncement était susceptible de dissimuler un ennemi. Avec précaution, Élias longea les murs, veillant à ne pas faire craquer le parquet sous ses pas. Ses doigts s'étaient refermés sur le poignet de Plume. Il semblait la considérer comme un bien stratégique à protéger, voire un paquet incapable de se défendre par lui-même. Ils avancèrent ainsi l'un derrière l'autre, l'oreille tendue et cherchant à percevoir le moindre bruit suspect.

— Nous allons retourner dans le grenier et essayer de quitter la maison par les toits, chuchota Élias. J'appellerai ma garde personnelle en renfort et nous reprendrons la place par la force… Je pourrais les défier un par un, mais je doute que ces gens-là respectent les règles du combat à la loyale. D'autres sont peut-être arrivés entre-temps, j'ignore leur nombre exact et je ne veux pas que vous soyez blessée à cause d'une négligence de ma part.

Plume n'eut pas le temps de s'interroger sur cette charmante intention. Car un brusque mouvement lui arracha un cri d'horreur. Des êtres encapuchonnés venaient de surgir des ténèbres, plus d'une centaine de silhouettes sortant des pièces attenantes et marchant vers eux comme si elles glissaient sur le sol. Elles portaient toutes le même manteau noir et, tel un reflet dans le miroir, créaient l'illusion d'un être unique démultiplié à l'infini.

La première réaction d'Élias fut de brandir son épée. Ses yeux ne cessaient de faire des va-et-vient entre ces assaillants et une éventuelle issue de secours, mais chaque porte était bloquée par une masse croissante d'adversaires. Acculés contre le mur, ils se retrouvaient en situation d'infériorité.

— Faites quelque chose ! hurla Plume.

— Si vous avez un plan, je serai ravi de le connaître !

Ils allaient mourir… Telle fut la pensée déprimante qui traversa l'esprit de Plume. Elle allait se faire tuer pour avoir accepté une stupide invitation à dîner. Les affaires de la Ligue n'auraient-elles pas pu attendre un autre jour ? Qu'importait la nature de ce complot, elle avait eu le malheur de se retrouver au mauvais endroit au mauvais moment.

Il n'y avait aucune échappatoire possible. Même Élias paraissait impuissant à les tirer de ce guet-apens. Sa main serrait fermement le pommeau de son arme, mais à quoi bon lancer l'attaque alors qu'il n'avait aucun espoir de remporter l'assaut ? Il donnait l'impression d'attendre un miracle, une inspiration subite qui pourrait leur sauver la vie. Hélas, plus les secondes s'écoulaient, plus leurs chances s'amenuisaient.

— Sauvez-nous, lâcha Plume dans un souffle.

— À vos ordres !

Élias lui adressa un clin d'œil malicieux. Plume s'attendait à ce qu'il ait une stratégie, mais certainement pas à ce que son plan puisse être d'une telle stupidité. Son fiancé venait de se jeter dans la bataille, affrontant à lui seul une trentaine d'ennemis. C'était de la pure folie ! Il était impossible de survivre à une pareille attaque. Plume le voyait manier sa lame avec une fougue inégalée. Il semblait habité par une rage de vaincre ; pourtant, qu'importaient les coups qui frappaient ses assaillants, rien n'était en mesure de les arrêter. Ils se rapprochaient inexorablement d'Élias au point de l'encercler.

Plume n'avait qu'un poignard sur elle. Rien qui puisse faire pencher la balance en leur faveur. C'est alors qu'une idée lui vint. Il lui restait encore une carte à abattre, un mince espoir de faire diversion. Inspirant profondément, Plume poussa un hurlement strident, un cri suraigu qui résonna dans le couloir… À son plus grand étonnement, les silhouettes s'écartèrent. Elles reculèrent de plusieurs pas, se bousculant les unes les autres. Élias parvint à s'extirper de ce désordre en se bouchant les oreilles.

— Bon sang, grommela-t-il. Vous pourriez prévenir avant de crier comme ça !

Dans un monde où la musique n'aurait pas été prohibée, Plume ne doutait pas qu'elle aurait eu du succès en tant que soprano. Profitant de l'effet de surprise, ils se précipitèrent jusqu'à l'unique fenêtre et s'emparant d'une chaise, Élias fit voler la vitre en éclats. De la même façon que si Plume n'était qu'un vulgaire sac de pommes de terre, il la saisit par la taille et la fit passer de l'autre côté.

— Attrapez la gouttière et hissez-vous jusqu'au toit, ordonna-t-il.

La jeune fille s'exécuta. Sa robe gênait ses mouvements ; tant bien que mal, elle réussit à grimper jusqu'à atteindre ce royaume de cheminées qui surplombait la ville. Lorsqu'elle parvint à se redresser, Élias attaquait à son tour l'ascension. Il compensait par la force ce qui lui manquait en agilité.

— Est-ce qu'ils vous suivent ?

— Sais pas, marmonna Élias en la rejoignant. J'ai essayé de les repousser, mais ils ne sont pas loin derrière nous. Courez et ne vous retournez pas !

Sa main saisit la sienne tandis qu'ils s'élançaient sur le toit, luttant pour maintenir la plus grande distance possible entre eux et leurs poursuivants. Il ne fallut à Plume que quelques secondes pour se rappeler à quel point elle haïssait les talons. Elle trébucha sur les tuiles humides et emportée par son élan, glissa le long du toit en entraînant son fiancé dans sa chute. Plume poussa un hurlement alors qu'elle se retrouvait suspendue dans le vide, agrippée à la botte d'Élias.

— Ne me lâchez pas, gémit-elle.

— Je ne peux pas vous lâcher, je ne vous tiens pas...

C'était exact. Élias s'était retenu in extremis à la gouttière et luttait pour ne pas tomber. Avec Plume accrochée à sa chaussure, ils ressemblaient à une étrange chaîne humaine se balançant à plusieurs mètres de hauteur.

— Écoutez-moi, lui dit Élias, je ne vais pas pouvoir continuer ainsi très longtemps. Vous allez essayer de vous cramponner à mon dos. J'ai besoin de mes jambes pour remonter et dans la position où vous êtes, vous me gênez plus qu'autre chose.

— Je ne peux pas, vous m'avez demandé de protéger la toile, vous vous souvenez ?

Plume tenait la peinture dans sa main libre. L'œuvre de Dariel s'était déroulée et donnait l'impression d'un drapeau flottant dans les airs.

— Quoi ? Cela n'a plus aucune importance, lâchez cette chose et utilisez vos dix doigts pour ne pas apprendre à voler.

— Mais elle risque de s'abîmer ! Et si ces mercenaires étaient justement venus pour s'en emparer ?

— Faites ce que je vous dis ou nous allons mourir tous les deux. Il y a de la pelouse en bas, cette toile a plus de chance de s'en tirer que vous ou moi si nous faisons le grand saut !

De mauvaise grâce, Plume laissa la peinture disparaître dans l'obscurité de la nuit, tel un oiseau aux ailes déployées. Elle éprouvait comme un déchirement, la sensation de sacrifier un objet du passé qui contenait une part d'elle-même.

— Très bien, fit Élias. Essayez de remonter un peu et évitez de m'escalader comme on escalade un mur.

Lorsqu'elle avait fait sa connaissance, Plume n'aurait jamais imaginé que ce personnage sarcastique représenterait un jour son seul espoir de survie. S'efforçant de se rattraper à sa cape, elle sentit sans regret l'un de ses escarpins tomber dans le vide. Elle voulut faire un geste pour se stabiliser, mais un coup de feu rompit brusquement le silence de la nuit. Il était étonnamment près... Plume ne sut jamais s'il s'agissait d'une victime de la milice, exécutée pour avoir violé le couvre-feu, ou s'ils étaient eux-mêmes les cibles. Sous le coup de la surprise, ses mains se desserrèrent, elle lâcha brutalement Élias et tomba dans les ténèbres. L'espace d'un instant, elle ressembla à une poupée de porcelaine qui, en touchant le sol, se briserait en des milliers de morceaux.

— Non ! cria Élias.

Ce fut la dernière chose que Plume entendit avant de sombrer dans l'inconscience.

= Livre II =

Le Peintre du passé

Supposons un instant que le destin se mêle de cette histoire, que le temps se fissure et nous conduise dans une autre réalité. Pour lutter contre l'ennui, choisissons comme héros nos deux personnages qui se chamaillent le plus. Ajoutons-y un peintre aux surprenants pouvoirs, une femme mutilée, une étrange prophétie, un médaillon égaré et un homme au visage de renard. Mélangeons-les ensemble et attendons de voir le résultat. Mais surtout faisons en sorte que passé et présent se rejoignent, car dans un autre siècle se trouve souvent la cause des guerres d'aujourd'hui…

Chapitre 1

L'ailleurs

Elle était morte… Ce n'était pas seulement une supposition, mais une certitude. Personne n'aurait pu survivre à une telle chute. Et pourtant, Plume sentait sous ses doigts la douceur de l'herbe. Est-ce qu'il s'agissait de ce mystérieux au-delà où finissaient les esprits ? Un jour, Archibald lui avait décrit ce royaume sans frontières. Un monde merveilleux où reposait l'âme de ces milliers de victimes dont la vie s'était achevée dans les larmes et le sang. Lui était certain de son existence, convaincu que sa femme l'attendait quelque part. « Ceux que l'on aime ne nous quittent jamais », lui avait murmuré le vieil aveugle.

Plume n'avait pas la force d'ouvrir les yeux. Que se passerait-il si cette réalité se révélait pire que la précédente ? Elle craignait de découvrir d'autres atrocités, d'autres combats à mener, alors que sa lutte contre l'Oméga s'était achevée avant même d'avoir commencé… Cet endroit semblait pourtant agréable. Au-dessus de sa tête, elle entendait le chant des rossignols ; une mélodie bien étrange quand, depuis des décennies, nul n'osait plus chanter en Orme. Les oiseaux s'étaient tus eux aussi, comme si les règles écarlates avaient fini par s'imposer à la nature elle-même.

— Je suis morte, murmura-t-elle.

Sa voix s'évanouit dans un souffle. Cela lui paraissait si réel ! Archibald avait peut-être raison, après tout… Oui, il devait bien exister un lieu de paix, un prix de consolation pour toutes les souffrances endurées. Mais un rire sarcastique l'arracha bientôt à ses pensées.

— Je ne crois pas, non, ricana quelqu'un.

L'intonation était familière. Si elle était morte, pourquoi devait-elle encore supporter Élias ? Plume entrouvrit lentement les paupières. Assis près d'elle, son fiancé lui adressa un large sourire.

— Qu'est-ce que vous faites là ? marmonna-t-elle en se frottant le crâne.

— Aussi charmante que dans mon souvenir. Vous n'êtes pas morte ou alors nous le sommes tous les deux. Et avant de récriminer contre ma personne, vous feriez mieux de regarder autour de vous.

Dans un brouillard de sensations, Plume aperçut une immense tache bleu et vert. Faisant un effort sur elle-même, elle parvint à chasser cette impression confuse de flotter au milieu d'un nuage. Le décor se précisait peu à peu. Avec stupeur, Plume distingua alors un champ à perte d'horizon où serpentait un chemin de terre. Il n'y avait aucun mur, aucun rempart qui emprisonnait tout être dans une zone déterminée par sa seule naissance. Les rayons du soleil l'aveuglaient mais, au fur et à mesure qu'elle s'habituait à la lumière, elle reconnut les contours d'un arbre. Elle était adossée contre son tronc… *Une jeune fille assoupie, s'abritant à l'ombre d'un chêne séculaire.*

Plume laissa échapper un cri de surprise. Cette scène ne pouvait être qu'une illusion : une hallucination ou le résultat d'un choc violent sur le crâne. Ce qu'elle avait sous les yeux était tout simplement impossible. L'œuvre de Dariel l'entourait de toute part ! C'était ce même espace sans barrières ni milice, qui avait servi de modèle au peintre. Avant de basculer dans les ténèbres, Élias lui avait affirmé qu'elle était la femme du tableau. Cette ressemblance était déjà assez troublante avant qu'elle ne se réveille au centre de ce paysage immortalisé à jamais. Des centaines de questions se bousculaient dans son esprit. Dans l'espoir de comprendre, Plume se tourna vers Élias.

— Où est-ce que nous sommes ? s'exclama-t-elle.

Le visage de son fiancé demeura impassible. Pour une fois, Plume aurait tant aimé être victime de l'une de ses machinations. Elle avait besoin de réponses, de n'importe quelle explication logique susceptible de justifier leur présence dans ce champ.

— Vous êtes arrivée à la même conclusion que moi, n'est-ce pas ? demanda Élias. Au risque de vous décevoir, j'ai repris connaissance il y a quelques minutes et mon incompréhension doit être égale à la vôtre. Une chose est sûre, ajouta-t-il, nous ne sommes plus à Seräen.

— La toile de Dariel ! Comment avons-nous pu nous retrouver dans son tableau ? C'est complètement insensé…

— Ma foi, je n'en sais rien. Tout ce que je peux vous dire, c'est ce qui s'est passé après votre chute. Une paire de chaussures mal cirées m'a écrasé les doigts. Je suis tombé à mon tour et quand j'ai rouvert les yeux, vous étiez près de moi… Nous allons devoir réfléchir de façon rationnelle, déclara Élias en bondissant sur ses pieds. Il est matériellement impossible d'être transporté dans une peinture vieille d'un demi-siècle. À partir de ce constat, l'hypothèse la plus vraisemblable est que nous avons été drogués.

De la drogue… Cette hypothèse convenait à Plume. Elle permettait d'éviter tout ce qui avait trait au surnaturel. D'une façon ou d'une autre, ils avaient dû ingurgiter une substance destinée à les endormir. Avec le sentiment qu'Élias ne pouvait pas se tromper, Plume lui tendit une oreille complaisante.

— Ces gens qui ont envahi ma demeure nous ont sûrement kidnappés. Ils nous ont conduits dans ce champ en dehors de la capitale pour…

Élias se mordit la lèvre. Pourquoi quelqu'un ferait-il une chose pareille ? Ces assaillants étaient clairement venus pour les tuer, alors pour quelle raison les auraient-ils épargnés ? Avec la même expression qu'un élève n'ayant pas révisé sa leçon, Élias développa péniblement sa théorie.

— Je pense que nous les avons sous-estimés, reprit-il. Ce complot nous dépasse tous les deux… Voyons, que savons-nous de cette attaque ? Un de mes ennemis a retourné Griffin contre moi ; ce traître a refusé de dénoncer son supérieur, donc sans doute une personne assez haut placée dans la hiérarchie. Ces événements sont intervenus peu après la mort de mon père. Il n'est pas exclu que cette affaire ait un lien avec la succession.

— Ne me dites pas que vous suspectez Andreas…

— Pardonnez-moi, ironisa Élias, j'avais oublié que vous défendiez les intérêts de mon frère. Mais ce n'est pas à lui que je pensais. Andreas n'a pas assez d'ambition, il est trop naïf pour manigancer un complot aussi élaboré. Par contre, un autre seigneur espère peut-être le voir intégrer la Ligue. Si j'étais à sa place, ce serait un véritable bonheur que de manipuler ce cher Andreas. Rien de plus facile que de transformer ce boiteux en une marionnette dont il suffirait de tirer les ficelles.

Plume arracha un brin d'herbe jauni par les rayons du soleil. Distraitement, elle le fit tourner entre ses doigts. Elle avait envie de croire Élias, d'admettre que toute cette histoire n'était rien d'autre qu'une conspiration de la Ligue. Sa raison lui murmurait pourtant que de nombreux éléments ne concordaient pas.

— Et Dariel dans tout ça ? Comment expliquez-vous que je sois la femme du tableau ?

— Imaginons un instant que cette toile n'appartenait pas à mon père, supposa Élias. Il se peut qu'elle ne date pas de 1793, mais d'une époque beaucoup plus récente. Une personne aurait très bien pu peindre votre portrait en sachant que, tôt ou tard, nous finirions par nous rencontrer.

— Dans votre cabinet de travail au beau milieu de la nuit ? fit remarquer Plume sans pouvoir cacher son scepticisme.

— Ou alors au bal. Vous faisiez bien partie des invités de cette charmante Anémone ?

— Comment quelqu'un aurait-il pu deviner que vous me remarqueriez ? Il y avait bien une centaine de demoiselles qui vous tournaient autour.

Élias eut un sourire légèrement coupable avant de marmonner ce qui ressemblait fort à une confession.

— Parce que vous êtes précisément le genre de filles à qui je contais fleurette à Hirion. Cela suffisait à me distraire, surtout lorsque je leur susurrais à l'oreille qu'elles n'étaient pour moi qu'un passe-temps. Cela vous convient comme réponse ?

— Passons sur ce détail, soupira Plume, et poursuivez.

— Donc, un individu machiavélique a prévu une mise en scène destinée à nous faire croire que vous étiez la femme du tableau. Ce n'était qu'une vaste fumisterie visant à nous faire tomber dans un piège.

— Quel piège ?

— Ils cherchent peut-être à me discréditer, avança Élias sans grande conviction. À me faire passer pour un fou si je clamais m'être réveillé dans un tableau.

— Un tableau qui ne devrait même pas être en votre possession ?

Ses propos étaient de plus en plus nébuleux. Personne de sensé ne se donnerait autant de mal, alors qu'il aurait été tellement plus facile de lui tirer une balle dans la tête.

— C'est vous qui avez osé critiquer ma théorie de lustre dévissé pour faire diversion ? lui rappela Plume. Eh bien, on ne peut pas dire que vous manquez d'imagination…

— Si vous avez une meilleure supposition, je serai ravi de l'écouter.

Plume n'avait aucune explication. Rien qui puisse rivaliser avec les élucubrations d'Élias, mais elle devait reconnaître qu'il avait raison sur un point : un lien unissait la toile à cette mystérieuse attaque qui avait failli leur coûter la vie.

— Bon, plus sérieusement, fit Élias en se raclant la gorge, nous sommes forcément en Orme. Alors, nous n'avons plus qu'à nous rendre dans la ville la plus proche et là-bas, nous trouverons un fiacre pour nous ramener à Seräen. Ensuite, je tirerai cette affaire au clair, ferai couler un bain de sang et pour vous consoler d'avoir dû me supporter, je vous offrirai un chaton avec un joli ruban.

La jeune fille ne l'écoutait plus. En se relevant, elle venait de remarquer un détail jusqu'alors masqué par l'une des branches. Une étoile brillait dans le ciel, un astre visible en plein jour tel un minuscule point lumineux.

— L'étoile ! s'écria Plume. Elle était aussi sur la peinture de Dariel !

Élias accorda à ce spectacle inhabituel un regard condescendant. Manifestement, l'astrologie était loin de faire partie de ses centres d'intérêt.

— Absolument merveilleux ! ricana-t-il. Maintenant, nous avons la certitude que nous sommes prisonniers de la toile et que nous ne pourrons plus jamais en sortir. Mme Roussel, mon ancienne gouvernante, était persuadée que les étoiles délivraient des messages à ceux qui étaient capables de les lire. Et sans être un grand spécialiste, je pense que cette étoile nous affirme qu'elle n'a rien à faire ici et nous non plus… Venez, Éléonore, il est grand temps pour nous de quitter cet endroit.

À contrecœur, Plume se détourna de l'étoile scintillante pour s'enfoncer dans l'herbe haute. Elle s'aperçut alors qu'il lui manquait une chaussure, tombée dans le vide lorsqu'elle s'était retrouvée suspendue à la cape de son fiancé.

— Qu'est-ce que vous faites ? s'étonna Élias en la voyant retirer sa chaussure survivante.

— J'ai perdu un de mes escarpins, marmonna-t-elle, et je pourrai difficilement avancer avec une différence d'altitude de cinq centimètres entre chaque pied.

— Ce serait un numéro d'équilibre plutôt divertissant, au contraire !

Ils venaient d'atteindre le chemin de terre et aussi loin que portait le regard, aucune ville ne se laissait apercevoir. Perdus au milieu de nulle part, ils n'avaient pour seul horizon qu'une longue succession de champs. Plume s'apprêtait à suivre Élias d'une démarche hésitante – la faute aux nombreux cailloux qui parsemaient le sol –, lorsqu'il s'arrêta brusquement devant elle.

— Allez, montez sur mon dos, lui dit-il, je vais vous porter.

— Quoi ?

— Vous m'avez pour compagnon de voyage et contrairement à ce que vous pensez, je suis encore un gentilhomme. Je ne vais pas vous laisser vous écorcher les pieds.

— Je peux très bien me passer de votre aide.

— À ce rythme-là, nous allons être surpris par la nuit, lui fit remarquer Élias. Pourquoi vous montrez-vous aussi obstinée, alors que j'essaye seulement de vous aider ?

— Parce que vous ne faites jamais rien sans arrière-pensée !

Lui tournant le dos, il s'agenouilla soudain et la souleva de force.

— Laissez-moi descendre ! s'exclama-t-elle.

— Uniquement quand je serai fatigué.

Résignée, Plume abandonna la lutte. Elle détestait se sentir aussi proche d'Élias même si supporter son contact lui évitait une marche difficile. Au moins, il n'y avait personne pour jaser et aucune commère pour s'offusquer de cette atteinte aux bonnes mœurs.

— Vous n'êtes qu'un grossier personnage, marmonna-t-elle pour la forme.

— Ravi de vous rendre service ! Et si vous profitiez d'être juchée sur mon dos pour satisfaire ma curiosité ? J'ai cru apprendre qu'Andreas vous avait rendu visite et j'aimerais savoir ce que ce benêt vous a dit sur mon compte.

— Comment l'avez-vous su ?

— Je l'ignorais, mais vous venez aimablement de me le confirmer, fit Élias d'un ton goguenard. Il vous a dit du mal de moi, je présume. Il vous a raconté que mon passe-temps favori était de le tourmenter, n'est-ce pas ? Vous avez eu droit à l'histoire de ses fiançailles, de sa jambe blessée. Autre chose ?

— C'est une discussion privée qui ne vous regarde pas.

— Vous plaisantez ? J'en étais le principal sujet…

Plume ne répondit pas. Cette conversation lui paraissait étrangement surréaliste. Comment pouvaient-ils se chamailler sur un sujet aussi dérisoire ? Le monde autour d'elle lui donnait l'impression d'évoluer dans un rêve éveillé. Pour la première fois de sa vie, il n'y avait pas de milice. Elle était libre de hurler sa haine du régime ou de chanter sans craindre de se faire exécuter.

— Élias, demanda-t-elle, vous avez déjà voyagé à travers Orme ? Comment était-ce ?

— Fatigant et salissant.

— Mon précepteur m'avait enseigné qu'entre chaque ville s'étendaient les terres sauvages. C'est bien là où nous sommes, n'est-ce pas ? Et pourtant, cela ne ressemble pas à un territoire abandonné, tout est tellement beau par ici…

— Ce que j'ai vu était bien différent. Tout n'était que broussailles et mauvaises herbes qui envahissaient les routes et freinaient la progression des chevaux… Si j'étais vous, je m'intéresserais plutôt à l'emplacement du soleil. Il est plutôt bas dans le ciel, ce qui signifie que dans quelques heures il fera nuit.

— Mais ce devrait être le petit matin !

— Il fait aussi trop chaud pour un mois d'octobre… À mon avis, déclara Élias après une légère hésitation, nous sommes dans le Sud de l'île, ce qui expliquerait le climat et le sentiment que rien ici ne nous est familier. Nous avons été inconscients beaucoup plus longtemps que nous ne l'avons cru…

— Dans le Sud ? répéta Plume, effarée.

— Si c'est le cas, il nous faudra plusieurs jours pour regagner la capitale. Votre mère va sans doute être horrifiée de constater votre disparition.

Mme Herrenstein aurait probablement une crise cardiaque en apprenant ne serait-ce que la moitié de leurs péripéties.

Plume jeta un dernier coup d'œil derrière son épaule. Le chêne n'était plus qu'une tache sombre, menaçant de disparaître dans le lointain. Elle ne se lassait pas de contempler ses branches qui, comme des racines sans fin, grimpaient vers le ciel. Ce n'était pas seulement le décor d'une toile, c'était un espace hors du temps où elle s'était sentie libre d'exister. Comme si un minuscule trou de serrure lui avait laissé apercevoir une autre réalité où les règles écarlates n'étaient plus qu'un mauvais souvenir. Peut-être s'agissait-il d'un piège tendu par la Ligue, mais Plume n'éprouvait aucun empressement à retrouver les remparts de Seräen.

— Dariel est un peintre extraordinaire, murmura-t-elle.

— Je vous offrirai son tableau comme cadeau de mariage…

Bercée par la douce chaleur du soir, Plume avait fini par s'endormir. Lorsqu'elle ouvrit les yeux, la nuit était tombée. À quelques centaines de mètres, des lumières venaient rompre l'uniformité des ténèbres. Devant elle se dressait une ville qui ne ressemblait en rien à ce qu'elle connaissait. Les habitations n'étaient que de simples bâtiments en pierres ; des constructions qui évoquaient les bas-fonds de Seräen, mais dont la superficie totale n'aurait représenté qu'un modeste quartier de la capitale. Plume ne distinguait ni les murailles ni même les gardes censés contrôler les papiers. Alors que de hautes tours auraient dû bloquer les accès, chacun semblait entrer et sortir comme il le souhaitait. C'était étrange… *L'Orme glorieux* n'avait jamais évoqué le moindre soulèvement qui aurait pu justifier une telle liberté. D'ordinaire, n'importe quel affront était réprimé dans le sang. L'Oméga aurait préféré faire raser une ville entière plutôt que de laisser croire à quelques-uns qu'ils pouvaient lui tenir tête.

— Où est-ce que nous sommes ? marmonna Plume. Cet endroit a vraiment l'air bizarre.

— C'est peut-être une garnison destinée aux militaires. Dans tous les cas, affirma Élias, nous trouverons bien des représentants du palais chargés de faire exécuter les ordres. Ils nous fourniront une escorte si j'en formule la demande.

Plume l'imaginait aisément claquer des doigts devant un commandant médusé, surpris de découvrir un seigneur de la Ligue errer à travers champs. Comme pour se conformer à son rang, son fiancé l'aida à regagner le sol. Étirant ses membres engourdis, Plume songea que finalement être portée par Élias avait des avantages. Après une bonne sieste, elle débordait d'une énergie nouvelle pour s'aventurer dans cette zone inconnue.

— Si on vous pose une question, vous êtes ma femme, déclara Élias. Nous avons été kidnappés et un combat à mort nous a permis d'échapper à nos ravisseurs.

Peu importait sa version des faits, aucun membre de la garde n'avait le droit de remettre en cause la parole d'un homme portant le rouge écarlate et une chevalière à son majeur.

Il ne leur fallut que quelques minutes pour atteindre les premières habitations. De l'herbe entourait les modestes bâtiments alors qu'à Seräen, posséder un jardin était un luxe réservé à quelques privilégiés. Devant une vieille charrue à moitié rongée par l'humidité, un jeune garçon était occupé à tailler une branche d'hêtre. Élias fronça les sourcils : la présence d'un adolescent se prêtait mal à sa théorie de garnison. Rejetant sa cape sur ses épaules pour se donner une plus grande prestance, il s'approcha du gamin.

— Hé, bonhomme ! apostropha-t-il. Est-ce que nous sommes loin de la capitale ?

— Pour sûr, m'sieur. Vous êtes à Hilltrap !

Hilltrap… Plume n'avait jamais entendu parler de cette ville. Ses notions de géographie devaient valoir celles d'Élias, car il semblait tout aussi perplexe. Essayant de ne pas passer pour le dernier des imbéciles, il poursuivit son interrogatoire.

— Nous sommes bien dans le Sud d'Orme, n'est-ce pas ?

— Évidemment, z'avez dû boire trop de vin pour poser une question pareille.

Ce manque de respect arracha à Élias un reniflement méprisant. Après tout, s'ils étaient bel et bien dans le Sud, cela pouvait expliquer une telle impolitesse. Aux yeux des aristocrates du Nord, ceux qui peuplaient ces terres lointaines n'étaient que des rustres que seule une discipline de fer maintenait dans le rang.

— Mon épouse et moi-même cherchons un fiacre pour nous ramener dans cette merveilleuse civilisation qui fait tellement défaut par ici. Il doit bien y avoir des militaires quelque part ?

— Non, m'sieur. Si vous voulez retourner à Seräen, votre dame et vous devrez aller à l'auberge. P'être bien qu'ils vous laisseront emprunter leur cheval jusqu'à Davros, mais sûrement pas ce soir…

— De mieux en mieux, soupira Élias. Et l'Intendant, où vit-il ? Lui ou n'importe qui chargé de veiller à ce que les règles ne soient pas bafouées…

— Y avait le préfet là-bas, répondit le gosse en agitant la main vers l'autre côté de la rue, mais il est mort y a deux mois.

Il se faisait tard et Élias commençait à s'impatienter. Il était clair que de tout le royaume, ils avaient atteint la seule province où la crainte de l'armée n'existait pas.

— Allons à l'auberge, murmura Plume. Notre retour à Seräen peut bien attendre demain.

— Très bien, si vous le dites.

Ils quittèrent cet autochtone peu réceptif après qu'Élias eut fait part de son intention d'envoyer un régiment détruire cet endroit inhospitalier. L'auberge que Plume se représentait comme un refuge pour voyageurs lui apparut sous la forme d'une bâtisse construite de bric et de broc. Des fenêtres perçaient la façade, collées les unes aux autres ou espacées sans la moindre régularité. L'architecte n'avait pas paru se soucier de la symétrie ni d'assurer à l'ensemble une certaine stabilité. Le bâtiment penchait légèrement d'un côté et n'importe quel parieur aurait misé sur son écroulement. Au-dessus de la porte, une enseigne branlante et couverte de moisissures se balançait dans un grincement sinistre.

Élias franchit le seuil d'un pas conquérant. Avec une légère appréhension, Plume le suivit à l'intérieur de l'auberge. La pièce, dans laquelle ils pénétrèrent, était de plafond bas et dégageait une forte odeur de renfermé. Dans un recoin sombre se dressait un large comptoir qu'un homme – visiblement le patron – astiquait à l'aide d'un chiffon sale ce qui avait pour seul effet d'étaler la crasse. Une épaisse couche de poussière tenait lieu de sol. Posées sur les tables, des bougies dispensaient une faible lumière, éclairant à demi les visages d'un groupe d'hommes déjà présents. Un silence pesant accompagna l'entrée des nouveaux venus. Était-ce la richesse de leurs vêtements qui attirait les regards ou plutôt l'impression qu'ils n'étaient que des intrus arrivés là par hasard ?

Sans se soucier de l'attention que suscitait leur passage, Élias s'approcha du comptoir et présenta sa chevalière de façon à ce que nul ne puisse ignorer son titre. Le patron, qui ne semblait pas intimidé le moins du monde, abandonna à regret sa tâche pour les dévisager.

— Qu'est-ce que vous voulez ? marmonna-t-il avec hostilité.

— Seulement une chambre pour la nuit, répondit Élias de son ton le plus glacial.

— Je n'aime pas avoir des étrangers dans mon établissement. D'où est-ce que vous pouvez bien venir tous les deux, hein ? Rien qu'à votre allure, ça se voit que vous n'êtes pas du coin. Vous n'êtes pas de ces marchands ou négociants qui passent d'ordinaire dans mon auberge… Vous ressemblez à cette vermine qui nous vient de Valacer.

Le patron conclut ses paroles aimables en crachant par terre. Manifestement, ils n'étaient pas les bienvenus. Plume était perplexe. Les accuser d'être des Valacériens était la pire des insultes. Comment la cape rouge d'Élias pouvait-elle produire aussi peu d'effets ? Imperceptiblement, sa main avait glissé jusqu'au pommeau de son épée.

— De Valacer ? répéta Élias. C'est avec aussi peu d'égard que vous traitez un seigneur de la Ligue ?

— De la Ligue ? Vous pourriez être un prince d'une contrée lointaine que ça n'y changerait rien. Si vous voulez absolument une chambre, vous payerez le prix double. Et seulement parce que vous avez ce joli petit bout de femme avec vous.

Cette remarque fut saluée par des rires gras dans la salle. Plume se rapprocha aussitôt d'Élias dont le rictus annonçait que du sang n'allait pas tarder à couler.

— J'enverrai ma garde personnelle raser votre misérable auberge, menaça-t-il, et vous serez tous exécutés pour outrage à la Ligue écarlate !

— Je ne connais pas ta Ligue écarlate, mon garçon, ricana le patron. Et si tu avais vraiment une garde personnelle à ton service, tu ne serais pas là à chercher une chambre comme le dernier des mendiants. Soit tu me donnes cinq merles, soit toi et ta fille de joie, vous passez la nuit dans la rue…

— Comment osez-vous porter atteinte à son honneur ? rugit Élias en dégainant son épée.

Plume lui retint le bras. Elle n'avait pas envie d'assister à un massacre. Ses muscles s'étaient bandés sous l'effet de la colère, mais Élias parut légèrement s'apaiser quand elle lui murmura à l'oreille :

— Ce n'est pas la peine. S'il vous plaît, payez-le et oublions cette histoire…

— Très bien, céda Élias. Mais ce type se permet un autre affront de ce genre et il finit dans la fosse commune.

Avec un sourire forcé, il tira une bourse de sa poche et la retourna sur le comptoir. Pour un homme comme Élias, avoir de l'argent sur lui était plutôt rare. La vue du rouge écarlate suffisait généralement à ce qu'un commerçant consente à lui faire crédit.

Lorsque le patron aperçut les pièces de monnaie frappées du symbole de la Ligue, il fronça les sourcils.

— Cinq merles, siffla-t-il, je ne veux pas de ton argent de Valacer.

— Ce sont des merles, espèce d'imbécile ! rétorqua Élias. Vous ne reconnaissez pas l'orme à douze racines ?

— Je me moque de ton orme à douze racines ! S'il n'y a pas le visage du roi dessus, cela n'a aucune valeur par ici.

— Qui, l'Oméga ?

— Je ne comprends rien à ton charabia. Tu n'as jamais entendu parler du roi Hélisor ? Il est beaucoup trop indulgent envers les étrangers de ton espèce. S'il durcissait sa politique, aucun des tiens n'aurait le droit de séjourner sur nos côtes.

Plume saisissait de moins en moins le sens de cette conversation. Depuis quand l'Oméga avait-il cessé de régner ? L'idée même qu'il puisse quitter le pouvoir était absurde. Ou cet homme se moquait d'eux ou ils se trouvaient dans l'une des seules régions dirigées par les rebelles.

— Qui est Hélisor ? marmonna-t-elle.

— Mais le fils d'Ankar qui est monté sur le trône, il y a une dizaine d'années !

— L'Oméga dirige le royaume depuis quarante ans ! répliqua Élias. Je ne sais pas qui est votre Hélisor, mais il n'a aucune légitimité sur ces terres.

— Et moi, je te dis que le roi Hélisor nous gouverne depuis 1782.

— Vous venez de nous parler d'un règne de dix ans !

Cela n'avait aucun sens, les dates ne concordaient pas… C'est alors qu'une idée complètement folle bouscula les pensées de Plume. Depuis leur réveil dans ce champ peint par Dariel, rien ne leur était familier. Il n'y avait pas de milice ni d'Intendant et voilà que le patron évoquait une royauté qui leur était totalement inconnue. Comme si leur époque n'était pas la même…

— En quelle année sommes-nous ? lança Plume.

Sa question provoqua une tempête de rires.

— Hé chérie, cria un client à l'autre bout de la salle, nous sommes en 1793 ! Tu ferais mieux de te réveiller…

Ces mots résonnèrent dans sa tête comme s'il les avait hurlés. 1793 ! C'était impossible, ils n'avaient pas pu traverser le temps de la même façon que l'on parcourt l'espace. Plume se tourna vers son fiancé qui semblait aussi décontenancé qu'elle.

— Plus tard, murmura-t-il.

La jeune fille se mordit la langue alors que l'envie de crier son incompréhension lui brûlait les lèvres. Cette scène était forcément un cauchemar. Elle allait se réveiller dans son lit et bientôt, ces événements s'effaceraient de sa mémoire à l'image d'un mauvais souvenir.

— Cette bague, lâcha le patron en désignant son annulaire, si vous me la donnez, vous pourrez dormir dans la chambre de l'ancienne bonne. Elle est partie parce qu'il pleuvait dans son lit mais, je vous rassure tout de suite, aucune inondation ne viendra troubler votre sommeil.

C'était sa bague de fiançailles. Jamais un rubis ne vaudrait un toit pour la nuit et cette requête s'apparentait fort à du chantage. Plume s'apprêtait à protester quand elle fut interrompue dans son élan par Élias.

— D'accord, concéda-t-il. Éléonore, donnez à ce monsieur ce qu'il demande.

De mauvaise grâce, Plume lui tendit sa bague et le bijou ne tarda pas à disparaître dans un coffret en bois. Satisfait de leur avoir arraché leur seul bien de valeur, le patron claqua des doigts et une femme en tablier se présenta sur le seuil. Autour d'eux, les conversations avaient repris dans la salle comme si, en acceptant de payer ce prix exorbitant, ils avaient annoncé la fin du spectacle.

— Veuillez me suivre, prononça la servante après qu'un mouvement de tête de l'aubergiste l'eut informée de sa tâche.

Plume et Élias lui emboîtèrent le pas. Ils gravirent les marches d'un escalier jusqu'à atteindre le grenier et une chambre minuscule où un lit formait le seul mobilier.

— Je vous souhaite une bonne nuit, fit la domestique en s'inclinant.

La porte se referma derrière elle, les laissant seuls avec cette terrible vérité qui ne craignait plus d'oreilles indiscrètes pour se faire entendre.

— 1793 ! s'exclama Plume. Comment est-ce possible ?

— On dirait qu'on a voyagé dans le temps, marmonna Élias. La toile de Dariel a été peinte à cette même date. Ce n'est sûrement pas une coïncidence : le décor exact et maintenant l'époque. Il y a forcément un lien… Écoutez, je n'ai pas été totalement sincère avec vous. Disons que tout à l'heure, je vous ai peut-être caché une information.

Plume fronça les sourcils. Dans la bouche d'Élias, cela signifiait une chose très simple : il lui avait menti. Tout dépendait à présent de l'ampleur de ce mensonge.

— Quand vous êtes tombée du toit, j'ai aperçu comme une fente, continua-t-il après une légère hésitation. Cela n'a duré que quelques secondes et pourtant, il m'a semblé vous voir basculer à travers avant de disparaître.

— Et pourquoi n'en avez-vous pas parlé plus tôt ?

— Parce que j'ai cru à une hallucination. Je venais de combattre une bande d'envahisseurs, il n'y aurait rien eu d'étonnant à ce que mes sens me jouent des tours.

— Vous êtes en train d'insinuer que la toile de Dariel serait un portail à travers le temps ?

Les voyages temporels étaient une ancienne légende qui se murmurait dans la Cour des fous. Elle parlait d'un pouvoir capable de déjouer les éléments et d'entrouvrir une brèche vers le passé. Mais, depuis des décennies, les hommes avaient cessé d'y croire. Les règles écarlates avaient remplacé la magie, elles avaient enterré cette puissance mystérieuse comme les ténèbres avaient tué l'espoir d'une aube nouvelle.

— Admettons que ce soit vrai, supposa Élias. Est-ce que vous vous rendez compte de l'ampleur des conséquences ? Nous ne sommes pas seulement prisonniers d'une époque qui nous est étrangère ! Le règne de l'Oméga n'aura lieu que dans quelques années, la Ligue n'existe pas encore. Cela veut dire que mon titre de seigneur ne vaut plus rien !

— C'est dommage pour vous…

— Je n'ai plus de fortune, insista-t-il. Nous allons être obligés de vivre comme des vagabonds.

Oui, Plume comprenait très bien. Ils étaient deux aristocrates, issus d'une société où tout leur était dû, brusquement propulsés dans une réalité où ils n'étaient plus personne.

— Qu'est-ce que nous allons faire ? demanda-t-elle.

— Je dois avoir un grand-oncle qui habite dans le Sud d'Orme. Avec un peu de chance, il n'est pas encore mort et en lui révélant quelques secrets de famille, il nous croira peut-être.

Ou il les prendra pour des fous et lâchera ses chiens sur eux. Plume n'osait pas compter sur un étranger qu'Élias ne connaissait que par son arbre généalogique. Si elle-même rencontrait son père, il ne verrait jamais en elle sa fille unique. Tout simplement parce que sa petite Éléonore n'était pas encore née.

Après avoir tant critiqué le gouvernement, Plume désirait plus que tout rentrer chez elle, retrouver ses parents et ses amis qu'elle avait quittés sans un au revoir : Jack, Frédérion, Charlotte… Pour tous ces gens, elle avait disparu. Dans quelques mois, elle serait déclarée morte et la vie reprendrait peu à peu son cours. Le régime avait beau être cruel, elle ne pouvait rester dans un monde qui serait bientôt ravagé par les flammes. Une ombre se profilait à l'horizon et menaçait de bouleverser tant d'existences à jamais. La Ligue naîtrait de l'ignorance des uns et des autres. L'alliance de douze hommes suffirait à ce que des remparts se dressent autour des villes et emprisonnent ses habitants. La guerre contre Valacer éclaterait et des milliers d'innocents seraient sacrifiés chaque année. L'arbre de Dariel serait probablement brûlé et ce champ merveilleux réduit à une zone abandonnée aux mauvaises herbes. Il n'y aurait plus rien, seulement des larmes et de la souffrance.

Plume s'aperçut alors qu'elle pleurait. Elle aurait voulu serrer son médaillon contre sa paume, sentir son contact froid contre sa peau, mais elle ne trouva aucune chaîne autour de son cou. Le fermoir avait dû se défaire lors de leur folle escapade sur les toits. Comme tout ce qui avait de la valeur pour elle, son médaillon était resté en 1842. Lentement, Plume essuya ses joues humides.

— Ne soyez pas triste, murmura Élias. Je vous promets que la situation va s'arranger. Essayez de vous reposer, demain sera un autre jour…

Elle acquiesça d'un signe de tête et ses yeux se posèrent alors sur le seul lit de la pièce. Il était recouvert d'une couverture moisie confirmant bel et bien que le toit n'était pas étanche.

— Où est-ce que vous avez l'intention de dormir ? demanda Plume.

Cette question s'accompagna d'un regard noir censé dissuader son fiancé de revendiquer le même matelas.

— Par terre, marmonna Élias.

— Est-ce que je peux avoir votre épée ?

Plume n'avait en lui qu'une confiance limitée. Elle n'était pas prête d'oublier le jour où il avait tenté de l'embrasser en prétextant par la suite une ruse pour la manipuler.

— Non, répondit Élias, vous n'avez qu'à avoir la vôtre. J'ai besoin de mon épée pour monter la garde. Je n'ai pas du tout aimé la façon dont ce type vous a parlé tout à l'heure.

— Si vous vous approchez de moi pendant que je dors, je vous préviens tout de suite que je…

— Oui, je connais le refrain. Vous allez me hurler dessus ou pire que tout laisser un message au cousin Herrenstein pour qu'il vienne vous venger cinquante ans plus tard… Au risque de passer pour un gentilhomme, je n'ai pas l'intention de vous attaquer pendant votre sommeil. Vous voulez que je le jure sur ma vie ?

Levant la main droite, Élias prit son inspiration avant de déclamer :

— Moi, Élias d'Aubrey, seigneur de la Ligue écarlate, m'engage solennellement à ne rien tenter qui puisse porter atteinte à l'intégrité de Mlle Herrenstein et accessoirement, je la protégerai jusqu'à la mort. Cela vous convient ?

La portée d'un tel serment laissait Plume sceptique. Ce n'était que du baratin. Il n'avait jamais cessé de lui mentir et sa parole ne valait pas mieux que celle de Jack quand il promettait à ses clients de garder leurs secrets. Après lui avoir adressé un coup d'œil suspicieux, Plume se glissa sous la couverture et observa Élias s'allonger par terre, enroulé dans sa cape.

— Je suis désolée pour la bague, prononça-t-elle dans un souffle.
— Pourquoi ? Elle va vous manquer ?
— Elle devait avoir de la valeur pour vous, non ?
— Cette bague appartenait à ma mère. Donc, quasiment aucune valeur sentimentale, si c'était la question que vous vous posiez.

Plume se souvenait des paroles d'Andreas. Il lui avait affirmé qu'Élias n'avait même pas pleuré à l'enterrement de sa mère. De sa part, cela n'avait rien de surprenant, mais si son grand-oncle partageait le même esprit de famille, ils avaient peu d'espoir d'obtenir son aide.

— Andreas vous a dit du mal de moi, n'est-ce pas ? demanda Élias comme s'il avait lu dans ses pensées.
— Pas du tout, il m'a certifié que vous étiez un homme d'honneur et que j'étais très chanceuse de vous épouser.

Dans la pénombre, Plume entendit Élias ricaner.

Chapitre 2

Une dette impayée

Plume fut réveillée par une sensation étrange. En ouvrant les yeux, elle découvrit Élias placé respectueusement à un mètre de son lit. Son fourreau à la main, il utilisait l'extrémité de son étui pour lui tapoter l'épaule.

— Debout, Mlle Herrenstein, chuchota-t-il. Il est l'heure de partir…

Chaque matin, Madge devait s'armer de patience pour la tirer du lit et Élias n'avait aucune chance de recevoir un accueil plus chaleureux. À travers les rideaux tirés, Plume devinait la pâle lumière du matin. Le soleil venait à peine de se lever et elle n'avait aucune envie de l'imiter.

— Il est encore tôt, marmonna-t-elle. Vous avez payé très cher pour cette chambre, la moindre des choses serait de pouvoir dormir encore quelques heures.

Sur le visage d'Élias apparut alors un sourire gêné.

— En réalité, je n'ai pas l'intention de payer quoi que ce soit. Ce type a été particulièrement grossier envers vous et que l'on soit en 1793 n'y change rien. La Ligue est pour moi une réalité intangible et peu importe les circonstances, un seigneur se doit d'être victorieux.

— Qu'est-ce que vous avez fait ? lança Plume en se redressant brusquement.

De la part d'Élias, elle imaginait toujours le pire. Sa première réaction fut de jeter un coup d'œil à son épée pour vérifier qu'aucune trace de sang n'était venue souiller la lame étincelante.

— Je vois que la confiance règne, fit remarquer Élias en surprenant son regard. Je n'ai pas assassiné cet homme, même si l'idée était assez séduisante. Cet idiot a eu la naïveté de me montrer l'endroit où il avait rangé la bague. J'ai forcé la serrure du coffret et donc, chère Mlle Herrenstein, vous aurez de nouveau ce fardeau à supporter.

D'un geste théâtral, Élias lui brandit sa bague de fiançailles sous le nez. La jeune fille esquissa un sourire. À Seräen, ce morceau de métal était la promesse d'un mariage qu'elle redoutait mais, à présent, elle préférait savoir ce bijou à son doigt plutôt que dans la poche d'un patron peu scrupuleux.

— Maintenant, vous comprenez mon désir de quitter cet endroit le plus vite possible, ajouta Élias. Il faut que nous soyons loin d'ici avant que les autres ne découvrent le vol… Quoique, est-ce qu'il s'agit d'un vol quand on reprend ce qui est à nous ?

— Pas vraiment, non, admit Plume. Vous avez bien fait, le service est vraiment épouvantable dans cette auberge. Ils ne méritent décidément aucun pourboire.

— Pour une fois que nous sommes d'accord. J'avais peur que vous me sermonniez : la morale, l'honnêteté ou des choses de ce genre qui me sont totalement inconnues. J'ai même poussé le zèle à vous dénicher ceci ! Ce n'est pas vraiment votre taille, mais vous ferez avec…

Élias lui présenta une paire de chaussures couvertes de boue, probablement la raison qui avait poussé leur propriétaire à les laisser sur le seuil de la porte. Plume glissa ses pieds à l'intérieur. Elles étaient légèrement trop grandes, mais cela valait mieux qu'une journée de plus juchée sur le dos d'Élias.

Aussi silencieusement que possible, ils se faufilèrent dans le couloir et descendirent les marches de l'escalier. Plongé dans la pénombre, le comptoir n'était plus qu'une masse noirâtre. Ils le contournèrent lentement, s'efforçant de ne pas faire grincer le parquet sous leurs pas. Lorsqu'ils parvinrent enfin devant la porte d'entrée, un coup sec sur la poignée leur arracha une grimace.

— Vous avez la clef ? demanda Plume à mi-voix.

— Non, et vous ?

À défaut d'une meilleure idée, Élias s'apprêtait à défoncer l'obstacle d'un coup d'épaule quand elle l'interrompit d'un geste de la main.

— Laissez-moi faire, murmura-t-elle.

Fracasser la porte était le meilleur moyen d'attirer l'attention. Un jour où elle lui avait payé à boire, Jack lui avait enseigné les différentes façons de s'introduire chez les riches particuliers. « Un bon voleur entre où il veut, quand il veut », avait lâché son ami courtier en reposant son troisième verre.

— Passez-moi votre poignard !

Fière de son enseignement, Plume fit sauter les charnières d'un mouvement de lame et le panneau commença alors à pendre, maintenu au chambranle par sa seule serrure.

— Et voilà ! prononça-t-elle en franchissant le seuil.

— Vos talents m'impressionnent, reconnut Élias dans un rictus. Puis-je connaître le nom du grand maître qui vous a enseigné ?

— Vous l'avez déjà rencontré…

— Donc le cousin Herrenstein. Je constate que sans sa fréquentation, votre éducation aurait souffert d'un sérieux manque. Quel bonheur que ce singulier personnage vous ait transmis l'art d'entrer et de sortir sans passer par les voies habituelles !

— Vous êtes seulement jaloux de lui.

— Jaloux de quoi ? La seule chose que cet individu peut se prévaloir d'avoir de plus que moi est votre affection. Et vous savez très bien que je suis loin d'être sentimental.

Devant eux serpentait un chemin de terre qui, à peine la limite de la ville franchie, s'enfonçait déjà en pleine campagne. Il était étrange pour Plume d'envisager leurs allées et venues sans qu'une autorité supérieure ne valide leur itinéraire.

— Où habite votre grand-oncle ? demanda-t-elle.

— Quelque part dans le Sud, je n'ai jamais su l'adresse exacte.

— Absolument merveilleux ! Nous sommes perdus en 1793 et votre grand-oncle peut se trouver à des centaines de kilomètres d'ici, à condition bien sûr qu'il ne soit pas déjà mort.

— Les sarcasmes vous vont très mal, lui fit remarquer Élias. Vous devriez m'en laisser le monopole… Je suis sûr que quelqu'un pourra nous renseigner, ajouta-t-il, surtout si cette personne fait partie de la noblesse. Dans certains milieux, le nom de mon grand-oncle doit être sur toutes les bouches. Voulez-vous en connaître la raison, chère Éléonore ?

— Je suppose qu'il est riche.

— Très riche. Une rumeur prétend que peu avant sa mort, le grand-oncle Silas aurait enterré une partie de sa fortune dans son jardin. Naturellement, chaque centimètre carré a été retourné et à part un vieux bouton égaré, les recherches ont été vaines.

— Voilà qui nous renseigne sur sa personnalité. Laissez-moi deviner : je parie qu'il était en froid avec le reste de sa famille. Il a choisi de dissimuler son argent comme vous préféreriez mourir sans héritier plutôt que de léguer quoi que ce soit à Andreas.

— Vous feriez des merveilles en tant que dame de la Ligue, salua Élias. Vous avez un talent inné pour comprendre les liens d'amour qui nous unissent chez les d'Aubrey.

Plume se mordit la lèvre.

— Cela ne changera rien, marmonna-t-elle. Même si votre grand-oncle nous accorde sa protection, cette époque ne sera jamais la nôtre.

— J'ai du mal à suivre le fil de vos pensées. Pour une personne qui déteste l'Oméga, vous devriez être heureuse, non ? Il n'y a pas de règles écarlates, rien qui vous empêche de peindre, de lire des livres prohibés ou de chanter à tue-tête…

— Mais tout cela va mourir ! Dans moins de dix ans, la Ligue prendra le pouvoir et l'Histoire oubliera ces générations qui nous ont précédés. Mon précepteur ne m'a jamais parlé d'Hélisor et pourtant, il régnait juste avant l'Oméga. En à peine un demi-siècle, les dogmes du régime emprisonneront nos mémoires.

— Nous avons déjà eu cette conversation, soupira Élias. C'est par l'ignorance du peuple que l'Oméga maintient son régime de terreur.

— Notre savoir ne se limite plus qu'à des fragments de connaissance sur lesquels la milice a apposé son tampon. Et cela ne vous choque pas ?

— Vous êtes trop jeune pour comprendre. Vous critiquez les décisions politiques sans percevoir les raisons qui ont poussé les dirigeants à resserrer l'étau du régime. Valacer est notre ennemi et sans cette poigne de fer, nous aurions depuis longtemps perdu la guerre… Écoutez, ajouta-t-il, je n'ai pas envie de me disputer avec vous. Cela ne servirait à rien que l'on s'entre-déchire pour un combat idéologique qui n'est pas encore d'actualité. Nous sommes coincés en 1793 et le mieux que nous puissions faire est de nous unir pour trouver une solution.

Le temps était pourtant un problème insoluble. À l'image d'une horloge dont les aiguilles se seraient déréglées, cette entité capricieuse s'était bloquée. Elle s'était grippée à la mauvaise époque et aucun coup de manivelle ne permettrait d'inverser le processus. Ils étaient condamnés à errer dans le passé et pire que tout, à se supporter l'un l'autre.

Là-bas, dans cette réalité qui leur semblait si lointaine, les minutes continuaient de s'écouler. L'avenir ne les avait pas attendus, il avait abandonné ces deux retardataires et comme le reste du monde, avait repris sa course effrénée. C'était étrange de songer que leur voyage avait débuté à cause d'une simple toile ; une peinture qui n'aurait même jamais dû être en leur possession. Elle avait disparu dans les ténèbres, lâchée dans le vide comme un sacrifice nécessaire. Il n'avait suffi que d'une seule soirée pour que leur existence bascule. Alors que ses pensées la ramenaient à sa vie d'avant, une idée se glissa soudain dans l'esprit de Plume.

— Et s'il était possible de retourner à Seräen ? murmura-t-elle.

— Je vous en prie, développez, chère Éléonore. Si vous avez eu une révélation, je serais ravi de la connaître.

— Peut-être que nous avons fait fausse route jusqu'ici… Depuis le début, nous avons considéré comme acquis que j'étais la femme du tableau. Or, la toile de Dariel n'existe pas encore, elle ne naîtra sous le pinceau du maître que si nous faisons sa connaissance. Vous ne voyez pas ? Je n'ai jamais été son modèle, *je vais le devenir.*

— Vous voulez dire que…

— Cela peut paraître paradoxal, mais ce que nous ferons dans le futur sera le passé que nous avions à Seräen. D'une certaine façon, l'avenir est déjà écrit… Pour que ce tableau devienne réalité, tôt ou tard, je devrai poser pour Dariel.

— Vous avez l'art d'embrouiller ce qui est déjà un paquet de nœuds ! Mais pour quelle raison ferions-nous appel à lui ? Sans sa toile, je serais encore chez moi à préparer mes petites machinations et je n'aurais pas à me soucier de mon grand-oncle Silas.

— La clef de ce mystère n'est peut-être pas la toile, mais Dariel lui-même. Et si ses peintures avaient le pouvoir de nous transporter à une époque précise ? Il nous suffirait de retrouver cet homme pour qu'il nous renvoie en 1842.

— Vous m'impressionnez, Mlle Herrenstein… Très bien, allons rendre visite à ce monsieur puisque nous n'avons pas de meilleur plan. J'espère seulement qu'il acceptera de nous aider et avec un peu de chance, nous pourrons revoir notre Seräen bien-aimée avant d'être devenus des grabataires.

Plume lui adressa un large sourire. Dariel avait laissé dans les mémoires le souvenir d'un traître ; désormais, il représentait aussi leur unique espoir. S'ils s'étaient réveillés dans le passé, pourquoi une autre toile ne leur permettrait-elle pas d'effectuer le chemin en sens inverse ?

— Le champ qui a servi de décor est à quelques kilomètres d'ici, fit remarquer Élias. Dariel habite certainement dans un village alentour.

— Voilà qui est aussi précis que l'adresse de votre grand-oncle…

— À force de tourner en rond, on finira bien par tomber sur lui. La date sur le tableau ne comportait ni le jour ni le mois, ce qui nous laisse jusqu'à la fin de l'année pour le localiser. Vous venez, Éléonore ? Nous avons encore une longue route devant nous.

⁂

Dans l'ombre d'une grange, un homme donna un violent coup de pied contre une poutre. La colère le rongeait de l'intérieur. Ses récoltes n'avaient pas été aussi bonnes qu'il l'avait espéré. Une fois de plus, la sécheresse avait transformé son champ de blé en une étendue de terre qui se craquelait comme de la porcelaine fissurée.

— Où vais-je bien pouvoir trouver neuf cents merles ? se lamenta-t-il.

Il aurait dû écouter sa femme quand elle lui avait déconseillé d'emprunter de l'argent. À l'origine, il ne s'agissait que de deux cents merles mais plus les mois s'écoulaient, plus les intérêts avaient métamorphosé ce prêt en un véritable gouffre financier. Il ne serait jamais en mesure de rembourser Artéor… Pourquoi avait-il eu la naïveté de pactiser avec le diable ? Cet homme avait beau être riche, il était aussi dur en affaire. Comme si sa fortune pouvait être menacée par un retard de paiement. Renard Artéor possédait la moitié de la province, sa propriété allait jusqu'aux lointaines plaines du Sud et pourtant, sa soif d'argent était insatiable.

— Qu'est-ce que je vais faire…

Sa voix n'était plus qu'un murmure. Il allait être contraint de vendre son exploitation, de renoncer à cette vie de labeur qui, malgré la fatigue et la sueur, était celle qu'il avait choisie. Depuis son enfance, il aimait retourner la terre, sentir les rayons du soleil lui brûler la peau et travailler en entendant le chant des cigales. Mais pour Artéor, il n'était qu'un débiteur qui refusait de s'exécuter… Que deviendrait sa famille s'il était poussé à la ruine ?

— Nathaël !

L'homme tourna la tête. Une femme se tenait sur le seuil de la grange. Ses longs cheveux blonds évoquaient ce blé têtu qui s'obstinait à ne pas pousser. Nathaël connaissait par cœur la forme de son corps, les moindres traits de son visage et ces fossettes qui creusaient ses joues quand elle souriait. Perla était sa raison de vivre. Lorsque Nathaël passait des heures à labourer son champ, c'était vers elle que se dirigeaient toutes ses pensées. Il aurait voulu lui mentir, lui laisser croire qu'Artéor les avait oubliés, mais ses premiers mots lui ôtèrent toute illusion.

— Mme Fergus m'a dit la vérité, murmura-t-elle.

Rebecca Fergus était la commère du village : elle occupait son temps libre en espionnant ses voisins et se complaisait à écouter les conversations des uns et des autres. Et malheureusement pour Nathaël, rien n'échappait aux oreilles de Mme Fergus.

— Il paraît que tu as vu Artéor, il y a trois jours.

Oui, il n'avait pas réussi à éviter ses deux sbires qui l'avaient plaqué contre le mur. Les paroles d'Artéor avaient été très claires : s'il ne payait pas avant mercredi, il serait pendu en place publique et tous ses biens lui seraient confisqués. Connaissant ses relations avec le préfet, cette menace n'avait rien d'hypothétique.

— Ce n'est pas aussi grave que tu le crois, marmonna Nathaël. Mme Fergus a sûrement exagéré les faits… Artéor m'a laissé jusqu'à ce soir pour le rembourser, mais tu ne dois pas t'inquiéter. Je suis sûr que nous allons trouver une solution.

— Quelle solution ? Les récoltes nous ont à peine rapporté le tiers de ce que nous espérions ! Quel argent peux-tu bien donner à cet homme ?

— Je lui céderai notre cheval…

L'animal broutait devant la porte de la grange. Il avait beau porter le titre de cheval, il ressemblait davantage à une vieille carcasse maintenue debout par la promesse que le prochain bout d'herbe serait moins jauni que le précédent.

— Il n'acceptera jamais ! s'exclama Perla. Et même si nous le vendions, personne ne l'achèterait pour plus de vingt merles !

— Je n'ai rien de mieux à lui proposer…

— Alors, demande-lui un nouveau sursis !

— Personne ne négocie avec lui et même la justice est de son côté. Il a tous les droits pour nous expulser d'ici !

Perla le prit dans ses bras. Sa peau était douce sous les mains rugueuses de Nathaël. Il sentait son souffle contre sa joue et la caresse de ses lèvres sur les siennes.

— Je suis désolé de t'avoir entraînée avec moi, lui dit-il.

⁓⋇•⋇⋋

Il s'était à peine écoulé une heure qu'une pluie diluvienne força Plume et Élias à retarder leurs plans. Ils ne cherchaient plus Dariel, ils cherchaient un abri. Il leur apparut sous la forme d'un arbre dont les branches basses offraient une maigre protection contre les intempéries. La douce chaleur de la veille avait laissé place à des nuages grisâtres, ravis de chasser le ciel bleu pour déverser des litres d'eau sur leurs têtes. La perruque de Plume était trempée et sa robe n'était plus qu'un tissu dégoulinant, qui créait une flaque autour d'elle.

— Vous grelottez, constata Élias.

Recroquevillée sur elle-même, Plume tentait vainement de se réchauffer. Alors qu'elle s'apprêtait à répliquer, elle sentit soudain la main d'Élias se poser sur son épaule.

— Tenez, lui dit-il, prenez ma cape.

Plume n'eut pas la force de refuser. Blottie dans le manteau écarlate, elle observa le paysage alentour disparaître derrière un voile de pluie.

— Et si, pour passer le temps, vous me parliez de ce cher Andreas ? lança Élias. Comme vous l'avez sans doute constaté, je ne renonce pas facilement. Allons, Mlle Herrenstein, racontez-moi un peu les vilains mots que mon frère a tenus à mon égard…

— Pourquoi cette question vous préoccupe-t-elle tant ? marmonna Plume.

— Parce que j'ai envie de savoir ce que vous pensez de moi.

Il semblait décidé à la harceler jusqu'à obtenir des réponses. Avec le soupir du condamné à mort, Plume se résigna alors à lui confesser une partie de la vérité.

— Vous avez assassiné votre demi-frère pour acquérir le titre de seigneur de la Ligue, siffla-t-elle entre ses dents. Andreas vous a vu et pour le punir d'en avoir été témoin, vous vous êtes acharné sur lui. Vous l'avez rendu boiteux et vous l'avez obligé à rompre ses fiançailles…

— Ah, cette chère Cordélia ! Dommage que je n'aie pas pu voir sa tête. Il paraît qu'Andreas a manqué de fondre en larmes en apprenant qu'il ne pourrait jamais l'épouser.

— Vous vous rendez compte qu'il tenait vraiment à cette femme ?

— Raison de plus. Je ne me serais pas donné cette peine si la demoiselle avait été une véritable mégère… Et pour Jonas, je n'ai pas droit à quelques reproches ? Ne me dites pas que ce fratricide vous laisse indifférente !

La jeune fille haussa les épaules. De la part d'Élias, elle s'attendait toujours au pire. La mort de son frère aîné n'était qu'une confirmation de plus : son cœur était aussi froid et dur que de la pierre. Bizarrement, Plume n'avait aucune hâte de découvrir les nombreux cadavres et les sombres secrets que dissimulait la Ligue écarlate.

— Vous n'êtes rien d'autre qu'une brute.

— C'est tout ? s'étonna Élias. Et moi qui m'attendais à subir les pires insultes… Est-ce que par hasard, Andreas vous aurait révélé autre chose sur mon compte ?

Oui, mais elle n'était pas assez idiote pour l'admettre ! Hors de question d'avouer qu'elle connaissait son plan pour devenir l'Oméga ou même son intention de la répudier à la première occasion.

— Andreas m'a affirmé que vous n'aimiez personne, prétendit-elle à défaut d'avoir une meilleure idée.

— L'amour est une faiblesse, déclara Élias. Il est interdit d'aimer dans la Ligue, car ce serait tellement facile pour les autres seigneurs de vous détruire par l'intermédiaire d'un être cher. Pour rester en vie le plus longtemps possible, il ne faut avoir aucun ami… Vous savez, j'ai appris à classer les gens en deux catégories : ceux qui m'agacent, votre cousin par exemple, et ceux qui me distraient. Que vous fassiez partie du premier ou du second groupe, je ne serai jamais attristé par votre mort.

— Pas étonnant alors que vous soyez aussi seul.

— Je ne suis pas seul, ma chère, je suis solitaire. Une subtile différence, je le reconnais !

— Personne ne pleurera à votre enterrement…

— Pas plus que je ne pleurerai qui que ce soit à son décès. Finalement, vous prenez les choses plutôt bien. Et moi qui craignais de devoir batailler dur pour remonter dans votre estime.

— Vous vous situez aux profondeurs les plus abyssales de mon estime, lança Plume. Je vous déteste et rien de ce que vous pourrez faire ne changera l'opinion que j'ai de vous.

— Et si je m'engageais à me conduire avec vous en gentilhomme ? Faisons un pari, proposa son fiancé en souriant, je vous mets au défi que dans moins de trois mois, vous et moi, nous serons devenus les meilleurs amis du monde.

— Vous venez de me dire que vous ne vouliez pas avoir d'ami…

— Permettez-moi de corriger mes propos : dans moins de trois mois, vous serez tombée amoureuse de moi et tous mes mensonges auront pour vous l'apparence de la vérité.

Plume éclata de rire. Il n'y avait aucun risque qu'elle succombe à ses charmes. C'était ridicule, presque aussi absurde que de lui demander de rejoindre la milice de son plein gré.

— Comme nous sommes bloqués dans le passé, vous ne m'en voudrez donc pas de jouer à ce petit jeu avec vous, continua Élias sans se départir de son calme. Je vais vous faire la cour, à l'image du fiancé aimant que je suis censé être. Vous verrez, Mlle Herrenstein, vous serez bientôt convaincue que les paroles d'Andreas n'étaient que de la pure diffamation.

— Je suis pressée de vous voir perdre, assura Plume. Quels sont les enjeux de ce pari ?

— Si vous gagnez, je serai votre esclave dévoué pour le restant de mes jours.

— Et si c'est vous qui gagnez, hypothèse ô combien improbable ?

— Je n'exigerai rien de vous. À quoi bon, puisque vous me mangerez déjà dans la main ?

— Parfait, conclut-elle. Vous n'obtiendrez jamais autre chose de moi que du mépris.

— C'est ce que nous allons voir…

Élias bondit sur ses pieds. Il avait cessé de pleuvoir et le paysage autour d'eux ressemblait à de vastes étendues d'herbe détrempée. Plume se leva à son tour. Remontant ses jupons, elle pataugea sur le chemin de terre et s'efforça d'esquiver les flaques d'eau.

— Laissez-moi vous aider, proposa Élias en lui offrant son bras. Je ne voudrais pas que vous glissiez.

Pour quelqu'un décidé à remporter son pari, il s'attaquait dès à présent à la lourde tâche de la séduire. Son rictus avait laissé place à un large sourire et même sa voix avait perdu ses accents tranchants.

— Est-ce que vous aimez les pommes ?

D'un geste théâtral, Élias tira brusquement une pomme de sa poche et entreprit de la frotter avec sa manche.

— Vous en voulez ?

— Où est-ce que vous l'avez trouvée ? demanda Plume.

— Je l'ai cueillie ce matin. Elle poussait dans un endroit inhabituel… Oui, maintenant que j'y réfléchis, ce devait être dans la cuisine de cette auberge. Elle traînait sur la table et quitte à partir pour un long voyage, autant ne pas le faire le ventre vide.

Plume mordit dans la pomme. Elle n'avait rien mangé depuis leur dîner sur les toits et lorsque l'acidité du fruit lui emplit la bouche, elle s'aperçut alors qu'elle avait faim.

— J'ai aussi emmené du pain, du fromage, récita Élias, et un truc bizarre qui ressemblait vaguement à du gâteau.

— Vous ne pouviez pas le dire plus tôt ?

— Quoi ? Que mes poches servent de garde-manger ? Je ne sais pas… Il vaut toujours mieux attendre l'instant propice pour abattre ses cartes, vous ne croyez pas ? Si je vous l'avais dit tout à l'heure, cela n'aurait pas eu son petit effet.

— Vous n'êtes qu'un…

Plume s'interrompit. Perdue au milieu des champs, une vieille bâtisse en pierres venait d'attirer son attention. Malgré la cape d'Élias, elle tremblait de froid sous sa robe humide.

— Vous avez vu ? s'exclama-t-elle.

— Oui, on dirait une grange, fit remarquer Elias. Venez, allons y faire un tour ! Ces gens auront peut-être des vêtements secs à nous prêter.

Attirée par la seule promesse d'un endroit abrité du vent, Plume s'empressa de hocher la tête. Le bâtiment n'était qu'à quelques centaines de mètres. Ils quittèrent le chemin pour couper à travers un terrain inondé où les chaussures de Plume s'enfoncèrent dans la boue. Ses jupons étaient devenus marronâtres : à Seräen, Madge aurait probablement hurlé en découvrant le travail de blanchissage qui l'attendait.

Au fur et à mesure qu'ils se rapprochaient, les contours de la grange se précisaient : l'immense toiture recouverte d'ardoises, les murs qui semblaient avoir vu grandir des générations de fermiers et la gigantesque porte à doubles vantaux. Plume devinait de la lumière briller à l'intérieur. Avec un peu de chance, les propriétaires se montreraient compréhensifs. C'était en tout cas ce que Plume croyait... Malgré la distance, elle entendit bientôt des voix se mêler et des cris entrecoupés déchirer l'air. Ce n'était pas une conversation ordinaire et encore moins un couple surpris en pleine dispute. Car ces hurlements n'exprimaient aucune colère, mais une souffrance insoutenable.

Élias s'empara aussitôt de son épée.

— Quelqu'un est en train de se faire torturer, chuchota Plume précipitamment.

— Oui, je pense pareil.

— Que doit-on faire ? On ne peut pas laisser cette personne se faire tuer !

— Je suppose qu'il est exclu de faire demi-tour, marmonna Élias. Vous attendez de moi qu'animé d'un esprit chevaleresque, je me précipite vers le danger pour porter secours à cet inconnu ?

— D'après vous ?

Plume ne comprenait pas l'hésitation d'Élias. Elle l'avait vu affronter à lui seul une trentaine d'adversaires. Est-ce qu'il faisait exprès d'être aussi insensible ?

— À vos ordres, soupira-t-il. Qu'est-ce qui m'a pris de faire ce pari avec vous ?

Élias l'entraîna par le bras. À chaque pas en avant, les images les plus horribles se glissaient dans l'esprit de Plume comme un poison insidieux. Depuis leur soirée au manoir, les ennuis ne cessaient de se succéder avec la même régularité que la parution de *L'Orme glorieux*. Était-ce de la pure malchance ou un aimant les attirait-il constamment dans les pires situations ?

Ils se plaquèrent contre la façade, usant de la porte pour se dissimuler dans l'ombre. De l'autre côté du mur, les cris s'étaient tus. Une voix se fit entendre, presque un souffle comme si son propriétaire n'avait pas besoin d'élever le ton pour imposer sa volonté.

— Nathaël, sifflait-il, pourquoi faut-il que nous en arrivions là ? Je t'avais demandé de me rembourser dans les temps. N'importe qui à ta place aurait compris que je ne tolérerais aucun retard.

— Par pitié, laissez-moi encore quelques jours... Je vais trouver votre argent, je vous le jure !

Un rire méprisant lui répondit.

— Je n'ai pas pour habitude d'accorder des délais. Tu devrais le savoir mieux que quiconque.

Le front plissé, Élias se pencha sur le côté pour observer la scène à travers l'entrebâillement de la porte. Ses lèvres s'étirèrent en un rictus qui, de sa part, annonçait autant une bonne qu'une mauvaise nouvelle. Plume s'autorisa à son tour un discret coup d'œil. Entre des outils pour labourer la terre, une réserve de foin et une vieille charrue, elle aperçut trois individus qui lui tournaient le dos. L'un d'eux était habillé avec une élégance qui, dans ce milieu rural, paraissait presque incongrue. Il portait une lavallière qui retombait avec des plis parfaits sur sa redingote et sa main serrait une canne dont le pommeau évoquait une tête de renard. Lui-même était encadré par deux géants comparables à des armoires à glace, vraisemblablement ses hommes de main.

— Alors, Nathaël, susurra le chef, est-ce que tu as de quoi me payer ?

— Prenez tout ce que vous voudrez, mais allez-vous-en…

L'un des colosses s'écarta et Plume distingua alors la silhouette d'un homme attaché à une chaise. Son visage était couvert d'ecchymoses, sa chemise était déchirée et du sang s'écoulait des nombreuses plaies qui lacéraient son torse.

— Tout ce que je veux ? répéta l'autre. Voilà une charmante proposition… Je pourrais emmener ta femme, il paraît que Perla est l'une des plus belles de la région.

— Non, pas ma femme ! Laissez-la en dehors de tout ça…

Un mouvement près de Plume lui fit tourner la tête. Élias s'était redressé de toute sa hauteur et semblait de très mauvaise humeur.

— Restez là, grommela-t-il. Quoique… c'est inutile que je vous dise quoi que ce soit, vous ne m'écoutez jamais. Évitez seulement de vous mettre dans le passage.

Sans le moindre regard en arrière, il pénétra dans la grange. Plume le vit se planter près de la porte, les bras croisés et l'expression déterminée. Élias se racla la gorge pour signaler sa présence et une lueur de surprise apparut dans les yeux de l'homme en redingote.

— Qui êtes-vous ? lança-t-il alors que ses acolytes dévisageaient l'inconnu avec le même intérêt qu'un insecte à écraser.

— Un type qui passait par là, répondit Élias en dégainant son épée. Oui, votre conversation ne me concerne pas, mais j'aime bien me mêler des affaires des autres. Et puis, quitte à prendre parti, je préfère me ranger du côté de ce gentilhomme. Trois contre un, ce n'est pas seulement ignorer les règles du combat à la loyale, c'est de la pure lâcheté !

— Tuez-le.

L'ordre avait été prononcé d'un ton désinvolte. Élias ne parut pas impressionné quand les deux immenses brutes marchèrent vers lui.

— Et moi, je vous dis de dégager ! s'exclama-t-il. Si vous êtes encore là quand j'aurai fini de compter jusqu'à cinq, vous le regretterez amèrement. Un… deux… trois… Vous vous obstinez à suivre les instructions de votre patron ? Comme vous voudrez. Quatre… cinq !

Élias termina son compte à rebours en tirant un poignard de sa manche. L'arme traversa la pièce par la voie des airs et se planta dans la jambe d'un des mercenaires.

— Allez ouste, fit Élias en mimant de les chasser d'un geste de la main.

Bizarrement, cette requête fut aussitôt satisfaite. Sans se faire prier, le blessé et son camarade décidèrent brusquement de changer de camp. Ils se précipitèrent vers la sortie, l'un en courant et l'autre en claudiquant, et disparurent au coin de la grange.

— Tiens, c'est amusant, constata Élias en se tournant vers l'homme en redingote. On dirait qu'il ne reste plus que toi et moi. Si j'avais un conseil à te donner, ce serait de ne pas choisir tes associés en fonction de la taille de leurs biceps. À quoi bon avoir des gardes du corps s'ils t'abandonnent à la première occasion ?

— Tu ignores qui je suis, n'est-ce pas ? ricana l'autre. Tu ne sais pas ce que tu risques en t'opposant à moi…

Plume eut soudain l'impression que deux Élias se faisaient face. Comme un reflet dans le miroir qui oserait lui répondre. Ils se ressemblaient, non pas physiquement, mais partageaient la même attitude fière ; l'assurance que nul ne se dresserait jamais en travers de leur route.

— En garde ! s'écria Élias en bondissant dans sa direction.

Son ennemi tira sur sa canne, libérant la pointe d'une épée. Leurs lames s'entrechoquèrent dans un bruit métallique alors que l'homme en redingote parait l'attaque. Ils étaient tous deux animés d'une terrible soif de vaincre et leur combat ne tarda pas à se transformer en une lutte acharnée. Pour une fois, Élias rencontrait une véritable résistance. Ce n'était pas Griffin dont il avait su déceler les faiblesses, c'était un escrimeur qui maniait son arme avec la même rage que lui.

— Attends, ta tête me dit vaguement quelque chose, marmonna Élias en sautant par-dessus la charrue. Mais en plus vieux et avec moins de cheveux…

— Fais-moi rire ! Ma famille est propriétaire de cette région depuis des générations, tu as sûrement dû voir mon visage quelque part, même si ta description est peu flatteuse… Tu te bats bien pour un étranger !

— Qu'est-ce qui te fait croire que je ne suis pas Orméen ?

— Ta technique est celle de la noblesse et je connais tous les aristocrates du pays ! Aucun paysan ne pourrait avoir reçu un tel enseignement...

— Quand je te trancherai la gorge, je te dirai peut-être d'où je viens.

Élias le força à reculer. Leurs épées n'étaient plus que des éclairs blancs, tranchant les airs et cherchant la faiblesse de l'autre combattant. Aucun d'eux ne prêtait attention à ce qui les entourait. Ce fut un cri de Plume qui leur fit réaliser le corps gisant à leurs pieds. Attaché à sa chaise, Nathaël avait basculé en arrière, poussé par cet homme qui l'avait justement menacé de mort. Dans sa chute, son crâne avait percuté une faux et une mare de sang commençait à se répandre autour de lui.

— Pause ! lança Élias.

Mais son adversaire avait déjà déposé les armes. Stupéfaits, ils fixèrent le corps de Nathaël dont les yeux révulsés trahissaient une souffrance qui s'était tue presque aussitôt. Élias lui palpa le pouls, mais il n'y avait plus rien à faire pour le sauver.

— Espèce d'imbécile ! s'énerva-t-il.

— C'était un accident, je ne voulais pas le bousculer.

— Un accident ? Toi et tes amis, vous vouliez seulement le torturer... Tout ça pour de l'argent ! Ne me fais pas croire qu'avec ta fortune, tu en avais vraiment besoin.

— Personne n'a le droit de s'opposer à moi, répondit l'autre dans un sifflement. Tu ne peux être qu'un Valacérien pour ignorer la peur qu'inspire mon nom...

Il salua Élias d'un mouvement d'épée et sans se retourner, quitta la grange d'un pas nonchalant. Il passa devant Plume et ne parut pas se soucier de sa présence. La jeune fille se précipita vers Élias qui avait retrouvé son air impassible.

— Ce n'était pas votre faute, murmura-t-elle.

— Parce que vous pensez que je me sens responsable ? Je n'y suis pour rien et par-dessus le marché, je ne connais même pas ce Nathaël. Je n'ai défié l'autre idiot que pour gagner vos faveurs... À partir de là, j'estime qu'on est quittes.

— Est-ce qu'il faut qu'on l'enterre ?

— Hors de question ! Vous n'avez pas entendu ce qu'ils ont dit ? Ce fermier a une épouse, c'est-à-dire une personne qui est capable de surgir ici d'un instant à l'autre. Alors, on va ficher le camp le plus vite possible ! Je ne suis plus seigneur de la Ligue. Si on est surpris sur les lieux du crime, on risque d'être accusés de meurtre !

Plume et Élias n'eurent pas le temps d'atteindre la porte. Une femme avec un panier venait de surgir sur le seuil et les fixait avec perplexité. Sa moue hésitante laissa bientôt place à une expression d'horreur quand elle découvrit la flaque de sang autour de Nathaël.

— Au meurtre ! hurla-t-elle. À l'assassin !

Plume l'ignorait encore, mais elle venait de faire la connaissance de Mme Fergus, commère de profession.

Chapitre 3

Les fugitifs du passé

— On se tire ! lança Élias.

Ce plan obtint aussitôt l'approbation de Plume. La main de son fiancé se glissa dans la sienne alors qu'ils se précipitaient hors de la grange, vers ces champs qui s'étendaient à perte d'horizon. Ils couraient comme des condamnés à mort fuyant l'échafaud, attirés par la promesse que chaque pas en avant leur offrirait une échappatoire. Plume refusait de se retourner et pourtant, derrière eux, elle entendait des cris se répercuter en des milliers d'échos.

Cette femme au panier avait disparu aussi vite que le lui avait permis sa corpulente silhouette. Elle avait donné l'alerte, elle avait clamé leur culpabilité ! Coupables du seul crime de s'être retrouvés au mauvais endroit au mauvais moment. Mais qui les croirait ? L'homme à la redingote avait eu le bon sens de quitter les lieux lorsqu'il en était encore temps. D'après ses paroles, il semblait bénéficier d'une certaine immunité. Le dénoncer était-il aussi ridicule que de s'en prendre à un seigneur de la Ligue ?

— Je hais cet endroit, marmonna Élias. J'étais bien mieux à Seräen à m'occuper de mes affaires ! C'était une très mauvaise idée de se mêler de cette histoire…

— Ce fermier était en train de se faire torturer !

— Peut-être bien mais maintenant, il est mort et sa triste fin va nous retomber dessus… Ah, si seulement je pouvais retrouver l'autre type et lui faire mordre la poussière comme il le mérite.

— Vous avez dit que vous le connaissiez ?

Plume luttait de plus en plus pour avancer. Ses jambes étaient devenues lourdes, elle peinait à suivre Élias qui semblait à peine essoufflé.

— Je l'ai déjà vu, il y a des années, répondit-il. Laissez-moi quelques minutes et son nom va sûrement me revenir…

— Vous croyez que cette femme a appelé la garde ?

— Je pense que la garde n'a pas encore le rôle prépondérant qu'on lui connaît. Ce qui n'est pas forcément une bonne nouvelle. J'ai peur que cette délatrice ne soit allée chercher des hommes au village.

— Quel village ?

— Il doit bien y en avoir un à proximité, vous n'entendez pas tous ces gens qui hurlent ? Ils viennent forcément de quelque part.

À contrecœur, Plume jeta un coup d'œil derrière son épaule. Ce qu'elle voyait n'était pas destiné à lui remonter le moral. Au loin, des dizaines de personnes s'étaient lancées à leur poursuite. À la différence des soldats, ils semblaient assez peu organisés, mais leur soif de châtier les coupables les rendait encore plus dangereux.

— La terre est humide, fit Élias en se mordant la lèvre. On laisse des empreintes de pas derrière nous, c'est aussi idiot que de leur indiquer notre direction !

— Qu'est-ce que vous proposez ?

— De nous trouver un endroit à couvert, cela ne changera rien au problème mais là, on est visibles comme un nez au milieu de la figure !

— Et si on leur disait la vérité ?

— Quoi ? Que nous sommes des visiteurs du futur injustement accusés de meurtre ?

Plume se sentait désemparée. Ils ne parviendraient pas à fuir éternellement : tôt ou tard, ces hommes finiraient par les rattraper. Leur sort serait soumis à la vox populi et malheureusement, elle était loin de leur être favorable.

— Je suis désolée de vous avoir entraîné là-dedans, murmura Plume.

— Vous n'avez rien à vous reprocher… Écoutez, si on vous accuse de quoi que ce soit, rejetez tout sur moi. Il est inutile d'espérer faire condamner l'autre bellâtre prétentieux, il m'a l'air d'être au-dessus des lois. Dites-leur que je vous ai enlevée, pleurez un peu et le tour sera joué !

— Merci.

Une grimace apparut sur le visage d'Élias. Indifférent à ses remerciements, il semblait en proie à une lutte intérieure et l'envie manifeste d'étrangler quelqu'un.

— Artéor ! cracha-t-il. Ce type est Renard Artéor ! Je l'ai vu en 1834 peu avant sa mort, lorsque j'étais venu à la capitale avec mon frère. Même à cette époque, il m'agaçait déjà.

— Vous voulez dire que c'est un seigneur de la Ligue ?

— Non pas encore, mais il va le devenir. Pas étonnant que cet énergumène se croit tout permis ! De tous ceux qu'on aurait pu croiser, il a fallu que cela tombe sur lui… Artéor n'est pas réputé pour sa bienveillance, ce serait plutôt le contraire. Disons que lui et moi avons certains points communs.

L'entendre de la bouche d'Élias n'avait rien de rassurant. Plume était trop jeune pour se souvenir d'Artéor, mais s'il ressemblait à son fils, elle avait toutes les raisons de le détester. Du haut de ses trente ans, Delphe Artéor dégageait une aura de malveillance : comme un être sournois qui, sous ses airs désinvoltes, n'attendait que le moment propice pour assassiner ses ennemis.

— Là-bas, s'écria Plume en pointant du doigt une masse sombre, on dirait un bois !

— Absolument merveilleux ! Il doit bien être à un kilomètre de nous…

Les villageois se rapprochaient inexorablement. Plume entendait distinctement leurs cris et surtout un mot qui revenait en boucle : « À mort ! ». Ils s'étaient engagés dans une véritable chasse à l'homme et malheureusement, le terrain leur était familier. Eux n'étaient que des étrangers, ignorant où chaque pas en avant les conduirait ; ils étaient les proies traquées comme du gibier avec une courte avance pour seul avantage.

— Dépêchez-vous, siffla Élias, vous nous retardez ! Les autres gagnent du terrain parce que vous nous en faites perdre.

Ce constat avait beau être cruel, il était parfaitement véridique. Plume n'avait pas la même endurance qu'Élias et son fiancé en était réduit à la tirer par la manche. Moins d'une trentaine de mètres les séparait de leurs assaillants et cette distance ne faisait que se réduire à vue d'œil.

— Je suis gênée par ma robe, bafouilla Plume en reprenant son souffle.

— Il faut continuer… Si vous n'avancez pas plus vite, il me reste encore la possibilité de massacrer tous ces gueux. Vous ne voulez pas que ce champ soit parsemé de cadavres, n'est-ce pas ? Alors, pressez l'allure !

Plume hocha la tête. Elle s'apprêtait à repartir en suffoquant à moitié lorsqu'un bruit la fit se retourner : le son d'une corde qui se tend et se détend avec force. Élias poussa un cri alors qu'une flèche se plantait dans son épaule. Du sang teinta bientôt sa chemise, créant une tache rougeâtre de plus en plus large.

— Vous êtes blessé ! s'écria-t-elle.

— J'ai vu, marmonna Élias dans un rictus. Allez-vous-en, Éléonore…

En réalité, il lui demandait de l'abandonner, de le livrer à ces hommes qui allaient se jeter sur lui et le juger pour un meurtre qu'il n'avait pas commis. La situation lui parut brusquement injuste. Élias était coupable de bien des crimes, mais certainement pas de tortures sur un innocent.

— Je vous ai… dit de partir, siffla-t-il entre ses dents.

— Non !

À l'image d'une béquille tremblotante, Plume s'efforça de le soutenir. Son poids l'empêchait de courir et leur différence de taille les obligeait à avancer cahin-caha. Élias voulut la repousser, l'obliger à continuer seule, mais la jeune fille refusait de le lâcher. Dans une autre réalité, il espérait l'épouser pour obtenir le vote de son père. En cet instant, il n'était plus qu'un homme blessé qui avait besoin d'aide.

— On va s'en sortir tous les deux, affirma-t-elle.
— Vous êtes têtue…
— Beaucoup plus têtue que vous.

Le bois se dessinait peu à peu. Les arbres se devinaient, si proches les uns des autres que leur feuillage ne laissait filtrer qu'une pâle lumière. Le ciel était gris mais, à l'abri des branches, la nuit semblait s'être emparée de la forêt comme un voile étrange.

Plume sentait ses jambes vaciller à chaque pas. Élias s'appuyait de plus en plus sur elle, que ferait-elle s'il sombrait dans l'inconscience ? Elle n'aurait pas la force de le porter… Quant à leurs poursuivants, ils n'avaient aucune chance de les semer : d'un instant à l'autre, Plume s'attendait à ce que des mains puissantes la saisissent par le bras et la tirent en arrière. La forêt n'était plus qu'à une quarantaine de mètres, mais à quoi bon l'atteindre ? Ce n'était pas un jeu pour enfants où une limite imaginaire leur offrirait une quelconque protection.

Un hurlement la fit soudain tressaillir.
— RANAGHAR !

Que signifiait ce mot barbare ? La jeune fille se retourna brièvement. Après tout ce qui venait de leur arriver, cette scène ne manquait pas de la surprendre. D'un mouvement collectif, la trentaine de villageois s'étaient immobilisés et la fixaient avec une expression de terreur dans les yeux. À leur place, Plume n'aurait pas été effrayée par une gamine au teint rouge qui luttait pour traîner son fiancé.

Les hommes se rapprochèrent les uns des autres, marmonnant des paroles indistinctes. L'un d'eux avait eu la bonne idée d'emporter un arc et pourtant, malgré la certitude que ses cibles ne pourraient jamais esquiver les flèches, l'arc pendait inutilement à son bras. Il ne semblait pas plus décidé à leur tirer dessus que ses camarades à les poursuivre.

« À quoi jouent-ils ? », songea Plume en fronçant les sourcils. Tant qu'ils restaient loin d'eux, la cause de ce revirement n'était peut-être que secondaire. Soulevant à moitié Élias, elle reprit sa marche laborieuse vers la forêt. Lorsqu'elle parvint enfin à la lisière du bois, aucun d'eux n'avait bougé. Ils ressemblaient à un groupe de badauds qui, pareils aux curieux de Seräen, observaient sans réagir un homme se vider de son sang. Pouvaient-ils vraiment avoir peur d'une forêt ? Ce n'étaient que des arbres…

Avec précaution, Plume aida Élias à s'asseoir au pied d'un tronc imposant. Les termes du statu quo étaient simples : les villageois refusaient de s'approcher du bois et eux n'avaient aucune raison de faire demi-tour. Derrière les arbres, elle apercevait leurs poursuivants camper à une distance raisonnable du danger. Puisqu'ils en étaient encore au stade des négociations, Plume avait tout le temps de s'accorder une pause.

— Vous allez bien ? s'inquiéta-t-elle.

— Pas vraiment, non…

La voix d'Élias était comparable à un souffle. Son visage était livide et de la sueur perlait sur son front. Plume n'était pas guérisseuse. Elle n'avait jamais vu autant de sang, et ses connaissances se limitaient d'ordinaire à appliquer de l'onguent sur les joues de Jack quand un client peu satisfait choisissait de lui exprimer son mécontentement.

— Retirez la flèche, marmonna Élias.

Plume prit une profonde inspiration avant de l'arracher d'un coup sec. Un nouveau cri salua la réussite de l'opération. Vu la pointe acérée, Élias se montrait relativement stoïque vis-à-vis de la douleur. Avec des gestes précipités, elle s'empressa de déboutonner sa chemise, révélant un torse couvert de cicatrices. Son fiancé n'en était pas à sa première blessure : de vieilles plaies avaient laissé leurs marques sur son corps comme un cuisant rappel. Dès leur plus jeune âge, les enfants de la Ligue étaient victimes d'attentats ; rien d'étonnant alors à ce que l'amour leur soit interdit, tel un fléau qui désignerait pour cibles des êtres chers.

Avec une pensée pour Frédérion, Plume déchira le bas de sa robe et s'efforça de bander la blessure. Combien d'heures Élias pourrait-il encore tenir ? Il avait l'air tellement faible… Et puis, quelle importance ! Il y avait une différence entre essayer de lui sauver la vie et se lamenter sur son sort. De bien des manières, il avait mérité de finir avec une flèche dans l'épaule.

— Il faut se débarrasser de ces imbéciles, articula Élias avec difficulté.

— Et comment ? lança-t-elle. En leur demandant de partir ?

— Non, il y a une façon beaucoup plus simple de procéder…

Plume se pencha vers lui alors qu'il lui murmurait son plan à l'oreille. Ce n'était pas seulement ingénieux, c'était brillant ! Même proche de l'inconscience, Élias demeurait un stratège redoutable. Lui adressant un sourire complice, la jeune fille se mit à hurler de toutes ses forces. Son cri frôla les aigus avant de se terminer en un son étranglé. Plume conclut sa performance en s'effondrant sur le sol humide.

— Bon sang, vous avez entendu ça ? s'exclama l'un des villageois. Je vous parie que c'est encore le Ranaghar !

— Cette forêt est maudite, bafouilla un autre. Quiconque y pénètre meurt dans d'atroces souffrances. C'est exactement ce qui s'est passé la dernière fois…

— Il paraît qu'Émilio aurait fait croire à sa mort pour épouser la fille du boulanger. C'est le vieux Ted qui raconte cette histoire. Il les aurait vus le lendemain matin partir ensemble dans un fiacre.

— N'importe quoi ! Ils ont été dévorés par le Ranaghar…

Élias avait vu juste. Seule la crainte de rencontrer la Grande Faucheuse pouvait expliquer l'attitude des paysans. En simulant son propre trépas, Plume espérait les convaincre que oui, s'aventurer dans la forêt était une très mauvaise idée. Du coin de l'œil, elle devinait l'un de ces hommes sautiller sur place pour tenter de l'apercevoir. La vue de son corps gisant par terre eut raison de leurs dernières réticences.

— La fille est morte ! hurla-t-il.

— Le Ranaghar a encore frappé !

Il ne manquait plus que la touche finale. S'emparant discrètement d'une pierre, Plume lança le projectile contre le tronc d'un arbre. Le bruit résonna distinctement et pour tous ces gens nourris de superstitions, cela ne signifiait qu'une chose : le Ranaghar approchait ! Ce fut un sauve-qui-peut général, une fuite désordonnée où chacun s'efforçait de distancer cet ennemi imaginaire. Quand ils ne furent plus que des silhouettes lointaines, Plume éclata de rire.

— Ça a marché ! s'exclama-t-elle. On a réussi !

— Que des idiots, je vous l'avais bien dit, commenta Élias dans un pâle sourire.

Son front était brûlant. Lentement, Plume retira sa cape et la déposa sur les épaules d'Élias.

— Reposez-vous, murmura-t-elle. Je vais veiller sur vous.

— Pourquoi ?

Dans son regard d'aigle brillait une lueur de suspicion. Il la fixait avec la même défiance que s'il s'attendait à être poignardé dans le dos.

— Parce que j'espère me servir de vous, répondit-elle. Sans votre aide, je n'ai aucune chance de rentrer chez moi. C'est vous qui m'avez parlé d'une alliance l'autre jour ? Eh bien, c'est exactement ce que je vous propose. Des alliés et je ne dirai jamais des amis… Il est inutile que l'on se voile la face plus longtemps. Vous souhaitez m'épouser pour manipuler la Ligue. Par conséquent, vous avez autant besoin de moi que j'ai besoin de vous.

— Très bien, soyons alliés... Vous et moi contre tous ceux qui nous barreront la route. Maintenant, s'il vous plaît, parlez-moi de vous... Je ne sais pas, racontez-moi comment une aristocrate a fini par devenir un chat de gouttière.

Élias avait fermé les yeux. De la part d'un être aussi solitaire, sa requête avait de quoi surprendre. Redoutait-il qu'en sombrant dans le sommeil, il ne se laisse entraîner par la mort ? Choisissant ses mots avec soin, Plume entama le récit de sa vie sur les toits.

— J'avais huit ans quand un homme a été arrêté sous mes yeux, lui dit-elle. Ce n'était même pas un criminel, juste un vieillard qui possédait un livre prohibé par la deuxième règle. Il a été arrêté par les miliciens, puis traîné vers les prisons du palais sans que personne ne réagisse. Ce jour-là, j'ai découvert que l'indifférence était peut-être ce qu'il y avait de pire dans ce monde. Je me suis aventurée sur les toits le soir même. J'ai vu un monde où il n'y avait pas d'autre loi que celle d'échapper à la garde nuit après nuit. Je suis née dans l'aristocratie et j'ai choisi les bas-fonds comme seconde famille...

— Vous êtes une drôle de fille, affirma Élias dans un souffle. Ce n'est pas Seräen qui vous manque, c'est l'interdit... Vous regrettez d'être prisonnière d'une époque où il n'y a pas encore de combats à mener.

Plume ne répondit pas. S'ouvrir à Élias représentait un danger, le risque que ses paroles tombent dans les oreilles d'un homme prêt à en user contre elle. Mais Élias n'ignorait pas sa haine du régime : s'il était décidé à précipiter sa perte, le mal était déjà fait. Après avoir conclu une alliance avec lui, Plume était décidée à nuancer légèrement son engagement. Comme le lui avait enseigné Jack : « Ne signe aucun contrat sans avoir une autre carte dans ta manche. » Perdue dans le temps, elle ne ferait pas l'erreur de croire que la lutte qui les opposait à Seräen venait de s'achever. Élias était toujours l'ennemi.

La nuit était tombée. Cela faisait plusieurs heures qu'Élias s'était endormi. Recroquevillée sur elle-même, Plume tentait vainement de se réchauffer. Seule dans les ténèbres, elle s'efforçait d'oublier le froid ambiant et la menace qui planait dans chaque note d'un silence oppressant. Loin de la lumière du jour, les arbres créaient l'illusion d'un ennemi tapi dans l'ombre. Le Ranaghar rôdait-il dans l'obscurité ? Le bruit d'un craquement la fit soudain sursauter.

— Élias, chuchota-t-elle, je crois que quelqu'un vient.

Son fiancé ne réagit pas. La peur commençait à envahir Plume. Est-ce qu'il s'agissait d'un villageois plus courageux que les autres et déterminé à finir le travail ? Les pas se faisaient de plus en plus proches. La jeune fille ne put réprimer un cri quand une silhouette surgit brusquement du néant. Son premier réflexe fut de se jeter sur l'épée d'Élias et de brandir la lame vers l'étranger.

— Allez-vous-en, s'exclama-t-elle, ou je vous ouvre en deux !

Son interlocuteur ne parut pas sensible à la menace. Plume se leva d'un bond et agita son arme d'une manière désordonnée qui trahissait assez bien sa totale ignorance de l'escrime.

— À votre place, fit l'inconnu, j'éviterais de tuer la seule personne qui s'apprête à vous aider.

— Quoi ?

— Polson m'a raconté que les meurtriers de Nathaël s'étaient réfugiés dans la forêt et que le Ranaghar les avait attaqués.

— Nous n'avons pas tué Nathaël ! C'est un malentendu…

À sa plus grande surprise, l'homme eut un faible sourire. Son visage apparaissait à peine sous une masse de cheveux d'un blond paille. Mais ses traits étaient étonnamment doux, ils inspiraient la confiance comme si son apparence reflétait à elle seule sa personnalité.

— Bien sûr que ce n'est pas vous, affirma-t-il. C'est Artéor qui est à l'origine de cette barbarie…

— Comment le savez-vous ? s'étonna Plume.

— Je le sais parce qu'il est de notoriété publique qu'Artéor torture tous ceux qui ne le remboursent pas. Mais si j'ai bien compris, Mme Fergus vous a surpris sur les lieux du crime… Vous avez joué de malchance, car il n'y a pas de pire commère que cette femme.

— Si vous êtes convaincu de notre innocence, pourquoi les villageois nous ont-ils poursuivis ?

— Vous ne devriez pas les juger trop hâtivement, mais disons qu'ils éprouvent une certaine méfiance envers les étrangers. Ils préfèrent vous croire coupables plutôt qu'Artéor pour la simple raison que lui appartient à l'aristocratie.

En 1842, cette logique qui séparait coupables et innocents en fonction de leurs origines était toujours de vigueur. Les membres de la noblesse bénéficiaient d'une sorte d'impunité, alors que la population des bas-fonds était accusée des pires crimes.

— Il faut que vous veniez avec moi, ajouta l'homme. Je suis guérisseur, je peux soigner votre ami, mais nous devons le conduire chez moi. En le laissant ici, sa plaie risque de s'infecter.

— Je n'ai pas d'argent à vous donner, marmonna Plume.

— Ce n'est pas votre argent qui m'intéresse. Vous avez raison de ne pas me faire confiance, mais le temps presse… Si mon but était de vous nuire, je vous aurais dénoncés et je ne serais pas venu vous proposer mon aide. Un jour, je vous montrerai que l'on peut secourir son prochain sans attendre de lui la moindre rétribution.

Plume était stupéfaite. À Seräen, la même proposition se serait marchandée à plusieurs centaines de merles. Témoin d'une tentative de meurtre, Jack n'aurait pas bougé le petit doigt sans être certain que la victime aurait le cœur sur la main pour le récompenser.

— Venez avec moi.

Le guérisseur se pencha vers Élias et le hissa sur ses épaules. À défaut d'avoir d'autres alliés, cet homme représentait leur meilleur espoir de quitter cette forêt. Avec une certaine appréhension, Plume le suivit à travers les arbres, marchant jusqu'à regagner la lisière du bois.

— Je me nomme Éléonore Herrenstein et voici mon fiancé, M. d'Aubrey. Et vous, monsieur, comment dois-je vous appeler ?

— Finhen.

En d'autres circonstances, Plume aurait affirmé être ravie de faire sa connaissance.

— Qu'est-ce que le Ranaghar ? demanda-t-elle. Les villageois semblaient effrayés par…

— Oui, ils ont peur du bois mais le Ranaghar n'est qu'une vieille légende. Rien d'autre qu'une superstition de paysans… Dans l'ancienne langue, cela signifie le démon. Il y a une dizaine d'années, une femme a été retrouvée morte, le corps déchiqueté et les vêtements en lambeaux. Ces derniers mois, de mystérieuses disparitions se sont succédé et plus personne n'ose s'approcher de la forêt à moins de trente mètres.

— Et cela ne vous inquiète pas ?

— Non, car ces disparus sont pour la plupart du temps des jeunes gens qui ont rapidement vu dans le Ranaghar le moyen de fuir cette campagne. La dernière fois, ce furent Émilio et la fille du boulanger. Ils s'étaient attiré la foudre de leurs deux familles et pour vivre ensemble, ils ont décidé de mettre en scène leur mort. Un peu avant, c'était un homme tellement endetté qu'il a fait croire à son décès pour éviter d'être retrouvé par ses créanciers.

— Vous en êtes sûr ?

— Absolument certain et pour une raison très simple : il n'y a pas de Ranaghar. Si le premier cadavre était bien réel, les autres cas ont été inventés de toutes pièces. Et rien de plus facile, soupira Finhen, puisque tous ceux qui franchissent la limite n'en reviennent pas, aucune recherche n'est menée dans la forêt. Il suffit de se volatiliser pour que le Ranaghar soit brandi comme explication. D'ailleurs, comme vous le voyez, nous avons quitté cette zone maudite et aucune créature surnaturelle ne nous a attaqués.

Ces paroles pleines de bon sens suffirent à convaincre Plume. Après de longues heures passées dans les bois, elle avait fini par croire ces histoires que la terreur des villageois avait fait naître dans son esprit. Finhen s'exprimait d'une voix posée : il ne semblait jamais élever le ton, décrivant la crédulité des habitants avec un calme presque surprenant.

Attaché à un tronc, un cheval les attendait en broutant toute l'herbe qui poussait à proximité de sa bouche. Doucement, Finhen allongea le blessé sur la croupe de l'animal. Le corps d'Élias avait l'air d'un pantin en chiffon. Privé de son titre de seigneur, il n'était plus qu'un gamin réduit à être transporté comme un paquet encombrant.

Finhen prit les rênes en main et, tirant le cheval derrière lui, commença à longer l'orée de la forêt.

— L'un des avantages du Ranaghar est que personne ne s'aventure par ici. Et certainement pas un curieux d'humeur à s'interroger sur votre présence à mes côtés.

— Vous courez un risque en nous aidant, n'est-ce pas ? lança Plume. S'ils nous croient coupables de la mort de Nathaël, vous ne craignez pas d'être accusé de complicité ?

— Je n'ai pas peur de la justice des hommes, déclara Finhen. Elle n'est qu'une institution fragile qui, sous prétexte d'œuvrer pour le bien, se révèle très souvent arbitraire. Elle a beau porter le nom de justice, elle n'est jamais juste… J'ai choisi d'être guérisseur pour soigner les malades et pas seulement les riches de ce monde. Votre ami a été grièvement blessé et je ne le laisserai pas mourir, les bras croisés.

Peut-être n'aurait-il pas éprouvé une telle hâte à secourir Élias s'il avait connu la noirceur de son âme.

— Merci, murmura Plume.

— D'où venez-vous ? demanda Finhen après une légère hésitation. D'après vos vêtements, vous semblez appartenir à l'aristocratie, mais aucun noble n'errerait en pleine campagne sans la moindre escorte. Vous n'êtes pas de la région et pourtant, vous ne m'avez pas l'air d'être des étrangers.

Plume se mordit la lèvre. Si elle parlait de voyage dans le temps, il la prendrait certainement pour une folle. Choisissant la voie de la prudence, elle préféra oublier son patriotisme.

— Nous venons de Valacer, affirma-t-elle.

Finhen la regarda en souriant.

— Vous n'êtes pas obligée de me répondre. Mais, s'il vous plaît, n'essayez pas de me mentir… De nos jours, personne n'oserait prétendre être originaire de Valacer.

— Je suis désolée, bafouilla Plume, mais je ne peux pas vous dire la vérité.

— Alors, je n'insisterai pas. Votre passé est une chose qui ne me regarde pas.

Son passé ou son futur ? Plume avait de plus en plus de mal à distinguer les deux. À défaut d'une meilleure réponse, elle lui rendit son sourire.

≥⦁⦁⦁≤

De l'autre côté de la grange, un chemin de terre menait à un village assez comparable à Hilltrap. Construites en pierres, des maisons avec des toits en ardoises entouraient la place du marché. À cette heure de la nuit, la fontaine avait été désertée par les multiples commères qui se réunissaient là d'ordinaire pour échanger leurs derniers potins. Des lumières brillaient derrière les rideaux tirés et dans l'intimité de chaque famille, la même nouvelle se murmurait au coin du feu. Nathaël avait été assassiné ! Il avait été torturé et les coupables avaient été pourchassés jusqu'à la forêt maudite. Pour une fois, le Ranaghar avait au moins permis de châtier ces vauriens…

Dans une cuisine qui sentait la soupe, un couple commentait les événements de la journée.

— Oui, un homme et une fille en robe élégante, glissa Mme Landrac dans l'oreille complaisante de son mari. Ils ont tué ce pauvre Nathaël pour lui voler son argent, cela ne fait aucun doute. Quel malheur quand on sait qu'il laisse derrière lui une femme et un enfant !

— Ce sont sûrement des étrangers, assura son époux en hochant vigoureusement la tête. Nous avons toujours eu raison de nous méfier de ces gens-là ! Ils viennent de Valacer et nous volent nos richesses…

— Quelle chance que Mme Fergus se soit retrouvée au bon endroit au bon moment ! Sans elle, la situation aurait très bien pu empirer. Imaginez si ces criminels étaient venus au village commettre de nouvelles atrocités.

Trois maisons plus loin, Mme Fergus elle-même se félicitait de sa courageuse initiative. Mais sa version des faits, soulignant son héroïsme et sa pugnacité à obtenir justice, ne recevait de la part de son public qu'un accueil mitigé. Contrairement aux curieuses qui formaient son cercle de fidèles, M. Fergus ne voyait en elle qu'une créature superficielle, répandant des rumeurs sur son passage comme d'autres sèment des graines dans un champ.

— Enfin, mon ami, vous pourriez être un peu plus réactif ! Il y avait tellement de sang… du sang, vous entendez ? J'aurais pu me faire assassiner par ce monstre, si je n'avais pas eu la présence d'esprit de donner l'alerte.

Son cher et tendre marmonna une réponse indistincte. Cela faisait des années qu'il ne l'écoutait plus. De toutes les erreurs qu'il avait commises durant sa vie, aucune n'était plus regrettable à ses yeux que son propre mariage.

— Vous vous rendez compte ? insista Mme Fergus. Un meurtre a été commis par chez nous et moi qui croyais ce village si paisible !

Le village aurait été encore plus paisible si elle lui avait épargné ses bavardages. M. Fergus avala son morceau de pain sans manifester le moindre intérêt. Il ne saisirait probablement la gravité de la situation que le lendemain. Lorsque des interlocuteurs dignes de confiance s'étonneraient qu'avec une femme aussi bien informée, il soit toujours le dernier au courant.

Loin du village, des Fergus et des Landrac, un homme s'enfermait dans son bureau. Artéor s'affala sur sa chaise, la mine pensive. Bon sang, d'où sortait ce type ? Il maniait l'épée avec une telle aisance qu'il était forcément de la noblesse. Ce défenseur de la veuve et de l'orphelin avait mérité de finir en bouc émissaire. Quiconque osait se mêler de ses affaires en payait toujours le prix fort.

D'après la rumeur qui était parvenue jusqu'à son manoir, le Ranaghar aurait dévoré ces deux idiots, lui et la gamine qui l'accompagnait. Mais Artéor n'était pas du genre à admettre qu'une créature légendaire rôdait dans les bois. Pour lui, cela signifiait une chose très simple : ils étaient toujours vivants, cachés quelque part dans les parages. Jamais il ne s'était senti menacé par la justice. Le préfet recevait suffisamment de pots-de-vin pour que sa vision de la loi soit la même que la sienne. Laisser des témoins en vie était cependant un pari risqué. Surtout que l'un d'eux semblait particulièrement décidé à ne pas finir exécuté sur la place publique. Il ne pouvait rien contre lui et pourtant, Artéor craignait de le voir essayer.

D'ordinaire, la seule peur qu'inspirait son nom suffisait à ce que chacun tourne les talons. Mais, au lieu d'adopter cette attitude pleine de sagesse, ce justicier de pacotille l'avait défié sur son terrain de prédilection. L'escrime était une discipline où Artéor excellait, un domaine où il ne tolérait aucun rival. Lorsque cet intrus était apparu sur le seuil de la grange, il était loin de s'attendre à un combat tel qu'il ne déterminerait ni vainqueur ni vaincu.

— Toi et moi, ce n'est pas fini, murmura-t-il. On se reverra et on continuera notre petit duel.

Artéor ignorait qu'Élias n'était pas en mesure de relever le défi. Allongé dans un lit, le front brûlant de fièvre, il gémissait de douleur. Sa vision se troublait, la pièce autour de lui n'était plus qu'un brouillard de formes, puis il ferma les yeux et sombra dans l'inconscience…

Chapitre 4
Léonis Dariel

Assise au chevet d'Élias, Plume avait été promue garde-malade. Dans un autre monde, ce même homme avait juré sa perte. Alors, pourquoi devait-elle veiller sur lui ? À Seräen, la nouvelle de sa mort lui aurait inspiré une danse de la victoire au plus grand désarroi de sa mère. Mais, en franchissant la barrière du temps, les règles avaient changé. Plume avait besoin d'Élias… Sans lui et ses machinations, elle avait la conviction que plus jamais elle ne reverrait sa famille, Jack ou même la Cour des fous.

Ils avaient conclu un pacte, un engagement qui perdrait ses effets dès qu'ils n'auraient plus aucun intérêt à rester alliés. Si Dariel les aidait à retourner à leur époque, Élias n'hésiterait pas à se parjurer pour reprendre ses manigances où il les avait laissées. Avec le sentiment d'œuvrer pour la cause adverse, Plume lui déposa un gant humide sur le front.

— Je vous déteste, marmonna-t-elle.

Ce cri du cœur échappa à Élias. Profondément endormi, il s'agitait dans son sommeil comme si des pensées obscures venaient envahir son esprit tourmenté par la fièvre. Un large bandage entourait son épaule et selon Finhen, sa blessure ne tarderait pas à cicatriser… Cet homme n'avait pas menti en se proclamant guérisseur. Il maîtrisait les plantes et leurs propriétés : un savoir qui, au fil des décennies, avait fini par se perdre pour n'être plus que quelques connaissances éparpillées. Plume avait été impressionnée par son sang-froid, stupéfaite de le voir aussi calme alors qu'il examinait l'entaille d'Élias. Dans sa cuisine, des étagères entières débordaient d'herbes séchées, réduites en poudre fine ou entreposées dans des bocaux. Il y avait aussi des substances étranges, des onguents à base de résine et dans un coin sombre, Plume aurait juré apercevoir une peau de serpent.

La maison de Finhen était située à la limite de la forêt. Une vieille demeure qui respirait la poussière et les siècles passés. Entre ces murs, des centaines de villageois s'étaient succédé, venus chercher des remèdes ou des conseils pour soigner telle ou telle maladie. Comme les malaises, vertiges et indispositions des uns et des autres restaient imprévisibles, Finhen avait conduit Plume et Élias au premier étage. Un escalier presque vertical menait à deux chambres réduites au rang de débarras ; une cachette d'autant plus efficace que lui-même s'y aventurait rarement. Ils étaient devenus des fugitifs et rien n'était plus à craindre que le coup d'œil indiscret d'une bonne âme prête à les dénoncer.

— Hum… Éléonore, gémit Élias.

Sa voix était à peine plus audible qu'un murmure. Plume sentit alors la main d'Élias s'emparer doucement de la sienne. Depuis la veille, leurs doigts n'avaient cessé de s'entremêler. Une première fois lorsqu'ils avaient couru sur les toits, puis quand des paysans en colère les avaient poursuivis à travers champs. La main de Plume avait cherché celle d'Élias : pour elle, c'était la promesse qu'il ne l'abandonnerait pas. Ces dernières heures où il avait paru si proche de la mort, ce contact était une présence réconfortante. La certitude qu'il resterait à ses côtés… À présent que le danger était écarté, cette caresse sur sa peau la mettait mal à l'aise. Plume voulut retirer sa main, mais son fiancé la serra davantage contre lui.

— S'il vous plaît, lui dit-elle, lâchez-moi.

Plume ne pensait pas obtenir de réponse. Elle le croyait endormi et ce geste rien d'autre qu'un réflexe du même genre que Jack poignardant dans son sommeil tous ceux qui s'approcheraient de sa bourse. Les yeux à demi-clos, Élias se tourna vers elle et prononça dans un souffle :

— *Vous m'avez tellement manqué…*

— Hein ?

Cette déclaration inattendue lui arracha un mouvement de surprise. Elle ne pouvait pas manquer à Élias, c'était une idée absurde ! Une supposition aussi ridicule que d'imaginer Frédérion sortir en ville sans Sabre pour terroriser les passants.

— Oh, maman, marmonna Élias, je vous ai toujours obéi… Pourquoi avez-vous fait cela ? Vous m'avez laissé si seul…

Plume poussa un soupir de soulagement. Élias était en train de délirer et il l'avait confondue avec sa mère. Sans avoir jamais vu Mme d'Aubrey, elle était sûre que la ressemblance n'était pas frappante. « Lorsque notre mère est morte, Élias n'a même pas pleuré », avait affirmé Andreas. Mais ces quelques mots laissaient sous-entendre une autre réalité. Peut-être qu'Élias n'était pas aussi indifférent qu'il avait voulu le laisser croire. S'il éprouvait réellement des sentiments pour cette femme, était-il possible que son frère se soit trompé sur le reste ?

Un plan se glissa lentement dans les pensées de Plume. Élias était vulnérable, il n'était plus protégé par une armure de sarcasmes et de mensonges. C'était l'occasion ou jamais de lui tirer enfin les vers du nez…

Avec un léger sourire, elle se pencha vers lui.

— Vous connaissez Mlle Éléonore Herrenstein, n'est-ce pas ? susurra-t-elle à son oreille.

— Ma fiancée…

« Très bien », conclut Plume. À présent qu'ils étaient d'accord sur l'identité des protagonistes, elle allait pouvoir commencer l'interrogatoire.

— Vous souhaitez épouser Mlle Herrenstein pour vous assurer le soutien de son père, est-ce exact ?

— Exact…

Sa réponse venait de confirmer les sinistres prédictions d'Andreas. Résistant à l'envie de l'étrangler, Plume s'attaqua à l'autre problème qui la préoccupait : le sort que lui aurait réservé Élias après le mariage.

— Est-ce que vous avez l'intention de répudier Mlle Herrenstein ?

— Mlle Herrenstein…

Un doute s'empara de la jeune fille. Élias ne répondait pas, il se contentait de répéter le dernier mot. Comment un esprit aussi brillant pouvait-il se révéler d'une telle lenteur ? Consciente de jouer de malchance, Plume choisit de reformuler sa phrase.

— Faire du mal à Éléonore ? articula-t-elle.

Elle avait l'impression de s'adresser à un enfant de quatre ans déficient mental. Superposer l'image d'un interlocuteur obtus avec un homme capable de décapiter un officier de la garde était une expérience assez étrange.

— Éléonore, ma fiancée… Je dois rester avec elle, je dois la protéger…

La protéger, mais dans quel but ? s'interrogea Plume. Par pure bonté d'âme… ou plus vraisemblablement parce qu'il avait besoin d'elle ?

— Pourquoi devez-vous la protéger ? insista-t-elle.

— Éléonore est…

Plume ne sut jamais la suite. Élias venait de se réveiller en sursaut et son premier réflexe fut de chercher son arme sous l'oreiller. Lorsqu'il voulut se redresser, sa douleur à l'épaule se rappela à son souvenir. Il poussa un cri de douleur avant de retomber sur le matelas.

— Restez calme, lui dit Plume. Vous êtes blessé, vous avez besoin de vous reposer.

— Où sommes-nous ?

— En 1793.

Ce n'était pas vraiment la réponse à sa question mais, depuis peu, la date était devenue un lieu à elle seule. Élias fronça les sourcils comme s'il fouillait sa mémoire à la recherche d'un événement particulièrement désagréable.

Ravie qu'il ait oublié leur précédente discussion, Plume se décida à éclairer sa lanterne.

— Nous sommes chez un guérisseur qui a accepté de nous aider. Il a bandé votre blessure et vous serez bientôt sur pied. Vous voyez ? Tout va bien, vous pouvez vous rendormir…

Être traité en malade moribond ne parut pas plaire à Élias. Pas plus que d'être soumis au bon vouloir d'un étranger susceptible de les dénoncer pour toucher une récompense.

— Vous lui faites confiance ? lâcha-t-il.
— Oui.
— Pourquoi ?
— Et pourquoi pas ? Vous vous méfiez toujours de tout le monde. Ce n'est pas parce que vous êtes prêt à trahir vos alliés que personne ne peut faire preuve de gentillesse sans forcément avoir une idée derrière la tête.
— Comme vous voudrez… C'est vous le chef après tout.

Plume ne doutait pas que sitôt rétabli, ce serait à nouveau lui qui donnerait les ordres. Si elle voulait retrouver sa vie à Seräen, il valait mieux qu'Élias ne soit plus alité. S'efforçant d'être une garde-malade compatissante, elle réajusta le gant sur son front.

— Vous voulez de l'eau ? proposa-t-elle.
— Non, je veux mon épée.

Son épée ! Il fallait bien être un seigneur de la Ligue pour réclamer une chose pareille. À contrecœur, Plume ramassa l'arme posée dans un coin de la pièce.

— Tenez, grommela-t-elle. Si vous vous en servez contre Finhen, je vous préviens tout de suite que…
— Oui, j'ai compris, vous me la confisquerez. Je ne veux tuer personne, j'en ai juste besoin pour me sentir en sécurité.

À l'image d'une peluche indispensable pour chasser les mauvais rêves, Élias serra l'épée contre lui. La main sur le fourreau et prêt à dégainer, il ferma les yeux et se rendormit. Plume resta quelques instants à l'observer. Les traits de son visage perdaient de leur dureté alors que lui-même sombrait dans un sommeil profond. Sans son air glacial, Élias aurait presque pu être séduisant. Pas d'une beauté capable de faire chavirer le cœur d'une femme – sans la moindre fortune pour l'inciter à une telle inclination –, mais ses pommettes saillantes lui donnaient un certain charme : un aspect ténébreux que venaient renforcer ses mèches sombres et son profil aquilin.

Plume se mordit la lèvre, surprise d'avoir pu se laisser distraire par Élias. Le mépris était le seul sentiment que lui inspirait sa personne et il était hors de question que cela change. Elle ne faisait pas partie de ces filles fleur bleue qu'un beau sourire suffisait à arracher à leurs principes.

« Qu'il aille au diable ! », pensa-t-elle généreusement. Sans la moindre discrétion, Plume se leva et referma la porte derrière elle. Dans la cuisine, elle trouva Finhen qui était occupé à broyer des herbes avec un pilon. À travers la fenêtre, les pâles rayons du soleil venaient illuminer les longues rangées de bocaux. C'était déjà le matin… Plume avait passé la nuit entière au chevet d'Élias.

— Vous devriez dormir, lui conseilla Finhen. Votre ami va s'en sortir. Comparée à ses autres blessures, celle-ci semble presque superficielle.

— Je ne vous remercierai jamais assez de nous avoir accordé l'hospitalité. Si je peux faire quoi que ce soit pour vous aider…

Plume avait toujours vécu comme une demoiselle de l'aristocratie. La cuisine et le ménage s'entouraient d'une part de mystère : elle ignorait comment nettoyer les sols ou comment faire cuire un œuf. Mais elle refusait de rester les bras croisés alors que Finhen risquait la corde pour les héberger.

— En réalité, c'est moi qui vous suis redevable, affirma-t-il. Depuis que j'ai dû quitter ma ville natale, je n'avais personne pour me tenir compagnie et cette maison est bien trop grande pour un seul homme.

— Pourquoi êtes-vous parti ?

— Pour des raisons que vous êtes trop jeune pour comprendre. Parfois, l'existence nous oblige à faire des choix… Les habitants d'Ärior m'ont accueilli, raconta-t-il, ils m'ont laissé vivre dans la demeure de l'ancien guérisseur. Le pauvre homme est mort d'une terrible maladie avec sa femme et ses enfants. Depuis un an, j'exerce ici et je m'efforce de soigner tous ceux qui viennent frapper à ma porte.

— Vous avez laissé votre famille là-bas ?

— Tout dépend de ce que vous entendez par famille.

Derrière son calme apparent, Plume devinait une souffrance enfouie au plus profond de son être. Était-ce parce qu'il possédait ses propres secrets que Finhen n'avait pas insisté pour connaître son passé ?

— J'ai préparé une infusion pour votre fiancé, lui dit-il. Elle est à base de malyca, vous savez, la plante sauvage que l'on trouve parfois au bord des rivières. Avec des herbes séchées, elle devrait apaiser la douleur de M. d'Aubrey.

La composition de ce breuvage lui importait peu. Du moment qu'elle avait la certitude qu'Élias survivrait, Finhen pouvait très bien lui appliquer des orties sur le corps.

— Prenez ce plateau et amenez-le-lui, ajouta le guérisseur en souriant.

Lorsque Plume s'avança, les rayons du soleil éclairèrent brusquement son visage, se posant sur sa peau pâle et faisant ressortir le bleu azur de ses yeux. Dans les prunelles de Finhen, elle surprit alors une lueur d'étonnement. Il resta immobile, la main suspendue au-dessus de son mortier.

— Vous allez bien ?

— Oui, murmura Finhen, j'ai eu une légère absence. L'espace d'un instant, j'ai cru voir quelqu'un d'autre. Vous n'êtes jamais allée à Tarnus, n'est-ce pas ?

Tarnus était une ville de l'Ouest, située assez loin de la capitale et pour les nobles de Seräen, elle se résumait à son apiculture.

— Non, répondit Plume, je suis originaire du Nord.

— Alors, veuillez me pardonner cette indiscrétion…

S'emparant du plateau et après un dernier regard à Finhen, elle se résigna à regagner l'étage. Lorsqu'elle pénétra dans la chambre, Élias semblait toujours assoupi.

— Vous dormez ? lança-t-elle.

— Vous faites une garde-malade pitoyable, commenta son fiancé, les paupières mi-closes. Même Harckof serait plus délicat que vous. Je suis en train d'agoniser, proche de la mort et vous vous adressez à moi comme si j'étais sourd. Vous avez une jolie voix, mais pourquoi ne pas la limiter à un simple murmure ? Par exemple… Vous dormez ? répéta-t-il dans un chuchotement à peine audible. Ce à quoi j'aurais répondu : « Non, très chère, pas depuis que j'ai senti votre gracieuse présence envahir la pièce. »

— Épargnez-moi vos sarcasmes et ouvrez la bouche !

— Aaah, fit Élias en tirant la langue.

Plume trempa sa cuillère dans le liquide fumant et entreprit d'enfourner le contenu dans la bouche du blessé. Il faillit s'étrangler avec l'infusion et en recracha la moitié.

— Bon sang, grommela-t-il. Est-ce que c'est une tentative d'empoisonnement ? Cette chose est vraiment infecte !

— Ne faites pas l'enfant.

— Vous en buvez la moitié et je bois l'autre ? proposa Élias dans une vaine tentative de marchandage.

— Absolument pas. Et je vais même veiller à ce qu'il n'en reste aucune goutte.

De mauvaise grâce, il avala une nouvelle cuillerée et accompagna la manœuvre d'une grimace de dégoût.

— Cela me rappelle mon enfance quand je donnais des limaces à

Andreas, soupira-t-il. Il les gobait comme un imbécile et ensuite, il allait se plaindre à Mme Roussel… Ah, c'était le bon temps !

Ces paroles évoquant l'époque glorieuse où il tyrannisait son cadet laissèrent Plume songeuse. La mine pensive, elle se remémorait leur saut dans le passé, la mort de Nathaël et leur folle course à travers champs. Mais avant que ces événements ne s'enchaînent, une trahison en avait été l'élément déclencheur.

— La chevalière qu'avait Griffin, est-ce que vous pensez que c'était celle d'Andreas ? murmura-t-elle.

— Peut-être, répondit Élias, occupé à loucher vers la quantité d'infusion restant dans le bol. Je suis certain que ce n'était pas une copie. Il s'agit soit de la chevalière d'Andreas – qui, vu sa bêtise, aurait très bien pu se la faire dérober sans même s'en rendre compte – soit de la chevalière de mon père.

— Votre père ?

— Oui, la tradition veut que chaque membre de la Ligue possède une chevalière qui l'établit en tant que tel. Mais, à la mort de son propriétaire, la chevalière est normalement enterrée avec lui afin d'éviter que n'importe quel voleur puisse prétendre appartenir à la Ligue. Concernant mon père, il n'est pas impossible qu'un voleur habile s'en soit emparé. Quel dommage que je sois bloqué ici ! soupira Élias. Je donnerais cher pour savoir qui a retourné Griffin contre moi.

— Est-ce que vous ne trouvez pas cela étrange ? Je veux dire que Griffin vous ait affronté seul à seul, alors qu'il avait une centaine d'hommes qui n'attendaient que ses ordres.

— C'est le principe même du combat à la loyale. Il ne faut jamais frapper son adversaire dans le dos et pire que tout, l'attaquer en groupe s'il est seul. Griffin n'avait pas cessé de me rabâcher cette règle ; au moins, il est logique avec lui-même.

Plume fut ravie d'apprendre que même en cas d'attaque surprise, il existait un code d'honneur qui régissait le comportement des belligérants. Elle s'apprêtait à rapporter le plateau à Finhen quand une nouvelle idée bouscula ses pensées.

— Élias ! s'exclama-t-elle en s'agrippant à son bras.

L'intéressé poussa un gémissement de douleur.

— Je ne me suis pas envolé, je suis toujours là et personne n'est en train de nous attaquer, marmonna-t-il. Alors, évitez de me secouer l'épaule pour le simple plaisir de me faire mal… Qu'y a-t-il ?

— La toile !

— Et donc ? Que suis-je censé déduire de ces deux mots ?

— Griffin et sa bande n'étaient pas venus pour nous tuer, ils avaient pour mission de s'emparer de la toile ! Imaginez que quelqu'un connaissait le pouvoir de cette peinture.

— Effectivement, ironisa Élias, je n'ose envisager le nombre de candidats ravis d'errer dans le passé sans titre ni fortune.

— Vous ne comprenez pas ? Ce n'est pas seulement être piégé dans une autre époque, c'est la promesse de modifier le futur ! Supposez un instant que nous trouvions l'Oméga et que nous l'assassinions. La réalité serait totalement différente !

— Que sous-entendez-vous exactement ? Que ces silhouettes encapuchonnées seraient à la solde des rebelles ?

Avalon n'aurait jamais envoyé des tueurs en manteau noir envahir la demeure d'un seigneur de la Ligue. Plume l'avait vu à l'œuvre durant la fête nationale : il était venu recruter des volontaires pour fomenter un soulèvement. C'était l'approche traditionnelle pour renverser un gouvernement et non un plan mêlant magie et voyages dans le temps.

— Je ne pense pas que ce soit les rebelles… L'attaque aurait pu être ordonnée par quelqu'un de la Ligue, supposa Plume. N'importe qui aurait intérêt à modifier l'Histoire pour prendre la place de l'Oméga. Un des seigneurs originels ou l'un des successeurs qui aurait voulu que sa lignée obtienne le pouvoir absolu.

Élias parut retourner la question dans sa tête avant de conclure :

— Non, je ne crois pas. Si le but était de détruire la Ligue, cela aurait encore un sens d'aller dans le passé semer le désordre. Mais s'ils ne cherchaient qu'à s'approprier le trône, le plus simple aurait été d'assassiner l'Oméga dans le présent ou encore mieux d'attendre sa mort prochaine. Les seigneurs originels n'intenteront pas à la vie de celui qui les a érigés comme piliers de la nation. Et comment je le sais ? Parce que si tel était leur plan, ils l'auraient tenté beaucoup plus tôt. Ils n'auraient pas attendu de souffler leurs soixante-dix bougies pour se lancer dans un coup d'État.

— Et les nouvelles générations ?

— La plupart d'entre eux ont à peine trente ans. Ils ont toute la vie devant eux pour conquérir le pouvoir. À quoi bon aller dans le passé ? Et puis, réfléchissez un peu… S'aventurer dans le temps, c'est prendre le risque de changer définitivement le cours des choses. La Ligue ne s'est pas construite en un jour. En tuant l'Oméga en 1793, rien ne nous assure que sans lui, la Ligue ne se serait pas effondrée depuis longtemps.

— Qui soupçonnez-vous alors ?

— Personne… et tout le monde à la fois. Griffin n'était pas assez sot pour s'opposer à moi sans s'assurer une belle récompense. Pour me mettre des bâtons dans les roues, cela se chiffre à plusieurs milliers de merles. Donc, certainement pas les rebelles car ils sont loin d'avoir les poches aussi bien remplies. À partir de ce constat, je préfère revenir à ma première hypothèse.

— Laquelle ?

Plume avait vu passer tellement de théories diverses et variées qu'Élias ferait tout aussi bien de préciser sa pensée.

— Selon moi, développa-t-il, la toile ne s'est retrouvée au milieu de la bagarre que par pure coïncidence. Nos assaillants étaient venus pour me rayer de la succession. Avec mon décès prématuré, Andreas serait devenu seigneur et il aurait ensuite été très simple de le manipuler comme une marionnette. Voilà où j'en suis de mes réflexions… Si vous avez une meilleure explication, je serai ravi de vous écouter.

Plume flottait au milieu d'une incompréhension des plus totales. Ensemble, ils venaient de conclure que ni les rebelles ni les seigneurs de la Ligue ne pouvaient être les mystérieux commanditaires. Et à qui d'autre profitait le crime ? Qui, n'appartenant à aucun de ces deux camps, aurait été en mesure d'organiser une attaque de cette envergure ? Plume refusait de croire aux coïncidences, elle s'apprêtait à faire valoir que le destin se mêlait rarement des affaires des hommes quand le hasard lui fit brusquement un pied-de-nez. Parmi le désordre de Finhen, à moitié dissimulé sous un drap sale, un éclat de couleur venait d'attirer son attention.

— Attendez, prononça-t-elle dans un souffle. Est-ce que ce ne serait pas…

Le tissu s'était légèrement soulevé, laissant apparaître le bord d'une toile. Plume s'empressa de tirer sur l'étoffe pour révéler une dizaine de peintures empilées les unes sur les autres sans le moindre égard. Chacune de ces œuvres transcendait la beauté du quotidien : une femme tressant ses longs cheveux roux, des pêcheurs jetant leurs filets ou encore des enfants dansant sur la place du village. Ce pinceau capable d'illuminer les détails, de donner à ces personnages l'illusion de la vie, ne pouvait appartenir qu'à un seul homme. Et comme pour ne laisser aucun doute sur l'identité du maître, une inscription à peine visible dans le coin inférieur de chaque tableau révélait son nom.

— Dariel, murmura Plume.

À l'autre bout de la pièce, Élias tenta de se redresser, mais son épaule douloureuse lui ordonna aussitôt de rester allongé.

— Qu'est-ce que vous dites ? lança-t-il.

— Ces toiles sont celles de Léonis Dariel. C'est incroyable ! Comment peuvent-elles se retrouver là ?

— Je croyais qu'on était chez un guérisseur, Finren… Finben ou quelque chose de ce genre.

— C'est exact, affirma une voix grave, mais l'un n'empêche pas l'autre.

Plume se retourna pour découvrir Finhen sur le seuil de la porte. Elle ne l'avait pas entendu monter les marches. Ses yeux d'un vert émeraude se posèrent sur elle. Assise par terre en train de fouiller dans ses affaires, elle avait tout l'air d'une voleuse surprise dans sa tâche.

— Je suis désolée, bafouilla Plume, je ne voulais pas me montrer indiscrète. J'ai vu vos toiles, elles m'ont intriguée et…

— Ne vous excusez pas, lui dit Finhen. La curiosité est bien naturelle à votre âge.

— Vous connaissez Léonis Dariel ? marmonna Élias.

— Je vois que notre malade se porte mieux.

Avec sa mine renfrognée et son épée à la main, Élias correspondait à l'image du mourant ayant brusquement recouvré ses forces, comme si sa douleur se mêlait jusqu'alors d'une part de comédie. Sous le regard scrutateur de son patient, Finhen s'approcha du lit et entreprit d'examiner sa blessure.

— Pour répondre à votre question, je connais effectivement Dariel. Puis-je savoir ce que vous voulez à ce monsieur ?

— C'est une affaire assez délicate.

Leur histoire risquait surtout de se retourner contre eux quand Finhen parviendrait à la seule conclusion possible : qu'à défaut d'un choc sur la tête pouvant justifier des hallucinations, ils étaient fous à lier.

— Nous aimerions le rencontrer, ajouta Plume. Est-ce que vous auriez l'amabilité de nous le présenter ?

Elle accompagna sa requête d'un sourire ingénu qui, à Seräen, aurait suffi pour que son interlocuteur s'empresse d'aller satisfaire le moindre de ses désirs. Dans le dos du guérisseur, les lèvres d'Élias s'étirèrent en un rictus qui semblait dire : « Pauvre type, il ignore encore qu'il va se faire mener par le bout du nez. » À la différence de Frédérion trop heureux de faire plaisir à Mlle Herrenstein, Finhen ne parut pas sensible à ses charmes. Il s'accorda un instant de réflexion avant que sa réponse ne claque comme un coup de fouet.

— Non, je regrette.

— Mais pourquoi ? Je vous assure que c'est très important, insista Plume.

Imperturbable, Finhen replaça le pansement d'Élias qui l'observait avec la même bienveillance qu'un assassin venu intenter à sa vie. Espérant qu'il n'utiliserait pas son arme pour le rendre plus coopératif, Plume tenta de défendre leur cause.

— Nous sommes venus de très loin pour trouver cet homme. Il est impératif que nous lui parlions…

— Je ne vous présenterai pas Dariel, affirma Finhen, et pour une raison très simple : vous l'avez en face de vous.

— Quoi ? lança Élias.

— Vous voulez dire que vous êtes… Léonis Dariel ? s'exclama Plume qui avait du mal à y croire.

— Je n'ai jamais prétendu le contraire.

— Vous m'avez dit que votre nom était Finhen !

— Non, vous m'avez demandé comment m'appeler. Je vous ai répondu Finhen, car c'est ainsi que m'appellent les villageois… À vous voir aussi surpris, j'ai l'impression que vous n'en connaissez pas le sens. Dans la langue des Anciens, cela signifie « maître guérisseur ».

Aux yeux de l'aristocratie, la langue des Anciens était un patois oublié qui avait disparu quand d'immenses murs avaient regroupé la population dans des villes toujours plus denses. La langue du Nord – celle des autorités et de la noblesse – s'était imposée et le seul accent dissident, qui faisait désormais frémir la haute société, était celui des bas-fonds avec ses sonorités sifflantes.

— Qu'aviez-vous à me dire ? demanda Dariel avec un sourire malicieux. À vous entendre, cela semblait être une question de vie ou de mort.

Plume s'efforça de chasser l'expression de stupeur qui s'étalait sur son visage. Ils avaient pataugé dans la boue, un cadavre les avait forcés à prendre leurs jambes à leur cou et ils avaient manqué de peu de se faire lyncher par des villageois en colère. Lassé de les voir tant trébucher, le hasard avait-il décidé de les pousser dans la bonne direction ? Vers ce guérisseur qui se révélait être le seul homme capable de leur venir en aide… Mais, derrière cette coïncidence, Plume devinait une réalité bien plus complexe. Ils étaient tombés à travers la toile car, dans ce passé que formait leur futur, le destin avait scellé cette rencontre. Si leurs routes ne s'étaient pas croisées, il n'y aurait jamais eu cette mystérieuse peinture ni même de fiançailles écarlates. Élias serait resté un étranger et Plume une demoiselle vouée à attirer dans ses filets un riche parti. Ce voyage dans le temps était-il destiné à boucler la boucle ? Une force supérieure semblait dicter leurs agissements comme si leur apparente liberté ne dissimulait qu'un seul chemin possible.

— M. Dariel, déclara Plume, ce que je vais vous dire va sans doute vous paraître curieux…

— Oh, plus rien ne me surprend. Vous n'êtes pas obligée de m'appeler par mon nom de famille, Léonis suffit amplement.

— Alors, appelez-moi Éléonore.

— Et moi, c'est toujours M. d'Aubrey, grommela Élias que ces familiarités exaspéraient. Vous connaissez mieux que nous l'étonnant pouvoir de vos tableaux. C'est en traversant l'un d'eux que ma fiancée et moi-même avons été propulsés dans ce charmant endroit où les étrangers se font tirer dessus…

— J'ai du mal à vous suivre, coupa Dariel en ignorant sa remarque pittoresque sur la région. Comment auriez-vous pu traverser l'une de mes toiles ?

— Vous souhaitez garder cela secret et je le comprends très bien, assura Plume, mais vous n'avez pas à craindre la moindre indiscrétion de notre part. Nous souhaitons seulement rentrer chez nous.

— Rentrer chez vous ? Si c'est un véhicule que vous cherchez, on vous a mal renseignés, je n'ai rien d'autre qu'un cheval et une vieille charrette.

Élias leva les yeux au ciel devant une telle obstination à nier les faits. Dariel faisait-il exprès d'être aussi lent d'esprit ? Avec le sérieux d'un précepteur s'adressant à un élève récalcitrant, il entreprit d'éclairer sa lanterne.

— Nous venons de 1842, développa-t-il. Une peinture, qui n'existe pas encore, s'est retrouvée en ma possession. Avant-hier… enfin, pas de votre point de vue… Disons dans un demi-siècle, une bande d'imbéciles s'est mise en tête d'attaquer mon manoir. À la suite d'un combat déloyal, nous nous sommes enfuis par les toits et Mlle Herrenstein a eu le brillant réflexe de glisser sur sa robe. Suspendus dans le vide, nous sommes tombés à travers une fente que votre toile avait ouverte par je ne sais quelle magie. Ce portail nous a menés en 1793, à l'époque même où ce tableau a été peint et dans le décor exact qui vous avait servi de modèle. À présent, nous vous serions reconnaissants d'utiliser vos pinceaux pour que nous puissions regagner notre capitale bien-aimée.

Si cette histoire était déjà assez embrouillée, l'explication d'Élias la rendit encore plus fumeuse. Dariel jeta un regard oblique vers Plume avant d'éclater de rire.

— Vous devriez vous reposer, mon garçon, lui dit-il. La fièvre est en train de vous faire délirer.

— Délirer ? s'offusqua Élias. J'ai l'air de quelqu'un de délirant ?

— Non, mais vous avez été sérieusement blessé et…

— S'il vous plaît, intervint Plume, ce que vient de dire Élias n'est rien d'autre que la stricte vérité. Vos peintures ont le pouvoir de nous faire voyager à travers le temps et l'espace. Vous ne l'ignorez pas, n'est-ce pas ?

Ou Dariel n'était pas au courant ou il était un excellent comédien. Il fixait Plume comme si ses paroles n'étaient qu'une aimable plaisanterie. Devant leur sérieux, son sourire ne tarda pas à s'évanouir.

— Vous êtes en train de m'affirmer que vous venez du futur ? résuma-t-il. Que mes peintures peuvent transporter des gens d'une époque à une autre ? Et vous pensez que je suis capable de vous renvoyer chez vous d'un simple coup de pinceau ?

— Oui, murmura Plume.

— Écoutez-moi, je vous ai offert mon aide car je sais pertinemment que vous n'avez joué aucun rôle dans la mort de Nathaël. Je n'ai pas hésité à risquer la justice des villageois pour vous sauver la vie. Mais, en aucun cas, je ne pourrai vous faire voyager en 1842. Tout simplement parce que c'est impossible… Je peins depuis des années et jamais personne ne s'est volatilisé à travers la moindre fente.

Dariel ne les croyait pas. Comment pouvait-il posséder un tel talent sans en avoir conscience ? À moins que leur toile ne soit la seule à créer un portail à travers le temps… Quand Plume avait découvert la véritable identité de Finhen, elle pensait la partie gagnée. Que cet homme prêt à abriter des fugitifs dans sa maison serait une nouvelle fois leur sauveur. Cela ne représentait rien pour lui, seulement une peinture de plus à réaliser ; pour eux, c'était retrouver une vie qui les attendait dans un autre siècle.

Son refus aurait pu sonner comme une porte qui se ferme. Plume avait cependant une certitude. De la même façon que leur rencontre était écrite, elle savait que tôt ou tard, elle deviendrait le modèle de Dariel.

— Je ne vous demande pas de me croire, lui dit-elle, mais de me faire confiance. Nous n'aurions aucun intérêt à vous mentir. Pour quelle raison inventerions-nous une histoire pareille ? Vous avez raison d'être troublé ou même de douter de nos paroles. C'est pourtant la vérité… Vous possédez un talent rare, alors laissez-moi vous prouver que la magie peut repousser les limites du possible.

Dariel haussa un sourcil circonspect.

— Supposons un instant que vous veniez bien de 1842, soupira-t-il. Dites-moi une seule chose qui pourrait me convaincre. Vous devriez savoir ce qui nous attend dans les prochaines années, non ?

Plume consulta Élias du regard. Était-ce une bonne idée de lui parler des trois règles ou même de sa traîtrise, qui avait fait de lui l'un des plus grands renégats de l'Histoire ? Ce coup d'œil échangé donnait plutôt l'impression que les intéressés s'accordaient sur la version des faits. Avec l'air de répondre à une question piège, Élias choisit de présenter la situation politique avec un certain optimisme.

— En 1842, récita-t-il, l'Oméga est au pouvoir. Sa puissance repose sur une alliance formée par les douze familles les plus riches d'Orme qu'on appelle la Ligue écarlate. Les ordres du palais sont transmis aux autres villes du royaume par l'intermédiaire des Intendants qui représentent l'autorité au niveau local. Chaque ville est entourée par de hauts remparts afin de… protéger ses habitants des menaces extérieures. Le plus important est de…

— Qui sont ces douze familles ? coupa Dariel. Je suppose que vous devez les connaître par cœur.

— Bien sûr que oui. D'Aubrey, Artéor, Chrisaloy, Flaminius, énuméra Élias avec une telle rapidité qu'il semblait se prêter à un exercice de diction, Hadelin, Naamas, Nemrod…

— C'est bon, c'est bon.

Apparemment, la réponse d'Élias venait de le persuader d'une chose : s'ils partageaient tous les deux les mêmes divagations, ils avaient bien préparé leur sujet.

— Et qu'en est-il de Valacer ? demanda Dariel.

— Nous sommes en guerre.

— Une issue assez prévisible, si on y réfléchit bien. La moitié de ce que vous me dites est invérifiable, alors que l'autre moitié est à la portée de n'importe quel Orméen. Tout le monde connaît le ressentiment entre ces deux nations, me parler d'une guerre n'a rien de surprenant.

— Donc si on se résume, marmonna Élias en serrant les dents, d'un côté, vous nous accusez de tout inventer et de l'autre, de ne pas faire preuve d'assez d'imagination dans nos élucubrations.

— Vous m'excuserez, j'en suis sûr, si je me montre méfiant mais à ma place, comment réagiriez-vous ?

— J'appellerais ma garde personnelle et je vous ferais exécuter sur la place publique, affirma Élias avec sa mansuétude bien connue.

— Léonis, la seule preuve est entre vos mains, insista Plume. Refusez de nous croire si vous le souhaitez mais au moins, écoutez-nous. Nous avons besoin de vous pour regagner notre époque. Peignez ce tableau et soit il ne se passe rien et vous pourrez nous prendre pour des fous ; soit cette toile ouvre une fente et alors, vous saurez la vérité. Vous êtes guérisseur, vous devez bien croire en une certaine forme de magie ?

— Oui, je crois en la magie qui donne aux herbes le pouvoir de guérir les hommes. Mais il y a une différence entre les plantes médicinales et les voyages dans le temps… Très bien, soupira à nouveau Dariel, imaginons que j'accepte. Parlez-moi un peu plus de cette peinture qui vous aurait menés jusqu'ici.

— Elle représentait un champ perdu au milieu de nulle part. C'est là-bas que nous nous sommes réveillés.

— Il y a beaucoup de champs à proximité. Et rien d'autre sur ce tableau ?

— Si, une jeune fille endormie à l'ombre d'un chêne. En réalité, nous pensons que cette personne, c'est moi…

Plume hésita. Si elle espérait obtenir l'aide de Dariel, elle devait jouer cartes sur table. Avec le sentiment de risquer le tout pour le tout, elle se lança dans le récit de leurs récentes péripéties : leur dîner sur les toits, l'attaque des hommes en noir, sa chute à travers la toile, leur réveil dans ce monde inconnu, leur nuit à l'auberge et enfin, le meurtre de Nathaël. Obéissant à un accord tacite avec Élias, elle ne mentionna pas la traque menée par la milice envers les artistes. Dariel l'écoutait sans mot dire, son regard posé sur elle avec une insistance qui la mettait mal à l'aise.

— Alors ? demanda Plume après avoir terminé son monologue par un « voilà » peu concluant.

— Je pense que certains éléments corroborent votre histoire, déclara Dariel. Je ne prétends pas être totalement convaincu, mais il est clair que vous ne venez pas d'ici. Et je le sais parce que vous ignorez complètement ce qu'est l'Astral, n'est-ce pas ? Vous n'avez aucune idée de ce qu'il représente.

— L'Astral ? répéta Élias. De quoi s'agit-il ?

— De cette chose qu'Éléonore vient de me décrire comme une étoile en plein jour.

— Parce que ce point lumineux a un nom ? Vous deviez vraiment être désœuvrés pour vous donner la peine de nommer tout ce qui bouge.

— Ce n'est pas une simple étoile, expliqua Dariel. Jusqu'à ce que Mme Fergus se précipite sur la place du marché en hurlant que quelqu'un l'avait vu, l'Astral n'était rien d'autre qu'une légende. Une prophétie, dont l'origine s'est perdue au fil des siècles, prétend que le mal naîtra le jour même où une mystérieuse étoile surgira dans un ciel de lumière. Ce sont les mots exacts de la prophétie. Depuis des décennies, des théories se sont succédé sur sa signification, mais elles n'ont pas cessé de se contredire.

— La Ligue écarlate, murmura Plume.

La prophétie était exacte, songea-t-elle avec un pincement au cœur. Dans quelques années, une poignée d'hommes s'emparerait du pouvoir et le sang coulerait en abondance pour asseoir leur autorité. Oui, c'était bien le mal absolu qui règnerait.

— Est-ce que vous allez nous aider ?

— Oui, répondit Dariel dans un pâle sourire. Je peindrai ce tableau, car votre histoire m'intrigue mais je suis certain qu'aucune fente ne s'ouvrira… Vous pouvez rester chez moi aussi longtemps que vous le souhaitez, ajouta-t-il. N'oubliez pas que pour les villageois, vous êtes censés être morts. S'ils vous aperçoivent ici, qu'importe l'implication d'Artéor, c'est vous qui finirez pendus à une corde.

— Merci, lui dit Plume. Je n'oublierai pas ce que vous faites pour nous.

Allongé dans le lit, son épée contre lui, Élias ne semblait pas vouer à Dariel la même reconnaissance éternelle. La porte s'était à peine refermée derrière le peintre qu'il ne tarda pas à exprimer son opinion.

— Je ne l'aime vraiment pas, grommela-t-il.

Chapitre 5

La veuve et le renard

— Et alors ? Que voulez-vous si cet individu ne m'inspire pas confiance ?
Pour la dixième fois de la journée, Plume soupira devant l'obstination d'Élias de décrire leur hôte comme un être rusé, prêt à les dénoncer à la première occasion.

Contrairement à la violence de ses accusations, sa voix était réduite à un sifflement qui évoquait un tuyau qui fuit. Ces murmures ne visaient pas seulement à protéger les oreilles de Dariel des vilaines paroles déblatérées sur son compte, mais surtout pour leur éviter d'être surpris par un villageois qui avait surgi au rez-de-chaussée, peu après l'heure du déjeuner. Il avait invoqué une blessure au pouce lui causant une vive douleur et Elias s'était esclaffé en entendant la liste de ses symptômes. « Je me suis fait tirer dans l'épaule et je suis moins bruyant que lui » avait-il ajouté dans un reniflement méprisant. Depuis lors, ils s'efforçaient de ne pas être entendus de ce malade imaginaire qui était d'ailleurs trop occupé à gémir pour s'apercevoir de leur présence.

— Il m'énerve, conclut Élias comme s'il restait encore une ambiguïté possible.

— Pourquoi ? Parce qu'il vous a préparé une infusion qui vous déplaît ?

— Non, parce que personne de sensé ne risquerait l'exécution pour des étrangers. Il va nous trahir, je peux vous l'affirmer. Et puis, n'oubliez pas que c'est à cause de lui que les règles écarlates ont été promulguées. Il s'est rallié à Valacer en abandonnant les siens !

— Oui, je reconnais que sa réputation joue contre lui, mais si vous aviez vu son regard comme moi, vous sauriez qu'il y a aussi du bon dans cet homme... Essayez d'oublier cette paranoïa dans laquelle vous avez grandi depuis votre enfance. Ce n'est pas parce que vos ennemis manigancent contre vous que Dariel en fait forcément partie.

— Enfin, réfléchissez un peu... Pourquoi est-ce qu'il abriterait chez lui de parfaits inconnus ? Il ne nous a jamais vus de sa vie et il nous offre spontanément son aide sans rien exiger en retour. Vous ne trouvez pas cela suspect ?

— Dariel sait que nous n'avons pas tué Nathaël, répondit Plume. Il voulait nous protéger des villageois...

— Je vous assure qu'il prépare un mauvais coup. Il espère obtenir une récompense en nous livrant aux autres imbéciles.

— Et d'après votre merveilleuse théorie, pourquoi Dariel attendrait-il aussi longtemps pour mettre son plan à exécution ?

— Il n'en a peut-être pas eu l'occasion.

— Est-ce que vous connaissez un autre peintre qui serait d'humeur à nous ouvrir un portail à travers le temps ? Alors, à moins que vous n'ayez un remplaçant à me proposer, je vous prierais de cesser ce réquisitoire.

Après avoir fustigé leur hôte sous différents prétextes, Élias se résolut enfin à exprimer la raison profonde de son ressentiment.

— Vous vous rendez compte qu'il m'a appelé « mon garçon » ? marmonna-t-il.

— Où est le mal ? Ce n'est pas comme s'il vous avait affublé d'un surnom ridicule.

— Personne n'a osé m'appeler ainsi depuis mes huit ans. Je m'en souviens très bien, c'était l'Intendant en charge à Hirion. Il avait même eu l'audace de me tapoter l'épaule…

— Si je suis votre raisonnement, Dariel est animé de mauvaises intentions pour la simple raison qu'il vous a manqué de respect. Ou plutôt parce qu'il n'a pas accompagné chacune de ses phrases des cinquante « oui, monsieur » que vous êtes habitué à entendre.

— Exactement. Il s'adressait à moi de la même façon que l'on parle à un enfant.

— On ne peut pas nier que vous êtes plus jeune que lui.

— Mais lui, quel âge a-t-il ?

— Peut-être trente-deux… trente-quatre ans, supposa Plume sans grande conviction. Ou peut-être moins.

— De toute façon, cela ne change rien au fait que je me méfie de ce type.

— Avant que vous ne lanciez de nouvelles accusations mensongères, citez-moi une seule personne en qui vous avez confiance.

Élias se caressa le menton. Apparemment, éliminer mentalement tous les traîtres potentiels était un exercice long et difficile. Plume s'attendait à ce qu'il désigne Harckof ou qui que ce soit à son service, non pas comme le plus loyal mais comme le dernier à comploter contre lui. Cependant, la réponse de son fiancé fut tout autre.

— Vous, affirma-t-il. J'ai confiance en vous et vous voulez savoir pourquoi ?

— Parce que je ne vous ai pas abandonné lorsque vous étiez blessé ?

— Absolument pas. Vous n'êtes venue à mon secours que parce que je vous sers de garde du corps.

— Alors, pourquoi ? bafouilla Plume.

— Parce que je suis décidé à gagner mon pari, ricana Élias. Jusqu'à présent, je n'ai jamais eu à séduire une femme, mais il paraît que ces dames aiment qu'on leur murmure à l'oreille ce genre de choses. Vous êtes la seule qui compte pour moi, déclama-t-il, la main sur le cœur. Non, plus sérieusement, je n'ai confiance en personne. Je suis sûr que malgré votre face d'ange, vous aviez prévu de vous débarrasser de moi avant le mariage. Je me trompe ?

Plume le fusilla du regard.

— À partir de maintenant, vous vous débrouillerez tout seul pour avaler votre soupe puisque vous avez la langue bien pendue, siffla-t-elle entre ses dents.

— Oh, ne soyez pas vexée, chère Mlle Herrenstein. Je vous présente mes plates excuses pour vous avoir révélé mes plans, puisque tout bon séducteur se doit de garder ses intentions secrètes.

— Vous ne gagnerez jamais ce pari ! Vous vous fourrez le doigt dans l'œil.

— Pas si fort, l'autre en bas va nous entendre… Que puis-je faire pour que vous me pardonniez cette petite taquinerie ? demanda Élias en essayant d'afficher un air contrit.

— Rien du tout.

Plume déplia ses jambes, lissa les plis de sa robe et drapée dans sa dignité, marcha d'un pas résolu vers la porte. Le grand blessé du rez-de-chaussée n'allait sans doute pas tarder à partir. D'ici là, Plume pourrait toujours patienter dans l'escalier. Elle n'aimait pas la pensée qu'Élias tentait réellement de la séduire. Ce pari n'était rien d'autre qu'un jeu pour lui, une façon comme une autre de passer le temps. Et pourtant, lorsqu'il avait murmuré ce simple mot, ce « vous » prononcé du coin des lèvres, Plume l'avait cru. L'espace d'un instant, elle s'était imaginée qu'Élias avait bel et bien placé sa confiance en elle. Une très mauvaise idée puisque Avalon l'avait chargée de l'espionner… Mais dans ses paroles, Plume sentait un plus grand danger. L'impression qu'en se lançant dans ce défi ridicule, Élias avait une chance même infime de conquérir son cœur.

⁂

Perla essuya la larme solitaire qui glissait le long de sa joue. La veille même, son existence avait volé en éclats, détruite à ce moment précis où Nathaël avait été assassiné. De l'autre côté de la grange, dans cette maison qu'ils avaient construite de leurs mains, elle ne l'avait pas entendu agoniser. Son mari était mort dans un bain de sang. Seul. Aucune présence réconfortante n'était venue atténuer sa souffrance.

— Oh, Nathaël, tu me manques tellement…

Ses derniers mots se perdirent en un sanglot. Jamais la jeune veuve n'oublierait cet instant terrible où l'angoisse s'était emparée d'elle. Elle était sur la place du marché quand elle avait surpris un cri, une rumeur qui se propageait autour du puits. Des voix qui se mêlaient et qui parlaient d'un meurtre… Son fils dans les bras, Perla s'était élancée, elle avait couru dans un état second jusqu'à la grange. Était-ce égoïste que d'espérer la mort d'un autre ?

En franchissant le seuil, elle avait manqué de s'évanouir. Le cadavre de Nathaël était étendu sur le sol, il avait été torturé avec une telle barbarie que d'horribles cicatrices marquaient son corps. Perla avait porté la main à son cœur tandis qu'un hurlement s'échappait de ses lèvres. Plus rien désormais ne serait comme avant. Il n'y aurait plus de lendemains avec Nathaël à ses côtés. Il était parti loin d'elle, l'abandonnant avec un enfant qui ne connaîtrait jamais son père… Depuis, Perla s'efforçait de vivre, de survivre avec ce souvenir douloureux qui emprisonnait ses pensées.

Elle ignorait encore que le pire était à venir. Ce furent trois coups contre la porte qui lui firent relever la tête. Encore un visiteur venu lui présenter ses condoléances… La moitié du village s'était déjà succédé chez elle, des voisins et amis convaincus de faire leur devoir, alors que la jeune femme espérait seulement qu'on la laisse tranquille.

— Madame, prononça une voix doucereuse.

Sur le seuil de la porte se tenait une silhouette en redingote. Un individu au faciès de renard, qui lui adressait un sourire mielleux. Perla eut un mouvement de recul. Elle voulut refermer la porte, mais un pied savamment posé dans l'entrebâillement permit à l'intrus de se glisser à l'intérieur. Il était entré avec autant de désinvolture que s'il avait été invité à le faire.

— Que me voulez-vous ? lança Perla.

Renard Artéor ne parut pas pressé de répondre. Il fit tourner sa canne dans sa main, tandis que son regard faisait le tour de la pièce : une habitation modeste, des meubles qui formaient le strict nécessaire et dans un coin, un bébé qui sommeillait dans son berceau. Dans les yeux d'Artéor pétillait une malice qui laissait présager un terrible danger.

— Vous n'êtes pas sans ignorer que feu votre mari m'avait emprunté une somme d'argent assez conséquente, déclara-t-il. Je suis venu réclamer ce paiement.

Perla eut l'impression que le sol se dérobait sous ses pieds. Elle n'avait rien à donner à Artéor. Même en vendant la grange et l'exploitation, elle ne parviendrait jamais à obtenir les neuf cents merles que lui réclamait cet homme.

— Je n'ai pas votre argent.

— La loi me donne le pouvoir de saisir tous vos biens, susurra Artéor. Je pourrais vous chasser d'ici et vous obliger à mendier dans la rue comme la dernière des indigentes, vous en êtes consciente ?

— Vous avez tué mon mari ! s'exclama Perla.

Elle aurait voulu lui cracher sa colère. Sa haine envers cet aristocrate qui, sous prétexte qu'il avait tout, avait le droit d'écraser ceux qui n'avaient rien. Comment osait-il parader chez elle, exiger un remboursement avec le même calme que si la mort de Nathaël n'était pas de son fait ?

— Mais vous ne pouvez pas le prouver, n'est-ce pas ?

Artéor n'élevait jamais la voix. Il ressemblait à un serpent qui se glissait dans le dos de ses victimes et n'attendait que l'instant propice pour les frapper par surprise.

— Et vous avez un fils, ajouta-t-il de son ton mielleux. Il grandira sans son père, voulez-vous aussi qu'il grandisse sans un toit au-dessus de sa tête ? Livré à lui-même dans la rue, comment pourrait-il devenir autre chose qu'un gibier de potence ? Votre mari était un incapable qui ne lui a laissé que des dettes en héritage…

— Vous n'êtes qu'un monstre sans cœur ! Nathaël était un homme bon et qu'importe votre fortune, il est mort cent fois plus riche que vous ne le serez jamais ! Et je ne vous laisserai pas salir sa mémoire.

Artéor eut un petit rire.

— Vous êtes une très belle femme, lui dit-il. Je me suis toujours demandé pourquoi vous aviez choisi Nathaël. Qu'est-ce que ce paysan avait bien pu vous promettre pour que vous sacrifiez votre jeunesse avec lui ?

— Nathaël m'aimait, mais je suppose que vous ne comprenez pas ces choses-là !

— Oh, Perla, je vous comprends bien mieux que vous ne le pensez… Vous me reprochez de n'avoir aucune compassion envers ceux qui me sont redevables. Votre époux a traité avec moi, je vous ai offert mon aide, n'est-il pas légitime que j'en tire un bénéfice ?

— Allez-vous-en !

— Pour que je revienne plus tard avec les gardes ? siffla Artéor entre ses dents. Et si, vous et moi, nous concluions un autre arrangement ?

Perla se laissa tomber sur une chaise. Elle connaissait les pactes de cet homme, cela revenait à s'enchaîner au diable. En pensant échapper à la ruine, ses malheureux débiteurs ne faisaient que précipiter leur perte. Mais à présent qu'elle se retrouvait seule avec un enfant à élever, Perla commençait à douter. Artéor n'hésiterait pas à faire appel au préfet, elle serait jetée à la rue avec son fils. Aden avait à peine un an, elle n'avait pas le droit de condamner un nourrisson à un tel sort.

— Quel arrangement ? murmura-t-elle.

— Je pourrais oublier cette dette… Je n'ai jamais été votre ennemi, Perla. Je suis juste quelqu'un qui aime faire des affaires. Oui, je pourrais me montrer très généreux envers vous et même m'assurer que votre enfant ne manque de rien.

— Et qu'exigeriez-vous en échange ?

— Pas grand-chose, lui chuchota Artéor à l'oreille. Abandonnez cette maison et venez vivre chez moi…

— Vous me proposez une place de domestique dans votre manoir ?

Perla n'était pas sûre de saisir. Pourquoi Artéor ferait-il preuve d'une telle bienveillance à son égard ? Nettoyer le sol et préparer les repas étaient une tâche humiliante, mais s'il s'agissait du prix à payer pour éviter la misère, elle était prête à accepter. Au-delà des lois, d'autres règles venaient régir les hommes et parmi celles-ci, aucune n'était plus importante que l'argent. Artéor était inatteignable. Ce n'était pas trahir Nathaël que d'accepter une main tendue ; c'était promettre un avenir à leur fils.

— Une place de domestique ? répéta Artéor avec un rictus. Ma chère, ce serait un véritable gâchis que de vous demander de salir vos jolies mains. En réalité, je vous proposais de partager vos nuits avec moi… Devenez ma maîtresse et je vous offrirai une vie de princesse !

La réponse de Perla fut immédiate. D'un geste autoritaire, elle pointa la porte d'entrée du doigt.

— Sortez d'ici ! ordonna-t-elle. Et je vous interdis de vous représenter devant moi !

— Vous faites une grave erreur, ma petite, ricana Artéor. Je pourrais vous détruire d'un simple claquement de doigt.

— Croyiez-vous un seul instant que j'allais vous pardonner la mort de Nathaël ?

— Je suis sûr que de belles robes et un attelage suffiront à atténuer votre peine.

— Dehors !

— Très bien, je vais vous laisser le temps de réfléchir. Dans dix jours, je reviendrai vous voir et si vous êtes toujours décidée à honorer la mémoire de votre défunt mari, je vous chasserai de votre maison et tout ce qui est à vous m'appartiendra… Ne soyez pas idiote. L'amour est une chose noble, mais à quoi bon quand on sait que Nathaël est déjà dans son cercueil ? N'importe qui à votre place accepterait, ce serait de la folie de me dire non. Obstinez-vous et il ne vous restera plus que vos yeux pour pleurer. Et là, il sera trop tard pour implorer ma pitié…

— Je ne serai jamais à vous et maintenant, sortez de chez moi !

— Comme il vous plaira.

Artéor s'inclina, les lèvres étirées en un sourire mauvais. Il eut à peine claqué la porte derrière lui que Perla fondit en larmes. Sa vie ne lui avait jamais paru aussi sombre.

— Comment est-ce que vous êtes devenu peintre ?

Attablée en face de Dariel dans sa minuscule cuisine, Plume avala une nouvelle cuillerée de soupe. Il se faisait tard et après une journée à jouer la garde-malade, c'était avec soulagement qu'elle avait vu arriver l'heure du dîner. Débarrassée d'Élias qui dormait à l'étage, Plume appréciait de ne plus entendre ses théories farfelues mêlant manigances et complots.

— Je ne me souviens pas de ma première peinture, répondit Dariel. Je crois que j'ai commencé à peindre en imitant mon père. Il pensait que l'art permettait de figer le temps, de graver à jamais le souvenir d'une image en l'emprisonnant sur une toile. Pour lui, représenter une fleur, c'était la promesse que sa beauté resterait éternelle.

— Votre père était un homme sage.

— C'était surtout un rêveur. Il m'a transmis sa passion de l'art, sa vision du monde qu'une simple palette de couleurs suffisait à illuminer. Mais, pour le reste de ma famille, ajouta Dariel en souriant, ce n'était qu'un paresseux constamment à l'affût d'une source de distraction.

— Et votre talent pour les herbes ?

— Je le tiens de ma mère. Certains la disaient sorcière, elle préparait toujours d'étranges potions qui mijotaient dans des marmites. Elle était persuadée qu'en chaque plante existait le pouvoir de guérir les hommes… Je me suis tourné vers la médecine quand j'ai compris que si la peinture nourrit l'âme, elle ne nourrit guère le corps. Il me fallait trouver un moyen de subsistance… Comme vous le voyez, je suis devenu exactement ce que mes parents attendaient de moi.

Plume resta pensive, sa cuillère suspendue au-dessus de son assiette. Il y avait de la fierté dans la voix de Dariel. La joie d'un fils ayant fait honneur à la génération qui l'avait précédé. Ses paroles remuèrent en Plume le souvenir de son propre passé. Aussi loin que remontait sa mémoire, elle n'était pas la fille que ses parents auraient souhaitée. Éléonore Herrenstein était une imposture… Elle avait beau revêtir des robes somptueuses, elle ne serait toujours qu'une pâle copie s'efforçant de ressembler au modèle. Rien d'autre qu'une illusion.

— Vous avez de la chance, marmonna-t-elle.
— Pourquoi ?
— Mes parents ne me comprennent pas.

Plume avait le sentiment qu'elle pouvait se fier à Dariel. Comme si, en franchissant la barrière du temps, elle n'était plus qu'une adolescente fatiguée de faire semblant. Que risquait-elle à lui ouvrir son cœur ? Oui, Dariel avait laissé derrière lui l'image d'un traître. Elle avait pourtant l'intuition que l'Histoire s'était trompée sur son compte. Qu'un homme prêt à secourir ses semblables était incapable de commettre un tel crime.

— Ils veulent que j'épouse…

D'un index pointé vers le plafond, Plume désigna l'heureux fiancé. Dariel n'eut pas besoin de suivre son regard pour deviner à quel point cette pensée était loin de l'enchanter.

— M. d'Aubrey, compléta-t-il. Pourquoi ne pas dire simplement à vos parents que ce mariage vous déplaît ?

— Je ne peux pas. Il est impossible de refuser un prétendant quand il est l'un des hommes les plus puissants du royaume. Et puis, c'est compliqué… Il y a de nombreux enjeux, la ruine menaçait ma famille…

— Mais vous n'aimez pas M. d'Aubrey ?

— Il ne s'intéresse pas à moi, il n'a demandé ma main que pour obtenir le soutien de mon père.

— Vous avez peur de vous opposer à M. d'Aubrey ou de décevoir votre famille ?

— Un peu des deux, murmura Plume. Ma mère aurait le cœur brisé si elle apprenait la vérité… Disons aussi que je ne suis pas une aristocrate ordinaire.

Lentement, Plume retira sa perruque, révélant ses cheveux courts et ses mèches rebelles. Elle n'avait plus envie de se cacher derrière des faux-semblants. À quoi bon se faire passer pour une noble, alors qu'elle n'en portait que le titre ? Dans les yeux de Dariel, la surprise laissa bientôt place à de l'amusement.

— Tout à l'heure, j'ai refusé de croire que vous veniez d'un autre siècle, affirma-t-il, et je n'y crois toujours pas. Mais je crois en cette histoire qui parle d'une jeune fille contrainte à un mariage forcé.

— Vous ne me demandez pas pourquoi je me suis coupé les cheveux ? s'étonna Plume.

— Non, cela ne servirait à rien puisque je connais déjà la réponse. Vous êtes une enfant que le protocole étouffe et qui a soif de liberté. Vous avez voulu vous prouver à vous-même que vous n'étiez pas le reflet que vous renvoyait le miroir. Ai-je raison ?

Plume acquiesça d'un signe de tête.

— Pourquoi cherchez-vous tant à retourner chez vous ? interrogea Dariel.

— Parce que c'est à ce monde-là que j'appartiens. Il est sombre et sans lumière mais parfois, du bien émerge des ténèbres. Si je disparaissais sans laisser de traces, mes parents continueraient de m'attendre et ce serait cruel de leur infliger une telle torture.

— Alors, je pense que vous avez eu tort de leur mentir. À leur place, je serais encore plus fier d'une jeune fille courageuse, prête à sacrifier son propre bonheur, que d'une demoiselle luttant pour faire bonne figure au milieu d'une réception mondaine.

Plume lui adressa un pâle sourire. Elle avait l'impression que Dariel la comprenait mieux que n'aurait pu le faire M. Herrenstein. Il était toujours plongé dans ses dossiers, enseveli sous des documents qui le retenaient dans son bureau jusqu'à tard dans la nuit.

— Est-ce que vous feriez quelque chose pour moi ? demanda-t-elle d'une voix hésitante.

— Quoi donc ?

— Est-ce que vous m'apprendriez la peinture ? Je pourrais vous assister dans votre travail.

À Seräen, Plume avait un jour goûté aux joies de ce plaisir interdit. Son travail avait fini déchiré par la milice et piétiné par des bottes cirées. Cette provocation avait failli déclencher un bain de sang et pourtant, Plume n'oublierait jamais cet instant unique. Ce moment où sous ses pinceaux, tout était devenu possible.

— Vous voulez devenir mon apprentie ? fit Dariel sans pouvoir cacher son étonnement. Vous êtes décidément pleine de surprises.

— Alors, vous acceptez ?

— Bien sûr, pourquoi refuserais-je ? Nous pouvons même commencer demain, si cela vous convient.

— Oh, merci ! s'exclama Plume. Je vous promets que je ne vous décevrai pas.

Plume était enthousiaste, aussi excitée que l'était Jack quand il avait rempli sa part du contrat et attendait d'être payé. À la différence de son ami courtier qui se frottait les mains, sa joie se manifestait par des pas de danse dans le couloir. Piégée dans le temps, elle s'était crue prisonnière d'un monde à l'agonie, condamné à dépérir sous ses yeux. Le hasard lui donnait enfin une raison de sourire. Devenir l'apprentie de Dariel, c'était s'aventurer bien au-delà de ce qu'elle avait pu imaginer. C'était la chance d'être peintre à son tour.

Une bougie à la main, Plume marchait d'un pas plein d'allégresse vers sa chambre. En passant devant la porte d'Élias, elle faillit s'étrangler de colère. L'entrebâillement laissait deviner un bien étrange numéro. Allongé par terre, alors qu'il avait ordre de ne pas quitter son lit, son fiancé avait l'oreille collée sur un verre retourné. Manifestement, il espionnait ce qui se passait au rez-de-chaussée.

— Bon sang, qu'est-ce que vous fabriquez ?

— « Faites », très chère, rectifia Élias, « qu'est-ce que vous faites ». Et pour répondre à cette question si joliment formulée, j'écoutais simplement votre conversation. Vous me pardonnerez d'être resté dans cette position compromettante, mais la douleur de mon épaule s'est ravivée et j'ai du mal à me relever.

— Vous l'avez bien mérité… Et une discussion privée, marmonna Plume, je suppose que vous ignorez ce que cela signifie ?

— Est privée une discussion qui est hors de portée de mes oreilles… ou de mon regard perçant puisque je lis aussi sur les lèvres.

— Vous êtes insupportable !

— Pourquoi ? Parce que j'ai surpris les charmants propos que vous avez échangés sur ma personne ? D'ailleurs, pourquoi avez-vous jugé opportun de lui raconter votre vie ? Et de lui montrer vos cheveux courts par-dessus le marché !

— Qu'est-ce que ça peut bien vous faire ? Contrairement à vous, je suis persuadée que Dariel est un homme digne de confiance.

— Très bien, fit Élias avec un sourire conciliant, nous allons mettre les choses au clair. Mon but n'était pas de mettre mon nez dans vos affaires, mais de veiller sur vous.

— De veiller sur moi ? répéta Plume, sceptique.

— Vous pensez sérieusement que j'allais laisser ma future femme seule en compagnie d'un parfait inconnu qui, sous prétexte que je suis blessé, aurait très bien pu se jeter sur vous en toute impunité ? J'ai juré de vous protéger et votre cousin a également promis de m'ouvrir en deux si vous pleuriez à cause de moi. Avec sa drôle de houppette et son coupe-papier qui lui sert d'épée, vous comprenez que j'ai pris sa menace très au sérieux.

La réaction d'Élias était totalement disproportionnée. Il semblait considérer sa fiancée comme une propriété privée et cette surveillance s'apparentait davantage à une revendication de territoire qu'à un acte chevaleresque. Puisqu'il était vautré à ses pieds, Plume choisit de profiter de la situation.

— Si un homme me faisait du mal, murmura-t-elle, est-ce que vous le tueriez pour moi ?

— Bien sûr que oui. À présent, faites preuve d'un peu de compassion et aidez-moi à me relever.

— Vous le tueriez sans hésiter ?

— Sans hésiter et sans sourciller. Pourquoi cette question ?

— *Parce que je vous demande de tuer l'Oméga.*

Élias poussa un sifflement méprisant comme si ses oreilles venaient d'être écorchées par une proposition scandaleuse. Saisissant la main molle qu'elle lui tendait, il se traîna jusqu'à son lit et s'effondra de tout son long. À le voir aussi peu complaisant, Plume songea que sa requête allait bientôt faire l'objet de critiques acerbes.

— Bizarrement, j'étais certain que cette idée se faufilerait tôt ou tard dans votre jolie petite tête, grommela Élias, mais pas que vous auriez le toupet de solliciter mon aide… Ma réponse est non. Je suis seigneur de la Ligue et il serait contre-productif que j'assassine l'homme à qui je dois la réussite de ma famille.

— Écoutez, lui dit Plume, décidée à jouer le tout pour le tout, je sais bien que cela ne vous enchante pas. Mais, s'il vous plaît, prenez le temps d'y réfléchir… L'Oméga est un tyran, des milliers d'innocents meurent chaque année à cause de sa politique. Si seulement nous pouvions empêcher son arrivée au pouvoir, il n'y aurait pas la milice ni les trois règles…

— Oui, le royaume d'Orme serait soumis au joug de Valacer, rétorqua Élias. Ce ne serait en aucun cas le monde idyllique que vous vous êtes imaginé ! Nous deviendrions tous les esclaves d'une puissance étrangère…

— L'Oméga s'obstine dans cette guerre pour purger les bas-fonds. Sans lui et sa poigne de fer, l'armistice aurait été signé, il y a plusieurs décennies de cela !

— Mais Orme aurait perdu…

— Orme se relèvera de ses cendres !

Élias émit un soupir de lassitude. La politique était un domaine piégé où provoquer Plume était la promesse d'y passer la nuit. Avec un effort manifeste, il étira ses lèvres en un sourire rigide – un compromis entre le rictus et l'expression galante de celui qui admet sa défaite pour faire plaisir à une dame.

— Dans l'hypothèse même où je partagerais vos opinions illusoires et détachées de la réalité, ce serait impossible de tuer l'Oméga, affirma Élias.

— Parce qu'on ignore son visage ? Pourtant, il doit bien y avoir le moyen de percer son identité. C'est forcément quelqu'un qui gravite autour de la Ligue. Il nous suffirait de les espionner et de…

— Espionner un groupe qui n'existe pas encore ? Même en tant que seigneur, je n'ai jamais su exactement comment la Ligue s'était formée. Un épais voile de mystère entoure son origine. Et curieusement, je n'ai pas l'intention de m'attarder ici, des années durant, dans le seul but d'orchestrer un attentat.

— Cela ne vous plairait pas de devenir un héros ? lança Plume dans l'espoir de titiller son amour-propre. D'être connu pour autre chose que les cadavres que vous laissez sur votre passage ?

— D'être un héros pour qui ? Personne ne s'en souviendrait, le monde continuerait de tourner dans l'indifférence générale.

— Vous seriez un héros pour moi.

Élias eut l'air aussi amusé que s'il venait d'entendre une excellente plaisanterie.

— Bien tenté, ricana-t-il, mais depuis la fois où vous m'avez fracassé un vase sur la tête, je ne cède plus au numéro de la demoiselle en détresse. Vous pouvez battre des cils si cela vous chante, je ne changerai pas d'avis… D'ailleurs, ce n'est pas le coup du personnage mystère qui me pousse à vous dire non. On ne peut pas changer le passé, un point c'est tout.

— Et pourquoi ?

— Imaginez un instant que j'exécute vos ordres, développa Élias. L'Oméga meurt et son régime est à jamais effacé de l'Histoire. Cela pourrait bouleverser considérablement la société que nous connaissons. Les événements ne seraient plus les mêmes, ceux qui sont morts à cause de la milice reviendraient peut-être à la vie, mais qu'en serait-il des autres ? Supposez que vos parents ne se rencontrent pas, il se peut que vous ne veniez jamais au monde… Ou prenons un autre exemple : votre cousin Herrenstein auquel vous semblez très attachée, voire même un peu trop à mon goût, il est né dans les bas-fonds, n'est-ce pas ? Et si ces quartiers malfamés n'étaient jamais construits, est-ce qu'il serait encore là à se pavaner avec son stupide catogan ? Et si, en tuant l'Oméga, tous ceux que vous aimez disparaissaient ? Si demain une nouvelle Éléonore Herrenstein ne se souvenait jamais d'eux ?

Plume se mordit la lèvre. Elle pensa à Jack, à Charlotte, à Frédérion et à tous ses amis auxquels elle refusait de dire adieu. Élias avait raison : de la mort d'un seul pouvait dépendre l'existence d'une multitude. Ce serait jouer à un jeu dangereux où l'ennemi ne serait autre que le hasard lui-même. Qu'était-elle prête à sacrifier pour la cause ? Lorsque Plume s'aventurait sur les toits, elle était consciente que la mort la guettait à chaque coin de rue. Mais elle risquait alors sa vie et non celle d'innocents condamnés à disparaître des mémoires comme un rêve fugace.

— Oui, répondit-elle, je prends le risque.

— Vous êtes obstinée, s'agaça Élias. Pourquoi ne pas vous contenter d'accepter la situation ? Nous avons trouvé Dariel, il peint notre toile de Seräen et nous rentrons gentiment à la maison.

— Peut-être parce que je crois au destin. Je suis persuadée que quelque part, une puissance supérieure nous a guidés en 1793 pour que nous puissions changer les choses.

— Eh bien, je vais vous donner une raison de croire que votre destin ou je ne sais quelle invention de ce genre se trompe lourdement. Nous ne pouvons pas influer sur le cours des événements. « Et pourquoi ? » me demanderez-vous en fronçant vos jolis sourcils. Tout simplement parce que cela créerait un paradoxe… Réfléchissez avec moi, continua Élias avec la mine lasse du précepteur répétant sans fin la même leçon. Nous sommes arrivés dans le passé, car vous avez posé pour Dariel. L'Histoire est déjà écrite : rien de ce que vous tenterez ne changera la réalité. Cette conversation, l'arrivée de l'Oméga au pouvoir… D'une certaine façon, tous ces événements ont déjà eu lieu. Si le régime existait encore en 1842, c'est parce que nous avons échoué à le renverser en 1793.

— Alors, il n'y aurait rien à faire ?

— Vous parlez de destin et moi, je vous parle de fatalité… C'est un paradoxe, Éléonore. Si nous avions réussi à détruire l'Oméga, le Seräen que nous connaissons n'aurait jamais existé. Il n'y aurait pas eu vos folles escapades sur les toits, pas plus que ce tableau caché dans mon cabinet de travail. Nous ne serions jamais tombés à travers la toile. Est-ce que vous comprenez ce que j'essaye de vous dire ? Si l'Oméga était mort, il n'y aurait pas eu de voyage dans le temps. Nous ne serions pas là pour en discuter.

Ces paroles lui firent l'effet d'un coup de massue. Plume voyait son projet s'effondrer comme un château de cartes qu'une légère chiquenaude aurait suffi à ébranler. Aucun miracle ne sauverait les victimes de la dictature ; aucun de ces hommes ne reviendrait à la vie pour lui prouver que le bien survit toujours aux ténèbres. Tel un principe intangible, la Ligue écarlate serait encore victorieuse.

Plume sut alors que le seul moyen de lutter contre l'Oméga se situait dans le futur. Aux côtés d'Avalon et de sa bande de rebelles. Là-bas, une armée de voleurs et de vagabonds s'apprêtait à mener une révolution. Si le passé était déjà scellé, l'avenir était une page blanche offrant la promesse d'un meilleur lendemain.

— Très bien, conclut Plume. Rentrons à Seräen.

— Ravi de vous avoir fait entendre raison, commenta Élias. Bonne nuit, Mlle Herrenstein !

Suite à cette aimable invitation, Plume se dirigea machinalement vers la porte. Elle avait à peine franchi le seuil qu'Élias la retint d'un geste de la main.

— Vous avez dit à Dariel que je ne m'intéressais pas à vous, prononça-t-il dans un souffle. Vous vous trompez en pensant cela. *Vous avez de l'importance pour moi...*

Chapitre 6

L'apprentie du peintre

Lorsque Plume s'éveilla le lendemain matin, les pâles rayons du soleil filtraient à travers les rideaux de sa fenêtre. Il était encore tôt et pourtant, elle sut qu'elle ne pourrait jamais se rendormir. Cette pensée aurait comblé Madge de satisfaction, elle qui luttait chaque matin pour l'arracher à ses couvertures. Cette fois-ci, Plume avait une excellente raison de se lever. Dariel avait promis de lui enseigner la peinture ! Il allait faire d'elle son apprentie, lui permettre de toucher un rêve qui, jusqu'alors, n'était qu'un espoir piétiné par la milice et leurs maudites règles.

En silence, la jeune fille se glissa dans le couloir et passa devant la porte d'Élias. Aucun bruit n'émanait de sa chambre, lui laissant supposer que son occupant était encore endormi. Ses paroles de la veille lui revinrent lentement en mémoire : *Vous avez de l'importance pour moi…* C'était une plaisanterie ou une tentative vaine de remporter ce pari ridicule. Plume avait accueilli cette déclaration d'une moue hautaine avant de claquer la porte derrière elle. Il avait le culot d'essayer de la séduire ! Eh bien, elle lui répondrait avec indifférence et quand son fiancé serait las de se ridiculiser, il finirait bien par abandonner ce petit jeu qui n'amusait que lui.

Fière de la puissance de son raisonnement, Plume descendit les marches de l'escalier avec la même grâce qu'un manaestebal affamé en route vers sa gamelle. Tant pis si elle réveillait Élias ! Du moment qu'il était incapable de se traîner hors de sa chambre, quelle importance qu'il ne puisse pas fermer l'œil ?

La cuisine était encore plongée dans la pénombre. Sur la pointe des pieds, Plume entrouvrit la porte d'entrée et se faufila à l'extérieur. À cette heure de la journée, elle avait peu de chance de croiser un villageois.

L'air frais du matin emplit ses poumons alors qu'elle s'allongeait dans l'herbe haute, contemplant le ciel blafard parsemé de nuages. La forêt n'était qu'à une centaine de mètres et serrés les uns contre les autres, les arbres formaient un véritable rempart ; un rideau qui séparait les humains de ce monde de légendes où vivait le Ranaghar. Ce n'était que de la superstition mais par précaution, Plume jura de ne plus s'aventurer au-delà de la limite.

— Vous êtes matinale, prononça une voix familière.

Debout derrière elle, Dariel la regardait en souriant. Plongée dans ses pensées, Plume ne l'avait pas entendu approcher.

— Je n'arrivais pas à dormir, lui dit-elle. Je sais que je ne devrais pas être dehors, les villageois pourraient me voir…

— Oh, je ne suis pas venu pour vous faire des reproches. Je pense seulement que vous devriez prendre quelques précautions. Quand vous étiez poursuivie dans les champs, personne n'a vraiment fait attention à votre visage. Tout ce que les villageois ont vu, c'était une jeune fille en robe violette… Disons qu'avec un pantalon et vos cheveux courts, je pourrais vous faire passer pour mon frère. Qu'en pensez-vous ?

— Et je serais libre de sortir à ma guise ? s'étonna Plume.

— Bien sûr. Les gens d'ici ont peur des étrangers, il suffit que vous apparteniez à ma famille pour que personne ne se donne la peine de vous reconnaître. Du moment que vous restez dans l'ombre, je suis sûr qu'aucun villageois ne suspectera la vérité et encore moins Mme Fergus.

Plume accueillit cette proposition d'un large sourire. Elle retira sa perruque et ébouriffa ses mèches courtes. Avec un chapeau pour cacher son visage, elle passerait inaperçue, bien plus que Sabre pénétrant dans une salle de bal avec un ruban pour seul déguisement.

— Quelle histoire devrai-je raconter si jamais on m'interroge ?

— Il ne faut pas que vous parliez, l'avertit Dariel, votre voix vous trahirait. Je répondrai pour vous… Je vous présenterai comme mon frère venu me rendre visite pour quelques semaines. Vous êtes de passage et le but de votre voyage est d'apprendre le métier de guérisseur. Voilà qui devrait satisfaire la curiosité maladive de Mme Fergus et des commères du village. Si vous n'avez aucune fortune personnelle, je doute qu'elles s'intéressent à vous.

Leur logique était comparable à celle de Mme Herrenstein qui aurait aussitôt rayé de sa liste un homme sans pécule et destiné à repartir sous peu. Manigancer des unions matrimoniales était une noble discipline qui ne pouvait s'encombrer de tels parasites.

※※※

Une heure plus tôt, le bruit d'une cavalcade dans l'escalier avait contraint Élias à enfouir sa tête sous l'oreiller. Même deux armées se lançant dans un combat à mort ne feraient pas un tel boucan ! Il était blessé, il avait le droit de se reposer, mais sa charmante fiancée en avait décidé autrement…

« Vous avez de l'importance pour moi. » Ces quelques mots n'étaient pas si déplacés : à Hirion, ils suffisaient pour que n'importe quelle fille lui tombe dans les bras. Bien sûr, il fallait ajouter l'éclat dans le regard, insuffler dans sa voix la conviction qu'Adeline, Isabelle ou Clarissa était l'élue. La seule et l'unique ! Alors, pourquoi Éléonore avait-elle claqué la porte d'un air offusqué ? Peut-être étaient-ce ses plaisanteries à répétition qui avaient fini par l'agacer. Et le ressentiment d'Éléonore n'était pas prêt de s'exprimer en silence…

— Elle est descendue et maintenant, elle remonte, marmonna Élias alors que le grincement mélodieux de l'escalier atteignait de nouveau ses oreilles. S'il te plaît, retourne dans ta chambre et laisse-moi dormir.

Malheureusement pour lui, cette source bruyante ne tarda pas à franchir le seuil de la porte pour se planter au pied de son lit. Les paupières entrouvertes, Élias aperçut une forme confuse qui ressemblait à un gamin chapeauté tournant comme une toupie.

— Alors, qu'en pensez-vous ? s'exclama Plume. Dariel m'a prêté ces vêtements. On y croirait presque, non ?

Élias s'autorisa un coup d'œil plus approfondi. Tout ce qu'il arrivait à croire, c'était qu'Éléonore n'allait pas le laisser se rendormir.

— J'ai l'air d'un homme, vous ne trouvez pas ?

— Non, lâcha-t-il, la preuve, c'est que je vous ai reconnue.

— Vous semblez de très mauvaise humeur, constata Plume d'un ton badin.

— Qu'est-ce qui a bien pu vous mettre la puce à l'oreille, je me le demande ? grommela Élias.

— Je suis arrivée à une conclusion qui va vous enchanter, développa sa fiancée. Vous êtes blessé et vous ne pouvez plus vous lever… enfin, sauf pour vous traîner par terre et écouter les conversations des honnêtes gens.

— Et alors ?

— Alors, j'ai décidé de nuire à votre convalescence afin de la prolonger le plus longtemps possible. Tant que vous ne serez pas en pleine possession de vos moyens, vous ne pourrez rien contre moi. Je bénéficie d'une sorte d'immunité et en tant que garde-malade, j'ai tous les pouvoirs pour vous faire avaler des breuvages infects.

— Donc, si on se résume, vous n'avez plus peur de moi et vous êtes déterminée à me pourrir l'existence ?

— Exactement.

— C'est votre vengeance pour mes propos d'hier soir ?

— Heureuse de voir que vous avez suivi, chantonna Plume. Continuez à me harceler avec votre pari idiot et vous vous souviendrez de cette blessure comme la pire de votre vie.

Les lèvres d'Élias s'étirèrent en une grimace. Manifestement, la petite Plume avait grandi. Si elle avait l'intention de s'opposer à lui, cela promettait un combat d'autant plus intense qu'il était cloué au lit.

— Ma chère, susurra-t-il, ne vous a-t-on jamais dit de ne pas provoquer le serpent ?

— Que vous vous compariez à ce reptile ne me surprend guère. Mais je doute que le serpent auquel vous faites référence ait un joli bandage autour de l'épaule. Un endroit très précis où une légère tape suffit à lui faire mal… Maintenant, je vous souhaite de bien vous reposer, M. d'Aubrey. Je vais faire de la peinture avec Dariel !

— Où allez-vous faire mumuse avec vos pinceaux ?

— Quelle importance puisque je n'ai plus besoin de me cacher ? Ce n'est malheureusement pas votre cas. Les villageois risqueraient de vous reconnaître avec votre blessure. Et puis, deux personnes débarquant chez Dariel, cela pourrait paraître suspect.

— À vous, la liberté et à moi, la clandestinité ?

— Vous comprenez très vite, commenta Plume.

Elle allait quitter la pièce d'un pas allègre quand Élias choisit de faire preuve de fermeté. Il n'allait quand même pas se laisser faire. Ce serait bien le monde à l'envers si une jeune insolente haute comme trois pommes lui dictait sa loi.

— Vous êtes ma fiancée et j'exige que cette leçon de peinture ait lieu en ma présence, ordonna-t-il.

— Et pourquoi vous obéirais-je ? Nous ne sommes plus à Seräen, vous n'avez plus aucun argument pour me faire chanter. Personne ici ne s'intéresse au fait que je viole le couvre-feu pour courir sur les toits.

— Je sens de la rébellion dans l'air, siffla Élias entre ses dents. Et moi qui croyais que votre but était de m'empêcher de dormir ? Ou alors vous avez changé d'avis ? À votre place, je m'installerais ici avec tout mon bazar afin de mettre mon plan à exécution.

— Comme vous voudrez, conclut Plume avec un sourire hypocrite.

Après tout, si Élias était d'accord pour se laisser martyriser, de quel droit se permettrait-elle de refuser ?

Trois heures plus tard, Plume avait les sourcils froncés alors que son attention était focalisée sur une coupe de fruits. À moitié dissimulée derrière un chevalet, la jeune fille s'efforçait de faire glisser son pinceau sur la surface de la toile. La fenêtre entrouverte laissait pénétrer les rayons du soleil, éclairant son modèle pour créer un étonnant jeu d'ombre et de lumière. Les couleurs se mêlaient, les contrastes naissaient et soulignaient les détails infimes d'une nature morte. Malgré la banalité de son sujet, Plume devinait la beauté qui transcendait chaque chose. Peindre, ce n'était pas seulement représenter une scène grandiose ou un combat épique… C'était voir dans le plus commun des objets la possibilité d'en faire une œuvre. L'art était une porte vers l'imaginaire de son auteur, un royaume où l'impossible devenait possible. En promulguant les règles écarlates, le régime avait refermé cette porte d'un claquement brusque.

Les autorités haïssaient les peintres, ces êtres capables de voir au-delà des remparts cette minuscule lueur qui ressemblait à un espoir. Les lois s'appliquaient aux hommes, régissant leurs actes et même leurs pensées. En basculant dans le temps, Plume s'était libérée de toute entrave. Elle n'était plus obligée de se cacher, de profiter des ténèbres de la nuit pour tracer des fresques éphémères à l'abri des regards. Plus aucune interdiction ne pouvait l'atteindre…

Son pinceau semblait prendre vie sous ses doigts. Plume avait l'impression d'être un oiseau quittant sa cage et s'émerveillant de découvrir ce que voler signifiait. Assis derrière elle, Dariel venait parfois corriger la maladresse de ses traits. Sa technique était encore hésitante mais, quand le maître guidait son bras, elle sentait son talent s'épanouir sur la toile. Comme une petite voix qui n'attendait que l'instant propice pour se faire entendre.

— Je crois que vous avez un réel don pour la peinture, déclara Dariel. Vous n'aviez encore jamais peint jusqu'alors ?

— Seulement une fois, répondit Plume.

— Oh oui, grogna Élias, et quelle expérience ! J'en garde un souvenir mémorable, il avait fallu que je mobilise ma garde personnelle pour réparer ses bêtises.

Assis dans son lit, il avait tout l'air d'un spectateur mécontent. Alors même qu'il avait caché un tableau dans son cabinet de travail, son intérêt pour l'art semblait avoir décru au fur et à mesure qu'il avait fait la connaissance du peintre.

— Vous êtes sûr que nous ne ferions pas mieux d'installer notre atelier dans une autre pièce ? lui demanda Dariel avec une expression paternaliste.

— Non, j'insiste, marmonna Élias en adoptant un sourire crispé. Ma fiancée est ma raison de vivre et la voir aussi radieuse, avec de la peinture sur les bras et son petit air malin, me comble d'un bonheur intense.

Dariel accueillit cette déclaration emphatique d'un haussement d'épaules. Ou il ne saisissait pas le second degré ou il avait très bien compris qu'Élias se payait sa tête, mais préférait l'ignorer.

— L'art n'est pas une discipline ordinaire, poursuivit-il. Oh, bien sûr, il est soumis à des règles… La perspective en est une, il serait par exemple absurde de représenter un bâtiment sans veiller à lui donner une impression de profondeur spatiale. Mais si un enseignement est nécessaire, aucun professeur ne saurait faire de son élève un artiste. Pour être peintre, il faut avoir en soi la vocation de le devenir et cela ne s'apprend pas. Voyez-vous, certaines choses sont innées. Je pourrais passer des heures à vous décrire l'éclat d'une matière ou le mouvement à insuffler à un être inanimé pour lui donner vie, ce serait peine perdue si l'art ne fait pas écho en vous.

— Quel poète, ricana Élias dans un toussotement fort peu distingué.

— Pour une débutante, reprit Dariel, indifférent à cette remarque, vous possédez déjà une technique admirable.

— Quand je peins, confia Plume, j'éprouve une impression de liberté. Un peu comme si le monde autour de moi cessait d'exister… Il n'y a plus que moi et la toile, brusquement le reste n'a plus d'importance.

— Vous devez user de vos émotions, ne les enfermez surtout pas dans un coin de votre tête. Extériorisez ces sentiments, faites-les partager à travers votre travail car la peinture est un reflet de notre âme.

— Toutes… les émotions ?

— Oui, et surtout si elles vous révoltent. L'art est comme un livre, on perçoit à travers les nuances de couleurs ce que le peintre a voulu exprimer de la même façon que l'on lit entre les lignes pour saisir la personnalité de l'auteur. Si vous vous contentez de reproduire la réalité sans y mettre une touche de vous-même, votre toile ne serait qu'une pâle copie.

Plume médita ces paroles alors que, derrière elle, Élias peinait à masquer un éclat de rire. Se révéler à travers sa peinture, capturer l'émotion pour la figer à jamais sur une image… Était-ce donc cela le secret qui faisait de Dariel un peintre exceptionnel ? Un magicien capable de transporter des êtres d'un endroit à un autre par la seule force de son imaginaire.

« *Cher ami,*

Ayant une affaire personnelle à régler dans les terres du Sud, je profiterai de cette occasion pour vous rendre visite et vous éviter par là même un pénible voyage vers la capitale. J'ai d'importantes nouvelles à vous communiquer et je ne vous cacherai pas plus longtemps qu'elles sont excellentes pour nos affaires. L'influence de notre souverain s'amenuise, sa politique subit de nombreuses critiques en raison de son trop grand laxisme envers les étrangers. Son soutien parmi les conseillers est de plus en plus fragile. Les autres nobles devraient rejoindre notre cause sans opposer la moindre résistance. Mais je vous dirai cela de vive voix quand je vous rejoindrai dans une dizaine de jours. Cette lettre vous est parvenue par un homme de confiance, je vous demanderais cependant de la détruire afin qu'il ne subsiste aucune preuve de notre alliance... »

Renard Artéor replia la lettre qu'il avait reçue le matin même. Il admirait la confiance qui régnait entre lui et son correspondant. *Cher ami...* Une expression qui signifiait qu'ils avaient des intérêts communs et que leur belle amitié durerait aussi longtemps qu'ils n'auraient aucune raison de se trahir l'un l'autre. Détruire la lettre était une mesure indispensable si leur coup d'État venait à échouer. Car leur but était bel et bien de renverser Hélisor pour mettre sur le trône un homme fort. Un dirigeant capable d'exercer une poigne de fer et de chasser les Valacériens du royaume. Ces étrangers usaient de la proximité de leur langue pour se glisser parmi la population. Ils volaient le travail des honnêtes gens et s'appropriaient leurs richesses. C'était un véritable fléau, mais Hélisor ne faisait preuve d'aucune fermeté à leur égard.

Une dizaine de jours, songea Artéor d'un air pensif. Il avait aussi offert un délai de dix jours à la veuve de Nathaël. Pourquoi s'était-elle montrée assez sotte pour refuser son offre ? Elle était seule avec un enfant sur les bras et pourtant, Perla avait préféré sa fierté à un arrangement qui leur était à tous deux profitable. Enfin, il lui avait laissé le temps de réfléchir... Quand elle se verrait menacée d'expulsion, elle finirait bien par le choisir, lui, plutôt qu'une existence à mendier son pain dans la rue.

— Ah, les femmes, soupira Artéor.

Avec un rictus, il chiffonna la lettre et jeta la boulette dans la cheminée. Le feu s'empara du papier, l'écriture de son expéditeur devint rougeoyante alors que la braise venait ronger les mots tracés à la plume. La signature apparut une dernière fois avant d'être entièrement consumée : *Mandias d'Aubrey...*

Plus d'une semaine s'était écoulée. L'enseignement de Dariel s'était poursuivi dans la chambre d'Élias puis, ne supportant plus de l'entendre ruminer, la jeune fille avait préféré planter son chevalet à l'extérieur. Les conseils du peintre avaient fini par porter leurs fruits. En sa compagnie, Plume avait l'impression de progresser. Sa technique s'améliorait sans cesse, ses traits devenaient de plus en plus précis et son imagination emplissait la toile des couleurs de l'arc-en-ciel.

La leçon du jour avait lieu à l'orée de la forêt. Assise sur une souche d'arbre, Plume écoutait Dariel lui décrire les plantes et leurs propriétés.

— Certaines herbes servent à guérir les hommes, expliquait-il, d'autres donnent des reflets aux couleurs. En les broyant et en les mélangeant aux pigments ordinaires, il est possible d'obtenir des nuances uniques. Des tons de bleu ou d'ocre qu'aucun procédé habituel ne serait en mesure de recréer. Un jour, je vous apprendrai comment faire.

— Vous m'avez dit croire en la magie des plantes, mais n'est-ce pas plutôt de la science ?

— J'ai envie de penser que les deux se mêlent parfois... Toute sa vie, ma mère a recherché une fleur particulière, ajouta Dariel en souriant. Selon la légende, l'anorentia posséderait le pouvoir d'exaucer le vœu le plus cher. Elle se matérialiserait lorsque le malheur est si profond que seule la magie peut offrir un réconfort. Ma mère était heureuse, peut-être est-ce pour cette raison qu'elle ne l'a jamais trouvée.

— L'anorentia ?

— Oui, ou la fleur du destin. Bien sûr, ce n'est rien d'autre qu'un conte que les Anciens aimaient raconter au coin du feu. Cette histoire n'a jamais eu le moindre fondement, hormis quelques vieilles rumeurs en provenance des terres reculées.

Plume avait déjà entendu ce mot sortir de la bouche d'un gamin à la peau crasseuse. Il avait essayé de lui vendre une poignée de poudre argentée pour cinq merles. Derrière cette nouvelle arnaque se cachait comme souvent la silhouette de Jack. Lui aussi ignorait probablement l'existence de cette légende. L'anorentia était un nom qui était resté dans les mémoires, mais dont l'origine avait fini par se perdre. En un demi-siècle, les connaissances s'étaient réduites comme une peau de chagrin, effaçant tout ce qui avait précédé l'avènement de l'Oméga.

— Finhen !

Tournant la tête, Plume aperçut une silhouette qui gesticulait avec force. Dans un sursaut, elle reconnut la face rougeaude de Mme Fergus et sa robe bouffante qui la faisait paraître encore plus énorme qu'elle ne l'était déjà.

— Restez tranquille, chuchota Dariel, je m'occupe d'elle.

Depuis l'homme souffrant d'une entaille au pouce, les visiteurs avaient été assez peu nombreux et repartaient aussitôt. Mais l'arrivée intempestive d'une commère en chef mettait Plume mal à l'aise. Elle s'efforça de rabattre le chapeau sur son visage et de se cacher à moitié derrière le chevalet. Cette tentative de passer inaperçue ne tarda pas à s'attirer le coup d'œil suspicieux de Mme Fergus.

— Mais qui est ce beau jeune homme ? gloussa-t-elle avec l'idée assez claire de fiancer cet inconnu avec l'une des filles du village.

— Mon frère, répondit Dariel. Il est venu me rendre visite pour parfaire son apprentissage de guérisseur. Entre deux leçons, nous avons décidé de faire un peu de peinture.

— Alors, il ne reste pas ?

— Seulement quelques semaines. Le pauvre garçon m'a été envoyé par notre mère. Elle espère que je saurai le civiliser un peu… Disons qu'il lui manque quelques tasses dans l'armoire, si vous voyez ce que je veux dire. Il aimerait devenir guérisseur pour suivre mon exemple, mais je doute que ses capacités intellectuelles lui permettent d'exercer une telle profession.

— Je vois, soupira Mme Fergus.

Sa bouche se tordit en une grimace assez comparable à celle de Sabre quand on remplaçait sa portion de viande par de la salade. Après tout, si ce gamin souffrait d'une maladie de l'esprit, mieux valait peut-être ne pas s'encombrer d'un attardé qui risquait de remettre en cause ses talents d'entremetteuse.

— Vous avez entendu parler de la mort de Nathaël, n'est-ce pas ? caqueta Mme Fergus qui ne semblait pas pressée d'annoncer l'objet de sa visite. Eh bien, il paraît que les coupables avaient passé la nuit à Hilltrap. C'est le marchand de volailles, vous savez celui qui vient au marché une fois par mois, qui m'a raconté cela. D'après le patron de l'auberge, ils lui auraient volé une bague de grande valeur. Mais ce n'est pas tout… Ce couple avait un comportement étrange. Ils étaient persuadés de venir du futur. Du futur, vous vous rendez compte ? Je suis convaincue que Nathaël a été assassiné parce que ces gens-là étaient fous à lier.

— Très certainement, marmonna Dariel. Quelle chance qu'ils aient péri sous les crocs du Ranaghar.

Son intonation manquait légèrement de conviction, mais la brave femme faisait rarement la distinction entre un profond intérêt et une indifférence manifeste. Ravie d'avoir un public aussi réactif, elle ne tarda pas à enchaîner :

— La mort de Nathaël était tellement horrible, c'était une véritable boucherie ! Et vous pouvez me croire, je l'ai vue de mes propres yeux. Ce n'est pourtant pas le pire… Vous ne devinerez jamais qui Mme Landrac a surpris en train de sortir de chez Perla !

— Renard Artéor.

— Vous le saviez ? s'étonna Mme Fergus, déçue d'avoir raté son effet dramatique.

— Non, mais vu votre mine souriante, je voyais mal qui d'autre aurait pu être ce mystérieux visiteur.

— D'après mes sources, Artéor exige de la veuve qu'elle lui rembourse les neuf cents merles que lui devait Nathaël. Sinon, il menace de l'expulser de sa maison. Avec son enfant ! s'exclama-t-elle comme pour donner à cette révélation un aspect encore plus théâtral.

— Et personne ne peut rien faire pour l'aider ?

— Oh, vous savez, mon cher monsieur, il vaut mieux ne pas mettre son nez dans certaines affaires.

S'efforçant de rester à l'écart, Plume sentit la colère monter en elle. Cette horrible commère n'était pas seulement une curieuse qui se mêlait de tout et de rien, elle vivait en se réjouissant du malheur des autres.

— Artéor lui aurait laissé dix jours pour le rembourser et si j'ai bien compté, fit Mme Fergus en s'appuyant sur ses doigts boudinés pour vérifier son calcul, demain est le dernier jour qui reste à Perla.

— Elle n'a pas l'argent ?

— Non, elle est bien loin d'avoir cette somme. Son mari ne lui a laissé qu'une vieille grange et la sécheresse a quasiment ruiné leurs récoltes. Artéor n'hésitera pas à mettre sa menace à exécution…

Dariel se mordit la lèvre.

— Mme Fergus, coupa-t-il, auriez-vous l'amabilité de dire à Perla que je suis prêt à lui offrir le gîte et le couvert ?

— Vous la recueillerez chez vous ? Vous, un homme célibataire ? Et que faites-vous des convenances ?

— Apparemment, aucune des bonnes âmes du village ne semble décidée à épargner à une famille le déshonneur de devoir mendier son pain. Alors, peu importe que cela fasse jaser, si Perla se retrouve privée de tous ses biens, elle pourra demeurer chez moi aussi longtemps qu'elle le souhaite.

Intérieurement, Plume admira la droiture de Dariel. Il leur avait tendu la main alors que tous les croyaient coupables. Et voilà qu'il venait en aide à une pauvre femme que nul ne semblait prendre en pitié. À la suite de quel coup du sort avait-il laissé dans l'Histoire l'image d'un traître ?

Cette déclaration paraissait avoir cloué le bec à Mme Fergus. Elle fixait le guérisseur avec la même expression qu'un poisson hors de l'eau. Depuis qu'elle avait commencé à répandre la nouvelle, Dariel était le seul à avoir fait preuve d'humanité.

Pour le reste du voisinage, l'infortune de Perla était regrettable, mais ils avaient eux aussi leurs problèmes à régler. Quelqu'un d'autre se chargerait sûrement de la malheureuse…

— Très bien, bafouilla Mme Fergus, vous pouvez compter sur moi pour transmettre le message à Perla. Elle sera agréablement surprise, cela ne fait aucun doute…

— Du travail m'attend. Est-ce qu'une raison particulière vous a poussée à me rendre visite ?

— Oui, enfin… je me demandais s'il vous restait un peu d'isyë pour apaiser mon pauvre dos. Mme Valenton m'a assuré que cette plante faisait des miracles et qu'elle n'avait plus jamais mal lorsqu'elle se baissait pour s'occuper de son potager.

— J'irai vous en couper tout à l'heure et je l'apporterai chez vous. Je vous souhaite une bonne journée !

S'ils avaient été à l'intérieur, Mme Fergus aurait légitiment pu se croire mise à la porte. Choquée par une salutation aussi brutale, elle lança à Dariel un regard courroucé avant de tourner les talons.

— C'était très noble ce que vous avez fait, déclara Plume dès que leur visiteuse ne fut plus qu'une silhouette lointaine.

— Je déteste les bien-pensants de ce monde, marmonna Dariel. Tous ces êtres qui regardent la misère des autres et restent les bras croisés. Personne n'aurait rien fait pour Perla, je le sais pertinemment. Ils auraient préféré lui jeter la pierre, accuser son mari de s'être surendetté plutôt que d'élever le moindre soupçon contre Artéor.

— Je suis vraiment désolée pour elle, murmura Plume.

— J'espère ne pas vous mettre dans l'embarras en invitant Perla. Je la connais, elle me croira si je lui explique que vous n'êtes pas les meurtriers de son époux.

La jeune fille acquiesça d'un signe de tête. Elle eut une pensée amère en songeant à Dariel, l'impression que se taire sur son avenir était une trahison.

Elle mentait à un homme qui, indifférent au jugement des villageois, continuait d'aider les reclus de la société.

⁂

— Et alors ? fit Élias dans un bâillement inspiré.
— Vous n'éprouvez décidément aucune compassion pour cette femme ?
Assise au chevet de son fiancé, Plume s'était empressée de lui rapporter la venue inopinée de Mme Fergus. Le visage d'Élias n'avait exprimé aucune révolte ; ce n'était qu'un masque lisse et impassible dont les lèvres s'étaient lentement étirées en un rictus.
— Ce n'est pas comme si j'étais responsable de la mort de Nathaël.
— Vous avez un cœur de pierre ! lança Plume.
— Que voulez-vous que j'y fasse ? Dariel a proposé la seule solution envisageable, il n'y a rien d'autre à faire. Même si j'avais neuf cents merles sur moi, cet argent ne serait pas reconnu par l'autre idiot puisqu'il est marqué du symbole de la Ligue. Et la Ligue n'existe pas encore… Bref, je suis aussi pauvre que la veuve.
— Elle va perdre sa maison et tout ce qu'elle possède ! C'est encore plus horrible quand on sait qu'Artéor a tué son mari…
— Réaction typiquement féminine, commenta Élias, s'agiter et faire du bruit alors qu'il est trop tard pour changer quoi que ce soit. Vous faites dans l'émotivité et moi dans le pragmatisme. Nous étions trois et bientôt, nous serons quatre… Voilà la seule chose qui m'intéresse !
— Cinq, rectifia Plume. Perla a un enfant.
— Un bébé qui va passer ses nuits à pleurer ? Ou un enfant qu'on peut envoyer au coin ?
— Je l'ignore.
— Vous n'avez pas eu la curiosité de demander ?
— Quelque chose me dit que vous n'aimez pas les enfants.
— Tant que ce n'est pas le mien, il n'y a aucune raison que je m'en préoccupe. Et ceux des autres m'agacent profondément…
Cette vision des choses prédestinait peu Élias à devenir un père exemplaire. Refusant d'imaginer davantage les conséquences du mariage, Plume préféra aborder l'autre problème qui la préoccupait.
— Est-ce que vous pensez qu'on devrait dire la vérité à Dariel ? demanda-t-elle.

— Quoi ? Qu'il sera haï par les générations futures, que sa vie sera réduite à néant et que toutes ses toiles seront brûlées ? À mon avis, il n'est jamais bon de connaître son avenir et encore moins un avenir comme celui-là. Laissons-le dans l'ignorance, il découvrira son destin bien assez tôt.

— Après tout ce qu'il a fait pour nous ? Il vous a quand même sauvé la vie ! Est-ce qu'il ne serait pas de notre devoir de le prévenir ?

— De le prévenir pour lui dire quoi ? Je vous ai déjà prouvé qu'il était impossible de modifier le futur.

Encore une fois, Élias avait raison. L'Histoire était gravée dans la pierre, aussi immuable que l'avènement des règles écarlates. Loin de se sentir préoccupé par le sort du peintre, il préféra enchaîner avec ses propres lamentations.

— Cela fait une éternité que je suis cloîtré dans cette chambre, soupira-t-il. J'ai déjà recompté cinquante fois les lattes du plancher, fait le recensement de toutes les araignées qui passaient au-dessus de ma tête… Alors que j'étais en train de dépérir, j'ai eu une idée, annonça Élias d'un ton théâtral. Je ne tolèrerai pas cette convalescence plus longtemps, j'ai besoin de me requinquer et pour cela, rien ne vaut un bon combat à l'épée. D'ordinaire, j'aurais demandé à Griffin ou à Harckof, mais comme l'un m'a trahi et l'autre ne répond plus quand je l'appelle, j'ai pensé à vous.

— Je ne suis pas sûre de comprendre, marmonna Plume.

— Voulez-vous vous battre à l'épée avec moi ?

Il y avait dans sa voix la même solennité que s'il s'apprêtait à la demander en mariage. Il n'aurait pas été alité, Plume ne doutait pas qu'il aurait posé le genou à terre. Se battre avec Élias ? Pourquoi aurait-elle envie de se battre avec lui ? Elle l'avait déjà vu à l'œuvre et mieux valait ne pas croiser le fer avec un tel adversaire.

— Non, répondit-elle.

Sa proposition ne suscitant guère d'enthousiasme, Élias choisit de reformuler son invitation.

— Je n'ai peut-être pas été assez clair. Je ne vous demande pas de servir de cible mais d'apprendre les subtilités de l'escrime.

— Vous voulez dire me donner des cours ?

— Oui, pourquoi êtes-vous si surprise ? Vous avez bien l'intention de renverser l'Oméga avec je ne sais quelle bande de vauriens ? Apprendre à manier l'épée pourrait se révéler utile, vous ne croyez pas ?

— Comment le savez-vous ?

L'omniscience d'Élias avait ses limites. Ou il avait émis cette supposition par pur hasard ou un petit oiseau lui avait rapporté son entretien avec les princes maudits. Souhaitant de tout cœur qu'il s'agisse de la première hypothèse, Plume se tordit nerveusement les mains. La réponse d'Élias fut un grand éclat de rire.

— Ma chère, s'exclama-t-il, c'est visible comme un nez au milieu de la figure ! Comment une gamine qui déteste profondément le régime aurait-elle pu résister à un appel à la révolte ? Quelque chose me dit que vous avez essayé d'entrer en contact avec ces gens qui ont semé le désordre à la fête nationale. Après, j'ignore si vous y êtes ou non parvenue.

Plume secoua vivement la tête.

— Ah oui ? fit Élias qui en tira aussitôt la conclusion opposée. Vous les avez rencontrés ? Et que vous ont-ils demandé ? Attendez, laissez-moi deviner...

Élias ferma les yeux. Plume craignait plus que tout que son fiancé découvre la vérité mais, à l'image de Sabre ayant flairé la trace de son déjeuner, une lueur vint illuminer les prunelles sombres d'Élias.

— Ils vous ont chargée de m'espionner, n'est-ce pas ? De devenir les oreilles de la rébellion au sein de la Ligue ?

Plume se leva d'un bond et recula de plusieurs pas.

— Non... pas du tout, bafouilla-t-elle en jetant des coups d'œil frénétiques vers l'arme d'Élias, posée contre le mur.

— C'est une façon dissimulée de m'annoncer que j'ai vu juste ? Allons, ne tremblez pas comme une feuille, vous me faites de la peine à vous agiter de la sorte. Revenez vous asseoir, je ne vais pas vous manger...

La pensée que sa future moitié s'apprêtait à le trahir ne semblait pas le déranger le moins du monde. Élias prenait l'affaire comme un simple jeu de devinettes ; une énigme dont il se réjouissait d'avoir trouvé la solution.

— À votre place, lui dit-il, j'éviterais de réagir aussi brutalement. La recette d'un bon mensonge est de paraître crédible. Au lieu de balbutier des semblants de réponses qui ont valeur d'affirmations, j'essaierais plutôt de prendre une mine outrée. Oui, cette jolie petite moue qui venait tordre vos lèvres dès que vous m'aperceviez à Seräen...

— Qu'est-ce que vous allez faire ?

À présent que son secret était découvert, Plume redoutait que la bonne humeur d'Élias se transforme soudain en l'ordre sec et tranchant de dénoncer ses complices.

— J'ai toujours su que vous étiez une jeune entêtée éprise de liberté, lui confia Élias d'une voix douce, je l'ai deviné à l'instant même où vous êtes apparue en robe de bal à la réception des Lavoisier. Quand je vous ai demandé de m'épouser, j'étais conscient que vous enfreindriez les règles au risque de m'entraîner dans votre chute. Alors, pourquoi vous reprocherais-je maintenant d'agir comme j'ai toujours supposé que vous le feriez ?

— Vous ne m'en voulez pas ? murmura Plume.

— Non, et je pourrais même pousser le zèle à vous donner les clefs de mon bureau.

— Pour quoi faire ?

— Mais pour m'espionner, pardi ! C'est bien votre mission, non ? Contrairement à mes habitudes, je vais vous révéler mes plans. Pour faire plaisir à ma charmante épouse, je m'arrangerai pour laisser quelques dossiers traîner sur la table. Rien de très important, mais qui suffira à la combler de satisfaction. Ensuite, je ferai mine de n'entendre aucun bruit suspect ni de remarquer l'étrange habitude qu'auront mes affaires de se déplacer durant mon absence. Et pour être sûr qu'Éléonore ne coure aucun danger, je la surveillerai de près. Afin que, le jour où ses petits camarades lanceront leur attaque, elle ne se fasse pas capturer avec les autres… Le plus drôle serait évidemment qu'elle ne sache rien de mon intervention.

Élias lui adressa un sourire complice.

— Pourquoi feriez-vous cela ? demanda Plume, sceptique.

— Parce que tel est mon bon plaisir. Je ne pourrai jamais vous enfermer dans une cage dorée, vous n'êtes pas faite pour les mondanités, alors pourquoi m'obstinerais-je à faire de vous ce que vous n'êtes pas ?

De la part d'Élias, Plume n'imaginait pas une telle réaction. Comment pouvait-il prendre à la légère une révélation qui, dans son esprit, aurait dû se traduire par une déclaration de guerre ?

— Alors, est-ce que cela vous plairait d'apprendre l'escrime ? Je promets de ne pas être un professeur tyrannique.

— Oui, répondit Plume, après une légère hésitation.

Chapitre 7

Un trésor enfoui

Brillante… Voilà comment Élias qualifia en toute modestie l'idée qui lui traversa l'esprit aux premières lueurs du jour. Cette révélation avait su se faire attendre mais, une fois qu'elle s'était glissée dans ses pensées, il fut bien incapable de se rendormir. L'envie de mettre son plan à exécution le rongeait de l'intérieur. Il était resté trop longtemps immobile, allongé dans ce lit comme le dernier des grabataires. L'heure était venue d'agir.

En temps normal, Élias aurait réquisitionné Harckof et une dizaine d'hommes. Un claquement de doigts aurait suffi pour que sa garde personnelle le suive sans hésiter jusqu'au bout du monde. Dans ce coin perdu au milieu de nulle part, il n'avait hélas pour seuls renforts qu'une gamine qui complotait contre lui et un peintre-guérisseur qu'il ne supportait pas. Ces deux-là n'étaient pas vraiment l'appui militaire qu'il aurait souhaité.

— Mieux vaut être seul que mal accompagné, conclut Élias dans un soupir.

Avec un léger gémissement, il repoussa ses couvertures et s'extirpa du lit. Son épaule continuait de le faire souffrir mais, pour un fils de seigneur habitué à servir de cible, la douleur était supportable. Il s'habilla en silence, boucla sa ceinture autour de sa taille et positionna sa cape de façon à cacher son bras droit. Dans le reflet de la glace, sa silhouette semblait aussi sûre d'elle-même que dans son souvenir. Aucune faiblesse ne se lisait dans ses yeux, aucune lueur ne trahissait sa peur de mourir. Cette apparence cachait pourtant une terrible vérité. En cas d'affrontement, Élias ne pourrait jamais remporter l'assaut. Il avait besoin de son bras droit, de ses coups assénés avec une telle violence qu'ils ne laissaient aucune chance à son adversaire. Se battre avec sa main gauche serait une autre paire de manches.

S'efforçant de chasser de ses pensées la perspective d'un duel, Élias se glissa dans le couloir. Il passa devant la porte d'Éléonore et ne résista pas à la tentation de coller son oreille contre le panneau. Il entendait son souffle régulier et devinait son corps à la peau diaphane disparaître sous des draps blancs. Plongée dans un profond sommeil, elle ne découvrirait son départ qu'au petit matin. Devait-il lui laisser un mot ? Une note expliquant où il s'était volatilisé, alors qu'il avait ordre de ne pas quitter sa chambre ? Et puis non, songea-t-il. La dernière fois qu'il s'était prêté à cet exercice idiot, il avait neuf ans et aucun papier ne lui avait évité de subir un savon à son retour. De toute façon, Éléonore se moquait éperdument de lui. Elle serait même ravie de découvrir son absence ; il l'imaginait déjà sautillant de joie à l'idée que son fiancé soit porté disparu.

Avec la conviction d'agir pour le mieux, Élias descendit lentement les marches de l'escalier. Silencieusement, il entrouvrit la porte et se faufila à l'extérieur. Devant lui, le chemin de terre s'éloignait de la maison du guérisseur, serpentant jusqu'au village qui apparaissait au loin. Élias s'était à peine mis en route qu'une conclusion pratique s'imposa dans son esprit : il lui fallait un moyen de transport. Dariel avait bien un cheval, mais la bête semblait moribonde, à peine bonne pour emmener son maître faire la tournée du voisinage. Lui avait besoin d'un coursier et non d'une vieille carcasse qui s'écroulerait sous son poids.

Persuadé de ne pas avoir des goûts de luxe, il effectua à pied le trajet qui le séparait des premières habitations. Il courait le risque d'être reconnu, mais sa cape présentait l'avantage d'être réversible : rouge d'un côté et noire de l'autre. À défaut de pouvoir parader aux couleurs de la Ligue, Élias s'enveloppa dans les ténèbres de son manteau. Dans cette tenue, il avait plus de chances de passer inaperçu. En parvenant à la limite d'Ärior, il trouva sans peine un enclos où un cheval le fixait d'un air bête, une expression qui lui rappelait celle d'Andreas quand il se faisait mener par le bout du nez. Après l'avoir sellé, Élias enfourcha l'animal et sans plus attendre, partit à vive allure. Ce n'était pas du vol, plutôt une conception très large de l'emprunt.

Toute la nuit, les données du problème s'étaient heurtées à sa raison ; elles avaient fini par se tordre, se déformer pour satisfaire l'unique but qui hantait les pensées d'Élias. Un objectif qui le poursuivait depuis le début de sa convalescence et qui tenait en peu de mots : nuire à Artéor. La vengeance était un plat qui se mange froid et le sien avait suffisamment refroidi. Il était grand temps de rendre à l'autre imbécile la monnaie de sa pièce. Par principe, Élias ne supportait pas de servir de bouc émissaire et encore moins qu'un bellâtre aux cheveux poudrés s'imagine l'avoir vaincu. Ce serpent avait eu l'audace de s'en prendre à la veuve, ce serait donc sur ce terrain glissant qu'il engagerait le combat. Pour lui mettre des bâtons dans les roues, il n'avait en réalité que deux solutions : soit défier Artéor à l'épée – un affrontement perdu d'avance, puisque son bras gauche l'handicaperait – soit dénicher neuf cents merles en une journée. S'il avait été à Seräen, Élias n'aurait eu aucune difficulté à se procurer une telle somme, presque une bagatelle comparée au reste de sa fortune. Il était en train d'imaginer ses coffres-forts bien remplis quand une légende lui était revenue en mémoire. Une rumeur qui parlait d'un trésor enterré au fond d'un jardin.

Bien sûr, ce n'était rien d'autre qu'une vieille histoire qui se transmettait de génération en génération. Des recherches avaient été menées : des hommes avaient retourné chaque centimètre carré de la propriété et les richesses du grand-oncle Silas étaient demeurées introuvables. La logique aurait voulu qu'Élias oublie ces sornettes, qu'il les range dans un coin de son esprit comme une fable ridicule, juste assez bonne pour servir de divertissement les soirs d'hiver. Et pourtant, une petite voix lui avait murmuré à l'oreille une autre vérité : personne n'avait pu mettre la main sur le trésor des d'Aubrey, car un opportuniste s'en était déjà emparé…

Élias était bien décidé à être cet opportuniste. Il serait le premier à atteindre les lieux, à dérober cette montagne de pièces d'or qui, lorsque les héritiers lanceraient les recherches, aurait déjà disparu. Plus qu'un espoir, c'était une conviction. Une boucle parfaite dans le temps qui se compléterait par son propre voyage dans le passé. Cet argent considéré comme perdu par tous les intéressés ne faisait qu'emprunter un chemin détourné pour atterrir dans sa poche. Élias éprouva une certaine satisfaction en songeant qu'avant même sa naissance, il était déjà le plus malin.

Le grand-oncle Silas habitait la région. À moins qu'il ne se perde en route, Élias avait encore une chance d'effectuer l'aller-retour en une journée. Malheureusement, aucun panneau ne lui indiquait la direction à suivre. Deux heures plus tard, il avait interrogé une demi-douzaine de paysans, questionné une servante qui avait manqué de défaillir en le voyant surgir sur son cheval et enfin, menacé de mort un gamin naïvement persuadé qu'il pouvait lui monnayer ses renseignements.

— Bon sang ! D'Au-brey, avait articulé Élias avec la même exagération que s'il s'adressait à des demeurés. Ce nom doit bien vous évoquer quelque chose ?

Au fil des discussions, il avait conclu que les préjugés sur les rustres du Sud étaient parfaitement fondés. Ces gens-là ne s'intéressaient qu'à leurs maudites récoltes ou ennui suprême, à la sécheresse qui dévastait leurs champs ! Élias avait l'impression qu'au-delà des limites de leur village, le reste du monde était un ensemble géographique flou appartenant au domaine des racontars. Silas d'Aubrey était immensément riche mais, en se retranchant chez lui, était-il devenu une sorte d'ermite à moitié oublié ?

Ce vieillard rongé par la cupidité avait sans doute vu dans la solitude un excellent moyen de se débarrasser des intrus louchant sur son or.

Vers la fin de la matinée, l'un de ces gueux – après s'être longtemps frotté la mâchoire – avait daigné lui cracher une direction.

— Anarhat, avait répété Élias, persuadé que ces trois syllabes auraient très bien pu désigner une maladie.

Dès lors, ce simple mot avait suffi pour que tous ceux qu'il croise lui indiquent obligeamment son chemin. Manifestement, les d'Aubrey – ou tout du moins cette branche de la famille – n'inspiraient que des haussements d'épaules. Élias n'aurait jamais imaginé que même à cette époque, son patronyme puisse faire si peu d'effets. Il avait fallu attendre que la Ligue surgisse des ténèbres pour que son nom soit auréolé de prestige et craint dans chaque recoin du royaume.

Un voile de brouillard enveloppait Anarhat. La ville entière semblait disparaître, aspirée dans ce nuage épais d'où s'échappaient d'immenses bâtisses en pierres, presque un cri de résistance face aux caprices du temps. Du haut de la colline, Élias détourna les yeux de ce monde enseveli sous la brume où sans les voir, il devinait des milliers de vies grouillant comme dans une fourmilière et des quartiers empestant la misère. Devant lui, surplombant la plaine, se dressait le manoir de Silas d'Aubrey. Une demeure digne d'un seigneur de la Ligue, une merveille architecturale où le moindre détail se faisait écho, des poignées de porte en forme de lion ailé jusqu'aux piliers sculptés soutenant d'imposants balcons. Pourtant, Élias n'éprouvait aucun sentiment d'admiration devant une pareille construction. Dans son esprit naissait l'intuition que du sang avait coulé et que la mort avait frappé par derrière pour que tant de richesses soient la propriété d'un seul homme. Chacun de ces murs semblait dissimuler de sombres secrets.

« C'est vraiment sinistre » songea Élias. Caché derrière un arbre, il ne pensait pas être aperçu des domestiques et encore moins par le grand-oncle Silas dans l'hypothèse même où ce vieux bougon se serait penché à sa fenêtre. C'est pourquoi Élias tressaillit quand une main rugueuse se posa sur son épaule. En temps normal, cet imprudent aurait vu cette familiarité récompensée par un bras cassé, mais la chance l'avait poussé à choisir son épaule bandée. Élias réprima un gémissement de douleur. Il se retourna et fusilla du regard ce qui lui apparut au premier coup d'œil comme la personnification d'un tonneau de bière. La silhouette aussi ronde qu'un ballon et le teint rougeaud d'un alcoolique de profession – supposition confirmée par la forte odeur que dégageait son haleine –, l'individu aurait eu parfaitement sa place au milieu d'autres barriques. En voyant la mine renfrognée d'Élias, il s'empressa de retirer son chapeau de paille.

— Pardon, m'sieur, j'ai cru que vous étiez un maraudeur…

Cette appellation aurait très bien pu s'appliquer à Élias. Ce dernier s'autorisa cependant un air offusqué, propre à trahir son étonnement à l'idée d'être confondu avec de telles vermines.

— Vous êtes en retard, m'sieur… Les autres sont déjà partis.
— Partis où ? marmonna-t-il. Et d'abord, qui êtes-vous ?
— Ben le jardinier, m'sieur.

Sapristi, ce bonhomme avait donc un emploi qui ne consistait pas à vider des bouteilles ! Essayant de se donner une certaine contenance, Élias poursuivit l'interrogatoire.

— Bien sûr, vous n'ignorez pas qui je suis ? lança-t-il avec un regard condescendant.
— Vous êtes l'un des parents de M. d'Aubrey mais, comme je vous l'ai déjà dit, les autres viennent de partir.

Ce type avait une façon de parler qui évoquait davantage le rustre perdu au fin fond de sa campagne qu'un employé au service de sa famille. Intérieurement, Élias se félicita de présenter un petit air de ressemblance avec les générations précédentes. Être l'heureux propriétaire d'un nez aquilin et de pommettes saillantes avait suffi pour ôter à cet imbécile tout sentiment de suspicion. Puisqu'il n'était pas très malin, Élias était bien décidé à se servir de lui.

— Vous n'avez pas répondu à ma question, il me semble. Je vous ai demandé où ils étaient partis.
— Mais au cimetière, m'sieur ! s'étonna Ben. Pour l'enterrement de M. d'Aubrey…

L'enterrement… Cela signifiait donc que le grand-oncle Silas était mort, réalisa Élias. « Les autres » devaient donc regrouper ses cousins éloignés et peut-être même son arrière-grand-tante Gertrude ainsi que tous les curieux qui espéraient tirer un avantage de ce trépas.

— Est-ce qu'il reste beaucoup de serviteurs dans la maison ?
— Pas vraiment, non. Même en temps normal, le personnel était assez réduit. M. d'Aubrey était un homme solitaire…

Décidément, ce lourdaud n'était pas du genre méfiant. Il aurait fait des merveilles à la banque de Seräen si un cambrioleur était venu l'interroger sur les tours de garde. Choisissant de profiter de sa bêtise, Élias opta pour une nouvelle stratégie.

— J'aurais besoin de vous pour une mission un peu particulière. Mon nom est Octavias d'Aubrey, je suis le petit-fils de la sœur du père de M. d'Aubrey. Je vous demanderais de faire preuve une dernière fois de loyauté à son égard.

À l'idée d'avoir quelque chose d'utile à faire, Ben se raidit dans un garde-à-vous qui mettait sa bedaine en valeur. Il gobait chaque mensonge sans sourciller et ce personnage imaginaire avait toutes les qualités pour revêtir l'apparence de la vérité. Avec son immense arbre généalogique, Élias était sûr d'avoir suffisamment de parents éloignés pour se fondre dans la masse.

— Peu avant sa mort, M. d'Aubrey m'a fait parvenir une lettre car, en ma qualité de docteur ès travers, j'ai un certain talent pour contourner les lois et les réglementations, développa Élias alors que son interlocuteur ouvrait grand ses oreilles. Bien qu'il s'agisse d'un secret, je pense pouvoir me fier à vous et à votre honnêteté... En réalité, M. d'Aubrey avait l'intention de léguer son entier capital à l'association caritative des malheureux orphelins des guerres passées. Or, tentant de le prémunir contre la cupidité de ses proches, je lui ai conseillé d'enterrer sa fortune dans un lieu sûr afin que je puisse la remettre par la suite à son véritable bénéficiaire.

Son récit présentait des failles béantes. Au-delà de la non-existence de cette association, il aurait été tellement plus simple de rédiger un testament afin de rayer tous ces intrus de la succession. Mais le fait d'entrer dans la confidence, de se voir confier un rôle autre que d'arroser les plantes et de tailler les buissons, produisit aussitôt l'effet escompté. Ben se gonfla d'importance et bomba le torse à l'image d'un soldat s'apprêtant à recevoir une décoration militaire.

En guise d'illustration, Élias tira de sa poche une feuille froissée – un ancien rapport remis par Harckof – mais qui, en l'occurrence, pouvait très bien se faire passer pour la réponse manuscrite du grand-oncle Silas. Pour que son histoire soit complète, il devait encore indiquer à ce gros bêta où, dans l'immensité du parc, le vieil avare avait bien pu cacher son or. Que disait exactement la légende ? Qu'en voulant s'approprier ses richesses, les héritiers avaient eu la mauvaise surprise de ne trouver que des coffres vides.

Dans un tiroir secret de son bureau, un papier à moitié chiffonné serait découvert des mois plus tard. Tracé à la plume, un dessin en forme de triangle laisserait supposer à une armée de mécontents que, pour lutter contre une mémoire déficiente, le grand-oncle Silas avait au moins eu la sagesse de marquer d'une croix l'emplacement du trésor. Ce symbole serait compris comme la représentation de trois arbres disposés de telle sorte qu'ils évoquaient la figure géométrique. Ces recherches n'aboutiraient pas et imprimeraient dans la conscience de plusieurs générations le sentiment d'avoir été spoliées de leurs biens.

Se félicitant d'avoir une excellente mémoire, Élias fit un geste vague de la main, destiné à englober la totalité du jardin.

— D'après les indices dont je dispose, la zone en question serait quelque part par ici. Plus exactement à proximité d'un triangle d'arbres… Vous souhaitez que la volonté de votre maître soit respectée, n'est-ce pas ?

Ben hocha vigoureusement la tête.

— Si vous cherchez des arbres, m'sieur, il y a trois peupliers à l'extrémité nord de la propriété. Ça forme presque un triangle quand on y réfléchit bien.

Ou ce jardinier était d'une honnêteté exemplaire ou il était trop idiot pour saisir l'opportunité que représentait un trésor enterré au fond d'un jardin. La seconde hypothèse devait être la bonne, conclut Élias avec sa bienveillance habituelle. Finalement, après des heures passées à chevaucher cette abominable monture qui considérait chaque arrêt comme une invitation à brouter de l'herbe, sa journée ne serait pas complètement perdue.

— Munissez-vous d'une pelle et montrez-moi cet endroit, ordonna-t-il.

Ben s'exécuta sans rechigner. Il semblait ravi de lui prêter main-forte, alors que lui-même n'en tirerait aucun bénéfice. Élias le vit revenir quelques minutes plus tard, poussant une brouette encombrée de ses instruments de travail.

— Par ici, m'sieur. Il faut contourner la maison et traverser une bonne partie du parc.

Que ce soit volontaire ou non, Ben emprunta des chemins assez éloignés de la demeure où ils risquaient moins d'être aperçus par les quelques domestiques qui peuplaient encore le manoir. La démarche du jardinier avait quelque chose de comique : avec son ventre rebondi, il avait l'air de rouler à l'image d'un tonneau et seule sa brouette l'empêchait de dévaler la pente.

Ils longèrent un étang où s'épanouissaient des roseaux et des plantes sauvages. Au milieu de cette étendue d'eau, une statue s'élevait au centre d'une île minuscule et ressemblait à une naufragée abandonnée sur un récif. Si cette promenade avait un aspect bucolique, Élias commençait légèrement à s'impatienter. Il était venu pour déterrer un héritage qui, un demi-siècle plus tard, lui serait revenu de droit et non pour admirer les merveilles de la nature.

— C'est encore loin ? grommela-t-il.

— Là-bas, m'sieur, répondit Ben en désignant du doigt une masse d'arbres.

En plissant les yeux, Élias distingua en effet un trio de peupliers si hauts qu'ils semblaient partir à la conquête du ciel. Les troncs étaient assez proches les uns des autres, mais l'espace au sol représentait plusieurs mètres carrés à fouiller, une zone importante pour un homme qui voulait récupérer son butin et disparaître sans laisser de traces.

— Combien d'heures nous reste-t-il avant le retour de la famille d'Aubrey ?

— Entre deux et trois heures, m'sieur.

Cela lui laissait peu de temps avant que ces fouineurs ne menacent de fourrer leurs nez dans ses affaires. Parvenu sur les lieux, Ben immobilisa sa brouette contre un buisson et entreprit de sortir son matériel. Avec une lenteur digne d'un pachyderme, il commença à creuser. Malgré son surpoids et la sueur qui perlait à son front, ses gestes étaient précis et efficaces. Il n'avait pas usurpé son titre de jardinier. Soupirant devant l'ampleur de la tâche, Élias s'empara d'une pelle et débuta son propre trou. Avec son bras blessé, il ressemblait davantage à un petit chien s'affairant à retrouver son os. La terre giclait autour de lui comme une pluie solide, recouvrant les herbes sauvages d'une montagne noirâtre.

— Où est donc Harckof quand j'ai besoin de lui ? marmonna Élias qui avait toujours vu en son subordonné le volontaire désigné pour accomplir les sales besognes.

Dans les mois à venir, des fouilles approfondies seraient menées dans les moindres recoins du parc. Ceux qui avaient cru en leur bonne étoile repartiraient en maudissant Silas et son avarice. Élias pensait les avoir devancés et pourtant, le même constat s'imposa à lui. Une heure s'était écoulée et bien que l'endroit s'apparentât à un champ de bataille, ses poches étaient toujours aussi vides. L'argent de son grand-oncle demeurait introuvable. Ses efforts avaient eu pour seules conséquences de conférer à son teint la couleur d'une tomate, alors que ses bras réclamaient une pause avec de plus en plus d'insistance.

— Vous êtes sûr, m'sieur, que la fortune de mon maître a été enterrée ici ? demanda Ben en s'épongeant le front.

— Non, ricana Élias, je suis intimement persuadé du contraire, c'est pourquoi je m'obstine à creuser avec une telle persévérance… Je vous ai parlé d'un triangle, ajouta-t-il avec mauvaise humeur, et c'est vous qui m'avez désigné ces maudits arbres !

— En fait, m'sieur, j'ai réfléchi et il y a quelque chose qui me chiffonne dans votre histoire.

Oui, son blabla n'avait pas la moindre base véridique. Il était temps que l'autre s'aperçoive de l'entourloupe, mais Élias aurait préféré qu'il reste un peu plus longtemps dans l'ignorance. Quoique, s'il posait trop de questions, il pourrait toujours dissimuler son cadavre dans l'immense trou que ce benêt avait contribué à creuser.

— C'est à propos des dates, m'sieur, bafouilla Ben.

— Et alors ?

— Ce bout de terrain est comme qui dirait plus ou moins abandonné, m'sieur. Depuis que je travaille pour M. d'Aubrey, il en a toujours été ainsi. Pour qu'un trésor soit enterré là, il faudrait que cela remonte à plus d'une décennie. Sinon, j'aurais remarqué que la terre avait été retournée, vous comprenez, m'sieur ?

Élias comprenait surtout que cet idiot lui faisait perdre son temps. Jetant sa pelle au sol, il saisit Ben par le col de sa chemise et plongea son regard d'acier dans ses prunelles à l'éclat aussi émoussé qu'une épée mal aiguisée.

— Maintenant ça suffit, siffla-t-il entre ses dents. Puisque vous vous présentez comme un expert, vous allez me dire tout de suite ce qui a changé dans ce fichu parc… avant que je me fâche.

Cette menace prononcée du coin des lèvres n'échappa pas à Ben. Son visage se décomposa aussitôt. « La peur, il n'y a que ça de vrai » en déduisit Élias avec un rictus malveillant.

— M. d'Aubrey a ordonné qu'on déracine le vieux chêne qui était à moitié tombé lors de la terrible tempête, bredouilla le jardinier. Il y a aussi les jonquilles que j'ai remplacées par des bégonias.

— Autre chose ? s'impatienta Élias en jetant un coup d'œil à sa montre à gousset. Et épargnez-moi le descriptif des buissons et autres massifs de fleurs que j'écraserais du pied si j'avais le loisir de le faire.

— Non… enfin, pas vraiment, m'sieur.

— Détaillez-moi ce « pas vraiment », puisque vous semblez incapable de distinguer ce qui est important de ce qui ne l'est pas.

— Il y a deux ans, M. d'Aubrey a fait détruire la sculpture au centre de l'îlot et il a exigé qu'une nouvelle statue soit placée au même endroit.

— Et en quoi cet événement a-t-il su retenir votre attention ?

— Parce que les deux sculptures étaient plus ou moins identiques. Elles représentaient chacune une femme avec un panier de roses sous le bras. Bien sûr, la deuxième n'avait pas exactement le même visage mais à l'époque, j'ai trouvé que c'était se donner beaucoup de peine pour pas grand-chose. Voilà c'est tout, m'sieur…

Élias relâcha la chemise de Ben, non seulement parce qu'elle était pleine de sueur et qu'il ne supportait pas d'avoir les mains moites, mais aussi parce que sa manœuvre d'intimidation venait de porter ses fruits. Il avait besoin de réfléchir, de faire un tri entre tous ces éléments qui encombraient son esprit. Faisant fi de la présence du jardinier, il s'adossa au tronc de l'arbre et ferma les yeux. C'était ainsi que son intelligence s'exprimait le mieux lorsque, plongé dans ses pensées, il venait à en oublier le monde extérieur.

« Voyons, réfléchit-il, je sais que le grand-oncle Silas a griffonné un triangle sur un papier, qu'il haïssait sa famille et qu'une statue a été remplacée par une autre. Il y a forcément une logique dans tout cela… »

La clef du mystère ne tarda pas à lui apparaître. C'était une évidence, un raisonnement parfaitement cohérent quand on attaquait le problème par le bon côté. Si le morceau de papier avait été découvert, caché dans un tiroir secret, n'était-ce pas parce que quelqu'un l'avait laissé là volontairement ? Dans le seul but d'embrouiller des héritiers en quête d'argent. Un leurre comme Élias se plaisait à en semer derrière lui… À présent, en supposant que ce triangle n'avait rien à voir dans l'équation, la fortune de Silas pouvait être n'importe où. Et Élias avait l'intuition que ce n'importe où avait un lien avec l'échange des statues. À la différence de Ben pour qui une femme en valait une autre, lui était persuadé que cette nouvelle porteuse de panier avait un rôle à jouer dans l'énigme.

— Silas devait la connaître, murmura-t-il. *Et s'il l'aimait ?*

L'amour était une épine que certains imbéciles s'enfonçaient eux-mêmes dans la chair. Si, derrière sa solitude, le vieillard ne faisait que vivre avec le souvenir d'une femme, cela pourrait expliquer cette brusque décision de dresser une statue à son effigie. Le grand-oncle Silas avait plus de soixante-dix ans : s'était-il soudainement épris d'une gamine qui pourrait être sa fille ? Ou s'agissait-il d'un amour de jeunesse ? Le genre d'histoire passionnée qui, malgré les décennies, perdure dans le cœur d'un homme… Mais pourquoi maintenant ? Pourquoi avait-il attendu aussi longtemps ?

Une réminiscence s'empara d'Élias. Il se revit triomphant dans son bureau à Hirion quand un Harckof, à peine revenu de la capitale, lui annonçait avoir réussi sa mission : séparer Andreas de la belle Cordélia et de ses boucles blondes… Pas de doute, ce jour-là, il s'était bien amusé mais au moins, il avait eu la décence de laisser à son frère le soin de reconnaître sa signature. Peut-être n'en avait-il pas été de même pour Silas. Sa famille l'avait-elle séparé de cette fille en lui faisant croire qu'elle était morte, partie dans une terre lointaine ou pire que tout, mariée à un autre ? Et la vérité avait-elle fini par éclater deux années plus tôt ? Une colère accrue par le temps avait poussé Silas à leur rendre la monnaie de leur pièce. Il avait conduit ces vipères assoiffées d'argent à chercher sans fin sa fortune, à croire qu'un triangle les mènerait au but alors qu'il ne faisait que les perdre davantage… Élias lui-même n'aurait pas trouvé de meilleur moyen pour obtenir sa revanche.

Ce n'était qu'une série de spéculations, rien d'autre que des suppositions et pourtant, il avait le sentiment d'avoir frôlé la vérité. Les détails s'étaient évanouis avec le principal intéressé mais, malgré cette zone d'ombre, Élias savait que le puzzle à résoudre s'était construit autour d'une jeune fille.

— Je sais où est le trésor, affirma-t-il en ouvrant les yeux. On ne peut pas vraiment dire que votre aide a été précieuse.

Ben n'avait pas bougé comme s'il craignait qu'esquisser un mouvement ne réveille le dragon qui dort. Choisissant d'être magnanime, Élias lui administra une petite tape sur l'épaule, un geste qui aurait pu se traduire par « Réjouis-toi, tu n'es pas encore mort ».

— Venez avec moi, je vais avoir besoin de vos bras.

Cette fois-ci, ce fut Élias qui se proclama guide. Il traîna derrière lui un Ben en pleine réflexion, probablement parce que l'identité d'un certain Octavias d'Aubrey commençait lentement à s'effriter dans son esprit. Ils traversèrent le parc en sens inverse jusqu'à atteindre l'étang. Avec la conviction qu'à Seräen, il n'aurait jamais agi de la sorte, Élias retira consciencieusement ses chaussures et sa cape. Il glissa ses pieds dans l'eau froide et commença à patauger dans la vase. Un signe de tête suffit à persuader Ben qu'il valait mieux l'imiter sans discuter. Les deux hommes eurent bientôt de l'eau jusqu'à la taille. Élias détestait être mouillé : si l'être humain était dépourvu de nageoires, c'était bien parce qu'il n'était pas destiné à accomplir des prouesses aquatiques. Lorsqu'il parvint sur l'îlot, les vêtements sales et dégoulinants, il regretta encore plus l'absence d'Harckof et de sa garde personnelle.

L'espace était assez réduit et une sculpture trônait majestueusement en son centre. Comme l'avait décrite Ben, elle représentait une femme tenant un panier de roses. Un soin infini avait été apporté aux contours de son visage ; des traits délicats et un nez retroussé laissaient imaginer la beauté du modèle. Elle portait une tenue légère, très différente des robes à volants qui se côtoyaient habituellement lors des réceptions mondaines.

Élias examina la statue, tapotant la pierre à la recherche d'une cache secrète. Il existait forcément un mécanisme, un dispositif similaire à celui de son cabinet de travail où la simple apposition de sa chevalière donnait accès à des passages dérobés. Sous le regard dubitatif de Ben, il se pencha jusqu'à coller son nez contre le granit. Ses yeux de rapace fixaient chaque centimètre de la surface avec une minutie que ne renierait pas un chien de chasse. Élias procédait avec un calme apparent, oubliant son apparence de vagabond tombé dans un ruisseau pour redevenir celui qu'il avait toujours été. Un seigneur de la Ligue qui jamais ne s'avouait vaincu.

Son expression était dure, presque aussi glaciale que l'eau qui gouttait de sa chemise pour former une flaque à ses pieds. Et puis, il y eut un léger déclic et un rictus vint étirer ses lèvres. Son doigt s'était posé sur un détail du panier, un renfoncement à peine visible au milieu des fleurs. Obéissant à son geste, le socle de la statue révéla une mince ouverture comme un tiroir qui se débloque.

Fier de lui, Élias en extirpa un coffre à peine plus grand qu'une boîte à bijoux. La serrure n'opposa pas une grande résistance quand il glissa la lame de son épée dans l'interstice. Elle ne tarda pas à céder, laissant apparaître un spectacle qui dépassait l'imagination. Une myriade de rubis scintillait sous les rayons du soleil, rougeoyant avec le même éclat qu'une braise ardente. Même l'impassibilité d'Élias laissa place à une profonde surprise. Silas d'Aubrey avait converti sa fortune en pierres précieuses ! Les gemmes se comptaient par centaines, certaines aussi grosses que son poing et d'autres de la même taille qu'un dé à coudre. Chacune d'entre elles étincelait de mille feux alors que la lumière soulignait leur pureté. C'était un trésor qui devait s'élever bien au-delà du million de merles ! Rien d'étonnant à ce qu'il ait suscité la convoitise de plusieurs générations.

Reprenant ses esprits, Élias se tourna vers le jardinier. Il semblait figé dans une expression de stupeur. La patience n'étant pas son fort, Élias claqua des doigts sous le nez de Ben, provoquant chez l'intéressé un vif sursaut.

— Vous et moi, nous allons avoir une petite discussion, annonça-t-il. Quelque chose me dit que malgré votre air bêta, cette tête bien ronde abrite quand même un semblant de réflexion… Je vais partir avec ce coffre et je veux avoir la certitude qu'aucun propos malencontreux ne sortira de votre bouche.

— Je ne dirai rien à personne, m'sieur, marmonna Ben. C'était la volonté de M. d'Aubrey que cet argent revienne à l'association pour aider les orphelins.

Élias lui lança un regard scrutateur. L'autre était-il naïf à ce point ou la vérité allait finir par lui tomber dessus comme un fruit mûr sur le crâne d'un passant ? D'ailleurs, pourquoi se donner cette peine ? Pour s'assurer de son silence, il existait une solution bien plus simple que de sonder l'inconscient de Ben. De sa main gauche, Élias saisit son épée et pointa l'extrémité de son arme sur la gorge du malheureux.

— Qu'est-ce que vous faites, m'sieur ? s'écria Ben en devenant livide.
— J'envisage très sérieusement de vous tuer.
Ben déglutit.

— Je vous en supplie, ne faites pas ça, bafouilla-t-il.
— Et pourquoi, je vous prie ?
— Parce que ce ne serait pas humain…

Ce n'était pas faux, mais Élias n'avait jamais eu pour vocation de laisser s'épanouir sa part d'humanité. Il ne lui restait plus qu'à exécuter cet homme, à faire couler le sang comme ce jour où il avait décapité un officier de la garde. Il n'aurait aucun mal à cacher son cadavre et à reboucher lui-même le trou creusé sous les peupliers. C'était si simple et pourtant, quand Élias voulut mettre son plan à exécution, son bras trembla. La vision d'une gamine en robe de soirée venait de se faufiler dans ses pensées. Plume ne voudrait pas qu'il agisse ainsi, elle aussi le supplierait d'épargner cet innocent. De lui laisser la vie sauve au nom de ces principes pleins de noblesse qu'elle aimait lui rabâcher à longueur de journée.

« Éléonore n'est pas là et elle ne le saura jamais », songea-t-il. Mais c'était la noirceur de son âme qui poussait Plume à le haïr un peu plus chaque jour. Poussant un soupir, Élias abaissa son épée.

— Si vous parlez de ceci à qui que ce soit, je vous promets que je vous ouvre en deux, menaça-t-il. Est-ce que c'est clair ?
— Oui, m'sieur. Je ne dirai rien, je vous le jure…
— Très bien, maintenant hors de ma vue. Je ne veux plus avoir affaire à vous…

Ben s'apprêtait à décamper aussi vite que l'autorisait sa bedaine. Mais il eut à peine fait quelques pas qu'Élias le retint par la manche.

— Tenez, lui dit-il en lui tendant une demi-douzaine de rubis. Considérez qu'il s'agit de votre part et fichez-moi le camp !

Le jardinier ne fut jamais aussi pressé d'obéir.

⁂

Renard Artéor descendit de voiture d'un pas conquérant. Sans être un homme de parole, il aimait penser que pour une fois, il avait respecté ses engagements. Oui, il avait bel et bien laissé à Perla un délai de dix jours… avant de la jeter hors de chez elle, si elle continuait à se montrer aussi entêtée. Avec un peu de chance, elle lui offrirait ses lèvres et lui serait tout disposé à faire preuve de clémence. Du moins jusqu'à ce qu'il se lasse de son corps et qu'il finisse par se débarrasser d'elle à l'image de toutes ses précédentes maîtresses.

De trois coups secs, Artéor frappa contre la porte. Elle s'ouvrit presque aussitôt sur Perla qui, sans un mot, l'invita à entrer d'un bref mouvement de tête. La jeune veuve était encore plus belle que dans son souvenir, les épaules enveloppées d'un châle qui soulignait la délicatesse de sa silhouette. En la voyant aussi frêle et vulnérable, il sentit monter en lui le désir de la posséder.

D'ordinaire, il se serait interrogé sur l'étrange accueil de son hôtesse. La logique aurait voulu qu'elle le laisse s'impatienter à l'extérieur. Mais il suffit à Artéor de franchir le seuil pour saisir la raison de ce geste. Derrière la porte, un homme l'attendait de pied ferme. Un visage aux traits durs, des prunelles bleu gris qui lui lançaient un regard plein de haine… Encore lui ! C'était ce même individu qui l'avait affronté dans la grange de Nathaël. Que diable venait-il faire ici ?

— Tu te souviens de moi ? prononça l'étranger dans un ricanement.

Chapitre 8

L'Oméga

— Tiens donc, susurra Artéor, monsieur le donneur de leçons est de retour parmi nous.

— Que veux-tu ! soupira Élias. En me réveillant ce matin, je me suis dit que te mettre des bâtons dans les roues pourrait occuper intelligemment ma journée. Alors, me voilà… Prêt à t'administrer la raclée de ta vie si jamais tu t'avises d'adresser à Madame ici présente des propos indignes d'un gentilhomme.

Élias se détacha du coin du mur pour se planter face à Artéor. En cas de combat, il savait pertinemment que face aux coups de son ennemi, il serait obligé de s'incliner. Leur dernier affrontement s'était terminé sur une égalité et son épaule blessée ne ferait pas pencher la balance en sa faveur. Tant que l'autre ne devinait pas le bandage caché sous sa chemise, il avait peut-être une chance de ne pas avoir à manier l'épée.

— Alors, Perla, murmura Artéor en se tournant vers la jeune femme, vous avez laissé entrer le meurtrier de Nathaël chez vous ?

— C'est vous qui avez assassiné mon mari !

— Tsss tsss… Dites-moi un peu ce qui vous est passé par la tête, très chère. Vous croyez vraiment que votre nouveau chevalier servant pourra m'empêcher de vous jeter à la rue ? Je n'ai qu'à claquer des doigts pour que la garde se charge de vous mettre dehors !

— Mon pauvre vieux, tu risques d'être déçu… Perla ne s'est pas seulement trouvé un chevalier servant, intervint Élias dans un rictus, elle s'est trouvé un bienfaiteur.

D'un geste théâtral, il tira de sa poche un rubis qui refléta la pâle lumière de l'extérieur. La pierre était d'une telle beauté que même pour un noble habitué à contempler des richesses, elle paraissait irréelle.

— Au bas mot, je dirais qu'elle doit valoir dans les deux mille merles. Tu n'as qu'à t'en faire une couronne, ricana Élias, ça irait très bien avec ta sale face de renard…

Artéor resta muet de stupeur. Il hésita avant de s'emparer du rubis. Prendre la gemme, cela signifiait qu'il n'aurait plus aucun moyen de pression sur Perla. Mais comment faire autrement alors que cette maudite pierre valait bien plus que sa créance ?

— J'ignorais que vous étiez tombée suffisamment bas pour accepter qu'un inconnu vous fasse la charité, cracha-t-il avec mépris.

— Tu te trompes, camarade, fit Élias. C'est moi qui ai dû insister pour payer la dette… Madame refusait mon assistance mais, quand je lui ai expliqué à quel point cela me faisait plaisir de t'embêter, elle a fini par céder. Et puis, cette chère Perla m'a raconté une histoire bien étrange sur un arrangement que tu espérais conclure avec elle.

— Et je suppose que tu te crois meilleur que moi ?

— Peut-être bien, oui… Mes mains sont pleines de sang mais ce qui nous différencie, c'est que contrairement à toi, je n'éprouve aucun plaisir à semer la mort. Et s'il y a bien une chose que je ne supporte pas, c'est que l'on abuse d'une femme. Reviens harceler Perla et j'exposerai tes tripes au soleil. Est-ce que je me suis bien fait comprendre ?

Artéor se mordit la lèvre inférieure.

— Comment tu t'appelles ? lâcha-t-il.

— Harckof, mentit Élias qui, à court d'inspiration, avait marmonné le premier nom qui lui était passé par la tête.

— Je crois que toi et moi, on devrait avoir une petite conversation en privé. Perla, laissez-nous…

La jeune femme chercha l'approbation d'Élias. Depuis qu'il avait surgi comme un cadeau du ciel, elle s'était pliée à ses consignes. Cet homme s'était dit prêt à s'opposer à Artéor, à mettre en échec l'un des êtres les plus puissants du royaume. Il lui avait offert sa protection, lui un inconnu, alors que personne au village ne semblait décidé à s'interposer.

— Enfermez-vous dans votre chambre, prononça Élias d'un ton qu'il voulait rassurant. Je suis sûr que nous n'en aurons pas pour très longtemps.

Perla lui adressa un dernier regard avant d'obéir. Elle quitta lentement la pièce, son enfant dans les bras. Seul avec Artéor, Élias haussa un sourcil interrogateur qui semblait dire « Cause toujours, tu m'intéresses ».

— Si on s'asseyait à cette table ? proposa Artéor.

— Et pourquoi pas commander à notre hôtesse une tasse de thé pendant qu'on y est ?

— Pourquoi te montres-tu aussi méfiant ? Je veux juste m'entretenir avec toi…

— Vraiment ? Si tes intentions sont honnêtes, pose ton épée au sol.

Contre toute attente, Artéor s'exécuta. Il retira son fourreau pour le laisser tomber à ses pieds. Élias en tira aussitôt la conclusion qu'il avait une dague cachée quelque part. Lui-même en avait une dans sa botte et si son adversaire avait un semblant de jugeote, il avait sans doute fait de même. De mauvaise grâce, Élias se traîna jusqu'à la table et s'avachit sur une chaise.

— Alors, quoi ?

— Je suis certain que toi et moi, nous avons plus de points communs que tu ne le crois, susurra Artéor.

— Tu veux bien cesser de parler de « toi et moi » comme si on était des amis d'enfance ? Et sois gentil, Renard, parle un peu plus fort… Je comprends qu'imiter le sifflement du serpent contribue à te rendre effrayant dans le genre « je n'ai pas à élever la voix pour me faire respecter », mais j'ai un mal de crâne épouvantable et tendre constamment l'oreille, ça commence à devenir franchement pénible.

— Tu es persuadé d'être le héros du jour, lança Artéor, et peut-être que tu n'as pas tort. Je ne peux plus rien contre Perla, pas d'un point de vue légal en tout cas, mais cela n'a plus d'importance. J'ai trouvé bien mieux que cette fille.

— Et quoi donc ?

— Une alliance avec toi.

« Ah, la bonne plaisanterie ! » songea Élias. Décidément, ce type ne manquait pas d'humour. Pour quelle raison aurait-il envie de s'associer à cet hypocrite ? Autant choisir un croque-mort comme partenaire et il parviendrait au même résultat.

— Ridicule, s'esclaffa Élias. Pour être alliés, il faudrait encore que je te fasse confiance et bizarrement, c'est loin d'être le cas.

— Pourquoi ?

— Voyons, laisse-moi réfléchir… Tiens, commençons par la mort de Nathaël. Tu l'as torturé parce qu'il n'avait pas assez d'argent pour te payer. N'essaye pas de me faire croire qu'avec toute ta fortune, tu ne pouvais pas lui faire crédit.

— Ma famille est propriétaire de ces terres depuis des décennies. J'ai des ennemis qui n'attendent qu'un faux pas de ma part pour me tendre un piège. Laisser passer une dette impayée est un signe de faiblesse, déclara Artéor. Si tu étais à ma place, tu saurais que le meilleur moyen d'obtenir l'allégeance de tous ces idiots est d'inspirer la peur. La crainte de mourir, il n'y a rien de mieux pour s'assurer leur obéissance. D'après toi, que se passerait-il si je me montrais magnanime, proche du peuple ou pire encore, si je venais en aide à mon prochain ? Ce serait une invitation pure et simple à ce qu'un attentat soit fomenté contre moi ! Je n'ai aucune envie de servir de cible, tu peux le comprendre, non ?

Élias médita ces paroles. Oui, d'une certaine façon, Artéor avait raison. Il saisissait parfaitement ce que l'autre essayait de lui dire. C'était exactement ce genre de raisonnement qui l'avait poussé à décapiter un officier de la garde. Il devait défendre son statut et pour cela, exécuter un représentant de l'ordre à la vue de tous était une façon d'affirmer son pouvoir. De clamer à qui voulait l'entendre que sans même le titre, il était déjà au-dessus des lois.

— La mort de Nathaël était un accident, je ne voulais pas le tuer, confia Artéor. Tu ne serais pas intervenu et il aurait eu la vie sauve.

— Quoi, torturé avec le visage tuméfié ?

— C'est toujours mieux que le cercueil. Il aurait eu un délai supplémentaire pour me rembourser, mais je n'aurais pas perdu la face. Tout le monde aurait su que se dresser contre moi était une folie, j'aurais envoyé un message fort à mes ennemis… Ne me dis pas que tu n'as jamais su préserver tes intérêts ?

Quelques heures plus tôt, Élias avait hésité à tuer Ben pour le seul crime de l'avoir assisté dans sa chasse au trésor. Sur le coup, procéder à sa mise à mort n'avait en rien choqué sa conscience. Alors, en quoi martyriser un fermier était-il différent ?

— Et Perla ? marmonna Élias en désignant la porte de sa chambre d'un signe de tête. Tu t'es comporté avec elle en gentilhomme ?

— Ah, Perla… Est-ce si répréhensible d'avoir un faible pour les jolies femmes ? Elle s'est brusquement retrouvée veuve, j'ai seulement voulu tenter ma chance… Mais si je me souviens bien, ajouta Artéor avec un sourire en coin, il y avait une fille avec toi l'autre jour.

— Oui, ma fiancée. Et alors ?

— Avec un minois pareil, elle devait bien avoir une multitude de soupirants pour lui tourner autour, non ?

— Pour le moment, je n'en ai compté que deux : un tailleur ridicule et un courtier avec une drôle de coupe de cheveux, énuméra Élias. Pas vraiment une sérieuse concurrence, si tu vois ce que je veux dire.

— Et si elle appartenait déjà à un autre ?

Élias se caressa la lèvre. Il se souvenait très bien avoir annoncé à Plume son projet d'assassiner quiconque se montrerait trop insistant à lui faire la cour. Lorsque Élias l'avait demandée en mariage, il ne s'était en aucun cas soucié qu'un heureux élu puisse déjà occuper son cœur. C'était une question indigne de préoccuper un héritier de la Ligue… De la même façon, il l'avait mise devant le fait accompli en passant directement par son père. Il avait agi en traître, ne lui laissant en guise de compensation qu'un délai d'un an.

— Je lui ai proposé le mariage, fit Élias. Toi, tu essayes de profiter d'une femme qui est incapable de te dire non.

— Libre à toi de croire que le mariage te confère un semblant de respectabilité. Je n'aime pas l'engagement, chacun ses goûts après tout…

Dans le fond, il ne valait pas mieux qu'Artéor. Ils avaient tous les deux la même morale, considérant que ce qui servait leurs intérêts se justifiait toujours par d'excellents prétextes. La mort de Nathaël faisait écho à l'image de cet officier décapité. Quant à Plume et Perla, que ce soit par les menaces ou la conviction que le protocole l'empêcherait de refuser, le stratagème restait identique. Finalement, Artéor avait raison : ils avaient plus de points communs qu'il ne l'avait supposé.

— Imaginons que j'accepte d'être ton allié, murmura Élias. Tu aurais besoin de mon aide dans quel but ?

— Je suis décidé à mener un projet qui dépasse toutes tes ambitions les plus démesurées. Mais pour l'instant, je préfère ne pas t'en dire plus. Question de prudence, je suis sûr que tu comprends…

— Comment pourrais-je t'en vouloir de garder une carte dans ta manche ? Si, sans hésiter, tu m'avais communiqué tous les détails, tu peux être certain que je me serais méfié de toi…

Élias savait précisément ce que l'autre mijotait. C'était la Ligue écarlate qui commençait lentement à prendre vie ; bientôt, les douze familles les plus puissantes du royaume se réuniraient pour mener un coup d'État.

— Juste pour être sûr, demanda-t-il, si je te joue un sale tour, tu me poignardes dans le dos ?

— Bien évidemment.

— Ravi de voir que nous sommes d'accord. Tu ne t'approches pas de ma fiancée, n'est-ce pas ? Ni de Perla ?

— Comme tu veux, partenaire.

Avec une certaine hypocrisie, Elias serra la main tendue de son nouvel allié. En réalité, il était décidé à ne servir que sa propre cause mais, rien que pour la forme, il valait mieux faire semblant d'être du côté d'Artéor.

— Et si on se vouvoyait ? proposa-t-il.

— Pourquoi pas, M. Harckof.

— M. Artéor, salua Élias en faisant mine de soulever un chapeau imaginaire. Au plaisir d'avoir de nouveau à traiter avec vous.

— Est-ce que je vous dépose quelque part ? J'ai un fiacre qui m'attend dans la rue.

— Malheureusement, je me sens obligé de décliner votre charmante invitation. J'ai moi-même un cheval que je me dois de restituer à son propriétaire légitime.

— Ah, comme le temps passe vite, soupira Artéor en consultant sa montre à gousset. J'ai un invité qui ne va pas tarder à se présenter à mon manoir, j'espère être là pour le recevoir.

— Un homme important, je présume ?

— Infiniment important. Vous avez sûrement entendu parler de lui. Un certain Mandias d'Aubrey…

Élias sentit son cœur faire un bond dans sa poitrine. Ainsi, son père était là… Bien sûr, lui aussi faisait partie du complot. Il était logique que les deux hommes se connaissent, mais entendre son nom sortir de la bouche d'Artéor était étrange. Élias s'était efforcé de faire son deuil, d'oublier ces longues heures passées à l'attendre. En basculant dans le passé, le destin lui offrait-il la chance de combler ce que le présent n'avait su lui apporter ?

Plume lui avait aussi parlé du destin. Il lui avait opposé la fatalité, convaincu que leur voyage en 1793 n'était qu'une erreur, certainement pas une quête destinée à changer le futur. Pourquoi fallait-il brusquement que son père surgisse et bouscule ses convictions ? Mais ce n'était pas menacer la réalité que d'espérer le revoir, n'est-ce pas ? Rien qu'une fois, une unique fois pour toutes ces journées où les affaires du palais les avaient éloignés… Mandias l'avait quitté sans un au revoir, sans savoir à quel point il manquerait à son fils. N'était-ce pas un juste retour des choses que de retrouver celui qu'il croyait perdu ?

Plongé dans ses pensées, Élias entendit à peine Artéor le saluer avant de franchir le seuil de la porte… Oui, tout cela était parfaitement logique. Pourquoi n'avait-il pas fait le rapprochement quand Ben lui avait parlé des « autres » partis à l'enterrement du grand-oncle Silas ? Son subconscient avait tenté de le protéger, d'occulter la présence de cet homme comme pour le prémunir d'une souffrance qui, déjà, le brisait de l'intérieur… Son père n'était qu'à quelques kilomètres, il serait tellement simple d'organiser une rencontre par l'intermédiaire d'Artéor. Tellement simple et pourtant, sa raison s'y opposait. Parce que le passé était une chose figée.

— Vous allez bien, monsieur ?

Élias leva la tête. Il lui fallut quelques instants pour reconnaître Perla, immobile près de lui. Les yeux écarquillés, elle le fixait comme on fixe un malade en pleine agonie.

— Oui, je vais bien, bafouilla-t-il.

— Je vous suis infiniment reconnaissante. Si je peux faire quoi que ce soit pour vous remercier…

— Tout le plaisir était pour moi, marmonna Élias d'un air absent.

Dans un état second, il puisa dans sa poche une poignée de rubis qu'il glissa dans la main de Perla. Puis, sans un mot de plus, il quitta la pièce.

≶⸰≷

Plume avait passé une excellente journée, débarrassée d'Élias et de ses sarcasmes incessants. Monsieur s'était volatilisé sans laisser la moindre trace ? « Eh bien, tant mieux pour lui ! » avait conclu Plume avec mépris. Il aurait pu laisser une note, rien qu'un morceau de papier pour indiquer où, dans l'immensité d'Orme, il était parti vadrouiller. Mais non, un seigneur de la Ligue n'obéissait qu'à ses propres règles ! D'ailleurs, pourquoi se préoccupait-elle de son sort ? S'il ne revenait pas, elle serait seule à retourner à Seräen et que demander de mieux qu'un mariage annulé ?

Il était bientôt minuit. Blottie dans son lit, Plume ne parvenait pas à trouver le sommeil. Elle avait beau détester son fiancé, le fait qu'Élias manque à l'appel l'empêchait de dormir.

— Il m'énerve, marmonna-t-elle.

Un bruit de pas lui fit brusquement froncer les sourcils : une paire de chaussures était en train de gravir les marches de l'escalier. Se levant d'un bond, Plume se précipita hors de sa chambre, une bougie à la main. Dans la pénombre du couloir, elle n'eut aucun mal à reconnaître la haute silhouette d'Élias. Elle s'attendait à une explication, à un ricanement qui suffirait à l'irriter pour le restant de la nuit, mais certainement pas à ce qu'il passe devant elle en l'ignorant.

— C'est à cette heure-ci que vous rentrez ? l'apostropha Plume.

Élias daigna enfin se tourner vers elle.

— Pourquoi, je vous ai manqué ? lança-t-il avec mauvaise humeur.

— Absolument pas ! Je peux très bien me passer de vous.

— Dans ce cas, pourquoi est-ce que vous surgissez comme un diable hors de sa boîte ?

Enfin, ce n'était pas à elle de se justifier ! Depuis quand le fautif exigeait-il des explications ? C'était bien le monde à l'envers.

— Parce que vous m'avez réveillée, prétendit-elle.

— Et l'inverse, bien sûr, ne se vérifiait pas quand vous dévaliez les marches durant ma convalescence ? Du matin jusqu'au soir, je devais supporter votre vacarme, alors que j'ai été blessé entièrement par votre faute.

— Vous n'avez quand même pas l'audace d'insinuer que c'est moi qui vous ai tiré dessus ? s'offusqua Plume.

— D'après vous, j'aurais été touché si je n'avais pas eu à vous traîner derrière moi parce que vous étiez incapable d'avancer ?

La jeune fille reçut l'accusation en plein cœur. Comment osait-il reporter la faute sur elle ? Elle n'était pas responsable de la bêtise des villageois et sans son concours, il serait mort dans ce champ. Ravalant la réplique assassine qui lui brûlait les lèvres, Plume le fusilla du regard.

— Parfait, grommela-t-elle, je ne voudrais surtout pas être un poids pour vous. Faites donc comme bon vous semble, je ne me mêlerai plus de vos affaires !

Avec toute la dignité qui lui restait – difficile pour une personne en chemise de nuit –, Plume claqua derrière elle la porte de sa chambre. Elle retourna dans son lit et souffla la flamme de sa bougie. Elle aurait dû l'éteindre des heures plus tôt, et non pas laisser la mèche se faire dévorer dans l'attente qu'un individu déplaisant pointe enfin le bout de son nez. Plume s'apprêtait à fermer les yeux quand elle entendit de légers coups résonner contre sa porte. Si c'était encore Élias, il pouvait tout aussi bien aller se jeter du haut d'une falaise.

— Allez-vous-en, maugréa-t-elle.

— S'il vous plaît, laissez-moi entrer, prononça Élias de l'autre côté du panneau.

Plume se réjouit aussitôt d'avoir tourné la clef dans la serrure.

— Hors de question ! répondit-elle. Vous avez une chambre, vous n'avez qu'à aller dans la vôtre !

Ce raisonnement plein de logique échappa à son fiancé qui essaya vainement d'actionner la poignée.

— Laissez-moi tranquille ou j'appelle Dariel !

— Écoutez, je veux juste vous parler.

— Vous n'avez qu'à le faire à travers la porte.

Apparemment résigné à communiquer à distance, Élias se plia à contrecœur à cette consigne dictatoriale. Ce fut un chuchotement qui parvint jusqu'aux oreilles de Plume, comme si certains mots lui écorchaient trop les lèvres pour être articulés correctement.

— Je suis désolé d'avoir employé ce ton avec vous, déclara Élias. Disons que j'ai eu une journée assez éprouvante, j'ai reporté ma colère sur vous et je vous prie de me pardonner. Mes propos étaient absolument déplacés. Je n'en pensais rien quand j'ai prétendu que vous aviez joué un rôle dans ma blessure. Vous voulez bien oublier cet incident ?

Plume hésita à répondre. Dans la pénombre de sa chambre, ce murmure qui semblait se faufiler par le trou de sa serrure avait quelque chose d'irréel. Avec Élias, elle avait l'habitude de se disputer, de se chamailler sur n'importe quel sujet mais rarement, elle l'avait entendu présenter des excuses.

— Pourquoi est-ce que vous êtes parti sans prévenir ? demanda-t-elle.

— Parce que je sais pertinemment que vous me détestez et constater mon absence aurait dû vous faire l'effet d'une excellente surprise.

— Vous auriez pu laisser une note, non ?

— Je suis seigneur de la Ligue. Depuis mon enfance, on m'a appris à agir dans l'ombre… Il n'est pas dans ma nature de laisser une trace écrite de mes futurs déplacements.

— Alors, où est-ce que vous étiez ?

— Je suis parti déterrer le trésor du grand-oncle Silas, vous vous en souvenez ? Je vous en avais parlé l'autre jour…

Et Élias lui raconta sa longue chevauchée vers Anarhat, sa rencontre avec Ben, leurs efforts pour creuser sous les peupliers et enfin, la statue au milieu de l'îlot et la découverte du coffret. Allongée dans son lit, Plume écoutait cette histoire comme un récit merveilleux, l'une de ces légendes d'autrefois qu'Archibald ressortait parfois de sa bibliothèque imaginaire et qui continuaient de la faire rêver.

— Nous ne saurons jamais la vérité, n'est-ce pas ? murmura-t-elle. Vous pensez qu'il aimait tellement cette femme qu'il s'est retourné contre sa famille, des décennies plus tard ?

— Oui, je le pense en effet… ou alors, le grand-oncle Silas était juste un vieux bonhomme lunatique qui a décidé d'emporter sa fortune avec lui. Pour ma part, je préfère croire au destin tragique d'un couple séparé, mais qui a fini par se retrouver dans la mort.

— Comment êtes-vous parvenu à cette conclusion ? Vous n'avez jamais aimé quiconque.

Ce n'était pas une insulte, seulement un constat. Élias était un être dépourvu de sentiments, comment avait-il pu deviner l'un de ces secrets enfouis si profondément dans le cœur d'un homme ?

— L'amour est une faiblesse. Mais ce n'est pas parce que je suis indifférent que je suis incapable de comprendre les émotions… Dites-moi, Éléonore, si je ne vous avais pas demandée en mariage, est-ce que vous en auriez épousé un autre ?

— Bien sûr que oui, ma mère ne m'aurait jamais permis de rester célibataire très longtemps.

— Non, je voulais dire… quelqu'un que vous aimiez.

— Vous n'avez aucun souci à vous faire, vous n'avez pas le moindre rival à l'horizon, marmonna Plume qui ne voyait pas où son fiancé voulait en venir. Que s'est-il passé ensuite ? Une fois que vous avez empoché les rubis.

— Eh bien, continua Élias, je suis rentré à Ärior et comme vous vous en doutez sûrement, je suis allé rendre visite à la veuve de Nathaël.

Plume était loin de s'en douter. Pour elle, la décision d'Élias était inspirée par sa soif de retrouver son rang passé ou à défaut, une partie de sa richesse. Que son expédition coïncide avec le dernier jour restant à Perla pour rembourser sa dette n'était à ses yeux qu'un hasard du calendrier.

— Vous avez fait cela pour Perla ? s'étonna-t-elle. Pourquoi ?

— Pour le plaisir d'embêter Artéor. Cela faisait très longtemps que je cherchais le moyen de lui nuire. Et aussi parce que je ne supporte pas d'entendre des enfants pleurer quand j'essaye de dormir.

— Donc, tout s'est déroulé selon vos plans ?

— Oui, d'une certaine façon.

— Alors, pourquoi avez-vous dit être en colère ?

Élias ne répondit pas.

— Bonne nuit, Mlle Herrenstein, prononça-t-il finalement.

La jeune fille perçut le bruit de ses pas s'éloigner dans le couloir. Jamais elle n'aurait prétendu connaître Élias – si habile pour manipuler ses semblables – mais en cet instant, Plume eut la conviction qu'il lui cachait quelque chose.

⁓❈•❈⁓

Penché en arrière sur sa chaise, Mandias d'Aubrey laissa échapper un nuage de fumée. Dans la pénombre du petit salon, les braises se consumaient lentement dans la cheminée, faisant danser les ombres sur son visage. Il n'avait qu'une vingtaine d'années, toutes les promesses de la jeunesse s'offraient à lui mais, en tant qu'héritier de la noblesse, il était devenu un homme alors que ceux de son âge ressemblaient encore à des enfants. Ses traits paraissaient vieillis comme si un sortilège avait accéléré pour lui le cours du temps. Les paupières closes, il semblait perdu dans ses pensées, très loin sans doute de cette région du Sud et encore plus loin d'Artéor qui, pourtant à quelques mètres de lui, s'efforçait d'attirer son attention.

— Comment pouvez-vous fumer cette chose infâme ? s'agaça Artéor.

— C'est la dernière mode à la capitale. Ces herbes proviennent directement des royaumes du Nord, répondit Mandias distraitement. Pour certains, il s'agit d'un véritable luxe de pouvoir se les offrir mais pour moi, ce n'est qu'une bagatelle…

Aux yeux d'Artéor, le tabac était une puanteur sans nom qui, en s'agrippant à ses tapis et rideaux, allait perdurer bien après le départ de cette source de pollution. Sans vouloir froisser son hôte, Artéor tenta de ramener la discussion vers son principal sujet de préoccupation.

— Et quelles sont donc ces fameuses nouvelles que vous deviez m'apprendre ? lança-t-il. D'après vous, elles serviraient nos affaires.

— Absolument, et elles tiennent en très peu de mots : Hélisor est bientôt fini. Son règne ne va pas tarder à s'achever et précipiter sa chute est presque un jeu d'enfants.

— Comment cela ?

Ce qu'Artéor ne supportait pas chez Mandias, c'était sa façon d'entretenir le suspense par des phrases mystérieuses. Ses espions avaient laissé sous-entendre que le soutien du roi parmi les conseillers s'amenuisait. Mais il en fallait bien plus pour réussir à mener un coup d'État.

— Il se trouve qu'un certain nombre de lettres sont entrées en ma possession, déclara Mandias en daignant rebasculer sur les quatre pieds de sa chaise. Ces documents auraient dû être brûlés depuis longtemps mais, de cette maladresse, j'ai bien l'intention d'en tirer une occasion unique de renverser Sa Majesté. Et voulez-vous que je vous dise le plus beau ? Hélisor n'aurait jamais dû monter sur le trône…

— Vous attisez ma curiosité, susurra Artéor. Y aurait-il un secret entourant la succession d'Ankar dont nous saurions tirer parti ?

— Comme vous ne l'ignorez pas, Hélisor était le fils unique d'Ankar. Il est né quelques mois avant le décès de son père et la régence a duré jusqu'à ses vingt ans, lorsqu'il a été jugé apte à exercer le pouvoir. Sa naissance est toujours apparue comme une bénédiction pour tous ceux qui craignaient qu'à défaut d'un héritier de sang, le trône ne revienne à la seconde branche de la famille, celle qui avait pactisé avec la coalition du Croissant argenté… Eh bien, ajouta Mandias d'un ton malicieux, il se pourrait que cette naissance ait légèrement été forcée par les événements.

— Est-ce que vous insinueriez que…

— Hélisor n'est pas le fils d'Ankar. Celui-ci avait besoin d'un enfant pour s'assurer que le royaume ne deviendrait pas la propriété d'une puissance étrangère. J'en ai justement la preuve dans un de ces courriers que le hasard m'a permis d'acquérir. Dans cette lettre intime, la reine regrette de ne pouvoir mettre au monde un descendant. Et laissez-moi vous dire que si Sa Majesté la reine se déclare elle-même stérile, aucun membre du Conseil n'osera contester notre action.

— C'est du grand art, je vous félicite ! Je ne vous pensais pas en si bonne voie pour faire triompher notre cause. Alors, les dés sont quasiment jetés ? s'enthousiasma Artéor en portant une coupe de vin à ses lèvres. En apprenant cela, les autres nobles nous rejoindront sans hésiter. Quant à Hélisor, dans l'hypothèse même où il parviendrait à repousser l'alliance de nos armées, le Conseil se chargera de le destituer.

— À bien y réfléchir, la guerre apparaît presque superflue, vous ne trouvez pas ? Que nous échouions ou non à fomenter ce coup d'État, Hélisor a déjà signé son ordre de destitution. Nous ne faisons qu'accélérer l'ordre des choses. Et prendre nous-mêmes le pouvoir est beaucoup plus plaisant que de laisser au Conseil la difficile mission de choisir un successeur.

— Et la coalition du Croissant argenté, n'y aurait-il pas un risque qu'ils revendiquent Orme comme devant leur revenir de droit ? demanda Artéor qui connaissait suffisamment Mandias pour savoir que celui-ci avait déjà prévu la parade.

— Non, car votre serviteur a pris l'excellente initiative de faire passer au Conseil un amendement prévoyant que le royaume est une « propriété orméenne ». Bien sûr, cette jolie formule noyée au milieu d'un texte rempli de mots barbares aurait difficilement pu être décelée par le Croissant argenté. Ce qui signifie que, d'un joli coup de tampon, nous avons exclu la branche étrangère de la famille royale. Si ces traîtres l'avaient compris, ils n'auraient pas hésité à s'y opposer, mais il est désormais trop tard pour agir. À mon humble avis, ils ne verront la manœuvre que lorsque notre armée sera aux portes de la capitale… Nous devrions trouver un nom à notre petite association, vous ne croyez pas, mon cher ? ajouta Mandias dans un nouveau nuage de fumée. L'Alliance d'Orme, pourquoi pas ?

— Je trouve ce nom assez peu représentatif de la grandeur de notre cause, répondit Artéor après une légère réflexion. N'oubliez pas que nous luttons pour exclure les Valacériens de nos terres ! Hélisor n'est que le bras faible qui refuse de sévir… Et que pensez-vous de l'Alliance écarlate ? Cela pourrait faire référence au sang de ces vauriens qui, bientôt, coulera en abondance quand nous aurons renversé le régime.

— L'Alliance… ou peut-être la Ligue ? J'ai toujours trouvé que ce mot claquait bien, si vous me pardonnez l'expression.

— La Ligue écarlate, voilà un nom qui sonne joliment à mon oreille, acquiesça Artéor. Vous avez toujours eu du talent pour inventer des noms de code. Quel était celui que vous aviez choisi à Seräen, déjà ? Ce jour où vous voyagiez incognito au milieu des marchands de coton.

— Ah, le général Canterdrop, si je me souviens bien... Quant à vous, l'un de vos pseudonymes m'avait aussi marqué. Celui que vous utilisiez quand nous nous sommes rencontrés était excellent, mais ma mémoire me fait défaut.

— Mon ami, mon domaine de prédilection se limite aux armes. Ce qui concerne les fausses identités n'est qu'une nécessité que je m'efforce de remplir en faisant fi de mon manque d'imagination.

— J'insiste, lui dit Mandias. Ne commençait-il pas par un O ?

— Si, répondit Artéor, quand nous avons fait connaissance, *je me faisais appeler l'Oméga...*

Chapitre 9
Le père et le fils

É lias dormait. Tel fut le constat qui traversa l'esprit de Plume lorsqu'elle se faufila dans sa chambre. Lentement, elle contourna le lit et posa sur la table de chevet un mot écrit à la main : « Je pars avec Dariel poser sous le chêne, nous serons de retour dans la soirée (comme vous êtes parti vagabonder de votre côté, nous avons supposé que vous n'aviez plus besoin de garde-malade). »

« Voilà comment les gens normaux se comportent lorsqu'ils ont à s'absenter ! » songea-t-elle. En laissant une note… Elle aurait dû quitter la pièce sitôt son devoir accompli, mais une petite voix lui souffla à l'oreille de rester. De jouer un tour à Élias, une aimable plaisanterie qu'il aurait tout le loisir de savourer durant cette nouvelle journée en solitaire.

D'humeur facétieuse, elle tira de sa poche un fusain et s'efforçant de ne pas réveiller le monstre qui sommeille, elle remonta avec précaution la manche d'Élias. En dessous de son poignet, Plume traça sur sa peau une rose dont la tige s'enroulait en forme d'arabesque et malgré quelques traits tremblotants, l'ensemble était plutôt convaincant. Apparemment, la victime n'avait pas senti que son avant-bras servait de support à une expérience artistique. Sur la pointe des pieds, Plume s'empressa de fuir le lieu du crime…

Cinq heures s'étaient écoulées. Immobile et étouffant à moitié dans sa robe de soirée, Plume avait la désagréable impression d'avoir été pétrifiée. C'était donc cela « prendre la pose » ? Tenter d'oublier ce picotement qui lui parcourait l'échine ou cette envie de bâiller à s'en décrocher la mâchoire. Il était encore tôt lorsqu'elle avait pris la route en compagnie de Dariel, cachée à l'arrière de sa charrette. Sous un soleil écrasant, ils avaient parcouru les quelques kilomètres qui les séparaient d'Hilltrap. Puis, leur voyage s'était poursuivi sur un chemin de terre serpentant à travers champs. La matinée était bien entamée quand le chêne séculaire avait fini par apparaître à l'horizon.

Depuis, Plume luttait pour ressembler à cette image langoureuse d'une demoiselle assoupie. À quelques mètres d'elle, Dariel avait installé son chevalet et bien que son front dépassât à peine au-dessus de la structure en bois, sa concentration était perceptible.

— C'est encore long ?

— Je vous l'ai dit, Éléonore, il faut à un artiste plusieurs mois pour peindre une seule toile et parfois même des années entières, répondit Dariel avec son calme habituel. Et vous m'avez demandé de réaliser deux tableaux. Vous aurez besoin de patience… Cette journée sera sans doute la plus éprouvante mais bientôt, je pourrai poursuivre ce travail dans mon atelier. Pour l'instant, m'imprégner du paysage est une nécessité.

— Est-ce que vous me laisserez jeter un coup d'œil ?

— Pas avant que votre robe ne soit terminée, j'en ai bien peur.

Plume poussa un soupir de circonstance. Cela devait faire dix fois qu'elle lui posait la même question… pour se heurter au même refus. Dariel ne se lassait jamais de lui répondre avec douceur, alors que quiconque à sa place aurait fini par s'agacer d'avoir un modèle aussi turbulent.

— Et la toile représentant Seräen ? lança Plume. Est-ce que vous la ferez en parallèle ?

— Chaque chose en son temps. Cette première toile est la plus simple à exécuter, elle repose sur la réalité et non sur vos souvenirs car pour peindre Seräen, votre mémoire sera la seule alliée dont je disposerai…

Dariel s'arrêta dans son geste, son pinceau suspendu en l'air. Son regard parut s'éloigner du chêne pour se perdre dans le lointain. Une expression de profonde mélancolie vint soudain assombrir son visage.

— Vous allez bien ?

Le peintre hocha la tête.

— Rien d'autre que mon passé, murmura-t-il. Certaines images finissent toujours par revenir me hanter. Mais ce n'est pas important. Oubliez cela…

Plume aurait voulu insister, connaître cette histoire douloureuse qui se devinait derrière ses paroles. Mais Dariel n'évoquait jamais sa vie d'avant, hormis ses parents. Comme si un événement avait bousculé son existence, donnant à son enfance le goût amer d'un paradis perdu.

— Je crois que nous avons bien mérité une pause, annonça-t-il.

Cette phrase sonnait comme une libération. Plume s'empressa de déplier ses jambes engourdies par de longues heures d'immobilité. Bondissant sur ses pieds, elle se précipita vers Dariel pour admirer derrière son épaule l'ébauche d'un futur tableau. Sa silhouette se dessinait, très légère dans sa robe vaporeuse, et les traits de son visage – quand elle ne clignait pas des yeux, éblouie par le soleil – étaient délicatement esquissés. Oui, tout concordait… Le moindre détail à peine croqué se retrouverait bientôt sur cette toile qui, un demi-siècle plus tard, leur permettrait de voyager à travers le temps. Qu'importait la force de ses convictions, Dariel était bien ce peintre aux étonnants pouvoirs.

— Et vous m'avez dit que l'Astral se situait au-dessus du chêne, n'est-ce pas ? demanda Dariel.

— Oui, juste là, répondit Plume en désignant le ciel d'un vague mouvement de tête. Je pensais que l'étoile serait encore là…

— Oh non, l'apparition de l'Astral est toujours éphémère, c'est cela qui la rend extraordinaire.

Plume n'avait pas besoin de ce point lumineux ni même de la prophétie pour savoir que le monde allait sombrer. Cet astre porteur de nouvelles funestes était bien plus qu'un mythe, bien plus que des mots que les temps anciens avaient laissés comme héritage.

— S'il vous plaît, Léonis, montrez-moi vos autres croquis…

Et sans attendre son accord, Plume s'empara des feuilles de papier qui dépassaient de son sac et découvrit avidement un travail accumulé depuis des années. Elle admira la technique du maître, ce pinceau d'une rare précision capable de transcender les émotions. Admirative, elle découvrit la silhouette d'une adolescente devant un miroir, une place débordante d'animation, un couple s'enlaçant sous un clair de lune et aussi une fleur d'un bleu vif dont les pétales évoquaient les ailes d'un papillon.

— Cette plante existe vraiment ?

— Pour ma mère, elle était réelle… Il s'agit de l'anorentia, cette fleur magique que l'on dit capable d'exaucer les souhaits.

Oui, Plume se souvenait de cette histoire. Celle d'une femme qui avait consacré sa vie à rechercher un pouvoir insaisissable. Une puissance qui, guidée par la misère humaine, montrait aux malheureux la lumière enfouie au plus profond des ténèbres. Une légende transmise de génération en génération ou une magie qui avait fini par s'éteindre ?

⁂

Élias tira sur sa manche afin de cacher cette marque disgracieuse qu'une gamine en mal de facétie avait osé gribouiller sur son avant-bras. Au moins, elle n'avait pas eu la mauvaise idée de lui barbouiller le visage, ce qui lui aurait conféré un air imbécile pour le restant de la journée.

— Elle devait vraiment s'ennuyer, conclut-il dans un rictus.

Après sa longue excursion de la veille – promenade qui aurait très bien pu se conclure par son exécution –, quiconque à sa place aurait jugé préférable de rester à l'abri dans la maison du guérisseur. Mais Élias n'avait pas pour principe de calquer son attitude sur celle du commun des mortels. Bien au contraire !

Enveloppé dans son manteau, le futur seigneur de la Ligue s'efforçait de passer inaperçu. Un exercice d'autant plus difficile qu'il était juché en haut d'un pommier, assis à califourchon sur une branche et usant du feuillage pour se fondre dans le paysage. Un observateur extérieur aurait pu s'interroger sur la présence de ce drôle d'oiseau, et même voir en ce refus de regagner le plancher des vaches le dessein malhonnête de chaparder des fruits. Cette hypothèse aurait été très éloignée de la réalité, car Élias n'était ni un voleur ni un amateur de pommes. La vérité était qu'il fixait désespérément son père… Une silhouette qui apparaissait à travers l'immense fenêtre du premier étage, une vision qui lui faisait l'effet d'un miroir à travers le temps. Mandias d'Aubrey était là, à quelques mètres à peine. Il était loin de se douter qu'un inconnu l'épiait. Un fils dont il ignorait encore l'existence, un enfant qu'il délaisserait sans savoir à quel point ce dernier l'aimerait.

Oui, Élias avait pris des risques insensés. Il s'était faufilé dans la chambre de Dariel pour emprunter ses vêtements, puis s'était glissé au-dehors. Avec son chapeau de paille sur la tête, il ressemblait à un paysan parmi d'autres, un individu dont les allers et venues n'intéresseraient personne. À pied pour ne pas attirer les soupçons – en particulier ceux du propriétaire du cheval qui aurait fini par s'agacer de ces vols à répétition –, il avait parcouru les quelques kilomètres qui le séparaient du manoir d'Artéor. Sa demeure était aussi accueillante qu'un cimetière. Comme s'il craignait d'être attaqué par une armée, la construction en pierres s'entourait d'un mur d'enceinte. Élias avait contourné la difficulté : il avait escaladé un peuplier avant de se laisser tomber de l'autre côté du rempart. Fier de sa ruse, l'heureux stratège s'était ensuite attaqué à un pommier dont la frondaison abondante lui assurait une certaine protection. Et puis, Élias était resté des heures durant, immobile dans sa cachette improvisée, les yeux rivés sur un homme qu'il n'avait cessé de poursuivre dans ses pensées.

C'était une folie de vouloir apercevoir son père, un caprice qui ne faisait que remuer le couteau dans la plaie. Élias aurait dû faire son deuil, écouter sa raison qui lui répétait que ces instants volés ne laisseraient jamais sa blessure se refermer. Et pourtant, Mandias était vivant. Il était si proche, respirant le même air que lui – vicié seulement par la fumée de sa pipe – et contemplant distraitement le bleu immaculé du ciel. Il n'était plus le vieillard à la peau fanée qu'Élias connaissait. Il avait le même âge que lui, une période où s'exprimaient des rêves de gloire et de triomphe. En ce moment, le rêve d'Élias ne concernait plus la Ligue écarlate ou son désir d'épouser une jeune entêtée : il espérait serrer son père contre lui et sentir dans son étreinte toutes ces choses qu'il ne lui avait jamais dites.

Quand Éléonore avait naïvement proposé de tuer l'Oméga, Élias lui avait démontré que cette quête était absurde. Il avait invoqué le paradoxe, cette boucle temporelle qui faisait de leur présent à Seräen une certitude aussi inviolable que ce passé tiré des profondeurs d'une toile. C'étaient ses propres paroles qui se retournaient brusquement contre lui. L'Oméga se devait d'apparaître, de la même façon qu'Élias et son père n'étaient pas destinés à être réunis. Que se passerait-il, en effet, s'il venait à le reconnaître ? À saisir derrière son visage aux traits durs une quelconque ressemblance ? Cette fois-ci, Élias ne pourrait pas se faire passer pour un d'Aubrey perdu dans l'arbre généalogique. Il n'était pas encore né et la moindre maladresse de sa part risquait de bouleverser l'ordre du temps.

D'ordinaire, Élias se plaisait à avoir constamment raison mais, en cet instant, il aurait tant souhaité avoir tort. Dans son raisonnement implacable ne se dissimulait pourtant aucune faiblesse à exploiter, aucune faille qui lui permettrait cette impossible rencontre. Sa présence dans l'arbre n'était rien d'autre qu'un compromis. Pour apercevoir son père, il lui fallait rester à l'écart et se contenter d'un profil surpris de l'autre côté d'une fenêtre. Une barrière qui, à la différence du mur d'Artéor, demeurerait infranchissable...

— Chrisaloy est un imbécile, affirma Artéor.

Adossé contre son bureau, il avait lâché ce constat avec désinvolture, son attention focalisée sur l'assiette de biscuits dans laquelle il piochait allégrement. Malgré la distance, Élias percevait l'écho de sa voix qui se faufilait à travers la fenêtre entrouverte. À l'image d'un spectateur jugeant de la qualité du divertissement, il acquiesça d'un hochement de tête. Au moins, il était d'accord avec Artéor : Chrisaloy n'avait jamais été une lumière et son fils, Lydien, ne semblait choisir ses conquêtes qu'en fonction du pouvoir de nuisance qu'elles exerceraient sur sa réputation.

— Et quoi de mieux qu'un idiot ? fit remarquer Mandias. La bêtise humaine est l'une des meilleures qualités que l'on saurait attendre d'un allié. Demandez-lui d'être intelligent et il serait capable de vous devancer dans vos ruses. Alors que le sot n'est qu'un pantin, il suffit de tirer les ficelles pour qu'il s'exécute.

Élias bomba le torse avec satisfaction. Cette réponse n'était pas seulement le pilier de toute bonne stratégie ; c'était le principe même qu'il aurait formulé s'il n'était pas perché en haut d'un pommier. Son père n'avait jamais eu le temps de lui apprendre les bases, il avait délégué cet enseignement à un professeur d'escrime, à un précepteur ou à une gouvernante au chignon trop serré. Mais, malgré son absence, un lien les unissait : une logique impitoyable qui se transmettait de génération en génération.

— Chrisaloy possède la troisième fortune du royaume, continua Artéor avec un léger sourire. S'il rejoignait notre cause, il pourrait se révéler très utile. Je suppose qu'en flattant son ego, il serait aisé d'enfoncer nos griffes dans son porte-monnaie… La grande réunion a lieu dans deux mois, d'ici là, nous devons prendre toutes les précautions nécessaires pour que le plan ne s'effondre pas comme un château de cartes. Il nous manque encore des armes et tant que nous n'avons pas l'allégeance des familles les plus puissantes d'Orme, nous sommes vulnérables. La trahison est l'un des pires maux qui pourrait nous atteindre.

— Pour le moment, Hélisor ne se doute de rien. Oh, bien sûr, il entend la colère gronder contre Valacer mais, à l'abri dans son palais, il se croit invincible… À ce propos, Selfried me disait l'autre jour que Sa Majesté avait renvoyé un conseiller qui avait osé critiquer sa politique. Comment peut-il être borné au point d'ignorer cette engeance que représentent tous ces étrangers ? ajouta Mandias dans un soupir.

— Je présume que Selfried a fait semblant d'acquiescer. Il a toujours été très doué pour mimer la loyauté, alors qu'il trahit le roi dans son propre Cabinet. J'admire votre talent, Mandias, votre capacité à retourner des hommes contre Hélisor pour en faire des espions à notre solde.

— Je n'ai eu qu'à lui susurrer l'idée pour que Selfried en vienne à se parjurer.

Selfried… Élias s'accorda un instant de réflexion. Non, il n'avait jamais entendu ce nom auparavant. D'où sortait donc ce Selfried dont l'Histoire n'avait gardé aucune trace ? Il ne faisait pas partie de la Ligue écarlate et n'avait pas non plus hérité d'un poste honorifique. Peut-être était-il mort durant le coup d'État. Les pertes avaient dû être nombreuses dans les deux camps, entre l'armée d'Hélisor et celle de la Ligue. D'une façon ou d'une autre, Selfried avait probablement payé le prix de sa perfidie.

Élias haussa les épaules, chassant ces réflexions qui encombraient ses pensées. Quand il reporta son attention sur le duo près de la fenêtre, Mandias tirait une bouffée de sa pipe. Un nuage de fumée envahissait la pièce, si épais qu'Élias avait l'impression d'observer la scène à travers une vitre mal nettoyée.

— J'ai rencontré un type qui m'a dit s'appeler Harckof, marmonna Artéor en piochant un nouveau biscuit. Ce garçon est particulièrement doué pour l'escrime, il a aussi un talent manifeste pour se mêler de ce qui ne le regarde pas. J'ai pensé qu'il serait un atout précieux dans notre petite association.

Élias ricana. C'était agréable d'entendre parler de lui et de savoir que son talent pour les armes était reconnu par un rival. Son père l'écoutait… Même si ce nom était celui de son homme de main, Élias éprouvait une certaine fierté. Il avait le sentiment d'exister pour Mandias, d'être autre chose que ce gamin claquemuré à Hirion parce qu'il était l'héritier.

— Que savez-vous de lui ? demanda Mandias. Comme vous venez de l'affirmer, nous sommes encore vulnérables et il serait malavisé de placer notre confiance dans la mauvaise personne.

— En réalité, très peu de choses, admit Artéor. Au début, je le soupçonnais d'être de Valacer, mais je n'en suis plus vraiment sûr. Pour manier aussi bien l'épée, il est forcément issu de l'aristocratie. Je connais pourtant toutes les familles d'Orme, du moins celles de la haute société, et c'est bien la première fois que je vois ce Harckof.

— Est-ce qu'il a un accent ? Peut-être qu'il vient des royaumes du Nord… Il paraît que des émissaires sont envoyés par Narion et Brimil. Il pourrait être l'un d'entre eux.

— Non, je suis prêt à jurer que ce type n'est pas chargé de la moindre mission diplomatique. Il apparaît toujours aux moments où on ne l'attend pas. Et cependant, j'ai la conviction que…

Artéor s'interrompit. Il semblait hésiter comme si une vérité lui brûlait les lèvres, mais qu'il n'osait pas la formuler à voix haute. « Eh bien… continue, songea Élias. Qu'est-ce qui te prend de t'arrêter en si bon chemin ? »

— On dirait qu'il traîne dans la région par hasard, lâcha finalement Artéor.

— Par hasard ? répéta Mandias. Que voulez-vous dire par là ?

— Je ne sais pas. Quand je l'ai rencontré, il était accompagné d'une fille en robe de soirée. Ils étaient trempés tous les deux, errant dans la campagne seuls et sans escorte. Si leurs vêtements n'avaient pas été ceux de la noblesse, ils auraient pu être des vagabonds.

— C'est vrai que cette histoire est assez étrange. Et qu'est-ce qui vous fait croire que cet homme prêterait allégeance à la Ligue ?

— Une intuition. Je n'arrive pas à me l'expliquer, mais je me retrouve en Harckof. J'ai la certitude que lui et moi, nous avons plus de points communs qu'il ne le pense. Quand il saura les bénéfices que pourrait lui rapporter notre coup d'État, il n'hésitera pas à nous rejoindre. Le pouvoir est une tentation à laquelle nul ne résiste.

— Tu te trompes lourdement, murmura Élias en bâillant. Je n'ai pas besoin de toi, mon grand, pour jouir des avantages de la Ligue. Pourquoi est-ce que je t'aiderais alors qu'un peintre de malheur va me renvoyer à mon époque ? Je n'ai qu'à patienter un peu pour recueillir le titre et la fortune sans même avoir à me salir les mains.

Cette opinion exprimée par un maraudeur en embuscade dans le pommier échappa cependant à Artéor.

— Le plus sage serait que vous rencontriez cet homme, déclara-t-il. La moindre erreur nous serait fatale et vous possédez un talent si particulier pour sonder l'âme humaine.

— Parfait, arrangez une entrevue et je vous dirai si ce Harckof est digne de confiance.

Élias sentit sa gorge se nouer. C'était si simple, quelques mots à peine et Artéor allait se charger d'organiser un rendez-vous. Pourquoi son père n'avait-il jamais pu le recevoir au palais ? Élias lui avait envoyé de longues missives où il affirmait pouvoir se libérer à n'importe quelle heure de la journée. Dans sa boîte aux lettres ne cessaient de se succéder des notes expéditives ; des courriers qu'Élias froissait de rage en apprenant qu'une fois de plus, son père n'avait pas de temps à lui accorder. Pourquoi ce Harckof serait-il plus important que lui ? Pourquoi une fausse identité lui permettrait-elle d'atteindre Mandias d'Aubrey, alors que lui s'était toujours heurté à des refus ?

— Je crois connaître une personne capable d'entrer en contact avec lui, fit Artéor.

S'il pensait à Perla, la jeune veuve n'avait aucun moyen de localiser Élias. Sa conscience lui ordonnait pourtant de faire un saut chez elle, de s'assurer tel un preux chevalier que l'autre brute n'avait pas outrepassé ses droits. Peu importaient Artéor et sa force de persuasion, sa réponse resterait la même : un refus aussi catégorique que son cœur souhaitait ce face-à-face. Pour que perdure sa réalité, Élias se devait de rester loin de son père et de la Ligue écarlate.

Au premier étage, la conversation avait glissé de cette alliance potentielle au nombre de partisans que les deux hommes espéraient mobiliser. Distraitement, Élias les écouta lister les traîtres à la couronne, puis apprécia la légère digression concernant le repas du soir. Il commençait à se faire tard. À quelle heure Éléonore et Dariel avaient-ils l'intention de rentrer ? Refusant de subir un interrogatoire sur cette nouvelle escapade, Élias se décida à quitter son perchoir. Il s'apprêtait à se laisser tomber sur le sol quand un nom lui arracha un sursaut.

L'Oméga... Trois syllabes que venait de prononcer son père et qui s'accompagnaient d'un sourire sarcastique. Il s'adressait à Artéor. Ce n'était qu'une plaisanterie lancée sans réfléchir, mais de ce simple nom dépendrait bientôt le destin de tout un royaume. Bizarrement, Élias ne fut pas aussi surpris qu'il aurait dû l'être. L'Oméga gravitait forcément autour de la Ligue et Artéor avait tous les vices requis pour porter le masque de bronze. Ce personnage tout puissant avait enfin un visage, celui d'un noble dont la soif d'ambition allait le conduire à monter sur le trône. Pour l'instant, la face de l'heureux élu se tordait en une grimace alors qu'il s'efforçait de déloger un morceau de biscuit coincé entre ses dents.

— Utilise un cure-dents, marmonna Élias qui avait retrouvé son impassibilité habituelle.

L'identité de l'Oméga était l'un des secrets les mieux gardés de Seräen. Pourtant, Élias avait assimilé l'information, il l'avait classée comme une donnée du problème, rien de plus qu'un élément dans une équation mathématique. Il comprenait la raison de cet anonymat, cette volonté de rester dans l'ombre pour paraître inatteignable. Non, ce n'était pas le pourquoi qui l'intriguait mais le comment.

Comment Artéor pouvait-il être à la fois l'Oméga et un seigneur de la Ligue ? Il utilisait nécessairement une doublure, un homme choisi pour prendre sa place le temps des réceptions et des fêtes officielles. Une marionnette qui, en disparaissant sous un masque, ne faisait qu'obéir à ses ordres. Était-ce cela le prix à payer pour posséder un royaume ? Accepter de se scinder en deux, de vivre la moitié d'une vie dans le corps d'un autre.

— Décidément, ce type est plein de surprises, conclut Élias.

⁂

Plume ressemblait à une adolescente, le soir de son premier bal. Nerveuse, elle cherchait machinalement la chaîne de son médaillon et à défaut d'un porte-bonheur à triturer, elle commença à se tordre les mains. Ce qui la troublait autant n'était pas le périlleux exercice de marcher avec des talons ou d'éviter les pieds de son partenaire. L'art de la danse avait cessé de l'effrayer, mais le spectre de l'angoisse venait de ressurgir et s'était reporté sur une autre discipline. Pourquoi donc avait-elle accepté cette leçon d'escrime ?

— Arrêtez de gigoter, soupira Élias.

Le soleil n'allait pas tarder à se coucher. Profitant de la pénombre du soir, ils s'étaient glissés au-dehors, espérant qu'aucun habitant ne les surprendrait derrière la maison du guérisseur. La plus grande préoccupation de Plume n'était pas l'arrivée inopinée de Mme Fergus, mais la crainte de finir embrochée par inadvertance. Face à elle, Élias faisait tournoyer son épée et cet échauffement lui laissait présager le pire.

— Alors, chère Mlle Herrenstein, que pouvez-vous me dire sur cette discipline ?

Élias cessa de faire des moulinets pour reporter son attention sur elle. Avec son regard dur, il avait l'air d'un précepteur se réjouissant d'interroger un élève qui, de toute évidence, n'avait pas appris sa leçon.

Plume n'avait manié sa dague qu'en de rares occasions. Posséder une arme était indispensable pour quiconque fréquentait le monde de la nuit mais, à ses yeux, ce n'était rien d'autre qu'une précaution. Jusqu'alors, atteindre les toits lui avait suffi pour échapper à la garde. Son salut se situait dans les hauteurs, au-dessus des soldats et des combats qui se terminaient toujours par une exécution. Son niveau en escrime se limitait aux bases et aux quelques conseils que lui avait prodigués Jack.

— L'épée a deux côtés, lui avait enseigné son ami courtier. Un côté avec un manche et un côté pointu qu'il faut enfoncer dans l'autre gars, de préférence au niveau du cœur mais si tu lui crèves l'œil, ce n'est pas mal non plus. Voilà, tu en sais autant que moi à présent... Le reste viendra avec l'entraînement, maintenant ouste, j'ai des affaires importantes à régler.

Si son titre de courtier ne souffrait d'aucune contestation, ses capacités de pédagogue étaient loin de faire l'unanimité.

— Je vous écoute, fit Élias en s'impatientant.

Plume débuta sa réponse par une accroche magistrale : « Heu... ». Rassemblant ses esprits, elle s'efforça de développer sa pensée qui, pour l'instant, n'aurait pas été en mesure de remplir un coquetier.

— Il faut enfoncer l'extrémité pointue dans le corps de l'ennemi, bafouilla-t-elle en reformulant les paroles du grand maître.

Élias se permit un ricanement peu charitable.

— Quand Griffin a entrepris mon apprentissage, il m'a posé cette question et même à six ans, ma réponse n'était pas aussi idiote que la vôtre... Vous faites preuve d'une incroyable naïveté.

Élias commençait déjà à l'agacer. Piquée au vif, Plume lança alors la première chose qui lui passait par la tête.

— Dans mon souvenir, je n'ai pas eu besoin de connaître les principes de l'escrime pour vous fracasser un vase sur le crâne.

— Apparemment, l'aspect théorique ne vous intéresse pas, commenta Élias dans un rictus, et nous enchaînerons donc directement avec la pratique. Vous estimez avoir gagné la première manche, je vous accorde ce point, mais laissez-moi à présent égaliser le score… Tenez, ajouta-t-il, je n'ai qu'une seule épée. Prenez-la et bien que vous soyez un redoutable adversaire, je pense être capable de repousser vos assauts avec mon fourreau.

Plume s'empara de son arme. Lorsque Élias la manipulait, elle semblait si légère. Pourquoi son poids lui donnait-il l'impression d'avoir triplé ? La jeune fille saisit la garde à deux mains, mais cette initiative fut aussitôt saluée d'une légère tape sur les doigts.

— Une seule main, ma petite, lança Élias. La prochaine fois, je vous attache la main litigieuse dans le dos… En garde !

Élias ne plaisantait pas. Avant d'avoir pu comprendre ce qui lui arrivait, Plume se retrouva jetée sur le sol. Propulsée à terre comme un vulgaire sac de farine. Elle s'écroula sur l'herbe humide, le fourreau d'Élias placé sur sa gorge.

— Des questions ? lâcha-t-il comme si cette attaque n'était rien d'autre qu'une aimable démonstration.

Plume marmonna un juron. Contrairement à ce qu'il lui avait affirmé, Élias avait bien l'intention de la tyranniser. Est-ce que ces séances allaient se résumer à servir de pantin d'entraînement ? Son fiancé ne fit aucun geste pour l'aider à se relever. Plume se redressa péniblement et le fusilla du regard.

Ignorant les menaces qui se lisaient dans ses yeux, Élias lui adressa un faible sourire.

— Un problème, Mlle Herrenstein ?

— Non, aucun.

— Très bien, alors reprenons la leçon. Cette fois-ci, je vous laisse l'honneur d'attaquer la première.

Plume ramassa son épée. N'ayant aucune idée de la façon de procéder, elle esquiva un large mouvement qui, avant même d'effleurer Élias, fut repoussé avec une force aussi inattendue que son adversaire paraissait s'ennuyer. Élias réprima un bâillement alors qu'il l'envoyait de nouveau rouler sur le sol. Pourquoi cherchait-il autant à l'humilier ?

Se mordant la lèvre, Plume choisit de ne pas répliquer. Elle n'allait pas admettre que sa dignité était atteinte : c'était précisément le but de ce grossier personnage qui, fier de sa toute-puissance à l'escrime, s'amusait à la ridiculiser. Une demi-heure plus tard, Plume devait admettre que sa résolution n'était plus aussi ferme. Son corps lui hurlait son mécontentement, son dos souffrait de ces chutes à répétition et elle ne supportait plus de finir les quatre fers en l'air sans la moindre explication.

— Ça suffit ! s'exclama-t-elle.
— Je vous demande pardon ?
— Vous allez arrêter ce petit jeu tout de suite. Je ne vous autorise pas à faire de moi votre souffre-douleur. Si vous voulez un partenaire à votre hauteur, allez donc demander à Artéor ! Il sera sans doute ravi de se lancer dans un combat à mort avec vous !
— J'ai du mal à vous suivre, ironisa Élias. De quoi parlez-vous, ma chère ?
— Vous savez très bien de quoi je parle, espèce de…

De mauvaise humeur, Plume proféra la pire insulte que lui avait apprise Jack – un mélange de vulgarité et de poésie, qui faisait l'admiration de tous les auditeurs par son savant équilibre. Élias haussa les sourcils devant la richesse de son vocabulaire.

— Vous avez un talent pour vous exprimer qui force mon respect, ricana-t-il. Alors, permettez-moi de vous répondre… Si j'ai bien compris la profondeur de votre réflexion, vous m'accusez d'user d'un prétexte fallacieux pour vous martyriser.
— Bien sûr que oui !

Élias plissa le front. Contre toute attente, il éclata de rire devant sa mine déconfite. Un rire sarcastique qui inspirait à Plume des projets de meurtre.

— Je suis votre maître d'armes, déclara-t-il après avoir retrouvé son sérieux. Je n'ai pas à être tendre avec vous. Mon but est de vous enseigner les subtilités de l'escrime. Je ne vous jette pas au sol par pur sadisme, j'espère seulement réveiller le combattant qui sommeille en vous. Quand vous en aurez assez de vous traîner par terre, vous aurez envie d'en découdre avec moi. Et c'est précisément cette colère qui peut vous sauver la vie.
— Vous avez une étrange façon de faire ! cracha Plume.
— Peut-être, mais elle est efficace. Griffin avait utilisé cette technique sur moi, il avait passé la première semaine à me rabaisser. Aucun de mes coups ne trouvait grâce à ses yeux, les critiques se succédaient… Et puis, le huitième jour, je me suis réveillé avec la ferme intention de l'étriper. Cette journée a été la plus intense de mon existence, je ne ressentais plus la fatigue ni les crampes, je le détestais à un tel point que j'en oubliais le reste. C'est alors que j'ai compris qu'il n'avait fait cela que pour m'aider… Griffin était persuadé que le mental représentait la moitié du travail. Il voulait me pousser dans mes retranchements, voir jusqu'où j'étais capable d'aller. Et je suis allé

très loin : je me suis entaillé la paume, j'ai fait couler le sang sur ma lame en jurant que je deviendrai le meilleur escrimeur d'Orme !

— Depuis tout à l'heure, vous attendiez que je me rebelle ? murmura Plume alors que la fureur laissait place à de l'étonnement.

— Que vous m'insultiez comme vous venez de le faire. Ou que vous essayiez de me poignarder dans le dos, pourquoi pas… Maintenant, soyez gentille, abandonnez cette moue piteuse et retournons à nos exercices. Je vais me placer derrière vous et vous montrer comment une future dame de la Ligue se doit de manier l'épée.

Conformément à son annonce, Élias se glissa dans son dos, si proche de Plume qu'elle sentait son souffle sur son cou. Il saisit doucement sa main, referma sa poigne sur la garde et telle une marionnette dont on guide les mouvements, lui fit exécuter une attaque contre un partenaire imaginaire.

— À vous, lui dit-il.

Plume tenta de reproduire son geste, de l'imprimer dans sa mémoire, mais son bras manquait de précision. Toute l'énergie qu'elle avait déployée contre Élias avait disparu à l'instant même où il lui avait révélé son stratagème.

Lui aussi dut s'apercevoir de son erreur, car il ne tarda pas à rectifier le tir.

— Citez-moi quelqu'un que vous détestez, marmonna Élias. Pas moi de préférence, même si je suis sans doute votre meilleur candidat… Tiens, que diriez-vous de cette fille aux dents de cheval et qui pensait repartir avec la bague au doigt ?

— Qui, Anémone ?

— Oui, cette douce et charmante Anémone dont le verbiage continue encore de m'irriter les oreilles… Regardez, la voilà qui marche droit vers nous ! s'exclama Élias en mimant la surprise. Elle est en train d'agiter un coupe-papier et menace de vous trancher la gorge. Vous ne l'entendez pas ? Elle vous accuse de lui avoir chapardé le fiancé le plus prometteur qui ait jamais foulé le sol de Seräen. Défendez-vous !

Se battre contre Anémone était une invitation trop tentante pour que la raison s'oppose à ce duel. Décidée à faire taire son ancienne rivale, Plume exécuta une attaque d'autant plus efficace que la présence d'Anémone n'avait rien de réel. Un quart d'heure plus tard, sa victime s'était vu honorer des pires blessures de guerre avant de finir mortellement blessée sur le sol. Plume était très fière d'elle. Élias avait été assez avare en compliments mais au moins, il l'avait laissée faire.

— À présent que vous vous êtes bien échauffée, lui dit-il, nous allons revenir aux bases de l'escrime. Oubliez Anémone et concentrez-vous plutôt sur moi. La première fois que vous affrontez un adversaire, vous devez être en mesure d'analyser ses points forts et ses points…

Son visage déjà peu avenant s'était renfrogné davantage. Sans le moindre mot, Élias s'empara de son épée et saisissant la main de Plume, l'entraîna à sa suite.

— Qu'est-ce qui se passe ? chuchota-t-elle.
— Taisez-vous.

Marchant derrière lui, Plume sentait une légère angoisse s'insinuer en elle. Dans l'ombre du soir, la haute taille d'Élias se fondait dans les ténèbres naissantes. Le soleil laissait lentement place à la nuit et dans la forêt environnante, Plume avait l'impression qu'un danger les guettait. Les pas d'Élias les éloignaient de l'orée du bois, vers la maison de Dariel et cette minuscule fenêtre où une lueur se découpait dans la noirceur du crépuscule. Était-ce le Ranaghar qu'ils fuyaient ainsi ? À moins qu'un villageois ne soit la cause de leur repli soudain…

Plume connaissait le talent d'Élias pour déceler un piège encore invisible. En cet instant, son silence était plus inquiétant que ses menaces. Les sourcils froncés, Élias se plaqua contre la paroi et longea la façade. Il ressemblait à un voleur des bas-fonds, profitant des renfoncements pour échapper à la milice. Parvenu devant la fenêtre, il se pencha sur le côté et jeta un coup d'œil à travers la vitre.

— J'en étais sûr, siffla-t-il entre ses dents.
— Vous pouvez me dire ce que tout cela signifie ?

La situation commençait sérieusement à agacer Plume. Cette fenêtre donnait sur la chambre de Dariel, cette mascarade n'avait-elle pour seul but que d'épier le peintre ?

— Admirez-le donc, votre cher Dariel, grommela Élias. Vous verrez que depuis le début, j'avais raison.

Pour quelqu'un qui n'avait cessé de voir en lui un traître, ce devait être la preuve de ses élucubrations. Sceptique, Plume s'autorisa à son tour un regard indiscret. Dans une pièce où des tentures à moitié effilochées recouvraient les murs, Dariel lui tournait le dos, à genoux sur le sol et torse nu. Des symboles avaient été tracés sur sa peau, des lettres si différentes de l'alphabet orméen qu'elles évoquaient plutôt les runes anciennes. Entre ses mains jointes, Dariel tenait une bougie d'un rouge sang autour de laquelle s'enroulait une bande de papier. Malgré la distance, Plume devinait sa voix grave et profonde marmonner des paroles d'un autre âge.

— On dirait un rituel, murmura-t-elle. Ce n'est pas comme s'il complotait contre nous.

— Oh, mais c'est bien plus qu'un rituel, ricana Élias. Quand j'avais douze ans, j'ai assisté à une cérémonie en tout point identique. C'était dans une cave à Hirion, je ne vous raconterai pas à la suite de quelles mésaventures je me suis retrouvé dans ce sous-sol – hormis qu'un certain Casper avait juré de me tuer. Je me croyais seul quand une famille est descendue. Ils avaient exactement les mêmes marques peintes sur le visage. Trois semaines plus tard, j'ai appris qu'ils avaient été exécutés.

— Et alors ? fit Plume. À Seräen, il s'agissait peut-être d'une atteinte à la première règle mais ici, il n'y a rien de mal à cela.

— Vous ne comprenez vraiment pas ?

— Comprendre quoi ?

— La famille n'a pas été condamnée au nom des règles écarlates, mais sous un chef d'accusation encore plus grave. Ils étaient de Valacer, ajouta Élias devant son air perplexe. Ils vivaient dans notre royaume depuis des décennies, cachant leurs origines pour survivre.

— Vous êtes en train d'insinuer que…

— *Dariel est l'un d'entre eux.*

Chapitre 10

La vérité sur Valacer

Plume accueillit cette révélation avec le sentiment d'avoir été trahie. Comment Dariel, ce peintre qui lui avait enseigné son art avec passion, pouvait-il être originaire de Valacer ? De cette puissance étrangère si avide de s'approprier leurs richesses qu'elle avait entraîné Orme dans un combat sans fin. Était-il vraiment le renégat que lui avait décrit son précepteur ? Un homme qui, bientôt, ne tarderait pas à rejoindre sa patrie en abandonnant ses anciens amis... Depuis presque un demi-siècle, des garçons à peine sortis de l'adolescence étaient sacrifiés chaque année, obligés de servir de chair à canon pour alimenter la machine de guerre. Le Faucon avait dénoncé l'ignominie du gouvernement qui usait de ce prétexte pour purger les bas-fonds. Mais la milice n'aurait jamais eu une telle emprise ni même la Ligue écarlate si Valacer n'avait pas été leur ennemi.

— Je dois lui parler.

Sans écouter Élias qui tenta vaguement de la retenir, Plume se précipita à l'intérieur. Il lui fallait des explications et plus que tout, elle avait besoin d'entendre Dariel lui affirmer que son amitié n'était pas qu'une façade. Elle n'avait pas le sang-froid d'Élias, capable de garder ce secret à l'image d'un atout stratégique destiné à servir au moment opportun. La jeune fille traversa la cuisine, dépassa les rangées de bocaux qui s'alignaient sur les étagères et actionna vainement la poignée. La porte était verrouillée. Plume tambourina contre le panneau de bois : de l'autre côté, elle percevait une certaine agitation comme si Dariel dissimulait précipitamment les objets du rituel. Un bruit de clef, une serrure qui grince et la silhouette du peintre se dressa bientôt sur le seuil.

— Oui, qu'y a-t-il ? demanda Dariel.

Il avait revêtu une chemise, cachant les symboles qui s'étalaient sur son torse. Son sourire habituel étirait ses lèvres mais, pour la première fois, Plume remarqua qu'il avait l'air crispé. Des pas lourds lui annoncèrent qu'Élias venait de les rejoindre.

— Vous êtes de Valacer, n'est-ce pas ? lança Plume.

Loin de paraître gêné, Dariel jeta un coup d'œil derrière son épaule. Les rideaux à moitié tirés répondirent à sa question muette.

— Et moi qui croyais les avoir fermés, marmonna-t-il. Oui, je suis de Valacer… Je n'ai aucune honte d'être originaire de ces terres mais, dans ce royaume, il vaut mieux être un peintre-guérisseur qu'un exilé.

— Pourquoi est-ce que vous nous avez menti ?

— Je n'ai jamais prétendu venir d'Orme.

— Vous allez nous dénoncer ?

— Je pensais que vous aviez une meilleure estime de moi, soupira Dariel. Je ne suis pas contre vous et je ne l'ai jamais été. Vous vous méfiez de moi comme Mme Fergus s'est méfiée de vous en vous surprenant sur les lieux du crime. Parce que vous étiez des étrangers, vous étiez forcément coupables. J'ai été le seul ici à croire en votre innocence, alors pourquoi m'accusez-vous d'être un traître ?

Plume se mordit la lèvre. Elle se sentit brusquement mal à l'aise. Ce que disait Dariel était juste… Il avait beau être né dans un autre pays, ils avaient tous les deux grandi sous le même ciel. Quelle importance après tout que leurs origines soient différentes ? Si Dariel était un immigré, sa générosité ne se souciait pas des frontières. Il avait proposé son aide à Perla, alors que tous ceux qui se vantaient d'être Orméens avaient détourné les yeux. Devait-on juger un homme sur sa seule nationalité ? Être aussi obtus que la garde qui séparait innocents et fautifs en fonction de la richesse des uns et des autres ? Pourtant, un pauvre n'était pas plus prédestiné à commettre un crime qu'un Valacérien se devait d'être un espion, cherchant à précipiter la chute d'Orme.

Et puis, Plume se souvint de tous ces discours qui avaient rythmé les fêtes nationales. De ces mots pleins de colère contre Valacer, de cette guerre qui forçait la population à accepter des conditions de vie de plus en plus inhumaines. Elle détestait Valacer mais ce colosse, ce géant qui crachait des boulets de canon, ne pouvait pas avoir le visage de Dariel. C'était impossible…

— Je suis désolée si je vous ai offensé, murmura-t-elle. Vous êtes vraiment quelqu'un de bien.

À ses côtés, Élias ne semblait pas partager cette opinion. Présenter des excuses était une solution qu'il n'avait pas pour habitude de privilégier.

— Ce n'est pas grave, lui dit Dariel. Vous avez réagi comme n'importe qui à votre place l'aurait fait… Le jour où je vous ai rencontrés, vous m'avez affirmé venir de Valacer. J'ai su que c'était faux, car même en cachant son accent, il y a toujours un détail qui nous trahit. Dans mon cas, c'était de faire brûler cette bougie. Je vous fais confiance pour garder mon secret, ajouta-t-il dans un souffle.

— Je ne le répéterai à personne.

Plume se tourna vers Élias dans l'espoir qu'il articule une phrase aimable. Devinant ce regard qui pesait sur lui, il lâcha un « moui » peu convaincant.

— Vous pouvez m'expliquer à quoi sert ce… bazar ? grommela-t-il.

Sa question n'était pas des plus polies, mais Élias fit un effort sur lui-même en rengainant son épée. De sa part, ne pas proférer des menaces de mort était presque la promesse d'une amitié longue et durable.

— Je priais les Ancêtres pour qu'ils me guident vers la lumière, répondit Dariel.

— Les Ancêtres ? répéta Élias. Les squelettes en décomposition qui pourrissent dans leurs cercueils ?

— Si les corps redeviennent poussières, leurs esprits continuent de veiller sur nous. Les Orméens sont persuadés que la vie s'arrête avec le trépas, mais pourquoi les morts nous abandonneraient-ils ?

— Parce que cet état a l'avantage bien commode d'être irréversible, fit remarquer Élias avec son pragmatisme habituel.

Dariel était un homme étrange, songea Plume. Alors que les voyages dans le temps n'étaient pour lui qu'une pure invention, il n'hésitait pas à admettre une certaine forme de magie.

— Et pour vous attirer leurs bonnes grâces, vous vous badigeonnez de peinture ? lança Élias, perplexe.

— À l'origine, ces marques étaient tracées chaque matin sur le mât des bateaux afin d'éloigner le mauvais œil des pêcheurs. Ils craignaient que l'océan ne se retourne contre eux. La peur des tempêtes et des vagues qui engloutissent les embarcations a toujours fait partie de notre Histoire.

Dans la bouche de Dariel, Valacer ne ressemblait pas à ce monstre sanguinaire qui rêvait de les réduire en esclavage. Ils avaient l'air humains avec leur lot d'angoisses et de superstitions. Même si cinquante ans séparaient les deux époques, un élément ne coïncidait pas avec la version des autorités. Quelque chose clochait… Un détail qui faisait écho à ces mensonges dont les abreuvait le gouvernement. Le Faucon avait accusé l'Oméga de prolonger volontairement la guerre.

La guerre… Une zone de combat située au-delà de leurs terres, une bataille dont nul ne revenait jamais. Les défaites se succédaient et les victoires intervenaient toujours au moment opportun, celui où le peuple commençait à perdre foi en ses troupes. Comment un ennemi pouvait-il être autant en symbiose avec les besoins du régime ? Les articles de *L'Orme glorieux* étaient sans doute un tissu de mensonges. Mais si une partie du plan était d'éviter une éventuelle révolte, comment l'Oméga espérait-il que la guerre se poursuive indéfiniment ? Valacer n'était plus cette puissance inébranlable que Plume avait imaginée ; elle aussi devait connaître la souffrance et les privations. À moins que…

— Est-ce que vous avez des armes ? demanda Plume brusquement.

— J'ai des couteaux de cuisine plutôt bien affûtés, mais je m'en sers assez peu, répondit Dariel.

— Non, je vous parle de Valacer. Vous avez une industrie importante ? Des fabriques de canons, de la poudre noire, de quoi repousser des attaques pendant plusieurs décennies ?

Dariel n'eut pas l'air de comprendre. Il secoua la tête avant de déclarer :

— Valacer vit essentiellement de la pêche. Mon pays a toujours été pacifique, nous privilégions les arts et la science des plantes. Nos armes se limitent au nécessaire, nous ne serions pas plus en mesure de nous lancer dans une guerre que de supporter un siège.

— Quoi ? s'exclama Élias. Comment pouvez-vous prétendre ne pas avoir d'arsenal, alors que Valacer est crainte dans les moindres recoins d'Orme ?

— Je vous le dis et je vous le répète, nous ne sommes que d'humbles pêcheurs. Nos seules richesses viennent de la mer et du peu que nous parvenons à tirer de nos terres. Même si nous le voulions, nous serions incapables de mobiliser la moindre armée.

— Et comment expliquez-vous que nos nations soient en guerre depuis presque un demi-siècle ?

— J'ignore d'où vous venez, s'agaça Dariel, mais qu'importe ce que vous imaginez connaître du futur, aucune parole ne pourra jamais transformer Valacer en ce qu'elle n'est pas… Oui, vous m'avez parlé d'une guerre mais, en aucune façon, vous n'avez laissé sous-entendre sa durée. Nos familles ont faim, les temps sont rudes pour tous. Beaucoup tentent l'exil vers Orme dans l'espoir de trouver un travail. J'ai cru que la cause de ce conflit était la colère qu'éprouvent les hommes faibles envers les étrangers. Depuis des années déjà, les Orméens nous soupçonnent de voler leurs récoltes, alors que nous cherchons juste de quoi supporter l'hiver et le froid.

Élias ouvrit la bouche pour répliquer. Avant qu'une phrase assassine ne lui échappe, Plume se hissa sur la pointe des pieds et lui glissa à l'oreille :

— Venez avec moi, il faut que nous en discutions ensemble. J'ai bien peur que Dariel nous dise la vérité.

Son fiancé lui lança un regard en biais comme pour s'assurer que cet échange serait plus fructueux qu'une bonne dispute avec le peintre.

— Veuillez nous excuser, marmonna-t-il.

Claquant des talons, plus pour marquer son autorité que par politesse, Élias suivit Plume à l'étage. Lorsque la porte de sa chambre se referma sur eux, ils avaient tout l'air de deux conspirateurs s'éloignant pour préparer une contre-attaque.

— Il se moque de nous, siffla Élias entre ses dents. Comment Valacer pourrait-elle être aussi innocente qu'il le prétend ? C'est ridicule !

Plume s'assit sur le lit. Elle n'avait pas envie d'exprimer à voix haute cette révélation qui lui était soudain apparue. Une hypothèse assez folle qui, à chaque mot que prononçait Dariel, s'imposait avec plus de force.

— Si Valacer n'a pas d'armes aujourd'hui, affirma Plume, il est impossible qu'elle ait pu en acquérir en si peu de temps. La guerre est censée éclater dans trois ou quatre ans et des pêcheurs ne se transforment pas en soldats. Alors, soit Dariel nous ment, soit c'est le gouvernement qui nous a menti.

— Qu'est-ce que vous insinuez ?

— *Et s'il n'y avait tout simplement pas de guerre ?*

L'espace d'un instant, Élias présenta une ressemblance frappante avec l'idiot du village, la bouche pendante et le regard vitreux. Il lui fallut quelques secondes pour se ressaisir et retrouver son expression impassible.

— Écoutez-moi sans m'interrompre, lui dit Plume. Nous ne savons absolument rien de cette guerre : tout ce que nous avons comme preuve, ce sont des discours de propagande ou des généraux qui, à peine décorés lors des fêtes nationales, ne réapparaissent plus jamais. Et si tout cela n'était qu'une immense mise en scène ? Les nouvelles du front émanent des autorités : *L'Orme glorieux* est la bouche du gouvernement et il n'oserait jamais présenter une version différente. Vous l'avez dit vous-même, les institutions ont besoin d'inspirer la peur pour se maintenir en place. Imaginons maintenant qu'ils aient inventé cette guerre. C'est le meilleur prétexte qui soit pour resserrer l'étau du régime : faire en sorte que l'ennemi soit Valacer et non pas les règles écarlates qui ne cherchent qu'à protéger le peuple. Orme est une île, nous n'avons aucun contact avec le monde extérieur, alors pourquoi cette puissance étrangère ne serait-elle pas décidée à nous envahir ? Aucune information contraire, personne pour contredire cette vérité et surtout une haine contre Valacer que l'on nous enseigne dès l'enfance... Les rebelles sont persuadés que la guerre ne vise qu'à exterminer la population excédentaire, car les autorités craignent un soulèvement. Quand on y réfléchit bien, l'Oméga est vainqueur sur tous les fronts : d'une main, il met en avant Valacer pour durcir la répression et de l'autre, il se protège d'un éventuel coup d'État.

— Est-ce que vous vous rendez compte de ce que vous dites ? murmura Élias. Vous êtes en train de remettre en cause l'un des piliers fondamentaux de notre société.

— Mais ce n'est pas improbable, n'est-ce pas ?

— Si c'était vrai, la Ligue écarlate le saurait.

— Mais peut-être qu'ils le savent, supposa Plume. Vous avez le titre, mais ils n'ont pas encore fait de vous l'un des leurs.

Élias se laissa tomber sur le lit à côté d'elle. Dans son esprit, la machinerie bien huilée s'était déjà mise en marche pour trouver un élément susceptible de détruire cette théorie.

— Très bien, déclara-t-il. Procédons avec ordre et logique… Dans l'hypothèse même où vous auriez raison, la vérité aurait fini par briser la loi du silence. Quelques années, ce n'est pas suffisant pour que plus personne ne se souvienne de Valacer comme de doux rêveurs armés de cannes à pêche. On ne peut pas cacher un secret pareil.

— Jack m'a appris que plus un secret est gros et moins les gens posent de questions. Regardez la situation actuelle… Ils détestent tous Valacer, il serait si aisé de leur susurrer que l'ennemi cherche à les envahir pour que le bouche-à-oreille fasse le reste. Même aujourd'hui, les exilés sont déjà persécutés : ils ne vont pas clamer sur les toits leur identité. Les uns se cachent et les autres n'attendent qu'une occasion pour pouvoir les condamner. Le régime se sert de l'ignorance pour manipuler les esprits.

— Admettons, fit Élias. Je ne peux pas dire que les paysans du coin m'aient impressionné par la force de leur intelligence. La bêtise est peut-être le terreau le plus fertile de cette région. Mais il en faut quand même plus pour déclencher une guerre aussi irréelle soit-elle.

— La Ligue, poursuivit Plume, les douze familles sont éparpillées aux quatre coins du royaume. Supposons qu'une rumeur se propage au même moment dans chaque ville d'Orme. On traîne un cadavre sur la place, on accuse Valacer d'être responsable du meurtre. Personne n'en sait suffisamment pour contredire la version officielle. Les semaines passent, la colère gronde. La guerre est déclarée et apparaît comme une vengeance méritée… On peut aussi ajouter le coup d'État contre Hélisor, l'apparition de l'Oméga en tant que nouveau dirigeant. Le désordre devait régner, la peur laissait craindre un futur plein d'incertitude. Et quoi de mieux pour le régime qu'un ennemi à abattre ? Ils créent leur propre monstre et pour calmer l'angoisse croissante, promettent de défendre le peuple. Ils ont si bien mené leur politique que la guerre dure depuis plus de quarante ans… Lors de la dernière fête nationale, se remémora

Plume, j'ai prétendu que les rebelles s'enfuyaient par les toits. Ce mensonge était tellement grossier que n'importe qui présent sur la place aurait dû s'en apercevoir et pourtant, personne n'a contesté. Des nobles ont même affirmé apercevoir des silhouettes derrière les cheminées. En une poignée de secondes, ils étaient plus d'une dizaine à renchérir, alors qu'il aurait suffi d'ouvrir les yeux pour soupçonner une ruse de ma part. Ce qui fonctionnait à Seräen fonctionne aussi en 1793. Ils m'ont crue parce que j'étais une demoiselle de l'aristocratie ; sans rien voir, ils ont réussi à convaincre une multitude de témoins que les toits dissimulaient des fugitifs.

— Je dois reconnaître que vous êtes plutôt persuasive, admit Élias. Mais dans votre hâte, je crains que vous n'ayez omis un détail important. Pour mener une action de si grande ampleur, l'Oméga a dû assassiner tous ceux qui étaient susceptibles de parler : les commerçants qui traitaient avec Valacer, les émissaires chargés de missions diplomatiques…

Plume ne saisissait pas en quoi ôter des vies supplémentaires constituait un frein pour un individu avide de pouvoir. Élias la fixait pourtant comme s'il attendait d'elle une réponse. Il avait beau la regarder avec des yeux écarquillés, Plume ne voyait pas où il voulait en venir.

— Et alors ? lança-t-elle dans l'espoir qu'il développe sa pensée.

— Vous ne comprenez pas ? s'étonna son fiancé. Pourquoi est-ce toujours à moi de vous annoncer les mauvaises nouvelles ? Si votre théorie est exacte, cette propagande n'aurait pu se faire sans l'aide de complices, des gens qui ont accepté de se taire… L'autre jour à Seräen, j'ai rencontré un homme qui était certainement au courant. Il a consacré sa jeunesse à voyager au-delà de nos frontières pour tisser des relations avec les puissances étrangères… Faut-il que je vous le nomme ? soupira Élias devant son manque de réactivité. Je vous parle d'Armand Herrenstein, le seul ambassadeur encore en vie. Même si mon statut de futur gendre me l'interdit, j'accuse votre père d'avoir trempé dans cette affaire depuis le début.

Les mots d'Élias lui firent l'effet d'un coup de poignard dans le dos. Si Plume n'était pas assise, ses jambes l'auraient sans doute abandonnée. Comment pouvait-il soupçonner son père d'être coupable d'un crime aussi abominable ? Regarder chaque année des innocents partir au front, alors que la mort était la seule alternative qui s'offrait à eux…

— Mon père ne ferait jamais une chose pareille ! s'écria-t-elle.

— Après vous avoir demandée en mariage, je me suis permis de mener quelques recherches sur votre compte, avoua Élias sans la moindre gêne. En lisant le rapport d'Harckof, un élément m'a paru étrange. Par quel concours de circonstances M. Herrenstein avait-il obtenu une place au sein du Conseil ?

— C'est un privilège qui lui a été accordé pour le récompenser de ses services en tant qu'ambassadeur.

— Ou pour s'assurer de son silence. Il est membre honorifique, son vote vaut plus que celui de n'importe quel conseiller. Ce titre a été créé spécialement pour lui et disparaîtra avec lui. Vous ne trouvez pas cela bizarre ?

— Cessez de dire des sottises ! s'agaça Plume. Mon père est un homme honnête…

— … qui reçoit une rente tous les ans, compléta Élias. Assez pour assurer une existence prospère à sa famille – si on oublie l'escroquerie qui a failli lui coûter son rang. Vous ne vous êtes jamais demandé d'où provenaient les ressources de votre père ? Si la guerre contre Valacer n'est qu'un leurre comme vous l'insinuez, ces informations m'apparaissent sous un jour nouveau.

Plume demeura muette. Elle revoyait son père, assis dans son bureau et disparaissant à moitié derrière une pile de dossiers. Son travail le retenait du matin jusqu'au soir, mais peut-être cherchait-il seulement un prétexte pour s'isoler. Se réfugier dans le silence pour ne plus entendre sa femme manigancer des plans matrimoniaux ou subir les interrogations de sa fille, si curieuse de connaître son point de vue sur la politique. M. Herrenstein ne répondait jamais. À aucun moment, il n'avait contesté la version du gouvernement, pas plus qu'il ne l'avait confirmée. Il se taisait, refusant de se prononcer sur la question. Parce qu'il connaissait la vérité, réalisa Plume avec un pincement au cœur, il savait que ces milliers de recrues n'étaient que des condamnés en route vers l'échafaud.

Une larme glissa le long de sa joue. Maladroitement, elle voulut l'essuyer d'un revers de manche, mais elle fut suivie par une autre et encore une autre. Plume s'aperçut alors qu'elle pleurait. Elle releva la tête en sentant un mouchoir lui frôler le nez. Élias l'avait tiré de sa poche et s'efforçait d'en faire usage sur ses joues humides.

— Ne pleurez pas, lui dit-il, je suis sûr que votre père n'a fait cela que pour vous protéger.

— Me protéger de quoi ? sanglota Plume. Je n'étais pas encore née… Il a choisi d'être des leurs quand la guerre a éclaté. Il a laissé des adolescents se faire tuer pour une cause qu'il savait inventée de toutes pièces. Ce n'est pas du courage, c'est de la lâcheté… Je l'ai admiré pendant des années, alors qu'il ne faisait que recevoir des pots-de-vin.

— Il se serait fait tuer avec les autres, lui fit remarquer Élias. Même s'il l'avait voulu, il n'aurait rien pu faire contre le régime.

— Peut-être, mais il aurait dû essayer...

— Ne jugez pas votre père trop sévèrement. Il a eu le mérite d'afficher une tête d'enterrement quand je lui ai demandé votre main. Apparemment, il refusait de vous abandonner à un homme comme moi... L'autre soir, ajouta-t-il, vous avez dit à Dariel que vos parents ne vous comprenaient pas. Eh bien, je pense que votre père aimerait la jeune entêtée aux cheveux courts s'il avait l'occasion de la rencontrer.

Plume s'empara de son mouchoir et entreprit de souffler dedans avec le peu de distinction qui lui restait.

— Nous allons retourner à Seräen et mettre un terme à cette hécatombe, déclara Élias. Pour les victimes sacrifiées, nous ne pouvons plus rien faire mais pour les générations futures, il n'est pas encore trop tard. Un jour, les choses rentreront dans l'ordre et tout cela ne sera plus qu'un vilain souvenir.

— « Nous » ? répéta Plume. Vous voulez dire que vous allez aider la rébellion ?

— Je ne trahirai pas la Ligue, c'est à elle que j'ai prêté allégeance. Mais pas à l'Oméga... Je le tuerai moi-même s'il le faut, mais je ne laisserai pas son règne sanglant se poursuivre dans l'indifférence générale.

— Vous mentez, coupa Plume.

Elle n'éprouvait aucune colère, à peine de l'agacement. Son fiancé cherchait encore à la manipuler avec ses belles paroles. Andreas lui avait appris à voir au-delà des mots, à deviner la ruse qui se cachait derrière ses promesses. Plume se sentait fatiguée, épuisée par ces révélations. Sa seule envie était de s'allonger sur son lit et de vider son esprit de tous les complots qui s'y entassaient.

— C'est le trône de l'Oméga que vous convoitez, marmonna-t-elle. Vous n'espérez le tuer que pour prendre sa place.

— Oui et non, soupira Élias. C'est amusant : à force de vous mentir, j'ai parfois du mal à savoir quand je suis sincère... Est-ce qu'il vous plairait d'entendre un secret ? Une information qui pourrait faire de moi votre meilleur ami.

— Je vous écoute.

— D'abord, jurez-moi que vous ne ferez pas de bêtise.

— Je le jure.

Avec la mine d'un truand s'apprêtant à lui faire les poches, Élias se pencha vers elle.

— Je sais qui est l'Oméga, lui souffla-t-il à l'oreille.

Plume tressaillit. Sa torpeur avait laissé place à un mélange d'excitation et d'appréhension. Qu'attendait-il donc pour parler ? Élias était imprévisible, aussi prompt à lui faire des confidences qu'il pouvait déployer un zèle inébranlable à lui cacher la vérité. Le monde parut s'immobiliser, se figer à cet instant précis, alors que le secret le mieux gardé de Seräen franchissait le seuil de ses lèvres.

— L'Oméga est Renard Artéor, affirma Élias avec un reniflement méprisant.

Plume ne l'avait rencontré qu'en une seule occasion. Son nom suffisait pourtant à la faire frémir ; cet homme n'était qu'un serpent qui n'hésitait pas à torturer un innocent par plaisir avant d'exiger de sa veuve le pire des arrangements. Elle comprit brusquement pourquoi Élias souhaitait son exécution. Non pas pour des raisons morales, mais tout simplement parce qu'il le détestait.

— Comment le savez-vous ? demanda-t-elle.

Bizarrement, elle avait le sentiment que cette information n'était qu'une partie des renseignements qu'Élias gardait obligeamment pour lui.

— Il me l'a dit. Quand je suis allé le voir pour rembourser la dette de Perla, développa mollement Élias. Il était d'humeur à bavarder, je n'allais pas l'interrompre même si son blabla me laissait indifférent. Que voulez-vous, cet imbécile n'a pas saisi l'ampleur de sa confidence ! Pour lui, ce n'était qu'un simple nom d'emprunt. Il ignore encore qu'il va devenir l'Oméga.

— Et pour quelle raison avez-vous choisi de me tenir à l'écart ?

— Parce que vous avez une fâcheuse tendance à n'en faire qu'à votre tête. Je ne veux pas que vous assassiniez Artéor au risque de bouleverser notre passé à Seräen. Vous ne ferez pas une chose aussi insensée, n'est-ce pas ?

— Non, grommela Plume. Vous m'avez déjà expliqué que cela revenait à créer un paradoxe.

— Vous êtes une brave petite, acquiesça Élias.

Un détail ne tarda pas à titiller Plume. Il y avait de fortes chances pour que son fiancé travestisse la réalité mais, hormis sa version corrigée des événements, comment Artéor pouvait-il être l'Oméga ?

— Artéor est un seigneur de la Ligue, fit-elle remarquer. Il ne peut pas être deux personnes à la fois, c'est tout simplement impossible.

— Oui, j'ai déjà réfléchi à ce problème et c'est peut-être là que réside toute la beauté du stratagème. Que savons-nous d'Artéor ? Pas l'autre idiot que nous avons croisé dans la grange, mais l'homme qui portera le titre de seigneur. D'après les faits, il est décédé en 1834 d'une crise cardiaque, même si une rumeur sous-entend que sa coupe contenait du poison. Longtemps avant sa mort, il souffrait déjà d'une maladie rare qu'aucun guérisseur de Seräen ne parvenait à soulager. Certains ont prétendu que c'était l'effet du poison qu'on lui administrait depuis des années. Mais personne n'a supposé un seul instant que cette histoire n'était peut-être qu'une mise en scène… Son anonymat était l'arme la plus efficace contre un éventuel attentat. En se cachant derrière un masque, il se protège de ses ennemis et conserve en même temps une place au sein de la Ligue. Lors des manifestations publiques, il use d'une doublure pour jouer le rôle de l'Oméga. Et quand son fils Delphe est en âge de lui succéder, il simule sa mort. Rien de plus simple pour Artéor qui a déjà réussi à faire croire à tout un peuple que nous étions en guerre.

Plume ferma les yeux. Elle se revoyait à la dernière fête nationale, elle, la seule femme à avoir eu le privilège de siéger dans la tribune d'honneur. Hormis le discours remarqué d'Avalon, cette cérémonie n'avait pas été ordinaire : un regard n'avait cessé de peser sur elle, celui de l'Oméga qui la fixait depuis son trône d'argent. Naïvement, Plume s'était persuadée qu'il parvenait à lire dans ses pensées. Et si Artéor lui accordait une telle attention parce qu'il l'avait reconnue ?

— Il manigance quelque chose, murmura-t-elle.

— Bien sûr qu'il manigance quelque chose… Ce genre d'hommes n'est jamais au repos.

— Non, je vous parle de Seräen. Je crois qu'il se souvient de moi, il m'a vue l'autre jour devant la ferme de Nathaël.

En quelques mots, Plume lui retraça la scène. Ce récit n'arracha à Élias qu'un haussement d'épaules.

— Il ne peut pas être au courant pour les voyages dans le temps, lui dit-il. Au pire, vous n'êtes pour lui qu'une fille ressemblant vaguement à la gamine aperçue une fraction de seconde, un demi-siècle plus tôt.

— À moins que ce soit lui qui ait envoyé la lettre… J'avais reçu l'invitation dans une enveloppe rouge, elle portait le sceau du palais mais aucune signature.

— Pourquoi vous accorderait-il un tel privilège ? Non, le plus vraisemblable est que vous ayez un bienfaiteur au palais, l'un de ces types tombés sous le charme de Mlle Herrenstein et qui cherche à attirer votre attention. Quant à l'Oméga, il vous observait comme on observe une jolie femme lorsque aucun mari n'est là pour nous taper sur les doigts. Cette affaire est déjà suffisamment embrouillée pour que vous n'inventiez pas des ramifications inutiles.

L'explication d'Élias était logique. Plume avait eu tort de se laisser emporter par son imagination. Pourquoi s'obstinait-elle à chercher des complications ? Artéor ignorait tout des pouvoirs de Dariel, alors pourquoi en serait-il différemment à Seräen ?

— Vous avez raison, admit-elle.

Lorsque Plume se glissa dans son lit, elle avait l'impression qu'un fardeau s'était abattu sur ses épaules. Derrière leurs suppositions résidait sans doute une part de vérité, un secret que le Faucon lui-même n'avait fait qu'entrapercevoir. Au milieu des questions qui se bousculaient dans son esprit, Plume avait une certitude : elle ne resterait pas les bras croisés. Elle avait juré à Élias qu'elle ne commettrait pas l'irréparable en assassinant Artéor. Son fiancé lui mentait en permanence, Plume n'avait fait que prendre exemple sur le maître. *Elle allait commettre un régicide...*

De l'autre côté de la cloison, Élias déboutonna sa chemise. Comme chaque soir, il plaça son épée près de sa tête de lit. Ce geste l'aidait à se sentir en sécurité alors que, même endormi, le moindre bruit suffisait à le réveiller. Griffin lui avait appris à ne jamais se montrer vulnérable, à ne jamais laisser un ennemi le surprendre. Et pourtant, les surprises n'avaient cessé de se succéder... Pensif, Élias retira sa chemise. Sur son avant-bras, il remarqua alors cette rose dont Plume l'avait affublé d'un coup de fusain. Il n'avait rien fait pour l'effacer et, malgré les heures écoulées, le dessin était toujours aussi intact.

— Il finira bien par disparaître, conclut Élias en soufflant sa bougie.

Chapitre 11

Confrontations

À des centaines de kilomètres de la capitale, une femme descendait d'une carriole brinquebalante. Son visage disparaissait à moitié sous un capuchon. L'espace d'un instant, l'étoffe s'abaissa dans l'air frais du matin, révélant la large cicatrice qui lui barrait la joue. Nerveusement, elle s'empressa de dissimuler la trace de son déshonneur. Elle n'oublierait jamais l'image de ce soir où un coup si violent l'avait défigurée pour toujours.

Elle avait perdu son rang et l'estime des siens. Elle était devenue une vagabonde, forcée de mendier pour survivre. La haute société l'avait blâmée pour son crime, celui d'avoir aimé un homme… Ses parents souhaitaient la marier à un riche commerçant, mais elle lui avait préféré un voyageur. Un étranger qui avait croisé sa route par une chaude journée d'été. Elle lui avait offert son cœur, la clef de son âme qu'aucun protocole ne saurait régir. Dans ses bras, elle s'était sentie libre d'exister. De suivre ses désirs et non pas ces règles étroites que lui imposait son rang. S'unir à lui, c'était mordre dans le fruit défendu et pourtant, elle avait eu l'impression de renaître.

Pour être à ses côtés, elle avait bafoué les usages et les conventions. À présent, elle en payait le prix.

❖

— Relevez-vous !

Plume pesta intérieurement. Elle était à nouveau étendue de tout son long, vautrée sur le sol alors qu'Élias l'observait en ricanant. Si seulement elle pouvait lui flanquer la raclée qu'il méritait ! Deux semaines s'était écoulées depuis sa première leçon d'escrime. Tous les soirs, Plume s'était entraînée à l'épée, goûtant au déplaisir de mordre à chaque fois la poussière.

— Vous savez pourquoi vous êtes par terre ? lança Élias.

— Parce que vous avez fait un gracieux pas chassé pour m'éviter.

— Non, parce que vous n'écoutiez que votre instinct et que vous me fonciez dessus sans réfléchir. Il a suffi que je m'écarte pour que vous tombiez comme un fruit mûr.

La comparaison n'avait rien de flatteur. Pourtant, Plume avait le sentiment d'avoir fait des progrès. Sa main avait cessé de se crisper sur sa garde et même ses mouvements avaient gagné en assurance. Hélas, aux yeux du maître, ce n'était jamais suffisant.

— Comment voulez-vous que je vous enseigne un art aussi noble si vous n'êtes même pas capable de vous tenir droite ? soupira-t-il.

— L'herbe est glissante…

— Et votre épée refuse de vous prêter allégeance, c'est cela ?

Plume marmonna une réponse qui n'avait rien d'amical. Plus elle affrontait Élias, plus une conclusion s'imposait en elle : pour tuer Artéor, il lui faudrait user d'un moyen détourné. Éviter la confrontation directe au profit de la ruse. Son fiancé avait évoqué une histoire de poison, une simple rumeur, mais ces mots avaient été l'élément déclencheur.

La cuisine de Dariel débordait d'herbes de toutes sortes, et lui-même ne se faisait jamais prier pour lui parler des plantes. Aussi innocemment que possible, Plume s'était renseignée : par sa bouche, elle avait découvert les propriétés du cyrion, une algue réputée pour provoquer la mort instantanément.

— Combien de cuillerées ? avait demandé Plume d'un air ingénu.

— Oh, mais une seule suffirait. Manipuler le cyrion oblige à des dosages d'une infinie précision… Je vous parle de milligrammes. Si vous en absorbiez ne serait-ce qu'une pincée, votre cœur cesserait aussitôt de battre.

— Mais son goût doit être fort, non ?

— Lorsqu'il est mélangé à un aliment, son goût passe totalement inaperçu.

Dariel lui avait indiqué le bocal d'un signe de tête. Pour lui, ce n'était que de la théorie – du même ordre que si elle l'avait interrogé sur les pigments de couleur – mais pour Plume, c'était l'information qui lui manquait.

Afin de mettre son plan à exécution, il ne lui restait plus qu'un dernier élément à obtenir. S'introduire chez l'ennemi nécessitait une arme, une précaution qui ne serait pas inutile si un garde venait à la surprendre. Et il n'y avait que deux armes disponibles : l'épée et la dague d'Élias. Bien que l'une et l'autre constituaient un prolongement de son bras, sa meilleure option était sans doute la dague.

— Il commence à se faire tard, annonça Élias. Je pense que nous en avons assez fait pour aujourd'hui.

Toujours étendue sur l'herbe, Plume fit un effort pour se redresser. Sa jambe chancela sous son poids, elle s'écroula de nouveau en ponctuant sa chute d'un cri de douleur. Pressant ses mains sur sa cuisse, elle offrait le portrait saisissant d'un blessé de guerre.

— C'est une crampe, diagnostiqua Élias. Vous n'avez pas dû vous échauffer suffisamment.

« Vas-y, songea Plume, viens m'aider… » Planté devant elle, Élias la fixait avec une expression impénétrable. Sa ressemblance avec le piquet devenait de plus en plus frappante.

— Je ne peux pas me relever, gémit-elle.

— Vous voulez que j'aille chercher Dariel ?

Bon sang, est-ce qu'il faisait exprès d'être aussi insensible ? s'agaça Plume intérieurement. N'importe quel gentilhomme de Seräen aurait aussitôt accouru pour lui porter secours. Une lueur de compréhension traversa brusquement les prunelles d'Élias.

— Puis-je ? demanda-t-il avec une amabilité feinte.

— Bien sûr que oui !

Avec une délicatesse toute masculine, Élias la saisit par la taille. La jeune fille se retrouva bientôt debout, claudiquant et s'appuyant à moitié sur son fiancé. Une légère différence d'altitude obligeait ce dernier à courber la tête pour se maintenir à sa hauteur. Jugeant qu'il risquait surtout de s'attraper un torticolis, Élias la souleva de terre et la porta dans ses bras.

— Merci, murmura Plume.

Alors qu'ils regagnaient la maison du guérisseur, Élias ne remarqua pas que son précieux chargement en profitait pour le délester d'une dague. Cette crampe soudaine n'attira pas plus son attention lorsque Plume prétendit se sentir mieux, une fois parvenue dans sa chambre. Ces dames avaient parfois de ces manières ! Elles réclamaient son assistance et dès qu'elles étaient satisfaites, l'abandonnaient comme un malpropre.

— Les femmes, grommela Élias dans un sursaut philosophique.

⁓※•※⁓

Les premières lueurs du jour venaient percer le manteau de noirceur qui enveloppait une imposante bâtisse. Le manoir d'Artéor se découpait fièrement dans les ténèbres environnantes. Il semblait bâti là depuis des siècles comme si aucune tempête n'avait été en mesure d'ébranler ses murs. Même si la nuit continuait d'exercer son emprise, l'agitation régnait déjà à l'intérieur de la demeure. Les serviteurs s'activaient au rez-de-chaussée, montant et descendant les marches d'un escalier de service, les bras chargés de plateaux et de vaisselles. Le maître de maison était encore endormi mais, d'ici une heure ou deux, il aurait repris son rôle de tyran. Une armée de valets et de femmes de chambre serait suspendue à ses lèvres, attendant ses ordres lancés d'une voix doucereuse, presque un murmure qui évoquait le sifflement du serpent. À l'image d'un enfant capricieux, Artéor se plaisait à renvoyer ses domestiques à la moindre contrariété. Il ne voyait en son personnel que des pièces interchangeables, et conserver son poste relevait du miracle.

Loin de cette frénésie, une silhouette se faufilait sur les toits. Ses pas ne faisaient qu'effleurer les tuiles, elle n'était qu'une ombre parmi les ombres. À Seräen, cette voleuse capturait les étoiles ; elle arrachait des morceaux du ciel et rêvait d'un autre monde. Ce matin-là, pourtant, elle était venue pour voler une vie. Plume allait assassiner l'Oméga, cet homme qui avait massacré son peuple pour accroître son pouvoir. Ce n'était pas commettre un meurtre, c'était procéder à une exécution. Réaliser au-delà de toutes espérances les plans de la rébellion.

Élias lui avait parlé d'un paradoxe, il s'obstinait à croire que le temps était figé. Que rien n'était en mesure de modifier le cours des événements. Mais pour Plume, ce n'était pas seulement une opportunité… C'était un signe du destin. La preuve que là-haut, une puissance l'avait guidée à cet instant précis. Vers ce monstre en devenir qui ferait couler tant de sang. En tuant l'Oméga, elle courait le risque que sa réalité s'effondre. Ce combat méritait pourtant tous les sacrifices. Qui était-elle après tout ? Rien qu'une gamine insignifiante qui avait choisi l'interdit. Tôt ou tard, la milice aurait fini par la capturer. Plume était prête à subir les conséquences de son acte. Prête à mourir pour la cause, prête à ce qu'Éléonore Herrenstein ne soit jamais née.

Avec agilité, elle s'agrippa à une gouttière et se laissa glisser jusqu'à un balcon. Les sens en alerte, elle s'approcha de la porte vitrée et examina la serrure. Elle connaissait ce modèle : Jack était capable de le forcer, la bouche pleine et l'autre main occupée à compter son argent. Tordant une épingle à cheveux, Plume l'introduisit à l'intérieur du mécanisme. Un léger déclic ne tarda pas à se faire entendre. Se faufilant par l'ouverture, elle pénétra dans la pièce.

La fortune d'Artéor n'était pas qu'une rumeur. Elle se matérialisa sous la forme d'un luxueux salon où la tenue négligée de Plume – les chaussures sales et le pantalon usé – semblait être une offense à la décoration. S'efforçant de ne pas laisser de traces de boue derrière elle, la jeune fille s'avança jusqu'à la porte. Elle colla son oreille contre le panneau et écouta les voix qui lui parvenaient du couloir.

— Après seulement deux semaines de service ? s'étonnait quelqu'un.

— Oui, le pauvre Thomas a été renvoyé hier. Il paraît que le maître l'a chassé sans même un regard.

— Ce type me répugne parfois…
— Tais-toi, malheureux, si tu ne veux pas subir le même sort ! Ses hommes de main sont partout, ça ne m'étonnerait pas qu'ils nous espionnent. La cuisinière prétend que le maître surveille tout, et son bras droit est encore plus méticuleux dès qu'il s'agit d'engager des serviteurs. Il vérifie chacune de nos références comme si nous étions des criminels ! Après avoir autant lutté pour avoir le poste, c'est dur de perdre sa place !
— Et Thomas, qu'a-t-il fait de mal ?
— Le gosse lui aurait désobéi, mais je pense plutôt que…

Sa voix se perdit en un murmure. Bizarrement, Plume se montrait assez peu curieuse de connaître la vérité. Ainsi, Artéor s'était construit une véritable forteresse. Pour approcher sa nourriture, il lui faudrait redoubler de vigilance. Mais ces mots surpris en écoutant les bavardages des domestiques lui avaient laissé entrevoir un plan. Artéor avait peut-être une faiblesse… Un personnel qui, au gré de ses caprices, changeait du jour au lendemain.

« Et voilà », songea Plume.

Dans un miroir de fortune, elle contemplait son reflet. Celui d'un adolescent engoncé dans un gilet boutonné jusqu'au menton. Sa chemise avait beau être trop grande, elle se voyait à peine sous l'uniforme. Avec ses cheveux coupés courts, Plume ressemblait à un garçon. Un garçon à l'air poupin, mais un garçon tout de même ! La supercherie n'était pas flagrante : tant que personne ne l'observait de trop près, la jeune fille avait une chance de passer inaperçue.

Plume était fière d'elle. Elle avait réussi à esquiver plusieurs gardes et une demi-douzaine de serviteurs. Finalement, ce n'était pas plus difficile que d'échapper à la milice. La plupart de ces gens annonçaient même leur arrivée à grand renfort de talons qui claquent ou de chuchotements peu discrets.

Son périple l'avait conduite à l'étage des domestiques, loin du tumulte qui régnait aux niveaux inférieurs. Dans l'une de ces mansardes, elle avait déniché des vêtements d'homme. Le propriétaire ne s'apercevrait du vol que le soir même ; quand fatigué par une dure journée, il constaterait qu'une petite souris s'était introduite dans sa chambre.

Satisfaite de sa nouvelle apparence, Plume regagna le corridor et l'escalier de service. Elle avait perdu suffisamment de temps. À présent que sa tenue faisait d'elle un membre du personnel, elle devait trouver un moyen d'atteindre Artéor. Que ferait Jack à sa place ? Il ne se laisserait pas intimider par la situation ; l'air de rien, il arpenterait les galeries avec une telle décontraction que nul ne le soupçonnerait.

— La meilleure façon de se faire arrêter, c'est de se comporter comme un voleur, lui avait confié le courtier. Si quelqu'un te pose une question, réponds le plus simplement possible. Le mieux, c'est de faire croire à ton interlocuteur qu'il te dérange… « Quoi, madame la Marquise, vous êtes sûre que M. Untel n'a pas réclamé les services d'un comptable ? Vous auriez pu me prévenir, je ne me serais pas déplacé »… Et hop, tu insinues à cette vieille bique que c'est elle qui se trompe.

Jack était doué pour afficher un air charmeur en toutes circonstances. S'il avait eu les dents de travers, son succès aurait sans doute été moindre.

Plume traversa plusieurs couloirs en essayant de marcher normalement. Il lui était difficile de paraître à son aise quand elle ignorait ce qui l'attendait au coin du mur. Sur son chemin, elle croisa une petite bonne occupée à faire la poussière, puis un valet tout aussi indifférent. Ils avaient l'air pressés par le temps, trop absorbés par leur tâche pour s'intéresser à elle. C'était ce que Plume croyait…

— Hé vous, qu'est-ce que vous faites là ?

Plume tressaillit. Le moment de vérité était arrivé, elle allait découvrir si sa couverture était suffisamment solide. En se tournant, elle s'aperçut que la personne qui l'avait apostrophée était une femme au chignon serré et dont le nez était surmonté de bésicles.

— Je suis le nouveau domestique, madame, mentit-elle. Je remplace Thomas…

— Ah oui, bien sûr… Je ne pensais pas que vous seriez déjà là. Très bien, justement, j'avais besoin de Thomas pour faire les cuivres… enfin, ce sera plutôt vous. Je suis Mme Bernard, la gouvernante, ajouta-t-elle, c'est moi qui suis chargée de faire tourner cette maison. Suivez-moi, mon garçon, vous n'êtes pas là pour bayer aux corneilles.

Plume lui emboîta le pas. Au moins, cette vieille femme avait gobé ses mensonges sans sourciller. Soulagée de ne pas avoir été démasquée, elle pénétra dans une pièce mal éclairée où une quantité impressionnante de cuivres l'attendait sur la table.

— Comment est-ce que vous vous appelez déjà ? lança Mme Bernard en l'examinant à travers ses bésicles.

— Gabriel, marmonna Plume.

La gouvernante laissa son regard vitreux glisser sur son visage sans remarquer la finesse de ses traits. D'un doigt autoritaire, elle désigna à son nouveau garçon de cuisine une brosse et un chiffon imprégné de vinaigre.

— Vous avez deux heures pour que tout brille. Et ne ménagez pas vos efforts, M. Artéor est très exigeant…

Sur ces paroles avenantes, Mme Bernard l'abandonna à sa besogne. Nettoyer les cuivres… Plume n'avait aucune idée de la façon de procéder. En demoiselle de l'aristocratie, elle ne s'était jamais souciée d'un tel problème. Elle ignorait même que les cuivres avaient besoin d'un traitement particulier. Dans l'incertitude la plus complète, elle commença à astiquer un bol. À la rigueur, cela enlevait la poussière, mais certainement pas l'aspect terne. Alors, Plume frotta encore et encore. Il lui fallut de longues minutes pour que son reflet apparaisse enfin sur la surface orangée.

— Je n'aurai jamais fini à temps, soupira-t-elle.

Et puis, c'était ridicule ! Que faisait-elle là à s'occuper de la vaisselle d'Artéor, alors qu'elle était venue pour le tuer ? Bientôt, elle allait se retrouver à passer la serpillère. Abandonnant ses instruments, Plume glissa un œil à travers le trou de la serrure. Apparemment, Mme Bernard ne montait pas la garde de l'autre côté de la porte.

Avec précaution, Plume se faufila dans le corridor. Ses doigts sentaient le vinaigre, une odeur persistante qui irritait les narines. Il ne manquait plus qu'elle se fasse repérer à cause de ces maudits cuivres ! Légèrement désorientée, Plume décida de s'éloigner de cette salle vouée aux tortures ménagères. Elle devait se rapprocher du maître des lieux, mais de quel côté se diriger ? Depuis qu'elle avait commencé à errer dans le manoir, elle aurait très bien pu parcourir deux fois de suite le même couloir sans s'en rendre compte. L'endroit était tout simplement immense…

Ce fut le hasard qui lui vint en aide. Sans doute lassé de la voir tourner en rond, il choisit brusquement de rejoindre son camp. Une porte s'ouvrit sur sa droite et libéra le passage à des serviteurs en livrée blanche. D'un mouvement vif, Plume se dissimula dans un recoin sombre. Les deux hommes passèrent devant elle sans la voir. Leur attention semblait entièrement focalisée sur les plateaux vides qu'ils s'efforçaient de transporter sans encombre. Cette image fut une révélation pour Plume.

La salle à manger ! Oui, c'était probablement l'heure du petit-déjeuner. Artéor avait fini par se lever et ses domestiques s'activaient à préparer la table. C'était une occasion unique. Plume entrouvrit doucement la porte et parcourut la pièce du regard. Personne… Sur la pointe des pieds, elle se précipita à l'intérieur. Une immense table trônait au centre de la salle, d'une longueur si impressionnante qu'elle aurait pu accueillir sans peine une trentaine de convives. Pour le moment, seuls les assiettes et les couverts avaient été disposés. Aucune carafe d'eau, aucun aliment où glisser du poison. Quelle désillusion ! Décidément, ces gens ne faisaient rien pour lui faciliter la tâche.

— Mon cher ami, je vous avais dit que Selfried ferait des merveilles.

Plume reconnaissait cette voix semblable au sifflement du serpent. Artéor… Sans réfléchir, elle se jeta sous la table, profitant de la nappe pour la masquer entièrement.

— Ce matin encore, j'ai reçu une lettre de sa part, ajouta un autre homme. Il m'envoie des nouvelles de la capitale ; parfois, j'ai l'impression d'être à Seräen tellement je suis bien informé.

Plume se recroquevilla le plus loin possible des extrémités. Deux paires de bottes venaient de faire leur apparition de chaque côté de la table. Comment faisaient-ils pour se passer le sel ? se demanda-t-elle intérieurement. Au-dessus de sa tête, elle percevait de l'agitation et le cliquetis régulier des couverts. Les serviteurs n'avaient pas tardé à revenir pour remplir les assiettes.

— Cet œuf est délicieux, je vous envie, mon cher. Depuis mon arrivée dans votre manoir, j'envisage sérieusement d'enlever votre cuisinier.

Artéor répondit par un ricanement.

— J'ignorais que je possédais un bien aussi précieux. Voilà une raison de plus pour que vous prolongiez votre séjour chez moi.

Son cœur ne cessait de battre la chamade. Plume ressemblait à une enfant jouant à une partie de cache-cache, mais qui tremblait de peur à l'idée d'être découverte. Elle était si proche du but, à quelques mètres à peine de sa cible. Mais comment pourrait-elle empoisonner Artéor ? Il n'était pas du genre à quitter la table et à lui laisser l'opportunité d'agir avant de revenir finir son petit-déjeuner. Et puis, son hôte représentait aussi un danger : il risquait de la surprendre, en plus des domestiques susceptibles d'entrer à n'importe quel moment. C'est alors que Plume décida de changer de tactique. Si le poison n'était pas une solution envisageable, il lui restait encore la dague. Elle allait poignarder Artéor sous la table !

Plume était certaine qu'aucun criminel n'avait jamais tenté une telle attaque. En y mettant toutes ses forces, elle avait peut-être une chance de le blesser mortellement. Artéor était en train de manger, il n'aurait pas le temps de dégainer pour riposter. Le plus silencieusement possible, elle tira la dague de sa ceinture. Le contact froid du manche lui donna des frissons.

— Sois courageuse, lui souffla une petite voix à l'oreille. Pense à tous ces innocents qui seront sauvés.

— Je vais tuer un homme…

Plus qu'un cri de sa conscience, c'était la crainte que son bras faiblisse. Lorsqu'elle s'était lancée dans cette vie de hors-la-loi, Plume avait toujours su que tôt ou tard, elle serait amenée à infliger la mort. Mais elle n'aurait jamais imaginé que sa première fois aurait lieu dans le cadre luxueux d'une salle à manger.

— Courage, se répéta-t-elle. Tu peux y arriver.

Lentement, Plume se déplaça à quatre pattes sous la table. Elle devinait les mouvements d'Artéor, le va-et-vient de sa fourchette et sa bouche qui s'agitait dans un effort de mastication. Quand devait-elle frapper ?

« Je vais compter jusqu'à trois, pensa-t-elle, et à trois, je ne reculerai pas. »

Un… sa main était étonnamment moite. Deux… elle chassa une mèche de cheveux qui lui tombait sur les yeux. Trois… la table fut violemment écartée. Sans comprendre comment, Plume fut projetée sur le sol en pierres. Une poigne de fer la saisit par l'épaule et la releva comme si elle n'était qu'une poupée de chiffon.

— Qui t'envoie ? cracha Artéor.

Étourdie, Plume s'aperçut qu'elle était plaquée contre un mur. Artéor lui avait glissé son couteau sous la gorge et ses yeux débordaient de haine. La jeune fille avait du mal à respirer. Le souffle court, elle sentit une douleur fulgurante traverser son corps. Le choc avait été si brutal que chacun de ses membres hurlait de mécontentement. Son crâne la faisait souffrir et une série d'étoiles menaçait d'envahir son champ de vision.

— Je déteste répéter mes questions, siffla Artéor entre ses dents. Je peux te tuer immédiatement ou te torturer pendant des heures. Je suis sûr que ta langue se délierait si je te coupais un doigt. Alors, pour qui travailles-tu ?

— Pour personne, gémit Plume.

— Tu mens aussi mal que tu empestes le vinaigre. J'ai deviné ta présence à l'instant précis où je suis entré dans la pièce.

— S'il vous plaît, vous me faites mal…

Sa phrase se termina en un sanglot étouffé. Une lueur illumina soudain le regard froid d'Artéor. Il voyait sous ses vêtements masculins ce qui avait échappé à Mme Bernard. Un sourire mauvais étira ses lèvres. Impuissante, Plume essaya de se débattre alors que ses doigts caressaient sa joue.

— Je vous interdis de me toucher…

— J'ai tous les droits, trésor. Si tu es sage, je t'épargnerai peut-être quelques jours de plus.

— Lâchez-moi !

Et Artéor la lâcha. Ou plutôt ce fut Plume qui lui échappa. L'espace d'un instant, elle bascula en arrière. Elle s'apprêtait à confirmer les lois de la gravité lorsqu'un homme la réceptionna par la taille. Ce phénomène ne tarda pas à trouver une explication rationnelle : contrairement à ce qu'elle avait cru,

Plume n'était pas adossée contre une cloison, mais contre la porte elle-même. Et sur le seuil se tenait à présent un visiteur qui, en pensant pénétrer dans la salle à manger, s'était retrouvé avec une fille dans les bras.

— Monsieur, aidez-moi, supplia Plume en se tournant vers lui.

Elle ne s'attendait pas à trouver en cet inconnu un allié. Elle ne s'attendait pas non plus à trouver Élias... Fulminant de rage, il ressemblait à une machine soufflant de la vapeur et de la fumée menaçait de lui sortir par les oreilles. Ses prunelles sombres se posèrent sur Plume, sur cette silhouette frêle qui s'agrippait désespérément à lui.

— Vous êtes blessée ? demanda-t-il.

Et sans attendre sa réponse, il se planta face à Artéor. Certains combats se réglaient à l'épée, ceux qui visaient à venger l'honneur d'une dame se dispensaient d'arme. Artéor en fit l'expérience quand il reçut un magnifique direct dans la mâchoire. Élias serra les poings, prêt à lui administrer une seconde tournée.

— Cette gamine est sous ma protection ! hurla-t-il. Pose encore tes sales mains sur elle et je t'ouvre en deux !

— Harckof, susurra Artéor en frottant son menton douloureux. Et moi qui croyais qu'on ne cherchait plus à s'entretuer...

— Je me fiche de ce que tu crois. Et je vais te dire une bonne chose : ma fiancée est une propriété privée, elle m'appartient et si tu t'avises de lui faire du mal, tu en répondras devant moi.

— Quoi ? C'est celle-là, ta fiancée ?

— En effet, ravi que tu comprennes aussi vite.

Un raclement de gorge vint interrompre cet échange de politesses. Toujours assis à sa place, bien que la table ait connu un déménagement à travers la pièce, l'invité d'Artéor tournait une cuillère dans sa tasse de thé.

— Vous ne nous présentez pas ? s'étonna-t-il.

Les présentations, l'un de ces exercices ridicules qu'imposait le protocole... Pourtant, il ne s'agissait en rien d'une aimable invitation à respecter les usages. C'était presque une menace, une façon de rappeler sa présence et le fourreau qui pendait à sa ceinture. Jusqu'alors, Plume ne lui avait accordé aucune attention. Son visage avait cependant un air familier ; il dégageait cette impression confuse qu'avec le temps, ses traits se durciraient davantage jusqu'à devenir aussi froids que le marbre.

— Très bien, soupira Artéor. M. Mandias d'Aubrey, M. Harckof...

Mandias d'Aubrey, alors cet homme était le père d'Élias ! réalisa Plume dans un sursaut. Son fiancé n'avait manifesté aucune surprise, aucun signe extérieur qui laisserait sous-entendre que cette rencontre l'affectait. Était-il indifférent ou s'était-il préparé à cette éventualité ?

— C'est donc vous le fameux Harckof dont j'ai entendu parler ?

— Oui, c'est fort probable, marmonna Élias.

Il s'efforçait de ne pas regarder son père. De lui offrir son seul profil où apparaissaient déjà tant de ressemblances. Mais cette similarité n'était pas aussi frappante que Plume l'aurait cru. Ils avaient beau partager les mêmes pommettes saillantes et le même nez en bec d'aigle, leurs expressions étaient différentes. Il y avait chez Mandias une sévérité qui ne se retrouvait pas chez son fils. Ils étaient les deux faces d'une même pièce ; un portrait qui, d'une génération à l'autre, avait connu des erreurs comme sous le pinceau d'un peintre peinant à recopier son modèle.

Affronter Mandias était un combat perdu d'avance. Choisissant d'abandonner le lieu de la bataille, Élias saisit Plume par le bras.

— On rentre, lança-t-il.

Cette annonce ne fit malheureusement pas l'unanimité.

— Vous n'irez nulle part, affirma Artéor. Ta jolie fiancée a essayé de m'assassiner…

— Non, tu plaisantes ? s'exclama Élias. Ne me dis pas qu'avec toute ton armée, tu as peur d'une fille qui t'arrive à peine à l'épaule ? Regarde-la, elle n'est même pas capable de prendre une épée par le bon bout !

Si c'était loin d'être exact, Élias cherchait surtout à minimiser l'incident. Mais Artéor ne semblait pas d'humeur à reclasser cette tentative de meurtre au rang de simple plaisanterie.

— Elle était quand même cachée sous la table, ta petite poupée de porcelaine ! rétorqua-t-il. Après s'être introduite chez moi par la ruse…

— Ton manoir est un véritable moulin ! Moi, je suis entré par la grande porte, il m'a suffi de bousculer quelques-uns de tes gardes pour qu'ils s'écartent de mon passage. Tu ne vas pas reprocher à cette gosse ta propre négligence ?

— Ma négligence, répéta Artéor avec un rictus. C'est toi qui es derrière tout ça, n'est-ce pas ?

— Ridicule ! Si j'avais eu cette brillante idée, on réfléchirait déjà à l'épitaphe sur ta pierre tombale. Je n'aurais pas eu la stupidité d'envoyer une gamine se charger du sale travail !

— Tu me prends pour un imbécile ?

— Pas plus que d'ordinaire.

La lame d'Artéor siffla au-dessus de la tête d'Élias qui ne paraissait pas décidé à sortir son arme. Stoïque face au danger, il n'avait esquivé l'attaque qu'en faisant un bond sur le côté. Voir Élias renoncer à l'opportunité d'occire son ennemi était un événement rare. Ce manque de réactivité dut surprendre Artéor, car le duel prit fin aussi brutalement qu'il avait débuté. Apparemment, tuer un homme qui refusait de se défendre n'avait rien d'amusant.

— Eh bien, quoi ? grommela Artéor.

— Je n'ai pas envie de me battre avec toi. Tu as malmené ma fiancée, tu as reçu le coup de poing que tu méritais. Et si, au lieu de se disputer comme des chiffonniers, on réglait cette affaire en gentilshommes ?

— En gentilshommes ? Parfait, tu as une minute pour m'expliquer la présence de cette fille chez moi et si je ne suis pas satisfait, je vous exécute tous les deux.

Plume vit Élias lui jeter un coup d'œil par-dessus son épaule. Un regard qui signifiait très clairement : « N'essayez surtout pas de me contredire. » De l'autre côté de la pièce, Mandias continuait d'observer la scène. Sirotant sa tasse de thé, il accordait à ce litige le même intérêt qu'à un divertissement juste assez bon pour distraire le bas peuple.

— Tu as tué son frère, prétendit Élias, parce qu'il n'avait pas les moyens de te rembourser. Cette petite s'est retrouvée à la rue du jour au lendemain. Tu n'as pas idée à quel point la vengeance peut être un sentiment persistant chez une femme…

— Comment s'appelait son frère ?

Artéor n'avait l'air que moyennement convaincu. Sans sourciller, Élias choisit d'enrichir son mensonge de quelques détails supplémentaires.

— Le type qui est mort pour quelques poignées de merles. Tu ne te souviens pas ? Tu avais besoin d'asseoir ton autorité en te montrant sans pitié envers tes débiteurs.

— Son nom, siffla Artéor. Ce que tu me dis là peut correspondre à tous ceux que j'ai fait assassiner.

C'était sûrement le but, songea Plume. Inquiète, elle appréhendait la réponse d'Élias mais, à défaut d'avoir une imagination débordante, il faisait preuve d'une assurance déconcertante.

— Duchamp, affirma-t-il.

Plume retint son souffle. À sa plus grande surprise, Artéor leva les yeux en l'air comme un homme très occupé, cherchant à retrouver dans sa mémoire un détail insignifiant.

— Celui que j'ai fait pendre par les pieds ? demanda-t-il.

— Non, celui qui a eu la gorge tranchée.

— Ah oui… J'ignorais qu'il avait une sœur.

Ou Élias était un menteur émérite ou il avait une chance monstrueuse. Même Jack n'aurait pas été capable d'un coup pareil. Au lieu de la fatiguer avec ses fentes et ses attaques, peut-être pourrait-il remplacer ses leçons d'escrime par quelques cours sur l'art de bien mentir.

— Mlle Duchamp est jeune et naïve, développa Élias, on est si souvent impulsif à son âge. Ses parents l'avaient abandonnée, elle aimait beaucoup son frère… Comment aurait-elle pu réagir autrement ? Quand je l'ai prise avec moi, il lui restait à peine la peau sur les os. Tu ne peux pas lui en vouloir. Après tout ce qu'elle a traversé, elle a eu son châtiment depuis bien longtemps… Je te promets que je la surveillerai, cet incident ne se reproduira plus.

Artéor marqua une hésitation légitime. Il parut peser le pour et le contre, comparant le plaisir de faire couler le sang avec le risque de voir son petit-déjeuner refroidir.

— Qui êtes-vous exactement ?

Il avait lâché cette question sans préavis. Croiser et recroiser Élias avait fini par l'agacer, lui et cette aura de mystère qui l'entourait comme un brouillard persistant.

— Rien que des escrocs, répondit Élias qui, emporté sur sa lancée, s'éloignait encore plus de la vérité. On arnaque les nobles en se faisant passer pour des aristocrates.

— La dernière fois que je t'ai vu, je pensais faire de toi un allié. Mais tu es imprévisible, mon cher Harckof, tu ne cesses de surgir pour me mettre des bâtons dans les roues. Il serait tellement plus simple de t'éliminer…

La réaction d'Élias ne se fit pas attendre. Il s'agenouilla devant Artéor et déboutonna le col de sa chemise, exposant son cou à la lame aiguisée de son adversaire.

— Eh bien, je t'en prie. De toute façon, je ne crains pas la mort…

C'était un mélange d'inconscience et de provocation. Il jouait avec le destin, ignorant à quel point la chance pouvait se révéler traîtresse. Artéor semblait indécis. Le carrelage était propre, cela valait-il vraiment la peine de salir le sol ? Très peu concerné jusqu'alors, Mandias d'Aubrey se résolut enfin à quitter sa chaise pour glisser quelques mots à l'oreille de son hôte. Après s'être caressé le menton en quête d'inspiration, Artéor ne tarda pas à trancher :

— Disparaissez, ordonna-t-il. Et que je ne vous revoie plus !

Se relevant, Élias claqua des talons et se dirigea vers la porte à grandes enjambées. Saisissant la main de Plume au passage, il l'entraîna dans son sillage. Ils traversèrent l'immense couloir à une telle allure qu'Élias semblait craindre que le manoir ne s'autodétruise. Contrainte de trotter derrière lui, Plume en oubliait presque ses membres douloureux. Alors qu'ils empruntaient un énième corridor, des bruits de pas leur firent tourner la tête. Mme Bernard avait surgi d'une pièce adjacente et vu son expression, elle était à la recherche de son nouveau domestique.

— Gabriel ! s'exclama-t-elle en apercevant Plume. Je vous avais demandé de vous occuper des cuivres…

— Oh vous, grogna Élias, fichez-nous la paix !

La gouvernante ouvrit la bouche de stupéfaction devant de pareilles grossièretés. Libéré d'Artéor, Élias avait retrouvé sa mauvaise humeur et pour une fois, Plume aurait été bien ingrate de lui en vouloir.

— Vous êtes en colère contre moi ? prononça-t-elle dans un souffle.

Son fiancé répondit par un « grumpf » peu avenant. Les doigts crispés sur son fourreau, il avait l'air plongé dans un combat mental contre un ennemi récalcitrant.

— Je suis en colère mais pas contre vous, finit-il par articuler. C'est entièrement de ma faute si vous vous êtes risquée dans ce nid de vipères. Je n'aurais pas dû vous parler de l'Oméga. J'ai été stupide de croire qu'une jeune entêtée comme vous ne bondirait pas sur l'occasion.

Plume s'apprêtait à subir un savon mémorable, une tempête sans fin de reproches, mais jamais elle n'aurait imaginé Élias capable de s'attribuer la responsabilité de ses actes.

— Artéor aurait pu vous tuer, marmonna-t-il. C'était de la folie de vouloir l'affronter… S'il vous plaît, ne recommencez plus.

— Je vous le promets.

Élias avait pris des risques insensés pour la tirer d'un guêpier où elle s'était elle-même fourrée. Il s'était battu pour elle. C'était en son nom qu'il avait flanqué à Artéor une correction magistrale. Timidement, elle se hissa sur la pointe des pieds et déposa un baiser sur sa joue mal rasée.

— Merci de m'avoir sauvé la vie.

— Je vous en prie, Mlle Herrenstein.

Il n'y avait aucun sarcasme dans sa voix. Est-ce que sa rencontre avec Mandias d'Aubrey lui avait fait l'effet d'un coup sur la tête ? Songeant qu'il était particulièrement bien disposé, Plume tenta d'éclaircir la masse de questions qui s'entassaient dans son esprit.

— Pourquoi avez-vous refusé de combattre ? demanda-t-elle.

— Parce qu'Artéor n'était pas seul. Il aurait suffi que je l'effleure pour que son invité se mêle du combat. Ils étaient à deux contre un – sans parler de tous les gardes susceptibles de débarquer d'un instant à l'autre – et je faisais partie de l'équipe minoritaire. Et puis, Monseigneur d'Aubrey est une fine lame.

— Élias, c'est votre père...

— Mon père est mort. Il est mort à Seräen et il est mort pour moi ! Cet homme ne faisait que lui ressembler... Il est l'une de ces variables aléatoires capables de faire chavirer notre réalité, je n'aurais jamais dû paraître devant lui.

— Est-ce que vous l'aimez ?

C'était indiscret de sa part. Plume venait de s'aventurer dans le jardin secret d'Élias. Un endroit inhospitalier qui s'accompagnait d'une interdiction de séjour.

— Vous vous efforcez d'avoir l'air indifférent mais vous mentez, n'est-ce pas ?

— Je n'affronterai pas mon père, murmura Élias. Il est de mon sang et je lui dois obéissance et loyauté.

— Vous n'avez pas été troublé de rencontrer un membre de votre famille ?

— Je serais troublé uniquement si je croisais Andreas en 1793 car il n'aurait rien à faire là. Mon père est un seigneur de la Ligue, qu'il complote avec cet imbécile d'Artéor ne me surprend pas.

— C'est lui qui a convaincu Artéor de nous laisser partir.

Élias ne répondit pas. Sentant qu'elle approchait des limites de sa patience, Plume se résolut à changer de sujet.

— Comment avez-vous su pour Duchamp ? lança-t-elle.

— Quand je me suis rendu chez mon grand-oncle Silas pour récupérer son trésor, je n'ai vu que des champs à perte d'horizon. D'après vous, quel était le risque qu'il n'existe pas au moins un Duchamp parmi les victimes d'Artéor ? De toute façon, ce type tue tous ceux qui s'opposent à lui. À moins de tenir un registre, il y avait peu de chances qu'il se souvienne de chacun d'eux. Il m'a parlé d'un malheureux pendu par les pieds, je savais que c'était faux... Artéor ne cherchait qu'à me piéger. Ensuite, que je prétende que le sieur Duchamp avait été égorgé ou brûlé vif, quelle importance puisque ce serpent n'aurait pas été en mesure de me contredire ?

— C'est brillant, acquiesça Plume.

— Oui, bien mieux que votre mystérieuse crampe d'hier soir. J'ai réalisé que vous m'aviez dérobé ma dague au petit matin et bizarrement, je n'ai eu aucun mal à deviner l'usage que vous comptiez en faire... D'ailleurs, il me semble même avoir croisé Dariel. Il m'a crié quelque chose quand je lui ai volé son cheval pour me précipiter jusqu'ici...

Les rayons du soleil éblouirent Plume lorsqu'ils franchirent l'imposante porte d'entrée. Sur leur passage, elle avait remarqué la présence de traces de sang et même plusieurs individus mal en point qui s'étaient écartés en apercevant Élias. Apparemment, son entrée dans la salle à manger avait résulté d'un combat acharné à l'extérieur.

— Maintenant, vous allez m'écouter attentivement, ajouta Élias. Vous l'avez probablement oublié mais l'autre jour, je vous ai fait un serment. J'ai juré de veiller sur vous et je tiendrai parole peu importent les conséquences. Contrairement à ce que vous croyez, je ne suis pas complètement dépourvu d'honneur. Nous sommes tombés ensemble à travers cette maudite fente et je ferai tout mon possible pour vous ramener à Seräen. Je n'attends de vous qu'une seule chose : que vous cessiez d'agir dans mon dos. Je n'ai pas le pouvoir de vous défendre contre vous-même.

— Je n'ai pas confiance en vous, lâcha Plume. Vous n'hésiterez pas à vous débarrasser de moi dès que je n'aurai plus d'utilité à vos yeux.

Après lui avoir témoigné sa reconnaissance par un baiser sur la joue, Plume songea qu'il était paradoxal de lui faire des reproches. Comme il était étrange de se méfier d'un homme et de lui accorder ses confidences. Sa relation avec Élias vacillait entre la défiance et ce sentiment indéfinissable que par moments, il était plus qu'un allié…

— Très bien, je comprends votre position. Si cela signifie que chaque nuit, je devrai monter la garde devant votre chambre, je le ferai… Artéor n'est pas le seul danger qui nous guette. Est-ce que vous êtes consciente du sort que nous réserveraient ces paysans si l'un d'eux venait à nous reconnaître ? La mort de Nathaël est encore sur toutes les lèvres. La moindre maladresse suffirait à nous conduire à l'échafaud, alors je vous demande de ne pas vous éloigner de la maison du peintre. C'est pour votre sécurité et la mienne.

Élias avait parlé de maladresse et ce fut lui qui la commit. De l'autre côté des remparts qui entouraient le manoir, le cheval de Dariel les attendait. Attaché à un arbre, l'animal broutait tranquillement son herbe. Ce qui avait échappé à Plume et Élias était la silhouette du jeune garçon qui lui caressait l'encolure.

Vu son air ébahi, il n'avait rien manqué des derniers mots d'Élias.

Chapitre 12

Un témoin gênant

Le gamin les fixait en se tordant les mains. Il devait avoir une dizaine d'années, peut-être douze ou treize ans. Des cheveux d'un blond cendré encadraient son visage en forme de poire. Ses jambes ressemblaient à deux baguettes de bois et il paraissait si frêle que le moindre coup de vent aurait suffi à l'emporter.

— D'où tu sors ? s'écria Élias en le saisissant par le col de la chemise.

Il tressaillit à peine. Son regard ne cessait d'aller et venir entre le bleu du ciel et le cheval du peintre, omettant la présence d'un Élias passablement agacé qui ne semblait pas digne d'attirer son attention.

— Cheval, articula-t-il. Cheval est... mon ami.

— Et alors ? Ce n'est pas la question que je t'ai posée... Comment est-ce que tu t'appelles et qu'est-ce que tu fiches là ?

— J'aime cheval... cheval gentil avec moi.

— Tu es sourd ou tu le fais exprès ?

C'est alors que Plume comprit. Cet enfant souffrait d'une maladie de l'esprit, l'un de ces maux incurables qu'aucun guérisseur ne parvenait à expliquer.

— Attendez, lança-t-elle avant qu'Élias ne poursuive son interrogatoire. Il ne vous répondra pas, je crois qu'il a... un problème dans la tête.

— Oui, je commence à penser qu'on a affaire à l'idiot du village. Il lui manque une case, résuma son fiancé.

— Peut-être qu'il ne nous a pas entendus. Ce pauvre garçon a l'air inoffensif.

— Oh si, il nous a entendus. Maintenant, il s'agit de savoir s'il a compris l'ampleur de cette révélation.

— Et comment ? Vos questions n'atteignent même pas ses oreilles.

— C'est ce que nous allons voir.

Sans prévenir, Élias dégaina son épée et lui présenta la lame tachée de sang. Le garçon ne parut pas saisir davantage la menace. Il éclata d'un rire franc qui révéla ses dents manquantes.

— Écoute-moi bien, siffla Élias. Si jamais tu parles de nous à qui que ce soit, je te tue et j'expose tes entrailles au soleil.

— Vous n'avez pas honte ? s'exclama Plume. Ce n'est qu'un gosse, laissez-le tranquille !

— Est-ce que vous réalisez qu'un secret qui peut nous coûter la vie se promène dans ce crâne vide ?

— Et alors ? Vous n'allez quand même pas l'assassiner ! Tout ce qui l'intéresse, c'est ce cheval…

— Cheval… Dariel, bafouilla le garçon.

— Ah, vous voyez, il n'est pas aussi bête qu'il essaye de nous le faire croire ! Il connaît le peintre, chuchota Élias, il n'a qu'une phrase à prononcer « assassins Nathaël… Dariel » pour que notre compte soit bon.

— C'est ridicule !

— Parfait. Si les hommes du village se pointent pour réclamer justice, vous en porterez seule la responsabilité.

— Comme vous voudrez.

— Toi, fit Élias en désignant l'enfant, tu n'as pas intérêt à recroiser ma route !

Il aurait tout aussi bien pu lui déclamer une série de chiffres que la réaction de son interlocuteur aurait été la même.

— Vous êtes déjà montée à cheval ? demanda Élias en essayant d'oublier le parasite qui tournait autour de sa monture.

— Non.

— Eh bien, il y a un début à tout.

Plume sentit les mains de son fiancé la saisir par la taille et la hisser sur la selle. Élias monta à son tour. Il se plaça devant elle, l'obligeant à s'agripper à lui pour ne pas tomber.

— J'espère sincèrement que ce gamin ne nous causera pas d'ennuis.

Et sans un regard pour l'intéressé, Élias donna un coup de talon au cheval qui abandonna son carré d'herbe pour parcourir les chemins de campagne.

❊❖❊

— Il y a quelque chose de bizarre chez ce Harckof, marmonna Artéor.

Avec nonchalance, il se laissa tomber sur sa chaise et entreprit de finir son œuf à la coque. Pour un observateur extérieur, cette rencontre aurait très bien pu être une visite de courtoisie. De l'autre côté de la table, Mandias d'Aubrey souffla une bouffée de tabac.

— Je trouve qu'il a eu du cran de vous défier.

— Sans votre intervention providentielle, il ne serait plus qu'un cadavre pourrissant au fond d'une fosse, lâcha Artéor. D'ailleurs, pourquoi avez-vous insisté pour que je l'épargne ?

— Les adversaires de valeur sont si rares de nos jours. N'est-ce pas vous qui souhaitiez en faire un allié ?

— Oui, peut-être… Mais j'avoue que son côté imprévisible commence sérieusement à m'irriter.

Artéor devait au moins lui reconnaître le mérite de surgir au moment opportun. Pour la troisième fois consécutive, ce Harckof avait jailli tel un diable hors de sa boîte pour défendre la veuve et l'orphelin. D'abord Nathaël, puis Perla et enfin cette gamine qui sentait le vinaigre. Oui, ses interventions finissaient vraiment par être pénibles.

— Est-ce que vous avez entendu son histoire ? s'exclama-t-il. Des escrocs qui se font passer pour des aristocrates !

— Oui, j'étais là, mon cher. Je suppose que cette explication ne vous a pas convaincu.

— Il ment bien, mais je suis encore en mesure de discerner le mensonge dans ses belles paroles.

— Et pour Mlle Duchamp ?

— C'est possible, je ne me souviens plus de tous ceux que j'ai fait assassiner. De toute façon, cette fille n'a aucune importance. C'est Harckof qui m'inquiète. Je pourrais le faire tuer, il est forcément dans la région et sous la contrainte, la langue de Perla se délierait sûrement. Mais je n'arrive toujours pas à déterminer à quel camp il appartient.

— Un ennemi ou un mercenaire que l'on pourrait rallier à notre cause ?

— Et vous, Mandias, qu'en pensez-vous ?

— Je pense que ce garçon peut être autant un atout qu'une menace. Et savez-vous ce que je fais dans ce cas-là ?

— Non.

— Je laisse le hasard décider.

Mandias reposa sa pipe. Il tira une pièce des profondeurs de sa poche et présenta les deux côtés à son hôte.

— Pile, il est avec nous. Face, on l'élimine.

Artéor avait toujours admiré son esprit pratique. Lentement, comme s'il avait conscience de sceller le destin d'un homme, il s'empara de la pièce. Le morceau de métal s'envola en l'air, alternant entre le visage du roi et l'indication de sa valeur, avant de retomber sur la table.

— Alors ? demanda Mandias en se resservant du thé.
La réponse d'Artéor fut un ricanement.

⁂

— Vous n'auriez pas dû partir sans prévenir.
— Je suis vraiment désolée.

Plume s'efforçait d'afficher un air coupable. Assis en face d'elle dans la minuscule cuisine, Dariel appliquait des onguents sur ses ecchymoses. Des taches bleuâtres s'étaient formées sur son front et sur ses genoux, le résultat de sa rencontre avec le sol en pierres.

À leur retour, Élias avait présenté une version assez peu fidèle des événements. Il avait tordu les faits, martyrisé la vérité jusqu'à lui faire atteindre les limites du possible. Selon ses dires, il aurait retrouvé Plume avant qu'elle ne s'introduise dans le manoir d'Artéor. Et que faisait-elle là-bas ? Rien d'autre qu'une vaine tentative pour faire triompher la justice. Jeune et impulsive, Plume pensait confronter l'assassin de Nathaël et échapper à son sort de fugitive. Quant à ses blessures, elle était tombée de cheval sur le chemin du retour.

Cette explication simpliste n'avait pas suffi à convaincre Dariel. Le peintre avait haussé les épaules avant de marmonner des paroles sur l'honnêteté et le mensonge. Plume lui était reconnaissante de ne pas avoir insisté. D'ailleurs, qu'aurait-elle pu répondre ? Lui parler de l'Oméga aurait été une erreur.

— Est-ce que quelqu'un vous a vus ? demanda Dariel.
— Personne… enfin, presque personne.
— C'est-à-dire ?
— Seulement un enfant.
— Oui, un gamin complètement idiot, précisa Élias. Il n'avait que le mot « cheval » à la bouche.

Dariel reposa le pilon qui lui servait à broyer des racines. Il n'eut pas à réfléchir longtemps pour trouver l'identité du coupable.

— Ce devait être le fils des Polson, conclut-il. Des cheveux blonds et un sourire édenté ?

Plume acquiesça d'un signe de tête.

— Geremia est un brave garçon, malheureusement pour sa famille, il est né simple d'esprit. L'année dernière, les Polson me l'avaient amené dans l'espoir que je connaisse un remède. Et je pense qu'à ma façon, j'ai pu l'aider.

Il n'existait aucun traitement, bien sûr, mais j'ai montré à ses parents qu'être différent ne l'empêchait pas d'être heureux. Cet enfant est passionné par la nature et les animaux. Il n'est pas rare qu'il déambule dans les champs ou près du manoir d'Artéor… Les Polson s'inquiètent beaucoup pour lui, ajouta Dariel, car ce gamin a la fâcheuse tendance de leur fausser compagnie. Il y a trois mois, une battue a même été organisée pour essayer de le retrouver.

— Est-ce qu'il est susceptible de parler ? grommela Élias.

— Je suis incapable de vous dire ce qui se passe dans sa tête. Peut-être ou peut-être pas… Mais très peu de gens font attention à lui ; pour la plupart d'entre eux, il n'est qu'une pauvre petite chose indigne d'intérêt.

— Tant mieux, soupira Élias, car je n'ai pas envie d'avoir un témoin gênant en liberté.

— Pourquoi ? Qu'a-t-il vu exactement ?

Dariel ne sut jamais ce qui s'était passé ce jour-là. Quelqu'un venait de frapper à la porte. Trois coups timides, mais qui les firent sursauter. Est-ce que les hommes du village étaient déjà là ? songea Plume dans un frisson. Non, une armée de paysans réclamant vengeance n'aurait pas eu cette délicatesse : ils auraient tambouriné contre le panneau en exigeant leurs têtes.

— Cachez-vous, chuchota Dariel, personne ne doit savoir que vous êtes ici.

Plume se dissimula dans le placard à balais et laissa à Élias le renfoncement près des étagères à bocaux. Seule une mince fente lui permettait d'entrevoir la cuisine. Après avoir jeté un dernier coup d'œil derrière lui, Dariel actionna la poignée de la porte. Leur mystérieux visiteur se matérialisa sous la forme d'une silhouette en manteau noir.

— En quoi puis-je vous aider ?

Le capuchon tomba, révélant le visage d'une femme aux cheveux auburn. Ébahie, Plume entendit un cri de joie, puis le bruit confus d'une embrassade. Depuis sa cachette, elle discerna Dariel serrant dans ses bras l'inconnue. Des larmes de joie coulaient sur ses joues.

— Oh, Iliana, s'exclama-t-il, si tu savais à quel point tu m'as manqué ! Sans relâche, j'ai prié les Ancêtres pour qu'ils guident ta route !

— J'ai pensé à toi tous les jours…

Le reste de sa phrase se perdit dans un sanglot. Plume remarqua alors l'horrible cicatrice qui déformait ses traits. Un autre détail, lourd de sens celui-ci, ne tarda pas à lui apparaître : cette femme était enceinte. Malgré sa tenue ample, son ventre rebondi était largement visible sous l'étoffe. Plume n'eut aucune difficulté à deviner qui était le père.

Près d'elle, Élias commençait à remuer et suivant un accord tacite, elle s'extirpa à son tour des balais et des serpillères.

— Son épouse ou sa bonne amie ? ricana Élias, les lèvres étirées en un rictus.

— Taisez-vous un peu…

Dariel était un homme de secrets. Il avait tu ses origines de Valacer comme il avait tu le lien qui l'unissait à cette femme. À présent, Plume comprenait cette lueur triste dans le regard du peintre. Toutes ces fois où en peignant, il avait suspendu son geste alors que son esprit l'éloignait de cette réalité. Vers Iliana et l'enfant qu'elle portait.

La jeune femme leur tournait le dos. Blottie contre Dariel, elle ne perçut pas leur présence ni même le bruit de leurs pas lorsque Plume quitta la pièce, entraînant son fiancé derrière elle. Pour Plume, c'était la volonté de leur laisser un peu d'intimité. Pour Élias, c'était le désir d'aller voir ailleurs.

— J'espère qu'il va bientôt finir son tableau, marmonna Élias en se laissant tomber sur son lit. Ma vie à Seräen commence vraiment à me manquer.

— Je ne pensais pas que Dariel avait une femme, murmura Plume. Vous avez vu à quel point il semble l'aimer ?

— Je me demande surtout combien d'autres secrets ce peintre de malheur a encore en réserve.

— Nous sommes des étrangers pour lui. Il ignorait sans doute s'il pouvait nous faire confiance.

— Pourquoi ? Qu'y a-t-il de mal à être marié ? Il ne s'agit quand même pas d'un crime de lèse-majesté…

La porte de la chambre s'ouvrit sur Dariel. Il était seul. Le peintre avait retrouvé son calme ordinaire, mais dans ses yeux se lisait une certaine gravité comme s'il s'apprêtait à leur confesser une action honteuse.

— Je crois que je vous dois quelques explications.

— Pourquoi est-ce que vous nous avez caché que vous étiez marié ? prononça Plume d'une voix hésitante.

— Parce que je ne le suis pas. Pas selon les lois d'Orme, en tout cas… J'ai rencontré Iliana il y a presque deux ans, ajouta Dariel. Son père commerçait avec Valacer, il avait l'intention d'ouvrir de nouveaux comptoirs et il emmena sa fille avec lui. Mes talents de guérisseur étaient connus dans la région. Aussi quand son père tomba malade, il fit appel à moi… J'ai aimé Iliana dès que je l'ai vue. Elle était prisonnière d'une société qui ne lui imposait que des devoirs. Fiancée à un homme choisi pour sa seule fortune. Son cœur ne demandait qu'à être libéré.

— Donc, fit Élias, si j'ai bien compris, vous avez séduit la fille de votre patient alors que vous la saviez promise à un autre.

— Iliana m'a choisi, elle a choisi de vivre sa vie avec moi plutôt que de la vivre seule. Nous nous sommes aimés en secret. Bien sûr, notre liaison ne tarda pas à être découverte par sa famille… Nous appartenions à deux mondes différents. Je n'avais que peu d'argent, aucun titre et pire que tout, j'étais de Valacer. Son père chercha à nous séparer, il menaça de me tuer et s'empressa d'emmener sa fille loin de moi. À contrecœur, elle partit pour Orme et me laissa derrière elle.

— Mais vous l'avez retrouvée ?

— J'ai quitté mon village et vendu tout ce que je possédais, continua Dariel. J'ai trahi les miens pour l'amour d'une femme. Je l'ai revue un an plus tard. Iliana n'était plus que le pâle reflet d'elle-même. Ses parents avaient cherché à précipiter son mariage mais lorsqu'elle me reconnut, son visage s'illumina. À cet instant, j'ai su que plus jamais je ne la laisserai appartenir à un autre… Nous nous sommes mariés ce soir-là selon les coutumes de Valacer.

— Comment ? grommela Élias. Vous étiez en Orme.

— Chez vous, le mariage ressemble à un contrat. La cérémonie ne vise qu'à faire constater par des témoins le lien qui existe désormais entre un homme et une femme. Il n'en est pas de même en Valacer… L'amour est une chose sacrée, expliqua Dariel. La célébration a lieu en présence du grand prêtre mais, en cas d'opposition des familles, il est possible de pratiquer le serment du sang. Les futurs époux s'ouvrent légèrement la paume avec la lame d'un couteau et mêlent symboliquement leur sang. Ils se jurent fidélité et le mariage est alors reconnu par les Ancêtres.

— C'est grotesque, commenta Élias.

— Mais si vous étiez mariés, pourquoi Iliana ne s'est-elle pas enfuie avec vous ? demanda Plume.

— Elle a voulu rester avec sa famille et les convaincre de m'accepter parmi eux. Son père n'aurait pas hésité à me faire assassiner, alors je suis parti dans le Sud pour l'attendre. Pendant des semaines, nous avons correspondu par lettres et puis, un jour, elle m'a appris qu'elle était enceinte. Je l'ai suppliée de me retrouver, mais elle était persuadée que ses parents finiraient par comprendre. Lorsqu'ils ont découvert la vérité, ils l'ont reniée. Sous le coup de la colère, son père l'a battue et… il l'a défigurée.

Choquée, Plume porta la main à sa bouche.

— C'est horrible ! s'écria-t-elle. Comment peut-on faire une chose pareille ?

— Je l'ignore. Sa famille a préféré la déclarer morte plutôt que reconnaître ses erreurs. À présent, Iliana n'a plus que moi.

— Et vous l'avez laissée traverser tout le pays alors qu'elle était enceinte ? marmonna Élias.

— Je n'avais reçu qu'une brève missive, elle avait dû quitter les siens au plus vite et j'ignorais où elle se trouvait. Depuis plus d'un mois, je guette son arrivée. Je craignais tellement qu'un malheur se soit abattu sur elle…

— Elle a beaucoup de chance de vous avoir, murmura Plume.

— Iliana s'est endormie, je vais retourner auprès d'elle. Je lui parlerai de vous à son réveil.

— Et pour les villageois, lâcha Élias, qu'avez-vous l'intention de faire ? Vous n'avez pas peur des commérages s'ils apprennent qu'une inconnue a débarqué chez vous ?

Dariel se mordit la lèvre.

— Nous ne restons pas ici, déclara-t-il. Dès qu'Iliana aura accouché, nous partirons pour Valacer commencer une nouvelle vie…

— Et nous, vous allez nous abandonner ?

— J'ai presque terminé votre premier tableau. Vous pourrez bientôt constater par vous-mêmes que mes pinceaux n'ont jamais eu le pouvoir de vous faire traverser les époques. Et j'espère que vous nous accompagnerez en Valacer.

Dariel leur adressa un faible sourire. Le message était clair : il refusait toujours de les croire.

⁂

Un homme arpentait les corridors du palais. Sa silhouette voûtée aurait été reconnaissable entre mille, c'était celle du conseiller Selfried. Le front plissé, il ne cessait de rajuster le lourd médaillon – symbole de sa fonction – qui pendait à son cou. Ses cheveux aussi noirs que le charbon se séparaient en une raie bien nette. Tout dans son apparence trahissait un soin méticuleux et une volonté de paraître irréprochable.

Le roi lui avait accordé sa confiance et malgré son jeune âge, il n'avait pas tardé à s'imposer comme un stratège redoutable. Il n'était pas de haute lignée et pourtant, son talent lui avait attiré les faveurs des nobles. Ou plutôt d'une alliance secrète qui souhaitait renverser le régime. Les douze familles les plus influentes du royaume s'étaient unies pour fomenter un coup d'État. Quant à lui, il était devenu leur espion. Plusieurs fois par semaine, il envoyait des messages secrets à Mandias d'Aubrey, le compte-rendu de toutes les rumeurs qui se chuchotaient dans les couloirs.

Selfried avait conscience d'être un traître. Il s'était infiltré avec une facilité déconcertante ; personne, même le plus suspicieux de ses interlocuteurs, n'avait su déceler la vérité dans ses belles paroles. Était-il donc si aisé de mentir ? Oui, le mensonge était un art et lui était un expert en la matière. Selfried était un traître, mais il ne trahissait pas le roi. *Il trahissait la Ligue écarlate.*

⁕⁂⁕

Élias était fatigué, las d'être prisonnier de cette époque. Il perdait son temps ici, alors que des choses beaucoup plus importantes l'attendaient à Seräen. Que s'était-il passé après sa mystérieuse disparition ? Andreas avait probablement sauté sur l'occasion pour lui ravir le titre. Brandir un poignard sous son nez devrait suffire à le faire changer d'avis… Mais qu'en était-il de ces hommes en noir qui avaient envahi son manoir ?

« Y en a marre, songea-t-il. Je vais faire un tour. »

Il était encore tôt. Par sa fenêtre, il distinguait les timides rayons du soleil qui luttaient pour chasser la nuit et ses ténèbres. De mauvaise humeur, Élias descendit au rez-de-chaussée, vérifia au passage que sa fiancée n'était pas encore en train de préparer un mauvais coup, et se glissa au-dehors.

Iliana n'était pas réapparue de la soirée. Elle était restée dans la chambre de Dariel avec son maudit peintre qui veillait sur elle. En réalité, sa présence laissait Élias indifférent. Qu'elle soit là ou non ne changeait rien à ses affaires. Non, ce qui le dérangeait, c'était ce marmot qui menaçait de quitter son ventre pour faire entendre ses braillements. Élias détestait les enfants et en particulier ceux qui chouinaient. Toute sa vie, on lui avait enseigné qu'avoir un fils était une nécessité pour assurer la lignée.

Mais, à ses yeux, c'était un petit être qui lui rappellerait à quel point lui-même s'était haï lorsqu'il était jeune. Il avait passé des années à attendre. À attendre d'être un homme pour que son père daigne enfin s'intéresser à lui. Comment pourrait-il élever un enfant avec cette boule au ventre ?

Élias avait besoin de se défouler. Depuis son départ de Seräen, un sport lui avait terriblement manqué : crier sur Harckof.

— Incapable ! s'exclama-t-il en faisant mine de réprimander son subordonné. Comment oses-tu paraître devant moi, alors que tu as failli à ta mission ? Je pourrais te faire exécuter pour le simple plaisir de voir ta tête rouler sur le sol.

Puisqu'il était purement imaginaire, le coupable n'eut pas l'occasion de présenter une défense solide.

— Quoi ? Je me fiche de savoir que les gardes du palais étaient là ! Ton incompétence n'a vraiment aucune limite…

Élias aurait pu continuer ce petit jeu encore longtemps. Il éprouvait un plaisir délectable à s'imaginer dans son bureau de la capitale, les pieds sur la table et passant un savon à son homme de main. Ce qui le tira de ce doux rêve fut l'impression désagréable d'être observé…

Ce n'était pas Plume venue voir ce qu'il fabriquait. Ni même Dariel ou Iliana intrigués par cet étrange spectacle. Non, c'était encore cet idiot de gamin ! La patience d'Élias avait des limites ; si elle pouvait être extensible pour certaines personnes, elle l'était moins pour d'autres. Et ce Geremia figurait dans la catégorie de ceux qui l'agaçaient profondément.

— Encore toi ! lança Élias. Je t'avais dit de ne plus recroiser ma route !

Il aurait très bien pu lui parler de la pluie ou du beau temps. Geremia lui souriait bêtement. Incapable de focaliser son attention, il ne cessait de tourner sa tête d'un côté puis de l'autre. Craignant de s'attraper le tournis, Élias le saisit par le menton.

— Tu vas déguerpir et je ne veux plus jamais te revoir ! Est-ce que tu m'as bien compris ?

Le problème avec ce gosse, c'est que justement il ne comprenait rien. Et cette fois-ci comme la précédente, il ne parut pas faire la différence entre un ami et la menace grandissante que représentait Élias.

— Dari… el, articula-t-il avec difficulté.

— Hors de ma vue !

Élias voulut le chasser d'un geste de la main mais, à la différence des mouches qui acceptaient parfois de coopérer, Geremia resta parfaitement statique.

— Allez, disparais !

Si ce gamin ne partait pas, c'était à lui de le faire. De très mauvaise humeur, Élias s'apprêtait à regagner sa chambre pour exercer sa colère entre quatre murs, lorsqu'un mot de trop sortit de la bouche de Geremia.

— A… A-ël.

— Quoi ? Qu'est-ce que tu viens de dire ?

Nathaël… Élias avait toujours su que cet enfant était un danger, une source d'ennuis susceptible de lâcher la vérité comme une bombe se destine à exploser. Oui, tôt ou tard, il finirait par se faire entendre d'une personne qui saurait faire le lien entre le guérisseur, son mystérieux frère et la disparition des fugitifs. Élias détestait prendre des risques surtout quand il approchait du but.

Ses instincts de tueur s'étaient réveillés. La part d'ombre contre laquelle il avait vainement tenté de lutter avait ressurgi, plus forte et persuasive que jamais. Dans son esprit rongé par le doute, une certitude s'imposa peu à peu, chassant ses réticences. Il ne laisserait aucun idiot se mettre en travers de son chemin… Plus qu'une impulsion, ce fut un réflexe qui anima son bras. Il avait répété ce geste des centaines et des centaines de fois. Mécaniquement, il empoigna Geremia par les cheveux et lui tordit le cou. Le corps sans vie s'effondra sur le sol, son éternel sourire au coin des lèvres.

Il était mort. Une mort rapide, discrète et qui ne laissait aucune trace de sang. Qui se soucierait de ce gamin avant plusieurs jours ? Il avait l'habitude de vagabonder loin du village et les habitants penseraient qu'il s'était égaré. Le corps lui parut étonnamment léger lorsque Élias le jeta sur son épaule. L'idéal aurait été de l'enterrer six pieds sous terre, mais il était bien plus simple de le cacher dans la forêt. Nul n'osait pénétrer dans les bois à cause du Ranaghar. Et même si un audacieux s'y aventurait, le monstre servirait de bouc émissaire. On l'accuserait du crime et personne ne chercherait à aller plus loin.

Élias éprouva à peine un regret en abandonnant le cadavre derrière un talus. Il avait déjà assassiné des ennemis de sang-froid, des tueurs moins habiles que lui et qui étaient venus pour l'éliminer. Cette victime de plus n'était rien d'autre qu'une perte collatérale. Un obstacle qu'il avait balayé d'un revers de main pour une seule raison : il voulait retrouver son titre de seigneur de la Ligue.

⁂

Lorsque Plume descendit les marches de l'escalier, elle trouva son fiancé occupé à étaler du beurre sur une tranche de pain. En pleine concentration, il ne daigna même pas relever la tête à son approche.

— Où est Dariel ? demanda-t-elle.

— Bonjour à vous aussi, répliqua Élias qui ne se distinguait pas non plus par son amabilité. Il est parti, il y a une heure. Je-ne-sais-pas-qui avait besoin d'un remède contre je-ne-sais-plus-quoi. Il est allé cueillir des herbes.

— Et Iliana ?

— Elle dort encore, je pense.

— Qu'est-ce que c'est ?

Plume désigna du doigt l'avant-bras d'Élias. Il avait relevé sa manche et sur sa peau, elle apercevait une étrange marque noire. L'intéressé s'arracha à la contemplation de son assiette pour examiner la tache litigieuse.

— C'est votre œuvre, vous ne vous en souvenez pas ? Vous m'aviez dessiné une fleur...

Oui, Plume n'avait guère oublié cette charmante plaisanterie. Mais cette facétie remontait à deux semaines déjà. Ce n'était que du fusain. Comment cette rose avait-elle pu résister aux effets combinés de l'eau et du temps ?

— Vous avez essayé de l'effacer ?

— Non, ça ne m'empêche pas de manier l'épée, alors cela m'est parfaitement égal.

Dans l'espoir de résoudre ce mystère, Plume entreprit de frotter le poignet d'Élias avant d'interrompre son geste. C'était inconvenant... Elle le prenait pour de la vaisselle à faire briller.

— Le protocole ne s'offusquera pas de cette nouvelle offense, ricana Élias. Vous et moi ne cessons de contrevenir à ses règles comme celle qui interdit à des fiancés de se fréquenter sans la présence bienveillante d'un tiers.

Plume le lâcha aussitôt. Elle n'aimait pas entendre parler de fiançailles et encore moins de chaperon. Ses persiflages lui avaient rappelé à quel point elle détestait l'idée de se marier avec lui.

— Je vais m'occuper d'Iliana, marmonna-t-elle.

— Je vous ai offensée ? lança Élias qui, penché en arrière sur sa chaise, se tordait le cou pour l'apercevoir.

— Non. Pour le dessin, vous n'avez qu'à utiliser du savon... Il paraît que cette invention fait des miracles.

Avec ce qui restait de pain et de fromage, Plume prépara un plateau qu'elle porta dans la chambre d'Iliana. Malgré les rideaux tirés, les rayons du soleil s'étaient faufilés dans la pièce. Ils éclairaient le visage défiguré de la jeune femme et l'horrible cicatrice qui déchirait sa peau. Avec ses cheveux auburn qui se teintaient de reflets rouges, Iliana avait dû être belle. Elle aurait pu avoir n'importe quel homme à ses pieds et pourtant, elle avait choisi de s'unir à un étranger. Était-ce donc cela aimer ? Être prêt à suivre son cœur, peu importaient les conséquences…

Lentement, Plume déposa le plateau sur la table de chevet. Elle s'apprêtait à repartir sur la pointe des pieds lorsqu'un éclat argenté la retint sur le seuil de la porte. Le drap blanc avait glissé sur les épaules d'Iliana, laissant apparaître un médaillon autour de son cou.

— C'est le mien, murmura Plume, stupéfaite.

Il était semblable en tout point. Le même bijou au pourtour ouvragé et sur l'envers, elle reconnaissait l'une des rayures qui rompaient la surface lisse du métal. C'était impossible ! Elle l'avait perdu lors de leur folle course-poursuite sur les toits. Il était resté à Seräen, à cette époque qui lui paraissait désormais si lointaine. Comment cet objet unique pouvait-il se retrouver là ?

Plume ne tarda pas à avoir sa réponse. Ou plutôt un doute immense qui s'insinua en elle quand Iliana entrouvrit les paupières.

— Léonis, murmura-t-elle avant de se rendormir.

Ses prunelles étaient d'un bleu azur, bleu comme le ciel. Bleu comme les yeux de Plume… Ce n'était pas seulement une vague ressemblance, c'était l'étrange sensation de s'observer dans un miroir. Le visage torturé d'Iliana était un reflet du sien, une version déformée à travers le temps comme le profil d'Élias évoquait celui de son père.

Ce fut un cri d'horreur qui mourut sur ses lèvres. Plume se précipita hors de la pièce, bouscula un fiancé décontenancé et s'enfuit à l'extérieur de la maison.

Le monde s'était écroulé. Il n'y avait plus de présent ni de passé, seulement un gouffre profond qui menaçait de se refermer sur elle. Recroquevillée au pied d'un arbre, Plume avait envie de hurler sa colère. Comment la vérité avait-elle pu lui échapper aussi longtemps ?

— Je suis Éléonore Herrenstein, je suis la fille de l'ambassadeur…

Ces mots ne faisaient que renforcer sa douleur. Jamais encore Plume ne s'était interrogée sur la puissance des liens du sang. Elle était différente de ses parents. Aussi loin que remontaient ses souvenirs, elle avait été éprise de justice, prête à violer les lois, alors que la raison lui ordonnait de rester dans le rang. D'où tenait-elle cet étrange tempérament ? De sa mère qui se complaisait dans les potins ou de son père qui avait choisi de se taire ? Non, elle ne ressemblait à aucun d'eux.

Elle aimait la peinture, elle aimait l'art. Son talent pour le dessin était inné comme ce besoin irrépressible de transfigurer la réalité. Dariel les avait recueillis, il les avait protégés des villageois… Était-ce par pure bonté d'âme ou parce que dans ses yeux, il voyait une autre femme ?

Son médaillon était bien plus qu'un porte-bonheur. Il dissimulait un secret de famille.

— Vous avez besoin d'une oreille complaisante ?

Plume tressaillit. Relevant la tête, elle aperçut la silhouette d'Élias, plantée à quelques mètres d'elle. Son fiancé avait dû la suivre jusqu'à la lisière du bois. Depuis combien de temps l'observait-il à la dérobée ? Le spectacle qu'elle offrait était pitoyable : le visage en larmes avec la souffrance pour seule compagne.

— Allez au diable ! répliqua Plume.

Élias dédaigna la requête. Il se laissa tomber à côté d'elle et posa sa cape sur ses épaules.

— Ne pleurez pas toute seule, prononça-t-il d'une voix douce. Je vous promets que je ne ricanerai pas. Si vous me demandez de partir, je vous assure que je le ferai.

Il avait l'air étonnamment sincère. Plume hésita. Sa première réaction aurait été de l'envoyer promener, mais il y avait quelque chose de touchant dans son attitude. Presque de la compassion. Alors, sans réfléchir, Plume se jeta dans ses bras et sanglota contre lui.

— L'autre jour, je vous ai demandé d'être mon alliée, lui murmura Élias. Soyez mon amie, Éléonore… Oublions nos vieilles rancunes et laissez-moi veiller sur vous.

— Je ne veux pas de votre protection…

— Très bien, à votre guise, mais vous l'aurez quand même. Que s'est-il passé ? ajouta-t-il en lui tendant un mouchoir. Pourquoi y a-t-il des larmes sur ce joli visage ?

— Avez-vous déjà eu l'impression que ce que vous pensiez être la réalité n'était rien d'autre qu'un nuage de fumée ?

— Je ne suis pas un homme à qui l'on ment facilement, si c'est votre question… Qu'avez-vous découvert de si terrible ?

— Mes parents m'ont menti…

— Vous parlez des meurtres perpétrés au nom de Valacer et dont votre père s'est rendu complice ?

— Non.

— Alors, quoi ?

— Iliana avait un médaillon autour du cou. Mon médaillon, celui que j'ai perdu à Seräen…

— Eh bien, où est le mal ? Votre médaillon est plus vieux que vous ne l'avez cru. Et le hasard a voulu qu'Iliana en soit la précédente propriétaire.

— Est-ce que vous croyez au destin ? Le soir où je vous ai rencontré, c'est la toile qui m'a poussée à braver l'interdit. Je me suis introduite chez vous sans savoir que ce tableau représenterait mon futur... et qu'il serait également une part de mon passé. Dariel n'est pas seulement un peintre merveilleux, *il est aussi de ma famille.*

— Je vous demande pardon ? lança Élias, persuadé d'avoir mal entendu.

— Dariel est mon grand-père.

— Et vous tirez cette brillante conclusion d'un simple médaillon ?

— Vous n'avez pas vu Iliana comme je l'ai vue.

Élias ne chercha pas à la contredire. Certaines vérités ne pouvaient être prouvées, certaines certitudes venaient du cœur. Elles étaient incontestables sans avoir besoin d'être démontrées. Et Plume n'aurait jamais affirmé une telle théorie si elle-même n'en était pas persuadée.

— Imaginons que vous ayez raison, soupira-t-il. Cela supposerait que les Herrenstein vous auraient adoptée... Et pourquoi auraient-ils fait une chose pareille ? Ou plutôt pourquoi vos autres parents vous auraient-ils abandonnée ?

— Parce que l'Oméga a pourchassé les peintres, siffla Plume entre ses dents. Parce que Renard Artéor est persuadé qu'en tuant des innocents, il cachera la vérité sur cette guerre imaginaire. Parce qu'il se croit à l'abri dans son palais et parce qu'il ignore qu'une fois revenue à Seräen, je le tuerai de mes mains !

Plume se leva d'un bond. Elle s'était sentie trahie, mais sa colère s'était muée en une soif de revanche. Cet homme qui s'imaginait tout-puissant avait déchiré des familles, il l'avait forcée à grandir loin des siens. Les Herrenstein lui avaient offert une vie d'aristocrate, alors que sa place aurait dû être dans les bas-fonds à vivre au jour le jour. Oui, Plume les aimait... Elle aimait toujours sa mère qui préparait des projets de grandeur pour une fille qui n'était pas la sienne. Elle aimait son père qui portait sur ses épaules le poids d'un fardeau.

Elle s'était crue une Herrenstein, elle était une Dariel et si elle ne choisissait aucun de ces noms ? Bientôt, elle porterait un patronyme qui serait craint dans toute la capitale. Elle deviendrait Éléonore d'Aubrey, dame de la Ligue écarlate.

— J'ai envie de me battre, lâcha-t-elle. Passez-moi votre épée... et en garde !

Chapitre 13
Un voyage au-delà des rêves

Plume s'était transformée en une véritable furie. Elle ne cessait d'attaquer et de contrer avec une force insoupçonnée. Sa technique n'était pas dépourvue de faiblesses mais, derrière ses maladresses, Élias sentait qu'une combattante était sur le point de naître. Avec une telle rage de vaincre, Artéor avait du souci à se faire. L'idée que Plume puisse un jour se retourner contre lui traversa l'esprit d'Élias. Oui, songea-t-il, sa vie conjugale risquait d'être mouvementée si l'apprentie choisissait d'éliminer le maître. « Ne jamais contrarier une femme », conclut-il avec sagesse.

Plume fit un bond sur le côté pour l'éviter. Lassé de ce petit jeu, son fiancé se décida à accélérer les choses. Esquivant sa lame, il lui fit sauter son arme des mains d'un coup de fourreau bien placé.

— Allez, ça suffit ! lança-t-il.

— Pourquoi ? Vous êtes fatigué ?

— Ma chère mademoiselle, j'admire votre ténacité mais j'estime que vous vous êtes suffisamment défoulée sur votre humble serviteur… Venez, nous ferions mieux de rentrer.

De mauvaise humeur, Plume consentit à capituler. Son front dégoulinait de sueur, mais ses pensées n'avaient jamais été aussi claires.

— Et pour Dariel, qu'avez-vous l'intention de faire ? demanda Élias, distraitement.

— Rien, il ne croit pas à notre histoire de voyage dans le temps.

Dariel refusait d'accorder du crédit à une magie qui dépassait son entendement. Pourtant, la jeune fille était sûre qu'inconsciemment, il avait perçu ce lien qui les unissait. Seul le pouvoir de ses tableaux serait en mesure de lui ouvrir les yeux. Plume devrait donc attendre, patienter jusqu'à ce que cette étonnante vérité s'impose à lui.

⁂

— Cela me fait très plaisir de faire votre connaissance. Léonis m'a beaucoup parlé de vous.

Ce n'étaient que des formules de politesse, pensa Élias. Pourtant, Iliana avait l'air étrangement ravie de découvrir la présence de ces deux inconnus chez le peintre. Vêtue d'une robe blanche, elle présentait une certaine ressemblance avec Plume. Ou, tout du moins, la moitié de son visage qui n'avait pas été défigurée.

— Moi de même, bafouilla Plume.

Élias marmonna l'une de ces phrases qui faisaient sourire les dames sans avoir eu à les inventer lui-même. Après avoir passé la matinée à brandir une épée, Plume paraissait pétrifiée en présence d'Iliana. L'ambiance du déjeuner promettait d'être tendue.

Attablés autour d'un ragoût, les convives s'étaient retranchés dans un silence gêné. D'ordinaire, cela ne dérangeait pas Élias d'avoir la paix pour manger. Mais le regard timide de Plume l'incita à faire la conversation.

— Votre voyage a dû être éprouvant, non ? demanda-t-il en se tournant vers Iliana. Vous venez de loin ?

— De Tarnus, répondit la jeune femme. J'ai mis plusieurs semaines pour venir jusqu'ici.

— Ah oui, cette ville de l'Ouest qui cultive le miel. C'est un endroit charmant, paraît-il.

Évoquer un lieu dont elle avait dû s'exiler, aussi pittoresque soit-il, n'était peut-être pas une excellente idée. Élias s'apprêtait à rebondir sur des banalités lorsque Iliana ajouta d'un ton grave :

— Léonis m'a dit que les villageois vous croyaient coupables d'un meurtre.

— Oui, ces imbéciles ont même poussé le zèle à nous poursuivre dans les champs.

— Vous devriez venir en Valacer avec nous. Je sais que vous êtes innocents, mais Orme laisse triompher les injustices. Les apparences et les préjugés suffisent à condamner les hommes. La loi n'existe plus...

Élias soupçonna le peintre d'avoir omis dans sa version des faits tout ce qui concernait leur passage à travers la fente. Il avait dû les décrire comme des vagabonds accusés injustement et qui vivaient cachés dans l'espoir d'échapper à une exécution.

— Orme est encore mon pays, murmura-t-il.

— Il a cessé d'être le mien quand je ne parvenais plus à me reconnaître dans ses valeurs. Les étrangers sont méprisés, ils sont craints par la population alors qu'ils ne cherchent que du travail et le moyen de subsister. La vie en Valacer est rude mais là-bas, les gens sont libres...

La politique était un sujet explosif. Face à ce conflit qui menaçait de naître, Dariel choisit de ramener la conversation à des réalités bassement matérielles.

— Hanel m'a donné beaucoup de tracas ce matin, leur dit-il. Je crains qu'il n'ait besoin de soins…

— Qui est Hanel ? lança Élias en enfournant une cuillérée dans sa bouche.

— Mon cheval.

Oui, ce maudit animal qu'il avait dû emprunter pour aller secourir Plume. Une créature qui, au lieu de se réjouir d'une promenade au grand air, le ralentissait à la vue du moindre bout d'herbe. À la place de son propriétaire, Élias l'aurait plutôt appelé « saleté de canasson ».

Hanel… Nathaël… Sa cuillère lui glissa des mains. Qu'avait dit exactement ce gamin idiot ? Élias lui avait tordu le cou, persuadé qu'il faisait référence à la mort du fermier. Mais feu Geremia ne s'était jamais donné la peine d'articuler. Est-ce qu'il parlait encore de ce cheval ? Vu l'adoration qu'il lui portait, cela n'aurait rien eu d'étonnant. Les noms se mêlaient dans l'esprit d'Élias, mais lequel des deux ce gosse avait bien pu baragouiner ?

— Veuillez m'excuser, grommela-t-il.

Élias se leva de table et grimpa à l'étage. Entre les quatre murs de sa chambre, il se sentait comme un animal en cage. Il devait réfléchir, exhumer des profondeurs de sa mémoire une scène qu'il s'était promise d'oublier. Depuis son adolescence, on l'avait entraîné à être une machine à tuer. À analyser chaque situation avant d'agir. Jamais il n'aurait assassiné ce gamin s'il avait eu le moindre doute. Oui, il était sûr d'avoir entendu « Nathaël »… Geremia aurait pu les trahir ; un mot malheureux et il aurait fini au bout d'une corde avec sa jolie fiancée. Élias avait agi pour le mieux, il avait mis fin à cette menace qui ne cessait de tourner autour d'eux.

Pourtant, l'incertitude commençait à s'insinuer en lui. Ce n'était qu'un enfant après tout. Même s'il avait clamé la vérité sur les toits, peut-être que personne n'aurait tendu l'oreille.

— Élias ?

L'interpellé tourna la tête. C'était à parier. Plume n'avait pas pu résister à la tentation de le suivre.

— Quoi ? grogna-t-il.

— Rien… Je me demandais juste pourquoi vous étiez parti aussi brusquement.

— Venez là, il faut que je vous parle.

Plume se planta en face de lui. Lui confier son secret, c'était la promesse que plus jamais elle ne le laisserait s'approcher d'elle. Cette jeune obstinée n'écouterait pas sa défense, elle le traiterait de monstre et le mince lien qui les unissait serait brisé pour toujours.

— Ce matin, déclara-t-il, vous avez juré de tuer l'Oméga. Je vous demande de renoncer à ce projet.

— Et en quel honneur ?

— Vous n'êtes pas une criminelle, Éléonore. Je comprends votre haine envers Artéor, mais cela ne ferait que vous détruire de l'intérieur. Alors, laissez-moi l'assassiner pour vous… Rentrons ensemble à Seräen et je lui ferai payer le mal qu'il vous a fait.

— Pourquoi est-ce que je vous croirais ?

— Un jour, vous m'avez demandé combien d'hommes j'ai tués. Je ne vous ai pas répondu… J'en ai tué quarante-deux, murmura Élias. La plupart n'était que des mercenaires envoyés par mes ennemis pour m'éliminer. C'étaient eux ou moi, j'ai fait ce qu'il fallait pour survivre. Mais je n'oublierai jamais la première fois où mes mains ont été couvertes de sang. J'étais si jeune, j'ignorais que ma conscience deviendrait le pire des fardeaux… J'ai passé la nuit entière à vomir. Pendant des heures, je me suis demandé si j'avais fait le bon choix. Si enfoncer ma lame dans son corps était la seule échappatoire possible. Je pensais alors qu'il n'y avait aucune différence entre décapiter un mannequin d'entraînement et trancher la tête d'un homme. C'était faux… Je suis mort ce jour-là. Lorsque vous ôtez la vie, vous faites un choix qui vous poursuivra jusqu'à la fin de votre existence. Mon âme est comme un fruit pourri ; elle est dévorée par le mal. Pour moi, il est déjà trop tard mais je peux encore vous empêcher de commettre la même erreur.

Plume se mordit la lèvre.

— Vous n'êtes pas en train de me mentir, n'est-ce pas ?

— Non.

— Alors, je suivrai votre conseil, M. d'Aubrey.

⁂

Plume avait été troublée. Jamais elle ne se serait attendue à découvrir une telle facette chez son fiancé. Elle l'avait cru dépourvu de morale, et si derrière ses sarcasmes se cachait non pas un cœur en pierre, mais un cœur que les aspirations de la Ligue avait fini par corrompre ?

Élias avait tué son frère aîné, blessé son cadet et saboté les fiançailles de ce dernier pour le simple plaisir de lui nuire. À Seräen, il avait l'intention de conquérir le titre de l'Oméga et de la répudier. Plume aurait dû le détester mais, dans la noirceur de son âme, elle venait d'apercevoir une faible lueur qui luttait pour ne pas s'éteindre. Presque un espoir.

≽ᓚᘏᗢ≼

Mme Fergus se pencha par la fenêtre. Que se passait-il dans la rue ? Des voix se mêlaient, des gens s'apostrophaient mais, dans ce vacarme, l'oreille affûtée de la brave femme parvint à distinguer un nom. Un nom qui se répétait et qui revenait sur toutes les lèvres. Geremia.

— Encore celui-là, pesta-t-elle.

Ce gamin était une véritable malédiction. Incapable de tenir en place, il passait son temps à échapper à la vigilance de ses parents pour gambader dans la nature. Combien de fois avait-il disparu pour resurgir en fin de journée, les genoux écorchés et le visage plein de terre ? À défaut de savoir le localiser, les Polson avaient au moins essayé d'éduquer ce petit sauvageon. Lorsqu'il était plus jeune, la moindre contrariété suffisait pour qu'il se roule sur le sol – « Un tas de linge sale ambulant ! », avait conclu Mme Fergus – et seuls les animaux supportaient sa présence. À présent, la société des hommes avait cessé d'exister pour lui. Il vivait dans sa bulle, un monde imaginaire qui transparaissait à travers le sourire idiot s'étalant sur sa face.

— Je cherche mon fils, vous savez, Geremia…

— Pas vu ce gosse.

— Vous êtes sûr de ne pas l'avoir aperçu ?

Depuis sa cuisine, Mme Fergus distinguait la silhouette de Mme Polson qui, rongée par l'inquiétude, interrogeait les passants. Mais ni ce vieux bonhomme ronchon ni les commères qui s'étaient rassemblées sur la place n'avaient vu Geremia. Personne ne faisait attention à lui, pourquoi se soucier d'un gamin trop idiot pour aligner trois mots d'affilée ?

— Elle va bien finir par remettre la main dessus, grommela Mme Fergus en refermant sa fenêtre. De toute façon, il n'a pas pu aller très loin.

Mme Fergus ignorait à quel point cette nouvelle disparition était inquiétante. Elle ignorait que Geremia était mort et que le village entier pleurerait bientôt un enfant qui, jusqu'alors, n'avait suscité que mépris et indifférence.

— Vous croyez qu'Iliana m'apprécie ?
— Pourquoi ? Elle devrait vous détester ? marmonna Élias.

C'était une question stupide et pourtant, Plume n'avait pu s'empêcher de l'énoncer à voix haute. Lorsqu'elle avait entendu Iliana parler de politique, elle avait senti son cœur se serrer dans sa poitrine. La jeune femme espérait un avenir meilleur. Elle avait fui sa famille et son passé sans imaginer les souffrances que lui réserverait l'avenir. Dariel serait arrêté, il serait jugé pour trahison et l'Histoire retiendrait son nom comme étant celui d'un renégat.

— Elle vient seulement de vous rencontrer, fit remarquer Élias. Et étant donné que vous avez à peine ouvert la bouche durant le repas – hormis pour manger, bien sûr –, je vois mal quels seraient ses griefs contre vous… Votre posture est mauvaise, corrigez-moi un peu ce mouvement.

Bavarder et manier l'épée ne lui posaient aucune difficulté. Élias discourait et lançait ses consignes d'un air désinvolte. Pour Plume, combiner les deux exercices était d'autant plus ardu que son fiancé ne lui laissait aucun répit.

— Pourquoi est-ce que vous avez choisi de faire vœu de silence, d'ailleurs ? s'étonna Élias.

— Je ne savais pas quoi dire.

— Pourtant, d'habitude, vous ne manquez pas d'imagination pour me couper la parole – plus haut le bras et faites attention à votre jeu de jambes. Vous auriez pu échanger des banalités : le temps qui fait dehors, la mode, les recettes de cuisine… bref, toutes ces choses que les dames aiment se confier en buvant le thé.

— J'avais peur de commettre une maladresse.

Élias soupira.

— Je vous donne des leçons d'escrime, pas d'éloquence.

— Peut-être qu'on devrait dire la vérité à Dariel. Il nous a tellement aidés, il mérite de savoir…

— Oh oui, j'imagine très bien la scène, ricana Élias. « Léonis, nous souhaiterions vous exprimer notre gratitude, alors sachez que vous serez bientôt haï par tous les habitants d'Orme. Vous ne verrez jamais votre enfant grandir, car vous serez exécuté sur la place publique. » Charmant, non ?

Élias avait raison. Il valait mieux pour Dariel qu'il ignore sa destinée. Mais le laisser dans l'ignorance, n'était-ce pas une forme de cruauté ? Comme bander les yeux d'un homme et le conduire au bord d'un précipice.

— Au risque de me répéter, poursuivit Élias, il nous est impossible de changer le passé. Vous avez déjà essayé et vous avez échoué. Seul le futur est encore une page blanche à écrire. Le mieux que nous puissions faire, c'est renverser l'Oméga et laver l'honneur de Dariel.

— Quelle importance puisqu'il ne sera plus de ce monde ?

— Pour ses descendants, cela peut avoir de l'importance… surtout si une certaine demoiselle décide de ne plus faire partie de l'aristocratie.

Plume lui adressa un faible sourire. Le soleil commençait lentement à se coucher, teintant le ciel de couleurs pastelles. Il ferait bientôt trop sombre pour croiser le fer. Plume abaissa son épée, elle s'apprêtait à la ranger lorsqu'elle sentit le regard d'Élias posé sur elle.

— Qu'y a-t-il ?

— Vous entendez cette musique ?

En tendant l'oreille, Plume perçut une mélodie lointaine qui semblait portée par le vent. Ce devait être la fête au village. Dariel lui avait décrit ces couples qui virevoltaient, ces moments de joie si différents des réceptions mondaines qu'elle connaissait. L'espace d'un instant, elle s'imagina parmi eux – non plus en fugitive, mais comme une adolescente qui se plaisait à redécouvrir le bonheur de danser.

— Est-ce que par hasard, vous me feriez l'honneur…

Élias ne termina pas son invitation. La main de Plume venait de se glisser dans la sienne. La dernière fois qu'ils avaient dansé ensemble, il l'avait demandée en mariage. Elle se souvenait de ses efforts pour l'éviter, de toutes ces filles qui lui tournaient autour et de sa nuit passée dans un placard à sangloter. Ce soir-là, c'était différent. Élias était toujours un tueur mais, sous sa carapace, Plume apercevait un homme qui, pour survivre, s'était interdit la moindre faiblesse. Un enfant meurtri qui avait bâti des remparts d'indifférence pour se protéger.

Doucement, comme s'il craignait de l'effaroucher, ses mains se posèrent sur sa taille. Leurs pas s'enchaînèrent, d'abord hésitants jusqu'à ce que la musique les rapproche l'un de l'autre. Dans les bras de son fiancé, Plume éprouvait une sensation étrange. L'impression que perdue dans le temps, elle venait de retrouver les toits de Seräen. Elle flottait au-dessus de la ville aussi libre qu'une plume dans le vent.

Alors qu'Élias la faisait tournoyer, son pied trébucha sur une racine. Il bascula en arrière, entraînant sa partenaire dans sa chute. Dans un éclat de rire, ils s'écroulèrent sur l'herbe humide. Allongée par terre, Plume se surprit à admirer la beauté du ciel. Bientôt, la nuit étendrait son empire et des milliers d'étoiles parsèmeraient la voûte céleste. Elle aurait voulu ne jamais se relever, mais un détail ne tarda pas à l'arracher à sa rêverie. À la lisière du bois, une ombre avait bougé…

Plume se redressa d'un bond.

— Là-bas, s'exclama-t-elle, je suis sûre d'avoir vu quelqu'un !

La réponse d'Élias fut immédiate : il dégaina son épée.

— Je vais voir ce que c'est, grommela-t-il, la bouche tordue en une grimace. Vous, restez ici !

— Non, je veux vous accompagner…

Élias n'était pas d'humeur à négocier. D'un grand coup de pied, il traça une marque sur le sol.

— Vous voyez cette ligne ? lança-t-il. Si jamais je vous surprends de l'autre côté, vous vous souviendrez longtemps de la punition que je vous infligerai. Est-ce que c'est clair ?

Plume marmonna un « oui » peu convaincant.

— Tenez, ajouta Élias en lui tendant sa dague. Et ne faites pas de bêtises !

À contrecœur, elle aperçut la silhouette de son fiancé disparaître dans la forêt. Seule dans la pénombre du soir, Plume avait le sentiment d'être observée. Les arbres lui semblèrent brusquement imposants, telle une muraille cachant des ennemis prêts à l'attaquer. Après tout, cette mystérieuse présence n'était peut-être qu'un effet de son imagination. Cette journée avait été épuisante et son esprit avait très bien pu lui jouer un tour.

Pourtant, celle qui avait parlé n'était pas la fille de l'ambassadeur. Ce n'était pas Mlle Herrenstein qui avait cru discerner un danger. C'était une voleuse qui, la nuit venue, échappait à la milice. Elle s'était toujours fiée à ses sens ; au moindre bruit, son instinct lui ordonnait de se fondre dans l'obscurité. Et son intuition lui avait laissé pressentir une menace.

Élias avait réagi à une vitesse surprenante. Il n'avait exprimé aucun doute, il s'était précipité vers ce bois sans remettre sa parole en cause. Un bref instant, elle avait cru voir en lui autre chose qu'un combattant partant défendre ses terres. Plutôt un gamin fautif qui aurait enterré son butin et s'empresserait d'aller vérifier qu'aucun intrus ne l'avait découvert.

— C'est absurde, murmura-t-elle.

Il avait beau être manipulateur, il ne pouvait y avoir des complots et des machinations dans chacun de ses gestes. Mais pourquoi était-elle incapable de lui faire confiance ?

Tracée dans l'herbe, la ligne symbolique sonnait comme un avertissement. Lui infliger une punition… « Qu'il essaye un peu ! », songea Plume.

D'ailleurs, elle était persuadée qu'il n'oserait pas. Il n'allait quand même pas frapper une femme. C'était lâche et contraire à l'honneur. Alors, Plume sauta gaiement de l'autre côté de la ligne. Aucun châtiment divin ne s'abattit sur elle et fière d'avoir désobéi, elle s'avança jusqu'à l'orée du bois. Le temps qu'Élias réapparaisse, elle aurait quitté la zone interdite et serait retournée sagement à sa place.

— Ce n'est pas comme si j'avais l'intention de me battre…

Plume voulait seulement jeter un coup d'œil. Ce n'était pas un crime d'être curieuse. Et puis, il s'agissait probablement d'un villageois venu voir le guérisseur. Après l'avoir entendue donner l'alerte, il se serait enfui sans demander son reste. Mais non, ils craignaient le Ranaghar et aucun d'eux ne se serait aventuré aussi près… Un animal, peut-être ? Une grosse bête qui aurait pointé le bout de son museau.

Plissant les yeux, Plume ne pensait pas qu'une forme se détacherait des ténèbres. Une silhouette avait surgi de nulle part, un homme en manteau noir dont les pas paraissaient à peine effleurer le sol. La jeune fille étouffa un cri d'horreur. À Seräen, elle avait déjà croisé cet être à deux reprises : une première fois dans l'impasse de l'apothicaire ; puis, dans le manoir des d'Aubrey, lorsqu'ils avaient été attaqués. Comment était-ce possible ? La vérité était souvent insaisissable, mais Plume avait une certitude : *elle venait de rencontrer le Ranaghar.*

⁂

Élias s'était enfoncé dans la forêt. Il avait laissé sa fiancée derrière lui, persuadé qu'elle n'hésiterait pas à lui désobéir. Après mûres réflexions, il aurait mieux fait de l'attacher à un arbre ou d'ordonner à Dariel de la surveiller.

La vérité était qu'il craignait pour son secret. Si le corps de Geremia était découvert, sa culpabilité ne ferait de doute pour personne. Il aurait dû l'enterrer et non pas le jeter derrière un talus en pensant cette précaution suffisante. Mais qui avait eu l'audace de défier le Ranaghar ? Et lui qui comptait sur cette superstition grotesque pour couvrir ses arrières !

Un hurlement strident déchira l'air. Cette voix qui montait dans les aigus ne pouvait appartenir qu'à une seule personne.

— Plume ! s'exclama Élias.

Bon sang, qu'avait-elle encore fait ? Son épée à la main, il courut à perdre haleine jusqu'à la lisière du bois. Le monde s'évanouit ; il devint un amas de couleurs ternes alors qu'une pensée unique dominait son esprit. Il devait sauver cette fille, il avait promis de veiller sur elle ! En sueur et le souffle coupé, Élias discerna bientôt une silhouette étendue dans l'herbe. Plume gisait inconsciente, les bras en croix. Son corps ne portait aucune trace de lutte et sur son visage se lisait une étonnante quiétude. Elle semblait endormie, plongée dans les méandres d'un sommeil profond.

La délicatesse n'avait jamais été le point fort d'Élias.

— Hé ho ! cria-t-il en la secouant par le bras.

Il n'obtint aucune réponse. Plume ressemblait à une poupée de chiffon, un pantin inanimé à l'expression figée. Élias lui prit le pouls et sous ses doigts, il devina les battements de l'artère. Sa fiancée n'était pas morte.

— Que se passe-t-il ?

Alerté par le bruit, Dariel venait d'accourir. Pour une fois, Élias fut soulagé de le voir apparaître. Son explication fut plutôt succincte :

— Je n'en sais rien, elle a dû se faire attaquer... Faites quelque chose !

Dariel la souleva dans ses bras. Il la porta à l'intérieur et à la lumière d'une bougie, s'empressa de l'examiner. Dans les tiroirs de sa cuisine, il dénicha des flacons de sel, mais aucun d'eux n'eut le moindre effet. Il lui fallut peu de temps pour poser son diagnostic... ou plutôt le fait qu'il n'en avait aucun.

— J'ignore de quel mal elle souffre, déclara le guérisseur. C'est incompréhensible, elle n'est pas blessée... On dirait qu'elle dort. J'ai bien peur que sa survie ne dépende que d'elle-même.

⁂

— Mademoiselle, il est l'heure de vous lever.

Les rayons du soleil éblouirent Plume. Dans l'espoir d'échapper à cette menace, elle enfouit son visage sous l'oreiller. Qu'importait le verdict de l'horloge, il était trop tôt pour quitter la chaleur de son lit. Madge avait beau faire preuve d'une patience infinie à son égard, ses efforts seraient vains : ce matin-là, Plume n'avait pas l'intention de coopérer.

En se retournant sous sa couette, une réminiscence s'empara d'elle. C'était un rêve... Un rêve étrange où elle avait basculé dans le passé avec son fiancé. À une semaine de son mariage, c'était presque ridicule de s'imaginer libérée du protocole et des règles écarlates. Elle devait épouser Élias ; et cette union ferait d'elle une dame de la Ligue et assurerait la prospérité de sa famille.

Plume s'apprêtait à se rendormir quand elle remarqua un détail étrange. Elle n'était plus dans son lit, mais assise à sa coiffeuse. Au lieu de sa chemise de nuit, elle portait une robe en mousseline aussi noire que les ailes d'un corbeau. La glace lui renvoya son reflet. Celui d'une adolescente dont les cheveux relevés en chignon mettaient en avant la grâce de ses traits. Depuis son enfance, sa beauté avait été jalousement critiquée par Anémone et enviée par toutes les demoiselles de Seräen. D'un simple battement de cils, Mlle Herrenstein pouvait mettre n'importe quel homme à ses pieds. Ces idiots voyaient en elle une créature fragile, alors qu'elle n'était qu'une manipulatrice.

Non, c'était faux… Elle souhaitait aider la rébellion et mentir était un impératif pour paraître irréprochable aux yeux de la milice. C'était une nécessité, pas le choix d'une gamine ambitieuse qui cherchait à s'élever dans la société.

— Vous en êtes sûre ? susurra une voix doucereuse.

Plume sursauta. Derrière elle se trouvait une silhouette encapuchonnée, vêtue d'un long manteau noir qui tombait jusqu'au sol. Elle aurait dû avoir peur. Pourtant, la présence d'un inconnu dans sa chambre lui parut étrangement anodine.

— On m'appelle le Juge, déclara-t-il. Vous ignorez qui vous êtes, alors je suis venu vous montrer votre vrai visage.

— Je suis Éléonore Herrenstein, la fille de l'ambassadeur.

— Dans ce cas, pourquoi vous faites-vous appeler Plume ? Pourquoi les rebelles vous ont-ils surnommée la dame de cœur ?

Plume haussa les épaules. Lorsqu'elle se tourna à nouveau vers son interlocuteur, elle s'aperçut que la pièce avait disparu. Elle était seule au milieu d'un espace d'un blanc immaculé, d'où émanait une lumière si aveuglante qu'elle cligna des yeux. Autour d'elle, il n'y avait que le néant. Rien ni personne… Une porte surgit de nulle part, seule et sans le moindre mur pour la soutenir. Dans sa main, Plume remarqua alors une clef argentée. Un morceau de métal qui semblait vivre, comme un oiseau prisonnier de sa paume et dont elle sentait le cœur palpiter.

Lorsqu'elle l'introduisit dans la serrure, un léger déclic précéda l'apparition d'un nouveau décor. De la musique, des danseurs qui tournoyaient dans un festival de couleurs… C'était l'immense salle de bal d'Anémone. Adossée à l'un des piliers, son ancienne rivale affichait une mine déconfite en observant Élias d'Aubrey faire virevolter Mlle Vial-Barry – une demoiselle rachitique qui ressemblait à une girouette cherchant la direction du vent. Pour ces dizaines de couples qui la frôlaient, riaient et s'échangeaient des confidences, Plume n'était qu'un fantôme évoluant parmi les vivants.

Le Juge se matérialisa à sa droite.

— Vous êtes en train de danser avec Frédérion Céleste, murmura-t-il. Vous vous efforcez de lui sourire, de le charmer, alors qu'il n'a jamais eu la moindre importance à vos yeux.

Près de l'orchestre, une autre Plume chuchotait à l'oreille de Frédérion. Dans le regard du couturier se lisait presque de l'adoration. Après des années à lui faire la cour, voilà que Mlle Herrenstein l'avait choisi pour être son partenaire de la soirée. Il était flatté, il se croyait honoré mais, pour sa cavalière, il n'était rien d'autre qu'un instrument. Un moyen d'éviter M. d'Aubrey et de se fondre dans la masse.

— Il vous aimait, continua le Juge. Il espérait vous épouser et il vous aurait demandée en mariage si un autre ne l'avait pas devancé. Vous connaissiez ses sentiments et pourtant, vous l'avez encouragé.

— Frédérion est mon ami, se défendit Plume. J'ai de l'affection pour lui...

— Alors, vous niez l'avoir manipulé sans le moindre scrupule ?

— Si M. d'Aubrey n'avait pas demandé ma main, j'aurais pu me marier avec Frédérion.

— Oui, mais pas par amour. De tous vos soupirants, il était le plus naïf. Le seul auquel vous auriez pu cacher vos escapades sur les toits. Vous seriez devenue Mme Céleste pour continuer votre vie de hors-la-loi. Lui n'aurait été qu'un benêt, trop sot pour croire sa jeune épouse capable de lui mentir.

Plume n'essaya même pas de le contredire. C'était la pure vérité... Elle n'éprouvait rien pour Frédérion. Sans son animal de compagnie, il aurait pu devenir l'un des plus beaux partis de Seräen. Mais Plume l'avait gardé sous son emprise et l'avait bercé d'illusions. Il lui avait sacrifié sa jeunesse sans se douter que sa seule chance était un mariage d'intérêt.

— Je ne pouvais pas lui révéler mon secret, c'était impossible...

— Et qu'en est-il de Jacquelin Thibault ?

Oui, Jack... Il était son meilleur ami, son allié dans ce monde de voleurs et de criminels. Il avait été l'un des rares à connaître sa véritable identité. La salle de bal s'évanouit à son tour. La musique se transforma en un murmure qui, peu à peu, s'atténua pour n'être plus qu'un silence pesant.

Une porte se dressait à nouveau devant elle. La clef avait doublé de taille, non plus argentée mais d'un bronze qui évoquait la rouille. Elle était chaude, presque brûlante et Plume lutta pour la glisser dans la serrure. Le décor lui parut aussitôt familier. Elle reconnaissait les étals de la Cour des fous ; ce royaume où tout n'était que marchandages et combines, et qui lui avait tant manqué. Assis à une table, Jack s'adonnait à son activité favorite : compter son argent. Les merles passaient de sa poche à sa bourse, faisant plisser le front du comptable improvisé pour qui les chiffres n'avaient d'intérêt que s'il s'agissait de les additionner et d'accroître son pactole.

— Une bonne journée, mon garçon ? demanda le vieux Archibald qui ne pouvait ignorer le tintement des pièces.

— Oui, excellente même !

— Tu t'es trouvé un autre client à arnaquer ?

— L'arnaque est un art et peut-être même une profession à part entière… Mais non, ajouta Jack, je me suis contenté de rendre service à Plume. Cette fille paie bien et avec elle en tant que patronne, je suis sûr que des jours prospères m'attendent.

D'habitude, Jack ne se gênait pas pour faire l'inventaire sous son nez. Qu'il le fasse en compagnie d'Archibald n'avait rien de surprenant. À côté de Plume, le Juge semblait considérer la scène avec beaucoup moins de complaisance.

— Vous êtes une source de revenus pour M. Thibault, constata-t-il. Vous vous imaginiez sincèrement qu'il était votre ami ?

— Bien sûr que oui, protesta Plume. Jack ferait n'importe quoi pour moi !

— Je vous parle d'amitié, pas d'un homme de main qui exécute les ordres.

— Jack n'est pas mon homme de main.

— Pourtant, vous le payez. Vous vous êtes acheté son attachement comme d'autres achètent de la volaille sur la place du marché. Il n'aurait jamais levé le petit doigt pour vous sans la promesse d'une récompense… Je suis le Juge, prononça-t-il d'un ton grave, je vois la profondeur des âmes. Vous vous croyez supérieure à la plupart de vos semblables, alors que vous n'êtes qu'une manipulatrice et une menteuse. Personne ne tiendrait à vous s'ils voyaient votre vraie nature.

— Mes parents tiennent à moi…

— Vos parents ne vous auraient jamais adoptée s'ils avaient eu leur propre enfant. Vous n'étiez que le lot de consolation. Qui se soucierait d'une orpheline quand un fils aurait fait l'honneur de la famille ? Ils ne connaissent que la douce Éléonore, ils vous renieraient en découvrant la vérité. Ils vous jetteraient à la rue sans hésiter.

Plume sentit les larmes rouler sur ses joues. Cette voix ne faisait pas que l'accuser, elle se glissait en elle et détruisait lentement ses convictions. Jack ne veillait sur elle que parce qu'elle le payait royalement. Là où elle avait cru discerner de l'amitié, il protégeait en réalité sa poule aux œufs d'or.

— Je me bats pour la rébellion ! s'exclama Plume.

— Montrez-moi.

La Cour des fous disparut dans un brouillard. Une troisième porte lui faisait face, suspendue au milieu de nulle part. Dans sa paume, Plume devinait le contact froid d'une clef contre sa peau. Elle lui parut étonnamment lourde, comme le poids qui s'était abattu sur ses épaules. Sa main trembla lorsqu'elle actionna la poignée.

Son voyage la conduisit dans les bas-fonds de Seräen. Dans les ténèbres de la nuit, une silhouette traçait une fresque sur les murs de la ville. Fière de son œuvre, elle jeta un dernier regard derrière elle avant de s'enfuir sur les toits.

— J'ai risqué ma vie pour combattre l'Oméga, affirma Plume.

— Non, vous avez risqué celle des autres. La milice n'aurait jamais soupçonné Mlle Herrenstein, vous étiez à l'abri dans la belle demeure de l'ambassadeur… Ce sont des gens ordinaires qui ont payé pour vous, ce sont des innocents qui ont subi les coups de fouet et la cruauté des gardes. Ils ont été sacrifiés parce qu'une gamine insouciante s'imaginait lutter contre le régime. Des hommes sont morts par votre faute !

— Je cherchais seulement à les aider !

— Non, vous n'avez fait qu'accroître leur souffrance… Vos mains sont couvertes de sang. Vous avez méprisé Élias d'Aubrey, vous l'avez détesté pour ses crimes et pourtant, votre âme est plus noire que la sienne. Il y a une différence entre assassiner ses ennemis pour survivre et conduire à l'échafaud des malheureux qui vous étaient inconnus. Vous êtes coupable, déclara le Juge, et votre conscience vous poursuivra. Elle transformera en cauchemar le moindre bonheur de votre existence.

Plume tomba à genoux. Des milliers de voix hurlaient dans sa tête. Des cris de colère et de haine qui la rongeaient de l'intérieur.

— Vous vous êtes servie de moi ! lança Frédérion. Tout ce que j'aimais en vous n'était qu'une imposture !

— Vous n'avez jamais été ma fille, gronda M. Herrenstein. J'ai commis une terrible erreur le jour où je vous ai recueillie !

Il y avait aussi des familles entières, des enfants et des mères éplorées qui lui reprochaient la mort d'un proche. Au milieu de ce brouhaha, Plume perçut la voix d'Élias.

— Venez, Mlle Herrenstein, ricana-t-il, vous ferez des merveilles dans la Ligue écarlate !

Et Plume sut alors qu'il avait raison. Elle ne valait pas mieux que lui.

Chapitre 14

La créature des ténèbres

Lorsque Plume s'éveilla, un nuage semblait s'être faufilé dans la pièce par une fenêtre entrouverte. Sa tête était lourde et une douleur lancinante au crâne lui arracha un gémissement. Elle voulut se relever, mais sa tentative fut interrompue par une main autoritaire.

Plume cligna des yeux. Lentement, elle discerna au milieu de ce brouillard une silhouette familière : un nez aquilin, des sourcils froncés et un regard d'aigle posé sur elle. Assis à son chevet, Élias la fixait avec inquiétude.

— Vous allez bien ? demanda-t-il.

— Oui...

Sa voix était pâteuse. Plume avait l'impression d'avoir dormi une semaine entière, comme si son esprit l'avait transportée dans un voyage au-delà de l'inconscience et si proche de la mort elle-même. Des événements confus lui revinrent en mémoire.

— Que s'est-il passé ? marmonna-t-elle.

— J'espérais que vous sauriez répondre à cette question. Je vous ai trouvée évanouie sur le sol. Vous souffriez d'un mal que même Dariel n'a su expliquer. Aucune blessure apparente et pourtant, vous refusiez de revenir à vous.

— J'ai dormi combien de temps ?

Élias tira sa montre à gousset de sa poche.

— Bientôt une journée... Je suis content que vous alliez mieux, Mlle Herrenstein.

« Il est bien aimable », songea Plume qui s'attendait déjà à subir ses sarcasmes. Est-ce qu'il l'avait cru morte ? Débarrassé d'elle et devenu veuf avant même d'avoir pu l'épouser.

Des pas dans le couloir ne tardèrent pas à retentir. Dariel surgit dans la chambre, un plateau à la main, et poussa un soupir de soulagement en l'apercevant. Sous ses yeux, de larges cernes semblaient l'avoir vieilli d'une dizaine d'années. Il était accompagné d'Iliana qui, elle aussi, avait les traits tirés.

— Éléonore, nous nous sommes fait tellement de mauvais sang pour vous ! lança Dariel.

— Tenez, buvez un peu d'eau, lui dit Iliana. Vous vous sentirez mieux.

L'eau était fraîche. Ses idées s'éclaircirent peu à peu : Plume se revoyait dans la pénombre du soir, sautant au-dessus d'une ligne symbolique. Elle se croyait en sécurité, protégée par un sentiment d'invulnérabilité.

— Je me souviens d'un homme, murmura-t-elle.

— Artéor ?

— Non, le Ranaghar…

— Le Ranaghar ? répéta Élias sans pouvoir cacher sa perplexité. Et de quoi avait-il l'air ?

— Il ressemblait à ces silhouettes en manteau noir qui nous ont attaqués… Dans votre manoir, ajouta Plume dans un souffle, quand nous avons couru sur les toits… Je l'avais déjà vu dans l'impasse de l'apothicaire, il avait disparu sans laisser de traces.

Le scepticisme d'Élias laissa place à une colère grandissante.

— Vous en êtes certaine ? s'exclama-t-il.

— Je le jure.

— Vous avez besoin de vous reposer, intervint Dariel. Il faut que vous repreniez des forces.

Plume devait offrir un bien étrange spectacle : affaiblie et lançant de folles théories. Ses souvenirs avaient beau lui revenir par bribes, elle était sûre de ne pas divaguer.

— Non, je la crois, affirma Élias.

— Le Ranaghar est une légende, soupira Dariel. Les villageois ne cessent de voir le démon, ils l'imaginent rôder dans le bois, mais ce n'est rien d'autre qu'une vieille superstition. Je vous l'ai dit, la plupart des morts qui lui sont imputées ne sont que des jeunes gens qui ont simulé leur décès pour s'enfuir loin d'ici.

— La plupart, fit remarquer Élias, et pour les autres, qu'en est-il ? Il a bien fallu un cadavre pour que cette superstition se propage.

— Oui, le corps d'une femme avait été retrouvé déchiqueté. Mais cela remonte à de nombreuses années…

— Et la famille de l'ancien guérisseur ? Ils sont morts d'une maladie inexpliquée, n'est-ce pas ? Aussi inexplicable que le sommeil qui s'est emparé de Mlle Herrenstein… Et si, dans un sursaut de lucidité, on essayait d'additionner les deux ensemble, grommela Élias. Imaginons un instant que le Ranaghar ait le pouvoir de plonger ses victimes dans l'inconscience. J'ai vu cette créature à Seräen, je l'ai combattue et je me souviens que la lame de mon épée ne semblait jamais l'atteindre. Ils étaient une centaine, des êtres qui se déplaçaient sans un bruit comme s'ils n'étaient pas humains… Les villageois ne sont peut-être pas aussi idiots qu'ils en ont l'air. Alors, je me permets de faire cette supposition : si le Ranaghar n'était pas une seule entité, mais une armée de créatures affamées qui ont fait de la forêt leur royaume. Le guérisseur et sa famille auraient très bien pu être leurs précédentes victimes. Sauf qu'à la différence d'Éléonore, ils ne se sont pas réveillés…

— C'est impossible, un tel pouvoir n'existe pas !

— Dans ce cas, présentez-moi une meilleure hypothèse. Vous-même, vous avez été incapable de guérir ma fiancée.

Dariel se tut.

— Nous devrions laisser Éléonore se reposer, prononça-t-il finalement. Je vais lui préparer une infusion pour l'aider à se rendormir.

Le peintre avait à peine franchi le seuil de la porte qu'Élias se tourna vers Iliana. Il aurait pu formuler sa question avec plus de tact, mais la politesse lui était toujours apparue comme une option superflue.

— C'est quoi son problème ? grogna-t-il. Il croit en la magie des plantes, il prie ses Ancêtres en se barbouillant de peinture, alors pourquoi refuse-t-il d'admettre la vérité, aussi terrible soit-elle ?

— Non, vous vous trompez, répondit Iliana. Léonis vous croit ; seulement, il n'ose pas le reconnaître. Les rituels ont toujours eu une place importante en Valacer, mais il y a une différence entre supplier les Ancêtres et accepter l'idée que des démons hantent le bois.

— Quelle différence ?

— Les Ancêtres n'interviennent que par des signes, ils ne sont pas visibles en tant que tels. Et si les plantes soignent, c'est parce qu'elles ont des propriétés médicinales. Léonis est un homme de tradition, il reproduit ce que les générations précédentes lui ont enseigné. Mais sa raison est trop forte pour tolérer des phénomènes qui n'auraient pas une explication logique.

— En gros, résuma Élias, il implore des cadavres pourrissant sous terre en espérant que sa prière soit entendue, alors qu'il n'en est que moyennement convaincu. Avec une mentalité pareille, pas étonnant qu'il soit aussi difficile de le convaincre !

Iliana ramena machinalement une longue mèche de cheveux devant son visage. Sa cicatrice apparaissait à peine derrière ce rempart auburn. Elle semblait mal à l'aise comme si elle craignait d'affronter le regard d'Élias.

— Léonis m'a dit que vous prétendiez venir du futur, marmonna-t-elle.

— Et vous vous demandez si vous avez affaire à des fous ?

— Non, pas du tout… Je vous crois, ajouta-t-elle. Je sais que vous ne mentez pas.

— Ah oui ?

— Je le vois dans vos yeux. Vous êtes un homme intelligent, vous n'auriez aucune raison d'inventer une telle histoire.

— Parce que vous vous croyez capable de déterminer si je mens ou si je dis la vérité ? ricana Élias. Un conseil, chère madame, ne vous fiez jamais à moi car je mens comme je respire…

— Je me trompe rarement, c'est un sixième sens que je possède depuis mon enfance.

— Si je vous dis que mon père et moi étions très proches, vrai ou faux ?

— Faux.

— Je suis seigneur de la Ligue écarlate ?

— Vrai.

— Je n'ai aucun sentiment pour ma jeune fiancée, je ne souhaite l'épouser que par intérêt ?

— Faux.

Élias éclata de rire.

— Votre prétendu don dépend surtout du hasard, lança-t-il. Et dans l'hypothèse où je viendrais effectivement du futur, que souhaiteriez-vous savoir ?

— Je me demandais si la situation en Orme allait s'améliorer. Est-ce qu'à votre époque, il est possible d'aimer un Valacérien sans rencontrer l'opposition de sa famille ?

— Absolument, Orme et Valacer sont partenaires commerciaux et il n'existe pas la moindre hostilité entre nos deux nations. Mensonge ou vérité ?

Iliana ne répondit pas.

***

Selfried se racla la gorge. Penché sur une masse de dossiers, son interlocuteur releva la tête et esquissa un faible sourire en l'apercevant.

— Approchez, mon ami.

— Votre Majesté, prononça Selfried en s'inclinant. Je vous remercie de me recevoir.

Hélisor reposa la plume qui lui servait à écrire. Sur son bureau, une imposante pile de documents semblait vouloir atteindre le plafond. Des comptes, des finances, des doléances et des réclamations… Depuis que les immigrés suscitaient la colère des habitants, la situation en Orme était devenue de plus en plus instable. Nul ne comprenait ses décisions. Le Conseil faisait pression sur lui pour qu'il durcisse sa politique. Mais comment condamner un ennemi dont le seul crime était d'être né pauvre sur une terre étrangère ? Ces gens-là ne cherchaient pas à les envahir, ils ne cherchaient qu'à survivre.

— De bonnes nouvelles ? soupira Hélisor.

— J'ai bien peur que non, Votre Majesté. Mandias d'Aubrey est en train de rassembler des milliers d'hommes, c'est une véritable armée qui se prépare à vous attaquer. Lorsqu'il frappera, la monarchie sera à jamais ébranlée.

— D'Aubrey est un grand stratège et pourtant, il ignore son point faible. Mon armée dépasse largement la sienne. Il s'imagine me prendre par surprise, mais je rassemblerai l'ensemble de mes troupes autour de la capitale et nous saurons lui faire obstacle.

— Il s'est allié avec Renard Artéor et les dix familles les plus puissantes d'Orme. Ne craignez-vous pas qu'ils encerclent le palais ?

— Leur volonté de me détruire a beau être forte, il leur est impossible de remporter cette victoire. Plus ils seront nombreux, plus ils s'entredéchireront. Je sais qu'Artéor s'empressera de revendiquer mon trône, mais le peuple ne le suivra pas. Les gens sont attachés à la royauté ; aucune coalition ne pourra jamais effacer des siècles de tradition.

— Pourquoi ne pas les stopper dès maintenant ? s'étonna Selfried. Vous pourriez mettre fin à cette guerre avant même qu'elle ne soit déclarée.

— En réalité, ce conflit m'offre une occasion unique de distinguer les traîtres des sujets qui me sont loyaux… Un militaire les éliminerait aussitôt, mais si la menace réapparaît dans quelques années, comment savoir ? Non, je préfère attendre, ajouta Hélisor, et voir de quelles forces dispose Mandias d'Aubrey. Je veux m'assurer que tous ces nobles qui me sourient à la cour ne se retourneront pas contre moi.

— C'est un choix risqué, Votre Majesté.

— Dès que j'aurai ma réponse, j'enverrai mes troupes et leurs efforts seront anéantis… Je pense que chaque homme mérite une seconde chance. S'ils acceptent de se rallier à moi, je pardonnerai peut-être leur trahison mais s'ils s'obstinent, ce sera l'exil.

— Vous ne les exécuterez pas ?

— L'échafaud est destiné aux assassins et aux criminels. Eux sont persuadés que Valacer causera la perte du royaume. Leurs actions ne sont pas dirigées contre moi, mais contre ma politique. Je ne m'abaisserai pas à faire couler le sang d'un ennemi qui se bat pour la grandeur d'Orme… Continuez d'œuvrer dans l'ombre, mon cher, et nous vaincrons ensemble cette rébellion.

— Je ne suis loyal qu'envers vous, Votre Majesté.

Selfried faisait preuve d'un dévouement sans égal envers Hélisor. Il aurait été prêt à mourir pour lui et la mort était justement ce que le destin lui réservait.

⁂

Menteuse… Manipulatrice… Ces mots résonnaient dans sa tête comme un refrain lancinant. Plume craignait de se rendormir. Dès qu'elle fermait les yeux, la silhouette du Juge pointait vers elle un doigt accusateur. Ce n'était pas un simple cauchemar : le Ranaghar s'était emparé d'elle, sa voix s'était glissée dans ses pensées et la détruisait peu à peu.

Plume s'aperçut alors qu'elle tremblait sous ses draps. La peur refusait de la quitter. Dans les ténèbres de sa chambre, la moindre forme devenait une menace. Jamais encore elle ne s'était sentie aussi vulnérable. Elle n'était qu'une enfant effrayée par l'obscurité. Le hululement d'une chouette résonna dans la nuit et lui arracha un cri involontaire.

Comment pourrait-elle survivre jusqu'au matin dans un tel état d'hystérie ? Plume s'efforçait de respirer calmement, mais son cœur s'obstinait à battre la chamade. Elle était sur le point d'enfouir son visage sous l'oreiller quand la porte claqua.

Élias venait de surgir sur le seuil, la chemise à moitié déboutonnée et l'épée à la main.

— Que se passe-t-il ? Je vous ai entendue crier !

— Rien, marmonna-t-elle. Je n'arrive pas à dormir.

— Ah… Essayez de compter les moutons.

Après ce conseil plein de sagesse, son fiancé s'apprêtait à regagner sa chambre lorsque Plume lui demanda dans un souffle :

— Vous resteriez avec moi ?

Élias accepta sa mission d'un hochement de tête. Traînant une chaise dans un coin de la pièce, il s'assit avec la même solennité que s'il s'apprêtait à monter la garde.

Deux heures plus tard, Élias était toujours éveillé. Immobile, il ressemblait à une statue de pierre. La dernière fois que Plume l'avait toléré dans sa chambre, ils se trouvaient dans une auberge miteuse. Cette cohabitation forcée avait été précédée d'un certain nombre d'avertissements. Il avait dû faire des progrès pour que Plume l'invite à rester sans la moindre menace pour accompagner ses paroles.

Dans la pénombre, Élias entendait sa respiration saccadée. Il devinait son corps s'agiter sous les couvertures. Plume n'arrêtait pas de remuer dans son sommeil comme si elle était en proie à un mauvais songe. Choisissant d'outrepasser ses droits, il se risqua dans la zone interdite. À moins d'un mètre, il s'exposait à une pluie de reproches si sa fiancée venait à le surprendre.

— Frédérion, murmura-t-elle, je ne voulais pas… Je suis désolée.

Voilà qu'elle parlait en dormant ! Elle rêvait de ce maudit couturier ; au moins, de tous ses rivaux, ce n'était pas le pire. Celui qu'il ne pouvait vraiment pas encadrer, c'était son cousin Herrenstein.

Au moment où il allait tenter un repli stratégique, Élias remarqua qu'elle était en sueur. Doucement, il posa la main sur son front. Son geste ne passa pas inaperçu, mais ce ne fut pas une Plume furibonde qui se réveilla en sursaut. Non, les paupières à moitié closes, elle s'agrippa à son bras, l'obligeant à se contorsionner. Animé d'un instinct de survie, Élias lutta pour récupérer son membre.

— Hum, murmura Plume en se tournant vers lui. Qu'est-ce que…

À défaut d'une meilleure défense, le coupable lança un formidable : « Je n'y suis pour rien ! ». Même lorsqu'il était gamin, cette excuse n'avait jamais réussi à convaincre son ancienne gouvernante mais, pour une fois, c'était la pure vérité.

— Élias ?

— C'est un malentendu…

Plume ne chercha même pas à l'accuser. Lentement, elle tira Élias par la manche, l'amenant à s'asseoir au bord du lit.

— S'il vous plaît, prononça-t-elle dans un souffle, ne partez pas…

Et Éléonore Herrenstein se blottit contre son épaule avant de se rendormir. Oui, conclut Élias, il avait fait des progrès non négligeables. Avec un peu de chance, il pourrait même remporter son pari.

※

Lorsque Plume ouvrit les yeux, les rayons du soleil avaient chassé les ténèbres. La voix du Juge s'était tue dans sa tête. À la lumière du jour, ses terreurs nocturnes lui paraissaient presque ridicules. Le Ranaghar était parti, il ne reviendrait plus la hanter, n'est-ce pas ? De retour à Seräen, elle présenterait ses excuses à Frédérion, Jack et à tous ceux qu'elle avait pu offenser. En attendant, elle devait oublier cet horrible cauchemar et s'efforcer de retrouver ses habitudes.

Or, il n'y avait rien d'habituel à se réveiller dans les bras de son fiancé.

— Bon sang, s'écria-t-elle, qu'est-ce que vous faites là ?

La réponse d'Élias fut un long bâillement.

— C'est vous qui m'avez demandé de rester, vous ne vous en souvenez pas ?

Une image embarrassante ne tarda pas à lui revenir en mémoire. Plume sentit le rouge lui monter aux joues. Elle avait agi dans un instant de faiblesse et connaissant cet individu sarcastique, une pareille histoire risquait de la poursuivre longtemps.

— Allez-vous-en ! ordonna-t-elle avant qu'Élias ait eu le temps de ricaner.

— Je suis votre obéissant serviteur, madame… Quel plaisir de ne pas fermer l'œil de la nuit et d'être salué aussi aimablement !

— Est-ce que vous allez le répéter à quelqu'un ?

— Oui, à votre mari. Je suis sûr que cette anecdote l'intéressera au plus haut point.

Avec un large sourire, Élias s'inclina avant de refermer la porte derrière lui.

❊

Geremia avait bel et bien disparu. Cela faisait plus d'une journée que les Polson et plusieurs volontaires battaient la campagne dans l'espoir de le retrouver. En l'espace de quelques heures, ce gamin insignifiant était devenu le sujet préféré de toutes les commères, ravies d'exercer dans cette affaire leurs maigres talents de déduction.

Mme Landrac avait aussitôt avancé l'hypothèse d'une rencontre avec le Ranaghar. Bien que peu originale, cette théorie avait suscité des débats passionnés autour du puits. Après tout, ce Geremia était un imbécile et aucune information ne semblait pénétrer son crâne vide. Comment occupait-il ses journées ? En déambulant à droite à gauche, près de la rivière ou dans les champs. Dans un sursaut suicidaire, il s'était sans doute approché du bois.

— Et voilà, avait conclu Mme Landrac avec un sourire triomphant.

Mais il avait été plus difficile de convaincre Mme Fergus et ses disciples. Le Ranaghar était un sujet éculé. Cela faisait des années qu'au moindre incident, ce nom revenait sur toutes les lèvres. Alors, pourquoi ne pas renouveler un peu leurs spéculations ? Avec son imagination débordante, Mme Fergus ne manquait jamais d'inspiration pour trouver un coupable.

— Et s'il avait rencontré le fantôme de Nathaël ? supposa-t-elle. Ce pauvre fermier a connu une mort si atroce, peut-être est-il revenu nous hanter ?

— C'est ridicule, Rebecca, commenta Mme Landrac. Pourquoi voulez-vous que Nathaël se soit vengé sur cette malheureuse créature ? Il avait beau travailler la terre, il avait plus qu'un pois chiche dans la tête. Un revenant consciencieux poursuit son meurtrier, pas un enfant qui n'était même pas présent au moment de sa mort… Non, mes amies, je suis persuadée que Geremia a croisé la route du Ranaghar. Ses parents n'ont jamais été capables de le surveiller et il était certain que tôt ou tard, ce gosse finirait par s'aventurer trop loin. Cela lui pendait au nez depuis si longtemps !

— Revenir de l'au-delà n'est pas un voyage de tout repos, caqueta Mme Fergus qui refusait de capituler aussi vite. Il se peut que Nathaël soit désorienté. Il ne reconnaît plus ses amis de ses ennemis.

— Mais il aimait tant sa femme. Une politesse élémentaire aurait été de visiter sa veuve et nous le saurions si Perla avait aperçu un esprit…

— Pas forcément, interrompit Mme Martin. Perla n'est pas du genre très bavarde, peut-être qu'elle dîne tous les soirs avec son défunt mari sans daigner nous le dire.

— Mais pourquoi se tairait-elle ?

— Enfin, c'est évident ! Si elle nous confiait un tel secret, tous les habitants souhaiteraient assister au phénomène. Vous vous imaginez le nombre de couverts qu'il faudrait dresser pour le village tout entier ? Sans compter que sa maison n'est pas assez grande, on serait obligés d'organiser des roulements. Après avoir connu le deuil, Perla n'est sûrement pas d'humeur à supporter autant d'agitation.

— Et si Geremia avait été tué par les assassins de Nathaël ?

Le petit groupe se tourna vers Jenny. De toute la joyeuse assemblée, elle était la plus jeune, mais son âge ne l'empêchait pas d'être aussi la plus réaliste.

— Ils s'étaient enfuis dans la forêt, fit remarquer Mme Fergus, le Ranaghar les a sans doute dévorés.

— Leurs cadavres n'ont jamais été retrouvés, souligna Jenny. Peut-être ont-ils survécu… Il serait étonnant que la disparition de Geremia ne soit qu'une coïncidence.

— Mais si ces étrangers étaient restés dans la région, nous les aurions vus ! s'exclama Mme Landrac. D'ailleurs, où auraient-ils bien pu se réfugier ?

— Vous n'avez pas l'impression qu'il se passe des choses étranges chez Finhen ? marmonna Jenny.

— Qui, Dariel ?

— La semaine dernière, mon père est tombé malade. Il était tôt, je me suis rendue chez le guérisseur mais, avant de frapper à la porte, il m'a semblé entendre une voix.

— Oh, ce devait être son jeune frère, affirma Mme Fergus. Finhen m'a dit qu'il était venu lui rendre visite.

— Non, c'était une voix de femme… Quand j'ai interrogé Finhen, il m'a répondu qu'il se parlait à lui-même. Je mettrais ma main au feu qu'il mentait.

Soupçonner Finhen était lourd de conséquences, car il était l'un des rares guérisseurs de la région à ne pas être un charlatan. La perspective d'être privée de ses services suffit à faire naître le doute chez Mme Fergus.

— Cela ne prouve rien du tout, lança-t-elle. Pourquoi ferait-il une chose pareille ?

— Il n'a jamais eu peur du bois, il cueille ses plantes sans se soucier du Ranaghar… Vous vous souvenez de son arrivée au village ? Il a surgi un beau matin en se prétendant capable de soigner n'importe quelle maladie avec ses herbes. Finhen a toujours été très différent, ajouta Jenny. Il est parmi nous depuis un an et, malgré tout, il continue de se comporter comme… un étranger.

— Oui, je dois reconnaître qu'il n'apprécie guère les potins et que les rumeurs le laissent indifférent. Cela ne signifie pas pour autant qu'il serait de mèche avec des criminels.

— La petite n'a peut-être pas tort, intervint Mme Martin. Ce Finhen a toujours agi bizarrement… Il y a trois jours, il m'a semblé apercevoir des voyageurs sur la route du nord. Un homme et un jeune garçon, c'était assez inhabituel parce que le gamin était habillé en domestique et son compagnon en paysan. Mais le cheval ressemblait à celui de Finhen, je n'en suis pas sûre, bien entendu, car j'ai mieux à faire que de m'occuper des affaires d'autrui…

— D'où pouvaient-ils bien venir ?

— Aucune idée, ma foi.

— Les serviteurs sont peu nombreux par ici, hormis au manoir d'Artéor. Mais il est bien trop riche pour être impliqué dans cette histoire, fit valoir Mme Fergus.

Pour ces braves villageoises, la richesse était indissociable de la vertu. Renard Artéor était puissant, son nom faisait trembler ses débiteurs, alors à quoi bon s'attirer sa colère en osant le mêler à cette affaire ?

D'ordinaire, Mme Fergus et les autres bavardes fuyaient la vérité à grand renfort de théories invraisemblables. Or, pour une fois, le dieu des commérages les avait guidées sur la bonne voie.

⁂

— S'il répète quoi que ce soit, il aura affaire à moi, marmonna Plume.

À Seräen, Anémone aurait donné cher pour connaître cette histoire qui aurait suffi à détruire sa réputation. Bon sang, qu'est-ce qui lui avait pris d'inviter cet homme dans sa chambre ? Et de passer la nuit dans ses bras par-dessus le marché !

Plume inspira profondément avant de pousser la porte de la cuisine. Assis autour de la table, Dariel et son fiancé se disputaient un pot de marmelade. Avec toute la dignité dont elle était capable, Plume s'efforça d'ignorer Élias mais, au lieu d'un rictus lourd de sous-entendus, il la gratifia d'un étrange numéro. Comme monté sur ressort, il bondit sur ses pieds et s'inclina.

— Qu'est-ce que vous faites ? lança Plume.

— Un gentilhomme se lève lorsqu'une dame entre ou sort d'une pièce. Et je me plais à respecter les usages, chère Mlle Herrenstein.

— Et depuis quand avez-vous décidé de suivre le protocole ?

— D'ordinaire, je suis déjà debout et même animé des intentions les plus galantes, il m'est impossible de faire mieux.

— Il le fait presque tous les jours, intervint Dariel. Vous n'avez jamais remarqué ?

En réalité, Plume n'y prêtait guère attention. Du moment qu'Élias ne l'importunait pas, cela lui était parfaitement égal. Il n'était pas exclu qu'il se lève effectivement en sa présence, mais ce mouvement de chaise n'avait jamais dû lui inspirer autre chose qu'un vague hochement de tête. Une façon de lui dire : « Oui, oui, mon brave, vous pouvez vous rasseoir. »

— Vous vous sentez mieux, Éléonore ? demanda Dariel.

— Oui, beaucoup mieux.

— Vous avez bien dormi ? fit Élias.

Plume s'apprêtait à le fusiller du regard, mais sa voix était bizarrement dénuée de sarcasmes. Dans ses yeux, elle lut ce qui s'apparentait à une interrogation polie.

— Oui, merci.

— Ravi de l'apprendre.

Est-ce qu'Élias était devenu amnésique ? À moins qu'il n'ait simplement choisi d'oublier l'incident. Ce fut un immense soulagement qui s'empara de Plume. Dans le fond, peut-être avait-elle surestimé son désir de nuisance.

— Il paraît que le fils des Polson a disparu, déclara Dariel avec gravité. Ses parents sont terriblement inquiets, ce n'est pas la première fois qu'il leur fausse compagnie, mais son absence n'avait jamais duré plus de quelques heures.

— C'est malheureux, commenta Élias. Est-ce que les villageois ont essayé de le retrouver ?

— Oui, ils ont lancé une battue à travers champs. Geremia est imprévisible, personne ne sait où il aurait pu aller.

Geremia, ce gamin qui les avait surpris près du manoir d'Artéor… Cette nouvelle lui fit l'effet d'un choc. Plume se sentait responsable de lui. Elle avait craint le danger que représentait cet enfant sans imaginer que le destin se chargerait bientôt de le faire disparaître. Elle ignorait que le *destin* se trouvait de l'autre côté de la table. Qu'il était occupé à avaler une tartine avec la mort d'un innocent sur la conscience.

Son esprit vagabondait loin de cette minuscule cuisine, loin aussi du couteau qu'elle tenait en main. Un cri de douleur lui échappa lorsque la lame glissa sur sa paume. Du sang coula de sa blessure et teinta le sol d'une tache écarlate.

— Laissez-moi voir ! fit Élias en se précipitant vers elle.

Bien qu'il fût sûrement plus doué pour infliger une blessure que pour l'examiner, il se pencha sur sa main. À l'image de ces charlatans soi-disant capables de prédire l'avenir, il parut soudain absorbé par sa ligne de vie. Un sourire inhabituel flotta sur ses lèvres avant de se transformer en une grimace qui, elle, n'avait rien d'exceptionnel. Mais encore plus surprenant que cette faiblesse passagère, Élias tituba en arrière et faillit renverser sa chaise.

— Vous allez bien ? s'étonna Plume.

— Non, bafouilla son fiancé, enfin oui…

Et pour conclure cette réponse d'une rare cohérence, il enchaîna par une formule des plus aimables :

— Fichez-moi la paix !

D'une démarche mal assurée, Élias se rua hors de la pièce et gravit les marches de l'escalier.

— Mais qu'est-ce qui lui prend ? s'exclama Plume.

— Ce garçon est peut-être souffrant, supposa Dariel sans conviction. Vous devriez lui apporter une tisane…

— S'il veut une tisane, il n'a qu'à aller la chercher lui-même.
— Un jour, vous m'avez confié que votre fiancé ne s'intéressait pas à vous. Eh bien, je suis persuadé que vous pourriez parvenir à une sorte d'entente si vous n'étiez pas aussi butée sur vos positions. Allez le voir et parlez-lui !
— Il ne me laissera pas entrer.
— Je vous demande seulement d'essayer. M. d'Aubrey ne s'ouvrira jamais à vous si vous ne faites pas plus d'efforts pour le comprendre.
— Très bien, consentit Plume à contrecœur.

Un bandage à la main et une tasse dans l'autre, la jeune fille se dirigeait mollement vers l'escalier. Si Élias avait décidé de se retrancher à l'étage, elle avait toutes les chances de subir sa mauvaise humeur. Dans l'espoir de retarder leur confrontation, Plume s'autorisa un léger détour. Ses pas la conduisirent dans l'atelier du peintre ; une pièce exiguë où, trônant sur un chevalet, la toile paraissait l'attendre.

Depuis ce jour où elle avait servi de modèle, Dariel ne lui avait présenté son travail qu'à de rares occasions. C'était le caprice d'un perfectionniste refusant de dévoiler une œuvre encore inachevée. Avec curiosité, Plume s'approcha et laissa son regard se poser sur la toile. Au milieu d'un champ de couleurs, une silhouette en robe vaporeuse était assoupie au pied d'un chêne. L'Astral brillait dans le ciel et malgré son éclat, il disparaissait presque parmi le foisonnement des détails. Dariel avait immortalisé le moindre élément, des brins d'herbe jaunis par le soleil jusqu'aux nervures des feuilles. Le résultat était magnifique, mais Plume ne put s'empêcher de se mordre la lèvre.

Ce n'était pas la toile qui les avait conduits dans le passé... Le paysage ressemblait autant au modèle original qu'il s'en éloignait. Sous le pinceau du maître, l'ambiance paraissait empreinte d'une certaine gravité comme si, dans cette délicate atmosphère, une menace pesait dans l'air. Il manquait une touche de légèreté, un soupçon de fantaisie qui ferait de ce portrait une œuvre qui traverserait les siècles.

Lentement, Plume saisit un pinceau. Elle avait conscience de commettre une erreur et que son intervention risquait de lui jouer des tours. Une voix intérieure lui soufflait pourtant à l'oreille que les pigments étaient prêts et ne demandaient qu'à être utilisés. Alors, d'un geste sûr, elle laissa son pinceau glisser sur la toile. Une énergie étrange se répandit en elle. Plume avait l'impression qu'une flamme qui, jusqu'alors, luttait pour ne pas s'éteindre venait d'éclairer tout son être. Ses doigts semblaient animés par une volonté propre. Sous sa palette, les couleurs se mêlaient et créaient des contrastes qui soulignaient la beauté de cet espace figé dans le temps. Lorsque sa main frôla la peinture encore fraîche, une fente noirâtre surgit du néant et aspira l'air comme un gouffre profond menaçant de l'engloutir. Puis, le passage se referma avec le bruit d'une porte qui claque.

Une vague d'émotions avait envahi Plume. En l'espace d'un instant, ses convictions s'étaient écroulées et l'avaient laissée face à un vide immense. Les jambes chancelantes, elle se précipita au premier étage et manqua de trébucher dans l'escalier. Elle devait parler à Élias. Lui seul serait en mesure de dénouer cet écheveau où elle se trouvait désormais mêlée. Parvenue dans le couloir, elle s'immobilisa devant sa porte et s'efforça de recouvrer son sang-froid.

Alors qu'elle s'apprêtait à frapper contre le panneau, un bruit familier lui parvint : celui d'une plume grattant la surface d'une feuille. Après avoir été en proie à un tel état d'agitation, Élias aurait dû faire les cent pas dans sa chambre. Que pouvait-il bien écrire ? songea Plume, perplexe. Ne résistant pas à la tentation, elle se permit un coup d'œil indiscret à travers le trou de la serrure. Assis sur son lit, son fiancé était penché sur une feuille de papier qu'il noircissait de son écriture.

— Cette porte est dotée d'une poignée, fit Élias distraitement. Il s'agit d'une invention absolument incroyable. Moi-même, j'ai été époustouflé d'apprendre qu'une simple pression me permettait de l'actionner… Ou vous entrez, Mlle Herrenstein, ou vous quittez votre poste d'observation.

— Comment saviez-vous que j'étais là ? marmonna Plume en poussant la porte.

— Parce que j'ai encore des oreilles qui entendent. Un jour, je vous enseignerai l'art subtil de l'espionnage. Et pour répondre à la question muette qui s'étale sur votre visage, non, je ne vous dirai pas ce que je suis en train de faire.

En guise d'illustration, Élias fourra ses griffonnages dans sa poche.

— Autre chose ? demanda-t-il en mimant un sourire poli.

— Oui, le tableau de Dariel… J'ai une nouvelle à vous annoncer.

— Et de quoi s'agit-il cette fois-ci ? Le Ranaghar est sorti du bois et a choisi d'en faire son petit-déjeuner ?

Il ne semblait pas la prendre au sérieux. Ou plutôt il minimisait la situation comme si leur problème résultait d'un pot de peinture vide ou d'un pinceau défectueux. Plume prit son inspiration avant de déclarer :

— *Ce n'est pas Dariel qui possède le don. Je crois que c'est moi.*

Chapitre 15
Révélation

— Qu'est-ce que c'est encore que cette ineptie ? lança Élias en se massant les tempes.

— La toile de Dariel, elle était différente du tableau de Seräen… Alors, j'ai procédé à quelques modifications.

— Sans consulter personne, cela va sans dire ?

— Oui, mais il s'est passé quelque chose d'inattendu, continua Plume, fébrile. La fente est apparue, elle a surgi au moment où mon doigt effleurait la toile. Ce n'était pas Dariel le peintre que nous cherchions. Il a toujours prétendu que son art n'avait pas le pouvoir de nous faire traverser les époques. Et s'il disait la vérité ? Nous nous sommes adressés à lui sur la base d'un nom griffonné en bas d'un tableau. Aussi incroyable que cela puisse paraître, je pense que nous avons fait fausse route depuis le début.

Élias se caressa la lèvre. Il semblait en proie à un raisonnement qui, au lieu de former une pelote impeccable, s'obstinait à faire des nœuds. À défaut de trouver une meilleure façon d'occuper son bras, il dégaina son épée et entreprit de faire des moulinets avec son arme.

— Permettez-moi d'émettre quelques réserves, marmonna-t-il. Si vous possédiez un tel pouvoir, vous l'auriez découvert depuis bien longtemps.

— Comment ? Les règles écarlates ont prohibé l'art sous toutes ses formes.

— Et ces dessins sur les murs de Seräen ? Et toutes ces heures passées avec Dariel où il vous enseignait la peinture ?

— Je ne sais pas, reconnut Plume. Peut-être que quelque chose a changé en moi…

Son regard se posa sur le poignet d'Élias.

— Vous vous souvenez de cette rose que j'avais dessinée sur votre avant-bras ?

— Bien sûr, cette maudite fleur résiste non seulement au temps mais aussi aux effets combinés de l'eau et du savon. Pour une esquisse tracée au fusain, on dirait plutôt un tatouage à l'encre.

— Et si c'était de la magie ?

Depuis son enfance, Plume avait été attirée par l'art : un appel irrésistible qui se moquait des lois et des interdits. Elle n'était qu'une jeune insouciante bercée d'illusions et qui espérait changer le monde. Était-ce pour cette raison que le destin l'avait choisie et lui avait offert un don capable de bouleverser le cours des siècles ? Plume se sentait minuscule, bien trop frêle pour cette tâche démesurément grande. Peut-être était-ce cette impression d'étourdissement qui s'était emparée de Dariel. La conviction qu'un modeste peintre n'avait aucune chance de modifier une réalité aussi intangible que le temps.

— Pourquoi le tableau de Seräen serait-il différent de toutes mes autres peintures ? prononça Plume dans un souffle.

Élias afficha un air pensif alors qu'il continuait de faire tournoyer son arme. En manque d'inspiration, il choisit de quitter sa chambre et dévala les marches de l'escalier. Plume lui emboîta le pas et ensemble, ils poussèrent la porte de l'atelier.

— Est-ce que vous aviez déjà représenté la réalité ? demanda Élias.

À Seräen, cet exercice n'aurait eu aucun intérêt, puisque la jeune fille cherchait précisément à fuir la réalité. Mais depuis qu'elle était devenue l'apprentie de Dariel, elle avait passé des journées à tenter d'immortaliser des natures mortes ou des paysages.

— Oui, et aucune fente ne s'est jamais matérialisée.

Élias se planta devant le chevalet et collant presque son nez contre la toile, il entreprit d'en examiner les moindres détails.

— D'après vous, à quoi sert ce point ?

Cette interrogation précéda un mouvement d'épée, lorsque la lame d'Élias vint souligner l'étoile qui brillait dans le ciel.

— C'est l'Astral.

— Oui, ce fameux présage dont nous a parlé Dariel et qui s'accompagne d'une prophétie. Que le mal va s'abattre sur le royaume ou une autre réjouissance de ce genre… Et si ce détail n'était pas aussi insignifiant qu'il semble l'être ? Et s'il s'agissait d'une date ?

— Un lieu et une date, murmura Plume qui voyait enfin où il voulait en venir.

— Imaginons que l'ouverture du portail n'ait rien d'aléatoire. Il faut peut-être un repère spatio-temporel pour que la fente apparaisse. Sinon, pourquoi aurions-nous atterri dans le champ ce jour-là plutôt qu'un autre ?

— Ce n'est pas idiot.

— Non, c'est brillant.

Élias paraissait très fier de lui. Bien qu'elle n'ait aucune envie de l'admettre, Plume était admirative devant ses capacités de déduction. Une date ! Oui, c'était la pièce manquante pour que s'enclenche le mécanisme. Dans aucune autre peinture, elle n'avait représenté un élément susceptible d'indiquer avec une telle précision l'heure et le jour.

— La première fois que je vous ai rencontrée, j'ai su que vous étiez différente, déclara son fiancé. Aujourd'hui, je suis persuadé que vous êtes une jeune fille extraordinaire, Mlle Dariel.

⁑

Dans la pénombre de la forêt, une silhouette se mouvait en silence. Pour les villageois qui grouillaient aux alentours, son corps ressemblait à un long manteau noir. Même ceux qui avaient croisé sa route avant de périr dans d'atroces souffrances n'avaient su discerner la vérité. Que cette prétendue étoffe n'était que les plis de sa peau. Un leurre qui trompait ses victimes en lui conférant une apparence humaine.

Elles étaient des centaines de créatures à avoir fait du bois leur royaume. Elles se réunissaient à la tombée de la nuit, telles des ombres qui se mêlaient les unes aux autres. Leurs voix n'étaient qu'un chuchotement, presque un murmure qui se fondait avec le souffle du vent. Comme une seule et même entité, leurs esprits n'en formaient qu'un. Elles n'existaient qu'à travers le groupe, à travers cette masse qui sentait les appels et les craintes du moindre de ses membres.

Autrefois, leur territoire s'étendait bien au-delà de la lisière ; elles étaient libres de vagabonder de l'autre côté des montagnes et des vallées. Mais ces hommes maudits les avaient chassées, ils les avaient contraintes à la clandestinité, alors même que ces terres leur appartenaient. Des siècles s'étaient écoulés, leur nom s'était perdu et nul ne se souvenait de ces êtres tapis dans les ténèbres. *Ceux que les Ancêtres appelaient les gargognes...* Depuis lors, elles s'étaient efforcées de survivre et d'oublier ces temps anciens où la guerre avait emporté bon nombre de leurs sœurs.

Parfois, quelques audacieux s'aventuraient dans la forêt et démembrer leurs cadavres était la promesse d'un festin. Ce n'était pas seulement ôter la vie qui les réjouissait tant. Non, c'était se glisser dans la tête de leurs victimes pour les torturer de l'intérieur. La famille du guérisseur avait sombré dans la folie. Ils avaient rampé sur le sol avant que la mort ne les délivre. Lorsque leurs visages avaient cessé de se tordre de douleur, ils avaient presque l'air endormis. Si paisibles dans leurs chambres. Mais ce jeu ne suffisait jamais à rassasier les gargognes plus de quelques mois. Deux nuits plus tôt, elles s'étaient choisi un nouveau pantin ; une marionnette dont il était si aisé de tirer les ficelles pour que la terreur envahisse son esprit. Une gamine qui s'était crue délivrée de leur emprise, alors que chaque coucher de soleil ne faisait que précipiter sa perte.

Dans son âme, elles avaient trouvé une part de noirceur, ce qu'il fallait de doutes et d'incertitudes pour transformer chacun de ses rêves en cauchemar. Cette fille s'imaginait à l'abri derrière une porte close, mais le mal s'était déjà glissé en elle. Désormais, Plume appartenait aux gargognes.

⁂

Son pouvoir s'était réveillé en elle. Il avait déchiré le temps et l'espace, mais ce n'était pas vers le passé que se dirigeaient ses pensées. Une seconde toile l'appelait. Là-bas, vers Seräen. Vers chez elle… En cet instant, Plume souhaitait plus que tout serrer ses parents dans ses bras. Alors, la jeune fille se glissa à l'extérieur et chercha cet homme qu'elle ne pourrait jamais appeler grand-père, mais qui faisait partie de sa famille.

Lorsqu'elle l'aperçut, Dariel était en train de nourrir son cheval et l'animal paraissait encore plus mal en point que d'ordinaire. S'approchant de la clôture, Plume caressa sa longue crinière noire.

— Vous avez l'air contrariée, constata Dariel. M. d'Aubrey vous a encore martyrisée ?

— Pas vraiment… C'est à propos de la toile.

— Ah, le fameux portail magique censé vous ramener dans votre monde.

— Je vous en prie, ne vous moquez pas… La vérité est que vous craignez autant le surnaturel que vous êtes attiré par lui. Mais je dois reconnaître que, d'une certaine façon, vous aviez raison…

Et Plume lui raconta l'apparition de la fente. Elle lui décrivit le mystérieux pouvoir qui avait jailli sous ses pinceaux. Dariel l'écouta sans l'interrompre. Ses lèvres semblaient figées en un sourire crispé.

— C'est moi qui possède le don, conclut-elle.

— Un don ou une malédiction ? articula finalement le peintre. Vous ne devriez pas vous réjouir de contrôler une chose aussi imprévisible que le temps. J'aurais préféré que ce fardeau pèse sur mes épaules plutôt que sur les vôtres.

— Je cherche seulement à retourner à mon époque, rien d'autre.

— Oui, peut-être bien… Prenez garde, Éléonore, car il se pourrait que ce don finisse un jour par vous détruire. Ma mère a consacré sa vie à rechercher l'anorentia, elle croyait cette fleur capable d'exaucer les souhaits. Rien, pourtant, ne l'a empêchée de mourir dans mes bras, alors que je n'étais encore qu'un adolescent… Ne vous laissez pas entraîner par un pouvoir aussi plaisant soit-il, mais qui ferait de vous son esclave.

— Je comprends, lui dit Plume. Demain, je peindrai la toile représentant Seräen et plus jamais je ne manipulerai le temps.

— Vous allez partir ?

— Je ne peux pas rester.

Dariel hésita.

— Savez-vous pourquoi j'ai accepté ? demanda-t-il. Ce jour où vous m'avez parlé d'un voyage à travers les siècles.

— Parce que je vous faisais penser à votre femme.

Le peintre acquiesça d'un signe de tête.

— Vous devez me trouver ridicule. Mais lorsque je vous ai vue pour la première fois à la lumière du jour, j'ai cru que vous étiez Iliana.

— Non, ce n'est pas ridicule… Léonis, murmura Plume, vous avez fait énormément pour moi. J'aimerais vous remercier. Je n'ai pas de présent à vous offrir, seulement des mots. J'aurais préféré ne pas avoir à les prononcer, mais vous laisser dans l'ignorance aurait été encore plus cruel. Vous ne me croirez pas, vous ferez semblant d'en rire mais, très bientôt, des temps sombres s'abattront sur Orme et alors, vous vous souviendrez de moi.

Qu'importe ce qu'elle avait convenu avec Élias, l'heure était venue de lui dire la vérité. Il lui était impossible de taire ce secret plus longtemps.

— La monarchie va sombrer, déclara Plume, et la Ligue écarlate prendra le pouvoir. Cette alliance composée des douze familles les plus puissantes du royaume imposera ses lois. La liberté n'existera plus, il n'y aura plus de justice et les exécutions se succèderont sur la place publique. Des cadavres pourriront au soleil et les gens détourneront le regard. L'art sera interdit : les tableaux seront jetés au feu, ils brûleront dans les flammes et les peintres seront emprisonnés… L'Histoire gravera votre nom dans la pierre, vous serez arrêté et considéré comme un traître à la nation. Ils vous accuseront d'œuvrer pour Valacer et vous serez condamné à mort… Je suis sincèrement désolée, Léonis. J'aimerais tant vous dire que vous avez la vie devant vous. Hélas, cette réalité est déjà écrite. Rien de ce que vous ferez ne pourra changer les choses. Le peuple vous maudira mais sachez que dans un demi-siècle, quelqu'un se rappellera de vous comme d'un homme bon. Je ne vous oublierai pas…

Sa phrase se termina en un sanglot. Dariel la prit doucement par l'épaule et la serra contre lui. Blottie dans les bras de son grand-père, Plume aurait voulu que cet instant dure éternellement et ne jamais regagner cette réalité qui, bientôt, emporterait ceux qu'elle aimait.

— Le mal est déjà présent sur cette terre, prononça Dariel en relâchant l'étreinte. Les étrangers sont persécutés et j'ai toujours su que tôt ou tard, mes origines causeraient ma perte.

— Alors, vous me croyez ?

— Vous espérez m'aider en me révélant l'avenir mais qu'importe ce que le destin me réserve, je mourrai libre. Il vaut mieux périr aujourd'hui que de voir le monde sombrer…

— Vous n'êtes pas révolté ? s'étonna Plume qui s'attendait à des protestations.

— À quoi bon ? Vous m'annoncez que l'art sera prohibé et que les peintres seront pourchassés par les autorités elles-mêmes. Les valeurs que je défends n'existent déjà plus en Orme. Pour être révolté, il faudrait encore que j'aie une raison de me battre… S'il vous plaît, ajouta Dariel, je ne vous demande qu'une seule chose, dites-moi ce que deviendra Iliana quand je ne serai plus là pour la protéger.

— Je l'ignore, mais son enfant vivra. Vous aurez une descendance…

— Une petite-fille qui aura les yeux d'Iliana, n'est-ce pas ?

— Oui.

La main de Dariel se referma sur la sienne.

— Je vous ai crue à l'instant précis où votre pinceau a touché la toile. J'ai su que vous étiez de mon sang, lui dit-il. Ne renoncez jamais à peindre, Éléonore, si je dois mourir, que je puisse continuer de vivre à travers vous.

— Je vous le promets.

❊❊❊

Élias reposa sa plume dans l'encrier. Lentement, il cacheta la lettre et imposa son sceau dans la cire brûlante. C'était étrange d'écrire ses dernières volontés, de livrer ses secrets les plus sombres avec un tel calme. Par principe, l'avenir se jouait des hommes et se plaisait à être imprévisible. Pourtant, celui d'Élias ne faisait plus aucun doute pour le principal intéressé. Il ne reverrait pas la capitale, il ne serait pas seigneur de la Ligue et sa disparition resterait inexpliquée. *Car Élias allait mourir.* Il serait enterré dans une époque qui n'était pas la sienne.

La mort ne l'avait jamais effrayé. Elle faisait partie des risques, mais lorsqu'il avait discerné son ombre dans la main de Plume, il s'était senti défaillir. Cette blessure qu'un geste maladroit lui avait laissée comme souvenir n'avait rien d'anodin. En l'espace de quelques secondes, les événements inexpliqués de Seräen avaient pris un autre sens. Ils étaient devenus parfaitement logiques, s'intégrant dans une ligne temporelle qui s'obstinait à faire un aller-retour entre présent et passé. Et cette boucle se concluait par son propre trépas. Plus qu'une prédiction, c'était une certitude.

Oui, Élias allait mourir. Et à l'image de tout condamné en route vers l'échafaud, il avait pensé au souvenir qu'il laisserait derrière lui. Plume méritait de savoir, de voir au-delà du tueur l'enfant meurtri par les sacrifices du devoir... Il lui avait écrit une lettre, des pages noircies où la vérité ne se dissimulait plus sous des mensonges et des faux-semblants. Sa fiancée était si proche de lui, il l'entendait de l'autre côté de la cloison. Il aurait pu lui parler, lui dire tous ces mots qu'il n'avait jamais osé prononcer, mais elle refuserait encore de l'écouter.

— J'aurais tant aimé rentrer chez moi, marmonna Élias en serrant les poings.

⁂

Plume était pétrifiée par la peur. Il faisait nuit, la pénombre avait à nouveau envahi sa chambre et le Ranaghar menaçait de se glisser en elle. La jeune fille entendait presque sa voix lui susurrer à l'oreille toutes ces insinuations qui n'étaient que pure vérité. Elle craignait de comparaître devant le Juge, car elle n'avait aucune défense à présenter et aucune excuse qui lui éviterait le châtiment. Et Plume connaissait déjà la sanction. La folie ou cette terreur sans nom qui s'emparait d'elle dès que le soleil se couchait.

On frappa soudain à la porte.

— Qui est là ?

— Votre voisin de palier, répondit Élias en actionnant la poignée. Est-ce que vous avez besoin de mes services ?

Une masse de cheveux noirs apparut dans l'entrebâillement. Après une première nuit à veiller, son fiancé avait des cernes sous les yeux, mais l'expression d'un homme déterminé à remplir sa mission sans faillir.

— Vous resteriez avec moi ? demanda Plume.

— Oui.

Elle se souvenait l'avoir expulsé de sa chambre sans le moindre remerciement. Elle l'avait jeté dehors comme un malpropre. Et pourtant, Élias était revenu. Doucement, il s'assit sur le rebord du lit et laissa sa tête se poser au creux de son épaule.

— Je vous protégerai du Ranaghar, lui murmura-t-il à l'oreille. Vous pouvez dormir, je veille sur vous.

— Dès que je ferme les yeux, je le vois dans ma tête. Il m'attend dans chacun de mes rêves… J'ai cru qu'il allait me tuer, prononça Plume dans un souffle. Sa voix me hante, elle ne cesse de me poursuivre…

— Et que vous dit-elle exactement ?

— Que je suis une manipulatrice et une menteuse. Et je ne peux pas la contredire… Si vous saviez avec quelle facilité je me suis jouée de Frédérion. Il avait des sentiments pour moi et je l'ai traité comme s'il n'était qu'un pantin.

Élias s'accorda un instant de réflexion.

— Je suis d'accord avec le Ranaghar, conclut-il, même s'il a oublié votre tendance suicidaire à foncer vers le danger sans réfléchir. J'ajouterais aussi que vous pouvez être une sacrée peste quand vous vous en donnez la peine. Mais quelle importance ?

— J'ai tué des gens, des innocents qui sont morts à ma place, alors que je cherchais seulement à changer les choses. Je traçais des fresques sur les murs sans imaginer que d'autres en paieraient le prix.

— Plume, la milice aurait trouvé un autre prétexte pour les condamner. Oui, ajouta Élias, vous avez agi avec l'insouciance de la jeunesse, mais vous ne devez pas laisser le Ranaghar triompher. Ne voyez-vous pas qu'il se nourrit de vos doutes pour vous briser de l'intérieur ? Vous avez dix-sept ans, vous êtes encore une gamine. Qu'importe vos crimes, vous n'avez jamais eu l'intention de les commettre et c'est cela le plus important. Vous avez aussi sauvé des vies, ces hommes que la garde s'apprêtait à exécuter…

— C'est vous qui les avez sauvés, moi je n'étais que la cause de leurs malheurs.

— Non, c'est votre obstination qui m'a poussé à impliquer ma garde personnelle. Aujourd'hui comme hier, je me fiche toujours autant de ces gueux… Vous ne devez pas être aussi sévère envers vous-même, donnez-vous une seconde chance.

— Je revoyais des scènes de ma vie comme dans un cauchemar éveillé. Mes amis se retournaient contre moi, mon père s'écriait qu'il n'aurait jamais dû me recueillir. Partout, il y avait cette silhouette en manteau noir qui m'accusait.

— Est-ce que j'étais présent ?

— Oui, répondit Plume en reniflant, vous m'assuriez que j'aurais fait des merveilles dans la Ligue écarlate.

— Eh bien, c'est grotesque. Une dame de la Ligue qui pactise avec les rebelles est loin d'être une bonne affaire… La prochaine fois, vous direz à ce Ranaghar que je me ferai un plaisir d'enfoncer ma lame dans sa gorge s'il continue d'importuner ma future femme.

— Et si ce monstre attaquait ? chuchota Plume, les yeux à moitié clos. Vous avez affirmé qu'ils étaient responsables de la mort de l'ancien guérisseur. Ils pourraient encercler la maison et nous tuer dans notre sommeil.

— Pas tant que je serai là. N'ayez aucune crainte, je vous défendrai jusqu'à mon dernier souffle.

Cette promesse, accompagnée d'un regard meurtrier, était un gage de sécurité. Lentement, Plume s'abandonna au sommeil. Avec Élias à ses côtés, elle avait la certitude qu'aucun danger ne pourrait l'atteindre.

⁂

Depuis la lisière du bois, les gargognes observaient les lumières qui s'éteignaient peu à peu derrière les fenêtres. Ces gens étaient d'une naïveté touchante… Ils avaient beau barricader leurs portes et fermer leurs volets, il en fallait bien plus pour les repousser. Pourtant, cet ennemi leur faisait peur. Oui, pour la première fois depuis longtemps, elles avaient reculé. Elles avaient été contraintes au repli par un simple humain. Pour leur survie, elles devaient éliminer cette menace.

Les attaquer de front aurait été une erreur. Ces créatures de la nuit connaissaient la stupidité des hommes et cette minuscule étincelle qui suffisait pour déclencher leur folie. Trouver un cadavre, par exemple, était un excellent moyen d'attiser leur colère. Or, le destin avait voulu que l'un de ces imbéciles jette un corps derrière un talus. Elles avaient trouvé ce gamin au sourire idiot, aussi froid qu'une statue de pierre. Lui qui n'avait jamais eu le moindre intérêt de son vivant aurait enfin une utilité dans sa mort.

Cachée par les ténèbres, une silhouette se glissa hors de la forêt. Elle porta la malheureuse victime et l'étendit, tel un sacrifié, devant la maison du guérisseur. À présent, il ne leur restait plus qu'à attendre. Attendre qu'un habitant bien intentionné fasse cette macabre découverte et donne l'alerte.

Chapitre 16
Fuite à travers le temps

Plume fut arrachée au sommeil par un hurlement. Un cri d'horreur venait de résonner dans l'air frais du petit matin. Près d'elle, Élias se leva d'un bond et par réflexe, dégaina son épée. Ses traits étaient tirés et il ne semblait pas avoir fermé l'œil plus de quelques heures. Ce nouvel incident n'était pas le réveil paisible qu'il avait espéré.

— Bon sang, qu'est-ce que c'est encore ? s'exclama-t-il.

Cette interrogation devait être partagée par leurs hôtes, car un volet claqua au rez-de-chaussée. Des voix marmonnèrent et ce qui ressemblait à de la curiosité ne tarda pas à précéder un véritable branle-bas de combat.

— Éléonore, d'Aubrey ! appela Dariel. Descendez vite, c'est important !

Plume s'enveloppa d'un châle avant de se ruer dans l'escalier. Au pied des marches, Iliana la fixait avec une lueur de terreur dans les yeux. Son doigt était pointé vers la minuscule fenêtre de la cuisine. Suivant l'exemple de son fiancé, Plume courut se pencher par l'ouverture. Tout d'abord, elle ne vit rien. Puis, la scène lui apparut dans toute son abomination. À quelques mètres de la porte, visible depuis le chemin qui menait au village, une silhouette était étendue sur l'herbe humide. Les bras en croix et les jambes tordues comme une poupée de chiffon, Geremia leur souriait bêtement.

— Ce pauvre garçon est mort. Quelqu'un l'a vu et croyez-moi, il s'apprête à donner l'alerte. Les villageois seront ici dans moins de vingt minutes, annonça Dariel. Vous devez absolument partir... S'ils vous voient, ils vous accuseront du meurtre et vous serez pendus sans autre forme de procès !

— C'est le Ranaghar qui l'a tué, bafouilla Plume. Nous sommes innocents !

Élias haussa les sourcils. Il se souvenait très bien avoir tordu le cou de ce gamin. Son cadavre aurait dû pourrir dans ce bois de malheur, alors par quel hasard s'était-il retrouvé là ?

— Les habitants voudront du sang, lança Dariel, ils n'hésiteront pas à vous condamner ! Il faut que vous fuyiez avant qu'il ne soit trop tard.

— Allez-vous-en ! ajouta Iliana. Ils ne doivent pas vous trouver !

— Fuir où ? grommela Élias. D'un côté, nous avons cette maudite forêt et de l'autre, des paysans qui vont sans doute revenir avec leurs fourches et leurs pioches !

— On rentre à Seräen ! s'exclama Plume. Tout de suite !

Oui, songea-t-elle, c'était la meilleure solution… Ils s'étaient suffisamment attardés dans une époque qui leur était étrangère. Rester les exposait à une mort certaine et la fente était la seule échappatoire possible.

— Vingt minutes, ma petite dame, siffla Élias. Vous pensez peindre une toile en un délai aussi court ? Il a fallu à Dariel plusieurs semaines pour faire votre portrait !

— Une esquisse pourrait suffire à entrouvrir le passage. Mais vous avez raison, je n'aurai probablement pas le temps, c'est pourquoi je vous demande de vous battre et de retarder leur arrivée.

— Je suppose que je n'ai pas le droit de tuer ces imbéciles ?

— Bien sûr que non…

Laissant son fiancé protester contre cette interdiction injustifiée, Plume courut vers l'atelier du peintre. Avec des gestes précipités, elle s'empara d'un crayon et d'une feuille immaculée. Ce plan déjà hasardeux lui parut encore plus bancal quand une question sans réponse se faufila dans son esprit. Que dessiner exactement ? Seräen était une ville immense, une fourmilière géante en perpétuelle effervescence. Se matérialiser au milieu d'une foule attirerait l'attention sur eux. Et puis, Élias avait mis en avant la nécessité d'une date. Plume fouilla sa mémoire à la recherche d'un événement marquant. Que s'était-il passé à Seräen ? La fête nationale, bien sûr, mais la milice avait procédé à des contrôles d'identité pour trouver les perturbateurs. Parmi les personnes présentes, il y aurait aussi une demoiselle Herrenstein et apparaître en double exemplaire lui ferait courir un danger. Non, il lui fallait un endroit sûr où elle ne risquait pas de croiser une autre version d'elle-même.

— Allez, fais un effort, murmura-t-elle.

Et l'inspiration lui vint. Plume eut une vision de sa mère, se lamentant à grand renfort de cris devant la catastrophe inimaginable que représentait pour elle la chute du lustre. Aussi loin que remontait sa mémoire, c'était bien la première fois que des morceaux de verre avaient osé souiller le hall d'entrée.

À défaut d'une meilleure idée, Plume s'efforça de croquer l'immense plafonnier, mais sa tentative fut interrompue par une petite voix intérieure. Une voix qui lui chuchotait à l'oreille qu'un témoin avait assisté à cette tragédie domestique. Madge avait vu le lustre tomber à ses pieds. Comment réagirait-elle si Plume surgissait sous son nez ?

— Le placard ! s'écria-t-elle.

Effaçant ses traits maladroits, Plume choisit d'immortaliser la scène selon un point de vue assez particulier. Celui d'un observateur qui, depuis le placard à balais, apercevrait le lustre brisé à travers l'entrebâillement de la porte. Il était trop tard pour tester les limites de son pouvoir. Si son don lui avait permis de basculer un demi-siècle dans le passé, pourquoi s'offusquerait-il d'un décor aussi peu conventionnel ?

— Les prévisions de Dariel étaient légèrement optimistes, marmonna Élias en la rejoignant dans l'atelier. Les villageois sont déjà là… Et d'après ce que j'ai pu voir par la fenêtre, ils m'ont l'air assez mal lunés. Dariel a proposé d'aller leur parler.

— Qu'il essaye de gagner du temps à tout prix !

— J'ai toujours privilégié les armes plutôt que la diplomatie mais pour une fois, j'espère avoir tort.

⁂

Jenny n'était pas prête d'oublier sa terrible découverte. Depuis que son père était tombé malade, elle se rendait chaque matin chez Dariel. Sans attendre le moindre paiement, le guérisseur lui remettait un sachet qui contenait un mélange de plantes et d'herbes. Mais ce jour-là, le vieil homme devrait se passer de son traitement.

La pauvre fille avait hurlé si fort que les oiseaux des alentours s'étaient envolés. Geremia avait été assassiné ! Sa tête pendait sur le côté, les vertèbres disloquées, et ses yeux grands ouverts semblaient fixer la Mort elle-même, venue l'arracher aux tourments de ce monde. Jamais encore Jenny n'avait couru aussi vite. Lorsqu'elle était parvenue au village, les jupons relevés et le souffle court, ses cris avaient suffi à ameuter l'ensemble des habitants. En l'entendant, Mme Polson s'était évanouie. Alors que son fils n'avait toujours suscité que du mépris, la nouvelle de sa mort s'était répandue comme une traînée de poudre. La consternation et l'effroi avaient laissé place à la colère. Ce n'était pas le Ranaghar ! Le Ranaghar était une bête sauvage qui déchiquetait le corps de ses victimes et le meurtre de Geremia était l'œuvre d'un homme.

Son cadavre avait été retrouvé si proche de la maison de Finhen. Cette même maison où, depuis plusieurs semaines, il se passait des choses étranges. À bien y réfléchir, personne ne connaissait réellement Léonis Dariel. Il avait surgi un an plus tôt et son passé semblait être une page blanche. Peut-être n'auraient-ils pas dû accueillir cet inconnu à bras ouverts.

Nathaël, puis ce gamin au sourire édenté… Il était temps d'agir avant que d'autres atrocités ne soient commises. Encouragés par Mme Fergus et les autres commères, les hommes s'étaient armés. Ils avaient saisi leurs outils de labour, leurs faux et aussi l'arc des Polson. D'ordinaire, ils auraient cherché à faire triompher la justice. Aujourd'hui, ils cherchaient seulement un coupable. Une personne qui paierait le prix fort.

⁂

Par la minuscule fenêtre, Élias discernait une foule de gens furieux qui marchaient droit vers eux. S'il avait dû miser sur l'un de ses ennemis, il aurait parié sur le Ranaghar ou sur Artéor… mais certainement pas sur ces paysans. Ce n'étaient pas leurs armes qui l'effrayaient – si hétéroclites qu'ils auraient très bien pu avoir des pelles à tarte. Non, c'étaient leur nombre et leur soif de vengeance qui faisaient d'eux des adversaires redoutables.

Dariel voulait parlementer avec ces idiots. Il risquait surtout de se faire passer à tabac, avait conclu Élias avec son pragmatisme habituel. Le mieux aurait été de régler cette affaire à grands coups d'épée, mais Plume lui avait interdit de répandre le sang.

— Sois prudent, murmura Iliana alors que Dariel l'embrassait sur la joue.

— Je vais juste leur parler… D'Aubrey, si les choses tournent mal, je vous demande de veiller sur elle.

Élias acquiesça d'un signe de tête. Imperturbable, il vit le peintre franchir la porte d'entrée et se diriger vers les villageois d'un pas décidé. Près de lui, Iliana s'était mise à trembler. Elle se tordait nerveusement les mains et dans un sursaut de bonté, Élias passa un bras autour de son épaule.

— Il va s'en sortir, vous verrez, lui dit-il. Vous n'avez aucune raison de vous inquiéter.

— S'ils fouillent la maison, nous sommes finis…

Ce pronostic peu réconfortant ne tarda pas à se confirmer. Dariel s'était approché du groupe des belligérants et bien qu'ils soient à une distance raisonnable, Élias percevait l'écho de leurs voix.

— Je suis vraiment attristé par la mort de Geremia. J'ignore qui a commis une telle atrocité, mais j'espère qu'il paiera pour son crime.

— Finhen, lança l'un des paysans, son corps a été retrouvé à quelques pas de votre maison ! Comment pouvez-vous prétendre ne rien savoir ?

— Menteur ! hurla un autre.

— Il paraît que vous abritez des étrangers chez vous ! Nous voulons la tête des coupables !

— Vous aidez les assassins de Nathaël !

— Il n'y a personne chez moi, se défendit Dariel.

— Alors, laissez-nous entrer et vérifier par nous-mêmes !

La colère grondait. Plusieurs hommes s'étaient avancés, prêts à bousculer le guérisseur s'il osait s'interposer. Dans une vaine tentative de repli, Dariel choisit de leur présenter une version abrégée des événements.

— Vous avez raison, admit-il, j'ai menti… Mais ce ne sont pas des criminels que je cache chez moi. C'est ma femme. Ses parents se sont opposés à notre mariage et nous nous sommes unis en secret.

La pensée que Dariel leur avait tu cette histoire matrimoniale ne fit pas pencher la balance en sa faveur. Au contraire, l'idée qu'il ait pu quitter le marché des célibataires sans en informer quiconque leur apparaissait comme une trahison.

— Je vous assure, ajouta Dariel, vous ne trouverez personne d'autre chez moi que ma jeune épouse. Elle est enceinte, nous attendons notre premier enfant alors, par pitié, baissez vos armes… Je suis sûr que nous pouvons nous entendre. Geremia a dû être tué par le Ranaghar, le bois est si proche, la bête l'a probablement attaqué…

— Le Ranaghar ne sort jamais de la forêt, affirma l'un des villageois. Et même si c'était le cas, il aurait dévoré Geremia.

À écouter ces imbéciles, le Ranaghar obéissait à des règles. C'était ridicule, songea Élias. Malheureusement, sa culpabilité l'obligeait à reconnaître une part de vérité dans leur tissu d'âneries. Lui regrettait son geste. Il s'en voulait de les avoir entraînés dans une telle situation, mais il était trop tard désormais pour reculer. Peut-être que Dariel n'aurait pas été aussi enclin à le protéger s'il avait connu son implication.

— Oh non, s'exclama Iliana en portant la main à sa bouche, ils arrivent !

Dariel n'avait pas réussi à sauver les meubles très longtemps. Il avait été poussé sur le côté, maîtrisé par deux hommes qui l'avaient forcé à s'écarter.

— On dirait que l'heure est venue de se battre, constata Élias dans un soupir. Iliana, vous allez me faire le plaisir de vous mettre à l'abri. Rejoignez Éléonore dans l'atelier et barricadez-vous ! Je vais faire mon possible pour les retenir.

Iliana hésita. Par la fenêtre, elle voyait son mari se faire jeter au sol par les villageois. Qu'importe ce qu'il avait pu leur dire, il n'avait fait qu'attiser leur fureur. Un coup s'abattit violemment sur son dos, puis sur son crâne.

— Ils vont le tuer ! s'écria-t-elle.

— Dans l'atelier tout de suite ! ordonna Élias. Vous ne pouvez rien faire pour lui ! S'ils veulent vraiment le tuer, ils le feront…

Ce n'était sans doute pas le meilleur des arguments. Sans écouter ses exhortations, elle s'élança à l'extérieur pour porter secours à Dariel. S'emparant d'un bâton, elle frappa l'un des attaquants de toutes ses forces. L'homme s'effondra par terre, mais la riposte d'Iliana fut de courte durée. De loin, Élias aperçut un colosse la saisir par les cheveux et l'obliger à s'agenouiller.

— Alors, c'est elle ta traînée ? railla quelqu'un à l'adresse du peintre à moitié inconscient.

— Elle est enceinte, articula Dariel avec peine. S'il vous plaît, laissez-la tranquille…

Élias ne supportait pas que l'on fasse du mal aux femmes. Cette armée de paysans ne connaissait aucune limite ; ils s'étaient acharnés sur Dariel sous prétexte qu'un cadavre leur donnait tous les droits. C'était la folie d'un groupe qui se répandait pour contaminer chacun de ses membres.

Ce déferlement de violence ne prendrait fin que s'il leur flanquait une bonne raclée. Alors, Élias tira son épée de son fourreau et se planta sur le seuil de la porte.

— C'est moi que vous cherchez, messieurs ? lança-t-il d'une voix forte.

Bizarrement, son apparition produisait toujours le même effet : un mouvement de recul qui s'accompagnait d'expressions hagardes.

— Si vous voulez vous battre, venez donc me défier ! Combien êtes-vous ? marmonna Élias en faisant mine de les compter. Quarante… et je suis seul. Venez, je vous attends !

Le silence qui s'était emparé de la foule précéda une tempête de cris et d'accusations.

— Vous êtes le tueur de Nathaël ! C'est vous qui avez assassiné Geremia !

— Espèce de sale Valacérien, maudits soient les étrangers !

Malgré leur détermination, aucun d'eux ne s'avança pour combattre Élias. Dans ses yeux se lisait une lueur de haine qui n'incitait guère à se porter volontaire.

— Personne ? ricana Élias. Alors, écoutez-moi bien… Je vous propose un choix. Soit je vous massacre tous jusqu'au dernier et croyez-moi, je l'ai déjà fait. Soit vous relâchez la fille et votre cher Finhen, et je vous dédommagerai pour votre mansuétude.

D'un geste théâtral, il tira de sa poche une poignée de rubis. Les rayons du soleil soulignèrent la pureté des gemmes. Parmi les villageois, beaucoup se tournèrent vers leurs voisins. Ils chuchotaient entre eux, désignant cet inconnu qui leur promettait la richesse, alors qu'ils étaient venus pour le lyncher.

— J'appartiens à la noblesse, déclara Élias. Vous n'oseriez pas vous en prendre à Artéor, eh bien, sachez que je suis pire que lui. Je ne crains ni votre justice ni celle des hommes… Donc, pour résumer ma question, préférez-vous être riches ou préférez-vous être morts ?

Avec un peu de chance, il réussirait à les corrompre et la bataille s'achèverait avant d'avoir commencé. Cette masse d'indécis semblait si manipulable, si prévisible… La plupart d'entre eux n'avaient jamais vu de pierres précieuses de leur vie. Ils ne tarderaient pas à rejoindre sa cause, laissant leur cupidité l'emporter sur leur désir de revanche.

Mais un homme choisit brusquement de rompre le statu quo.

— La vie d'un gosse n'a pas de prix ! rugit-il. Gardez vos babioles, elles ne remplaceront jamais mon fils !

Élias connaissait déjà M. Polson, l'heureux détenteur d'un arc qui lui avait infligé une blessure à l'épaule. Cette fois-ci, il esquiva la flèche d'un gracieux bond sur le côté.

— Très bien, grommela-t-il. Vous voulez la guerre, vous l'aurez !

※※•※※

Plume avait une idée assez vague de ce qui se passait à l'extérieur. Il régnait un tumulte indescriptible, un mélange de cris et de verres qui se brisent. Les villageois étaient encore dans l'entrée, mais Élias ne tiendrait pas éternellement. Dans quelques minutes, la porte de l'atelier serait défoncée et plus jamais elle ne pourrait s'enfuir à travers le temps. Plume sentait l'angoisse l'envahir. Elle s'efforçait de dessiner le lustre, de chercher dans sa mémoire le moindre détail qui permettrait à sa magie de naître. Sur la feuille de papier, elle représenta les balais et les serpillères, puis immortalisa le grand escalier et le carrelage recouvert d'un tapis d'éclats de verre. Quelqu'un percuta la cloison, faisant trembler le mur. Espérant que le choc l'ait assommé, Plume acheva l'esquisse d'un dernier coup de crayon. D'un simple toucher, elle invoqua la fente. Or, rien ne se produisit. L'image resta statique et aucun portail n'envahit la pièce. Ce fut la panique qui s'empara d'elle. Que ferait-elle si son don restait insensible à son appel ? Peut-être s'était-elle surestimée… ou, en pensant connaître son pouvoir, elle n'avait fait que l'effleurer.

« Je ne suis pas assez forte », songea Plume.

C'est alors qu'elle revit l'image d'Avalon se dressant seul face à une foule de spectateurs et hurlant sa colère à la fête nationale. Lui et ses compagnons n'étaient qu'une poignée mais, portés par une chance insolente, ils avaient réussi ce défi impossible. Aucun parieur n'aurait misé le moindre merle sur leur évasion et pourtant, ils s'étaient évanouis sous le nez des gardes. Comment un chef avait-il pu convaincre ses hommes de le suivre malgré le danger et les risques ?

— Parce qu'ils ont cru en lui, murmura-t-elle. Ils ont cru en sa promesse d'un monde meilleur.

Était-ce cela le secret ? *Avoir la foi...* Se soumettre à une puissance qui surpassait la raison pour que le miracle chasse la réalité et ses certitudes. Alors, Plume ferma les paupières. Le Ranaghar lui avait montré la noirceur de son âme ; elle avait vu des innocents être condamnés à mort pour ses propres crimes. Mais leur sacrifice était une force et non une faiblesse. Plume n'était pas une héroïne à la conscience sans taches : elle était une enfant qui avait un rêve.

Avec une étonnante confiance, elle chassa ses doutes et ses craintes. Elle s'abandonna au destin et laissa son doigt se poser sur l'esquisse. Dans un râle, la fente noirâtre s'arracha de l'image et déchira l'espace.

※※※

Élias était submergé. Ces bougres avaient le crâne solide et refusaient de capituler. En temps normal, il en aurait tué quelques-uns, histoire de faire de la place, mais Plume ne lui pardonnerait jamais son acte. Cette restriction ne l'avait pas empêché de faire sauter une bonne dizaine de dents, de blesser au bras cinq ou six imprudents qui passaient par là et de couper un catogan qui, décidément, ne lui plaisait pas.

La maison de Dariel ressemblait désormais à un champ de bataille. Élias peinait à se débarrasser de ces gueux ; bien qu'ils ne savaient pas se battre, ils l'assaillaient de toutes parts. Le moindre objet se transformait en arme. Les bocaux devenaient des projectiles, les ustensiles de cuisine traversaient la pièce par la voie des airs et une fourchette avait même réussi à se planter dans le plafond.

Élias ne cessait de contrattaquer et pourtant, il savait qu'il allait mourir. Ce combat serait son dernier... Il ne reverrait jamais Seräen.

Un objet volant siffla au-dessus de sa tête et Élias se baissa juste à temps pour l'éviter. Il comprenait la détresse de Polson, ce père qui avait perdu son enfant, mais pourquoi les autres manifestaient-ils un tel zèle à essayer de le tuer ? Ils s'imaginaient peut-être que ses poches débordaient de rubis et que les pierres promises n'étaient qu'un échantillon. Après tout, le cœur humain était impénétrable. Le décès de Nathaël les avait ébranlés et retrouver le corps de Geremia n'avait pas dû arranger ses affaires. Oui, se faire justice soi-même était une très mauvaise idée, conclut Élias en esquivant une chaise.

Il se sentait acculé. Il était loin d'avoir l'avantage et les villageois l'encerclaient.

— Le premier qui s'avance, je le décapite ! menaça Élias.

Cette aimable promesse fut couverte par un son familier. Plume était en train de crier. Que criait-elle et à qui ? Vu l'intonation, cela ressemblait vaguement à un « Sauvez-moi ! ». Dans le doute, Élias chercha à se rapprocher de l'atelier.

— Qu'est-ce que vous dites ? hurla-t-il.

— La fente est ouverte, répondit Plume. Dépêchez-vous !

Au moins, une bonne nouvelle. Mais ce regain d'intérêt pour la suite des événements lui fit commettre une maladresse. Une pelle l'atteignit violemment à l'épaule. Le coup le déséquilibra et son épée lui fut arrachée des mains. Dans un brouillard de sensations, Élias se jeta sur le côté et armé de sa seule dague, entailla la joue de son agresseur. Le balafré recula, libérant un passage sur la droite. Élias se glissa dans l'ouverture, sauta au-dessus d'un homme avachi par terre et se précipita vers la porte de l'atelier.

— Plume, appela-t-il, ouvrez-moi ! Vite !

La lame d'un couteau frôla le haut de son crâne avant qu'il ne soit finalement hors d'atteinte. Il claqua la porte derrière lui et se barricada à l'intérieur. Finalement, il ne s'en était pas trop mal tiré.

Sa fiancée ne sembla pas partager ce constat optimiste.

— Vous êtes couvert de sang ! s'écria-t-elle.

— Ce n'est pas le mien, marmonna Élias, enfin presque pas.

Si un miroir lui avait renvoyé son reflet – la chemise maculée de taches et le front couvert de sueur –, Élias aurait eu du mal à se reconnaître. Un liquide chaud coulait sur son épaule, émanant d'une large plaie qui déchirait sa peau et le laissait pourtant indifférent. Ses yeux étaient rivés sur la fente qui flottait au-dessus de l'esquisse.

Derrière lui, le panneau trembla une première fois avant qu'un nouveau choc ne l'ébranle.

— Ils essayent de défoncer la porte, murmura Plume.
— Nous devons partir !

La jeune fille ne bougea pas.

— Et Dariel et Iliana ? On pourrait les emmener avec nous…

— Je vous ai déjà dit que l'Histoire était écrite, soupira Élias. Et même si nous le pouvions, cette époque n'est pas la leur. Ils seraient deux étrangers plongés dans une société où tout n'est qu'interdits.

— Mais que va-t-il leur arriver ? Vous n'avez pas l'impression de les trahir en les laissant là ?

— Le destin de Dariel est scellé, quoi que vous fassiez, vous ne l'empêcherez pas d'être condamné. Que ce soit aujourd'hui ou demain, la Ligue écarlate l'exécutera. Et je suis sûr qu'il sera heureux de vous savoir saine et sauve.

— Je n'ai pas pu leur dire au revoir…

— Dariel sait que vous êtes sa petite-fille, non ? Alors, il comprendra… Venez, il est grand temps de rentrer chez nous.

La fente n'était plus qu'à quelques pas. Élias était si proche, il parvenait presque à l'effleurer. Peut-être avait-il mal interprété les signes qui prédisaient sa mort. Il s'était débarrassé des villageois, alors quelle blessure pourrait causer sa perte ?

Élias ne tarda pas à avoir sa réponse. Il s'était appuyé contre la porte pour retarder leurs poursuivants. Un crac sonore le fit tressaillir. Puis, une douleur sans nom se répandit dans son corps. La lame de son épée venait de transpercer le panneau de bois et s'était plantée dans son dos. Élias s'effondra sur le sol alors qu'une mare de sang naissait autour de lui. Il allait périr, tué par sa propre arme…

— Élias ! s'exclama Plume en se précipitant vers lui.

— La lettre, articula-t-il avec peine, dans ma poche… Lisez-la. Ce sont mes dernières volontés…

— Vous ne pouvez pas mourir ici. Je vais vous ramener à Seräen, je vous trouverai un guérisseur !

Dans ses yeux, il distingua un éclat argenté qui ressemblait à des larmes. Est-ce qu'elle pleurait pour lui ?

— Non, c'est trop tard… Tenez, prenez les rubis, ils vous seront plus utiles qu'à moi. Rejoignez la rébellion, renversez l'Oméga… S'il vous plaît, je ne vous demande qu'une chose, ne me laissez pas mourir seul…

Aussi doux qu'une caresse, il sentit les bras de Plume l'enlacer. Blotti contre elle, il aurait souhaité ne jamais quitter cette réalité. Les paupières mi-closes,

Élias s'imprégna de son parfum. Il s'imagina que l'au-delà ne ressemblait pas au néant, mais avait la grâce de son visage. Les ténèbres envahirent peu à peu sa vision. Sa fiancée n'était plus qu'une silhouette indistincte mais, près d'elle, Élias mourait heureux.

— Je vous ai menti, prononça-t-il dans un souffle. *J'ai menti chaque jour en prétendant ne pas t'aimer...*

Et dans un dernier râle, Élias expira.

⁂

Plume frissonna. Le sang d'Élias imprégnait son châle. Il était mort, mort à ses pieds... Malgré ses souffrances, son visage exprimait une étonnante sérénité. Qu'avait-il voulu dire ? Il ne pouvait pas l'aimer, c'était impossible... De l'autre côté du mur, les villageois cessèrent de forcer la porte. Était-ce la vision d'une lame souillée qui les fit brusquement reculer ? Le corps d'Élias servait de rempart, même avachi le long du panneau, il continuait de la protéger. Plume aurait dû s'enfuir, mais le temps s'était brusquement figé. Elle avait besoin de réponses qu'importaient le danger et les conséquences.

La lettre dépassait de la poche d'Élias. D'une main tremblante, la jeune fille déplia le morceau de papier. Une écriture fine et des mots tracés à la plume. L'ultime message d'un homme qui, jusqu'à son dernier souffle, était resté une énigme.

« *Chère Éléonore,* lut-elle,

Je serai probablement mort à l'instant où vous lirez cette lettre. Il n'est pas habituel de connaître l'heure de son trépas mais, depuis que nous avons basculé dans le passé, la frontière entre le possible et l'impossible s'étiole. Durant mon existence, je n'ai cessé de mentir plus par nécessité que par plaisir. Alors, si je dois vous quitter, j'aimerais vous confier la vérité... Peut-être serez-vous sceptique, je devine déjà vos sourcils se plisser à la lecture de ce paragraphe, mais je vous prie de me croire. Je suis un condamné à mort qui ne demande que votre pardon.

Parmi tous les griefs dont vous m'avez accusé, il me faut revenir sur la mort de mon demi-frère. Jonas d'Aubrey était le fils aîné de mon père, celui qui aurait dû hériter du titre. Il avait vingt ans lorsque son corps a été retrouvé sans vie. Vous me pensez coupable de ce crime et je ne saurais vous le reprocher.

Cette affaire est cependant plus complexe que vous ne l'imaginez... Je n'ai pas tué Jonas. Aujourd'hui, mes mains sont couvertes de sang, mais jamais je n'aurais osé lui faire du mal. Au moment des faits, je n'avais que onze ans et ce jour-là, j'ai pris une décision qui a fait de moi un complice.

Andreas vous aurait-il parlé de notre mère ? C'était une femme au cœur de pierre qui espérait plus que tout le pouvoir et la richesse. Elle était la seconde épouse de Monseigneur d'Aubrey, mon père qu'elle n'avait séduit que pour s'élever dans la société. Jonas représentait pour elle un obstacle, le beau-fils qui empêcherait ses enfants de porter le titre. Elle l'a poignardé dans le dos sans lui laisser la moindre chance. Je n'oublierai jamais cette journée terrible où ma vie a basculé. J'ai été témoin du meurtre, j'ai vu le corps de Jonas chanceler avant de s'écrouler. Ma mère m'a observé, impassible, et n'a prononcé que cinq mots : « Tu seras seigneur, mon fils. »

À cette époque, je me moquais de la Ligue. Tout ce qui m'importait était ce garçon livide qui ne respirait plus. J'ai retiré le couteau, même s'il était trop tard pour le sauver. Je pensais chercher de l'aide lorsque Andreas m'a vu. J'avais l'arme à la main, il a cru que j'étais le meurtrier... J'ai dû faire un choix. Ou j'accusais ma mère ou je me taisais. Andreas avait cinq ans, il était trop jeune pour devenir orphelin. S'il avait vu la noirceur de son âme, il aurait rejeté cette femme qu'il aimait si fort. Il ne pouvait pas perdre sa mère, alors j'ai décidé de garder le secret. J'ai tu cette vérité pour protéger Andreas.

Lorsque Dame Aldania est morte, je n'ai pas versé la moindre larme à son enterrement. Andreas avait grandi, j'aurais pu lui parler, mais il me détestait tant que cela n'aurait rien changé... Il ne voyait en moi qu'un aîné tyrannique et non le grand frère qui veillait sur lui. Andreas était trop faible, il refusait de se battre et sa bonté l'aurait perdu. J'ai tout fait pour l'écarter de la Ligue, car il n'aurait jamais survécu au milieu des complots et des manigances. Quand il a tenté de me ravir le titre, j'ai voulu l'effrayer et le forcer à quitter la capitale. Vous vous êtes interposée ce jour-là, vous étiez persuadée que je n'hésiterais pas à le tuer devant des centaines de badauds. Je dois reconnaître que sa mollesse avait le don de m'irriter mais, aussi bizarre que cela puisse paraître, Andreas était une part de moi.

À plusieurs reprises, vous m'avez reproché de m'acharner sur lui. De jouer avec ce gosse comme on tire les ficelles d'un pantin. C'est vrai, j'ai saboté ses fiançailles et je l'ai rendu infirme. Laissez-moi vous présenter ma défense... Concernant son mariage, il souhaitait épouser une jeune fille de bonne famille. Cordélia avait des boucles blondes et un teint de porcelaine. Je ne doute pas que mon frère se soit réellement épris d'elle. En théorie, je n'avais aucune raison de m'opposer à son bonheur. Si ce n'est que sa fiancée ne m'était pas inconnue. Sous le nom de Séraphine, elle avait déjà tenté de me séduire. C'était une aventurière qui avait vu en Andreas un mari de second choix, mais qui lui assurerait la richesse. Elle s'imaginait qu'en changeant de perruque, je ne la reconnaîtrais pas. Cordélia n'aimait pas mon frère et je ne pouvais tolérer qu'il s'unisse à cette femme qui allait le détrousser. Une fois de plus, j'ai préféré m'attirer sa colère plutôt que de lui révéler la vérité. Et la suite fut d'une simplicité enfantine. J'ai chargé Harckof de mettre en lumière l'un de ses multiples amants en faisant croire à un coup monté. Andreas devait voir ma signature dans son malheur et non soupçonner Cordélia de lui être infidèle. Quand sa chère et tendre est devenue la risée de la société, son mariage était si compromis qu'il a été contraint d'y renoncer.

Pour sa jambe blessée, je plaide coupable car j'ai agi de façon impardonnable. Plusieurs années s'étaient écoulées depuis la mort de Jonas. Andreas n'avait jamais évoqué cette scène surprise à la dérobée, j'espérais que le temps aurait effacé ce souvenir de sa mémoire. Ce jour où il est devenu infirme, il m'a craché sa haine en pleine face. Il m'a reproché d'avoir assassiné notre demi-frère ! J'étais en colère contre lui mais aussi contre moi. Vous ignorez à quel point la vérité peut être un fardeau lourd à porter. Furieux de devoir me taire, je l'ai blessé à la jambe avec mon épée... S'il vous plaît, Éléonore, croyez-moi. Je ne voulais pas l'handicaper à vie, je pensais seulement l'égratigner. Lorsqu'il a commencé à se vider de son sang, j'ai compris que j'étais allé trop loin. Andreas vous a peut-être raconté que je l'avais abandonné à son triste sort. En réalité, il était évanoui quand je l'ai porté chez un guérisseur. J'ai payé ce dernier pour qu'il oublie ma présence et prétende l'avoir trouvé, inconscient sur le sol.

Je vous demande de ne pas me juger trop sévèrement... Vous n'avez aucune idée de ce que signifie être né dans la Ligue. À l'âge de onze ans, j'ai découvert que je ne serai plus jamais en sécurité. Heureusement, je savais manier l'épée et mon talent pour l'escrime me permit d'échapper à plusieurs tentatives de meurtre. J'ai grandi en m'efforçant de paraître indifférent, de bannir le moindre sentiment qui pourrait devenir une faiblesse. Si vous aimiez une personne, vos ennemis se chargeraient de l'éliminer pour vous affaiblir. De la même façon que j'avais cherché à protéger Andreas, mon père me tint à l'écart. Enfant déjà, je souffrais de son absence, mais plus les années passaient et plus il s'éloignait de moi. Je représentais la relève, la carte qu'il abattrait sur la table le jour où je serais suffisamment puissant pour être craint. Lorsque j'ai eu vingt-quatre ans, j'ai eu l'âge de conquérir la Ligue. Je suis sorti de l'ombre et je me suis rendu à Seräen.

Cette nuit-là, c'est vous que j'ai rencontrée. Vous étiez si différente des autres filles... Vous m'avez fracassé un vase sur la tête mais, loin de susciter ma colère, vous avez piqué ma curiosité. J'ai chargé Harckof de vous retrouver, je vous pensais originaire des bas-fonds et quelle ne fut pas ma surprise de découvrir en vous la fille de l'ambassadeur. Jamais je n'oublierai le bal d'Anémone et cet instant où vous m'êtes apparue en robe de soirée. Lorsque je vous ai invitée à danser, vous étiez anxieuse. Peut-être même aviez-vous peur de moi. Je me demandais jusqu'où vous seriez prête à aller, alors je vous ai poussée dans vos retranchements. Plus vous osiez me répondre et plus vous m'ensorceliez. J'étais déjà amoureux de vous mais, ce soir-là, je l'étais encore plus... Je devais me marier pour assurer la lignée. Jusqu'alors, je pensais choisir parmi toutes ces demoiselles frivoles celle qui m'agacerait le moins. Une femme ravie d'être délaissée et que j'aurais couverte de dentelles et de bijoux pour avoir la paix. Mais, lorsque je vous ai vue, j'ai su que ce serait vous.

Je vous ai demandée en mariage et bien sûr, vous avez cru à une plaisanterie. J'étais suspendu à vos lèvres. Si vous m'aviez dit « oui », j'aurais tout fait pour vous rendre heureuse. Je ne vous aurais rien imposé, ni de partager mon lit ni de vous comporter en aristocrate. Vous auriez été libre de courir sur les toits et je vous aurais protégée de la milice... Plume, je n'attendais de vous qu'une seule chose : vous savoir à mes côtés. Cela aurait suffi à mon bonheur. Je vous aurais offert mon cœur et je vous aurais laissée le briser entre vos doigts.

Malheureusement, vous avez refusé. Vous vous êtes enfermée dans ce placard où vous avez pleuré toute la nuit. Je le sais parce que je vous ai suivie. J'étais de l'autre côté de la porte, j'entendais vos sanglots à travers le panneau. Des heures durant, je suis resté dans ce couloir, la main sur la poignée. Je voulais vous parler, vous consoler, mais je n'ai pas trouvé le courage de le faire.

Le lendemain, j'étais venu pour vous présenter mes excuses. Je vous aimais cependant d'un amour égoïste et au lieu de vous libérer, j'ai officialisé ma demande auprès de votre père. Je me disais qu'avec le temps, vous finiriez par vous habituer à ma présence. Bien sûr, vous avez voulu connaître la raison d'un tel intérêt. Et comme je l'ai fait avec Andreas, je vous ai menti. Si je vous avais confessé mon amour, vous ne m'auriez pas cru. Alors, j'ai prétendu voir en vous un moyen de manipuler la Ligue...

Je sais ce que vous pensiez de moi. Vous m'avez cru intéressé par le vote de votre père. Mais ce n'était pas le trône de l'Oméga que je convoitais, seulement vous. Je vous aime, Plume. Vous étiez le rayon de soleil qui me tirait des ténèbres. Quel autre sentiment aurais-je pu éprouver pour vous ? Au sein de la Ligue, l'amour est une faiblesse et je craignais qu'en vous confiant mon secret, des ennemis ne cherchent à vous tuer. J'ai dû me taire et feindre l'indifférence. Si j'avais été libre, je vous assure que je vous aurais implorée à genoux de m'épouser.

Vous souvenez-vous de ce jour où je me suis présenté chez vous, un bouquet de fleurs à la main ? J'espérais un baiser de votre part et vous m'avez reçu avec froideur. Aujourd'hui, j'ai compris mon erreur. J'ai compris que j'allais mourir… La veille au soir, une femme s'était glissée dans ma chambre. Cette apparition onirique a posé ses lèvres sur les miennes, elle a murmuré à mon oreille des mots qui resteront gravés dans ma mémoire. J'ai supposé que c'était vous. La pièce était plongée dans la pénombre, je ne voyais d'elle qu'une vague silhouette. Sa main a effleuré la mienne et sur sa peau, j'ai senti une cicatrice. Quand vous m'avez repoussé le lendemain matin, j'ai cru à une plaisanterie mais, dans votre paume, je n'ai vu aucune plaie. C'était un rêve si beau, si semblable à ces songes où mon père me rendait visite. Il ne pouvait être réel.

À présent, je sais que cette scène n'était pas le fruit de mon imagination. C'est vous qui m'avez embrassé cette nuit-là. Vous veniez de mon futur, d'un futur qui causerait ma perte. Il y avait des larmes sur vos joues et de la tristesse dans votre voix, car ce baiser était un baiser d'adieu. Lorsque vous vous êtes blessée ce matin, c'est ma mort que j'ai lue dans votre main. Peu de condamnés ont la chance d'écrire leurs dernières volontés. Je meurs en me sachant aimé de vous et cette pensée sera mon réconfort.

Il me faut vous confier un autre secret. Le soir où des êtres en noir ont pris d'assaut mon manoir, vous êtes tombée dans le vide. J'ai hurlé votre nom, j'ai tenté de vous rattraper, mais il était déjà trop tard. Dans un état second, je me suis hissé sur le toit et je me suis précipité au rez-de-chaussée. Si cela vous intéresse, ces maudites créatures – Ranaghar ou peu importe leur nom – avaient disparu et je ne m'explique toujours pas la raison d'un tel repli. Lorsque j'ai atteint les jardins, je m'attendais à retrouver votre corps meurtri par la chute ; pourtant, il n'y avait que cette maudite toile qui semblait me narguer. Vous vous étiez volatilisée… Il ne restait rien de vous, hormis votre médaillon posé sur l'herbe. Quand je l'ai saisi, le hasard a voulu qu'il frôle le tableau. La fente a surgi du néant. Le passage était sombre et menaçant, j'ignorais si le voyage me tuerait, mais c'était ma seule chance de vous revoir. Alors, je l'ai franchi sans hésiter. Lorsque je suis revenu à moi, j'étais dans ce champ baigné de soleil et vous étiez à mes côtés. Rien d'autre n'avait d'importance.

J'ai menti en prétendant être tombé du toit. En réalité, il s'est rarement passé une journée sans que je vous mente. Je déformais les faits pour paraître insensible et aujourd'hui, je le regrette. Nous étions dans le passé ; libéré de mes ennemis, j'aurais pu vous confier la vérité. Des centaines de fois, j'ai essayé de vous avouer mon amour mais, à chaque tentative, vous me repoussiez. Vous cherchiez des machinations là où il n'y avait qu'un garçon qui espérait vous ouvrir son cœur. Dès que je m'efforçais d'être attentionné, vous me soupçonniez de manigancer contre vous, alors je me suis montré froid et désagréable.

Lorsque j'ai été blessé à l'épaule, vous étiez ma garde-malade. Ce moment a été l'un de mes plus beaux souvenirs, comme ces longues heures où je vous ai portée sur mon dos. Quand vous m'avez demandé de veiller sur vos nuits et de chasser vos peurs, vous étiez blottie contre mon épaule. J'étais heureux de vous savoir proche de moi, même si je n'étais que le bras armé qui vous protégeait.

Je vous ai défendue contre Artéor, j'aurais affronté tous les dangers pour vous garder en sécurité. C'est pourquoi je suis désolé de vous laisser seule… Vous possédez un don capable de changer la face du monde, usez-en pour renverser l'Oméga et battez-vous pour la justice. Vous êtes plus forte que vous ne l'imaginez, si forte que le Ranaghar ne réussira pas à vous briser.

Je vous prie de m'accorder une ultime faveur. Lorsque vous serez de retour à Seräen, n'essayez pas de me prévenir, vous ne pouvez plus rien faire pour me sauver. Il était écrit que je devais mourir.

L'autre jour, vous m'avez posé une question. Vous m'avez demandé comment j'avais pu comprendre les secrets du grand-oncle Silas et déterrer son trésor là où aucun membre de ma famille n'avait su déceler la vérité. Silas était resté fidèle à son amour de jeunesse, malgré leur séparation. Je l'ai su, car son cœur était comme le mien. Il n'oublie jamais celle qu'il aime.

Élias d'Aubrey, seigneur de la Ligue écarlate

PS : si vous croisez Andreas, vous avez ma gracieuse autorisation pour lui faire lire le passage le concernant (mais pas la suite, car cela ne le regarde pas). Dites-lui de ma part que le titre lui revient de droit et que s'il veut assurer sa sécurité, il ferait bien de s'attirer l'allégeance d'Harckof. Je lui laisse volontiers mon homme de main, puisque je n'ai plus besoin de ses services.

PPS : j'ai oublié de préciser que le brusque retour de l'oncle Barnabé dans le monde civilisé était une invention de mon fait. J'ai versé à votre père les dix mille merles en me faisant passer pour les autorités d'une ville de l'Est. Cela me peinait que vous m'épousiez seulement pour combler une dette familiale.

PPPS : par pitié, je ne supporte pas votre cousin Herrenstein. Si vous devez vous marier, que l'heureux élu ne soit pas cet imbécile. »

Lorsque Plume acheva sa lecture, des larmes coulaient sur ses joues. Les villageois cherchaient à nouveau à défoncer la porte. Avec des gestes précipités, elle plia la lettre et la glissa dans sa poche. Dans un sanglot, Plume déposa un baiser sur le front de son fiancé. La fente l'attendait, alors d'un pas résolu, la jeune fille fit ses adieux au passé.

Elle franchit le portail. La réalité s'évanouit, elle devint un tourbillon de couleurs et tandis que Plume chutait dans les ténèbres, elle sut qu'Élias avait gagné son pari. *Elle l'aimait...*

≡ Livre III ≡

Rébellion

*L*aissons-nous transporter à nouveau dans une société sans liberté où les droits se sont évanouis. Pour faire souffler un esprit de révolte, reprenons notre bande de hors-la-loi, notre courtier aux arnaques bien rodées et une aristocrate au cœur brisé. Ajoutons-y un homme au masque de bronze, un secret enfoui depuis un demi-siècle et un pouvoir capable de déchirer le temps. Pour échapper à la monotonie, défions la mort et le destin pour une cause perdue. Mais n'oublions pas que chaque histoire doit avoir une morale et voyons lequel, de l'amour ou de la haine, finira par l'emporter…

Chapitre 1
Retour à Seräen

Plume s'effondra au milieu des balais et des serpillères. Ses jambes tremblaient, elles chancelèrent sous son poids lorsqu'elle tenta de se relever. Des pensées se bousculaient dans son esprit, des poignards qui lacéraient son âme et qui prenaient la forme d'un cadavre étendu à ses pieds. Élias était mort… Une simple lettre avait suffi à ébranler ses convictions. Derrière cet homme cruel et indifférent, Plume avait aperçu un enfant qui espérait seulement être aimé. Un garçon meurtri que la Ligue écarlate avait sacrifié sur l'autel du pouvoir et de l'ambition.

Par peur de ses ennemis, il avait caché ses sentiments. Il les avait emmurés derrière un rempart de sarcasmes et s'était rendu esclave de ses propres secrets. Pourquoi avait-il attendu si longtemps pour faire tomber le masque ? Parce qu'elle ne l'aurait jamais cru… Dès qu'il lui avait tendu la main, elle l'avait repoussé, persuadée que ses sourires dissimulaient des machinations.

— Élias, murmura-t-elle, si vous saviez à quel point je suis désolée…

Mais il était trop tard pour les regrets. Le présent et la rébellion l'appelaient. Elle s'était juré de tuer l'Oméga et son fiancé n'était plus là pour la retenir et la ramener sur le droit chemin. La cause méritait de périr en son nom ; la révolte ne devait tolérer aucune faiblesse. Plume essuya ses larmes d'un revers de manche. Elle avait regagné son époque et abandonné des êtres chers à leur triste sort : Dariel, Iliana et Élias. Et pourtant, les circonstances lui interdisaient de pleurer ses amis.

De l'autre côté de la porte, Plume devinait l'agitation que venait de provoquer la chute du lustre. Comme il était étrange de revivre cette journée, de revoir cette scène tel un souvenir dont sa mémoire aurait effacé les détails. Que s'était-il passé ce matin presque ordinaire ? En entendant le bruit des éclats de verre, sa version plus jeune avait quitté la table ; elle s'était absentée une dizaine de minutes, laissant M. Herrenstein seul dans la salle à manger. De retour du passé et de cette réalité qui avait éclairé ses propres origines, Plume avait besoin de parler à son père. L'heure était venue d'obtenir des réponses.

Lentement, elle se glissa à travers l'entrebâillement de la porte. Dans le hall d'entrée et lui tournant le dos, sa mère et Éléonore constataient le désastre.

— Mais c'est horrible ! se lamentait Mme Herrenstein. Comment allons-nous faire ? Il nous est impossible de recevoir qui que ce soit avec un hall dans un état pareil !

Près d'elle, Éléonore se réjouissait intérieurement que cet incident la prive d'une réception en l'honneur de ses fiançailles. La gorge nouée, Plume envia cette demoiselle aux boucles parfaites, inconsciente des malheurs qui s'apprêtaient à bouleverser son existence. Elle longea discrètement le mur – les plaintes de sa mère auraient suffi à couvrir à eux seuls l'attaque d'un manaestebal affamé – et parcourut le couloir jusqu'à la salle à manger.

Debout au milieu de la pièce, comme s'il hésitait à rejoindre cette zone de tapage, Armand Herrenstein consultait sa montre à gousset. Il n'était pas son père mais, qu'importaient ses torts et ses faiblesses, cet homme l'avait élevée. Il l'avait recueillie et lui avait offert une famille, alors Plume se jeta dans ses bras.

— Père, s'exclama-t-elle, je suis tellement heureuse de vous voir !

Ce débordement d'affection troubla M. Herrenstein au point de le faire bégayer.

— Que… que vous est-il arrivé ?

Au-dessus de la cheminée, le miroir renvoya à Plume le reflet peu flatteur d'une adolescente aux cheveux courts et emmêlés, flottant dans une chemise de nuit tachée de sang. Si elle avait été témoin d'une apparition aussi débraillée, sa mère se serait sans doute évanouie.

— C'est une longue histoire, répondit Plume, nous n'avons que quelques minutes devant nous… Je vais vous dire des choses qui vous paraîtront folles, mais je vous demande de me croire. Et par pitié, vous ne devrez jamais en parler à Éléonore.

M. Herrenstein n'était pas sûr de saisir. Son étonnement légitime se mua en une incompréhension totale lorsque Plume se lança dans un récit abracadabrant où le temps – cette entité sacrée qu'égrenaient les aiguilles de sa montre – se serait fissuré. Il entendit parler d'un voyage dans le passé, d'une toile qui prenait vie et d'un pouvoir qui, non seulement, violait les règles écarlates mais qui se permettait aussi de défier la réalité. Cela n'avait pas le moindre sens. Quand Plume acheva sa tirade, tellement de questions dansaient dans son esprit qu'il aurait été bien incapable d'en formuler une seule.

— Je ne vous fais aucun reproche, murmura Plume, mais j'ai besoin de connaître la vérité. Le régime fait pression sur vous, ils vous ont condamné au silence et vous avez coopéré sans doute par crainte des représailles. Aujourd'hui, il me faut des réponses… Tous les ans, des hommes sont envoyés au champ de bataille, mais il n'y a jamais eu de guerre, n'est-ce pas ?

Sa phrase mourut en un souffle à peine audible.

— La guerre est une invention, marmonna son père. Aux yeux de la société, je suis un membre respectable, mon nom s'accompagne d'un certain prestige, alors que mon rôle au Conseil est d'envoyer des innocents se faire tuer. J'ai contresigné chacune de leurs décisions, j'ai acquiescé lorsque la Ligue nous ordonnait encore et encore d'autoriser de nouvelles rafles dans les bas-fonds.

— Le Conseil est au courant ?

— Non. De toute façon, ces hommes puissants se moquent de la misère du peuple. Ce ne seront jamais leurs enfants qui iront au front… Lorsque je suis parti en Valacer, ajouta M. Herrenstein, j'ai vu ces gens, des pêcheurs pour la plupart qui possédaient si peu mais qui avaient un cœur en or. Je n'étais qu'un étranger pour eux et pourtant, ils m'ont accueilli comme leur frère. Quand la rumeur s'est répandue que Valacer était notre ennemi et menaçait de nous envahir, j'ai voulu protester. Et puis, beaucoup de mes amis ont commencé à disparaître. Ceux qui avaient voyagé et qui refusaient de croire les mensonges du gouvernement. Un jour, j'ai été convoqué au palais et je m'attendais à me faire exécuter. Mais ce fut encore pire que tout ce que j'avais pu imaginer… Ils m'ont laissé le choix : ou mourir ou me taire. Ce jour-là, j'ai trahi ma conscience en préférant garder le silence.

Longtemps, Plume avait vu en son père un traître. À présent, elle voyait un homme qui, dans l'espoir de sauver sa vie, avait laissé les remords le ronger de l'intérieur.

— Il n'est pas encore trop tard pour renverser le gouvernement, assura-t-elle.

— Il est beaucoup trop tard pour que je puisse me pardonner. Vous êtes si jeune, vous croyez en la révolte… J'ai commis des erreurs, mais d'autres que moi écouteront aussi la voix de la lâcheté. Il est tellement plus facile d'obéir à l'Oméga que de s'élever contre lui.

— Le peuple des bas-fonds se soulèvera quand il saura la vérité ! Lorsque les habitants apprendront que leurs prétendus ennemis s'intéressent plus aux poissons qu'aux armes, ce sera l'étincelle !

— Oui, peut-être que certains courageux choisiront de se battre pour une cause perdue, mais ils se feront tuer. Leurs cadavres seront montrés en exemple sur la place publique et la rébellion s'éteindra avec eux.

— Il vaut mieux mourir debout que mourir à genoux… Père, je ne suis pas revenue pour rester les bras croisés, déclara Plume. Je vais rejoindre les rebelles et s'il le faut, je périrai à leurs côtés.

— Éléonore, je vous en prie, écoutez-moi… Vous n'avez aucune chance de remporter ce combat, la Ligue écarlate écrasera cette poignée d'idéalistes et plus rien ne subsistera de leurs rêves. Vous êtes une aristocrate, vous n'êtes pas concernée par cette lutte.

— Vous me demandez de vous suivre, n'est-ce pas ? De ne pas m'opposer à l'injustice et de laisser des innocents se faire massacrer. Leur vie a autant d'importance que la mienne… Je suis désolée, mais ce serait de la faiblesse que de vous obéir.

M. Herrenstein lui posa une main sur l'épaule. Dans les yeux de Plume ne se lisait aucune hésitation. C'était donc cela la croisée des chemins, cet instant éphémère qui scellerait son destin et qui plus jamais ne lui permettrait de reculer.

— Vous êtes ma fille, soupira-t-il, alors je vous supplie de renoncer.

— Mes parents sont morts.

Plume se mordit la lèvre. Elle aurait voulu que ces mots ne sonnent pas aussi durement dans sa bouche.

— Vous savez ?

— Je sais que vous êtes le meilleur père qu'une fille puisse avoir, répondit-elle dans un faible sourire.

M. Herrenstein se laissa retomber sur sa chaise.

— Je ne cherchais qu'à vous protéger… La première fois que je vous ai vue, vous n'étiez qu'un nourrisson. Il a suffi que je vous prenne dans mes bras pour vous aimer comme mon enfant. Je vous ai élevée, Éléonore, j'ai tout fait pour vous rendre heureuse.

— Parlez-moi de mes parents…

— Je n'ai rencontré que votre mère. Elle s'appelait Verlana et elle était presque aussi belle que vous. C'était un soir d'hiver, je marchais dans les rues de la capitale, il se faisait tard et l'heure du couvre-feu approchait. Cette femme trébuchait à chaque pas, ses jambes luttaient pour la soutenir. Lorsque je me suis approché d'elle, j'ai vu qu'elle serrait un bébé contre son cœur. Verlana était mourante, elle s'est effondrée dans la ruelle en me suppliant de prendre soin de vous. Elle n'a eu le temps de prononcer que votre nom et le sien… Je n'ai rien pu faire pour sa dépouille, je l'ai laissée derrière moi et je me suis enfui avec cette enfant cachée sous mon manteau. Mon épouse et moi-même ne pouvions avoir de descendance. Vous nous êtes apparue comme un cadeau du ciel.

Dans le hall d'entrée, le monologue de Mme Herrenstein touchait à sa fin et d'un moment à l'autre, Éléonore franchirait le seuil de la porte, ignorant tout de cette conversation et de ses enjeux.

— Oh Papa, s'exclama Plume, je vous aime tellement !

Elle aurait tant voulu rester près de lui. Lui assurer que jamais elle n'oublierait les Herrenstein et le lien qui, au-delà du sang, l'unissait à eux. Mais le temps lui était compté. Avec regret, elle se pencha vers son père adoptif et l'embrassa sur la joue.

— Vous êtes ma famille.

Plume quitta la pièce par la porte de derrière. Le panneau se fut à peine refermé qu'Éléonore pénétra dans la salle à manger.

— Père, le lustre s'est fracassé sur le sol.

— Je ne crois pas que ma présence aurait changé quoi que ce soit à cette affaire. Et d'après ce que j'entends, votre mère est déjà en train de donner des ordres...

Plume aurait dû partir, mais elle ne résista pas à la tentation d'entrouvrir la porte. Juste assez pour apercevoir le dos d'Éléonore et son père qui s'efforçait vainement de s'intéresser au lustre. L'espace d'un instant, leurs regards se croisèrent. Ce fut vers elle qu'il se tourna avant de murmurer ces mots :

— La vérité a beau être amère, vous resterez toujours ma petite Éléonore. Je ne veux pas qu'il vous arrive du mal. Tout ce que j'ai fait, c'était pour vous protéger. Votre mère ne doit rien savoir... S'il vous plaît, ajouta-t-il, oubliez cette histoire de poissons.

Plume sentit son coeur se serrer. Elle se souvenait avoir déjà entendu ces mots – lorsqu'elle était encore cette autre Éléonore – sans comprendre à l'époque ce qu'ils signifiaient. Dans quelques jours, elle chuterait à travers la fente et l'ambassadeur perdrait sa fille unique.

La raison lui ordonnait de quitter la demeure des Herrenstein. De disparaître avant qu'un domestique ne la surprenne en double exemplaire. Mais Plume n'avait pas envie d'être raisonnable. Le jour où le lustre s'était brisé, un mystérieux voleur s'était introduit dans sa chambre. Son butin s'était limité à la montre d'Élias. À présent, elle comprenait la valeur de cet objet. *C'était elle qui l'avait dérobé...*

Pour affronter la milice, elle aurait besoin d'Élias. Sa montre était le souvenir de leur rencontre, de cette nuit où elle lui avait fracassé un vase sur la tête. Alors, Plume se faufila dans sa chambre. Elle fouilla dans son placard, elle dérangea les vêtements et les rubans jusqu'à ce que sa main se referme sur le métal.

La jeune fille fourra la montre dans sa poche et consciente qu'elle ne pourrait rester éternellement en chemise de nuit, subtilisa une robe avant de s'enfuir par la fenêtre.

༻❊༺

Élias se jeta sur son lit avec toute l'élégance dont il était capable. La paresse s'était insinuée en lui, susurrant à son oreille qu'après s'être autant démené pour cette gamine ingrate, il avait bien mérité une sieste… Éléonore était venue le chercher. Elle l'avait arraché à son entraînement d'escrime pour sauver quelques miséreux que la garde menaçait d'exécuter. Contre sa raison, il avait impliqué la Ligue écarlate mais, au lieu de lui exprimer sa reconnaissance, sa fiancée était partie rejoindre son cousin Herrenstein. Dès qu'il l'avait vu, Élias avait émis un verdict sans appel : il détestait ce type. De son catogan jusqu'à la pointe de ses bottines, son rival respirait la malhonnêteté.

Le cœur des femmes était impénétrable mais, bon sang, que pouvait-elle bien lui trouver ? Oui, quand il avait surgi dans son bureau pour lui offrir ses services, il avait fait preuve d'un culot certain. Un tel dévouement lui valait peut-être l'admiration d'une dame, mais quand même ! Éléonore appartenait à l'aristocratie, alors pourquoi s'était-elle acoquinée avec un pareil voyou ?

— Il m'énerve, conclut Élias en fermant les yeux.

Le visage de Jack flotta une dernière fois dans son esprit avant qu'un coup d'épée imaginaire ne le chasse du paysage. Son sourire goguenard laissa bientôt place à une image qui n'était guère plus réjouissante. Celle d'une tête coupée roulant sur le sol. Élias avait décapité l'officier, il l'avait tué pour affirmer son autorité. C'était un sacrifice nécessaire, le seul moyen d'éviter un massacre. Afin de satisfaire sa jolie fiancée, il avait fait couler le sang et il avait laissé son âme se noircir davantage. Cette nouvelle victime avait rejoint toutes celles qui, jour après jour, hantaient ses pensées.

Lentement, le sommeil s'empara de son corps, le plongeant dans un monde onirique où ses remords s'évanouissaient.

༻❊༺

La nuit l'entourait de son manteau de ténèbres. La silhouette de Plume était une ombre à peine visible, se fondant dans l'obscurité, alors qu'elle se laissait glisser le long d'une gouttière. Elle avait retrouvé les toits de Seräen ; cet univers où la milice était une menace omniprésente. Mais Plume s'efforçait d'oublier le danger pour se laisser guider par un espoir… Avant de faire son deuil, de songer à tous ces jours où elle aurait pu être heureuse, elle devait revoir Élias une dernière fois.

Sans un bruit, Plume força la serrure de la porte-fenêtre. Un léger déclic ne tarda pas à se faire entendre. La jeune fille s'apprêtait à pénétrer dans le cabinet de travail quand un morceau de papier attira son attention. Il était posé à l'extérieur, coincé sous une pierre pour ne pas s'envoler. Curieuse, Plume déplia la feuille et reconnut aussitôt l'écriture d'Élias.

« Je vous en prie, Mlle H., faites comme chez vous. Je vous autorise à me voler, mais évitez d'ouvrir le troisième placard, il grince horriblement. Au plaisir de vous surprendre à nouveau dans ma demeure. »

C'était un pied-de-nez, l'une de ces plaisanteries idiotes dont Élias avait le secret. Autrefois, cette farce aurait agacé Plume. Elle aurait froissé le papier, furieuse que ce grossier individu ait pu prédire son arrivée. À présent, ces mots tracés à l'encre noire lui laissaient un goût amer dans la bouche. Sa douleur ne cessait de s'accroître ; chaque pas en avant – dans son bureau, puis dans le couloir – la rapprochait de cet instant beau et terrible à la fois. Celui des adieux… Plus jamais elle ne verrait Élias. Elle n'entendrait plus sa voix ni ses ricanements qui lui avaient si souvent irrité les oreilles. Remonter le temps était un don et une malédiction qui, en défiant le destin, lui laissaient étreindre un homme condamné à mourir.

Lorsque Plume poussa la porte de sa chambre, elle devina le corps d'Élias étendu dans la pénombre. Sur sa table de chevet, une bougie finissait de se consumer et éclairait son visage d'une faible lueur. Au repos, ses traits d'ordinaire si durs s'étaient adoucis. Lentement, Plume s'approcha de son fiancé et pressa ses lèvres sur les siennes. Par réflexe, la main d'Élias s'était glissée sous l'oreiller à la recherche d'une arme, mais la caresse du baiser stoppa son geste. Les yeux mi-clos, Élias semblait flotter entre le rêve et la réalité, incapable de déterminer si cette vision appartenait à l'un ou à l'autre. Elle n'était qu'une créature éphémère qu'un battement de cils suffirait à faire disparaître.

— Je vous aime, Élias, murmura Plume à son oreille. Je ne vous oublierai jamais… S'il vous plaît, ne m'abandonnez pas.

Elle ne parlait pas d'elle-même, mais de cette jeune fille qui le repousserait et qui se méfierait de lui, alors qu'il ne faisait que la protéger. Plume n'avait pas le droit de s'attarder, elle devait partir avant que l'illusion ne se brise. Avant qu'Élias ne soit pleinement conscient.

— Reste avec moi, prononça-t-il dans un souffle.

Sa main chercha à retenir la sienne et effleura sa cicatrice. Plume aurait voulu être faible. Elle aurait voulu écouter son cœur et non sa raison. Mais le temps était figé, gravé à jamais dans le marbre, comme la mort d'Élias était inéluctable. Alors, luttant vainement contre ses larmes, Plume s'éloigna. Sur le seuil de la porte, elle n'eut pas la force de lui lancer un dernier regard. Cette nuit-là, une enfant s'adressa aux étoiles, suppliant le ciel d'exaucer sa prière.

— *S'il existe une magie dans ce monde, par pitié, qu'Élias me revienne...*

※※•※※

— Marino !

L'interpellé releva la tête. Assez tôt pour voir surgir Jack, mais trop tard pour s'éviter une tape à l'arrière du crâne. Son chef semblait particulièrement agité. Un plan avait dû germer dans son esprit et le surprendre aussi oisif, alors qu'il aurait dû trouver des clients à arnaquer, ne jouait pas en sa faveur.

— Patron, je t'assure, j'avais presque réussi à vendre de l'anorentia à une vieille sorcière, mais elle a dû...

— Oublie l'anorentia, nous avons du pain sur la planche.

Marino se souvenait très bien de la dernière fois où il avait été réquisitionné. Il avait failli se faire tuer et bizarrement, il n'avait aucune envie de renouveler l'expérience. L'air inquiet, il écouta son supérieur se lancer dans un discours qui n'annonçait rien de bon.

— Je viens de parler à Archibald ! s'exclama Jack. Heureusement qu'il ne monnaye pas ses conseils, sinon je serais ruiné depuis longtemps... Quoi qu'il en soit, j'ai trouvé la solution à mon problème. Je vais organiser un attentat contre un seigneur de la Ligue et j'aurais besoin de ton aide !

Marino recula. C'était encore plus dément que ce qu'il avait pu imaginer. S'il faisait confiance à Jack pour s'en tirer, l'adolescent doutait qu'il puisse assurer d'autres arrières que les siens.

— Je suis trop jeune pour me faire exécuter, marmonna-t-il.

— Ne sois pas ridicule, tu penses vraiment que même sous la torture, je lâcherais ton nom ?

Oh oui, songea Marino, ce serait bien la première chose qu'il ferait. Dénoncer ses complices pour s'éviter la corde.

— Écoute, mon grand, ajouta Jack d'un ton faussement compatissant, je te demande juste de faire le tour de la Cour des fous et de me trouver quelques types suicidaires. Rien de bien méchant, personne ne saura que tu as trempé là-dedans…

Ces paroles réconfortèrent Marino. Au moins, il ne serait pas en première ligne quand l'opération virerait au fiasco. Les merveilleuses explications de Jack furent interrompues par un cri. Une fille venait de surgir dans leur dos, les jambes tremblantes et les vêtements couverts de boue.

— Jack ! s'écria-t-elle.

Plume tomba dans ses bras. Elle le serra contre elle, enlaçant cet homme qui était devenu son grand frère des bas-fonds. À moitié étouffé, l'intéressé chercha doucement à se dégager. Lorsque son regard – si habile pour surprendre l'éclat d'une pièce d'argent – se posa sur Plume, il remarqua ses cheveux gras et les cernes sous ses yeux.

— Tu vas bien ? s'inquiéta-t-il.

— Tu m'as tellement manqué !

Jack fronça les sourcils. Il avait vu Plume la semaine précédente, alors pourquoi agissait-elle comme si leur dernière rencontre remontait à plusieurs mois ? Quelque chose de grave s'était sans doute produit et l'image d'un certain *quelqu'un* ne tarda pas à s'imposer à lui.

— D'Aubrey t'a fait du mal ? lança-t-il. Il a levé la main sur toi ? Ne t'inquiète pas, je ne te laisserai pas l'épouser… Nous allons nous débarrasser de ton fiancé et tout redeviendra comme avant.

Aucun sourire n'éclaira son visage. Au contraire, Plume paraissait sur le point de pleurer. Était-ce l'émotion ? La joie d'apprendre qu'il avait pris cette initiative sans réclamer d'elle le moindre paiement ? Oui, c'était une grande première, mais Jack détestait tellement cet individu puant d'orgueil qu'il était prêt à menacer ses précieuses économies.

— Élias est mort, sanglota Plume.

En voilà une excellente nouvelle ! Jack siffla deux notes à l'adresse de son camarade, parti s'acquitter de sa mission d'un pas nonchalant. Ses jambes filiformes ressemblaient à deux baguettes de bois et quand Marino marchait, il avait toujours l'air de reculer plutôt que d'avancer.

— Ordre annulé ! cria Jack. Retourne vendre de l'anorentia, espèce de fainéant !

— Jack, murmura Plume, tu ne comprends pas…

Une nouvelle théorie dérangea les pensées bien ordonnées du courtier. Contrairement à son habitude, Plume ne portait pas ses vêtements masculins, mais une robe qui semblait avoir recueilli toute la saleté des bas-fonds. Où était passé son masque ?

— Est-ce que tu l'as aidé à mourir ? demanda Jack d'une voix hésitante.

Même si c'était un accident, la justice de ce pays exigerait sa tête. Dès que la Ligue écarlate était concernée, on se souciait encore moins de la légitime défense ou des circonstances atténuantes. Les seuls qui réussissaient à s'en tirer étaient ces frères, neveux ou cousins éloignés qui, à la suite d'un accident providentiel, héritaient du titre.

— Je ne l'ai pas tué, répondit Plume en reniflant bruyamment.

— Alors, tout va très bien ! Tu devrais te réjouir, te voilà délivrée d'un mariage qui t'aurait emprisonnée pour le restant de tes jours.

Depuis qu'il fréquentait le monde de la nuit, Jack était habitué à en entendre des vertes et des pas mûres, mais ce qui sortit de la bouche de Plume battait tous les records.

— J'aime Élias d'Aubrey, déclara-t-elle.

— Hein ? s'exclama Jack, persuadé d'avoir mal entendu. D'Aubrey, quand même pas ton fiancé ?

L'expression de Plume n'était guère rassurante. Dans ses yeux, des papillons semblaient battre des ailes, exprimant tout l'amour d'une jeune fille qui avait choisi d'offrir son cœur à la pire des brutes.

— Est-ce que d'Aubrey t'a fait boire quelque chose ? s'inquiéta Jack en lui posant une main sur le front.

— Non, il ne m'a pas droguée !

Lui parler d'un voyage dans le passé le persuaderait aussitôt du contraire. Alors, Plume choisit de se taire, de ne pas rompre la magie de leurs retrouvailles avec le récit impossible d'une autre réalité.

Depuis plusieurs jours, elle vivait dans la rue. Elle avait trouvé refuge dans les bas-fonds, le seul asile pour ceux qui n'avaient nulle part où aller. Plume avait erré dans les ruelles, mendiant pour un quignon de pain et découvrant cette vie de misère où le lendemain représentait l'avenir. Elle avait attendu, guetté cette nuit où là-bas, dans les quartiers riches, une aristocrate chuterait à travers le temps. Éléonore Herrenstein était partie, elle n'existait plus… Désormais, il ne restait d'elle qu'une gamine affaiblie, plus que jamais décidée à se battre pour une cause perdue.

— Viens, fit Jack en l'entraînant par le bras, on va retrouver Archibald.

Le vieil aveugle était assis le long du mur, à moitié enroulé dans sa barbe. En le voyant, Plume sut à quel point son absence lui avait pesé. Les rides creusaient son visage, il paraissait encore plus fatigué par la vie, usé par une existence loin de la lumière du soleil. Archibald était une encyclopédie parlante, il connaissait les dates et les faits historiques qui s'étaient perdus dans la mémoire des hommes. Et pourtant, il n'avait jamais jugé utile de lui révéler que la guerre contre Valacer n'était qu'une invention. Il avait traversé le dernier demi-siècle, il avait connu cette époque troublée, mais la vérité était restée enfouie dans le tréfonds de son être. Consignée dans un énorme volume de sa bibliothèque imaginaire qui disparaissait sous une couche de poussière.

Archibald s'était tu. Et tous ceux qui auraient pu s'opposer à la Ligue écarlate avaient choisi le silence. Ils avaient laissé à d'autres ce combat absurde contre un ennemi qui, année après année, ne faisait qu'accroître son pouvoir.

— Hé Archi ! appela Jack. Oui, c'est encore moi… Plume divague complètement ! Je crains qu'elle ne se soit pris un coup sur la tête et que le choc ait semé le bazar dans ses pensées. Vous savez quoi faire ?

— Tout dépend de ce que tu entends par divaguer, répondit Archibald dans un long bâillement. D'ordinaire, Plume est la plus sensée de vous deux. Et lequel d'entre vous vais-je croire si elle m'affirme le contraire ?

Plume n'écoutait qu'à moitié.

— L'Oméga vous a tout pris, n'est-ce pas ? prononça-t-elle dans un souffle. Il a tué votre famille et vous a rendu aveugle. Vous vivez dans la Cour des fous parce que le monde là-haut vous est devenu insupportable…

— Approche, ma fille… Que dis-tu là ?

— Je pense que vous savez, Archibald. Vous savez que la rébellion aurait triomphé depuis bien longtemps si les générations précédentes n'avaient pas fait la sourde oreille. Vous savez pour la guerre.

— De quoi est-ce qu'elle cause ? soupira Jack.

Une lueur illumina soudain les prunelles laiteuses du vieil aveugle.

— Nous ignorions que les choses iraient aussi loin, déclara Archibald sans se soucier de Jack. Qui aurait pu prévoir que les exécutions deviendraient quotidiennes et que la liberté s'évanouirait ? Oui, nous avons été faibles… Mais t'es-tu déjà retrouvée seule face à un groupe en colère, une foule immense qui réclame du sang quand tu n'as d'autres armes que des mots ? On ne peut juger les hommes du passé et leur reprocher le présent lorsque l'ignorance faussait leur jugement… Tu as raison, ajouta-t-il, je me suis caché parmi les hors-la-loi pour échapper à cette réalité encore plus sombre que ce royaume de ténèbres où m'avait plongé ma cécité. Tant que le régime continuera de condamner des innocents, je resterai dans les souterrains. Ainsi, j'expierai mes fautes.

— Nous devons chacun faire un choix. Et j'ai fait le mien… Je vais rejoindre la révolte.

— Je suis trop vieux pour te suivre et sans doute, mon dernier jour sera venu avant que la Ligue ne s'effondre. Mais j'ai confiance en l'avenir... La cause triomphera s'il reste encore des idéalistes pour croire en la justice.

— Est-ce que quelqu'un peut m'expliquer ce qui se passe ? grommela Jack qui commençait à s'impatienter.

Archibald posa sur lui son regard vitreux. Sa main noueuse s'agita dans le vide avant d'attraper le courtier par le col de la chemise. Il le tira vers lui, ramenant le visage de Jack à quelques centimètres de ses lèvres.

— L'argent ne vaut rien, mon garçon. Jour après jour, tu ne fais que creuser ta tombe... Tu t'es choisi un maître, tu t'es enchaîné à son service, bien qu'il ne puisse t'apporter ni le bonheur ni la sagesse. L'or ne te sauvera pas, siffla Archibald. Alors, je te le demande en ami, protège-la !

— Pas besoin de m'étrangler à moitié pour me dire un truc pareil... Plume m'a déjà payé pour veiller sur elle, une somme assez modique quand on y réfléchit bien. C'était il y a trois ans, mais un engagement est un engagement.

Se libérant de la prise du vieil homme, Jack adressa à Plume un sourire conciliant. Il ne la prenait pas au sérieux. Comme si cette décision était l'effet d'une folie passagère et qu'il valait mieux acquiescer de peur que son mal ne s'aggrave.

— Je peux faire quelque chose pour t'aider ? proposa-t-il.

— Oui, j'ai besoin de parler aux princes maudits.

— Encore cette histoire ? Mais tu viens juste de les voir !

— C'est très important, j'ai des informations qui pourraient provoquer un soulèvement...

Et pourquoi pas faire sauter le palais ! songea Jack. Il fallait vraiment qu'il lui trouve un guérisseur. En attendant qu'un remède lui remette les idées en place, il se résigna à jouer le jeu.

— Marino ! appela-t-il en mettant ses mains en porte-voix. Répands la rumeur que je recherche les princes maudits... Oui, les princes maudits ! Ne fais pas semblant d'être sourd pour ne pas exécuter mes ordres.

Plume le laissa s'agiter, promettre par langage des signes une tape à l'arrière du crâne si l'autre continuait de mimer l'incompréhension. Elle devait absolument voir Avalon et lui révéler la vérité sur Valacer. Le Faucon n'avait fait qu'effleurer ce secret, il avait entraperçu cette réalité sans deviner toute l'horreur qui se cachait derrière chaque discours officiel. Les princes maudits avaient fait d'elle la dame de cœur, mais ce ne serait pas en infiltrant la Ligue écarlate qu'elle prouverait sa valeur. Elle allait leur offrir une chance unique de mettre enfin le feu aux poudres.

— Le Faucon, murmura Plume.

Cet homme avait usé des mots pour tenter de faire souffler un vent de révolte. Pour glaner ses renseignements, même lacunaires, il avait dû se glisser au plus près du pouvoir et risquer sa vie chaque jour. Il agissait dans l'ombre, cachant sa double identité pour mieux trahir ce gouvernement qu'il haïssait tant. Qui pouvait être le Faucon ? Probablement un noble ou un membre du Conseil.

Les princes maudits protégeaient leur atout, sans doute étaient-ils prêts à tout sacrifier pour garder cette pièce maîtresse. Lorsque Plume avait tenté de les interroger, elle n'avait obtenu aucune réponse. À peine un sourire narquois… Était-ce son voyage dans le passé ou l'image si présente de son fiancé qui lui ouvrit brusquement les yeux ?

À Seräen, il existait bien un homme capable de trahir les siens et d'user du prestige de son nom pour une cause idéologique. Un garçon dont le regard évoquait celui d'un rapace. Un aigle… *ou un faucon.*

⁂

Une tasse de thé à la main, Andreas tourna la page de *L'Orme glorieux*. Comment Camillus Malbert pouvait-il écrire autant d'absurdités en si peu de lignes ? Non seulement c'était ridicule, mais réclamer de l'argent pour un journal d'aussi piètre qualité frôlait presque l'escroquerie. Faisant un effort surhumain pour ne pas le chiffonner, Andreas poursuivit sa lecture. Il devait savoir ce que pensait l'ennemi pour mieux le combattre… Oui, c'était dans cet objectif louable qu'il se forçait chaque matin à lire des articles à la gloire du régime. Alors que son esprit luttait pour se concentrer, trois coups salvateurs retentirent contre la porte.

— Entrez ! lança-t-il.

Mme Roussel se présenta sur le seuil.

— Une jeune femme qui ressemble à Mlle Herrenstein demande à vous voir.

Son ancienne gouvernante plissa le nez comme pour exprimer un doute manifeste quant à l'identité de cette visiteuse. L'horloge sur le guéridon annonçait à peine huit heures. Espérant que son frère ne soit pas la cause de cette visite matinale, Andreas fit signe qu'il allait la recevoir.

Effectivement, la réserve de Mme Roussel était légitime. Elle *ressemblait* à Éléonore : ses boucles avaient disparu ; à la place, des cheveux courts emmêlés se moquaient des carcans de la beauté. Sous un manteau ample – probablement celui de l'homme qui l'accompagnait – se distinguaient nettement les pans d'une robe tachée de boue.

— Mlle Herrenstein, salua Andreas en se levant malgré sa jambe boiteuse. Que puis-je pour vous ?

— J'aimerais m'entretenir avec vous.

— Bien entendu… Et à qui ai-je l'honneur ?

L'individu, qui louchait vers ses cuillères en argent, se détourna de ce spectacle pour lui tendre une main molle.

— Jacquelin, répondit-il en omettant son nom de famille comme s'il craignait d'être poursuivi.

— Mlle Herrenstein, M. Jacquelin, si vous voulez bien vous asseoir.

Ils prirent place autour d'une table basse où une assiette de gâteaux semblait les attendre. Sans se soucier des convenances, l'homme au catogan enfourna une pâtisserie dans sa bouche.

※

Plume était légèrement anxieuse. Jack avait tenté de la dissuader, de la convaincre que se présenter chez ce noble – par définition, susceptible de rameuter la milice – était une erreur. Lui-même n'avait accepté de la suivre qu'à contrecœur.

Comment Andreas réagirait-il ? Et si jamais elle s'était trompée de personne…

— Alors, Mlle Herrenstein, qu'est-ce qui vous amène ?

— Une chose très simple. J'ai besoin du Faucon pour m'introduire auprès des princes maudits.

Andreas faillit s'étrangler avec sa tasse de thé.

— Je vous demande pardon ? bafouilla-t-il. Je ne vois pas du tout de quoi vous voulez parler.

— Au contraire, je suis persuadée que vous me comprenez parfaitement.

— Vous faites erreur, j'ignore qui est ce Faucon…

— Finalement, tu as peut-être raison, marmonna Jack. Je trouve ce type assez peu crédible.

Plume se pencha vers leur hôte. À la différence d'Élias, il n'excellait pas dans l'art du mensonge ou du moins pas assez pour résister à une attaque frontale.

— J'ai rencontré Avalon et Pandore, lui confia-t-elle, ils ont fait de moi la dame de cœur.

Ces mots parurent détendre Andreas. À défaut de connaître sa véritable identité, il était probable qu'il ait déjà entendu son nom de code.

— Je sais que vous êtes le Faucon, insista Plume. Vous avez écrit un article pour dénoncer les crimes de l'Oméga... Je suis de votre côté, vous pouvez me faire confiance. Je ne cherche pas à vous dénoncer, je veux seulement aider la rébellion. Et si cela peut vous convaincre de ma bonne foi, voici une donation que les princes maudits sauront apprécier.

D'un geste théâtral, elle déposa sur la table une poignée de rubis. La vue d'un spectacle aussi rutilant suffit pour que les yeux de Jack s'agrandissent telles des soucoupes. En proie à un tic nerveux, ses doigts tremblèrent comme si lui-même luttait pour ne pas faire main basse sur ce butin inespéré.

La réaction d'Andreas fut beaucoup plus mesurée.

— Dans l'hypothèse même où vous diriez la vérité, ma réponse est non, déclara-t-il. Je n'ai pas le droit de vous conduire auprès d'Avalon sans son accord.

— Eh bien, vous ferez une exception.

— Donnez-moi votre message et je le transmettrai aux princes maudits. Je ne peux rien faire d'autre...

— Vous craignez que la sécurité de votre base ne soit compromise ? Vous avez raison de vous méfier et Avalon n'est sûrement pas un homme à agir dans la précipitation... C'est lui qui vous a demandé de vous opposer à Élias, n'est-ce pas ? ajouta Plume. Vous auriez espionné la Ligue écarlate et dans le cas où le titre vous aurait échappé, j'étais là en plan de secours. Oui, je reconnais qu'Avalon est un fin stratège... Mais j'ai des informations qui pourraient faire pencher la balance en notre faveur.

— Très bien, je vous écoute. Avant de solliciter un entretien, essayez tout d'abord de me convaincre.

Alors, Plume lui raconta son voyage à travers le temps. Elle s'ouvrit au Faucon, elle lui parla de ces longs mois passés dans une autre époque, de cette toile qui avait fait basculer son existence et de cette guerre contre un ennemi imaginaire. Andreas l'écoutait patiemment et parfois, un sourcil circonspect escaladait le haut de son front. Quant à Jack, ce récit était même parvenu à chasser les rubis de son esprit, ce qui constituait un véritable exploit. Il avait la bouche grande ouverte et risquait de gober une mouche par inadvertance. Réalisant qu'il avait la mâchoire pendante, il s'empressa d'avaler un biscuit pour avoir l'air moins idiot.

— C'est une histoire très intéressante, commenta Andreas en reposant sa tasse.

— Vous me croyez ?

— Pas le moins du monde.

— Pourquoi vous mentirais-je ?

— Ce ne serait pas vous, Mlle Herrenstein, j'aurais immédiatement appelé la garde pour vous faire expulser de chez moi et je ne dis pas cela pour vous offenser. Cela fait des années que j'ai cessé de m'intéresser aux contes de fées.

— Et toi, Jack, qu'en penses-tu ?

Apparemment, Jack n'en pensait rien. Il se tourna vers Plume, puis vers Andreas et finalement, haussa les épaules. Incapable de choisir un camp, le courtier préféra opter pour la neutralité.

— Vous prétendez pouvoir voyager dans le temps d'un simple coup de pinceau ? lança Andreas sans cacher son scepticisme. Tenez, voici du papier et un crayon... Je vous en prie, faites-nous une petite démonstration.

— Très bien, comme vous voudrez. Je vais vous montrer ce que votre esprit refuse d'accepter.

Plume se leva et en quête d'inspiration, arpenta la pièce. Elle s'arrêta devant l'horloge qui égrenait lentement les minutes. Avec un sourire en coin, la jeune fille saisit l'objet et grimpant sur une chaise, hissa la pendule en haut d'une armoire.

— Qu'est-ce que...

— Laissez-moi un instant, coupa Plume, et vous verrez que je ne suis pas folle.

S'emparant du crayon, elle esquissa rapidement la scène, persuadée que jamais Andreas n'aurait eu l'idée de poser son horloge à un endroit aussi inhabituel. Élias l'avait dit, il lui fallait une date précise pour que la magie réponde à son appel. En l'occurrence, cette disposition était un événement unique, un aménagement si incongru qu'aucune ménagère n'aurait tenté l'expérience.

La fente ne tarda pas à surgir sous le regard médusé d'Andreas. Le teint de Jack devint blême, évoquant du lait tourné qui serait bon à jeter. Sûre d'elle, Plume glissa son bras dans l'espace noirâtre. Sa main apparut en haut de l'armoire, elle tâtonna dans le vide avant de ramener l'horloge à travers la fente.

— Alors ? demanda Plume.

— Qu'est-ce que j'ai bu aujourd'hui ? grommela Jack en se frottant le menton. Est-ce que Marino m'aurait fait un coup tordu ?

Andreas demeura silencieux, cherchant vainement à assimiler l'information.

— Je vous présente mes excuses, prononça-t-il finalement. À présent, je vous crois... Quand Avalon m'a parlé de la dame de cœur, il a mentionné une aristocrate. Peut-être un atout, tout du moins une nouvelle recrue... Aujourd'hui, je sais précisément ce que vous êtes. Vous êtes une arme.

— Une arme ? répéta Jack qui voyait mal comment Andreas avait l'intention de la transformer en boulet de canon.

— Je connais les couloirs du palais, développa le Faucon en proie à une étrange frénésie. Imaginez que l'on fasse entrer une armée par l'une de ces fentes. Ne serait-ce que cinq cents hommes qui se matérialiseraient brusquement ! L'effet de surprise nous permettrait de prendre d'assaut la place, les gardes seraient débordés. On pourrait capturer l'Oméga et renverser le régime !

— Vous allez m'introduire auprès d'Avalon ?

— Bien sûr. Ce soir même, je vous conduirai au quartier général.

Oubliant sa jambe blessée, Andreas posa alors un genou à terre.

— Madame, lui dit-il, *vous êtes l'espoir de la rébellion...*

Chapitre 2
La clef des souterrains

Jack tapota contre la porte. Les ordres étaient clairs : il n'avait pas le droit d'entrer. Pour une raison obscure, Plume avait choisi de prendre un bain afin d'enlever la crasse qui, prétendait-elle, la recouvrait de la tête aux pieds. « Un truc de filles », avait conclu Jack qui avait toujours vu dans le parfum un substitut à l'eau.

Se prendre une gifle de si bon matin n'avait rien de motivant et le courtier resta sagement derrière le panneau.

— Oui ? demanda Plume qu'il devinait aisément entourée de bulles de savon.

— Je suis venu te dire au revoir.

— Au revoir ? Tu veux dire que tu pars ?

Les gens qui restaient se lançaient rarement dans ce genre de discours, songea Jack. Bien sûr qu'il partait ! Pour quelle raison s'attarderait-il ? Lui ne s'était engagé qu'à la mener chez ce d'Aubrey numéro deux. Jamais il n'avait voulu être enrôlé dans cette histoire de rébellion. Plume avait ce type pour veiller sur elle ; ce n'était pas l'abandonner, c'était retourner s'occuper de ses affaires avant que les maladresses de Marino ne mettent fin à son commerce.

La porte s'ouvrit sur Plume. Ses cheveux étaient encore humides et elle avait enfilé en toute hâte des vêtements d'homme.

— Tu ne peux pas faire ça ! s'exclama-t-elle.

— Et pourquoi pas ? Je n'aime peut-être pas le régime mais, pour le moment, il me laisse en paix. Contrairement à toi, je préfère avoir les poches pleines d'argent que des rêves plein la tête.

— Tu n'as donc qu'un porte-monnaie à la place du cœur !

— Plus ou moins.

— Je t'en prie, supplia Plume, pour une fois dans ta vie, écoute ta conscience et pas ta cupidité !

— Je l'ai fait, marmonna Jack. J'ai demandé à cet aristo de ne pas t'envoyer sur le terrain, qu'il t'empêche de mourir bêtement… Je n'ai pas envie de me disputer avec toi. Au revoir, Plume ! J'espère que nous nous reverrons à la Cour des fous.

— Espèce de…

L'insulte le fit à peine tressaillir.

— Je n'étais qu'un contrat pour toi ? lui cria Plume. C'est parce que j'ai quitté la noblesse et que j'ai renoncé à la fortune que tu cesses brusquement de t'intéresser à moi ? Quand j'étais bloquée en 1793, j'ai pensé à toi, Jack, j'ai pensé à toi tous les jours ! Tu n'as jamais été un ami pour moi, tu étais le grand frère que j'aurais voulu avoir !

Jack soupira. Il eut l'air soudain très embarrassé et sautilla d'un pied sur l'autre. Inconsciemment, il avait toujours senti que Plume était différente, mais c'était la première fois qu'elle parlait d'un lien fraternel. *Son frère...*

— Allez, murmura-t-il, viens par là...

Doucement, il se mit à sa hauteur et lui effleura la joue.

— Écoute, petite sœur, lui dit-il, même si la rébellion parvient à renverser l'Oméga, nous en paierons le prix d'une façon ou d'une autre. Des gens vont se faire tuer et tu vas souffrir... Je ne suis pas l'un de ces héros courageux, prêts à se sacrifier pour une noble cause. Je ne suis pas comme toi, je n'ai ni la force ni la foi de me lancer dans un combat qui va se terminer en un bain de sang. Dans le fond, peut-être que je ne suis qu'un lâche.

— Non, fit Plume en croisant les bras, tu n'es pas un lâche. Tu es un mercenaire... Tu veux une raison de te battre ? Eh bien, dis-moi ton prix et je le paierai.

Il n'y avait aucune colère dans sa voix. « Mercenaire » n'était pas une insulte ni même une accusation, seulement un constat. Jack se mordit la lèvre. Pourquoi fallait-il que cette fille réussisse à le faire plier ?

— J'ai toujours rêvé de posséder une société de courtage, confia-t-il. D'avoir pignon sur rue avec un vrai local où mon nom apparaîtrait en lettres majuscules. Un établissement respectable où les gens viendraient frapper à ma porte sans craindre d'être arrêtés par les gardes... La société Thibault serait la seule chose qui me motiverait à prendre les armes, mais je sais que ce jour ne viendra jamais. Certains rêves sont illusoires et le mien en fait partie...

— Aide-nous à mener la révolte et il est possible que les lois changent. Tu pourrais être gracié par le nouveau gouvernement, les princes maudits te récompenseraient sûrement.

— Je n'ai aucune confiance en eux... Mais tu as de la chance, je me sens d'humeur généreuse. Pour te remercier d'avoir si bien rémunéré mes services pendant toutes ces années, je t'accorde une semaine de mon temps. Je te suis chez ta bande de hors-la-loi mais, sitôt ce délai écoulé, je retourne à la Cour des fous.

Pour la deuxième fois en vingt-quatre heures, Plume se jeta à son cou et lui plaqua un baiser sur la joue.

— Merci, Jack, lui souffla-t-elle à l'oreille.

⁂

La nuit était tombée. Dans le salon plongé dans une semi-pénombre, Andreas observait le spectacle de la rue. Un calme oppressant s'était emparé de la ville et seul un martèlement sourd venait rompre cette fausse impression de sécurité. Là, quelque part dans Seräen, des pantins en uniforme gris arpentaient les quartiers silencieux.

— Alors, grogna Jack, je croyais qu'on sortait ?

— D'abord, j'ai quelques détails à régler avec vous...

Andreas reposa son énième tasse de thé et se tourna vers Plume.

— Si je vous mène aux princes maudits, lui dit-il, vous renoncerez définitivement à votre vie d'aristocrate. Est-ce que vous en êtes consciente ?

— Oui.

— Parfait. Maintenant, j'aimerais savoir ce que vous comptez faire concernant Élias. Au risque de vous rappeler un mauvais souvenir, vous êtes sa fiancée. Quand il s'apercevra de votre disparition, il va très certainement débarquer ici avec son épée et menacer de me tuer.

— Élias d'Aubrey ne sera pas un obstacle.

— C'est-à-dire ?

Plume sentit sa gorge se nouer. Lorsqu'elle lui avait raconté son voyage dans le passé, elle avait volontairement omis la présence d'Élias. Elle avait comblé avec des explications vagues les trous béants de son récit. Si Andreas n'avait pas cherché à savoir, il semblait à présent décidé à obtenir une réponse.

— Pourquoi ? insista-t-il. Pourquoi mon frère vous laisserait-il en paix, alors que vous représentez une voie royale vers le pouvoir ?

La jeune fille hésita. L'heure n'était pas venue de lui parler du garçon torturé par ses secrets, qui se cachait derrière l'homme en apparence cruel et sans pitié. Andreas avait besoin d'une certitude. Alors, Plume s'inclina en une longue révérence.

— Monseigneur d'Aubrey, murmura-t-elle.

La nouvelle fit blêmir celui qui allait désormais hériter du titre. Le décès n'était sans doute pas accidentel et bizarrement, Andreas vit dans ses invités des suspects potentiels.

— En effet, articula-t-il, je comprends qu'il ne soit plus une source de préoccupation.

— Bon, on y va, grommela Jack, ou on attend la prochaine décennie ?

Andreas parut reprendre ses esprits. Il cligna des yeux et son regard d'aigle se posa sur le courtier et l'étrange bosse qui déformait le pli de sa cape.

— Nous allons emprunter les souterrains, annonça-t-il, et si je fais confiance à Mlle Herrenstein pour ne jamais révéler l'entrée, je suis moins affirmatif quant à vous. Peut-être que vous faites partie des bagages et que la dame de cœur se portera garante de votre personne... Mais sachez que si l'information fuit, c'est vous que je soupçonnerai en premier et je donnerai moi-même l'ordre de votre exécution. La rébellion ne tolère pas les traîtres.

— Message reçu, soupira Jack. Vous avez raison, je n'aime pas votre bande. Je n'éprouve envers vos soi-disant princes aucune loyauté. Mais je tiens à Plume et je ferai tout pour garantir sa sécurité. Je vous jure sur l'honneur qu'aucun mot malheureux ne sortira de ma bouche tant que vous la protégerez.

En signe de bonne volonté, Jack serra mollement la main d'Andreas.

— Votre parole me suffit, marmonna leur hôte. Maintenant, je vous serais reconnaissant de bien vouloir me restituer les cuillères en argent que vous avez si obligeamment glissées dans votre poche.

Prenant un air coupable, Jack déversa sur la table un service complet de couverts, un vase, une montre à gousset en or, une collection de boutons de manchette et enfin, ce qui ressemblait à une part de gâteau à moitié entamée.

— Mes humbles excuses, bredouilla-t-il. Ce n'était pas contre vous, seulement un réflexe.

— Vos réflexes n'ont pas intérêt à récidiver...

Une demi-heure plus tard, Plume suivait leur guide dans les ruelles sombres. Drapée dans une cape noire, elle longeait les murs et cherchait à se fondre dans la nuit. Malgré leurs précautions, ils avaient déjà croisé deux patrouilles de miliciens. À chaque fois, la même scène se répétait. Des armes étaient pointées dans leur direction, puis s'abaissaient d'un même mouvement lorsque Andreas brandissait sa chevalière, signe de son appartenance à la Ligue. Un claquement de talons, une vague formule de salutations et ils poursuivaient leur route sans être inquiétés. C'était tellement simple...

— Par ici, chuchota Andreas.

Ils avaient atteint les quartiers commerçants, une zone de la capitale où le soleil à peine levé annonçait une agitation à n'en plus finir, des marchands qui se bousculaient et des cris qui résonnaient jusqu'aux bas-fonds. Rien ne prédestinait ces bâtiments à abriter un repère de hors-la-loi et pourtant, Andreas s'immobilisa devant l'un des entrepôts. Des caractères à demi effacés annonçaient le nom de la société : Balthazar. Plume n'en avait jamais entendu parler et l'état délabré des locaux ne lui donnait guère envie d'en savoir plus. De ces quatre murs au bois rongé par l'humidité se dégageait l'impression confuse qu'un coup de vent suffirait à les faire s'effondrer.

Andreas glissa une clef dans la serrure et pénétra à l'intérieur. Montant jusqu'au plafond, une multitude de caisses superposées formaient une pyramide instable. Quant au sol, il disparaissait sous une imposante couche de poussière. Personne, aucun ouvrier ni patron, ne semblait avoir arpenté cet entrepôt depuis longtemps.

— Où sommes-nous ? murmura Plume.

— Devant l'un des passages qui mènent aux souterrains.

D'un geste expert, Andreas fit pression sur l'une des lattes du plancher. Un déclic précéda l'ouverture d'une trappe, révélant un escalier qui s'enfonçait dans les ténèbres.

— C'est comme pour la Cour des fous, fit remarquer Jack d'un air blasé.

— Peut-être, mais ce secret n'est pas connu de tous les voleurs de Seräen.

Andreas s'empara d'une torche qui l'attendait sur la première marche. Plume l'entendit fouiller dans sa poche : une étincelle jaillit dans l'obscurité, puis le tissu enroulé autour du bâton s'enflamma lentement.

— Vous avez des Passeurs ? demanda Jack. Vous savez, les types à l'entrée qui vérifient qu'aucun imposteur ne s'incruste parmi nous ?

— Non, nous sommes très peu à connaître les entrées qui mènent aux galeries… Et même si c'était le cas, je n'aurais pas le droit de vous le dire.

Parvenu au bas de l'escalier, Andreas actionna une manette et la trappe se referma derrière eux. Les couloirs étaient étroits, presque oppressants. Après des années à fréquenter le monde de la nuit, Plume venait enfin de découvrir les souterrains. Non pas cet espace dédié aux trafics en tout genre où Jack excellait, mais ce labyrinthe sans fin où les tunnels s'entremêlaient.

— Et Balthazar ? lança-t-elle. Est-ce qu'il ne va pas se douter de quelque chose ?

— Aucun risque. Cette société est une coquille vide, elle m'appartient et les caisses ne contiennent rien d'autre que des bouchons de bouteille. Il nous fallait créer l'illusion d'un entrepôt rempli de marchandises. Avec un peu de décoration, cela suffit pour la mise en scène… De toute façon, cet endroit menace de tomber en ruine et aucun curieux n'ose s'en approcher.

Ils marchaient en file indienne et la torche d'Andreas dessinait leurs ombres sur le sol. Les embranchements se succédaient mais, dans ce méandre de galeries où il aurait été si aisé de se perdre, leur guide ne semblait jamais hésiter.

— Pourquoi est-ce qu'on parle de la *clef* des souterrains ? marmonna Jack. On n'a pas eu besoin de clef pour arriver jusque-là…

— La clef ne désigne pas un morceau de métal, c'est une allusion au plan des souterrains, expliqua Andreas. Posséder la clef, c'est être capable de trouver son chemin dans ce dédale de couloirs. Même si la milice découvrait un jour ces passages, il lui faudrait des semaines, voire des mois, pour réussir à n'en cartographier qu'une infime partie.

— Et vous, comment faites-vous pour vous repérer ?

— Je compte. Quatre… cinq… six à droite, puis un… deux… trois à gauche. Au bout d'un moment, cela devient presque une routine. Certains croisements ont aussi des noms : ici, nous sommes au Carrefour du pendu. Au-dessus de nous, un homme avait été pendu. Les gardes avaient laissé son cadavre se balancer à une poutre, une semaine durant… C'est une façon de ne pas oublier ceux qui sont morts.

— Oui, très réjouissant, ricana Jack.

Le petit groupe poursuivit son avancée. Les galeries s'élargissaient peu à peu, il leur fut bientôt possible de marcher à trois de front. Au-dessus de leurs têtes, Plume devinait les habitants qui s'éveillaient, ignorant qu'un royaume existait sous leurs pieds.

— C'est encore loin ? grommela Jack.

— Juste là.

Le *là* en question se matérialisa en la personne de Pandore. Assis sur un seau renversé, il sursauta en les voyant et se précipita à leur rencontre, les lèvres étirées en une grimace.

— Pourquoi t'as ramené la petite princesse et son camarade malhonnête ? s'exclama-t-il. Tu vas te faire taper sur les doigts par Avalon. Il t'aime bien mais là, je sens qu'il ne va pas être content.

— J'ai besoin de parler à votre frère, annonça Plume. C'est très important.

— Vous ne devriez pas être ici, mam'zelle, même si vous êtes la dame de cœur ! Je n'ai rien contre vous, mais comment voulez-vous qu'on garde un secret si tout le monde est au courant, hein ?

— Fais-moi confiance, lui dit Andreas, Mlle Herrenstein a des informations qui pourraient nous permettre de renverser le régime.

— Et lui ? fit Pandore en désignant Jack d'un signe de tête. Le fameux courtier de la Cour des fous qui vendrait n'importe qui contre de l'argent !

— Si tu en avais de l'argent, souffla Jack, tu t'achèterais un peigne pour coiffer cette tignasse…

— Quoi ?

Avec sa masse de cheveux dressés en as de pique, Pandore le dépassait d'une bonne dizaine de centimètres. S'attaquer à l'un des princes maudits n'était peut-être pas un plan judicieux. De l'autre côté de la porte, une voix grave vint brusquement interrompre cet échange de civilités.

— Pandore, est-ce que tout va bien ? Qui est là ?

— Le Faucon, la dame de cœur et un intrus, résuma l'interpellé.

— Laisse-les entrer, je vais les recevoir…

Mimant une révérence sarcastique, Pandore s'écarta pour leur libérer le passage. La porte tourna sur ses gonds en un grincement peu mélodieux. Dans une pièce aménagée avec des meubles probablement volés de droite et de gauche, Avalon les salua d'un haussement de sourcils. Il était assis à une table dont la surface était recouverte de cartes et de plans. Une lampe à huile dispensait une faible lumière et sur les murs, des torches n'attendaient qu'à être allumées. Des tentures en guise de cloisons laissaient deviner des salles adjacentes. Pour un repère sous terre, il était loin d'être inconfortable.

— Mlle Herrenstein, lança Avalon, quelle surprise de vous voir ! Surtout sans vous avoir invitée à nous rendre visite.

— Je vous prie de pardonner mon intrusion. Il était urgent que je m'entretienne avec vous.

— Apparemment, vous avez réussi à convaincre le Faucon. Alors, je vous écoute.

Plume ouvrit la bouche pour parler, mais un bruit de pas lui fit tourner la tête. Un petit garçon venait d'apparaître sur le seuil, les yeux lourds de sommeil et serrant une peluche contre lui. « Un enfant ! » songea-t-elle. Qu'est-ce qu'un enfant faisait dans un endroit pareil ? Il semblait avoir à peine trois ou quatre ans.

En apercevant Jack, il eut un mouvement de recul et mâchouilla aussitôt l'oreille de son lapin.

— Non, faut pas avoir peur, lui dit Pandore. Regarde, ce sont des amis…

Sa phrase n'eut pas le moindre effet. Le garçonnet demeurait immobile telle une statue de pierre, fixant les inconnus sans ciller. Ce fut Avalon qui l'arracha à son immobilisme. Il recula sa chaise et comme répondant à une invitation tacite, l'enfant trottina à travers la pièce et se hissa sur ses genoux.

— C'est votre fils ? demanda Plume.

— Pas vraiment, non. Pipo est un orphelin qui a trouvé refuge parmi nous. À présent, ne vous souciez plus de lui et exposez-moi plutôt la raison de votre visite.

Pour la troisième fois, Plume se lança dans le récit des derniers mois écoulés. Retracer à nouveau son voyage dans le passé lui donnait l'impression d'être un automate, récitant les mêmes mots face à un public toujours aussi méfiant. Lorsqu'elle acheva son monologue, la réaction d'Avalon fut un grand éclat de rire.

— Vous vous rendez compte de ce que cela signifie ? s'exclama-t-il.

— Que vous me prenez pour une folle ? soupira Plume.

Près d'elle, Pandore avait un regard vitreux comme un auditeur à moitié endormi qu'une histoire embrouillée avait suffi à perdre en route.

— Cela signifie que nous avons une chance de réussir ! Nous avons de quoi déclencher l'étincelle de la révolte. Si le peuple apprend que la guerre contre Valacer n'est qu'une invention du gouvernement, aucune arme ne pourra l'arrêter. L'Oméga tombera…

— Vous ne me traitez pas de menteuse ? s'étonna Plume.

— Très chère mademoiselle, pour atteindre nos quartiers généraux, vous avez dû affronter le Faucon et sans une preuve solide, rien ne l'aurait décidé à agir contre nos principes. S'il vous a amenée ici, c'est qu'il vous a crue et moi, je vous crois aussi.

— J'ai rien compris, marmonna Pandore. Comment une toile peut-elle ouvrir un passage à travers le temps ? Cela ressemble à ces légendes abracadabrantes que nous racontait Édelmard l'autre jour.

Andreas se résigna à éclairer sa lanterne. À grand renfort de détails, il lui décrivit la fente noirâtre qui avait brusquement surgi dans son salon. Les sourcils de Pandore se lancèrent dans une danse étrange, escaladant et dévalant son front sans faiblir.

— Béni soit le dieu protecteur des voleurs qui vous a guidée vers nous ! s'écria finalement Pandore. Avec un peu de chance, je dépasserai ma vingtième année. Nous n'allons peut-être pas tous mourir au combat…

— Ce soir, je réunirai les hommes pour que nous puissions établir un plan, annonça Avalon. En attendant, Mlle Herrenstein, vous êtes notre invitée. Les amis de mes amis étant mes amis, M. Thibault est aussi le bienvenu. À présent, veuillez m'excuser, j'ai quelques petites choses à régler avec le Faucon.

Avalon se leva et faisant la passe, déposa le petit garçon sur les genoux de son frère. Andreas le suivit et les deux hommes s'éloignèrent pour discuter affaires.

— Est-ce que je peux vous poser une question ? demanda Plume avec curiosité.

— Mam'zelle, vous venez de nous apporter sur un plateau de quoi prendre d'assaut le palais. Sauf si vous voulez connaître ma planque de chocolat – un secret entre Pipo et moi –, je suis tout disposé à vous répondre.

— Comment avez-vous découvert les souterrains ? Des centaines de personnes fréquentent la Cour des fous et nul n'a jamais réussi à s'aventurer au-delà des quelques galeries surveillées par les Passeurs.

— Le plus bêtement possible... En me tordant la cheville, précisa Pandore. J'avais six ans, des gardes me poursuivaient pour un prétexte obscur. Je me suis réfugié dans une cave, quelque part dans un bâtiment à moitié en ruine. Un crac sonore et le sol s'est effondré sous mes pieds. Après une chute de plusieurs mètres, je me suis retrouvé les quatre fers en l'air avec une vue imprenable sur les souterrains. Bref, hormis le fait que j'ai eu très mal pendant une semaine, cette journée a été une belle réussite ! La suite est facile à deviner... Avalon a réuni la bande, nous sommes devenus les princes maudits et nous avons fait de ces couloirs notre repère. Ils englobent la totalité de la ville : grâce à ces tunnels, on peut se rendre d'un endroit à un autre sans risquer de croiser les gardes. Bien sûr, il a fallu construire des portes dérobées et ce genre de choses. Vous vous souvenez de la fête nationale ? Cela a nécessité deux mois de travail pour aménager une issue que même la milice ne découvrirait pas. Avec tout le charivari, les explosifs et la fumée, personne n'a absolument rien vu et hop, le tour était joué.

Plume leva la tête comme pour admirer le plafond.

— Ces souterrains sont en bon état, non ? Vous savez qui les a bâtis ?

— Aucune idée, ma petite dame. En tout cas, ces gens devaient vivre principalement sous terre.

— Pourquoi ?

— Tout simplement parce qu'il n'y avait pas de passage pour remonter à l'air libre.

— Et d'après toi, soupira Jack, comment de grands bâtisseurs auraient-ils pu creuser des souterrains sans le moyen d'accéder à la surface ? Pour habiter là, il a bien fallu qu'ils descendent d'une façon ou d'une autre.

— Je connais ces souterrains comme le fond de ma poche, siffla Pandore, et jamais je n'ai vu quoi que ce soit qui ressemble à une sortie.

— Eh bien, il doit y avoir un sacré trou au fond de ta poche.

Un sifflement aigu vint les interrompre.

— Ah, on m'appelle ! fit Pandore. Tenez, je vous prête Pipo quelques minutes. Il est très gentil et il tient chaud l'hiver...

Plume se retrouva avec l'enfant dans les bras.

— C'est un beau lapin que tu as là, lui dit-elle avec douceur. Il a un nom ?

— Le gosse ne parle pas, marmonna Pandore, alors ne soyez pas vexée s'il ne vous répond pas.

— Il est muet ?

— Non, traumatisé. La milice a tué ses parents sous ses yeux.

⁂

Les princes maudits possédaient la clef des souterrains. Ils avaient envahi les galeries et parfois, eux et leur bande avaient été témoins d'étranges événements : des éboulements mystérieux, des silhouettes entraperçues et qui s'évanouissaient comme un mauvais rêve. Et plus récemment, une attaque avait plongé Toby dans un voyage proche de la folie.

Ils avaient conscience qu'une menace pesait sur eux. Une présence extérieure, un fantôme dont les pas silencieux arpentaient les tunnels. Ni Avalon ni Pandore ne se doutaient de la réalité. Ils ignoraient que ce royaume ne leur appartenait pas. Que des siècles plus tôt, d'autres en avaient fait leur territoire et qu'aujourd'hui encore, ils continuaient d'en revendiquer la propriété.

Les gargognes n'avaient pas pour principe de partager. Non, elles ne faisaient que tolérer ces intrus… Et bientôt sonnerait l'heure de leur revanche.

Chapitre 3
Le plan du Faucon

— Messieurs, cessez de vous battre, fit Avalon distraitement. Vous donnez le mauvais exemple à Pipo.

Penché sur un amoncellement de cartes, il releva à peine le nez de ses documents. Se traînant sur le sol, son frère bataillait pour dégager sa tête, coincée sous le bras de Jack qui semblait considérer ce membre comme un bouchon de bouteille à faire sauter. Ce combat viril avait débuté par une aimable invitation à comparer leurs forces respectives. Un « moi, je pense qu'un courtier, ça ne sert à rien » n'avait pas non plus été étranger à ce brusque intérêt pour l'exercice physique.

Accroupi près des deux belligérants, Pipo observait la scène en suçant son pouce. Il paraissait plus intéressé par l'oreille de son lapin que par l'issue du corps-à-corps. Conscient que son autorité était sur le point d'en prendre un coup, Pandore s'extirpa grâce à une habile contorsion et envoya son adversaire rouler dans la poussière. Leur lutte menaçait de s'éterniser lorsqu'un argument imparable vint soudain les interrompre.

— À table ! s'exclama Plume en mettant ses mains en porte-voix.

Pandore lâcha aussitôt Jack qui, obéissant à un accord tacite, renonça à lui tordre le bras. Ils se relevèrent d'un même mouvement et se précipitèrent pour prendre place autour de la table. Ce mouvement de chaises fut salué par un grognement sonore de la part de Gilfred. Pandore était une source d'agitation, il ne lui manquait plus qu'un jumeau diabolique pour être encore plus bruyant qu'il ne l'était déjà !

— Comme vous avez pu le constater, annonça Avalon, la dame de cœur nous a rejoints. Elle est désormais un membre à part entière de notre bande et à ce titre, elle mérite notre entière confiance.

À la droite de Plume, un géant vêtu d'une peau de bête enfourna une bouchée de pain en lui lançant un regard oblique.

— Explique, grommela-t-il. Je croyais que son boulot, c'était d'espionner la Ligue écarlate… Alors, que fait-elle ici ? Ce n'est pas une fille qui va se battre avec nous.

— Moi, je n'ai rien contre les filles, affirma Pandore avec un clin d'œil malicieux.

Le Faucon se racla la gorge. Il se leva et même appuyé sur sa canne, il émanait de lui une autorité naturelle qui imposait le respect. Fatiguée par sa journée, Plume l'écouta à peine évoquer une magie devenue l'arme secrète de la rébellion. Dans sa bouche, les derniers événements lui semblaient si lointains comme s'ils avaient été vécus par un autre. Quand elle entendit le nom d'Élias, son cœur se serra. Les images du passé la hantaient et avec elles, le souvenir d'un baiser volé et d'un homme mort à ses pieds.

Tentant de se ressaisir, Plume se concentra sur les personnes présentes. En face d'elle, un vieillard ne cessait de frotter ses bésicles comme si l'opération l'aiderait à dégager ses oreilles. À côté de lui, un individu qui sentait la poudre somnolait à moitié en fixant le contenu de son assiette. Plus loin, un garçon était étonnamment silencieux. Il clignait des yeux, comme animé d'un tic, et triturait machinalement sa manche. À l'autre bout de la table, un type couvert de cicatrices mangeait avec la pointe de son couteau.

Une tempête d'arguments contraires et de soupçons légitimes s'abattirent sur Andreas, sitôt ses explications achevées.

— Foutaises ! siffla Killian entre ses dents.

— Ma foi, la magie a toujours existé, fit valoir Édelmard. Cette histoire ne fait que confirmer les théories que j'essaye vainement de partager avec vous.

— Nous avons une chance unique de renverser le régime, continua le Faucon. Avec la dame de cœur à nos côtés, nous pourrions introduire une armée dans les murs du palais. Imaginez une toile qui nous transporterait directement à l'intérieur…

— Je croyais que ce truc permettait de voyager dans le temps.

— On se fiche du temps ! lança Pandore. On a trouvé le moyen de passer d'un point A à un point B sans que les autres nous voient débarquer.

— Madame, déclara Andreas en se tournant vers Plume, je connais ces couloirs. L'Oméga est un homme méfiant : pour assurer sa sécurité, il s'entoure d'une multitude de gardes. L'effet de surprise serait notre plus grand atout. Si je vous décrivais la salle du trône, est-ce que vous seriez en mesure de la peindre ?

— Je pense que oui.

— La salle du trône est un point stratégique. Mon frère étant mort, je suis désormais celui qui succède à Monseigneur d'Aubrey. Le titre me sera conféré lors d'une cérémonie officielle qui réunit non seulement la Ligue écarlate mais aussi un certain nombre de ministres et de conseillers. Si nous parvenons à nous emparer de l'Oméga et de toutes ces têtes pensantes, nous pourrions mettre fin au conflit sans avoir besoin de sacrifier des vies innocentes.

— Quand a lieu cette cérémonie ? demanda Édelmard, pensif.

— Dans peu de temps, j'en ai peur. Élias était l'héritier, mais je doute que sa disparition suscite beaucoup d'interrogations. Personne n'ignore que je me suis opposé à mon frère, on me soupçonnera du meurtre, on murmurera dans mon dos et les autorités fermeront les yeux comme d'habitude. D'ici la fin du mois, j'aurai rejoint la Ligue écarlate.

— Une telle occasion ne se répétera pas avant plusieurs années, fit remarquer Avalon. Très bien, je me charge de mobiliser des hommes. Après la fête nationale, je suis sûr que notre démonstration de force n'est pas passée inaperçue. L'heure est venue de rassembler nos sympathisants et de convaincre les indécis… Toby, je veux que tu transmettes un message à ton groupe de vagabonds. Qu'ils le propagent dans toute la capitale, des hors-la-loi aux miséreux. Dans une semaine, jour pour jour, je parlerai à tous ceux qui oseront violer le couvre-feu. Rendez-vous à la Cour des fous et précise-leur que je viendrai seul.

— Tu n'as pas peur que l'un d'eux te dénonce ? marmonna son frère.

— Si je suis arrêté, tu prendras la relève…

Pandore déglutit. Leurs têtes étaient mises à prix, alors à quoi bon tenter le diable en se risquant à découvert ? C'était pourtant par ce genre d'actions qu'Avalon était devenu chef. Même gamin, il n'hésitait pas à narguer la mort comme pour prouver que le courage n'attendait pas le nombre d'années.

— Nector, il faudra que tu nous procures des explosifs. Quelle quantité de poudre noire te reste-t-il ?

L'homme en face de Plume parut s'éveiller. Ses yeux roulèrent dans ses orbites, ses lèvres se déformèrent en une grimace, tandis que ses doigts noueux se lançaient dans un calcul effréné.

— Assez pour faire sauter tous les beaux quartiers, annonça-t-il avec une lueur démente dans le regard. J'ai encore les dix tonneaux que nous avions chapardés à la garde, l'été dernier. On pourrait faire une belle explosion : une lumière rougeâtre, du feu et des flammes qui illumineraient le ciel. Badaboum !

— Oui, fit Pandore en lui tapotant le bras, mollo-mollo.

— Pour attaquer le palais, il nous faudrait des armes, grommela Killian. Surtout si tu nous ramènes des pauvres gueux qui n'ont jamais tenu une épée de leur vie. Le nombre ne suffit pas, on se fera écraser comme des mouches si nous n'avons pas de quoi repousser l'ennemi.

Gilfred émit deux grognements, l'un long et l'autre qui évoquait un ronflement.

— Ah, traduisit Pandore, Gilfred s'en occupe. Apparemment, il a ses accès à l'armurerie.

— J'ai peut-être une idée, intervint Plume, prise d'une inspiration soudaine. Si la garde ressemble à la noblesse, je connais le moyen de faire reculer les soldats.

— Et comment ? questionna Andreas.

— Avez-vous déjà entendu parler du manaestebal ?

Le front du Faucon se plissa. Nul dans la capitale n'ignorait l'existence du monstre mi-loup mi-phoque, qui suivait le couturier à la trace. Et dire qu'il était craint était un euphémisme.

— Sabre m'obéit, ajouta Plume. Il pourrait être utile pour prendre d'assaut le palais.

— Il faudrait être sot pour refuser, acquiesça Avalon dans un faible sourire. La nuit prochaine, je vous confierai des hommes et vous irez chercher cet animal. À présent, je pense que nous avons tous mérité quelques heures de repos.

Il était tard. Allongée sur un matelas à même le sol, Plume avait l'impression que les heures s'égrenaient avec lenteur. En rejoignant la rébellion, elle pensait trouver dans la vengeance une raison d'oublier, de se pardonner d'être en vie alors que d'autres étaient morts. Elle aurait voulu voir en l'avenir une page blanche à écrire, pleine d'incertitudes et de promesses, mais ses pensées ne cessaient de la ramener vers son passé. Ou plutôt vers une réalité qui n'existerait jamais.

Plume enviait Éléonore d'Aubrey, une femme qui se serait mariée pour se plier aux conventions. Qui aurait dit « oui » du bout des lèvres et qui aurait détesté son époux. Avant de comprendre que l'amour empruntait parfois des chemins tortueux.

— Reste avec moi, Élias, prononça-t-elle dans un souffle. J'ai besoin de toi…

Lorsque des condamnés étaient exécutés, certains criaient leur haine. Ils maudissaient leurs bourreaux mais Plume sut que si elle devait périr, elle murmurerait un nom. Elle s'imaginerait blottie contre Élias, son souffle effleurant sa peau.

Lentement, elle tira la montre à gousset de sa poche. Bercée par le tic-tac, elle en oubliait presque le Ranaghar. Ses terreurs nocturnes ne s'étaient pas évanouies, seulement atténuées. Ce n'était plus le Juge qui hantait ses rêves mais l'image d'un bonheur qui lui serait pour toujours étranger…

Un couple enlacé près d'une fenêtre admirait la beauté d'un coucher de soleil. Haute comme trois pommes, une petite fille s'agrippait à la robe de sa mère. Une autre Plume, qui n'aurait pas connu la douleur du deuil, réajusta ses rubans avant de la prendre dans ses bras. La main d'Élias quitta la sienne pour venir frôler la joue de l'enfant. Leurs rires résonnèrent en écho dans le silence du soir et l'espace d'un instant, le temps se figea comme si l'éphémère était devenu éternité.

❧⁂❦

— Votre Majesté m'a demandé ?

L'Oméga fit signe d'approcher à l'individu maigrichon, étouffant dans un col trop serré, qui se tenait sur le seuil de la porte. S'il avait tout l'air d'un incapable, cette impression était hautement trompeuse puisque derrière sa mine inexpressive, Kieran Latham avait des oreilles aux quatre coins de la capitale. Secrétaire général de son état, il dirigeait un vaste réseau d'espions et l'un d'eux venait justement de s'acquitter de sa mission.

— Voici le rapport que m'a remis Milès. J'espère qu'il vous satisfera.

L'Oméga s'empara du dossier et d'un mouvement de tête, lui ordonna de disparaître. Assis derrière son bureau en acajou, il réajusta son masque de bronze avant de se pencher sur le papier jauni recouvert d'une écriture fine.

Le haut du document portait un nom en lettres capitales : Éléonore Herrenstein. Malgré les années écoulées, l'image de cette jeune insolente était restée gravée dans sa mémoire. La première fois qu'il l'avait vue, elle semblait si frêle, si fragile et pourtant, ses airs butés cachaient une force insoupçonnée. Un rempart de volonté mêlé à des tendances suicidaires.

Cette gamine avait voulu le tuer. Détruire l'Oméga avant même qu'il ne se hisse hors des ténèbres pour devenir ce qu'il était. Elle avait tenté de l'éliminer, de l'effacer de l'équation comme un élément indésirable, alors qu'il était le maître du jeu. C'était stupide, tellement idiot. Aussi grotesque que d'attaquer une armée entière avec pour unique protection sa foi et ses principes.

Un seul être aurait pu le faire sombrer, le réduire au néant. Élias d'Aubrey... Mais il était mort, enterré dans la croyance de sa propre suffisance. Il s'imaginait invincible, quelle prétention risible ! La lame de son épée l'avait transpercé comme une vulgaire poupée de chiffon. Depuis son enfance, il s'était bâti une carapace sans comprendre que certains maux rongeraient toujours son âme.

L'Oméga eut un ricanement. Il se souvenait de ce jour où il avait convoqué son ami Mandias, lui d'habitude si imperturbable et qui avait tressailli en entendant ces mots terribles :

— Délaisse ton fils, traite-le avec indifférence et laisse-le grandir dans la solitude.

— Mais pour quelle raison, Votre Majesté ?

— Pour que je puisse survivre, il faudra qu'il disparaisse. Je veux semer un poison dans son cœur, une minuscule graine qui grandira jusqu'à ce que cette faiblesse cause sa perte. Si vous saviez à quel point l'absence d'un père a le pouvoir de briser un homme.

Mandias s'était incliné.

— Il sera fait selon vos désirs.

Il désapprouvait, cela se lisait sur ses traits mais bien sûr, Mandias avait obéi. Il avait sacrifié l'amour qu'il éprouvait pour cet enfant afin que le régime perdure. Ah, il était si amusant de jouer avec le temps… De rire des époques pour manipuler ses ennemis.

À présent, la seule menace qui pouvait encore atteindre l'Oméga s'appelait Éléonore. Elle était revenue du passé pour réclamer vengeance. Elle était prête à tous les sacrifices, mais plus rien ne pouvait ramener Élias.

≠⋊·⋉≠

Une main secoua l'épaule de Plume. Émergeant d'un sommeil tourmenté, elle aperçut une silhouette penchée vers elle. Un homme vêtu d'une cape et qui portait un sac sur l'épaule. Est-ce qu'il était déjà l'heure de se lever ? Dans ces souterrains, loin de la lumière du jour, il pouvait tout aussi bien être midi que minuit.

— Désolé de vous réveiller, chuchota Avalon. Kei est venu me chercher, son cousin a disparu et il a peur que le gamin se soit fait arrêter par la garde. Nous allons tenter de le retrouver et je vous demande de rester ici. Toby et Édelmard vont monter la garde… Est-ce que je peux vous confier une mission de la plus haute importance ?

— Oui, laquelle ? fit Plume en se redressant sur un coude.

— Dans quelques minutes, vous entendrez un bruit de pas. Des petits pieds qui trottinent sur le sol… S'il vous plaît, occupez-vous de Pipo. Il n'aime pas dormir seul et quand il s'apercevra de mon absence, il partira aussitôt à la recherche d'un nouveau lit.

— Bien sûr.

Avalon se glissa silencieusement hors du dortoir. Deux paillasses sur sa gauche, Plume entendait les ronflements de Jack qui, la main serrée sur sa bourse, continuait paisiblement sa nuit. Tap… Tap… La porte se fut à peine refermée que Pipo se planta au bord de son matelas. Mordillant l'oreille de son lapin, il la fixait avec de grands yeux comme s'il attendait d'elle un mot magique.

— Tu veux venir ?

L'enfant se réfugia sous ses draps. Blotti contre Plume, sa tête posée au creux de son cou, il ne tarda pas à se rendormir. Doucement, la jeune fille lui déposa un baiser sur le front.

— Je vais veiller sur toi, je te le promets.

※

Perché en haut du tabouret, Pipo observait la grande porte. C'était par là qu'Avalon revenait… D'ordinaire, il pouvait passer des heures à guetter son retour, l'oreille tendue et bondissant au moindre bruit. Mais ce jour-là, il y avait quelque chose d'inhabituel. Ou plutôt deux : une dame et un monsieur. Lorsque le Faucon apparaissait aussi tard le soir, il apportait souvent des papiers avec de drôles de dessins. La veille, il avait apporté des gens.

Pipo trouvait que la dame ressemblait un peu à sa maman. Sauf que sa maman sentait la fraise et que la dame sentait le savon. Et sa maman n'avait pas cette lueur triste dans le regard. Est-ce que des méchants en noir avaient aussi volé ses parents ? Depuis qu'Avalon l'avait recueilli, l'enfant s'était efforcé de ne plus penser à sa vie d'avant. Il avait mis ses souvenirs dans un coffre et l'avait fermé à clef. Parfois, quand une pierre remplaçait son cœur, il entrouvrait cette grosse boîte et en tirait des moments heureux. Peut-être que cette dame n'avait pas de coffre ou que ses souvenirs étaient tombés au fond d'un trou. Des trous, il y en avait même dans le fromage, alors rien n'était impossible.

Pipo descendit du tabouret. Il escalada les genoux de la dame et plongea ses yeux dans les siens. Ils avaient la couleur du ciel et lui rappelaient ce soir d'été où la grisaille avait laissé place à un bleu éclatant. Quelqu'un, tout là-haut, avait barbouillé au-dessus des nuages. Du orange, du violet, du vert, du jaune…

Son papa l'avait hissé sur ses épaules. Pipo avait brandi son doigt vers la mystérieuse apparition.

— C'est quoi ? avait-il demandé avec curiosité.
— C'est un arc-en-ciel, mon chéri.

Alors, Pipo songea très fort à l'arc-en-ciel. Avec un peu de chance, il pourrait le donner à la dame, partager avec elle cet instant où il ignorait encore que le bonheur avait un nom. Parvint-elle à lire dans ses pensées ? L'exercice devait être difficile, car ce fut un sourire triste qui étira ses lèvres.

※※•※※

Plume lui caressa les cheveux. L'espace d'un instant, elle avait eu l'impression que le petit garçon essayait de communiquer avec le regard. Mais cet échange muet resta sans réponse.

— Il a faim, traduisit Jack. Il espère qu'en te fixant intensément, tu finiras par lui trouver de la nourriture.

Le repère des princes maudits comportait le strict nécessaire : des meubles de fortune, une table en bois et un fouillis de cartes qui s'entassaient dans un coin. Vu l'étroitesse des galeries, il était déjà étonnant qu'autant d'affaires aient pu être transportées jusque-là. Ce manque de confort semblait déplaire à Jack dont le pantalon était désormais couvert de terre.

— Comment fait-on pour se raser dans cet endroit ? grommela-t-il en effleurant sa barbe naissante. Il n'y a pas d'eau, pas de fenêtre et je suis sûr qu'avec toute cette humidité, je vais tomber malade… Et les autres sont partis, ils nous ont laissé le gosse et rien de comestible à nous mettre sous la dent.

Les revendications du courtier avaient le mérite d'être assez hétéroclites : il se plaignait de tout et rien ne trouvait grâce à ses yeux.

— Toby et Édelmard sont postés à l'entrée, je vais leur demander…

Plume prit l'enfant dans ses bras et marcha vers le panneau en bois – porte symbolique qui marquait la frontière entre leur campement et le reste des souterrains. Sur le seuil, une torche fixée au mur laissait deviner les silhouettes de deux hommes qui formaient un étonnant contraste. Le plus âgé griffonnait sur un parchemin, l'encrier posé en un équilibre précaire sur ses genoux. Monter la garde devait être la tâche du second qui, les sourcils froncés, sondait les ténèbres environnantes. À la différence de son compagnon, il paraissait anxieux et s'occupait les mains en se rongeant les ongles. En entendant Plume, il tressaillit.

— Tout va bien ? s'étonna-t-elle.

L'adolescent ne répondit pas.

— Ne vous inquiétez pas pour lui, lança Édelmard en reposant sa plume. Il connaît une période assez difficile en ce moment, mais la lumière chasse toujours l'obscurité.

Étant donné la nervosité de Toby, la traversée du tunnel risquait d'être encore longue avant que l'éclaircie annoncée ne fasse son apparition. Oubliant l'estomac de Jack qui criait famine, Plume prit place à côté d'eux.

— Et vous, comment vous sentez-vous ? ajouta l'érudit. Vous avez quitté votre famille pour rejoindre des hors-la-loi qui se sont choisi comme ennemi un homme que l'on dit immortel.

— Je veux me battre, marmonna Plume, peu importe les conséquences. Les princes maudits sont les seuls qui osent s'opposer à l'Oméga et à ce régime de terreur… Le jour de la fête nationale, j'ai vu qu'une poignée d'idéalistes pouvaient se dresser face à la milice. Qu'il n'était pas illusoire d'y croire…

— Les princes maudits, répéta Édelmard avec un sourire. Pour beaucoup de pauvres gens, ils représentent une lueur d'espoir. Savez-vous pourquoi le peuple leur a donné un tel surnom ?

Plume secoua la tête. Elle ne s'était jamais interrogée sur ce titre qui, telle une légende, se murmurait dans la Cour des fous.

— Avalon et Pandore vous ressemblent. Ils étaient comme vous, nés du côté de la fortune et de l'insouciance. Des nobles qui auraient pu connaître une vie d'oisiveté, mais le destin en a décidé autrement. Leurs parents ont été jugés coupables de trahison, arrêtés et exécutés, poursuivit Édelmard. Les deux frères ont été jetés dans les bas-fonds. Pandore était si jeune, il a grandi dans un monde où voler était une nécessité pour survivre – il a aussi développé un accent qui évoque plus le marchand de poissons que l'aristocrate. Avalon était l'aîné et même enfant, il était déjà responsable pour son âge. Ses souvenirs étaient bien plus vivaces : il était conscient que ce qu'ils traversaient n'était pas le lot des privilégiés. Que, de l'autre côté des murs, il y avait des riches qui se moquaient des miséreux, qui les foulaient aux pieds car ils s'imaginaient supérieurs. Certains pensent que la noblesse s'acquiert par la naissance ; Avalon m'a montré que cette qualité est celle de l'âme et d'elle seule… Il est devenu le porte-parole de ceux qui avaient faim, de ceux qui subissaient chaque jour l'injustice. C'est en faisant preuve d'abnégation qu'il a été couronné prince. Avalon et Pandore, les princes maudits… Des gamins des beaux quartiers que l'on croyait maudits et qui ont fait de cette faiblesse une force. Très peu de gens connaissent cette histoire et pourtant, elle est pleine d'enseignements. Ce sont nos choix, et non nos origines, qui font de nous ce que nous sommes.

※※※

Pandore se balançait d'avant en arrière sur sa chaise. Il ignorait qu'Édelmard – ce bonhomme binoclard qui vénérait les livres – chantait ses louanges quand il avait le dos tourné. En cet instant, ses pensées étaient bien éloignées des affres du passé. Elles convergeaient vers une réalité bassement matérielle : son linge à raccommoder. Là, à quelques mètres de lui, Pipo avait réussi à convaincre la dame de cœur de recoudre l'oreille de son lapin. Est-ce qu'il suffisait d'afficher un air penaud et de brandir son pantalon troué pour obtenir la même faveur ? « Sûrement pas », songea-t-il dans un soupir. Pipo était petit, orphelin et avec sa bouille en forme de lune, tout le monde le trouvait mignon.

— Est-ce que tu viens avec nous ?

Arraché à son débat intérieur, Pandore se tourna vers le Faucon. Tiens, il était encore là… Il croyait l'avoir vu repartir la veille, régler des affaires en ville mais manifestement, l'autre était revenu.

— Aller où et avec qui ? lança Pandore dans un long bâillement.

— Chercher le manaestebal du couturier. Avalon m'a demandé d'accompagner Plume et Thibault. Est-ce que tu es des nôtres ?

Ah oui, cette opération douteuse qui allait les contraindre à recueillir une horrible bestiole. Il faudrait l'enchaîner et trouver de quoi la nourrir pour ne pas servir de casse-croûte. Ce programme n'était guère réjouissant mais, dans un sursaut de courage, Pandore abandonna sa chaise.

— Très bien, j'arrive.

※※※

Le couvre-feu avait fait s'évanouir la folle agitation qui régnait dans le quartier des artisans. Dans les ruelles silencieuses, un petit groupe avançait en longeant les murs. Dissimulés sous des capuchons, leurs visages se fondaient avec la pénombre. Malgré sa jambe boiteuse, Andreas ouvrait la marche car en tant que membre de la Ligue, il était le meilleur rempart contre une exécution arbitraire.

— On n'a pas encore croisé la garde, chuchota Pandore. J'espère qu'ils ne pointeront pas leurs nez sur le chemin du retour. Vous êtes sûrs que c'est une bonne idée de ramener cet animal ?

— Sabre peut sembler effrayant mais vous verrez, il est très affectueux...

La réponse de Plume n'avait rien de rassurant. Affectueux n'était sans doute pas la meilleure façon de décrire une créature d'une centaine de kilos aux crocs effilés.

— Et l'autre, il ne voudra peut-être pas nous prêter son monstre, marmonna Pandore avec l'espoir secret que ce soit le cas.

— C'est précisément pour cette raison qu'on ne lui laissera pas le choix, déclara Andreas.

Il était presque minuit lorsque la devanture de l'atelier se dressa enfin devant eux. Aussi bien astiquée que dans le passé, la pancarte ornée d'une paire de ciseaux vantait les mérites de la maison Céleste. Les portes de la boutique étaient closes, fermées par une lourde chaîne. Comme un homme qui rentre tranquillement chez lui, Jack tira de sa poche une série de pinces et commença à crocheter la serrure.

Un juron lui échappa quand la tige métallique se brisa en deux.

— Bon sang de bonsoir, grommela-t-il. Il fallait vraiment que ça m'arrive ! Ce maudit truc est resté coincé...

— Et dire qu'un courtier était censé avoir une utilité, ricana Pandore.

— Si tu t'imagines meilleur que moi, je t'en prie, essaye !

— D'abord, j'aurais pris cette pince-là avant d'attaquer avec le gros modèle... C'est comme si tu voulais tuer un moustique à coup d'épée.

— N'importe quoi, siffla Jack entre ses dents.

Laissant ces messieurs régler leur différend, Plume prit son élan et d'un mouvement agile, escalada la façade. S'appuyant sur la gouttière, elle sauta vers l'une des fenêtres et se rattrapa à la balustrade. En dessous d'elle, les voix de Jack et de Pandore s'étaient tues. Ils avaient cessé de se lancer des insultes pour observer ce spectacle inhabituel. La silhouette d'une enfant qui se jouait de la gravité et semblait flotter dans les airs...

La fenêtre n'avait jamais été imaginée pour résister à une tentative d'effraction. Une simple épingle à cheveux suffit à faire jouer le mécanisme. Lentement, Plume se faufila dans l'ouverture et pénétra dans les appartements de Frédérion. Prolongement incontesté de son magasin, l'étage accueillait des rouleaux de tissu, des instruments de couture et des patrons éparpillés sur une table basse. Vu l'amour que l'homme portait à son animal de compagnie, il n'y aurait rien eu d'étonnant à ce qu'ils partagent la même chambre. À pas de loup, Plume s'avança dans le couloir et se guida aux ronflements qui résonnaient avec force.

⸘⁂⸘

Sabre avait dans la vie deux objectifs : manger et dormir. Si son dîner avait consisté en un morceau de viande de belle taille, voilà qu'un impertinent l'empêchait de fermer l'œil. Pourquoi ne pouvait-il pas rester là, le ventre plein, à profiter de son panier ? De très mauvaise humeur, le manaestebal daigna se tourner vers cet individu qui, au lieu de le laisser tranquille, s'obstinait à le tirer par le collier.

Ce n'était pas son maître. Non, celui-là avait sombré dans le sommeil du juste. Son lit n'était qu'à quelques pas et sous la couverture, son ventre montait et descendait au rythme de sa respiration.

— Allez, viens, Sabre, sois gentil...

C'était cette fille qui, d'ordinaire, lui caressait le pelage sans craindre la longueur de ses canines. L'animal s'accorda un moment de réflexion. Il l'aimait bien, comme il aimait les sucres qu'elle lui glissait dans la gueule, mais en cet instant, il voulait seulement digérer son repas. Faire une promenade ne l'intéressait pas. Sa réponse fut un grognement.

— Ne fais pas ta mauvaise tête et suis-moi, insista la demoiselle.

Un combat s'engagea entre l'aspirant dormeur et la voleuse de la nuit. Une pichenette sur le museau poussa Sabre à détendre ses membres. Dans un long bâillement, il s'extirpa de son panier et consentit à s'aventurer sur le parquet froid.

— Oui, tu es une brave bête...

De l'autre côté de la pièce, l'homme se redressa dans son lit. Les paupières mi-closes, il parut les voir, mais un rêve plus plaisant devait lui tendre les bras car il retomba sur son matelas. Le couturier s'était rendormi.

⸘⁂⸘

Lorsque Frédérion s'éveilla quelques heures plus tard, ce fut une chambre vide qu'il embrassa du regard. Son Sabre adoré avait disparu mais, posé sur son oreiller, un message l'attendait.

« Pardonnez-moi le mal que je vous ai fait... Je me suis souvent jouée de vous, je vous ai manipulé mais croyez-moi, ce n'était pas par plaisir. Le monde dans lequel nous vivons m'a contrainte à faire des choix, à mentir pour

défendre une cause idéologique qu'un jour, j'espère, vous comprendrez. Je suis désolée que notre relation n'ait jamais pu être tout à fait honnête. Vous étiez mon ami, Frédérion, et c'est en amie que je demande votre indulgence. Vous êtes un homme bien, je suis persuadée que vous trouverez une femme qui méritera votre amour.

Éléonore Herrenstein

PS : Sabre est avec moi, je vous promets de prendre soin de lui. »

Chapitre 4

La troisième règle

Une semaine s'était écoulée depuis leur expédition nocturne. Plume s'était habituée à cette vie dans les souterrains, loin de la lumière du soleil. Elle avait trouvé sa place au sein de cette bande de hors-la-loi. Les rebelles étaient la famille qu'elle s'était choisie. Plume aimait chacun d'eux : Avalon si calme et si sûr de lui, Pandore et ses facéties, Édelmard et sa pile de livres, Killian et sa montagne de muscles, Gilfred et sa bouche en forme de grimace, Toby et ses silences butés, Nector et son odeur de poudre et Pipo qui grimpait sur ses genoux.

Ce soir-là, ils allaient à nouveau lancer les dés du destin. Ce soir-là, un homme allait se dresser seul pour convaincre une foule d'indécis de rejoindre leur camp. Et ce soir-là, Jack allait partir.

Le courtier était assis le long du mur. Machinalement, il faisait apparaître et disparaître une pièce d'argent entre ses doigts. Ce numéro de passe-passe ne tarda pas à le lasser. Dans un tintement, le merle termina sa course au fond de sa poche.

— Jack ?

Plume se tenait devant lui. Ses yeux cherchaient les siens et dans ses prunelles se lisait une prière muette. Que son grand frère reste auprès d'elle.

— On se reverra, lui dit-il. Tu pourras toujours me retrouver à la Cour des fous…

— Je ne suis pas là pour te retenir, si c'est ce que tu crois.

C'était à peine un mensonge. Plume aurait voulu le garder à ses côtés, ne jamais lui dire au revoir, mais certains engagements devaient venir du cœur. Doucement, elle s'assit près de lui et posa sa tête contre son épaule.

— Tu y songes parfois ? demanda-t-elle.

— À quoi ?

— Au jour où nous nous sommes rencontrés.

— Tu veux dire la fois où tu m'as mordu la main ? Comment aurais-je pu oublier ?

— S'il te plaît, continue de penser à moi…

— Toujours.

Jack lui effleura la joue. Il parut hésiter un instant, puis glissant sa main sous sa chemise, il en retira une bourse pendue à son cou par une chaîne. Est-ce qu'il avait l'intention de lui rendre la monnaie ? Mais ce n'étaient pas ses précieuses économies qu'il dissimulait sous plusieurs épaisseurs de vêtements. C'était un document officiel. Un morceau de papier où une signature occupait la moitié de la surface jaunie : Lydien Chrisaloy. Tracé d'une écriture brouillonne, un maigre paragraphe précédait une avalanche de tampons et de cachets de cire. L'énoncé était pour le moins laconique : « Par la présente, j'autorise le porteur de cette missive à se déplacer dans Seräen, quelle que soit sa destination et ce, même après le couvre-feu. S'il tente de quitter la capitale, il ne bénéficie plus de ma protection et s'expose à finir exécuté sur la place publique. »

— Ceci, commenta Jack, est mon laissez-passer à travers la ville. Une petite chose bien utile quand on exerce le métier qui est le mien.

— C'est une excellente imitation, affirma Plume.

— Une imitation ? Comment oses-tu ? Moi qui ai eu tellement de mal à me procurer un original…

— Tu es sérieux ? Pourquoi Chrisaloy t'aurait-il donné une autorisation pareille ?

— Le chantage, ma chère, expliqua Jack avec un sourire en coin. Ce gentilhomme possédait un secret assez dérangeant et ton serviteur s'est fait un plaisir de le lui brandir sous le nez. Après d'intenses négociations, on est parvenu à un statu quo : j'avais le droit de déambuler selon mes désirs en échange de quoi je le laissais en paix.

Plume fronça les sourcils. Elle savait Jack capable de coups tordus, mais de là à s'en prendre à la Ligue écarlate…

— Quel secret ? lança-t-elle.

— Je suis sûr que tu peux le deviner par toi-même. Tout le monde à Seräen connaît la faiblesse de Chrisaloy.

— Son goût pour les jolies femmes ?

— Exactement. Un matin, alors que j'étais encore jeune et naïf, j'ai compris que la vie était comme une partie de cartes. Selon la donne, tu es vouée à perdre ou à gagner… La société me promettait une vie de misère, alors j'ai décidé de changer les règles et de placer quelques atouts dans ma manche… À l'époque, Chrisaloy était héritier de la Ligue. Sa réputation de coureur de jupons ne s'ébruitait pas au-delà d'un cercle restreint. Son père avait toujours été un homme autoritaire qui n'aurait pas hésité à renier son fils. À ses yeux, les liens du sang n'étaient rien comparés au prestige de la Ligue.

Il aurait préféré que son neveu lui succède, plutôt que de laisser un imbécile devenir seigneur… Avec de l'audace et un peu de chance, poursuivit Jack, j'ai réussi à retrouver l'une de ses anciennes conquêtes. Chrisaloy n'avait pas fait les choses à moitié, puisqu'il avait choisi la sœur du seigneur Ravenald. Il s'exposait à de terribles représailles si l'affaire devenait publique. Cette demoiselle a eu le malheur d'*égarer* quelques lettres compromettantes et tu connais mon honnêteté, j'ai jugé bon de les rapporter à l'expéditeur.

— Il aurait pu te tuer ! s'exclama Plume.

— Ma foi, c'était certainement son intention mais, comme je n'étais pas né de la dernière pluie, j'avais pris mes précautions. Si je ne réapparaissais pas le lendemain, un complice se chargeait de transmettre sa prose enflammée à son père… Tu t'en doutes, la pensée d'être déshérité par son paternel l'a vite convaincu de céder à mes exigences. Chrisaloy m'a accordé le laissez-passer tant désiré et je lui ai rendu ses lettres – enfin, presque toutes, il me fallait bien une caution. Maintenant, ce bellâtre est seigneur, il se fiche éperdument de Mlle Ravenald devenue Mme Morrison et tout le monde est content.

Plume imaginait aisément Jack déambuler dans les rues avec son précieux sésame. Elle se souvenait lui avoir posé cette question des mois auparavant, lorsque le temps lui apparaissait encore comme une réalité intangible. Oui, comment faisait-il pour traverser la ville et échapper à la milice ? C'était en s'alliant avec un puissant qu'il avait réussi à se forger un nom. À s'imposer comme Jack Thibault, le meilleur courtier de Seräen. Il suffisait que Chrisaloy se lasse pour que cette manigance se retourne contre lui.

— Tu n'as pas peur qu'il essaye de te retrouver ?

Jack haussa les épaules.

— Si sa mémoire est inversement proportionnelle à son penchant pour l'alcool, ce type m'a déjà oublié… Tiens, ajouta-t-il, prends ce document. Vu dans quoi tu t'embarques, il te sera sans doute plus utile qu'à moi.

— Merci, murmura Plume, surprise. Mais toi, comment vas-tu faire ?

— Je me débrouillerai. De toute façon, l'avenir appartient à ceux qui prennent des risques.

Cette déclaration pleine d'optimisme fut saluée par un ricanement. Bien qu'étranger à la discussion, Pandore semblait leur avoir accordé une oreille attentive. Mâchonnant un morceau de pain, il se laissa tomber à côté d'eux.

— Édelmard dit aussi que l'avenir appartient à ceux qui se lavent, grommela-t-il, et je trouve cette formule grotesque…

— Mais quel est le rapport ?

— Aucun, admit Pandore, c'est juste que je m'ennuie. Avalon vient de partir pour la Cour des fous, il m'a défendu de le suivre, j'ai essayé de protester mais il m'a planté là. Alors, je suis allé voir Toby pour le convaincre de jouer au cric-crac avec moi mais depuis l'attaque, il n'est plus le même.

— Quelle attaque ? s'étonna Plume.

— Oh, il n'y a pas si longtemps, on a retrouvé Toby en train d'errer dans les souterrains… Le visage livide, les yeux grands ouverts, il s'était arraché des morceaux de peau avec ses ongles. Il hurlait et se débattait contre ses propres démons. Depuis, il nous a parlé de sa jeune sœur, du rôle qu'il aurait joué dans sa mort… Mais ce qui le terrifie le plus, ce sont ses rêves. Dans un murmure, il m'a confié que chaque nuit, un homme venait le voir. Un être en manteau noir qui se fait appeler le Juge…

Plume sursauta violemment.

— Le Ranaghar ! s'écria-t-elle.

— À vos souhaits, princesse.

— Non, écoutez-moi… Il faut que nous partions d'ici immédiatement.

— Pour quoi faire et pour aller où ?

— Allons chez le Faucon, n'importe où. Nous ne sommes pas en sécurité ici, insista Plume en bondissant sur ses jambes.

— C'était le mois dernier, soupira Pandore. Non seulement il ne s'est rien passé depuis, mais on a multiplié les tours de garde. Toby ne se souvient de rien, on ne sait même pas s'il a vraiment été attaqué ou si sa crise n'était que des remords qui refont surface.

— J'ai vu ces créatures dans le passé, elles se nourrissent de leurs victimes en les faisant sombrer dans la folie ! Elles n'attendent qu'une faiblesse de votre part pour s'emparer de votre esprit… Vous pensez qu'elles ne reviendront pas ? Mais c'est précisément ce qu'elles veulent vous faire croire ! Et quand ce jour sera venu, vous ne serez pas assez forts pour les repousser… Je ne vous parle pas d'un seul ennemi mais de plusieurs centaines qui vivent dans les ténèbres !

— C'est drôle ce que vous me racontez là. L'autre jour, Édelmard essayait de nous convaincre que des bestioles maléfiques hantaient les galeries…

Cela n'avait rien d'amusant et même Pandore dut s'en apercevoir. Quand un homme baragouine des absurdités, il peut très bien être fou mais quand deux personnes tiennent le même discours, il est parfois préférable de les croire.

— Branle-bas de combat ! hurla Pandore. Prenez vos armes et suivez-moi !

— Avalon a dit de rester là, fit remarquer Killian dans un bâillement.

— Et moi, j'ordonne qu'on lève le campement sur le champ. En l'absence de mon frère, je suis le chef et ceci est un ordre ! Alors, exécution !

Plume fut stupéfaite de voir l'autorité qui émanait de ce garçon débraillé. Ses traits s'étaient durcis. Face à la menace, il n'était plus le plaisantin de service, multipliant les facéties pour distraire son public. La dame de cœur ne mentait pas, il avait senti dans sa voix l'urgence de la situation. Les souterrains les protégeaient de la milice, mais que feraient-ils si le Rana-chose avait choisi ces couloirs comme territoire de chasse ?

Le premier à réagir fut Nector : trop heureux, il s'empara de ses explosifs et les fourra avec amour dans ses poches. Gilfred grogna avant de quitter sa chaise. Édelmard releva le nez d'un épais volume et soupira devant le brusque changement d'attitude de Pandore. Après des jours entiers à clamer la vérité, il était temps que quelqu'un finisse par le croire !

— Et ça ? marmonna Killian en désignant du doigt le manaestebal. On l'emmène ?

Pandore l'aurait volontiers abandonné à son sort, mais cette opinion était loin de faire l'unanimité.

— Bien sûr que oui, répondit Plume.

Les premiers jours, Sabre avait été enchaîné au mur – placé en observation par une bande convaincue que ses canines n'étaient pas seulement décoratives. Lorsque Pipo avait été surpris assis à califourchon sur son dos, le chevauchant comme un poney, Sabre avait été autorisé à se promener dans un périmètre délimité.

— Ces êtres ont été enfantés par la magie noire, développa Édelmard en rassemblant ses volumes. Le mal engendre le mal. Dans les temps anciens, on les nommait « gargognes » ce qui signifiait la « malédiction du démon ». Pour notre bien à tous, j'espère que leur rencontre avec Toby n'était qu'un hasard, car si nous sommes leurs ennemis que le dieu protecteur des voleurs nous vienne en aide.

— Personne ne nous attaque pour le moment, lança Pandore, pas besoin de paniquer inutilement.

Gilfred exécuta un moulinet avec son épée, prêt à en découdre avec n'importe quelle créature qui oserait lui barrer la route.

— « Les ténèbres ne craignent que la lumière, récita l'érudit, les armes ont été forgées par les hommes et dans les mains des hommes, elles ne sont que mirages », affirmait Anéomas le Sage. On ne peut combattre une puissance dont la force elle-même nous dépasse. Vos épées ne vous seront d'aucune utilité, ce serait aussi dérisoire que de brandir une casserole pour repousser des balles.

S'efforçant de remplir un sac en toile, Plume le laissa brusquement choir. Les paroles d'Édelmard lui avaient fait l'effet d'un choc. À trois reprises, son chemin avait croisé celui des gargognes. Dans l'impasse de l'apothicaire, puis au manoir des d'Aubrey et enfin, dans la forêt. À présent, c'était dans les souterrains que leur ombre se profilait. Si ces lieux étaient différents, ils avaient pourtant un élément en commun.

— Il faisait nuit, murmura Plume. *Les ténèbres ne craignent que la lumière…*

— Vous connaissez Anéomas le Sage ? s'étonna Édelmard. C'était un grand penseur, hélas, toutes ses œuvres ont été détruites.

— La lumière ! s'exclama-t-elle en proie à une vive excitation. Ils fuient les rayons du soleil ! Nous devons remonter à la surface, il va bientôt faire jour.

— Vous avez d'autres révélations en réserve ? lâcha Pandore. Vous nous annoncez qu'une grande menace pèse sur nous et maintenant, tout va bien ? Il suffit de leur brandir une loupiote sous le nez pour les faire déguerpir ?

— Peut-être, oui… Ils n'apparaissent qu'à la tombée de la nuit. Je pense que c'est pour cette raison qu'ils ont trouvé refuge dans les souterrains. Pour échapper à la lumière !

— Donc, d'après votre nouvelle théorie, nous ne risquons rien avec nos torches ?

— Espérons-le.

— Voilà qui est bien rassurant, conclut Pandore avec un rictus.

⋞⋅⋟

Avalon avait promis de parler. La rumeur s'était répandue dans les bas-fonds ; elle s'était murmurée au coin des rues comme un message d'espoir. Ce soir-là, presque trois cents hommes avaient répondu à son appel : des hors-la-loi, des habitués du monde de la nuit et quelques curieux qui connaissaient la Cour des fous. Violer le couvre-feu les avait obligés à esquiver la garde, à se faufiler sous les porches et à emprunter des passages interdits. Les autorités surveillaient le quartier. Depuis la fête nationale, elles avaient doublé les effectifs, mais rien ne pouvait arrêter ces silhouettes marchant vers un seul objectif. Là, dans ce repaire de trafiquants, allait se jouer le destin d'une nation.

Lorsque Avalon s'extirpa de la foule compacte pour se hisser sur un tonneau, un silence plein de respect se fit.

— Mes frères, déclara-t-il, vous savez tous ce qui m'amène. Depuis trop d'années, nous subissons la dictature de quelques-uns. Il est temps que nous renversions ce régime qui nous asservit. Je ne saurais le faire seul… Pour que nous ayons une chance, il faut que cela vienne du peuple. Vous êtes le peuple !

Ces derniers mots soulèvent des acclamations nourries dans l'assemblée.

— Le gouvernement nous ment, continua-t-il. Récemment, j'ai appris cette vérité que les grands de ce monde se gardent bien de nous révéler. La guerre contre Valacer n'existe pas ! Ce n'est qu'un prétexte pour nous arracher nos enfants, pour les envoyer à l'abattoir et nous priver de notre seule force : notre nombre ! Si nous nous unissons tous contre l'Oméga, nous n'échouerons pas !

Cette fois-ci, ce fut une tempête de cris qui salua ses paroles. Chacun se tournait vers son voisin. Avait-il bien entendu ? Comment cet homme pouvait-il prétendre que Valacer n'était pas cet ennemi perfide qui cherchait à les envahir ? Alors, Avalon argumenta. Il usa de son talent pour la rhétorique, il leur présenta ces détails qui, mis les uns à la suite des autres, faisaient naître le doute : les soldats envoyés au front et qui ne revenaient jamais, les discours qui se répétaient d'année en année ou encore les généraux qui surgissaient de nulle part à chaque fête nationale.

Le débat dura une heure. Avalon avait l'art de convaincre. Peu à peu, les derniers sceptiques finirent par hocher la tête. Et ce qui succéda aux protestations fut la colère. Une énergie destructrice qui fit trembler les murs de la Cour des fous. L'étincelle de la révolte était née et menaçait de faire s'embraser la ville.

Au milieu de la foule, un vieil aveugle écoutait. Mentalement, il tira de sa bibliothèque imaginaire un lourd registre relié en cuir et traça la date du jour. Une date écrite en rouge, indélébile et qu'il s'interdisait d'oublier.

— Oh Plume, prononça-t-il dans un souffle, tu avais tant espéré cet instant…

※※※

— Par ici !

Plume se hâta à la suite de Pandore. Avait-elle eu raison d'agir avec une telle précipitation ? Oui, rester en connaissant le danger aurait été de la folie. Les murs ne les protégeraient pas en cas d'attaque. Ils seraient piégés comme des rats, prisonniers de ces galeries étroites. Mais fuyait-elle réellement les gargognes… ou craignait-elle que les cauchemars envahissent de nouveau ses nuits ?

— Les éboulements, fit remarquer Pandore. On a passé un temps considérable à déblayer la terre et à consolider les parois… Si ça se trouve, ces créatures sabotaient notre travail dès qu'on avait le dos tourné.

Au souvenir de ces heures gaspillées en pure perte, Gilfred fit craquer les jointures de ses doigts.

À la lumière des torches, Plume devinait l'extrémité du couloir. Une porte en bois qui menait vers l'extérieur, là-bas, dans ce monde de lumière où les gargognes n'avaient plus aucune emprise sur elle. De l'autre côté, du lierre devait dissimuler l'entrée. Dans cette zone où la nature avait repris ses droits, nul n'aurait pu supposer que ces ruines cachaient un passage souterrain. À travers le panneau, de légers interstices laissaient filtrer les premières lueurs du jour. Ils seraient bientôt en sécurité… C'est alors que Plume songea à ses amis de la nuit, ces voleurs et trafiquants qui fréquentaient la Cour des fous, inconscients du danger.

Des mois plus tôt, Jack lui avait parlé de cet endroit que les générations précédentes avaient délaissé, abandonné à des hors-la-loi en quête d'un repère. Il avait évoqué l'Akheos, une maladie fulgurante qui, en l'espace d'une semaine, avait tué un par un tous les habitants du quartier. L'Akheos ou le Ranaghar ? Dans le passé, les villageois n'osaient pas s'aventurer au-delà de la lisière du bois, convaincus qu'un monstre rôdait dans les ténèbres. Un demi-siècle plus tard, les superstitions avaient laissé place à une pseudo-science qui, incapable d'expliquer les symptômes, les avait nommés Akheos.

— La Cour des fous ! lança Plume. Nous devons absolument les prévenir. Ces gens ont le droit de savoir à propos des gargognes.

— Princesse, soupira Pandore, je n'avais rien contre l'idée de déménager le campement sur la base de vos seules suspicions, mais nous ne pouvons pas débouler là-bas. Avalon est en pleine réunion.

— Et alors ? Ce sont des centaines d'hommes qui risquent de mourir si on les laisse dans l'ignorance.

— Vous êtes consciente que mon frère essaye de persuader ces mêmes individus de rejoindre la rébellion. Tout ce qu'on va réussir à faire, c'est le discréditer et lui faire perdre toute crédibilité. Comment voulez-vous que les autres nous soutiennent ? D'abord, il y aura cette histoire de guerre fictive à avaler, puis le coup du tableau magique censé nous transporter au palais…

— Avalon a l'intention de passer ce point-ci sous silence, intervint Édelmard. Il veut réunir les hommes dans le grand entrepôt par petits groupes, bien sûr, pour ne pas attirer l'attention et là seulement, il leur montrera la toile. Les mettre devant le fait accompli, vous comprenez. S'ils voient la fente de leurs propres yeux, ils seront plus disposés à nous suivre.

— Peut-être bien, oui, fit Pandore, mais clamer que de vilaines bébêtes nous entourent ne jouera certainement pas en notre faveur.

— Vous préférez qu'il y ait d'autres victimes ? marmonna Plume.

— Je vous crois parce que j'ai vu l'état de Toby. Parce que vous êtes la dame de cœur et que je vous fais confiance. Ce monstre est peut-être le mal incarné, mais aucune attaque n'a jamais été signalée dans la Cour des fous. Et puis, si ces créatures ont envahi le manoir des d'Aubrey, elles pourraient être n'importe où... alors, à quoi bon inquiéter ces types pour rien ?

Pandore hésita.

— Ils ne voudront pas l'admettre, ajouta-t-il. Il y a des limites à ce que l'esprit humain peut gober comme choses impossibles en une seule soirée. Et quitte à choisir, je préférerais que ce soit la guerre contre Valacer.

— Que proposez-vous de faire ?

— Rien, à part se dénicher une nouvelle planque pour quelque temps. Le Faucon connaît sûrement un endroit où la milice ne viendra pas nous chercher.

— Très bien. J'irai seule dans ce cas.

— La fille est têtue, grommela Killian, je comprends mieux pourquoi elle est parmi nous.

— Je ne vous laisserai pas aller là-bas semer la pagaille, décréta Pandore.

— Eh bien, essayez de m'en empêcher !

Perdue au milieu de ce labyrinthe de galeries, Plume aurait été bien incapable de trouver le chemin de la Cour des fous. Pandore dut parvenir à la même conclusion, car il se tourna vers elle, un sourire narquois au coin des lèvres.

— Chère petite madame, lui dit-il, vous pourriez errer des jours durant dans ces souterrains. Je n'ai vraiment pas envie de me disputer avec vous... Alors, soyez gentille et restez dans le groupe.

Plume s'apprêtait à répliquer lorsqu'elle sentit les doigts crasseux de Pandore la saisir par l'épaule.

— Il est hors de question que je...

— Chut, siffla Pandore. J'ai entendu un bruit.

— Quel bruit ?

— Vous avez toujours votre arme ?

— Oui, pourquoi ?

— Parce que je crois qu'on va se faire attaquer.

Peut-être était-ce ce souffle, à peine plus léger qu'une respiration, qui lui avait inspiré cette prédiction. Le monde parut brusquement se figer avant de basculer dans les ténèbres. Des silhouettes jaillirent des murs, leurs corps se détachant des parois comme s'ils traversaient un rideau d'eau. La matière semblait s'être liquéfiée, n'offrant aucune résistance à cet ennemi qui, par dizaines, envahissait la galerie. L'horreur s'empara de Plume. Ils ne surgissaient pas seulement des tunnels parallèles, certains d'entre eux venaient de l'extérieur ! Les rayons du soleil les laissaient indifférents, alors qu'elle avait cru déceler leur point faible. Sa théorie s'effondrait comme un château de cartes.

— Ils tra-traversent les murs, bégaya Édelmard qui clignait des yeux derrière ses bésicles. C'est impossible…

Ils avaient tous reculé, effrayés par ce spectacle qui dépassait la raison. L'épée de Jack pendait inutilement à son bras. La perspective d'un combat aussi inégal l'aurait presque décidé à sacrifier sa bourse et ses précieuses économies. Pipo s'était agrippé à la jambe de Pandore et dans la pénombre, se fondait avec la couleur de son pantalon.

Gilfred, qui jusqu'alors ne s'exprimait que par grognements, usa de sa voix pour faire part de son pronostic.

— On est mal barrés, lâcha-t-il.

Ce miracle qui, en d'autres circonstances, aurait fait l'émerveillement du petit groupe passa cependant inaperçu.

— Pour ce qui est de la lumière, princesse, j'ai bien l'impression que vous avez fait fausse route, marmonna Pandore. Une autre hypothèse ne serait pas de refus.

— Je ne sais pas. J'étais tellement sûre d'avoir raison.

Les êtres en manteau noir les encerclaient, les privant de toute échappatoire, telle une barrière infranchissable. Ils s'étaient immobilisés, savourant cet instant où la peur s'insinuait en leurs victimes. Et Plume tremblait. Elle se revoyait, prostrée sous ses draps, cherchant à fuir le Juge et ses mots terribles qui résonnaient dans sa tête. Ses cauchemars étaient devenus réalité.

Un gémissement la fit soudain tressaillir. Toby était tombé à genoux en proie à une terreur sans nom. Lui aussi avait affronté ces nuits d'angoisse, il avait connu ces heures horribles où son esprit luttait contre le sommeil, espérant retarder l'inéluctable.

— Toby ! s'exclama Pandore en se précipitant vers lui. Essaye de rester calme, on va se battre, on va les affronter…

— Tue-moi ! supplia le garçon, livide. Liz est morte par ma faute, je ne veux plus revivre cette scène encore et encore… Je mérite de rejoindre ma sœur, ce n'était qu'une gamine et moi, j'ai été lâche… Je l'ai abandonnée et aujourd'hui, je n'hésiterais pas à le refaire. Alors, s'il te plaît, Pandore, tue-moi !

Des larmes ruisselaient sur ses joues. Le regard implorant, il vit Pandore lever son arme. Un crac sonore et Toby s'affaissa sur le sol, assommé par un coup de pommeau bien placé.

— Désolé, vieux, mais là, je n'ai pas trop le temps de mener une négociation… Quelqu'un d'autre est intéressé ? Non, personne ? Très bien, écoutez-moi… Je n'ai jamais brillé en calcul, déclara Pandore, mais je suis à peu près sûr que nous sommes en sous-nombre. Notre joyeuse bande va périr mais pas la rébellion ! Avalon continuera la lutte et nous vengera – une pensée émouvante vu la fin qui nous attend. Bref, la seule chose que nous devons faire, c'est protéger la dame de cœur et accessoirement empêcher Nector de tous nous faire exploser ! Camarades, ce fut un plaisir de vous connaître !

Le discours de Pandore fut salué par un rugissement de Sabre qui, dans une réception mondaine, aurait suffi à faire fuir l'ensemble des invités. Afin de retrouver le plein usage de ses membres, Pandore détacha l'enfant qui s'accrochait à sa jambe et lui déposa un baiser sur le front.

— Gardez le petit, mam'zelle !

Comme obéissant à un ordre tacite, les hommes entourèrent Plume, l'enfant serré contre elle et Toby qui, allongé par terre, avait l'air de dormir. Pandore avait toujours assimilé le danger à une aimable plaisanterie. Une torche à la main et une épée dans l'autre, ce fut lui qui lança l'assaut. Il se jeta parmi les silhouettes en noir, faisant tournoyer sa lame avant de l'abattre sur ses ennemis. Les ombres se mêlaient, les flammes éclairaient les capuchons relevés sans laisser apparaître ce qui se cachait sous l'étoffe. Ses compagnons ne tardèrent pas à l'imiter, prêts à le suivre dans cette ultime bataille. Dans leurs gestes ne se lisait aucune hésitation : ils combattaient, animés d'une passion, d'une véritable rage de vaincre. Ils étaient comme autant de condamnés qui, n'ayant plus rien à perdre, choisissaient de défier la mort.

Pourtant, leurs coups ne semblaient jamais atteindre ces créatures surnaturelles. Plusieurs fois, l'acier de leurs armes frôla leurs opposants mais à l'image de corps immatériels, faits de fumée, ils s'écartaient, se jouant de ces attaques avec un plaisir délectable. Était-ce la magie qui leur offrait cette protection, cette impression que rien, et encore moins une poignée de hors-la-loi, ne saurait les défaire ?

Impuissante, Plume observait la scène. Elle vit Jack et Killian, dos à dos, tenter de repousser leurs assaillants et s'acharnant à défendre leur maigre terrain. Plus loin, Édelmard s'agitait dans tous les sens – sans doute plus à l'aise pour manipuler un coupe-papier qu'un objet autrement plus tranchant. Il se baissa de justesse lorsque Nector, privé de sa précieuse poudre noire, se consola en faisant voler une demi-douzaine de poignards.

Le temps n'existait plus. Les secondes se succédaient avec lenteur et soudain, Jack tomba. L'une des silhouettes avait refermé ses bras sur lui, l'emprisonnant dans une étreinte qui briserait son esprit et le mènerait à la folie. Le courtier se démena un court instant avant de basculer en arrière, inconscient. Son visage avait une teinte livide. Aucune lueur ne brillait dans ses yeux. Cet éclat si particulier, qui évoquait le scintillement d'une pièce de monnaie, s'était évanoui et ses prunelles sombres ne reflétaient plus que le néant.

— Jack ! s'écria Plume.

L'image d'un cadavre étendu à ses pieds lui revint en mémoire. Son fiancé avait été tué en cherchant à la protéger. Elle ne laisserait pas Jack connaître le même sort. La jeune fille émit un sifflement, appelant Sabre qui cessa de déchirer l'air de ses longues griffes acérées pour venir renifler de son côté.

— Reste avec Pipo et Toby, ordonna-t-elle.

Sa dague tirée, elle courut vers Jack et se planta devant lui, formant un rempart presque dérisoire face à ce monstre qui se nourrissait du désespoir. La gargogne se détourna de sa proie pour fixer cette gamine qui avait eu l'audace de s'interposer.

— Je vous mets au défi d'approcher ! lança Plume avec rage.

Sa provocation sonnait comme une invitation. La créature fondit sur elle, l'enserrant avec une force qui lui fit lâcher prise. Son arme lui échappa des mains et percuta le sol en un son métallique. Plume s'effondra et alors qu'une nuit sans étoiles emplissait son champ de vision, elle sut qu'il n'y avait plus aucun espoir…

Plume cligna des yeux. Le monde autour d'elle n'était plus qu'un brouillard épais, comme si elle flottait au milieu des nuages. Ses membres étaient engourdis. Elle voulut se relever, mais son corps ne lui obéissait plus. Lentement, le voile de brume se dissipa, laissant apparaître un décor familier : un chêne centenaire perdu dans un champ baigné de soleil. La toile de Dariel ! Comment était-ce possible ?

— C'était très courageux de votre part, ricana une voix à son oreille, vraiment très noble d'avoir bondi vers une mort certaine pour défendre votre benêt de cousin… Mais permettez-moi ce commentaire, c'était aussi complètement idiot.

Un picotement lui parcourut l'échine, la libérant peu à peu de sa sensation d'ankylose. Tournant la tête, Plume découvrit alors, assis près d'elle – ou plutôt avachi dans l'herbe –, un homme qui ne lui était guère étranger. Vêtu du rouge écarlate de la Ligue, il mima une révérence, l'air goguenard.

— Élias ! s'exclama-t-elle.

Son fiancé lui adressa un large sourire.

— Vous êtes surprise de me voir, n'est-ce pas ?

— Je vous croyais mort...

— Oh, mais je le suis toujours, soupira Élias. Je ne suis qu'une manifestation de votre inconscient, une trace du souvenir que vous gardez de moi. L'une de ces images qui flottent dans vos pensées et qui prennent vie lorsque vous atteignez l'Entre-deux.

— L'Entre-deux ? répéta Plume, perplexe. Je ne comprends pas... Où sommes-nous ?

— Quelque part entre la réalité et ce monde que l'on nomme l'au-delà.

— Vous voulez dire que je suis...

— Sur le point de me rejoindre définitivement, j'en ai bien peur. Ou si vous préférez une formule plus poétique, vous êtes en train de rêver. Il n'appartient qu'à vous de revenir dans ces souterrains humides pour empêcher la rébellion de périr dans un dernier élan suicidaire. Tenez, vous les entendez ? Vos amis crient votre nom, ce n'est qu'un murmure dans ce combat qui continue de faire rage. Combien de temps tiendront-ils encore ? Cinq minutes, peut-être moins.

— Ils ne pourront jamais vaincre les gargognes, ils ne sont pas assez nombreux.

— Ah, ma chère Mlle Herrenstein, ce que j'admire le plus en vous, c'est votre capacité à foncer tête baissée sans réfléchir. Lorsque deux armées s'opposent, la ruse est parfois un bien meilleur allié que la force brute.

— Nous avons déjà perdu... J'étais persuadée que ces créatures craignaient la lumière, prononça Plume dans un souffle. J'ai voulu me convaincre que le jour nous protégerait mais la vérité, c'est qu'il n'y a rien que nous puissions faire contre ces monstres.

— Regardez-moi, je ne suis qu'un fantôme de votre passé, rien d'autre qu'une illusion, mais pourquoi m'invoqueriez-vous si vous êtes décidée à déposer les armes ?

— Alors, la révolte a encore une chance ?

— Peut-être bien, répondit Élias dont les yeux pétillaient de malice.

Vous avez choisi un joli cadre, à l'ombre de ce chêne. Nous pourrions nous étendre dans l'herbe et attendre que la mort vienne vous prendre, et dans ce cas l'Oméga aura gagné. Ou alors nous trouvons ensemble le moyen de combattre les gargognes.

— Mais comment ? Ces êtres semblent invincibles, nos épées ne les atteignent pas. Aucune de nos attaques n'a été en mesure de les blesser, ils se déplacent sans un bruit… La première fois que j'ai vu l'une de ces silhouettes, dans l'impasse de l'apothicaire, j'ai cru qu'elle avait disparu alors que ces créatures traversent les parois comme si leurs corps n'avaient aucune enveloppe solide.

— Elles ont forcément un point faible, c'est l'évidence même… Vous ne manquez pas de bravoure, Éléonore, vous manquez de sang-froid. L'espace d'un instant, oubliez que vous êtes en train de rêver et parlez-moi. Que savez-vous des gargognes ? La lumière était une fausse piste, alors de quoi êtes-vous sûre et certaine ?

— Elles vivent dans les souterrains, elles sont des centaines à hanter ces couloirs obscurs, elles ont attaqué Toby…

Élias l'interrompit d'un geste de la main.

— Procédons par ordre et méthode, voulez-vous. Lorsque la situation est complexe, parfois, je l'imagine comme une simple pelote de laine qu'il suffit de démêler. Si vous tirez sur le bon bout, le reste suivra. D'après vous, qui a creusé ces galeries sous la capitale ?

— Les gargognes.

— Oui, mais pourquoi ?

— Parce que ce sont les princes maudits qui ont aménagé les escaliers et les trappes dérobées. Pandore m'a affirmé qu'il n'y avait aucun moyen de remonter à l'air libre. Or il a bien fallu qu'à l'origine, des bâtisseurs puissent descendre d'une façon ou d'une autre pour construire ce royaume souterrain. Les murs ne retiennent pas les gargognes, elles passent à travers, et je pense qu'il en est de même du sol.

— Bien. Nous sommes donc confrontés à un ennemi qui, sans tirer avantage de son talent à ne pas user les poignées de porte, a jugé préférable de s'exiler sous terre. Pourquoi ?

— Je ne sais pas.

— Mettez-vous à leur place et essayez de comprendre… Tenez, tout à l'heure, pourquoi ont-elles choisi de vous attaquer ? Pourquoi ont-elles attendu si longtemps, des mois, des années, alors qu'il aurait été tellement plus aisé de tuer quiconque s'aventurait dans leur repère ?

— Je voulais prévenir Avalon, mettre en garde tous ceux qui fréquentaient la Cour des fous… Vous pensez qu'elles m'ont entendue ? Qu'elles nous surveillaient ?

— Cette hypothèse me semble la plus probable sauf si, bien sûr, vous croyez aux coïncidences. Vous représentiez un danger pour les gargognes, il fallait vous éliminer. Ces créatures sont dotées d'une intelligence, elles agissent selon leurs intérêts. Maintenant, poussons plus loin le raisonnement, ajouta Élias. Nous savons qu'elles se nourrissent de l'esprit de leurs victimes, mais pourquoi vivent-elles cachées ? Pourquoi, dans le passé, ont-elles trouvé refuge dans les bois ?

— Parce qu'elles ont peur.

— Peur de quoi ? Vous avez dit vous-même qu'elles étaient invincibles.

Plume se mordit la lèvre. Ce jeu de questions-réponses la poussait dans ses retranchements, l'obligeant à fouiller sa mémoire à la recherche d'une vérité qui s'obstinait à la fuir. Ce n'était qu'un rêve et pourtant, son fiancé lui paraissait si réel. Sûr de lui, confiant en une victoire qui, même dans une lutte à forces égales, aurait été incertaine.

— Lorsque nous étions dans votre manoir, murmura-t-elle, vous les avez affrontées. Vous étiez seul… Elles n'ont pas réussi à vous tuer.

— Le soir où vous m'avez désobéi pour vous risquer à la lisière du bois, vous gisiez inconsciente. Là aussi, la gargogne a laissé son œuvre inachevée : elle s'est glissée en vous, suffisamment pour hanter vos nuits mais pas assez pour que le Juge vous condamne à mort. Quel élément ont ces deux événements en commun ? Pourquoi, à chaque fois, nous ont-elles laissés nous échapper ?

Quelque part au loin, il lui semblait entendre des bruits diffus, comme séparés d'elle par un mur, des cris et des corps qui tombaient sur le sol. Plume s'efforça de fermer son esprit, de se concentrer sur l'instant présent. Élias n'était qu'une hallucination, mais quel message son subconscient tentait-il de lui transmettre ?

— J'ai hurlé, réalisa-t-elle dans un sursaut.

Oui, sa botte secrète… Son arme de dernier recours, un son suraigu qui aurait même réveillé un sourd. C'était cela qui avait dispersé les silhouettes durant l'attaque du manoir, leur offrant un passage vers les toits avant qu'ils ne basculent à travers la fente. Plus tard, quand elle s'était retrouvée confrontée à la gargogne, elle avait à nouveau usé de sa voix de soprano pour alerter son fiancé, parti s'enfoncer dans les profondeurs de la forêt. Des jours durant, ils s'étaient entraînés à l'orée du bois sans croiser l'une de ces créatures.

Alors, pourquoi était-ce ce soir-là et non un autre que la gargogne s'était manifestée ?

« Le bal ! » songea Plume. Le bal du village dont ils entendaient la musique, cet air plein de grâce sur lequel ils avaient dansé... À Seräen, la musique avait été prohibée par la troisième règle, celle-ci limitant les morceaux à une demi-douzaine et restreignant les occasions aux réceptions mondaines. Et s'il n'y avait pas plusieurs ennemis mais un seul, toujours le même, toujours l'Oméga ? Et si Renard Artéor avait deviné le point faible des gargognes et avait décidé de faire du mal incarné son allié ?

Son voyage dans le temps lui avait appris à voir au-delà des mensonges du gouvernement. Rien ne se faisait au hasard. La peinture et les livres avaient été interdits pour que nul ne découvre le vrai visage de Valacer. Les œuvres de ces artistes, de ces hommes qui vivaient de la pêche, ne devaient jamais remettre en cause la version officielle. Dans la même logique, ils avaient détruit les ouvrages – support du savoir – afin que le passé n'existe plus, qu'il s'efface et disparaisse comme ces pages brûlées sur la place publique. Mais à quoi bon pourchasser les musiciens, les exécuter si leurs notes ne menaçaient en rien le régime ?

Ce fut une bouffée d'excitation qui s'empara de Plume. Brusquement, les rouages de son cerveau s'étaient enclenchés pour lui présenter avec une logique implacable cette vérité que dissimulaient les autorités.

— Elles sont sensibles à la musique ! s'écria-t-elle. L'ouïe de ces créatures ne résiste pas aux aigus, c'est pour cette raison qu'elles ont fui au manoir ! La gargogne que nous avons vue dans le bois cherchait à s'éloigner du village. Elle ne supportait pas le son des instruments. Et elle ne m'a pas tuée car j'ai hurlé et ma voix produit des vibrations qui peuvent lui être fatales !

— Vous voyez ce dont vous êtes capable, fit Élias en lui adressant un sourire complice. Et comme je ne suis pas réellement présent, vous pouvez vous en attribuer seule le mérite...

— Elles sont obligées de se cacher, ce n'était pas le jour qui les effrayait mais l'agitation. Les humains sont autant des proies qu'une menace. À Seräen, les quartiers grouillent de monde et pour elle, le bruit est aussi dangereux qu'une arme.

Élias acquiesça d'un signe de tête.

— La troisième règle a été promulguée pour protéger ces monstres, n'est-ce pas ?

— J'en ai bien peur, répondit-il. Il n'y aurait rien d'étonnant à ce qu'Artéor ait choisi d'user de leurs pouvoirs plutôt que de les combattre.

— Mais comment l'Oméga a-t-il compris que la musique était une arme contre les gargognes ?

— Cinquante ans se sont écoulés depuis votre départ. Bien des choses ont pu se produire avant que la Ligue écarlate ne soit devenue l'entité que nous connaissons. Peut-être ne saurons-nous jamais les détails, mais ce n'est pas là le plus important… Alors, Mlle Herrenstein, que décidez-vous ? Rester avec moi dans ce décor bucolique ou retourner secourir vos petits camarades qui ne vont pas tarder à se faire massacrer ?

— J'aimerais tant ne pas avoir à vous dire adieu.

— Je suis avec vous… Je ne vous abandonnerai pas.

Le champ commençait à se fondre dans un amas de couleurs. Les souterrains se superposaient peu à peu au bleu du ciel, chassant cette douce illusion pour laisser la réalité reprendre ses droits. Élias n'était plus qu'une silhouette indistincte mais avant qu'il ne s'évanouisse complètement, Plume se jeta dans ses bras.

— Je sais que vous n'êtes qu'une création de mon esprit, mais est-ce que je vous reverrai ? lança-t-elle. Dans votre lettre, vous m'avez interdit de vous sauver, vous étiez persuadé que votre mort était inéluctable…

— Vous avez le don de voyager dans le temps. L'ordre des choses n'est jamais définitif. Si vous m'aimez vraiment, vous trouverez la faille pour me ramener à la vie, j'en suis sûr.

Sa voix se faisait de plus en plus lointaine. Bientôt, elle ne fut plus qu'un souffle.

⁂

— Aïe, aïe, aïe !

Ce n'était pas la première fois que Pandore était dans le pétrin. D'ordinaire, il pouvait compter sur une chance monstrueuse pour s'en tirer à bon compte. Mais à présent qu'il en avait le plus besoin, le destin ne semblait pas d'humeur à lui donner un petit coup de pouce.

— Je vais me faire tuer, conclut-il avec pessimisme.

Autour de lui, ses camarades étaient tous inconscients. Ils étaient tombés les uns après les autres : Jack le premier, puis Plume, Nector, Édelmard, Killian, Gilfred… Même cette grosse bête poilue, ce manaestebal qui avait l'air si féroce, avait été vaincue. Propulsée sur le mur, jetée par terre comme un vulgaire sac de linge sale. Il ne restait plus que Pandore… et Pipo. Le petit garçon avait escaladé son dos, s'agrippant à lui, tel un naufragé serrant sa bouée au milieu d'un océan déchaîné.

— Pense à ta maman, lui chuchota Pandore d'une voix douce. Je suis sûr qu'elle était très jolie… Tu vas bientôt pouvoir la retrouver, on va aller la voir ensemble. Tu verras, tout va bien se passer, n'aie pas peur, c'est presque fini…

Les créatures l'encerclaient, lui, le dernier à avoir encore l'audace de les défier. Volontairement, elles laissaient le combat s'éterniser, jouant avec ce survivant comme un chat s'amuse d'une souris prisonnière de ses griffes. Ce n'était plus pour la rébellion que Pandore luttait, ce n'était même plus pour lui. C'était pour cet innocent, effrayé par l'horreur d'une guerre, victime sacrifiée dans une bataille qui se moquait bien des enfants.

— Tu es très courageux, Pipo… Tes parents doivent être fiers de toi.

Ils allaient mourir. Pandore n'avait plus la force d'attaquer, de repousser cet ennemi qui se rapprochait inexorablement. Et puis, il y eut un murmure, un son à peine audible.

— Princesse ? marmonna Pandore en se retournant.

Plume avait entrouvert les paupières. Lentement, elle tenta de se relever sur ses jambes chancelantes.

— Vous allez bien, mam'zelle ?

— Chan… chantez.

« Chanter ? » répéta mentalement Pandore. Et pour quoi faire ? Si c'était pour passer le temps, il pouvait aussi faire un salto arrière, ce serait bien plus divertissant. Plume s'était appuyée contre la paroi et encore titubante, elle poussa jusqu'au bout cette idée délirante. Ce fut un cri qui s'échappa de ses lèvres, d'abord hésitant, puis de plus en plus fort. Pour l'oreille profane de Pandore, son hurlement imitait à la perfection la crécelle rouillée. Au moment où il allait clamer sa volonté de périr en silence, le miracle tant attendu se produisit. Les silhouettes se dispersèrent, elles traversèrent les murs, fuyant la source de cette cacophonie.

— Franchement, c'est la plus joyeuse débandade à laquelle j'ai jamais assisté, commenta Pandore dans un grand éclat de rire.

— Bon sang, qu'est-ce que c'était que ce boucan ?

Se massant le crâne, Jack venait d'émerger de son état comateux. Aussi mécontent qu'un honnête citoyen réveillé en pleine nuit, il commença à grommeler contre le coupable.

— Jack, comment tu te sens ? demanda Plume en se précipitant vers lui.

— J'ai la tête qui tourne et je te vois en deux exemplaires, résuma-t-il. Sinon, je me sens plutôt en forme.

Les gargognes contrôlaient leurs proies par la pensée. Le lien télépathique avait été brisé, libérant les victimes de leur emprise. Peu à peu, les hommes reprenaient conscience : Killian étira ses membres en un long bâillement, Gilfred poussa un grognement éloquent, Nector lança un « boum boum » interrogateur et Édelmard tâtonna à la recherche de ses bésicles. Ils avaient tous l'air désorientés.

— J'ai l'impression qu'on m'a assommé avec un gourdin, fit Killian avec mauvaise humeur.

— Plume, comment avez-vous su ? s'exclama Pandore, perplexe. Comment avez-vous su que les aigus étaient leur point faible ?

— Un ami me l'a dit.

— Quel ami ?

— Quelqu'un qui ne m'a jamais quittée.

⁂

Lorsque Avalon regagna le repère, épuisé après des heures d'intense débat, ce fut une avalanche d'informations qui s'abattit sur lui. Sans le moindre souci de cohérence, ses interlocuteurs le bombardèrent d'histoires où il était question d'une attaque, de monstres vivant sous terre et d'un cri qui tue. Cerise sur le gâteau, Pandore apporta une précision des plus capitales :

— Hé, frangin, tu savais qu'en réalité, Gilfred économisait ses mots ? Aujourd'hui, on l'a tous entendu. Il a dit qu'on était mal barrés et ma foi, qu'est-ce que c'était vrai !

Chapitre 5

Préparatifs

Le plan du Faucon se concrétisait jour après jour. Avalon était parvenu à réunir cinq cents hommes, ceux que comptait son réseau des bas-fonds auxquels s'ajoutaient les voleurs de la Cour des fous. Ils seraient très peu face aux gardes du palais, mais leur stratégie reposait davantage sur l'effet de surprise que sur la force. Leur mois de préparation touchait bientôt à son terme : le titre ne tarderait pas à échoir à Andreas et la cérémonie se rapprochait à grands pas.

Penchée sur son chevalet, Plume s'efforçait de suivre les instructions du Faucon. Il lui décrivait la salle du trône dans les moindres détails, des rideaux en velours rouge jusqu'aux dorures qui recouvraient les murs.

— Le trône est placé sur une légère estrade, poursuivit-il. Au fond de la pièce, vous avez un immense miroir qui donne l'impression que la salle est deux fois plus grande. Lorsque les chandeliers sont allumés, ce jeu d'optique crée d'intéressants effets de lumière.

— Pour que la fente s'entrouvre, il nous faut un élément temporel, précisa Plume, n'importe lequel du moment que nous pouvons en déduire une date.

— Oui, j'ai déjà réfléchi à cette question et je dois dire que l'Oméga nous a considérablement facilité la tâche. Il y a plusieurs années, il a fait installer une grande horloge près de la porte. Ce qui nous donne l'heure… Pour le jour, nous savons que la pièce sera exceptionnellement décorée avec les armoiries des d'Aubrey. Je me suis moi-même assuré de leurs emplacements. Le lion ailé sera représenté ici, ici et là, ajouta Andreas en indiquant les positions d'un signe de tête. Ce sera la première fois que le blason de ma famille figurera dans la salle du trône. Mon père étant l'un des seigneurs originels, aucune cérémonie de succession n'avait encore eu lieu dans sa lignée.

— Andreas ?

— Oui ?

— Vous pensez que l'Oméga se doute de quelque chose ? Il connaissait l'existence des gargognes, puisque la troisième règle visait à les protéger. Est-ce qu'elles auraient pu le prévenir, lui révéler que nous complotions contre lui ?

— Si c'était le cas, la milice aurait déjà pris les galeries d'assaut. Vous les soupçonnez d'avoir conclu une alliance. Personnellement, je préfère y voir un arrangement où chacun préserve ses intérêts. Ces êtres n'ont rien d'humain, je doute qu'ils aient prêté allégeance au régime.

La jeune fille fronça les sourcils. Au manoir des d'Aubrey, ces silhouettes en manteau noir les avaient attaqués. Agissaient-elles de leur propre chef ou ne faisaient-elles qu'obéir aux ordres ? Maître Griffin les accompagnait, mais il n'était sans doute qu'un pion. L'Oméga, alors… Non, Renard Artéor ignorait tout des voyages dans le temps. Plume avait la certitude que Dariel aurait préféré mourir plutôt que de les trahir. Son don était leur seul atout, si elle remettait en cause leur arme secrète, elle renonçait à tout espoir de renverser le gouvernement.

Elle devait procéder avec logique et il n'y avait aucun lien entre les rebelles et l'attentat intenté contre son fiancé. Ces créatures étaient indépendantes, elles ne se soumettaient que par crainte de voir la troisième règle abrogée. Depuis des années, les princes maudits occupaient les souterrains. Andreas avait raison : si elles étaient réellement du côté des autorités, l'Oméga aurait aussitôt écrasé la rébellion.

Aucune opération militaire n'était dépourvue de risques. Ils avaient autant de chances d'être dénoncés par leurs nouvelles recrues que de voir les gargognes se dresser contre eux. Avalon avait pris ses précautions ; ils avaient quitté les galeries pour installer leur camp de base dans une maison abandonnée des bas-fonds. Un refuge provisoire que leur avait trouvé le Faucon.

Au premier étage, dans une chambre humide qui sentait le renfermé, Plume avait installé son atelier de fortune. Son pinceau frôlait doucement la toile, imitant le geste de cet homme qui lui avait transmis son art. Il lui semblait entendre la voix de Dariel lui parler des couleurs, de la beauté d'un coucher de soleil et de ce monde sans barrières ni remparts.

— Éléonore, il y a une chose que j'aimerais savoir.

Andreas s'était redressé, abandonnant sa chaise pour se planter devant elle. Appuyé sur sa canne en bois, il avait l'air étrangement grave.

— À propos de la révolte ?

— Non, à propos de mon frère. Écoutez, je ne suis pas là pour vous juger. Je n'ignore pas à quel point il pouvait se montrer violent. S'il vous a brutalisée, je comprends très bien que…

Sa phrase resta en suspens. Andreas lui lança un regard hésitant, conscient qu'accuser une dame d'un meurtre n'avait rien de très galant.

— Vous pensez que je l'ai tué ?

— Je doute que son décès soit accidentel. Vous m'avez affirmé être tombée seule à travers la fente mais veuillez me pardonner, votre récit comportait des lacunes béantes. Je suis persuadé qu'Élias vous accompagnait. Il est mort dans le passé, n'est-ce pas ? S'il était revenu à Seräen, il vous aurait épousée par ambition et vous aurait répudiée. Est-ce pour cette raison que vous avez choisi de vous débarrasser de lui ?

— Lorsqu'il m'a demandée en mariage, oui, j'ai souhaité sa mort, confia Plume dans un souffle. Je le détestais et je le méprisais pour sa soif de pouvoir. Il m'a fallu des mois pour voir enfin son vrai visage et ce n'était pas celui d'un meurtrier… Élias n'était pas insensible, il n'était pas indifférent ; il a caché ses émotions, il les a sacrifiées pour protéger des êtres chers. Pour vous protéger, vous, pour vous permettre de vivre loin de la Ligue et de ses manigances.

— Quoi ?

L'incompréhension se lisait dans son regard. Lentement, Plume lui tendit la lettre de son fiancé, ce morceau de papier froissé où se devinaient encore toutes les larmes qu'elle avait versées. Andreas s'en empara d'un geste fébrile. Son front se plissa alors qu'il parcourait les pages, découvrant la confession d'un homme qu'il avait cru être son ennemi. Un frère qui, derrière ses sarcasmes et ses machinations, n'avait jamais cessé de veiller sur lui. Lorsqu'il acheva sa lecture, la lettre lui échappa des mains.

— Comment est-ce possible ? s'écria Andreas.

— La plus grande faiblesse d'Élias était d'avoir un cœur, murmura la jeune fille. Dans le fond, c'est peut-être cela qui l'a tué.

— Je l'ai blâmé pour la mort de Jonas, je l'ai cru capable d'assassiner son propre sang et il n'a même pas cherché à se défendre. Ce n'était qu'un gamin de onze ans, jamais un poids pareil n'aurait dû peser sur ses épaules.

— Il tenait à vous. Il a préféré vous laisser dans l'ignorance pour préserver votre enfance.

— J'étais si jeune, les crimes de ma mère m'auraient anéanti mais la vérité est toujours moins amère que le mensonge. J'ai perdu mes deux frères ce jour-là et Élias a grandi seul. J'aurais tant voulu qu'il se confie à moi… J'avais besoin de lui, bien plus qu'il ne l'imaginait. Nous aurions affronté ce monde ensemble, lui et moi contre la Ligue, si seulement il avait partagé ses secrets.

Andreas retomba sur sa chaise. Il resta prostré, la tête entre les mains, luttant pour ne pas laisser paraître sa douleur. Plume lui effleura doucement l'épaule.

— Je suis désolée, lui dit-elle. Élias m'a sauvé la vie à de multiples reprises et d'une certaine façon, il vous a sauvé, vous aussi. C'était un héros, un héros terriblement buté avec un sale caractère… Je ne l'oublierai jamais. Parfois, la nuit, j'entends sa voix. Il me chuchote à l'oreille d'être forte et de continuer le combat. Vous ne pouvez pas savoir à quel point il me manque.

⁂

Jack était resté. Chaque jour, il hésitait, il observait la danse des aiguilles sur le cadran de sa montre et il finissait par céder. Ce n'était que quelques heures de plus, rien qu'une petite semaine supplémentaire… mais le temps passait et une certitude s'imposait en lui. Il avait failli mourir, là-bas, dans ces maudits souterrains. Il s'était battu aux côtés des princes maudits. Ces hommes l'avaient défendu ; plusieurs fois, lui-même avait pris des risques inconsidérés pour sauver Nestor, Gilbert ou l'autre débraillé. Était-ce cela la loyauté ? Autrefois, la rébellion était une cause qui le laissait froid. Ce n'était qu'une bande de désœuvrés qui, pour lutter contre l'ennui, s'était choisi un ennemi. Mais la révolte n'avait pas de visage, elle n'avait pas encore les yeux de Plume…

— Je croyais que tu partais ? lâcha Pandore en mettant les pieds sur la table.

— Non, j'ai changé d'avis.

— Et en quel honneur ?

— Je détestais vos galeries, développa Jack, elles étaient humides et elles ressemblaient à un trou à rats. À présent que nous avons déménagé dans cette baraque au confort certes rustique, le contexte n'est plus le même. Vu que je ne paye rien, j'économise deux merles à la journée, en reportant cette somme à la semaine, c'est presque une bonne affaire.

— Tu ne déduis pas l'argent que tu aurais gagné en retournant à la Cour des fous ?

— Mon associé gère mes affaires ; techniquement, que je supervise ou non ses actes, mes poches continuent de se remplir.

C'était un mensonge. Dans un instant de lucidité, Jack avait estimé son déficit à six merles quotidiens et encore, si Marino ne lui avait pas fait un coup tordu – comme oublier que le chef, c'était encore lui.

— M. Thibault, j'aimerais m'entretenir avec vous.

Avalon venait de pénétrer dans la pièce, accompagné de Sabre qui, à force de traîner entre quatre murs, l'avait probablement suivi parce que la porte était ouverte.

— À quel sujet ?

— Depuis que vous nous avez rejoints, vous n'avez guère manifesté d'intérêt pour notre cause et j'ai besoin de savoir à quel camp vous appartenez. Êtes-vous des nôtres ? lança Avalon. Ou est-ce que vous allez déserter le jour de la bataille ?

— Moui.

Cet acquiescement mou ne parut pas convaincre Pandore.

— Moui, tu es avec nous ou moui, tu vas nous trahir ?

— Je suis avec Plume, votre dame de pique ou je ne sais plus comment vous l'appelez. Autre chose ?

— Vous n'êtes pas sans ignorer que l'attaque est imminente, poursuivit Avalon. La cérémonie a lieu dans trois jours et l'opération sera un échec ou une réussite, il n'y aura pas de demi-mesure : ou nous mettons à bas le régime ou nous nous faisons tous exécuter… M. Thibault, j'aurais une mission à vous confier.

— Une mission qui me prédestine à sacrifier inutilement ma vie ?

— Non, je vous demande de ne pas participer à la bataille.

— Vous n'avez aucune confiance en moi, n'est-ce pas ? ricana Jack.

— Pas vraiment, mais vous verrez que ma requête est précisément dans vos cordes.

— Je vous écoute.

— Je ne veux pas que Mlle Herrenstein aille sur le terrain. Son rôle est d'ouvrir à mes hommes un passage jusqu'au palais, rien d'autre.

— Vous n'empêcherez pas la gamine de se battre. Je vous assure qu'une fois la fente apparue, elle sera la première à se jeter de l'autre côté.

— C'est pourquoi je vous demande de la retenir.

— Pourquoi son sort vous préoccupe-t-il ? marmonna Jack en détachant son regard de Sabre, occupé à mâchonner le pied de table.

— Je vais conduire cinq cents hommes, un de plus ou de moins ne changera pas la donne. Plume est un atout indéniable mais en cas d'affrontement armé, elle n'aura aucune chance. Qu'importe ce qu'elle s'imagine, elle se fera tuer et suffisamment d'innocents sont déjà morts sous mes ordres. Si vous tenez à elle, persuadez-la de ne pas traverser.

— Pourquoi ?

— Parce que ce n'est plus la soif de justice qui l'anime, c'est la vengeance… Elle est décidée à détruire l'Oméga pour des raisons personnelles et rien n'est plus dangereux qu'une enfant impulsive, prête à tout car elle n'a plus rien à perdre. Pandore m'a raconté le combat dans les souterrains, comment elle a bondi vers le danger pour vous protéger… Oui, c'était très courageux de sa part mais que se serait-il passé si les gargognes l'avaient emporté ? La rébellion aurait été privée de sa seule arme contre le régime, de notre seule chance de mettre enfin un terme à toutes ces atrocités.

— Vous parlez de Plume comme si elle n'était qu'un avantage stratégique, grommela Jack.

— Je parle comme un homme qui a attendu des années avant qu'une telle occasion se présente. Peut-être mes mots vous choquent-ils mais vous avez grandi dans les bas-fonds, vous avez vu ces gosses condamnés à la misère pour être nés du mauvais côté. Si Plume meurt demain, ce sont des milliers d'autres qui n'auront jamais d'avenir. La révolte a besoin d'elle, bien plus qu'elle n'a besoin de moi. Je peux me faire tuer durant l'attaque, un autre prendra toujours la relève. Mais le don de Plume est un présent du destin, puissions-nous attendre un siècle de plus qu'un miracle semblable ne se reproduirait pas.

— Très bien, je ferai ce que vous me demandez. Mais je le fais pour Plume et pas pour servir votre cause.

Jack serra la main tendue d'Avalon. Il venait de conclure un pacte, le premier qui n'avait pas pour contrepartie une quelconque somme d'argent.

≥⊱•⊰≤

Les rayons du soleil étaient venus percer la pénombre du petit matin. Il était encore tôt, l'heure où d'ordinaire une voleuse se faufilait sur les toits pour regagner sa chambre. Plume n'avait pas fermé l'œil de la nuit, incapable de dormir alors que la bataille était si proche. Aujourd'hui, ils allaient combattre, affronter enfin l'Oméga et renverser cette tyrannie qui les opprimait depuis si longtemps. Renard Artéor allait payer pour ses crimes.

Les derniers préparatifs avaient eu lieu la veille même. Dans l'entrepôt Balthazar, les princes maudits avaient rassemblé les armes dérobées ou arrachées à la garde. Des caisses entières s'empilaient derrière des cartons ; elles avaient été transportées là avec l'appui du Faucon qui avait usé de son rang pour corrompre les contrôleurs.

— Tout le monde connaît le plan ? lança Avalon en repliant une carte du palais. Pas de questions ?

Autour de Plume, chacun hocha la tête. Les expressions étaient graves, même Pandore semblait avoir perdu son goût pour les plaisanteries douteuses. La tension était palpable. Sur leurs traits se lisait la crainte de périr et de voir mourir leurs frères des bas-fonds. Après des années à lutter contre la milice, ils étaient devenus une famille et dans quelques heures, certains d'entre eux tomberaient, happés par la faux du destin.

— Très bien, alors allons-y, fit Avalon. Nous devons être dans l'entrepôt d'ici une demi-heure, le Faucon nous attend là-bas avec le paquet.

Le paquet risquait d'être assez grognon, songea Plume. Promener un manaestebal dans les rues de la capitale était le meilleur moyen d'attirer l'attention. Pour parer à l'éventualité d'une panique collective qui ameuterait les autorités, Édelmard avait eu l'idée de l'enfermer dans un coffre. Mais faire passer Sabre pour ce qu'il n'était pas, en l'occurrence une livraison de savons, n'avait pas été une chose aisée. Il avait fallu le tirer du sommeil pour le faire entrer dans une boîte exiguë. Sabre avait grogné, avait violemment griffé le sol et l'avant-bras de Jack portait encore la marque de son mécontentement.

— Est-ce que tu lui as dit ? demanda soudain Pandore, mal à l'aise.
— Non, marmonna son frère, cela n'aurait servi à rien de l'inquiéter.
— Et si on ne revenait pas ?
— Un jour, il comprendra pourquoi j'ai fait ce choix.

Plume se mordit la lèvre. Ils ne pouvaient parler que d'une seule personne. Ils parlaient de Pipo.

⁂

Le petit garçon s'extirpa de sous sa couverture et trottina jusqu'à la porte. Avalon n'était pas là, ni dans la pièce adjacente. Il escalada les marches de l'escalier mais à l'étage, il ne trouva que le silence. Où étaient-ils tous partis ? Oh, bien sûr, il restait Kei. Il avait deviné sa silhouette, allongée sur l'un des matelas. Kei était gentil, il jouait parfois avec lui mais ce n'était pas Avalon.

Depuis quelques jours, Pipo sentait que quelque chose était différent. C'était dans l'air, dans ces mots bizarres que les hommes s'échangeaient à voix basse et surtout dans leurs regards. Et puis, on l'écartait souvent, on le prenait par la main et on l'entraînait loin du bruit et de ce grand dessin étalé sur la table.

La veille, Avalon était venu jouer avec lui. Il l'avait pris dans ses bras, il l'avait câliné si longtemps que l'enfant s'était endormi sur ses genoux.

Pipo ignorait encore ce qu'était une guerre. Il ignorait que parfois, les gens étaient obligés de prendre des décisions difficiles. Des décisions qui les séparaient de ceux qu'ils aimaient. Il ignorait qu'Avalon ne reviendrait pas le soir même et que lui passerait des heures à fixer la porte.

Il ignorait que le dernier baiser d'Avalon sur son front était un baiser d'adieu.

⁂

L'entrepôt Balthazar n'avait jamais été aussi fréquenté. Alors qu'il n'était jusqu'alors qu'une coquille vide, une foule s'y pressait : criminels, voleurs, trafiquants, simples contestataires du régime ; tous réunis dans un seul et unique but. Cet espace soudain surpeuplé avait quelque chose d'impressionnant. Plume n'aurait pu imaginer qu'un demi-millier d'hommes trouveraient la place de tenir entre ces murs.

Ils étaient tous silencieux, attendant les ordres. Dans un coin et d'assez mauvaise humeur, Sabre léchait son pelage comme pour se remettre d'un épuisant voyage.

— Alors ? demanda Avalon en apercevant le Faucon. Des nouvelles ?

— J'ai réuni les hommes des quartiers ouest et nord. Killian s'est occupé des autres secteurs de la capitale. Tous ceux qui s'étaient engagés à nous prêter main-forte sont présents, espérons seulement qu'il n'y aura pas un traître parmi eux.

Ils étaient passés par les souterrains. Depuis la veille, Avalon avait rassemblé ses forces et les avait déplacées loin du regard de la milice. Les gargognes n'étaient pas réapparues dans les galeries. Le cri de Plume les avait contraintes à reculer, à se fondre de nouveau dans les ténèbres pour survivre. Les princes maudits avaient remporté une première victoire, mais ce jour-là allait se jouer une bataille plus décisive encore.

— Nous ne pouvons plus reculer, déclara le Faucon. Les souterrains étaient le seul moyen de nous regrouper ici sans éveiller les soupçons, mais était-ce bien prudent de dévoiler l'entrée des tunnels ?

— Ces couloirs sont un labyrinthe pour quiconque ne possède pas la clef. L'emplacement des portes n'est plus un secret, mais la rébellion vaut largement ce sacrifice. C'est par le peuple que nous remporterons ce combat, ces hommes sont nos alliés. Je connais la plupart d'entre eux, je les ai vus souffrir dans les bas-fonds et ils veulent la même chose que nous. Reprendre à l'Oméga ce qu'il nous a toujours volé : notre liberté.

Avalon se tourna vers la dame de cœur.

— Est-ce que vous êtes prête ? demanda-t-il.

Plume hocha lentement la tête. Elle s'était préparée des heures durant, elle avait aiguisé ses arguments, mais comment persuader ces gens de lui faire confiance ? De la suivre à travers une fente noirâtre… Dans ses mains, Plume serrait nerveusement la toile. Il n'avait pas été aisé de peindre un tel tableau : ce n'était pas seulement un décor qui lui était inconnu, c'était un lieu qui n'existait pas encore.

Aidée d'Andreas, elle avait représenté la salle du trône aussi fidèlement que possible, avec ses décorations, le lion ailé des d'Aubrey et les invités attendus pour l'occasion. La Ligue écarlate serait là ainsi que les ministres et quelques haut gradés. Le Faucon avait même poussé le zèle jusqu'à se procurer la liste des places attribuées à chaque membre de l'assemblée. Pour espérer briser les lois de l'espace, la scène devait être un miroir de la réalité, un parfait écho.

Lorsque Plume avait apposé le dernier coup de pinceau, elle avait été soulagée de sentir la magie sous ses doigts. Presque un souffle qui émanait de la toile… Son œuvre avait pris vie, elle s'était animée. La jeune fille avait deviné le murmure des conversations, la solennité de la cérémonie durant cet instant figé dans le temps où un fils succédait à son père. La fente s'ouvrirait, Plume en avait la certitude, mais combien de ces hommes la croiraient ?

— Je dois partir, annonça Andreas. Il ne faudrait pas que je sois en retard… On se retrouve là-bas. Bonne chance !

Il s'éloignait de sa démarche claudicante lorsque Avalon le retint par le bras.

— Andreas, si jamais les choses dégénèrent, ne fais rien qui puisse te compromettre.

— Oui, je sais que je dois préserver ma couverture mais, sans cette maudite canne, je t'assure que je me serais battu à vos côtés.

— Je te le demande parce que tu as déjà trahi ta famille pour la cause, murmura Avalon. Je ne voudrais pas que la rébellion te coûte aussi la vie.

Le Faucon eut un sourire triste.

— Sois prudent, mon ami, lui dit-il.

Une estrade de fortune avait été aménagée au centre de l'entrepôt. Debout, à la droite d'Avalon, Plume se sentait mal à l'aise. Cinq cents hommes avaient les yeux fixés sur elle, s'interrogeant sur le rôle de cette gamine qu'on leur présentait comme un élément clef de la rébellion.

— Comment allons-nous pénétrer dans le palais ? lança un individu à la forte carrure. Il est largement temps de nous exposer votre plan, vous ne croyez pas ?

— Nous sommes venus pour nous battre mais pas pour mourir sacrifiés, ajouta un autre en croisant les bras.

Peut-être pensaient-ils emprunter à nouveau les souterrains pour atteindre le centre de Seräen. Ils étaient venus jusque-là parce qu'ils s'étaient fiés à Avalon et parce que sa parole avait de la valeur dans le monde des hors-la-loi. À présent, ils avaient besoin de réponses et surtout d'une certitude. L'assurance que leur chef ne les enverrait pas affronter les gardes sans une chance sérieuse de remporter le combat.

— Oui, nous avons un plan, répondit Avalon. Un plan qui vous surprendra sûrement mais qui surprendra aussi l'ennemi. Il est probable que beaucoup d'entre vous se montreront sceptiques. Je vous jure cependant que sans une preuve solide, jamais nous ne vous aurions convoqués en ce jour. Je vous demande de faire preuve d'ouverture d'esprit. Oubliez tout ce que vous pensez savoir et écoutez la dame de cœur.

Avalon s'écarta, laissant Plume seule sur le devant de la scène.

— Heu… bonjour, marmonna-t-elle, j'ai un don qui peut nous aider à renverser le régime. Je peins et mes toiles ont le pouvoir de nous transporter vers un autre lieu et même à une autre époque. La magie n'a pas disparu, elle existe toujours, seulement nous ne sommes plus capables de la voir. J'ai conscience que cela a l'air impossible, voire complètement fou, mais c'est la vérité.

La vérité ne parut pas convaincre grand monde. Plume hésita. Oui, elle aurait sans doute mieux fait de donner à son introduction un côté plus conventionnel. Lorsqu'elle s'était exercée devant son miroir, les mots lui venaient naturellement. Maintenant qu'elle était le centre de l'attention, elle avait l'impression qu'une étrangère s'exprimait à sa place.

Faisant un effort sur elle-même, Plume continua ses explications. Elle voulut décrire la beauté de l'art mais s'emmêla les pinceaux. À l'image d'un radeau en pleine mer, son discours commençait à prendre l'eau. Les maladresses s'enchaînèrent et parmi son auditoire, les expressions devenaient de plus en plus méfiantes. Alors, la jeune fille se tut et chercha Jack du regard. Elle le trouva au troisième rang, coincé entre deux types qui l'observaient, les sourcils froncés.

Le courtier lui adressa un faible sourire. Il se faufila parmi la foule, bousculant ceux qui avaient eu le malheur d'être mieux placés que lui. Après avoir écrasé quelques pieds, Jack parvint à atteindre l'estrade.

— Plume, murmura-t-il, personne ne te croit et j'ai même envie de dire que personne n'a envie de te croire. Il faut que tu changes immédiatement ton blabla, sinon ces gens vont partir et ne reviendront pas. Quelqu'un derrière moi a ricané quand tu as bafouillé « Ce n'est pas la magie le plus important, c'est la magie qui l'est », ça ne voulait rien dire, mais rassure-toi, je t'ai vengée, je lui ai volé sa bourse.

— Il a raison, intervint Avalon, si vous voulez, je prends la relève…

— Non, c'est à elle de le faire, coupa Jack. Tu dois absolument leur montrer la toile.

— Je l'ai fait et c'est à peine s'ils l'ont regardée…

— Dis-leur pourquoi tu te bats ! Donne-leur une raison de te suivre. De te suivre, toi !

— Je vais essayer, prononça Plume dans un souffle.

L'espace d'un instant, ses traits s'étaient durcis. Elle parut brusquement plus sévère pour son âge. D'une voix posée, elle raconta alors une histoire, une histoire qui n'était plus seulement celle d'une toile impossible, mais qui parlait d'une jeune révoltée.

— Je m'appelle Éléonore Herrenstein, déclara-t-elle, je suis la fille de l'ambassadeur. J'avais huit ans le jour où j'ai compris que dans cette société, il n'y aurait jamais de justice…

※※※

Andreas s'efforça de respirer calmement. Il n'était plus le Faucon. Il était redevenu le successeur de Monseigneur d'Aubrey, le troisième fils qui avait réussi à s'approprier le titre. Lorsqu'il s'était contemplé dans le miroir, son propre reflet l'avait écœuré : celui d'un homme entièrement vêtu de rouge, une couleur aussi sombre que le sang de ces victimes sacrifiées par milliers pour qu'une poignée puisse gouverner.

De l'autre côté de la porte, le destin de la rébellion l'attendait. Lentement, Andreas réajusta sa cape sur ses épaules et franchit le seuil.

— Que la magie nous protège, murmura-t-il.

La salle du trône lui apparut dans toute sa splendeur. Les ornements étaient encore plus fastueux que dans ses souvenirs : des moulures couraient le long des murs, rehaussées de dorures destinées à souligner l'immensité du décor. Des tentures pendaient aux quatre coins de la pièce, représentant chacune le lion ailé des d'Aubrey. Au-dessus de sa tête, un dôme gigantesque cherchait à repousser les limites du plafond.

Mais ces prouesses architecturales n'étaient pas suffisantes pour faire oublier l'Oméga. Assis sur son trône, son éternel masque de bronze dissimulant son visage, il ressemblait à l'une de ces statues en marbre, immobiles et pourtant pleines de majesté. Derrière lui, une rangée de douze sièges formait un arc-de-cercle. Les onze seigneurs de la Ligue avaient pris place dans leurs tenues d'apparat, prêts à accueillir le douzième qui viendrait les rejoindre.

— Andreas d'Aubrey ! annonça le maître de cérémonie.

Le jeune homme s'avança. Parmi les invités, il reconnut Obéron Tibérius – le maire de Seräen –, des ministres dont celui de l'économie, certaines têtes pensantes du gouvernement et un ou deux conseillers qui devaient faire partie des plus corrompus. Leurs vêtements n'étaient qu'un étalage de richesses et de tissus soyeux. Au milieu d'un arc-en-ciel de couleurs scintillait parfois l'éclat d'une médaille ou d'une récompense fièrement épinglée sur un uniforme.

Andreas remonta l'allée centrale et conformément au protocole, s'agenouilla devant l'Oméga.

— La Ligue écarlate est une unité, continua le maître de cérémonie avec emphase, ce sont les douze piliers sur lesquels repose la société. Ils ne sauraient rester au nombre de onze. Aujourd'hui, M. d'Aubrey sera marqué du signe des élus dont le devoir est de servir les intérêts du peuple. Son nom sera gravé dans le marbre de l'Histoire et la Ligue se souviendra à jamais de lui.

Les intérêts du peuple, songea Andreas, ne passaient toujours qu'en dernier : après ceux de l'Oméga, ceux de la Ligue et ceux des notables qui avaient le porte-monnaie assez rempli pour s'attirer les faveurs des autorités. Ce n'étaient que des paroles en l'air, des mots que l'on prononçait à chaque cérémonie de succession comme un rituel depuis toujours dépourvu de sens.

Andreas n'écoutait plus vraiment. Il connaissait ce discours par cœur. Ses oreilles étaient concentrées sur un bruit bien particulier : le tic-tac de l'horloge. Dans quelques minutes, il serait midi et si le plan n'avait pas déjà échoué, la fente devrait s'entrouvrir.

— Car nul ne doit oublier l'importance de cette mission qui traverse les siècles, déclara le maître de cérémonie dans un dernier élan rhétorique.

C'était à son tour. Le moment était venu pour Andreas de se parjurer en prêtant allégeance à un homme qui ne lui inspirait que du dégoût. Il saisit son épée et effleura la paume de sa main, faisant couler le sang sur la lame étincelante.

— Moi, Andreas d'Aubrey, s'exclama-t-il, je jure loyauté à l'Oméga et à la Ligue écarlate ! Si par ma vie je peux défendre les valeurs d'Orme, alors je la sacrifierai.

— Monseigneur d'Aubrey ! lui répondit d'une même voix l'assemblée.

Andreas se releva et d'un pas solennel, marcha vers le siège qui était autrefois celui de son père. Un serviteur lui passa un lourd médaillon autour du cou. Il était désormais un membre à part entière de la Ligue. Il était seigneur… Il était le traître qui s'était infiltré chez l'ennemi.

L'attaque était imminente.

C'est alors qu'Andreas pensa à son frère. Étaient-ils si différents dans le fond ? Élias avait tu ses secrets, il les avait enfouis sous un voile de mensonges et de faux-semblants. Lui avait rejoint une cause contraire à toute l'éducation qu'il avait reçue et comme son aîné, avait choisi le silence. L'un et l'autre, ils avaient joué un double jeu et s'étaient créé leur propre personnage.

L'horloge fit entendre ses douze coups. Midi ! Avec un tressaillement, Andreas embrassa la pièce du regard. À quelques pas de lui, un point noir était apparu. Une minuscule tache qui donnait l'impression de flotter dans les airs. Elle s'élargit peu à peu, déchirant l'espace, jusqu'à devenir assez large pour laisser passer un homme. Dans un tumulte de voix et d'armes que l'on tire du fourreau, une foule de combattants se matérialisa soudain devant le trône. C'était une armée des bas-fonds, une armée sans militaires, presque un patchwork de ce que la capitale comptait de contestataires et de miséreux.

— Messieurs, lança Avalon en brandissant son épée, ceci est un coup d'État !

Chapitre 6

L'attaque du palais

Plume était stupéfaite. Ces hommes l'avaient crue, eux qui n'éprouvaient jusqu'alors que de la méfiance étaient maintenant prêts à la suivre. Elle les avait persuadés en leur ouvrant son cœur. Parfois, ce n'était pas la raison la plus fidèle conseillère, mais bien cette voix intérieure qui poussait chacun à se dépasser, à oublier sa propre sécurité lorsque l'espoir naissait du chaos. L'histoire de Plume avait touché leurs âmes.

Lorsque la fente avait surgi hors de la toile, ils n'avaient pas eu besoin d'une preuve supplémentaire. Ils s'étaient tous élancés, se précipitant en avant. Vers l'inconnu, vers l'Oméga et peut-être vers la mort. Avalon avait été le premier à traverser. Il s'était évanoui, brusquement aspiré par le néant. Avant qu'il ne disparaisse complètement, son regard avait croisé celui de Plume. « Merci, semblaient dire ses yeux. Vous nous avez donné une chance unique, je ferai tout pour que vos efforts ne soient pas vains. »

Plume était sur le point de les rejoindre, de se fondre dans cette masse de belligérants quand deux bras puissants la retinrent par la taille. Elle se sentit soulevée de terre et poussée dans un recoin sombre de l'entrepôt. Il n'y avait qu'une seule raison pour qu'on l'écarte : on voulait l'empêcher de se battre.

Quelqu'un était en train de lui jouer un sale tour et elle n'était pas d'humeur à se laisser faire. Ce fut une volée de coups qui s'abattit sur son agresseur. Elle frappait à l'aveuglette, se démenant contre un ennemi dont le visage lui apparut dans un éclair de lumière. Les lèvres de Jack étaient tordues en une grimace et des mèches indisciplinées s'échappaient de son catogan.

— Bon sang, tu vas te tenir tranquille ! s'exclama-t-il.
— Laisse-moi passer ! Tout de suite !
— Non.

Le courtier la plaqua contre le mur, lui bloquant les poignets.

— Je n'ai pas envie de te faire du mal mais si tu t'obstines, je serai obligé de t'attacher.
— Comment oses-tu ? Lâche-moi, c'est un ordre, tu m'entends ! Je dois aller là-bas, il faut que j'aille venger Élias…
— Si ton Élias était là, je suis sûr qu'il serait d'accord avec moi.

Plume lui hurla un juron qui le fit seulement sourire.

— Ton vocabulaire est celui d'une demoiselle délicate et raffinée, cela ne fait aucun doute. Maintenant, sois gentille et au lieu de trépigner, écoute-moi… Ils sont en train d'attaquer le palais, c'est bien ce que tu voulais, non ? Alors, reste là et attends. Nous saurons bien assez tôt s'ils ont réussi.

— Je veux aller avec eux !

— Sans blague, j'étais persuadé du contraire, ironisa Jack. Tu vas te faire tuer, ma petite, c'est tout ce que tu vas gagner…

— Tu n'es qu'un lâche !

— C'est bien vrai, je ne vais pas chercher à te contredire… Dans quelques années, peut-être même que tu me remercieras.

— Certainement pas ! Combien tu veux, espèce de mercenaire ?

— Quoi ? Tu veux me payer à présent ? Franchement, ce serait tentant d'accéder à ta requête mais je préfère te savoir en vie que de me savoir riche.

Plume cessa de se débattre. Ses cheveux lui tombaient sur les yeux et par solidarité, Jack lui souffla sur le front pour lui dégager la vue.

— Pourquoi ? grommela-t-elle.

— Tu l'as dit toi-même l'autre jour. Parce que je suis ton grand frère et c'est ce que font les grands frères.

— C'est très étonnant de ta part.

— Je me fais vieux, ce doit être l'âge.

— Jack, je suis vraiment désolée…

— De quoi ?

La réponse fut une chaussure s'enfonçant brutalement dans son ventre. Plié en deux, Jack ne fut pas assez rapide pour empêcher Plume de lui glisser entre les doigts. Elle se faufila le long du mur et courut vers la fente. Le passage ne s'était pas encore refermé. La jeune fille se jeta dans l'ouverture. Les ténèbres l'entourèrent alors qu'elle chutait dans un précipice sans fond. Le monde autour d'elle avait été effacé, gommé comme un trait maladroit sur une esquisse. Seule subsistait cette nuit opaque, ce manteau noirâtre qu'aucune lumière ne venait percer. Lorsque le sol se devina enfin sous ses pieds, il lui fallut quelques instants pour réaliser l'ampleur de la situation.

Ils étaient dans la salle du trône. Dans un brouillard de couleurs, elle discerna les silhouettes des dignitaires. Les chaises étaient renversées, ils avaient tous quitté leurs places, dégainant leurs armes d'apparat dans une vaine tentative de riposte. Au premier rang des combattants, Sabre grognait et ses crocs paraissaient plus effilés que jamais. La vue de cette créature, d'ordinaire tenue en laisse et fermement attachée, aurait poussé n'importe qui à réclamer une cessation des hostilités.

Les dés semblaient d'ores et déjà jetés et la bataille gagnée, songea Plume avec un certain soulagement. Ils étaient près de cinq cents hommes surgis du néant. Face à eux, leurs opposants étaient désorganisés et en sous-nombre. Comment pourraient-ils même renverser la balance en leur faveur ?

— Plume ! cria une voix.

L'interpellée se retourna pour faire face à un Jack particulièrement mécontent d'être là.

— Tu m'as suivie ? s'étonna-t-elle.

— Non, bien sûr que non, je suis tombé à travers la fente en me prenant les pieds dans le tapis !

Comme pour procéder à un état des lieux, Jack pivota sur lui-même à l'image d'une toupie. Ses traits parurent se détendre alors qu'il parvenait à la même conclusion que Plume. Il n'y aurait pas de lutte acharnée ni de lames qui s'entrechoquent. L'autre camp demeurait immobile. Aucun de leurs ennemis n'avait envie de provoquer une mêlée qui promettait d'être aussi sanglante que de courte durée. Brandissant son épée, Avalon s'était avancé vers l'Oméga.

— Votre Majesté, lui dit-il, j'espère que vous vous souvenez encore de moi. Avec mes camarades, nous avions perturbé votre fête nationale à l'aide d'explosifs. *L'Orme glorieux* avait parlé d'un incident pyrotechnique, si je me souviens bien. Cette fois-ci, vous ne pourrez pas minimiser la situation car demain, les titres annonceront que le régime est tombé… À présent, soit vous vous obstinez et vous condamnez à mort vos loyaux sujets, soit vous vous rendez et nous ferons preuve de clémence.

L'Oméga se leva de son trône. Son masque de bronze ne laissait percevoir aucune émotion.

Il allait céder, déposer les armes, il n'avait pas d'autre choix… L'Oméga ne prononça aucun mot. Il claqua seulement des doigts. Aussitôt, un grondement résonna à l'extérieur. Un martèlement sourd que Plume connaissait bien.

— La garde, murmura-t-elle avec effroi.

Les portes s'ouvrirent. Par chaque accès pénétraient des hommes en uniforme, qui pointaient sur eux le canon d'un fusil. Les soldats les encerclaient. La salle du trône n'était pas assez grande pour contenir les deux armées mais dans le couloir, des centaines et des centaines de militaires leur bloquaient toute issue de secours. Ils étaient piégés !

L'Oméga semblait rire d'eux. Lentement, comme si le temps était depuis toujours son allié, il quitta l'estrade et disparut par l'une des portes, entraînant à sa suite les seigneurs de la Ligue. Andreas était blême. Lorsqu'il franchit le seuil, il lança à ses amis des bas-fonds un dernier regard. Dans ses prunelles, Plume distingua un mélange de tristesse et de regret, mais aussi une promesse. La promesse de survivre pour poursuivre l'œuvre de la rébellion.

Parmi les invités, nombreux s'étaient avancés dans l'espoir de fuir les lieux. Sitôt le dernier seigneur sorti, les gardes s'empressèrent pourtant de reformer les rangs. Ils marchaient vers eux sans se soucier que de hauts responsables se trouvent mêlés aux rebelles. En abandonnant son propre camp, l'Oméga semblait dire aux princes maudits : « Tuez-les si cela vous amuse, vous autres ne pourrez jamais rien contre moi. »

La main de Jack serra celle de Plume.

— Cette fois, je pense que c'est vraiment la fin, marmonna-t-il.

— Posez vos armes, ordonna le commandant, et mettez-vous à terre !

La décision de se rendre ou non revenait à Avalon. Il était certain qu'il préférerait mourir debout plutôt que pendu à une corde. Mais ce ne fut pas lui qui guida la troupe des hors-la-loi vers le combat. Ce fut Sabre. Avait-il saisi le danger que représentait cette marée d'assaillants ? Ou peut-être était ce simplement l'heure du repas… Dans un sursaut, il bondit en avant, ses muscles se tendirent et d'un seul coup de griffes, il arracha une jambe. Du sang jaillit de la blessure et l'homme s'effondra sur le sol.

La riposte ne se fit pas attendre. De violentes détonations précédèrent une volée de balles. Le manaestebal fut touché ; pourtant, loin de l'affaiblir, cette attaque attisa son courroux. Sabre poussa un rugissement terrible. Il fondit sur ses proies, ne laissant aucune chance à la douzaine de soldats qui croisèrent sa route. Des coups d'épées s'abattirent sur lui. Mais son corps paraissait indifférent à la souffrance comme si la magie, qui avait créé cet animal mi-loup mi-phoque, avait fait de son pelage un véritable rempart. Les premiers rangs n'étaient plus qu'un carnage sans nom. Le carrelage était maculé de taches rougeâtres et des membres humains étaient répandus de part et d'autre.

Il fallut une seconde rafale de balles pour enfin le maîtriser. Sabre s'écroula, un mince filet de sang s'échappant de sa gueule. Sa tête cessa brusquement de s'agiter pour reposer sur le marbre froid. Immobile.

Sabre était mort.

— Non ! s'écria Plume.

Autour d'elle, la bataille avait éclaté. Avalon et Pandore s'étaient élancés vers l'ennemi, suivis de près par leurs hommes. Les armes à feu avaient été abandonnées dans ce chaos où se mêlaient des silhouettes indistinctes. Partout, le tumulte régnait et les épées s'entrechoquaient. Le trône avait été propulsé contre le mur, les tentures arrachées gisaient sur le sol et le lion ailé n'était plus qu'une figure à peine reconnaissable.

— Je me demande vraiment ce que je fiche là, soupira Jack. J'espère que tu sais te battre parce que je ne pourrai pas surveiller à la fois tes arrières et les miens.

Des semaines durant, Plume s'était entraînée à l'escrime. L'heure était venue de se montrer digne de ces enseignements. Avec une pensée pour Élias, elle dégaina son épée et se jeta dans la mêlée. Rien ne l'avait préparée à cet affrontement, ni même à tuer. Le premier qu'elle toucha au cœur bascula en arrière, les yeux révulsés. La chair était si douce, si tendre… Elle n'aurait jamais cru qu'il fût aussi aisé de la transpercer. Plume avait envie de vomir. Était-ce contre ce malaise, cette impression de se liquéfier de l'intérieur, que son fiancé avait tenté de la prémunir ?

« Je suis mort ce jour-là, lui avait dit Élias. Lorsque vous ôtez la vie, vous faites un choix qui vous poursuivra jusqu'à la fin de votre existence. » C'était vrai. Quelque chose en elle s'était brisé. Il n'y avait aucune différence entre tuer un homme en légitime défense et le tuer de sang-froid. L'âme en ressortait souillée à jamais, peu importaient les circonstances.

L'immense horloge égrenait lentement les minutes. Plume avait mal. Ses jambes ne la maintenaient plus debout que par instinct de survie. Elle aurait voulu reposer ses membres quelques instants, mais ce duel semblait sans fin : sitôt le combat remporté, l'adversaire vaincu, un autre s'empressait de prendre la relève.

Les princes maudits et leur armée étaient dépassés. L'idée de tracer une esquisse et de fuir vers une autre réalité lui traversa l'esprit. Hélas, Plume n'avait ni le temps ni le matériel, et même si la fente surgissait des ténèbres, les soldats les poursuivraient de l'autre côté. Ils n'avaient aucune échappatoire possible.

Ce sentiment devait être partagé par Obéron Tibérius. Tremblant comme un enfant, une nuit d'orage, il s'était réfugié dans un coin de la pièce, espérant passer inaperçu malgré son imposante bedaine. L'Oméga l'avait laissé là, il l'avait abandonné et derrière ce geste se cachait sûrement sa punition pour la dernière fête nationale. Pourquoi aucune cérémonie ne pouvait-elle avoir lieu sereinement ? Ces mêmes perturbateurs étaient revenus semer le désordre, encore eux, toujours la même mauvaise graine !

— Hé, Tibérius ! s'exclama Pandore dans un ricanement. Pourquoi tu restes là ? Tu n'as donc aucune autorité sur la garde ?

Bien sûr que non ! Il aurait eu le moindre pouvoir, cela ferait longtemps qu'il aurait décampé. Depuis sa nomination, Tibérius n'avait été qu'un pantin dont on tire les ficelles. Puisque ses poches étaient pleines et sa table richement garnie, il n'avait eu aucune raison de se plaindre mais aujourd'hui, les inconvénients commençaient douloureusement à se faire sentir.

— Je ne t'ai jamais aimé, ajouta Pandore, de tous les politiciens, tu étais vraiment le plus déplorable.

— Laissez-moi tranquille !

Pandore n'eut pas l'occasion de le titiller davantage. À quelques pas de lui, Toby était en mauvaise posture, affrontant un officier qui semblait faire deux fois sa taille. Son épée lui fut arrachée des mains et le garçon tomba violemment sur le sol. Toby n'était encore qu'un gosse. Alors, Pandore se précipita pour faire bouclier.

— Salut ! lança-t-il en exécutant un savant dérapage. Vous connaissez la différence entre le tabouret et le petit pois ?

Certains faisaient la grimace lorsque la mort leur tendait les bras. Quitte à finir dans une fosse commune, Pandore était décidé à faire le mariole jusqu'au bout. Sourire à son ennemi était, paraît-il, un excellent moyen de le déstabiliser. L'officier ne s'attendait pas à le voir surgir de derrière les fagots et profitant de l'effet de surprise, Pandore le poignarda dans le flanc.

— Une arme dans chaque main, une bien visible et une autre que tu caches dans ta manche, voilà le secret pour rester vivant ! expliqua-t-il à un Toby désabusé. Tu veux le tuer ou tu préfères que je le fasse ?

Toby haussa les épaules et son camarade acheva son œuvre.

— Tiens, c'est Jack là-bas… À quoi est-ce qu'il joue ?

Le courtier avait développé une technique bien différente. En fouillant dans ses poches, ses doigts étaient revenus couverts d'une poussière argentée. C'était de l'anorentia, ce pseudo-remède dont il avait confié la vente à l'autre fainéant de Marino ! Depuis cette heureuse trouvaille, Jack repoussait ses opposants à coups de poudre dans les yeux. La plupart éternuait bruyamment ou se frottait les paupières avec énergie. Ah, si seulement il pouvait retourner dans la Cour des fous… Son invention aurait un succès certain en tant qu'arme de guerre.

— Oh, encore un qui est allergique ! exulta Jack en lui tordant le cou. Et moi, ça ne me fait aucun effet, quelle aubaine !

De temps en temps, il jetait un regard derrière son épaule. Plume se battait près de la grande porte et étonnamment, elle tenait encore sur ses jambes. Cette gamine ne fléchissait pas… Jack ne l'aurait jamais crue capable d'une telle endurance. Oui, elle n'avait pas menti. Son fiancé lui avait bien appris à manier l'épée. Il reconnaissait dans ses attaques la technique de la

Ligue, ces mouvements fluides et précis, alors que lui était plutôt adepte des coups bas.

— Au moins, ce d'Aubrey aura servi à quelque chose, conclut-il avec pragmatisme.

Plume avait pourtant rencontré un adversaire tenace. À chaque pas en avant, il la forçait à reculer. Elle comprenait à présent pourquoi Élias s'était montré aussi dur avec elle. Il lui avait enseigné l'art de souffrir, de continuer à combattre alors que ses membres criaient au martyre. Plume ne renoncerait pas. Ils avaient déjà perdu la bataille, c'était de la folie de s'obstiner… Mais ils étaient des centaines de fous qui s'agrippaient à ce même espoir. Un jour viendrait où d'autres se lèveraient à leur tour pour renverser le régime. Une nouvelle génération qui imiterait leurs aînés, des hommes qui suivraient leurs pas et qui triompheraient là où ils avaient échoué.

Ce fut un violent choc sur le crâne qui la déséquilibra. Plume chancela avant de s'effondrer sur le sol. Alors que ses yeux se fermaient d'eux-mêmes, elle crut discerner une myriade d'étoiles avant de sombrer dans le néant.

⸎

Andreas avait un goût de sang dans la bouche. Il était parti, il s'était plié aux ordres en laissant derrière lui ses frères des bas-fonds. Pour certains, son acte se serait apparenté à de la lâcheté. Mais ce n'était pas cela être lâche… Non, s'il avait écouté son cœur, il se serait jeté lui aussi dans la bataille. En les abandonnant, il avait fait preuve de courage. Il s'était forcé à taire sa véritable allégeance pour suivre la Ligue écarlate.

— Je suis tellement désolé, murmura-t-il en serrant les poings.

Lorsque l'Oméga avait claqué des doigts, Andreas avait pressenti le piège. Des soldats, des centaines de militaires, n'attendaient que cet ordre pour les attaquer. Et il n'existait qu'une explication possible : ils avaient été trahis ! Quelqu'un les avait dénoncés, sinon pourquoi l'Oméga aurait-il rassemblé ses troupes à l'extérieur ?

Les gargognes… Plume craignait qu'elles ne servent le régime mais même à présent, Andreas restait persuadé du contraire. Ces créatures n'avaient aucune loyauté, elles n'obéissaient qu'à leurs propres intérêts. Si elles avaient prévenu les autorités, Andreas ne serait déjà plus de ce monde. Il était l'espion infiltré au palais. Quiconque aurait été averti de son implication dans la rébellion l'aurait aussitôt fait exécuter.

— Je vais trouver le traître, se promit Andreas, et je lui ferai payer son crime.

⁂

— Oh, ma tête, gémit Plume en tentant de se redresser.
— Tu vas bien ? demanda Jack.
— Je crois, oui… Où est-ce que nous sommes ?
— Je suis sûr que tu peux le deviner par toi-même.

En effet, l'exercice ne présentait aucune difficulté. Plume avait à peine repris ses esprits que le décor lui apparut dans toute son horreur. Des barreaux, des hommes tassés par dizaines dans des cellules humides, des fers qui pendaient des murs en guise d'avertissement et cette sensation que beaucoup avaient dû mourir de faim et d'épuisement.

— Les geôles du palais, prononça-t-elle dans un souffle.
— Bien vu, princesse.

De l'autre côté du couloir où patrouillaient les gardes, Pandore lui adressa un signe de la main. La chemise couverte de sang, les cheveux encore plus emmêlés que d'ordinaire, il semblait avoir vieilli de dix ans.

— Vous êtes blessé ? s'inquiéta Plume.
— Non, ce n'est pas mon sang. C'est celui d'un type que je connaissais à peine. Les soldats ont jeté son cadavre tout à l'heure…

Plume tressaillit et se rapprocha de Jack. Autour d'elle, la jeune fille n'apercevait que des visages hagards, des expressions graves, des corps parfois étendus sur le sol, inconscients ou gravement blessés. Dans leur cellule, à peine plus grande qu'un placard à balais, ils étaient une demi-douzaine de prisonniers. Plume reconnut Avalon, assis dans un coin et dont le regard était celui d'un homme qui avait vu ses efforts balayés d'un geste de la main.

— Que s'est-il passé ?
— Nous avons dû déposer les armes, répondit-il. Ils étaient trop nombreux et beaucoup des nôtres étaient déjà tombés… Ils nous ont enchaînés, traînés dans les entrailles du palais et parqués comme du bétail dans leurs maudites geôles. C'est fini, nous ne pouvons plus rien faire.
— Nous allons tous mourir, n'est-ce pas ?
— Avant de nous tuer, ils nous réservent probablement un autre châtiment.

— La torture ? lança Jack avec mauvaise humeur.

— J'en ai bien peur. Ils vont sûrement chercher à nous arracher des informations, marmonna Avalon. Nous forcer à dénoncer nos complices…

— Moi, je ne dénoncerai personne, affirma Pandore. Je préfère largement me suicider ! S'ils essayent de me torturer, hop, un mouvement brusque et je me laisse embrocher par le premier instrument pointu à proximité. Ou alors je me précipite tête la première contre le mur.

Jack poussa un soupir qui semblait dire : « Passe devant et tais-toi. » En quête d'une bonne nouvelle, il se leva pour examiner les barreaux et le lourd cadenas qui maintenait la porte close.

— L'autre fou, là, celui qui avait toujours les poches pleines de poudre. Il lui en reste peut-être, cachée quelque part. Il pourrait nous aider à provoquer une explosion, proposa Jack. Par friction, il est possible qu'on obtienne une petite étincelle et avec ça…

— Nector est mort, coupa Avalon tristement. Il a été tué durant l'affrontement, son agonie a presque duré cinq minutes. Il s'est éteint dans mes bras.

— Qui d'autre… ?

Plume redoutait d'entendre la réponse.

— Gilfred a reçu une balle dans le cœur… Quant aux autres, beaucoup d'entre eux vous étaient inconnus. Des familles, des frères qui nous ont suivis jusqu'au combat parce qu'ils ont cru en la révolte. Sans doute est-ce cruel de ma part, mais je pense qu'il valait mieux périr dans la bataille que croupir ici dans l'incertitude.

Nector et Gilfred… Plume sentit une larme glisser sur sa joue. Elle s'était attachée à cet homme toujours sur le point d'allumer une mèche ; elle s'était surprise à trouver sympathique ce personnage bougon qui passait son temps à grogner. Ils étaient partis. Ils avaient emprunté un chemin où eux-mêmes ne tarderaient pas à les rejoindre.

— Vous avez réussi à planquer des armes ? demanda Jack qui ne se décourageait pas aussi facilement.

— Juste un poignard, murmura Avalon. Les gardes ont très bien fait leur travail lorsqu'ils nous ont fouillés.

— Avec la lame, on pourrait crocheter la serrure et tenter de…

— On ne s'échappe pas des cachots, c'est tout simplement impossible.

— Plume, et si tu peignais une autre toile ? Ensuite, il serait facile de…

— Mon pauvre vieux, soupira Pandore depuis sa cellule, tu vois quelque part du matériel pour peindre ? Même pour une esquisse, il lui faudrait un crayon, un support et ici, tu as plus de chance de trouver un rat crevé qu'autre chose. Sans vouloir briser tes dernières illusions, tu ne sortiras de cet endroit que les pieds devant…

Un garde frappa violemment sur les barreaux avec le pommeau de son épée.

— La ferme ! ordonna-t-il. Je ne veux plus vous entendre !

Pandore le fusilla du regard. D'ordinaire, il aurait répliqué mais un mot de trop l'aurait exposé à une sévère correction. S'il voulait encore périr en martyr pour s'éviter la torture, il devait préserver ses forces.

Jack se laissa tomber à côté de Plume. D'un geste protecteur, il passa son bras autour de son épaule.

— Chaque problème a forcément une solution, lui dit-il. On va trouver le moyen de se tirer de là, je te le promets.

— Comment les autres ont-ils su ? Comment étaient-ils au courant que nous allions les attaquer ?

— Les princes maudits en ont parlé juste avant que tu ne reprennes connaissance. Ils ont conclu qu'on avait été trahis. Quelqu'un est allé cracher le morceau et à cause de cet abruti, nous sommes enfermés là.

— Qui ?

— Sais pas. Personne d'ici, en tout cas, sinon il aurait poussé le raisonnement jusqu'au bout et n'aurait pas attendu de se faire attraper. Parmi tous ces braves gens recrutés pour l'occasion, l'un d'eux a dû retourner sa veste. L'Oméga était au courant de l'imminence d'une attaque, mais il ignorait certainement tout concernant la fente. Ton secret n'était connu que d'une poignée, le gros des troupes ne l'a appris que ce matin…

Plume était trop épuisée pour se lancer dans de folles conjectures.

— Est-ce que tu as encore mon laissez-passer ? lança Jack. Je pense que c'est l'occasion ou jamais de t'en servir. Peut-être qu'en brandissant ce machin sous le nez de l'un de nos tortionnaires, il ira prévenir l'autre bellâtre.

— Mais pourquoi est-ce que Chrisaloy m'épargnerait, moi ?

— Parce que tu as un sourire d'ange et parce que Chrisaloy est un véritable benêt.

S'attirer les grâces d'un seigneur de la Ligue n'avait rien d'enthousiasmant. Plume préférait presque rester prisonnière de ces quatre murs.

— Jack, je n'ai pas pu te dire merci…

— Ce n'est vraiment pas la peine. Ce papier n'a plus aucune valeur pour moi, alors autant qu'il puisse te sauver la mise.

— Non, je voulais te remercier d'être venu. De m'avoir suivie…

— Tu ne t'imaginais quand même pas que tu allais te débarrasser de moi ?

— Dans l'entrepôt, tu cherchais seulement à me protéger et en retour, je t'ai frappé. Je suis sincèrement désolée que par ma faute, tu te retrouves mêlé à la rébellion. Pardonne-moi d'avoir été égoïste…

— Ne t'inquiète pas pour moi. Vu le nombre d'arnaques dont je suis l'heureux inventeur, ma présence dans ces geôles est somme toute logique. Je suis resté avec toi et j'ai fait mon choix. Quand nous avons été attaqués dans les souterrains, j'ai su que si nous en réchappions, je ne te quitterais plus. Tu veux que je te confie un secret ?

Jack se pencha vers elle et lui déposa un baiser sur la joue.

— Je t'aime, petite sœur.

Il était tard, mais quelle heure était-il ? Dans cette prison oubliée de tous, le temps s'était figé. Il n'y avait aucune ouverture, aucune fenêtre permettant de discerner la couleur du ciel. Plume s'était assoupie, sa tête appuyée contre celle de Jack. L'agitation avait laissé place au silence, parfois entrecoupé par des cris ou des gémissements. Mais ce qui la tira de sa somnolence fut des bottes cirées frappant le sol. Des clefs cliquetèrent dans la serrure. Plume sursauta lorsque la silhouette d'un garde se dressa soudain devant elle.

— Lève-toi ! s'écria-t-il en la tirant par les cheveux.

— Qu'est-ce que vous lui voulez ? grommela Jack.

— L'Oméga demande à la voir, il a peut-être envie de s'amuser avec elle, répondit l'autre dans un ricanement.

Cette idée ne parut pas plaire au courtier. D'un bond, il s'agrippa à Plume pour tenter de la retenir, mais il fut aussitôt repoussé et roué de coups. La lèvre en sang, il demeura prostré sur le sol, à moitié inconscient.

— La prochaine fois, je te casse les os. Que ça te serve de leçon !

Dans sa main, Plume sentit brusquement le contact froid d'une lame. Profitant du désordre, Avalon s'était faufilé derrière elle.

— J'aurais préféré que ce ne soit pas vous, murmura-t-il.

La jeune fille n'eut pas besoin d'explication : il lui demandait de tuer l'Oméga. Acquiesçant d'un signe de tête, elle cacha le poignard dans sa manche. Le soldat avait refermé sur son bras une poigne de fer. Sans ménagement, il la poussa hors de la cellule et la força à gravir les marches d'un escalier en pierre. Puis, ce fut dans un long dédale de couloirs qu'il l'entraîna de force…

La porte s'ouvrit dans un grincement, révélant une salle immense aux larges tentures brodées. Au centre de l'espace trônait une table suffisamment grande pour accueillir une cinquantaine de convives. Le carrelage disparaissait sous des tapis somptueux et tout n'était qu'un tourbillon de couleurs et de richesses. Un tel luxe formait un contraste saisissant avec ces cachots sordides où l'être humain n'existait plus.

— Votre Majesté.

Face à l'une des fenêtres, vêtu de son long manteau rouge, l'Oméga se tourna lentement vers le garde et sa prisonnière.

— Laisse-nous, ordonna-t-il.

L'officier claqua des talons avant de se retirer. Seule, au milieu de la pièce, Plume tremblait. C'était un interrogatoire qui l'attendait, une succession de questions destinées à lui arracher la vérité. Durant la fête nationale, elle avait senti le regard de l'Oméga posé sur elle. L'avait-il reconnue ce jour-là ? Mais comment aurait-il pu deviner que cette gamine croisée dans le passé avait le pouvoir de déchirer le temps ?

Discrètement, Plume fit glisser le poignard dans sa main. Un demi-siècle plus tôt, elle avait déjà tenté d'assassiner Artéor. Il n'était plus désormais qu'un vieillard dont les réflexes s'étaient émoussés au fil des années. Lorsqu'il s'approcherait d'elle, sa réponse serait une lame s'enfonçant dans son corps. Plume allait lui faire payer les crimes qui, chaque jour, se commettaient en son nom. Elle allait venger ces victimes innocentes, ces adolescents qui mouraient par milliers à cause d'une guerre fictive.

Artéor ne méritait pas un autre sort. Quant à elle, elle serait sans doute exécutée sur la place publique. Peu lui importait à présent de mourir. Elle aurait prouvé à la population que cet être qui s'entourait d'un voile de mystère n'était qu'un homme. Un tyran que ses propres fautes avaient condamné à périr… Le régime survivrait à ce régicide, un nouveau dictateur s'assiérait sur le trône et le combat serait alors mené par d'autres rebelles.

— Je sais qui vous êtes, lança Plume avec mépris.

— Vraiment ? Et qui pensez-vous que je suis ?

Sa voix était à peine plus audible qu'un murmure.

— Vous êtes un monstre ! s'écria Plume. Vous avez bâti votre royaume sur des mensonges, vous avez brisé des familles entières…

— Non, j'ai dû faire un choix. Vous êtes trop jeune pour comprendre, trop impulsive pour saisir que certains sacrifices étaient inévitables. De même qu'il est parfois difficile de démêler le bien du mal, la politique ne saurait être un monochrome noir ou blanc. Vous critiquez mes actes, vous les jugez sans même avoir conscience du désordre, de l'insécurité qui règnerait si les miséreux provoquaient un soulèvement.

— Alors, vous avez préféré les massacrer ! Valacer n'a jamais été une puissance militaire, ce n'étaient que des pêcheurs qui cherchaient une vie meilleure. Vous nous avez appris à les mépriser et à les maudire. Dans chaque discours officiel, vous avez distillé la haine !

— Pour que le régime perdure, il était nécessaire de désigner un bouc émissaire, susurra l'Oméga. Il est si aisé d'insuffler la haine, c'est un poison qui se répand et se propage à travers les mots. La peur, elle, a un double revers… Elle pousse certains téméraires à se rebeller, à refuser l'autorité pour se libérer de son emprise. Savez-vous pourquoi j'ai laissé les princes maudits me défier, eux et leur bande de va-nu-pieds ? J'aurais pu les écraser depuis bien longtemps, mais je les ai laissés s'approcher et venir à moi. Il a suffi d'un claquement de doigts pour que le piège se referme sur eux. Quand ils seront tous pendus sur la Grande Place, les habitants de Seräen sauront. Ils sauront qu'il est vain de s'opposer au régime et que seule la corde attend ces imbéciles.

— Vous avez tort, rétorqua Plume. Vous pouvez nous oppresser, nous torturer, vous ne nous empêcherez jamais d'espérer. Tôt ou tard, vous serez vaincu…

— C'est vous qui vous trompez depuis le début. Croyez-vous un seul instant que si j'ai pu prédire votre attaque, je ne serais pas en mesure d'écraser un soulèvement ? Vous étiez l'arme secrète de la rébellion, vous leur avez ouvert la voie vers la salle du trône, mais plus jamais ils n'auront cette chance.

— Vous ignorez tout à mon sujet !

— Oh non, j'en sais bien plus que vous ne le supposez. Vous pensez que je vous ai convoquée ici à cause d'un lointain souvenir ? Comme si, depuis toutes ces années, je n'avais pas passé chaque jour à vous attendre.

— À m'attendre ? Comment pouviez-vous savoir que je reviendrais ?

— Votre naïveté est touchante… Ma chère enfant, si vous aviez idée du temps considérable que j'ai perdu à réparer vos bêtises. Je lis en vous comme dans un livre ouvert. Ce couteau à étaler le beurre, par exemple, avec lequel vous avez l'intention de me poignarder. Je le vois, il dépasse de votre manche…

— Quoi ? bafouilla Plume.

C'était impossible… Cette voix au ton sarcastique n'appartenait pas à Artéor. Elle avait hanté ses nuits des heures durant, elle l'avait poursuivie dans ses rêves. Plume l'aurait reconnue entre mille. Son arme lui échappa des mains alors qu'elle tombait à genoux.

L'Oméga retira son masque de bronze, révélant son visage. Un demi-siècle s'était écoulé, mais le temps n'était pas le seul à avoir déformé ses traits. Sur ses joues, des ronces avaient recouvert sa peau comme d'étranges tatouages tracés à l'encre.

— Je vous ai manqué ?

Ses lèvres s'étaient étirées en un rictus familier. L'espace d'un instant, Plume ne se soucia plus de la rébellion ni de la dame de cœur. Le passé et le présent ne faisaient plus qu'un. La réalité s'était évanouie, elle avait cessé de faire d'eux des ennemis. Chancelante, Plume se releva et se jeta dans les bras de cet homme qu'elle avait cru perdu.

— Oh, Élias, sanglota-t-elle.

Chapitre 7

Celui qui règnera

Élias avait un terrible mal de crâne comme si une enclume lui était tombée sur la tête. Il fit un effort pour se lever, mais ses jambes ne lui obéissaient plus. Dans un brouillard de pensées confuses, ses souvenirs lui revinrent lentement : le corps de Geremia étendu dans l'herbe, la foule de villageois en colère et une douleur sans nom… Oui, il s'était écroulé sur le sol, blessé par sa propre épée. Il avait cru mourir.

Le monde autour de lui était flou. Au milieu de cet amas de couleurs, il discerna pourtant un visage. Une femme était penchée sur lui. Ses mains étaient douces, il sentait leur caresse sur sa peau.

— Plume, murmura-t-il.

Mais ce n'était pas sa fiancée. En la regardant de plus près, cette fille-là avait un long nez et une avalanche de taches de rousseur. Les réflexes d'Élias ne se manifestèrent pas de la façon la plus galante. Il la saisit à la gorge. La malheureuse poussa un hurlement strident et s'enfuit hors de la pièce. Élias eut à peine le temps de regretter son geste que la porte s'ouvrit à nouveau.

— Je vois que tu es réveillé, prononça une voix familière. Tu viens de faire peur à la petite bonne.

— Qu'est-ce que tu fais là ?

Même dans un état léthargique, il aurait reconnu cet homme à la face de renard. Artéor… D'ordinaire, c'était lui qui surgissait tel un diable hors de sa boîte pour lui jouer un mauvais tour. Si ce type était décidé à lui rendre la monnaie de sa pièce, Élias allait être servi. Il était affaibli, incapable de marcher et encore moins de manier une arme.

— Je t'inviterais à reformuler ta question. Étant donné que tu es dans mon humble demeure, précisa Artéor, et que ma présence en ces lieux ne soulève pas la moindre interrogation.

Effectivement, à présent qu'Élias s'accordait un instant de réflexion, il lui semblait bien que cette chambre lui était étrangère. Cela ne ressemblait ni à la modeste pièce qu'il occupait chez Dariel ni à la somptueuse décoration de son manoir.

— Qu'est-ce que je fais là ? marmonna-t-il à contrecœur.

— L'autre jour, j'avais des affaires à traiter en ville, raconta Artéor. Il était tôt, j'étais à cheval lorsqu'en traversant Ärior, j'ai entendu… comment dire ? Une rumeur, une histoire qui parlait d'un criminel qui avait trouvé refuge chez le guérisseur…

— Plume, comment va-t-elle ? lança Élias dans un sursaut.

— Qui donc ?

— Ma fiancée, la fille qui a cherché à te poignarder.

— Celle que tu as naïvement tenté de me présenter comme Mlle Duchamp ?

— Oui, celle-là même. Où est-elle ?

— Je ne sais pas, il semblerait qu'elle ait disparu. Il n'y avait aucune trace d'elle.

Plume avait dû retourner à son époque, songea Élias. Elle avait retrouvé Seräen et probablement son imbécile de cousin. Elle était en sécurité, elle était saine et sauve… Elle l'avait aussi laissé là, prisonnier de ce monde qui n'était pas le sien. Un demi-siècle les séparait désormais et il n'avait rien d'autre à faire que d'attendre.

— Laisse-moi plutôt terminer mon histoire, poursuivit Artéor. En apprenant cette nouvelle, tu te doutes bien que je me suis précipité sur les lieux. Pour une fois que ces paysans m'offraient une si aimable distraction… Bref, quand je suis parvenu à l'orée du bois, j'ai découvert une maison qui avait l'air d'un champ de bataille. Des meubles fracassés, des portes arrachées de leurs gonds et au milieu de ce désordre sans nom, il y avait un corps baignant dans une mare de sang. « Ça alors, me suis-je dit, revoilà ce cher Harckof et sa chemise est dans un état déplorable. » J'allais te laisser là quand j'ai remarqué que tu bougeais encore… Tu étais vivant, un vrai miracle ! J'ai hésité, oui, j'ai franchement eu envie de t'abandonner à ton triste sort.

— Mais dans un élan de mansuétude, tu as décidé de me sauver ?

— Exactement. Tes chances de survie étaient si minces, ajouta Artéor, tu avais perdu tellement de sang. Lorsque je t'ai ramené ici, tu as failli me claquer plusieurs fois entre les doigts. Mes médecins étaient assez pessimistes. Et puis, brusquement, pour une raison obscure, tu as choisi de te battre. À ta place, n'importe qui serait déjà mort mais toi, tu t'es accroché à la vie. Tu as réussi à t'en tirer alors que personne n'aurait eu l'idée de parier sur ta résurrection.

— Je suis comme de la mauvaise herbe, grommela Élias, plus on l'arrache et plus elle repousse… Qu'est-ce que les villageois ont fait de Dariel et d'Iliana ?

— Le guérisseur et sa femme ? Le premier a fini en prison et la deuxième a été jetée à la rue. Il paraît que les villageois sont revenus dans la soirée et qu'ils ont brûlé la maison, « là où œuvrait le démon », mais ils n'ont pas poussé le zèle à vérifier que ton cadavre n'était pas parti se promener.

— Dariel va être condamné ?

— Oh, je crois que ces braves gens hésitent. Ils seraient contents de se débarrasser de lui, mais la perspective d'être privés de ses remèdes les enchante beaucoup moins. Ce dilemme va encore les occuper un certain temps, si tu veux mon avis.

— Qu'est-ce que tu vas faire de moi ?

— De toi ? s'étonna Artéor. Mais absolument rien ! Tu peux partir quand tu le souhaites, mais attends au moins d'être rétabli.

— Tu me crois vraiment né de la dernière pluie ?

— Je reconnais avoir espéré te demander ton aide... L'autre fois avec Mandias d'Aubrey, disons que nous nous sommes entretenus à ton sujet. Je n'étais pas sûr que te laisser vivre était une excellente idée. Et sais-tu comment nous avons tranché ?

— Avec partialité et aveuglement ?

— Nous avons tiré à pile ou face et le hasard a plaidé en ta faveur, mon cher. Quand tu auras repris des forces, Mandias et moi aurons un projet fort intéressant à te soumettre. Tu verras, il se pourrait même que tu nous rejoignes...

La Ligue écarlate, encore et toujours, pensa Élias en soupirant. Elle n'en était qu'à ses débuts, loin, bien loin de cette alliance toute puissante qui dirigerait Seräen. Ah, si Artéor avait conscience qu'il était un livre ouvert sur le futur, une mine de renseignements capable de prédire leur victoire...

— Tu as besoin de te reposer, lui dit Artéor, mais avant que tu n'effraies à nouveau ta garde-malade, dis-moi juste une chose.

— Quoi ?

— Qu'est-ce que c'est que ce dessin sur ton avant-bras ?

— Un tatouage en forme de rose, éluda Élias.

— Non, ce n'est pas une rose. Cela ressemble plutôt à une ronce.

— Bien sûr que non !

Artéor n'aimait pas être contredit. Il tira sur la couverture, révélant une marque qui évoquait davantage la ronce pleine d'épines que la fleur dont Élias gardait le souvenir.

— Mes médecins m'ont raconté une bien étrange histoire, marmonna Artéor. Il paraît que la ronce se propage : hier, elle n'avait pas encore atteint ton coude et regarde où elle en est. Personne n'a pu expliquer ce phénomène.

Élias se mordit la lèvre. Il n'avait pas envie de lui répondre. Son hôte insistait, alors pour fuir ses questions, il mima un soudain accès de faiblesse. Il s'échappa dans le doux royaume des agonisants où il était si aisé d'avoir la paix.

⁂

Trois semaines s'étaient écoulées. Dans l'imposant manoir d'Artéor, un nuage de fumée avait envahi le petit salon. En son centre, se complaisant dans l'odeur nauséabonde, un homme fumait tranquillement sa pipe.

— Alors, lança Mandias d'Aubrey, comment se porte votre patient ?

— De mieux en mieux, son rétablissement est aussi inattendu que stupéfiant : ce garçon est doté d'une force remarquable. Il sera bientôt sur pied.

— Prêt à nous rejoindre ?

— Je l'ignore, marmonna Artéor, rien n'est jamais sûr avec Harckof. Mais vous qui êtes si doué pour sonder l'âme humaine, qu'avez-vous vu en lui ?

Mandias se pencha en arrière dans son fauteuil, comme pour admirer les moulures qui décoraient le plafond.

— Rien du tout, ma foi. Dès que je lui rends une visite de courtoisie, il est toujours endormi… J'en viens presque à croire que ce sommeil n'est qu'une mascarade et qu'il cherche à m'éviter. Ce qui serait plutôt absurde, non ?

— Surtout en sachant que votre récente intervention lui a sauvé la vie… Parfois, j'ai l'impression que ce type est un véritable coffre-fort, qu'il a enfoui ses secrets si profondément qu'il est impossible de les déterrer. Savez-vous que sa première réaction a été de s'enquérir de l'état de sa fiancée ? Je n'ai même pas eu à lui mentir, j'ignore totalement où est passée cette Mlle Duchamp. Elle a disparu et pourtant, cette réponse lui a fait l'effet d'un soulagement.

— Peut-être sait-il précisément où la retrouver.

— Sarah-Marie m'a affirmé l'autre jour que…

— Sarah-Rose, rectifia Mandias. Marie était la bonne que vous avez renvoyée le mois dernier pour une histoire de tablier.

— En effet, mais cela ne change rien. Cette fille surveille Harckof et durant ses crises de fièvre, il ne cesse de murmurer ce sobriquet : « Plume ». Parfois, ce sont des phrases entières qui lui échappent. Bien sûr, j'ai chargé cette Sarah-Chose de les consigner par écrit. Il parle de l'attendre des décennies, de la rejoindre dans une réalité qui n'existe pas encore…

Artéor déplia son pense-bête, un papier froissé où se devinait l'écriture maladroite de la petite servante.

— « Vous n'affronterez pas le régime seule, lut-il. Je vous protégerai comme je l'ai promis… »

— L'esprit est un labyrinthe qui nous dépasse, philosopha Mandias. Vous ne pouvez pas reprocher à ce Harckof d'être romantique, vous qui n'avez jamais aimé quiconque.

— Écoutez plutôt la suite… « La rébellion ne mérite pas que vous vous sacrifiez pour elle. Ne tuez pas l'Oméga de vos mains. »

— L'Oméga ? répéta Mandias en reposant sa pipe. Mais n'est-ce pas ce pseudonyme dont vous usiez lorsque nous nous sommes rencontrés ?

— Si, mais Sarah-Louise n'est pas sûre d'avoir bien entendu. Harckof baragouinait plus qu'il n'articulait.

— Dans trois jours a lieu la grande réunion. Dès demain, les représentants des familles les plus puissantes commenceront à arriver des quatre coins du royaume. Occupez-vous de vos invités et je me chargerai d'Harckof. Il est temps que lui et moi ayons une petite discussion.

— J'ai l'impression que cette affaire vous tracasse plus qu'elle ne le devrait.

— Ce jour où vous hésitiez à l'exécuter, j'ai insisté pour que vous l'épargniez. Moi-même, j'en ignorais la raison. Aujourd'hui, j'éprouve une étrange sensation en repensant à ce moment où il est apparu devant moi. Comme s'il m'était familier et que je l'avais déjà croisé dans le passé.

— Très bien, fit Artéor. Si cela vous amuse, essayez donc de démêler le mystère Harckof… D'ailleurs, cela vous intéressera sans doute d'apprendre que cet homme vous a volé.

Fier de lui, il laissa planer sa phrase avec un effet théâtral.

— Et de quel butin parlez-vous donc ? demanda Mandias, légèrement amusé.

— De votre chevalière, mon cher.

En guise d'illustration, Artéor tira un sachet de sa poche et déversa un contenu hétéroclite sur la table.

— Voilà ce qui était en possession d'Harckof quand je l'ai récupéré, à moitié moribond au milieu de sa mare de sang, continua-t-il. Je ne pense pas me tromper en affirmant reconnaître le lion ailé des d'Aubrey.

— En effet, admit Mandias en saisissant la bague.

— Je suis surpris qu'il ait réussi à chaparder l'un de vos biens. D'ordinaire, vous surveillez mieux vos affaires.

— Oh, mais ce n'est pas à moi. Ma chevalière est à l'abri dans l'un de mes coffres à Seräen, comme toujours lorsque je voyage incognito.

— Alors, à qui cela appartient-il ?
— Voici un problème des plus passionnants, vous ne croyez pas ?
L'ombre d'un sourire flotta sur les lèvres de Mandias.

⁂

Élias s'était levé. Il ne supportait plus d'être alité. Depuis qu'il avait basculé dans le passé, c'était la deuxième fois qu'il avait été élevé au rang de blessé de guerre. Cette situation commençait à l'irriter. Chez Dariel, sa fiancée veillait sur lui ; il avait même feint des douleurs imaginaires pour la garder à ses côtés. À présent, il n'avait plus à son chevet qu'une adolescente maigrichonne au teint blafard. L'échange était loin de le satisfaire, surtout que cette servante avait sûrement été payée pour l'espionner.

— Monsieur, prononça Sarah-Rose timidement, vous ne devriez pas quitter votre lit.

Apparemment, elle avait toujours peur de lui. Élias aurait dû lui présenter ses excuses pour avoir tenté de l'étrangler, mais se réveiller chez l'ennemi avait inversé l'ordre de ses priorités. Il s'était mué en un stratège peu charitable, qui avait préféré laisser planer le doute sur ses intentions.

— Hors de ma vue, vermine ! s'écria-t-il.

Pour accompagner ses propos, il s'empara d'un broc et le fit tourner au-dessus de sa tête d'un air menaçant. Sarah-Rose sursauta et animée d'un instinct de survie, s'enfuit hors de la pièce en hurlant.

— Pourquoi faut-il que les femmes soient aussi bruyantes ? soupira Élias.

Profitant de ce bref répit, il se tourna vers le miroir accroché au mur. Son reflet lui adressa un faible sourire. Pour quelqu'un qui avait frôlé la mort, il s'estimait plutôt en forme. Élias retira sa chemise, révélant son torse couvert de cicatrices. Sur sa peau, une ronce continuait de croître. Elle avait grimpé sur ses épaules et commençait à se répandre sur son dos. La magie de Plume s'était dénaturée à son contact. La belle rose s'était fanée, ne lui laissant plus que cet enchevêtrement d'épines.

Élias avait eu des heures pour réfléchir et la vérité lui était apparue, s'insinuant dans ses pensées comme un poison. Une voix intérieure lui avait chuchoté à l'oreille que son corps n'était que le reflet de son âme. Une âme aussi noire que le mal qui le rongeait de l'intérieur.

C'était la mort de cet enfant, de ce gosse bégayant et stupide, qui l'avait entraîné de l'autre côté. Là-bas, au-delà de cette barrière invisible que l'on nomme le point de non-retour. Il avait assassiné de sang-froid un innocent, il avait tué une fois de trop… Jadis, il avait pu faire taire sa conscience, se jurer que chacune de ses victimes avait mérité son sort – ce n'étaient que des mercenaires, des hommes de main ou des sacrifices nécessaires. Mais là, c'était différent car il n'avait aucune excuse. Des nuits durant, l'image de Geremia l'avait hanté. Elle avait flotté dans ses cauchemars avant de s'effacer.

Son esprit n'avait plus la force de résister, de le tirer vers le bien quand son épée avait déjà détruit tant de vies. Il ne se pardonnerait jamais son acte, alors il s'était efforcé de l'oublier. De l'exiler dans son subconscient pour ne plus revoir le cadavre de ce gamin, étendu dans l'herbe.

— Plume, murmura-t-il, si tu savais la vérité, tu me détesterais.

Un bruit de pas le fit tressaillir. Si c'était encore cette Sarah-Rose, elle risquait d'avoir rapidement de ses nouvelles. Élias lança un regard au-dessus de son épaule et se figea sur place. Mandias d'Aubrey se tenait sur le seuil de la porte. Avec sa cape sur les épaules, il était semblable à cet homme qui avait traversé son enfance sans jamais s'attarder. À peine arrivé et déjà prêt à repartir.

— Ravi de voir que vous allez mieux, lui dit-il.

Élias s'empressa de réenfiler sa chemise.

— Que me vaut le plaisir de votre visite ? bafouilla-t-il.

Il devait rester maître de lui, mais sa voix s'obstinait à trembler. Élias avait toujours su que tôt ou tard, il serait de nouveau confronté à son père. C'était inéluctable et pourtant, il avait tenté de le fuir, de se réfugier dans un sommeil imaginaire à chaque fois que Mandias s'aventurait dans sa chambre.

— J'aimerais m'entretenir avec vous. Vu l'effet que vous avez produit sur la petite Sarah-Rose, je suppose que vous ne prétexterez pas une quelconque fatigue pour refuser.

— Et de quoi voulez-vous parler ?

— De vous, M. Harckof. Comme vous l'avez sans doute remarqué, mon cher ami Artéor ne cesse de faire la girouette à votre sujet. Il alterne entre des envies meurtrières et des sursauts où il espère voir en vous un allié. Je suis venu pour déterminer à quel camp vous appartenez.

— Je n'appartiens à aucun camp, esquiva Élias. Si Artéor ne me fait pas un coup tordu, il n'a rien à redouter de moi.

— D'après ce que j'ai cru comprendre, le jour où vous avez rencontré Artéor, vous étiez en train d'errer dans la campagne avec une demoiselle habillée en robe de soirée. D'où veniez-vous ?

— Je vous l'ai déjà dit, nous sommes des escrocs, nous volons les aristocrates…

— Non, vous mentez. N'essayez pas de vous jouer de moi, M. Harckof, je ne supporte pas d'être pris pour un imbécile.

— Même si je vous disais la vérité, vous ne me croiriez pas.

— Essayez tout de même. J'ignore si vous l'avez senti, ajouta Mandias d'un ton doucereux, mais mon pouvoir de nuisance dépasse largement celui de notre hôte. Je pourrais vous écraser d'un revers de la main tel un vulgaire insecte.

Élias se tut.

— Faut-il que je vous menace de mon épée pour vous délier la langue ?

— Vous n'oserez pas.

Le contact froid du métal sur sa peau ne tarda pas à le détromper. Mandias n'avait manifesté aucune hésitation. Le visage imperturbable, il avait dégainé son arme et pointé la lame sous la gorge d'Élias.

— Alors, M. Harckof ?

— Tuez-moi si vous voulez, murmura-t-il. Je ne me battrai pas contre vous.

— Et pourquoi ?

— Parce que je ne peux pas.

Élias se haïssait d'être faible, de laisser ses sentiments l'envahir alors qu'il aurait dû s'efforcer de les contrôler. Mais comment rester indifférent face à son père ? Toute sa vie, il avait guetté de sa part un signe d'amour, la preuve qu'il était bien plus qu'une carte à abattre. Plus qu'un simple héritier destiné à porter le titre pour que la lignée perdure. Il voulait être un fils, un enfant que l'on serre dans ses bras et que l'on réconforte les soirs d'orage.

Mandias ignorait qu'au bout de son épée se tenait la chair de sa chair. Dans les yeux de cet inconnu, il discerna pourtant comme un éclat. Une lumière étrange qui scintillait au fond de ses prunelles et qui lui rappelait son propre reflet dans la glace. Il abaissa son arme.

— Qui êtes-vous ? demanda-t-il dans un souffle.

— Personne.

— Est-ce que vous reconnaissez ceci ?

Lentement, Mandias lui présenta la chevalière qui, l'espace d'un instant, resplendit sous la lumière du lustre.

— Non, répondit Élias dans une vaine tentative de mensonge.

— Cette chevalière a été retrouvée sur vous, insista Mandias. Vous n'ignorez probablement pas qu'elle porte l'emblème de ma famille. Il pourrait s'agir d'une contrefaçon, mais je ne crois pas. Alors, à qui l'avez-vous dérobée ?

— Je ne l'ai... pas volée.

— Vraiment ? Dans ce cas, expliquez-moi comment elle est entrée en votre possession.

Les lèvres d'Elias demeurèrent résolument closes.

— Laissez-moi vous présenter comment je vois les choses, poursuivit Mandias. Récemment, j'ai assisté aux funérailles de l'un de mes parents. Cet homme aurait dû être enterré avec sa chevalière, mais je suppose que durant un moment d'inattention, il vous aurait été facile de vous en emparer.

— Vous me soupçonnez de l'avoir subtilisée à votre oncle ?

— Je n'ai jamais précisé qu'il s'agissait de mon oncle, fit remarquer Mandias dans un rictus. C'est bien aimable à vous de me fournir cette preuve supplémentaire.

Élias regretta aussitôt son erreur. Il s'apprêtait à inventer n'importe quelle histoire lorsqu'une idée vint bousculer l'ordre de ses pensées. Pourquoi mentir ? Pourquoi ne pas simplement s'ouvrir à lui ? Longtemps, il avait cru que le destin le lui interdisait. Il s'était imposé des règles de peur que la réalité ne s'effondre. Il s'était forcé à rester à l'écart de l'Histoire, à n'être qu'un témoin passif contemplant les événements sans jamais prendre part.

Que mon père revienne... Enfant, il n'avait cessé de murmurer cette phrase dans les ténèbres de sa chambre, lançant son vœu aux étoiles comme une ultime supplication. Et son souhait avait été exaucé : son père était revenu. Lui qui avait dû porter le deuil était désormais si proche de cet homme. Mandias était là, à quelques pas à peine. Alors, Élias cessa d'écouter sa raison.

— Je vais vous raconter une histoire, lui dit-il, et vous me traiterez probablement de fou... Mon vrai nom est Élias, je suis né en 1818 dans un monde qui n'est pas encore le vôtre. J'ai grandi dans une société où la milice était omniprésente, un royaume soumis aux règles écarlates et à la domination d'une poignée. J'étais l'un de ces élus choisis pour gouverner. Et un soir, le temps s'est déchiré. Une fente a surgi du néant et ma fiancée et moi-même avons basculé dans le passé. Nous nous sommes réveillés seuls au milieu de la campagne. Nous avons marché des heures durant et c'est là que nous avons rencontré Artéor.

— Quelle est cette poignée d'individus dont vous parlez ?

— La Ligue écarlate. L'alliance des douze familles les plus puissantes d'Orme... Celles que vous allez bientôt réunir pour fomenter un coup d'État contre Hélisor. Vous réussirez et le peuple en viendra même à oublier son règne, comme s'il n'avait jamais existé. Seul comptera l'Oméga, le chef suprême qui prendra sa place et qui assoira son autorité sur des massacres et des exécutions.

Mandias le regarda avec un sourire amusé.

— J'ignore comment vous avez pu obtenir ces renseignements, mais ce que vous dites est…

— Totalement impossible, compléta Élias. Oui, je sais. Vous m'avez demandé de dire la vérité, la voici. À moins d'être suicidaire, pourquoi vous servirais-je un récit aussi abracadabrant alors que n'importe quel mensonge ferait l'affaire ?

— Vous avez été gravement blessé, peut-être que vos idées ne sont pas encore très claires… Et quel est le lien avec la chevalière ?

— Ce n'était pas un vol, c'était un héritage…

— Un héritage ? répéta Mandias. Qui donc pensez-vous être ?

— Votre fils.

Élias se tut. L'expression de son père était devenue grave, il le fixait avec le sérieux d'une statue de marbre. Les secondes se succédèrent. Dans le silence de la pièce, le tic-tac de l'horloge résonnait encore plus fort que les battements de son cœur.

— C'est ridicule, lâcha Mandias. Je reconnais que physiquement, nous nous ressemblons mais je ne peux pas être votre père.

— Pourquoi ?

Sa question avait quelque chose de candide. Élias avait été adulte avant d'avoir atteint la majorité, il avait grandi plus vite que les garçons de son âge. Mais en cet instant, le temps le rattrapait, libérant toutes ces interrogations qui étaient restées muettes, étouffées par des années de sacrifice. Mandias ne pouvait pas être son père. Non, de son point de vue, c'était absurde… Lorsqu'il serait un homme d'âge mûr, marié à sa seconde épouse, le serait-il alors ? Son père ou juste un nom sur des paperasses, rien d'autre qu'une façade ?

— Donnez-moi une preuve, ordonna Mandias. Vous prétendez connaître la famille d'Aubrey, très bien, je vous écoute… Comment se nomme la sœur de ma belle-mère ?

— Adelaïde Visgor, une femme qui, d'après ma tante Aubépine, avait la manie de se tapoter les dents dès qu'elle apprenait la mort d'une connaissance. C'était sa façon de sourire.

— La couleur de la tapisserie dans le petit salon de mon frère ?

— Verdâtre, mais je crois que les années ont plutôt eu un effet esthétique. On finit presque par ne plus la voir sous la couche de poussière.

Mandias enchaîna. L'interrogatoire portait sur des détails de plus en plus précis, des membres de la famille éloignés et des éléments que quiconque se serait fait une joie d'oublier.

— Je peux aussi vous décrire le manoir de Seräen et ses portes dérobées, proposa Élias après avoir listé les préférences alimentaires de son cousin. L'un de ces passages est accessible à partir du cabinet de travail. Pour actionner le mécanisme, il suffit de placer la chevalière sur une marque gravée dans la cheminée, juste à droite de l'âtre.

— Vous êtes impressionnant, admit Mandias.

— Vous me croyez ?

— Je ne sais pas. Je ne sais plus ce que je dois croire. Logiquement, cette histoire de voyage dans le temps n'a aucun sens mais plus je vous écoute, plus j'ai l'impression de vous connaître.

— Je ne cherche pas à vous tromper. Je ne vous demande rien… seulement votre amitié.

— Mon amitié, pourquoi ?

— Parce que même enfant, je n'ai jamais eu votre amour.

Ces mots moururent sur ses lèvres. Il ne devait pas lui révéler son futur, c'était jouer avec son passé, risquer son avenir… Et pourtant, Élias ne put s'en empêcher. Pour la première fois de sa vie, il se moquait des conséquences. Il était fatigué de prévoir ses coups en avance, de contrer sans cesse les manœuvres de ses ennemis.

— Vous m'avez délaissé, lança-t-il, vous m'avez forcé à grandir seul ! Si vous saviez combien d'heures j'ai passé à vous attendre. Vous n'avez jamais eu le temps de venir me voir, ni de m'écrire. Je recevais des lettres portant votre signature mais elles étaient de la main de votre secrétaire ! Je ne voulais pas de la Ligue, je ne voulais pas être le fils d'un seigneur. Je ne voulais rien d'autre que vous… Je chérissais ces rares moments où vous quittiez la capitale. Ces journées si courtes où votre silhouette se profilait sur le seuil de la porte. Je courais vers vous, je vous enlaçais en vous suppliant de rester. Mais inévitablement, vous repartiez le soir même… Je suis devenu un homme, je me suis installé à Seräen avec l'espoir que vous vous intéresseriez enfin à moi. Mais là encore, vous m'avez rejeté. J'aurais donné le monde pour vous ! Si, rien qu'une fois, je vous avais manqué…

Élias s'était laissé tomber sur le lit. La tristesse se mêlait à la colère, les larmes ruisselaient le long de ses joues, toutes celles qu'il avait refoulées, persuadé que pleurer était un signe de faiblesse. Son masque d'indifférence s'était fissuré, laissant apparaître le visage d'un enfant qui, avant de devenir un tueur, ne cherchait que la fierté d'un père.

Mandias passa doucement son bras autour de son épaule.

— Pardonne-moi, mon fils, lui dit-il.

— Messieurs, prononça Artéor solennellement, ce que nous nous apprêtons à faire est une trahison susceptible de nous conduire à l'échafaud. Nous avons tous prêté allégeance à la Ligue écarlate, vous n'ignorez pas le but qui nous rassemble…

Élias dissimula un bâillement. C'était donc cela la fameuse réunion ? Des verbiages sans fin autour d'une table ronde, des représentants à la mine grave, vêtus de leurs habits les plus rutilants comme pour prouver leur rang. Ils parlaient tous au conditionnel, incertains de l'issue de la guerre alors que pour Élias, leur victoire était depuis longtemps gravée dans le marbre de l'Histoire.

Son père était assis à sa droite. Il avait convaincu Artéor. Il lui avait assuré de sa voix mielleuse qu'Élias était l'un des leurs. Sans même ciller, il lui avait menti.

— Nul ne doit savoir que vous êtes mon fils, lui avait-il glissé à l'oreille. Gardez pour vous ces voyages dans le temps. Ne les révélez à personne et surtout pas à Artéor. Celui qui peut prédire le futur possède une arme redou-table, non seulement contre Hélisor mais à l'intérieur même de la Ligue.

Élias s'était tu. Il avait obéi à son père, heureux de partager avec lui ce secret. Autour de la table, la réunion se poursuivait, aussi interminable qu'un discours de fête nationale. Un homme attirait pourtant son attention : Selfried. Il lui avait été présenté comme un espion infiltré au palais, un atout certain dans ce combat qu'ils menaient contre la royauté.

« Quelque chose cloche avec ce type » songea Élias. Il ne parvenait pas à se défaire de cette sensation étrange que l'autre n'avait rien à faire là. Lui était né dans la Ligue ; plusieurs fois, on lui avait décrit ce jour où s'était joué l'avenir d'Orme, mais jamais il n'avait entendu parler de Selfried. Les noms s'oubliaient, ils s'effaçaient des mémoires… Et pourtant, leur cause avait triomphé, elle avait élevé des inconnus, récompensé ceux qui avaient prouvé leur loyauté. Il aurait dû se souvenir de lui.

— Quel rôle joue exactement Selfried ? chuchota Élias.

— Il nous fournit des renseignements, répondit Mandias, il est nos oreilles au palais et berce Hélisor d'illusions. Sa Majesté ne doit pas se douter que nous manigançons contre elle.

— Et ces renseignements, ils sont fiables la plupart du temps ?

— Bien sûr, il fait partie des conseillers. Il a accès à des informations confidentielles et il m'envoie régulièrement des rapports sur les agissements du Cabinet.

— Je suppose que ces informations demeurent assez vagues ou alors difficilement vérifiables. À moins que ce ne soient juste des rumeurs, des commérages qui se murmurent dans les couloirs et dont vous auriez eu vent de toute façon ?

— Qu'est-ce que vous insinuez ?

— Dites-moi, que lui avez-vous promis en échange de sa trahison ? De l'argent ?

— Non, il appartient déjà à une famille fortunée... Si nous renversons Hélisor, il obtiendra un poste important, celui de Premier conseiller.

— L'équivalent de celui qu'il possède déjà, non ?

— Nous cherchons à débarrasser Orme des étrangers, nous voulons fermer nos frontières pour empêcher Valacer de nous envahir. C'est une idéologie qui nous rassemble, bien plus que l'ambition et le désir d'accroître nos richesses.

— Le petit gros, là, en face de moi, celui qui est en train d'admirer ses ongles... Il s'appelle bien Vaubert, Tancrète Vaubert ?

— Oui, pourquoi ?

— Et à lui, que lui avez-vous promis ?

— Le poste de Second conseiller.

Élias eut un petit ricanement.

— Selfried ne participera pas à la bataille, n'est-ce pas ? Il n'a aucun problème de santé, rien qui puisse le prédestiner à une mort imminente ?

— Non, mais de quoi parlez-vous ? J'ai du mal à vous suivre.

— Lorsque j'étais jeune, expliqua Élias avec un rictus, j'avais un précepteur. Un bonhomme assez sec qui m'avait forcé à apprendre par cœur la liste des conseillers sous le règne de l'Oméga. « Connaître le passé de la Ligue, c'est connaître votre propre passé » ne cessait-il de marmonner. Et voyez-vous, parmi ces noms, je n'ai jamais appris celui de Selfried mais j'ai très bien retenu celui de Tancrète Vaubert, Premier conseiller. Alors, ma question est la suivante : pourquoi Selfried a-t-il disparu de l'Histoire et pourquoi Vaubert a-t-il été promu ?

— Parce que quelqu'un l'a éliminé, murmura Mandias qui voyait enfin où il voulait en venir.

— Exactement. À présent, il s'agit de savoir qui... Est-ce qu'Hélisor a découvert qu'il était un traître et l'a fait pendre ? Ou est-ce la Ligue parce qu'il a feint des airs de conspirateur pour rester fidèle au roi ?

— Hélisor a une confiance absolue en Selfried, il ne le soupçonnera jamais de lui mentir… Quant à nous, je dois reconnaître qu'il a été facile d'amener cet homme à se parjurer. Peut-être même trop facile… Au début, j'étais ravi d'avoir pu le rallier à notre cause, aujourd'hui j'admets avoir des doutes sur sa sincérité.

— Comment savoir ?

— Très simplement, affirma Mandias.

Il se leva de sa chaise, venant interrompre un débat militaire particulièrement pénible pour les oreilles d'Élias. Artéor lui adressa un regard perplexe. Il se demandait probablement s'il y avait une urgence ou juste un caillou dans sa chaussure.

— Il semblerait qu'il y ait un espion parmi nous, lança Mandias en faisant le tour de la pièce. J'ai des raisons de croire qu'une personne a trahi notre confiance et a été envoyée par Hélisor pour nous faire tomber de l'intérieur.

— Qui ? s'exclama Artéor. Vous avez son nom ?

— Parlez, Mandias, ordonna un homme à la barbe imposante.

Et d'un seul geste, Mandias livra à Élias une formidable démonstration de son esprit rusé. Il désigna du doigt Tancrète Vaubert. Le malheureux déglutit avec difficulté, tandis que tous les regards se tournaient vers lui. Élias sut aussitôt ce que cherchait son père. Il voulait lire le visage de Selfried, surprendre dans ses yeux cette lueur de soulagement qui suffirait à le condamner. L'espace d'une seconde, Selfried se trahit. Pour un observateur extérieur, c'était à peine perceptible, rien qu'un tressaillement.

— Je… je ne vois pas du tout ce que vous voulez dire, bafouilla Vaubert.

Mandias ne se donna pas la peine de lui répondre. Il avait saisi Selfried par les cheveux, le tirant en arrière alors qu'il lui plantait sa dague dans la paume. Sa main se retrouva clouée sur la table, la chair déchirée, et du sang se répandit lentement sur ses dossiers. Le conseiller hurla de douleur.

— Selfried, siffla Mandias entre ses dents, je ne me suis jamais méfié de vous. Vous êtes un menteur émérite, rares sont ceux qui arrivent à me berner. Qu'aviez-vous l'intention de rapporter à Hélisor ?

Il était trop tard pour nier. Trop tard pour tenter de prouver son allégeance. Les traits crispés par la souffrance, Selfried cracha sur le sol.

— Ce serpent a déjà rassemblé son armée, n'est-ce pas ? ricana Mandias. Il s'apprête à défendre son trône ? Il pense réussir à nous contrecarrer, mais il ne peut rien contre nous. Absolument rien !

— Torturez-moi si cela vous chante, prononça Selfried dans un gémissement. Je ne parlerai pas !

— Quelle bravoure, c'est si courageux de votre part ! Mais n'ayez aucune crainte, nous n'avons pas l'intention de vous torturer… M. Harckof, c'est à vous que cet honneur revient. Vous venez de nous retirer une épine du pied, je vous laisse le plaisir de l'achever.

Élias se surprit à hésiter. Pourquoi l'exécuter ? Ils pourraient l'enfermer dans les cachots du manoir, lui faire payer sa perfidie autrement que par la mort. Son père attendait, il lui tendait déjà son épée. Élias n'avait pas le choix. Avec un pincement au cœur, il se leva et fit le tour de la table. Sa main serra fébrilement la garde et sans un regard, il enfonça la lame dans le corps de Selfried. Ce dernier fut animé de spasmes, de tremblements terribles avant de s'effondrer.

— Parfait, une affaire de réglée, conclut Mandias. Je vous en prie, mon cher Artéor, reprenez. Vous évoquiez une histoire de munitions avant cette malheureuse interruption…

※※※

Allongé dans son lit, Élias ne parvenait pas à fermer l'œil. Les événements se bousculaient dans sa tête. Il avait tué Selfried. Sa dépouille ressemblait à un pantin désarticulé, une marionnette dont on aurait coupé les fils. Le cadavre avait continué de siéger à la réunion, comme un rappel du châtiment qui attendait les traîtres. Trois heures s'étaient écoulées avant qu'Artéor ne daigne appeler ses domestiques.

Élias s'était senti coupable, presque honteux de ne pas s'être opposé. Et puis, ses remords s'étaient évanouis. L'image de Selfried avait rejoint celle de Geremia, oubliée, perdue dans les méandres de sa mémoire. Ce n'était pas un meurtre. Non, c'était un test… Un rite d'initiation, la preuve qu'il appartenait bien à la Ligue écarlate.

Lentement, une autre vérité s'était imposée dans son esprit. Un constat qui tenait en peu de mots : il était intervenu. En dénonçant Selfried, il avait modifié le passé, il avait mis un grain de sable dans l'engrenage du temps. Mais était-ce réellement influencer la réalité ? Lorsqu'il était à Seräen, si naïf quant à sa destinée, un autre Élias existait déjà. Un Élias plus âgé qui avait fini enchaîné à une époque où les années formaient la plus indestructible des prisons.

Il aurait dû partir. Inconsciemment, il se doutait que ce chemin ne pourrait le mener qu'à un seul endroit. Sur sa peau, les ronces continuaient leur progression. Bientôt, elles recouvriraient son visage et il serait obligé de le cacher sous un masque. Il était encore temps de renoncer, de choisir la lumière mais Élias lui avait déjà préféré les ténèbres. Il avait suivi son père. Tel un enfant, il avait mis ses pas dans les siens et il avait fermé les yeux sur sa cruauté. Ce ne serait pas l'ambition qui le pousserait sur la voie de la perdition, ce serait ce vide immense qui avait grandi dans son cœur et qu'il désirait si ardemment combler. Sa vie durant, il avait souffert de cette absence ; il avait couru derrière une silhouette lointaine qui s'obstinait à le fuir. Aujourd'hui, le destin les avait enfin réunis. Il avait déjoué la mort qui l'avait laissé orphelin, il avait retrouvé son père. Et plus rien ne les séparerait. Pour l'amour de cet homme qui l'avait tant délaissé, il était prêt à tout. En son nom, il sacrifierait des innocents et ferait couler le sang.

Sa conscience n'était plus qu'un écho s'évanouissant peu à peu. Si Plume était à ses côtés, peut-être aurait-elle su l'arracher à cette emprise qui avait fait de lui un esclave. Mais elle était partie et personne ne le sauverait de lui-même.

※※※

Dariel croupissait en prison. Depuis bientôt un mois, son univers se limitait à quatre murs et une misérable paillasse. Il avait été jeté là, enfermé comme le pire des malfrats. On l'accusait du meurtre de Geremia et d'avoir abrité des fugitifs. Des objets retrouvés dans sa chambre n'avaient pas tardé à trahir ses origines. Il était de Valacer et cela suffisait pour l'incriminer...

Il avait tenté de se défendre, de plaider son innocence mais personne ne l'écoutait. Il n'avait en face de lui qu'une population en colère, un village entier qui s'était ligué pour le voir pendu. Ils voulaient un coupable, un être physique et non pas une créature surnaturelle à blâmer. Le Ranaghar ne pouvait pas être condamné à mort. Lui l'avait déjà été. Son exécution était prévue dans quelques heures.

Il allait mourir. Il ne verrait plus jamais Iliana et l'enfant qui grandissait dans son ventre n'aurait pas de père. Dariel pensa alors à Plume, à cette jeune fille qui était une part de lui. Il continuerait de vivre à travers son art, il serait présent dans chacune de ses toiles. Quelqu'un, dans un demi-siècle, se souviendrait encore de lui.

— Finhen, lança l'un des gardes, vous avez un visiteur.

De l'autre côté des barreaux, dans l'étroit couloir qui séparait les cellules, un homme encapuchonné lui faisait face. Enveloppé d'un manteau noir, il se fondait avec la pénombre des cachots. Sa silhouette dégageait une aura de puissance, l'impression confuse que d'un simple geste, il pouvait commander une armée entière. D'un pas métallique, le garde s'était éloigné et les avait laissés seuls.

— Qui êtes-vous ? demanda Dariel en s'approchant. Est-ce que je vous connais ?

Une voix s'éleva alors, moqueuse et pleine de sarcasmes.

— Élias d'Aubrey, cela ne vous rappelle rien ? ricana son interlocuteur.

— C'est bien vous ? Mais je vous croyais mort ! Les villageois m'ont raconté que vous aviez été tué…

— Les villageois se trompent, ce ne sont que des imbéciles. J'ai survécu, je me suis relevé de mes cendres et me voilà prêt à renaître.

— Est-ce qu'Éléonore est avec vous ?

— Non, elle est retournée à son époque. Là-bas, dans cet autre monde où elle s'imagine renverser le régime.

Un espoir s'empara de Dariel, la pensée que lui aussi pourrait être sauvé. Sur la place publique, l'échafaud l'attendait mais peut-être qu'il n'y aurait pas de pendaison.

— Vous êtes venu m'aider ? prononça-t-il dans un souffle. Vous allez me sortir de cet endroit ?

— Je n'aurais aucune difficulté à corrompre les gardiens, le prix de votre liberté ne vaut qu'une poignée de merles. Vous reprendriez le cours de votre vie et les paysans penseront que vous vous êtes échappé… Voyez-vous, Léonis, je me suis fait des amis influents, des hommes dont la richesse suffit pour écrire les lois de demain. Je suis descendu de fiacre, j'ai croisé plusieurs de ces fermiers qui avaient réclamé ma tête. Aucun d'eux ne m'a reconnu ou n'a voulu me reconnaître. Oui, je pourrais vous aider mais je ne le ferai pas.

— Quoi ?

— Vous m'avez entendu. En réalité, je suis venu vous faire mes adieux.

— Je n'ai pas tué Geremia et vous le savez très bien ! protesta Dariel en tirant sur ses chaînes.

— Oh, mais je suis absolument convaincu de votre innocence puisque c'est moi qui ai tué ce gosse.

— Vous !

— Je suppose que vous méritez de connaître la vérité. Vous allez mourir pour que moi, je puisse vivre.

— Je vous ai sauvé ! s'écria Dariel. Sans moi, vous n'auriez jamais survécu ! Je vous ai cru quand personne ne voulait vous croire !

— C'était très noble de votre part et je vous en remercie. Si cela peut vous consoler, c'est votre générosité qui a causé votre perte… Vous n'auriez pas dû accueillir des inconnus.

Dariel cessa de se débattre, de lutter inutilement contre les fers qui lui broyaient la cheville.

— Qu'ai-je fait pour que vous me détestiez à ce point ? marmonna-t-il.

— Rien du tout, hormis que vous me rattachez à mon passé. Je dois oublier Élias d'Aubrey, il n'existe plus désormais.

— Alors, l'Astral disait vrai.

— Je vous demande pardon ?

— *Le mal naîtra le jour même où une mystérieuse étoile surgira dans un ciel de lumière…* Vous étiez ce mal dont parlait la prophétie. Éléonore m'avait confié que des temps sombres viendraient, que la liberté s'évanouirait. C'est vous, n'est-ce pas, qui ferez sombrer Orme dans les ténèbres ?

— Je n'ai jamais prêté attention à votre Astral. Pour moi, ce n'était rien d'autre qu'un point lumineux. C'est amusant de voir que votre prophétie a fini par se réaliser… Au revoir, Dariel ! Profitez des dernières minutes qu'il vous reste à vivre.

Et Élias l'abandonna. Il laissa derrière lui un innocent qui paierait pour son crime, marchant vers cet avenir où son nom serait gravé dans le sang.

Seul avec lui-même, Dariel se surprit à éprouver un sentiment bien plus fort que la haine. L'espoir… Autrefois, les Ancêtres prétendaient que tout sacrifice avait une raison d'être. Les Valacériens croyaient en la réincarnation. Lorsque Dariel fut conduit au milieu d'une foule déchaînée, quand il sentit une corde rêche autour de son cou, il ferma les yeux et pensa à Iliana. Il la retrouverait dans une autre vie, dans un ailleurs où ils seraient libres de s'aimer.

※※※

Élias s'empara de la Ligue. Fort du soutien de son père, il évinça Artéor et le chassa de l'équation. Il manigança contre lui et le balaya d'un revers de la main. Il était si aisé, si facile de s'imposer lorsque l'avenir était une part de son passé. « Celui qui peut prédire le futur possède une arme redoutable », lui avait confié Mandias. Et c'était la pure vérité… Artéor demeurait pourtant un obstacle, une menace susceptible de resurgir, alors pour l'affaiblir, s'assurer qu'il resterait à jamais dans l'ombre, il empoisonna sa coupe. Assez de poison pour lui faire oublier qu'à l'origine, c'était lui qui devait régner.

Son âme était déjà noire, mais Élias la pervertit davantage en s'alliant au démon. Il conclut un pacte avec les gargognes, promettant à ces créatures la chair humaine qui leur manquait tant. Dans un éclair de malveillance, il devina leur point faible et usa de la musique pour les contrôler. À la tête de son armée, il mena la guerre qui les opposait à Hélisor. Il écrasa la royauté et prit le pouvoir. Peu à peu, il manipula les faits, distordant la réalité pour faire de Valacer leur ennemi et de Dariel un traître à la nation. Les règles écarlates furent promulguées et les peintres, les écrivains et les musiciens furent persécutés.

Élias était devenu l'Oméga.

※※•※※

Plus de trente ans s'étaient écoulés. Plus de trois décennies qui avaient vu la milice multiplier les exécutions pour inspirer la peur.

Cette nuit-là, une pluie torrentielle salua l'arrivée des derniers condamnés. Enchaînés, ils titubaient sur leurs jambes, alors que les gardes les poussaient vers la porte de la prison. L'un de ces hommes avait le corps ravagé par les privations, meurtri par la faim. Lorsqu'il fut jeté dans une minuscule cellule, il s'écroula sur le sol, à moitié inconscient. Certains avaient tué, volé ou mérité leur place dans cette antichambre de la mort.

Lui n'avait fait que préserver le dernier souvenir qui lui restait de son père. Léonis Dariel, un peintre merveilleux, une victime sacrifiée par le régime pour une idéologie… De lui, il n'avait reçu comme héritage qu'une toile sauvée d'un incendie avant même sa naissance. Il avait voulu la protéger, la défendre des flammes qui guettaient chaque œuvre d'art. Sa mère la disait magique, capable d'ouvrir une fente vers le passé, mais la magie s'était éteinte depuis bien longtemps.

Il allait mourir comme son père avant lui. Le jour se lèverait et il serait pendu. Lui qui n'avait pas connu cet homme ne connaîtrait pas non plus son enfant. L'histoire se répétait, cruelle et riant de ces générations d'orphelins. Sa fille avait à peine un an. Ses yeux avaient la couleur du ciel et dans son regard se lisait la promesse d'un meilleur lendemain. Pourtant, il ne garderait d'elle que le souvenir d'un nourrisson jeté dans les bras de son épouse, forcée de fuir alors que lui-même était arrêté.

— Verlana, murmura-t-il, je suis tellement désolé… Prends soin d'elle, prends soin de la petite…

Tandis qu'il gisait sur la pierre humide, une larme silencieuse glissa sur sa joue. Elle toucha le sol et pendant que le prisonnier sombrait dans un sommeil tourmenté, une fleur poussa dans sa cellule. Une fleur aux pétales bleus, une fleur aussi magique que la toile de son père. Dans sa famille, une femme avait consacré sa vie à rechercher l'anorentia. Autrefois, une légende prétendait que cette plante avait le pouvoir d'exaucer les souhaits. Qu'elle naissait du malheur humain pour apporter l'espoir.

À son réveil, le condamné fut surpris par cet étrange cadeau du ciel. Il chercha dans cette apparition miraculeuse une raison de croire en un monde meilleur. De là-haut, une force supérieure s'était penchée vers lui. Pour sécher ses larmes, elle lui avait envoyé cette fleur si belle qu'elle venait d'apaiser son âme… L'échafaud l'attendait, bientôt ce serait le néant qui l'envahirait. Il partirait seul sans savoir ce que l'avenir réservait à ceux qu'il aimait. Alors, dans un sursaut de foi, il lança un vœu aux étoiles. Il supplia cette force mystérieuse de protéger sa fille. *Il pria pour que l'art de son père perdure à travers elle…*

Il ignorait que sa femme mourrait bientôt, qu'elle s'effondrerait dans une ruelle étroite et que sa fille serait adoptée par la famille de l'ambassadeur. Il ignorait qu'elle deviendrait une adolescente courant sur les toits pour défier l'autorité. Il ignorait aussi que son vœu serait exaucé et que sous ses pinceaux, le temps et l'espace n'existeraient plus.

Chapitre 8

La dame écarlate

Lorsque Plume s'éveilla, elle flottait encore dans le monde des rêves. Sous ses doigts, elle sentait la douceur des draps et la caresse de la soie sur sa peau. Elle était allongée dans un lit à baldaquin dont les imposants rideaux laissaient deviner les rayons du soleil. Lentement, les événements de la veille s'emboîtèrent dans son esprit, ils reprirent leur place dans cet immense puzzle chronologique où se mélangeaient le présent et le passé.

— Élias ! s'exclama-t-elle dans un sursaut.

Il était vivant ! Plume se souvenait de s'être jetée dans ses bras. Elle l'avait serré si fort contre elle de peur qu'il ne disparaisse à nouveau. Ses lèvres s'étaient pressées sur les siennes. Les mains d'Élias avaient effleuré ses cheveux, il lui avait murmuré des mots à l'oreille. Des mots pleins d'amour et des promesses qui avaient un goût d'éternité. Blottie contre son fiancé, Plume avait fini par sombrer dans une douce inconscience. Elle avait retrouvé Élias et plus rien ne comptait.

— Bonjour, mademoiselle.

Une vague de lumière l'éblouit, l'obligeant à cligner des yeux. Au pied du lit se tenait une servante au tablier immaculé. Ce n'était pas Madge. Ce n'était pas non plus sa chambre... À travers la fenêtre, elle discerna en contrebas les remparts qui séparaient le palais du reste de la capitale. Un sentiment amer s'empara de Plume, alors qu'une image ressurgissait de sa mémoire. *Élias était l'Oméga.* Il avait choisi de ressusciter sous les traits du seul homme qu'elle exécrait.

— Quelle toilette souhaitez-vous porter, mademoiselle ?

La domestique avait ouvert une large penderie, révélant un tel choix de robes qu'Anémone aurait sans doute défailli en les voyant. De la dentelle, des étoffes précieuses, des perles et des fanfreluches... Mais ces tenues avaient toutes un point en commun : elles étaient écarlates. La couleur de la Ligue, du pouvoir et de ce camp que Plume s'était juré de haïr.

— Comment vous appelez-vous ? marmonna-t-elle.

— Sue, mademoiselle.

— Est-ce que vous pouvez m'expliquer ce que je fais ici, Sue ? Et à qui est cette chambre ?

— Vous êtes l'invitée de Sa Majesté, répondit la domestique, et cette chambre est la vôtre.

— Où est… Sa Majesté ?

— Dans la Grande salle, mademoiselle. Elle vous attend.

Plume avait l'impression de trahir la cause et de se parjurer. D'un geste de la main, elle désigna l'une des robes et Sue s'empressa de la défaire du cintre. Dans le miroir, elle observa une demoiselle échevelée dont les vêtements semblaient avoir traîné dans la boue se métamorphoser en une aristocrate. La jeune bonne cacha ses mèches rebelles sous une perruque coiffée en chignon, d'où s'échappait une montagne de boucles. Elle glissa un collier autour de son cou et poudra son visage. Des années semblaient séparer Plume de cette vie d'autrefois où elle paradait en talons, étouffant dans un corset trop serré. Lorsqu'elle était encore la fille de l'ambassadeur, cette mascarade n'était pour elle qu'un sacrifice nécessaire. Aujourd'hui, c'était différent.

— Mademoiselle, si vous voulez bien me suivre.

Hésitante, Plume lui emboîta le pas dans une longue succession de couloirs. Sur son passage, les gardes s'inclinaient, ils murmuraient des « Madame » respectueux en baissant la tête. Quel était donc son rang ? Et surtout, qu'avait fait Élias ? Il ne pouvait pas être seulement l'Oméga… Il avait un cœur, elle avait appris à lire dans son âme, à trouver de la beauté en lui. Comment avait-il pu commettre des crimes aussi abominables ?

Une double porte s'ouvrit sur la Grande salle. C'était là que Plume avait été conduite la veille. Elle reconnaissait les tentures brodées et cette table gigantesque qui disparaissait à présent sous des plateaux et des mets de toutes sortes. De l'autre côté de la pièce, l'Oméga la fixait derrière son masque de bronze.

— Mlle Herrenstein, Votre Majesté, annonça Sue en se retirant.

C'était un inconnu qui lui faisait face. Un homme qu'elle avait cru connaître. Lentement, Plume fit la révérence. Elle resta pétrifiée, les yeux rivés sur le sol, ne sachant plus ce que le protocole lui ordonnait de faire.

— Je vous en prie, Éléonore, relevez-vous. Rien ne vous oblige à ces formalités.

Plume se surprit à trembler alors qu'elle prenait place à la droite de l'Oméga. Les mots restaient coincés dans sa gorge. Le silence devenait pesant. Pour se donner une contenance, elle tenta de s'intéresser à son assiette, mais sa fourchette lui échappa des mains.

— Je vous intimide ? demanda l'Oméga en lui tendant galamment son couvert. Et moi qui me préparais à une tempête de reproches et de questions… Vous n'êtes pas curieuse de savoir la vérité ?

— Vous étiez quelqu'un de bien, murmura-t-elle, pourquoi a-t-il fallu que ce soit vous ?

— Parce que j'ai fait mon choix. J'ai rejoint la Ligue écarlate pour siéger aux côtés de mon père. Je suis devenu celui que j'aurais toujours dû être.

— Non, Élias d'Aubrey n'aurait jamais massacré des innocents. Il n'était pas cruel, il savait ce qui était juste.

— Vous voulez dire qu'il était faible. Ce garçon était naïf, trop ignorant pour comprendre que le bien et le mal n'étaient qu'une invention humaine. Je l'ai guidé, je lui ai montré que rien au monde ne valait le pouvoir.

— Alors, vous l'avez tué, prononça Plume dans un souffle. Vous avez détruit ce qui faisait de lui un homme exceptionnel.

— Je lui ai permis de survivre, au contraire. Sans moi, il n'aurait jamais trouvé la force de vous attendre. Un demi-siècle ! s'exclama l'Oméga. Pendant cinquante ans, j'ai compté les jours, j'ai imaginé cet instant où enfin, vous seriez mienne à nouveau. Oh, Plume, si vous saviez… Je n'ai jamais cessé de vous aimer… À chaque fête nationale, je vous guettais, je vous cherchais parmi cette foule d'inconnus sans pouvoir distinguer votre silhouette. Ces derniers mois étaient les plus difficiles, je n'ai pas su résister à la tentation. Je vous ai fait porter une lettre officielle et vous étiez là, assise dans la tribune d'honneur ! Vous étiez si belle, si proche de moi et pourtant si lointaine.

— S'il vous plaît, laissez-moi vous voir…

Doucement, Plume lui retira son masque, effleurant du doigt les ronces qui s'enchevêtraient sur sa peau et les épines qui déformaient ses traits.

— Mon visage ne vous effraie pas ? s'étonna l'Oméga. Hier, vous n'avez eu aucun mouvement de recul. Vous m'avez embrassé sans la moindre peur.

— Je n'ai pas peur d'Élias, j'ai seulement peur de vous et de la cruauté qui se lit dans vos yeux.

— Vous n'avez rien à craindre, je ne vous ferai aucun mal. C'est votre bonheur que je souhaite.

Comme pour sceller une promesse, il saisit sa main dans la sienne et la porta à ses lèvres.

— Il n'est pas trop tard, lui dit Plume, venez avec moi. Abandonnez votre trône et partons ensemble, rien que vous et moi ! Nous pourrions quitter Orme et nous installer loin d'ici, dans un endroit où vous ne seriez qu'Élias.

— Pourquoi partir ?

— Pour que vous me reveniez.

L'Oméga éclata de rire.

— Ma chère, nous n'avons aucune raison de nous exiler je ne sais où.

Ce palais est le vôtre, désormais. Je vous ai offert une jolie chambre, des robes et des bijoux que n'importe quelle aristocrate vous envierait.

— Mais je me moque de vos richesses !

— Vous êtes encore jeune. Vous êtes pleine de rêves, la rébellion vous a rempli la tête d'illusions. Dans quelques mois, vous vous habituerez à cette vie et vous serez heureuse d'être à mes côtés.

— À vos côtés, en tant que quoi ?

— Ma reine.

— Et si je refuse ?

— Vous ne refuserez pas.

Plume sut alors que le pouvoir lui était monté à la tête. Il était devenu fou dans ce monde clos où personne n'avait le droit de lui dire non. Élias d'Aubrey était mort… Il avait cessé d'exister à l'instant même où l'Oméga avait surgi des ténèbres pour régner.

— Est-ce que je peux sortir du palais ? marmonna-t-elle.

— Sortir pour aller où ?

— Je ne sais pas, voir Charlotte par exemple. Nous avions l'habitude de boire le thé ensemble.

— Non, je ne pense pas que ce soit raisonnable. Si vous voulez voir Mlle Savonnette, je l'inviterai à vous rendre visite.

— Est-ce que je suis votre prisonnière ?

— Je vous demande pardon ?

— Votre prisonnière, répéta Plume en articulant comme si elle s'adressait à un demeuré.

— Considérez-vous plutôt comme mon invitée.

— Écoutez-moi bien, s'écria-t-elle, je me fiche de savoir que vous êtes l'Oméga ! Je ne vous laisserai pas m'emprisonner dans une cage dorée. Et si vos propos de tout à l'heure étaient un renouvellement de votre demande en mariage, je ne serai pas votre femme. Mettez-vous dans le crâne que je ne céderai pas à vos caprices !

Plume s'était levée d'un bond. Elle lui avait hurlé cette vérité en pleine face et regretta aussitôt de s'être emportée. La dernière fois qu'elle s'était chamaillée avec Élias, ils étaient perdus en pleine campagne. À présent, il avait sous ses ordres tout ce que la capitale comptait de militaires et de hauts responsables.

— Vous me rejetez parce que je suis plus âgé que vous ? Je pourrais être votre grand-père, je comprendrais que cela soit une raison de…

— Non, je vous repousse parce que vous faites du mal autour de vous.

L'Oméga esquissa un geste pour lui caresser la joue.

— Je vous interdis de me toucher, siffla Plume entre ses dents.

— Êtes-vous consciente, chère Mlle Herrenstein, que mes prisons débordent de vos petits camarades ? Et que je n'ai pas encore signé les ordres d'exécution ?

— Vous allez les tuer ?

— D'après vous ? Vous vous imaginiez sincèrement que j'allais les garder en vie alors qu'ils avaient osé me défier ?

— Je vous en supplie, épargnez-les !

Les larmes mouillaient ses yeux. En retrouvant Élias, elle avait cru la guerre figée dans un éternel statu quo. Elle avait été naïve de voir en cet homme un allié du passé, il n'était qu'un tyran s'amusant à semer la mort. Le voile venait de se déchirer, lui révélant ce jeu terrible où les cartes s'abattaient et la donnaient perdante.

— Je ne suis pas sûr d'en avoir envie, soupira l'Oméga. L'audace de ces gueux a quelque chose d'agaçant, vous ne trouvez pas ? Et dire qu'ils s'imaginaient être les plus malins… Je savais qu'ils perturberaient la fête nationale, puisque Élias d'Aubrey le savait. Je les ai laissés faire, je les ai laissés venir à moi. C'est à cela que l'on reconnaît un stratège : son talent à persuader l'autre camp de sa supériorité. Ils ont quitté la Grande Place parce que je l'ai voulu. La vérité est que je les invitais presque à m'attaquer… Je n'ignorais pas que sitôt revenue à votre époque, votre premier réflexe serait de rejoindre les princes maudits. Vous useriez de ce talent si rare pour traverser les murs et déplacer une armée entière avec vous. C'était… comment dire ? La suite logique de toutes ces belles paroles, ces promesses de guerre que vous ne cessiez de proférer contre le régime… Et je vous ai attendus. J'ai placé des soldats à l'extérieur de la salle du trône. Si j'avais vu juste et qu'une bande de hors-la-loi tentait effectivement un coup d'État, ils n'auraient qu'une seule occasion pour le faire. La cérémonie de succession, puisqu'elle rassemblerait les hommes les plus puissants du royaume… Peut-être vous demandez-vous pourquoi je me suis donné autant de mal ? Hormis pour infliger à Tibérius et ses compères incompétents une raison de plus de me craindre. Je voulais mater une fois pour toutes ces insurgés. Lorsque le peuple verra leurs cadavres, ces traîne-misère sauront qu'il est inutile de me combattre.

— Par pitié, laissez-les vivre…

— Ce serait contre-productif, j'en ai bien peur.

— Je ferai ce que vous voudrez, promit Plume. Tout ce que vous voudrez.

L'Oméga lui sourit tristement.

— Je ne peux pas me montrer clément, ce serait un signe de faiblesse. Je suis obligé de procéder à des exécutions, le sang doit couler pour que la stabilité règne...

— Alors, ne tuez que certains d'entre eux et épargnez les autres !

— Vous parlez comme une dame de la Ligue, ma chère.

C'était ignoble, songea Plume. Sa propre idée la dégoûtait. Était-ce à force de fréquenter Élias qu'elle en était venue à penser comme lui ?

— Voilà qui est déjà plus envisageable... Voulez-vous conclure un pacte avec moi, Éléonore ? Je m'engage à n'en exécuter qu'une poignée en échange de quoi vous me donnez le nom des chefs.

— Quoi ?

— Les princes maudits doivent mourir, développa l'Oméga. Je vous laisse le choix : ou vous les dénoncez et ils seront les seuls à payer ou je les fais tous tuer jusqu'au dernier. Dans les deux cas, ils seront pendus.

— Non !

— Vous en êtes bien sûre ? Tenez, dans un accès de bonté, je vous accorde un délai : vous avez jusqu'à ce soir pour y réfléchir.

La réponse de Plume fut un regard noir.

⁂

— Bon sang, s'énerva Jack en tournant dans sa cellule comme un lion en cage, qu'est-ce qu'ils ont fait de Plume ? Pourquoi est-ce qu'elle ne revient pas ?

— Ce n'est pas en t'agitant que tu la ramèneras, fit remarquer Pandore qui, face à cette frénésie, avait préféré s'allonger par terre pour admirer le plafond.

C'était leur deuxième journée dans les geôles. Trois heures plus tôt, un garde leur avait jeté des morceaux de pain en si faible quantité qu'il semblait presque les inviter à s'entretuer les uns les autres. Le ventre de Pandore produisait des gargouillis de plus en plus insistants.

— J'ai faim, clama ce dernier pour la quinzième fois d'affilée.

— Tais-toi !

Heureusement pour lui, Jack n'était pas son codétenu, sans quoi il lui aurait probablement fait manger son poing. Un mouvement près de la porte vint brusquement les interrompre. Un soldat poussait devant lui une mince silhouette qui gémissait et luttait contre ses larmes.

— Plume ? lança Jack avec espoir.

Mais ce n'était pas elle. C'était ce gamin qu'il avait déjà croisé chez les princes maudits. Celui qui avait un nom bizarre. Avalon ne fut pas aussi long pour l'identifier.

— Kei ! s'exclama-t-il. Qu'est-ce que tu fais là ? Qu'est-ce qui s'est passé ?

La dernière fois qu'il avait vu l'adolescent, il l'avait laissé dans leur repère avec une mission très simple : rester avec Pipo. Kei était un garçon consciencieux, il avait prouvé à de nombreuses reprises qu'il était digne de confiance. Et même enchaîné, il continuait d'exécuter les ordres. Pipo était toujours avec lui.

— Pipo ! hurla Avalon.

L'enfant marchait, agrippé à la manche de Kei. Lorsqu'il aperçut Avalon, il voulut courir vers lui, mais le garde le saisit par le col et le jeta dans la cellule opposée. Pipo resta cramponné à la rangée de barreaux, son bras tendu vers l'extérieur, cherchant désespérément à atteindre son père adoptif alors que plus de deux mètres les séparaient.

— C'est un gosse ! s'écria Avalon. Comment osez-vous emprisonner des enfants ? Il n'a même pas cinq ans !

L'autre ne daigna pas lui répondre. Il fit cliqueter ses clefs dans la serrure, enfermant dans une geôle déjà grouillante de détenus les nouveaux arrivants.

— Kei, comment tu vas ? demanda Pandore anxieusement.

Il était dans la cellule située à sa gauche et se tordait le cou pour essayer de l'apercevoir.

— Je suis désolé, sanglota l'adolescent, je suis vraiment désolé… Je ne sais pas comment ils ont su, ils sont venus dans notre refuge. J'ai voulu protéger Pipo, je lui ai dit de se cacher… mais ils l'ont trouvé quand même.

— Tu n'y es pour rien, assura Avalon dans un faible sourire. C'est moi qui suis désolé de t'avoir entraîné dans cette histoire.

Il ignorait que plusieurs étages au-dessus de sa tête, une jeune fille était forcée de choisir qui devait vivre ou mourir. Leur destin reposait désormais dans les mains de la dame de cœur.

⁂

L'Oméga écoutait à peine ses conseillers. Il aurait dû leur prêter attention, retenir ces chiffres et ces mots barbares qu'ils s'obstinaient à baragouiner. Mais dans son esprit, il n'y avait que Plume et pas assez de place pour faire entrer les finances, la politique ni même la répression. Une seule vérité comptait pour lui : la boucle était bouclée, il avait retrouvé cette jeune effrontée. Ils étaient ensemble comme ils auraient toujours dû l'être.

Rien n'avait été facile, pourtant. Il lui avait fallu déplacer ses pièces sur cet immense échiquier où le temps était son ennemi. Il avait tendu des pièges à Élias d'Aubrey, il l'avait manipulé avec suffisamment de talent pour qu'il ne reconnaisse jamais l'ombre du maître. Il l'avait affaibli, il avait ordonné à son père de le délaisser. Il avait détruit son enfance pour user de ses souffrances. Pour le tuer le jour où l'Oméga prendrait chair en lui.

Lorsqu'il était parvenu au pouvoir, il s'était efforcé de recoller les morceaux entre présent et passé. Sa tâche la plus ardue avait été de retrouver la toile. D'après ses sources, Iliana avait réussi à la sauver des flammes. Elle s'était enfuie avec la dernière œuvre du peintre. Pendant trois décennies, il les avait cherchés, elle et l'enfant qui deviendrait le père de Plume. Ses efforts avaient fini par payer. En 1826, la milice avait confisqué la toile, elle avait capturé un certain Lysidor et l'avait fait pendre. Conformément à ses ordres, le tableau avait été expédié à Seräen pour être examiné avant d'être brûlé. En reconnaissant la peinture, l'Oméga avait esquissé un sourire. Puis, calmement, il avait fait appeler Mandias. Il lui avait susurré de cacher cet objet interdit dans son cabinet de travail. Son père avait obéi, il s'était exécuté sans poser de question.

Des années s'étaient écoulées. Là-bas, à Hirion, Élias était devenu un homme bien décidé à faire ses preuves. La veille de son départ pour la capitale, l'Oméga lui avait fait porter une lettre. Il l'avait dictée à son secrétaire, il avait médité chaque mot et l'avait conclue par un ironique « Votre dévoué serviteur ». Ces quelques lignes pousseraient Élias à fouiller son bureau en pleine nuit. Cette même nuit où il apercevrait pour la première fois une voleuse des toits... Il découvrirait une toile, dissimulée dans un coffre secret, et ce mystère continuerait longtemps à le hanter.

Mais le plan de l'Oméga avait connu son apothéose une semaine plus tard, lorsque maître Griffin avait été convoqué au palais. Il lui avait ordonné de trahir Élias, de l'attaquer dans son manoir à la tête d'une armée de gargognes. La réaction du professeur d'escrime avait été admirable : il avait refusé, il avait clamé qu'il préférait mourir. Et l'Oméga avait retiré son masque. Il lui avait montré qu'en défiant son élève, il ne faisait en réalité que le servir. Alors, Griffin avait accepté. Il avait suivi les instructions. Il avait usé de la chevalière pour ouvrir les portes dérobées. Il avait actionné le mécanisme et poursuivi Élias et sa fiancée dans les passages secrets. Lorsqu'il avait dû combattre son apprenti, il s'était laissé embrocher sur sa lame. Il s'était suicidé par fidélité. Par loyauté envers l'Oméga pour qui sa vie ne valait plus rien.

Ce fameux soir, Plume et Élias s'étaient cru menacés, pourchassés par un ennemi décidé à les tuer alors que tout n'était que mise en scène. Les gargognes devaient seulement les conduire sur les toits, les amener à trébucher à la frontière du temps. Elles s'étaient retirées sitôt qu'Éléonore Herrenstein avait basculé dans le passé. Elles s'étaient évanouies dans les ténèbres, car plus rien désormais ne pourrait arrêter Élias. Il la suivrait, il traverserait la fente pour la rejoindre et il serait l'Oméga.

⸕⸎⸕

— Je le déteste, marmonna-t-elle. Il m'oblige à devenir comme lui.

Plume avait une très forte envie de l'étrangler. Ce que l'Oméga lui proposait était ignoble. Elle ne pouvait pas condamner Avalon et ses hommes. Elle ne pouvait pas non plus laisser des innocents périr… Tôt ou tard, Plume savait qu'elle céderait, qu'elle le supplierait de pendre les princes maudits pour que d'autres puissent vivre. En réalité, elle n'avait pas le choix. Sa conscience la hanterait, mais que valait la morale face à un résultat purement mathématique ? En tuer une dizaine pour en sauver cinq cents autres. Et parmi eux, il y avait Jack. Il lui suffisait de parler pour qu'il soit épargné.

Seule dans sa chambre, elle s'arracha à ce dilemme pour constater que le garde qui l'escortait l'avait enfermée à clef. Elle était prisonnière, condamnée à attendre, à rester là jusqu'à ce que l'Oméga réclame sa compagnie. De mauvaise humeur, Plume choisit de faire un inventaire plus détaillé de sa chambre.

— Voyons voir, grommela-t-elle en s'attaquant à sa penderie.

La jeune fille jeta pêle-mêle les robes, les rubans et les fanfreluches qui s'entassèrent sur le sol. Il lui fallait une arme, n'importe quoi qui puisse l'aider à bâtir un plan de bataille. La manœuvre se révéla pourtant vaine. Il n'y avait rien d'intéressant dans la penderie, même pas une aiguille à chapeau pour crocheter la serrure. L'examen du bureau fut tout aussi infructueux : ni instrument contondant ni coupe-papier. La coiffeuse, la table de chevet et le chiffonnier furent soumis à une inspection minutieuse, mais sans plus de résultat. À court d'idées, Plume se tourna vers le dernier placard. Elle s'apprêtait à le vider de fond en comble quand un cri d'horreur lui échappa.

Ce n'était pas un meuble ordinaire. À l'intérieur se dressait un dôme de verre de la taille d'un homme et immobile comme une statue de marbre, protégée par cette coque transparente, se tenait une gargogne. La créature avait les bras repliés au-dessus de sa tête. Elle semblait sur le point de s'éveiller, prête à bondir hors de sa prison de verre au moindre tressaillement.

Plume hurla. Elle monta aussi haut dans les aigus que le lui permettait sa voix de soprano. Rien ne se produisit. La silhouette n'esquissa aucun mouvement. Elle demeurait indifférente, ni sensible à cette arme qui aurait dû la tuer ni décidée à attaquer. Dans un sursaut de courage, Plume s'approcha assez près pour refermer le placard et exécuta un repli stratégique vers la porte. Elle tambourina, elle appela les gardes en usant d'un vocabulaire fleuri, mais personne ne se manifesta.

— L'Oméga, siffla-t-elle entre ses dents.

Il n'y avait que lui pour avoir placé cette monstruosité dans sa chambre. C'était une menace, un instrument de pression pour la maintenir sous son contrôle. Plume eut beau vociférer, aucun des domestiques ne semblait d'humeur à lui ouvrir. Elle était pourtant persuadée d'avoir entendu du bruit de l'autre côté du panneau. « Ils le font exprès », songea-t-elle. À défaut d'un meilleur plan, elle opta pour une solution radicale.

— Je vais me suicider ! lança-t-elle dans un trémolo hystérique. Vous retrouverez mon cadavre et l'Oméga se fera un plaisir de tous vous massacrer.

La promesse d'une mort certaine produisit aussitôt l'effet escompté. La porte pivota sur ses gonds. Dans l'entrebâillement se glissa un valet à la mine anxieuse. Il n'eut pas le temps d'analyser la situation que Plume avait déjà bondi. D'un mouvement vif, elle le bouscula et se précipita à l'extérieur.

— Mademoiselle, prononça l'homme en livrée blanche, vous devriez retourner dans votre chambre. Sa Majesté l'Oméga a ordonné que vous restiez enfermée jusqu'à ce soir.

— Dites à l'Oméga que j'exige de le voir !

— Il est en conseil restreint, il ne peut malheureusement pas vous recevoir…

— Eh bien, il va se libérer et il a intérêt à le faire ! Maintenant, vous allez me conduire jusqu'à lui ou je vous promets que ce soir, vous dormirez en prison ! Je lui raconterai que vous m'avez manqué de respect et nous verrons ensemble s'il se montre clément !

Les poings sur les hanches, vêtue de sa robe écarlate, Plume dégageait une autorité certaine.

— Immédiatement !

Le valet bafouilla un « Oui, madame ». Il dut presque trotter derrière elle alors que Plume traversait les couloirs d'un pas déterminé. À ce rythme, ils ne tardèrent pas à atteindre une porte imposante, surveillée par deux gardes, que le domestique lui désigna d'un doigt fébrile. Lorsque Plume s'avança, l'air furibond, les hallebardes se croisèrent pour lui bloquer l'entrée.

— Écartez-vous, ordonna-t-elle.

— Vous ne pouvez pas déranger Sa Majesté, madame, lui répondit l'un des gardes.

Cette fois-ci, Plume n'eut pas à monter d'un ton, ni à tempêter car une voix grave s'éleva de l'autre côté de la porte.

— Laissez-la entrer.

Satisfaite, la jeune fille franchit le seuil pour découvrir la salle du conseil. Restreint n'était sans doute pas le terme le plus approprié pour décrire l'ampleur de cette réunion. Ils devaient être une trentaine de conseillers, assis autour de l'immense table où un orme à douze branches était gravé dans le bois. L'Oméga trônait dans un large fauteuil et vu les documents étalés devant lui, Plume venait d'interrompre un important débat.

— Messieurs, déclara l'Oméga, le conseil est terminé.

— Votre Majesté, nous n'avons pas encore évoqué la situation d'Arathir ! Vous n'êtes pas sans ignorer que l'Intendant vous demande un…

— Accordez à cet idiot ce qu'il réclame. Mais, la prochaine fois que ses récoltes seront désastreuses et qu'il osera m'importuner à cause d'une prétendue famine, il sera exécuté.

Les conseillers s'inclinèrent avant de quitter la pièce les uns après les autres. Le dernier referma lentement la porte, laissant Plume seule en compagnie de l'Oméga.

— Alors, ma chère, que souhaitiez-vous me dire ?

— Est-ce que c'est vous qui avez placé une gargogne dans ma chambre ? s'exclama-t-elle.

— Ainsi, vous avez ouvert le placard. Je l'aurais volontiers fermé avec un cadenas pour vous protéger de cette découverte mais vous connaissant, cela vous aurait surtout incitée à forcer la serrure… Oui, pour répondre à cette charmante accusation, c'est bien moi. Autre chose ?

— Pourquoi ? Pourquoi avez-vous fait une chose pareille ?

— Parce que vous en avez peur, tout simplement. Si j'avais remplacé la gargogne par un chaton, le résultat aurait été moins concluant.

— Quoi ?

L'Oméga se massa les tempes avec lassitude.

— Mlle Herrenstein, contrairement à ce que vous semblez croire, je n'ai pas oublié à quel camp vous appartenez. Vous faites partie des rebelles, ces mêmes hommes qui ont juré de me renverser. Et je ne suis pas non plus sans ignorer l'étendue de votre pouvoir. Je ne vous laisserai pas détruire d'un coup de pinceau ce que j'ai mis un demi-siècle à bâtir.

— Vous me soupçonnez de vouloir retourner dans le passé ?

— Dans le passé ou je ne sais où. Vous ne vous enfuirez pas d'ici, susurra-t-il, vous resterez sagement dans votre chambre et vous n'aurez plus jamais l'occasion de peindre.

— Cette maudite gargogne est là pour me surveiller ? marmonna Plume.

— Exactement. Voyez-la comme un chien de garde, un brave toutou qui ira prévenir son maître si vous tentez quoi que ce soit. Essayez d'invoquer la fente, de vous moquer de moi d'une quelconque façon et je vous préviens que je sévirai.

— Vous allez me tuer ?

— Non, bien sûr que non, qu'allez-vous imaginer ? Je ne lèverai pas la main sur vous, mais rien ne m'empêche de décapiter vos petits camarades en commençant par votre cher cousin. Alors, ne me forcez pas à recourir aux grands moyens… Ah, et si par hasard vous faisiez résonner cette jolie voix suraiguë qui est la vôtre, sachez que c'est inutile. J'ai fait installer un dôme de verre et devinez quelle est la propriété de cette matière ?

— Je suppose qu'elle protège les oreilles délicates de votre monstre.

Le sarcasme n'échappa pas à l'Oméga.

— Absolument, ricana-t-il. C'est amusant, non, comme il est si simple de contrer les effets que la musique provoque sur son organisme ? Vous êtes parvenue à cette conclusion, vous aussi, n'est-ce pas ? J'étais chez Artéor, chez ce serpent qui se croyait si malin, lorsque la vérité m'est apparue. Je commençais à saisir que l'Oméga représentait mon avenir quand j'ai réfléchi aux règles écarlates… La troisième règle ! Prohiber la musique, mais dans quel but ? C'est alors que j'ai pensé aux gargognes et à toutes ces fois où elles avaient fui devant les sons stridents qui sortaient de votre gorge. Ce fut une véritable révélation !

— Vous vous êtes allié avec ces créatures démoniaques !

— Oh oui, raconta l'Oméga avec une lueur démente dans le regard, je suis allé dans les bois et j'ai conclu un pacte avec le mal incarné. Je leur ai promis que bientôt viendraient des jours où elles n'auraient plus à craindre ni la musique ni ces fêtes paysannes qui n'étaient que désordre et cacophonie. Et j'ai tenu ma promesse. J'ai banni la musique du royaume, je l'ai limitée aux seules réceptions mondaines pour distraire la noblesse. J'ai accordé à ces êtres la liberté de déambuler la nuit et surtout je les ai nourris !

— Vous les avez nourris ? répéta Plume, effarée.

— Je leur ai offert les prisonniers qui partaient en guerre contre Valacer. J'ai expurgé les bas-fonds de ces adolescents qui seraient devenus des hommes prêts à se soulever contre le régime. Voilà comment j'ai acquis leur loyauté ! J'ai fait des gargognes mon armée des ténèbres.

— Mais c'est ignoble !

— C'était nécessaire pour éviter une révolte, c'était un sacrifice inévitable…

— Vous n'avez pas de cœur !

— J'ai un cœur qui vous appartient, répliqua l'Oméga. J'ai veillé sur vous, j'ai ordonné à la milice de ne jamais abattre un chat de gouttière qui s'amuserait à violer le couvre-feu ! J'ai veillé sur vous avant même que vous ne rencontriez Élias… Hier, quand vous avez surgi dans la salle du trône, je vous ai laissée participer au combat, mais mes soldats avaient l'interdiction de vous tuer. « Ne touchez pas à la fille aux cheveux courts », c'étaient les seuls mots qu'ils avaient à retenir s'ils ne voulaient pas finir écartelés.

— Et vos précieuses gargognes qui ont failli nous massacrer dans les souterrains ?

L'Oméga la saisit par la main et l'attira à lui.

— Vous êtes sérieuse ? s'inquiéta-t-il. Ou vous n'inventez cette histoire que pour me torturer ?

— C'est la vérité. Elles nous ont attaqués dans les souterrains ! Elles ont traversé les murs et nous ont encerclés. Si je n'avais pas compris à cet instant précis que la musique était leur point faible, je ne serais pas là pour vous le dire.

— Ma chérie, je suis infiniment désolé. Laissez-moi vous prendre dans mes bras, laissez-moi vous embrasser…

Plume se débattit à peine lorsqu'elle sentit les lèvres de l'Oméga chercher les siennes. Il avait à nouveau retiré son masque et dans ses yeux se lisait un mélange indéfinissable de peur et de soulagement.

— Je suis tellement heureux que vous soyez vivante, murmura-t-il à son oreille. Par pitié, ne m'infligez plus une frayeur pareille… Les gargognes seront châtiées, elles souffriront pour avoir osé vous faire du mal !

— La vérité est qu'elles échappent parfois à votre contrôle, n'est-ce pas ?

— Les gargognes ne sont pas humaines, il leur arrive d'obéir à leurs instincts. En avez-vous déjà vu une de près ? Elles ressemblent à des chauves-souris géantes, ce que nous prenions à tort pour un long manteau noir n'est en réalité qu'une partie de leur corps. Elles ont comme des ailes, bien qu'elles ne volent pas ; elles les replient au-dessus de leur tête pour tenter de se protéger du bruit...

La jeune fille s'écarta. Elle repoussa l'Oméga aussi doucement qu'elle le put. Brusquer cet homme était une erreur. Sa réaction venait de lui prouver une chose importante : elle avait encore une influence sur lui. Au fil des années, le pouvoir avait altéré sa raison. Il avait livré des innocents en pâture à des créatures sanguinaires... mais il l'aimait toujours.

— J'ai maudit l'Oméga, prononça Plume dans un souffle, je lui ai reproché les crimes que commettait la milice. Mais j'ignorais qu'il avait votre visage. Je vous jure que plus jamais je n'oserai m'opposer à vous... Je vous aime, Élias. S'il vous plaît, ordonnez à vos soldats de retirer la gargogne qui est dans ma chambre. Vous n'en avez plus besoin, puisque vous avez ma parole.

Un battement de cils ne suffit pas à convaincre l'Oméga de sa bonne foi.

— N'essayez pas de me manipuler, je vous le déconseille.

— Le Juge s'est déjà glissé dans mon esprit, il a hanté mes nuits. Comment voulez-vous que je réussisse à dormir ?

— Venez dans mes appartements, susurra-t-il, je me ferai un plaisir de vous accueillir dans mon lit.

Plume réprima l'envie de le gifler. Il était amoureux d'elle, mais pas assez naïf pour se laisser prendre à son jeu.

— Savez-vous pourquoi l'on parle de la Cour des fous ? demanda l'Oméga d'une voix mielleuse.

— Parce que c'est son nom.

— Et si je vous disais que rien n'était dû au hasard ? Les gargognes occupaient les souterrains bien avant que vos amis voleurs ne pointent le bout de leur nez. Elles ont creusé ces galeries et elles ont dû les partager quand ce lieu de trafic a vu le jour... Mais commençons plutôt par le commencement. Pour qu'une tyrannie perdure, il est nécessaire d'avoir toujours des atouts dans sa manche. Voulez-vous un exemple, ma chère ? Imaginons que demain, je fasse promulguer une loi qui interdise les pots de confiture. D'après vous, que se passera-t-il le surlendemain ?

— On vendra les pots de confiture au marché noir.

— Très bien et comment fait-on pour s'en prémunir ?

Plume hésita.

— On ne peut rien faire, répondit-elle. Plus on interdira la confiture, plus on incitera les gens à s'en procurer d'une autre façon.

— Précisément, tant qu'il y aura des amateurs de confiture, ils trouveront le moyen de violer la loi. Le seul moyen de contrer ce trafic, c'est de le surveiller, expliqua l'Oméga. Et quoi de mieux que de fournir à ces vauriens un endroit où ils se croient en sécurité ?

— Vous n'êtes pas en train d'insinuer que…

— *La Cour des fous est connue des autorités.*

Plume encaissa le choc. Des années plus tôt, elle avait découvert le monde de la nuit, ce royaume secret où elle s'était sentie libre d'exister, loin des règles écarlates et de l'étau du régime. Cette révélation lui apparaissait comme une trahison, un ultime coup de poignard dans le dos.

— Il est impossible d'empêcher des criminels de se réunir, continua l'Oméga, alors autant les garder au creux de sa main. Le danger serait qu'ils se déplacent, qu'ils se dispersent et que je ne puisse plus les contrôler. La Cour des fous est un cadeau empoisonné… Je les ai laissés venir, je les ai laissés approcher. Un par un, ils sont tombés dans le piège que je leur tendais. Pourquoi pensez-vous que cette zone était en ruine ? Abandonnée à l'extrémité des bas-fonds et si peu fréquentée par les gardes ? Bien sûr, des rumeurs ont prétendu que l'Akheos aurait décimé les habitants du quartier en l'espace de quelques semaines… Mais cette prétendue maladie n'a jamais été rien d'autre qu'un mensonge. Je vous l'ai dit, ce lieu appartenait aux gargognes. Elles en avaient fait leur terrain de chasse. Elles ont cessé de dévorer leurs proies le jour où je leur ai proposé un accord. J'avais besoin de connaître les hors-la-loi de Seräen, elles avaient besoin de se nourrir… La Cour des fous est en mon pouvoir. Ces voleurs peuvent poursuivre leur trafic, magouiller du moment qu'ils ne dépassent pas les limites que j'ai fixées. S'ils deviennent trop nombreux, s'ils choisissent de s'unir contre moi, les gargognes se régaleront de leur chair. Et avant d'infliger la mort, vous n'ignorez pas à quel jeu se livrent ces créatures des ténèbres ?

— Elles torturent leurs victimes en les faisant sombrer dans la folie.

— La folie, ricana l'Oméga. La Cour des *fous*… Ce lieu porte si joliment son nom, vous ne trouvez pas ? Pour les gargognes, ce n'est qu'un immense garde-manger. Un réservoir qui attend de se remplir avant que sonne l'heure du repas. Des fous, il y en a eu des centaines… Des hommes qui disparaissaient et qui ne revenaient jamais. Il paraît que certains d'entre eux se sont même arraché la peau tellement leur souffrance était grande.

— Ce que vous dites là est abominable !

— Et je n'ai pas encore évoqué vos chers Passeurs, ces soi-disant gardiens qui défendent l'entrée. Le plus simple pour attirer des criminels, les amener là où je veux qu'ils soient, c'est de leur faire croire que l'accès est réservé. Mettez-leur un mot de passe, une énigme à résoudre, et ils s'imagineront faire partie des élus dignes de franchir le seuil… Les Passeurs sont des espions à ma solde, ils me font régulièrement des comptes-rendus. Je sais qui rentre et je sais qui sort. Merveilleux, non ? Cette idée m'a été soufflée par Artéor. J'ai voulu lui rendre hommage – pour avoir drogué son verre pendant des années, c'était la moindre des choses. Vos Passeurs portent des masques en forme de tête de renard, n'est-ce pas ? Un petit clin d'œil à mon bon ami Renard… Évidemment, comme pour la Cour des fous, personne n'en a jamais su la raison. Ce n'étaient que des masques mystérieux et des noms que l'on répétait sans en comprendre le sens.

Plume s'était laissée tomber sur une chaise. La vérité avait un goût amer. Dans la voix de l'Oméga, elle devinait l'exaltation, le désir de lui confier ses secrets comme la preuve que depuis le début, il était le maître du jeu.

— Vous nous avez manipulés, murmura-t-elle. Nous n'étions que des marionnettes entre vos mains.

— Ma chère, ne soyez pas trop sévère… Vous aussi, vous avez votre part de gloire. Oui, sans votre concours, certaines de mes plus brillantes machinations n'auraient pu exister. La guerre contre Valacer, par exemple, c'est vous que je dois remercier pour m'avoir donné l'inspiration. Vous aviez lancé cette hypothèse, vous vous souvenez ? Quand Dariel nous a affirmé que Valacer n'était qu'un peuple de pêcheurs… Vous avez accusé le régime d'avoir créé cette guerre de toutes pièces, d'avoir fait de ces poissonniers un ennemi que les habitants d'Orme haïraient. Cette réalité que vous dénonciez, vous en étiez l'instigatrice… Ah, que c'était ingénieux ! Vous auriez épousé Élias, vous auriez fait une dame de la Ligue exceptionnelle.

— Ne me remerciez pas pour avoir tué des innocents, siffla Plume entre ses dents. Je ne suis pas responsable de vos actes !

— Peut-être bien, mais vous étiez ma muse… D'après vous, dans quel but la première règle a-t-elle été promulguée ?

— Vous avez interdit la peinture pour que les œuvres de Valacer soient détruites.

— Oui, c'est vrai que ces imbéciles avaient une fâcheuse tendance à représenter des ports. Décrire Valacer comme une puissance militaire et laisser des toiles circuler à la gloire du poisson aurait été malvenu… Mais ce n'était pas l'unique raison. Vous ne voyez toujours pas, Plume ? *La première règle était pour vous,* déclara l'Oméga. C'était vous qu'elle visait, vous, ma belle petite fiancée du futur qui avait le don de traverser les époques. J'ai interdit la peinture pour que vous ne découvriez pas votre talent avant qu'il ne soit l'heure. J'ai fait exécuter des milliers d'hommes, ces idiots qui s'agrippaient désespérément à leurs pinceaux, en votre nom. Je les ai sacrifiés pour qu'aujourd'hui, nous puissions nous retrouver.

Le visage de Plume était devenu livide. Tout ce qu'elle avait fait, c'était lutter contre le régime ! Comment pouvait-il prétendre qu'elle était la cause de tant de persécutions ?

— Revenons-en à nos affaires, vous voulez bien ? poursuivit l'Oméga avec un petit rire. Est-ce que vous avez eu le temps de prendre une décision concernant vos compagnons qui croupissent en cellules ?

— Vous savez très bien que je n'ai pas le choix.

— Je veux l'entendre de votre bouche. Dites-le et j'épargnerai la plupart des prisonniers.

— Vous me le jurez ? Vous laisserez ces hommes vivre ?

— Je ne veux que les princes maudits et leur bande. Ils seront pendus, quant aux autres, ils resteront en prison.

— Vous avez gagné, marmonna Plume. Je vous livre les princes maudits.

— Comme c'est touchant de votre part ! s'esclaffa l'Oméga. Oh, j'oubliais de vous préciser que je connais déjà leurs noms. Avec tous mes espions disséminés dans la capitale, cela fait bien longtemps que j'ai eu cette information. Je n'aurai aucune difficulté à les retrouver dans cette masse grouillante de vermines qui moisissent en bas.

— Alors, pourquoi me demandez-vous de…

— Je voulais que vous les condamniez. Demain, ils seront exécutés et vous regarderez, ma chère. Vous serez à mes côtés en robe écarlate et avant de mourir, ils sauront que vous les avez trahis.

— Non ! Vous ne m'obligerez pas à être présente, je refuse de…

— Combien sont-ils ? coupa l'Oméga. Cinq cents ? Un peu plus, un peu moins… Même en pendant vos satanés princes, il me reste suffisamment d'otages pour que vous ne cherchiez pas à contester mes ordres. Ne vous obstinez pas, ce serait une perte de temps… Maintenant, vous allez être mignonne et me donner le seul nom qui a su échapper à mes informateurs.

Plume baissa la tête.

— Je veux le Faucon, prononça l'Oméga du bout des lèvres. De toute l'organisation, c'est le seul qui réussit encore à me narguer. J'ai la certitude qu'il est infiltré au palais et qu'il leur fournit des renseignements.

— Désolée, j'ignore totalement de qui il s'agit.

— Non, vous mentez… Vous connaissez sa véritable identité et vous allez coopérer, sauf si vous préférez que votre cousin Herrenstein en fasse les frais.

Dénoncer le Faucon, ce serait retirer à la rébellion leur dernière chance de triompher. Plume pensa à Jack, à ce garçon qui lui avait chuchoté à l'oreille « Je t'aime, petite sœur ». Elle ne le laisserait pas se faire torturer... L'Oméga ne plaisantait pas. Il était prêt à tuer ses amis jusqu'au dernier pour lui arracher la vérité. Alors, à quoi bon résister ?

— Quel sort réservez-vous au Faucon ? murmura Plume.

— Pendu avec ses camarades.

— Non, vous ne le ferez pas.

— Et pourquoi donc ?

— Parce que sa mort vous poursuivrait. Vous n'oserez pas le faire exécuter.

— Vraiment ? ricana l'Oméga. Comment pouvez-vous en être aussi sûre ?

— Je le sais parce que cet homme est le seul de toute la capitale qui ne craindra jamais votre colère. Vous l'avez protégé quand il était enfant et aujourd'hui encore, vous protégerez Andreas d'Aubrey.

— Quoi ?

— Andreas est le Faucon, affirma Plume. Cela vous choque que votre propre sang ait choisi la voie du bien ? Il s'est retourné contre la Ligue, il a trahi les siens pour une cause qu'il croyait juste.

L'Oméga s'efforçait de rester indifférent mais derrière son air impassible, Plume sentait que la nouvelle l'avait ébranlé. Pour se donner une contenance, il tira sa montre à gousset de sa poche et observa la course des aiguilles.

— J'ai une réunion dans dix minutes, annonça-t-il. Quelque chose à propos des budgets, il me semble.

— Parfait, articula Plume avec tout le mépris dont elle était capable. Comme vous n'avez plus besoin de moi, je vais retourner dans ma chambre. Je suis sûre que l'un de vos gardes se fera un plaisir de m'indiquer le chemin. Concernant la gargogne, j'ai bien réfléchi... Finalement, je préfère sa compagnie à la vôtre. Au revoir, Votre Majesté !

— Attendez, ma petite dame, fit l'Oméga en la retenant par la main. Vous n'oubliez rien ? Je viens de retirer au bourreau un nombre incroyable de candidats à la pendaison. Ne croyez-vous pas que ma mansuétude mérite une récompense ?

Il se tapota la joue et à contrecœur, Plume déposa un baiser à la commissure de ses lèvres. Elle le haïssait comme jamais. *Elle l'aimait aussi.*

Chapitre 9

Exécutions

Pandore espérait dormir quelques heures. Calé contre le mur, il s'était trouvé une position inconfortable, mais qui lui permettait au moins d'étendre ses membres. Dans la minuscule cellule, un combat acharné avait éclaté avec ses codétenus pour gagner le droit d'être allongé. La victoire de Pandore fut cependant de courte durée. Résonnant le long des parois humides, un bruit de pas ne tarda pas à l'arracher à sa douce félicité.

— Silence, grommela-t-il.

Il n'était pas prêt de voir son souhait s'exaucer. La porte de sa cellule claqua et un garde le saisit par la tignasse pour le traîner dans l'étroit couloir.

— Qu'est-ce qui se passe ? s'exclama Pandore en se débattant. Qu'est-ce que vous faites ?

Autour de lui, des soldats avaient forcé Killian à se relever ; ils avaient attrapé Toby par le col et lui avaient lié les mains dans le dos. Les bésicles de travers, Édelmard s'efforçait de protester alors que lui-même était plaqué contre le mur. Quant à Avalon, des gardes l'encadraient déjà, le poussant sans ménagement vers l'escalier.

À travers une rangée de barreaux, un petit garçon observait la scène. Il avait passé la nuit entière, les yeux grands ouverts, effrayé par ce monde de ténèbres. Lorsqu'il avait été emmené, les hommes en noir lui avaient arraché son lapin, ils avaient jeté par terre la couverture de sa maman. Il ne lui restait plus rien ; il ne lui restait plus qu'Avalon et la promesse de se blottir dans ses bras.

La porte du cachot s'ouvrit brusquement lorsqu'un soldat se glissa à l'intérieur pour s'emparer de Kei. Mais ce que vit Pipo, c'était un trou, un passage où se faufiler. Il se précipita dans l'ouverture et fit ce qu'il faisait de mieux : il s'agrippa à la jambe d'Avalon.

— Non, Pipo, lâche-moi ! Tu ne peux pas venir avec moi !

L'enfant n'écoutait pas. Ses petits doigts serraient fermement l'étoffe usée du pantalon. Contre Avalon, il se sentait en sécurité, protégé des méchants qui avaient tué ses parents.

— Où est-ce que vous nous conduisez ? hurla Killian.

— À la potence, ricana l'un des militaires. Vous allez être exécutés. Ordre de l'Oméga !

Le jour s'était levé. Plume n'avait pas fermé l'œil de la nuit, hantée par ces vies qui seraient bientôt brisées net. Détruites, anéanties comme si elles n'avaient jamais existé. Des heures durant, elle avait réfléchi, elle avait cherché le moyen de contrer l'Oméga. Mais que pouvait-elle faire ? À l'instant même où son masque était tombé, il avait gagné.

— Mademoiselle, prononça Sue en pénétrant dans la pièce, il est l'heure de vous préparer pour la cérémonie.

— Ce n'est pas une cérémonie, marmonna Plume. C'est une exécution.

La domestique déposa sur son lit une splendide robe en satin d'un rouge écarlate aussi sombre que le sang. Sue commençait à détacher les agrafes lorsqu'un étrange échafaudage attira son attention. Devant le placard, une pyramide avait été dressée de façon sommaire, réunissant tout ce que la chambre comptait de meubles suffisamment mobiles pour être déplacés. La jeune bonne fit un geste pour descendre la chaise qui trônait en haut de la coiffeuse, mais sa tentative de rangement fut aussitôt interrompue.

— Laissez cela là ! lança Plume.

— Mademoiselle, bafouilla la servante, je serais punie si la gouvernante découvrait… ce nouvel aménagement. Sa Majesté elle-même a ordonné que votre chambre soit impeccable.

— Et moi, il me plaît d'avoir du désordre. Ou alors demandez à l'Oméga de retirer la gargogne qui sommeille au fond de mon placard.

De mauvaise grâce, Plume enfila la robe. Elle se laissa coiffer, maquiller comme une dame de la noblesse, prête à assister à l'un de ces divertissements mondains dont raffolaient les aristocrates. Mais ce qui l'attendait était une nouvelle bataille contre l'Oméga. Il n'aurait pas le plaisir de la voir pleurer. Elle refusait de s'abaisser. Son dédain était la seule arme qu'elle pouvait encore lui opposer.

Plume lissa les plis de sa robe. Le nez bien en l'air, elle était assise à la droite de l'Oméga et s'efforçait de ne pas le regarder. Ils étaient placés en haut des gradins, dominant la Grande Place où un échafaud avait été dressé durant la nuit. À l'image de la fête nationale, l'événement rassemblait ce que la capitale comptait de dignitaires. Des rangées de chaises accueillaient les membres du Conseil, les hauts responsables – dont un Tibérius ravi d'être encore en vie – et les seigneurs de la Ligue. Parmi eux, Plume reconnut la silhouette d'Andreas qui luttait pour cacher son trouble, ignorant que sa couverture avait déjà volé en éclats.

À l'ombre de l'hôtel de ville, les nobles semblaient avoir été arrachés à leurs obligations par surprise. Penchés les uns vers les autres, ils commentaient cette journée qui promettait déjà de rester dans les mémoires. De l'autre côté de la place, encadrée par des soldats, la populace avait été entassée, obligée d'assister à un spectacle qui ne ferait que détruire ses maigres espoirs.

— Vous boudez ? demanda l'Oméga en se tournant vers elle.

En guise de réponse, Plume déploya son éventail et se réfugia derrière.

— Dans une heure, quand ils seront tous pendus, je ferai arrêter Andreas, ajouta-t-il. Ce serait dommage qu'il ne puisse pas être témoin de la scène, vous ne croyez pas ? J'ai l'intention de le faire enfermer dans une chambre du palais, un peu comme vous, ma chère. Ce qui me désole, c'est que le titre de seigneur devra échoir à un autre. J'aurais tellement préféré que mon cousin Mathias n'intègre pas la Ligue… Oh, là-bas au troisième rang, est-ce que ce ne serait pas ce couturier qui vous faisait la cour ? Le pauvre a perdu son animal de compagnie, il semble bien malheureux… Cet animal a été tué durant l'attaque. Il paraît que c'était impressionnant de le voir, les griffes dehors et lacérant ses ennemis avec ses crocs. Vous l'aimiez bien, non ? Le manaestebal, pas le couturier… Son cadavre n'a pas encore été enterré, il pourrait servir de tapis pour votre chambre.

Plume eut un reniflement méprisant. Sabre avait été l'un des premiers à tomber. Pour les riches de Seräen, c'était un danger sur pattes et sa soudaine disparition avait propulsé Frédérion au rang de meilleur parti de la ville. Depuis le départ de sa peluche incomprise, il portait le deuil. Ses vêtements n'étaient plus qu'un dégradé de noir et de gris.

— Et au fond, poursuivit l'Oméga qui semblait follement s'amuser, n'est-ce pas cette plante vénéneuse ? Anémone, si ma mémoire ne me joue pas des tours… Ah, on dirait bien qu'elle vous a vue… Est-ce qu'elle vous a reconnue ? Oui, regardez, elle est en train de défaillir. Si j'annonce officiellement nos fiançailles, je ne suis pas sûr que sa constitution fragile le supporte.

Mais Plume se désintéressait d'Anémone. Elle cherchait son père. Elle le trouva dans la foule, solennel dans son vieil uniforme d'ambassadeur. Ses yeux étaient posés sur sa fille, il la fixait avec un amour indescriptible dans le regard. De loin, Plume crut apercevoir une larme glisser sur sa joue. À ses côtés, Mme Herrenstein n'avait rien remarqué. Alors que d'ordinaire, aucun détail n'était en mesure de lui échapper – et encore moins une femme assise près de l'homme le plus important du royaume –, elle n'était plus que l'ombre d'elle-même.

« Elle a dû penser que j'étais morte », songea Plume avec un pincement au cœur. La vérité était bien plus douloureuse. Éléonore s'était volatilisée, elle avait disparu durant cette mystérieuse soirée chez les d'Aubrey. Ni elle ni son fiancé n'étaient réapparus. Comme tout ce qui touchait aux affaires de la Ligue, l'enquête avait été de courte durée. Une lettre avait été envoyée aux Herrenstein, leur annonçant que leur chère Éléonore ne reviendrait probablement pas. Depuis un mois, sa mère vivait dans l'incertitude, espérant chaque jour le retour de sa fille chérie.

— Je pourrais les inviter au palais, murmura l'Oméga à son oreille. J'étais sincère, Plume, quand j'affirmais vouloir votre bonheur. Je ne veux pas que vous soyez malheureuse… Les premières semaines seront sans doute les plus difficiles, mais vous finirez par vous habituer. Si vos parents vous manquent, dites-le et je vous autoriserai à les voir.

— Non, s'il vous plaît, laissez-les en dehors de tout ça. Je refuse de les faire souffrir davantage.

— Comme vous voudrez, mais quand vous serez devenue ma femme, il sera difficile de les laisser dans l'ignorance.

Une voix grave ne tarda pas à se faire entendre, imposant le silence sur la Grande Place. Un homme s'était avancé, vêtu d'un long manteau brodé. Ses cheveux évoquaient la toison d'un mouton et comme tout mouton obéissant, il avait choisi de servir les autorités. Il serrait un papier dans sa main, annonçant un discours qui promettait d'être particulièrement ennuyeux.

— D'habitude, l'honneur de blablater revient à Tibérius, chuchota l'Oméga, mais cet imbécile m'a suffisamment convaincu de sa bêtise pour rester à l'écart.

— Mesdames, messieurs, prononça le blablateur nouvellement promu, un événement d'une extrême gravité s'est produit il y a deux jours. Des hors-la-loi ont tenté de s'infiltrer dans le palais pour commettre un régicide. Heureusement, nos valeureux soldats sont parvenus à les capturer. Nous sommes réunis aujourd'hui pour assister à l'exécution de ces criminels. Le peuple des bas-fonds les avait surnommés les princes maudits, mais ces hommes ne sont rien d'autre que des traîtres qui ont cherché à renverser un régime protecteur et bienveillant. Jamais nous ne devons oublier que le plus important est de rester unis contre l'ennemi.

— Unis contre l'ennemi, nous sommes plus forts ! scanda la foule.

— La corde est le seul châtiment qui les attend. C'est le sort auquel s'exposent les renégats…

Plume n'écoutait plus. Les portes venaient de s'ouvrir pour laisser entrer les condamnés. Ils marchaient les uns derrière les autres, enchaînés et luttant pour garder la tête haute. La gorge serrée, Plume reconnut la chevelure emmêlée de Pandore, le manteau en peaux de bêtes de Killian... et un catogan qui n'aurait pas dû être là.

— Jack ! s'écria-t-elle dans un sursaut.

— Ah oui, commenta l'Oméga, il ressemble étonnamment à votre cousin Herrenstein. On dirait presque son jumeau.

— Que fait-il ici ? Vous aviez promis, Élias, vous aviez promis que si je vous livrais les princes maudits, vous laisseriez les autres en vie !

— Mais je ne vous ai pas menti, ma chère. Il ne sera pas pendu pour avoir participé à la rébellion. Il sera pendu pour chantage sur un seigneur de la Ligue.

Pour illustrer ses propos, l'Oméga tira de sa poche un document froissé qui disparaissait sous des tampons officiels. C'était le laissez-passer de Jack, le sésame que lui avait remis Chrisaloy et qui lui avait ouvert les portes de la ville.

— Au moment de nos charmantes retrouvailles, vous vous êtes évanouie, vous vous en souvenez ? C'est moi qui vous ai portée dans votre chambre et en fouillant vos poches, je suis tombé sur cette étrange autorisation. J'ai tout de suite su qu'elle n'était pas à vous et que quelqu'un vous l'avait donnée. Cette feuille portait la signature de Chrisaloy, je l'ai convoqué et il m'a raconté une histoire bien amusante. Des années plus tôt, un individu était venu le faire chanter, menaçant de révéler à son père la relation qu'il entretenait avec Mlle Ravenald. Bizarrement, je n'ai eu aucun mal à identifier le coupable... M. Thibault a joué avec le feu et la chance finit toujours par tourner.

— Je vous faisais confiance ! cracha Plume. J'ai trahi mes amis, j'ai fait ce que vous me demandiez alors que vous aviez déjà prévu de l'exécuter ! Si vous n'aviez pas trouvé ce papier, vous auriez quand même condamné Jack, n'est-ce pas ?

— Bien sûr que oui, je n'ai jamais pu l'encadrer. Je cherchais seulement un prétexte... Vous l'oublierez vite, Éléonore, assura l'Oméga. Il ne sera bientôt plus qu'une image lointaine, un parasite qui hantera vos nuits avant de s'effacer de votre mémoire.

— Par pitié, épargnez-le ! supplia Plume en joignant les mains.

— Ma réponse est non.

Il était inutile d'insister, alors la jeune fille se tourna vers Jack. Elle voulait le voir une dernière fois, lui dire avec les yeux à quel point elle était désolée. Comprendrait-il avant de mourir qu'elle n'était qu'un instrument ? Qu'elle portait le rouge écarlate, car l'Oméga l'avait forcée à se parjurer ?

Des cris l'arrachèrent brusquement à ses pensées. Avalon était en train de hurler, mais il ne clamait pas sa haine du régime. Il parlait d'un petit garçon qui, désespérément, continuait de s'agripper à son pantalon.

— C'est un gamin ! s'exclama Avalon en apostrophant les nobles. S'il reste aux autorités un semblant d'humanité, qu'elles le laissent partir ! Il ne comprend rien à la rébellion, c'est juste un gosse qui m'a suivi. Un orphelin de quatre ans qui a vu ses parents se faire massacrer !

Des protestations commençaient à jaillir dans l'assistance. Les soldats qui escortaient les prisonniers semblaient mal à l'aise. Apparemment, aucun d'eux n'avait remarqué la présence de cet enfant qui, dans la pénombre des cachots, s'était fondu avec le reste des condamnés.

Plume s'était levée d'un bond. Elle ne pourrait pas sauver Jack, mais elle avait encore une chance de sauver Pipo.

— Votre Majesté, je vous en prie, faites preuve de clémence…

L'Oméga lui lança un regard amusé.

— Vous connaissez ce marmot ?

— Oui. S'il vous plaît, ne sacrifiez pas un innocent…

— Vous le voulez ?

Et sans attendre sa réponse, il claqua des doigts. L'un des officiers s'inclina avant d'exécuter cet ordre implicite. Il saisit l'enfant et l'entraîna vers l'estrade. Plume se précipita vers le petit garçon qui se débattait, cherchant encore et toujours à rejoindre son père des bas-fonds. Ses bras enlacèrent Pipo, elle l'embrassa sur le front et le serra fort contre son cœur.

— Je suis avec toi, lui dit-elle. Je vais veiller sur toi, je te le promets.

— Vous êtes contente ? soupira l'Oméga. Maintenant, soyez gentille, rasseyez-vous.

Le rythme lent des tambours avait déjà retenti. Les gardes poussèrent les prisonniers, les obligeant à monter les marches qui menaient à la potence. Lentement, le défilé macabre s'immobilisa. Chaque homme fut placé au-dessus d'une trappe, le cou enserré par une corde.

Ils allaient être pendus. Plume retint son souffle. Toute la nuit, elle avait espéré un miracle. Elle s'était accrochée à ce rêve impossible, suppliant une force supérieure d'exaucer sa prière. Les princes maudits avaient sauvé tant de vies. S'il existait une justice dans ce monde, quelqu'un se lèverait pour s'opposer à leur mise à mort. Des explosions retentiraient, l'étincelle de la révolte ne périrait pas et les condamnés s'échapperaient. Ils s'enfuiraient au nez et à la barbe des soldats, comme ils l'avaient déjà fait à la fête nationale. Plume ne verrait pas leurs corps s'entasser dans une charrette, prêts à être enterrés dans une fosse commune. Les larmes sur ses joues seraient des larmes de joie.

Elle espérait un miracle, mais le miracle ne vint pas.

※※•※※

Pandore avait toujours su qu'il mourrait jeune. Parfois, il s'était imaginé un combat glorieux, une lutte acharnée avant de sombrer dans les profondeurs du néant. Jamais il n'aurait pensé à un nœud coulant. Il allait périr aux côtés de son frère. Aussi loin que remontaient ses souvenirs, c'étaient lui et Avalon contre tous les autres. Contre les gardes, contre la milice, contre cette injustice qu'empestaient les bas-fonds... Pour suivre son aîné, il aurait affronté le monde entier.

Certains avaient choisi de servir leur cause, de risquer leur vie pour une idéologie. Ces hommes-là acceptaient leur destin debout, fiers de se sacrifier pour la rébellion. Pandore, lui, saluerait la Grande Faucheuse d'une boutade. La mort, dans le fond, n'était qu'une facétie de l'existence... Personne ne pouvait vivre éternellement, ce n'était ni une surprise ni une clause cachée dans un contrat.

Le sablier du temps avait commencé son compte à rebours fatidique. C'était, paraît-il, l'instant approprié pour regretter ses crimes. Le moment où défilait sous ses yeux l'ensemble de ses fautes. Mais tout ce que voyait Pandore, c'était le morceau de fromage entamé qu'il avait laissé dans le garde-manger. Cette image appétissante s'évanouit lorsque, perdue dans la foule, une silhouette se détacha soudain de cette masse sans visage. Malgré la distance, il n'eut aucun mal à reconnaître la dame de cœur. Les avait-elle trahis ? Et puis, quelle importance... Bientôt, il ne serait plus qu'un cadavre pourrissant sous terre. Lui qui avait été condamné sans jugement, il ne lui appartenait pas de condamner les autres.

À sa gauche, un gémissement lui fit tourner la tête. Toby tremblait. Il se mordait la lèvre, luttant pour ne pas éclater en sanglots. « Pauvre gosse », songea Pandore en oubliant que trois années à peine les séparaient. Il était inutile de lui mentir, de lui faire croire qu'il ne sentirait rien. Pandore était un plaisantin né et ce fut une blague qu'il lança dans l'air froid du matin. Il aurait voulu entendre le rire de Toby une dernière fois mais, sous ses pieds, le sol se déroba brusquement. La corde se tendit et son cou se rompit sous le choc.

※※※

Jack comptait son pactole. C'était un exercice mental auquel il s'adonnait d'ordinaire pour se détendre. Les yeux mi-clos, il parvenait à visualiser le contenu de sa bourse. En faisant un effort, il pourrait même se persuader qu'il était allongé dans son lit avec ses précieuses économies sous son oreiller.

« Trente merles, moins les cinq que j'ai dû débourser la semaine dernière, cela fait vingt-cinq… Je rajoute les dix que me doit Marino et je soustrais les deux que me réclame l'autre voleur. »

Et puis, Jack cessa soudain de chiffrer son capital. Cela ne servait à rien. L'âme n'avait pas de poches pour emporter l'argent dans l'au-delà. Un autre calcul s'imposa alors en lui, une évaluation qui ne concernait plus des dépenses ou des recettes. C'étaient ses bonnes et ses mauvaises actions. Mentalement, il les plaça sur cette gigantesque balance censée pencher du côté de la lumière ou des ténèbres. Il avait volé, il avait tué et il avait arnaqué bon nombre d'imbéciles. Mais il avait aussi aimé une gamine. Une petite peste qu'il avait suivie jusqu'à cette ligne blanche que sa raison lui ordonnait de ne pas franchir. S'il existait un Grand Juge, peut-être verrait-il que derrière sa cupidité se cachait aussi une part de bonté. Et aujourd'hui, c'était sa bonté qui causait sa perte.

Relevant la tête, Jack discerna à la droite de l'Oméga la silhouette d'une femme. Elle était belle, tellement belle. Un mince sourire flotta sur les lèvres du courtier.

— Petite sœur, murmura-t-il.

Plume fut la dernière vision qu'il garda de ce monde.

※※※

Toby avait peur. Ses jambes chancelaient et des spasmes incontrôlables agitaient son corps. Il était faible, trop faible pour affronter la mort sans pleurer. Il pensa à sa sœur, à Liz et à son rire que la nuit, il entendait encore dans ses rêves. Il l'avait abandonnée à son sort, il avait été lâche… Oui, d'une certaine façon, il avait mérité cette corde autour de sa gorge.

Ce serait bientôt fini. Il allait la rejoindre, la retrouver dans cet ailleurs où elle l'attendait sûrement. Liz lui pardonnerait, elle glisserait ses bras autour de son cou et ses souffrances s'évanouiraient. Les secondes lui paraissaient interminables. Pandore marmonna quelque chose, mais lui n'avait plus la force d'écouter. Le levier grinça, la trappe s'ouvrit sous ses pieds et Toby chuta. L'obscurité l'envahit.

※✧•✧※

Killian grimaça. Ils avaient été trahis ! Cette fille aux cheveux courts les avait poignardés dans le dos, lui ne voyait aucune autre explication possible. Assise dans la tribune d'honneur, elle avait choisi la protection des puissants et le camp des lâches. Un chapelet d'insultes franchit le seuil de ses lèvres. Killian aurait volontiers poursuivi sa litanie d'accusations lorsqu'un perturbateur l'arracha à son tribunal imaginaire. Même au moment de mourir, il fallait que l'autre mariole s'obstine à faire des blagues. Et encore cette histoire de souris et d'aubergiste ! Il l'avait déjà entendue cinq ou six fois. En cet instant, il ne souhaitait qu'une chose : que Pandore se taise et qu'il cesse d'importuner ses oreilles avec son humour à deux sous. Le bourreau choisit de lui accorder cette faveur.

Le colosse n'eut pas la chance d'avoir la nuque brisée. Suspendu dans les airs, il se débattit, cherchant sous ses pieds un appui inexistant. N'importe qui à sa place se serait laissé aller. Mais Killian était têtu, il s'obstina à vivre et son agonie dura une longue minute, presque une éternité pour un homme en train de suffoquer. Lorsque ses muscles finirent par se relâcher, il ressemblait à une marionnette grotesque pendue à ses fils. Il avait été le dernier à succomber.

※✧•✧※

Édelmard voyait flou. Il avait perdu ses bésicles et la foule autour de lui se limitait à un brouillard. Au milieu de ce nuage persistant, il discernait vaguement des silhouettes, des gens qui avaient eu la bonne idée de porter des vêtements colorés. Malgré sa myopie, il n'avait besoin de personne pour lui annoncer que la fin était proche.

Lui était un érudit qui vénérait les livres. Édelmard avait rejoint les princes maudits pour prouver aux autorités que brûler le savoir, transformer les pages jaunies en confettis de cendres, était un crime. Un passage lui revint lentement en mémoire et ce furent ces mots qu'il récita avant de mourir :

— On ne peut blâmer les ignorants. Ils ne sont que des aveugles errant dans un monde qui a cessé de leur appartenir.

⁓⋇•⋇⋲

Kei était le plus jeune. La première fois qu'il avait rencontré Avalon, il avait fait confiance à cet homme. Il avait cru ses promesses. Il l'avait placé sur un piédestal, il l'avait vu en héros. Ce matin-là, alors que la corde se serrait déjà autour de son cou, il sut que personne ne pourrait remporter cette bataille. Dès qu'ils avaient violé les règles écarlates, ils avaient signé leur ordre d'exécution. Dans un demi-siècle, le régime serait toujours debout. Rien n'était en mesure de renverser cette tyrannie et rien ne les sauverait.

Il avait rêvé d'un avenir meilleur et ce fut ce rêve brisé qui l'accompagna lorsque le bourreau abaissa le levier.

⁓⋇•⋇⋲

Avalon avait échoué et il ne serait pas le seul à en subir les conséquences. D'autres le suivraient dans la mort et c'était cela, plus que son propre trépas, qui lui brisait le cœur. Il s'était toujours senti responsable de ces hommes, de tous ces êtres qui avaient placé leur destin entre ses mains. Un petit garçon continuait de hanter ses pensées. Il avait juré à la mère de Pipo de protéger son fils. Et une fois de plus, il serait orphelin.

Là-haut, dans les gradins, la dame de cœur siégeait aux côtés de l'Oméga. Elle avait revêtu le rouge écarlate et en s'alliant avec l'ennemi, elle avait renié leur cause. Derrière son geste, Avalon devinait non pas une trahison mais un sacrifice nécessaire. Qu'importait le pacte qu'elle avait conclu, leur exécution était sans doute le prix à payer. Lui mourrait en sachant qu'elle leur survivrait. La flamme de la rébellion ne s'éteindrait pas, elle continuerait de brûler face aux ténèbres.

À défaut d'une dernière volonté, les condamnés étaient libres de prononcer une ultime parole. Ce ne fut pas sa haine du régime qu'il cracha. Il s'adressa à un enfant qu'il apercevait, blotti sur les genoux de Plume. Elle avait essayé de lui cacher les yeux, de lui épargner une scène qui ne ferait que le traumatiser davantage. Mais la vérité finirait toujours par le blesser.

— Pipo, s'écria-t-il, sois fort pour moi !

Il y eut un crac sonore, la corde se tendit et Avalon expira.

Chapitre 10

Reviens-moi

Pipo suçait son pouce. Il avait compris. Il avait su qu'à l'instant précis où il lâcherait Avalon, il ne le reverrait plus. Il était parti, il avait rejoint son papa et sa maman dans cet ailleurs. Cet endroit lointain où on lui interdisait d'aller. Ce royaume que l'on appelait la mort...

Depuis les exécutions, plusieurs heures s'étaient écoulées. Blotti dans les bras de la dame, Pipo avait quitté cette horrible place pour finir enfermé dans une chambre. Elle était belle avec son immense lit et ses lourds rideaux. À une autre époque, quand il savait encore sourire, il aurait sauté sur le matelas. Il aurait joué à bondir, à tenter d'atteindre le plafond jusqu'à retomber, fatigué mais ravi, sur les draps. Cela faisait longtemps qu'il avait perdu sa joie de vivre.

Il avait aussi perdu tous ceux qu'il aimait.

※※※

Les portes de la salle du trône s'ouvrirent lentement. Une demi-douzaine de gardes entouraient un seul homme, si bien escorté que son statut de prisonnier ne laissait planer aucun doute. La vérité n'avait pas tardé à frapper le Faucon de plein fouet. Il lui avait suffi de voir ces soldats l'attendre devant ses appartements pour comprendre. Il avait été dénoncé. C'était à son tour, désormais, de payer le prix de sa trahison.

L'Oméga lui faisait face, majestueux dans son manteau écarlate. Le protocole lui ordonnait de s'incliner, de poser un genou à terre, alors Andreas resta debout. Il toisa son ennemi, le défiant du regard.

— Les princes maudits sont peut-être morts, mais vous n'empêcherez jamais la rébellion de renaître de ses cendres ! lança-t-il avec mépris.

Derrière lui, bizarrement, les militaires s'étaient retirés. Même ceux qui surveillaient les entrées avaient abandonné leur poste.

— Mon cher d'Aubrey, susurra l'Oméga, je suis ravi de voir que vous êtes raisonnable. Je craignais que vous vous obstiniez à nier et à plaider l'innocence.

— À quoi bon ? Vous n'auriez pas envoyé votre armée pour m'arrêter si vous n'aviez eu que des soupçons.

— Très juste… N'est-ce pas malheureux de penser que hier encore, je vous prenais pour un membre de la Ligue à part entière ? J'étais prêt à vous accorder ma confiance, à faire de vous un seigneur craint et respecté.

— La Ligue n'est rien d'autre qu'un nid à serpents, siffla Andreas entre ses dents. Je préfère mourir au nom de la révolte plutôt que d'être l'un des vôtres !

— Avez-vous apprécié le spectacle de ce matin ? ricana l'Oméga. Comme cela a dû être cruel pour vous de feindre l'indifférence quand vos camarades étaient pendus sous vos yeux.

Andreas se mordit la lèvre. Depuis qu'il menait une double vie, aucune tâche n'avait été aussi difficile à remplir. Faire semblant d'approuver ces condamnations quand son cœur hurlait de libérer les prisonniers. Lui aurait préféré être sur l'échafaud, aux côtés des princes maudits, et non pas dans les gradins en témoin impuissant.

— Est-ce que vous avez torturé Éléonore ? marmonna-t-il en serrant les poings. C'est elle, n'est-ce pas, qui m'a dénoncé ?

— Je ne lui ai pas laissé le choix mais rassurez-vous, elle n'a rien à craindre de moi. Je ne lèverai pas la main sur elle.

Le Faucon n'eut pas à s'interroger longtemps sur cette étonnante mansuétude. L'Oméga venait de retirer son masque. Son visage était déformé, tordu par le temps et par les ronces qui recouvraient sa peau. Andreas fronça les sourcils, refusant d'admettre l'impossible. Ces traits étaient si familiers, ils ressemblaient aux siens, à ceux de son père… Sous le choc, il faillit lâcher sa canne.

— Élias ? murmura-t-il.

— Cela faisait si longtemps. Je suppose que tu t'es réjoui de me chaparder le titre ? Mais, dans le fond, je ne t'en veux pas. Comme tu le vois, je me suis trouvé une bien meilleure position.

— Espèce de…

Ce fut une insulte qui s'échappa de sa bouche. La colère l'envahissait. Depuis son enfance, il avait craint Élias, il l'avait détesté pour ses crimes avant de lui pardonner. Plume avait vu du bon en lui. Il avait voulu croire en cette histoire qui parlait d'un enfant contraint de mentir pour survivre. À présent, cette révélation lui apparaissait comme une ultime perfidie, la preuve que son frère était bien l'être machiavélique qu'il avait toujours redouté.

— En voilà un vilain vocabulaire, commenta l'Oméga. Tu fais honte à toute l'aristocratie avec ce langage de poissonnier.

— C'est toi qui devrais avoir honte ! s'écria Andreas. J'ai lu la lettre que tu avais écrite dans le passé. Tu semblais si sincère... Pour la première fois, je ne me suis pas méfié. J'avais tellement envie de gober tes mensonges, de te voir en héros et non pas en tueur sans pitié !

— Épargne-moi tes remontrances, j'ai déjà eu droit à un sermon...

— Plume, bien sûr. Tu savais que cette fille t'aimait ? Elle t'aimait vraiment et toi, tu lui as brisé le cœur. Je comprends mieux maintenant pourquoi elle siégeait à tes côtés. Tu n'es qu'un monstre, Élias, tu l'as forcée à regarder ses amis se faire tuer. Tu es abject, tu me dégoûtes !

— Autre chose ? fit l'Oméga en simulant un bâillement. Mais avant que tu ne poursuives ta diatribe, laisse-moi te présenter mes compliments. Oui, franchement, je tiens à te féliciter. Pendant toutes ces années, je t'ai pris pour un gamin boiteux, un mollasson qui ne réussirait jamais à s'endurcir. Tu étais bien le dernier que j'aurais soupçonné d'être un traître.

— J'ai choisi ma voie et tu as choisi la tienne. Sans les liens du sang pour nous unir, nous n'aurions vraiment rien en commun.

— Je t'ai protégé, Andreas. Je t'ai empêché de commettre des bêtises comme épouser cette Cordélia qui t'aurait dépouillé.

— Tu as sacrifié tellement d'innocents. Quelle importance peut avoir une bonne action quand tes mains sont couvertes de sang ? Lorsque j'ai appris ta mort, j'ai pleuré. J'ai pleuré parce que, malgré ton sale caractère, tu étais mon frère. J'espérais tant une réconciliation, je t'aurais tout pardonné... Aujourd'hui, je préférerais te savoir six pieds sous terre.

Les lèvres de l'Oméga s'étirèrent en un rictus.

— Père était fier de moi, prononça-t-il d'un ton triomphant. Lorsque j'ai renversé Hélisor et que je me suis assis sur son trône, il jubilait de joie ! À cette époque où je n'étais encore qu'un gosse, il m'avait écrit ces mots : « Vous êtes destiné à devenir bien plus qu'un seigneur de la Ligue. » Il savait que je serais l'Oméga, que je m'élèverais au-delà de mes rêves les plus fous !

— Père était dévoré par l'ambition. Qu'il t'ait soutenu n'a rien d'étonnant. Si tu t'imagines que je vais t'acclamer, voire rejoindre ton camp, tu risques d'être déçu.

Andreas s'était avancé vers l'Oméga. Il traînait sa jambe et l'espace d'un instant, il parut trébucher. Appuyé sur sa canne, le Faucon révéla brusquement sa manœuvre. D'un geste ample, il dégaina son épée. Une lame qui, jusqu'alors, ne faisait qu'une avec sa canne.

— Tu as caché une arme dans ton morceau de bois ? s'esclaffa l'autre. Vraiment très astucieux, mais à quoi cela peut-il bien te servir ? Tu ne sais pas te battre, mon pauvre ami… Même rongé par la vieillesse, je suis meilleur que toi à l'escrime.

— Eh bien, prouve-le-moi.

Avec un ricanement, l'Oméga tira une épée de sous son manteau. Leurs lames s'entrechoquèrent et une fois encore, ce fut Andreas qui recula. Il déployait des trésors d'énergie, s'efforçant de contrer les attaques de son frère, mais son handicap nuisait à ses mouvements.

— Je n'ai jamais eu l'intention de te tuer, ne m'oblige pas à te faire du mal inutilement.

— Oh, vraiment ? Et qu'est-ce que tu comptes faire de moi ? Me jeter en prison et me laisser croupir entre quatre murs ?

— Non, tu seras enfermé dans une chambre et tu y resteras jusqu'à nouvel ordre. Bien sûr, tu seras déchu de ton titre et notre cousin Mathias sera sans doute très heureux de l'apprendre.

Andreas fut violemment propulsé en arrière. Il s'écroula sur le sol comme une vulgaire poupée de chiffon. D'autres à sa place auraient renoncé face à un combat aussi inégal. Mais le jeune homme ne semblait pas décidé à abandonner. Il lutta pour se relever malgré sa jambe vacillante et se planta devant l'Oméga.

— Tu es têtu, mon petit, soupira ce dernier. Comment aurais-tu la moindre chance de gagner ?

— Je gagnerai tôt ou tard.

La réponse de l'Oméga fut un éclat de rire.

— Ne te fais pas de fausses illusions. Tu crois que j'ignore ce que tu manigances ? J'ai pu prédire les plans de la rébellion avant même que ces hors-la-loi n'en aient eu l'idée. Lorsque vous pensiez avoir deux coups d'avance, vous n'étiez en réalité que des pions entre mes doigts. Tu t'imagines que le temps est ton allié, n'est-ce pas ? Que sitôt que j'aurai le dos tourné, cette chère Éléonore se fera un plaisir de s'échapper à travers une fente. Je connais cette gamine, elle n'hésitera pas à retourner dans le passé pour semer le désordre. Eh bien, laisse-moi te dire une chose : Mlle Herrenstein ne touchera plus jamais à un pinceau. Mon règne est gravé dans le marbre et vous ne vous amuserez pas à le modifier… Oh, bien sûr, ajouta-t-il, tu es sûrement parvenu à cette conclusion, toi aussi… Le reflet que me renvoie le miroir est celui d'un vieillard. Dans quelques années, la mort me tendra les bras.

— J'ai hâte de te voir échouer ! cracha Andreas.

— Il n'est pas dans mes habitudes de révéler mes plans mais pour toi, je ferai une exception. Non pas pour le simple plaisir de te narguer, mais pour que tu comprennes à quel point il est idiot de s'opposer à moi. Au risque de te décevoir, je ne suis pas assez naïf pour supposer qu'une fois mort, Plume n'en profitera pas pour mettre son grain de sel dans mes affaires.

— Et que comptes-tu faire d'elle, hein ? L'emprisonner à vie ?

— Non, j'ai donné des ordres pour qu'elle soit empoisonnée.

— Quoi ?

— Si je meurs, Plume meurt avec moi. Elle me rejoindra dans l'au-delà et nous serons ensemble pour l'éternité !

L'Oméga avait les yeux exorbités et dans son regard se lisait une lueur de folie pure.

— Le pouvoir t'est complètement monté à la tête, murmura le Faucon, effaré. Tu tuerais la femme que tu aimes ?

— Je la tuerais pour qu'elle soit à moi et à personne d'autre ! Je l'ai attendue un demi-siècle, elle sera ma femme ! La mienne !

— Non !

Andreas hurla. Il se précipita en avant, brandissant son épée. L'Oméga esquiva son coup mais lui-même fut surpris par la force de l'attaque. Ce garçon qu'il avait toujours connu faible et pleurnichant dans les jupes de sa gouvernante semblait porté par une énergie nouvelle. Sa fureur lui donnait des ailes, il fit tournoyer sa lame et dans un dernier cri, toucha l'épaule de son ennemi. Pour la première fois depuis des années, l'Oméga chancela. Il porta la main à sa blessure et retira sa paume tachée de sang.

Sa riposte fut immédiate. Il bondit sur Andreas et l'envoya rouler sur le sol. Son frère se retrouva étendu à ses pieds, gémissant alors que sa jambe boiteuse se tordait douloureusement.

— Gardes ! appela l'Oméga. Emmenez-le et faites-lui passer l'envie de jouer les héros…

※※•※※

— Je suis avec toi, murmura Plume à son oreille.

L'enfant tremblait. Ses yeux étaient deux grands disques qui la fixaient sans ciller. Elle aurait presque préféré qu'il pleure, qu'il hurle sa tristesse comme elle aurait voulu hurler la sienne. Elle était le dernier rempart qui restait à Pipo, sa seule famille désormais. Pour lui, pour cet innocent qui avait vu son bonheur se briser, elle se devait d'être forte.

Fermant les paupières, elle se représenta le visage de Jack. Non pas cet homme pendu à la nuque brisée, mais le courtier qui affectionnait tant les arnaques. Elle revit sa mine triomphante, son sourire lorsqu'il comptait ses pièces de monnaie. Elle songea à toutes ces nuits passées à la Cour des fous, tous ces moments où il avait été son grand frère des bas-fonds. Ce fut cette image que Plume enferma dans un coin de son cœur et se jura de ne jamais oublier.

Des coups retentirent contre la porte. La réalité chassa cette douce vision du passé pour la ramener dans sa chambre. Sur le seuil venait d'apparaître Sue, accompagnée de deux autres servantes. Avec un soin méticuleux, elles lui présentèrent une robe rouge écarlate dont la traîne disparaissait sous d'imposants motifs en perles.

— Je n'en veux pas, marmonna Plume sans même la regarder.

— Mademoiselle, il s'agit de votre robe de mariée. Sa Majesté souhaite que nous procédions aux essayages afin de la rajuster, si besoin est.

La jeune fille se leva d'un bond. Comment l'Oméga avait-il l'audace de lui parler d'union alors qu'il venait d'exécuter ses amis ?

— Eh bien, vous répondrez à Sa Majesté que je n'ai pas l'intention de l'épouser ! s'écria-t-elle. Qu'il aille se faire voir !

Sue bégaya. Apparemment, elle ne s'attendait pas à servir de bouc émissaire.

— Je ne peux pas lui répéter vos paroles, bafouilla-t-elle. Le mariage est déjà prévu, la cérémonie aura lieu dans quelques jours…

— Quand exactement ?

— Dans une semaine.

Une semaine ! Plume fulminait. Jusqu'alors, elle s'était efforcée de ne pas s'opposer frontalement à l'Oméga. Mais depuis la mort de Jack, une certitude s'était imposée en elle. Cet homme l'avait trahie et il n'hésiterait pas à lui mentir à nouveau. Peu importaient ses actions, d'autres malheureux finiraient sur l'échafaud. Ce qu'il exerçait sur elle était un chantage odieux. Il était temps de changer les règles.

— Emmenez-moi voir l'Oméga ! ordonna-t-elle. Je dois lui parler.

Sue s'inclina. Avec le même égard que si elle avait affaire à un chiffon, Plume s'empara de la robe. Elle la porta en la traînant à moitié, trop occupée à tenir la main de Pipo pour se soucier de l'ourlet qui frottait le sol. Postés dans le couloir, les soldats qui montaient la garde l'escortèrent. Sur son passage, chacun s'écartait comme conscient de la tempête que renfermait cette demoiselle à la mine renfrognée.

Contrairement à la fois précédente, l'Oméga n'était pas en salle du conseil. Un secrétaire l'introduisit dans un bureau où des dossiers s'entassaient sur des étagères. La pièce semblait contenir tout ce que le royaume produisait de rapports et de comptes-rendus officiels. Un feu ronflait dans la cheminée et les flammes dessinaient des ombres mouvantes sur les dalles marbrées.

Penché sur une pile de documents, l'Oméga releva la tête à son approche.

— Mlle Herrenstein, quelle charmante surprise ! C'est amusant de voir qu'aucune porte ne vous résiste. Vous étiez censée être dans votre chambre, il me semble… Et vous avez même emmené ce gosse avec vous.

— Je ne laisse pas Pipo seul avec votre abominable gargogne, cracha Plume. Est-ce que vous pouvez me dire ce que cela signifie ?

D'un geste théâtral, elle jeta la robe litigieuse sur la table de travail, recouvrant les livres et les encriers.

— Je suppose que c'est une question rhétorique, fit l'Oméga en se balançant sur sa chaise. Comment dire ? Je suis un homme qui, lorsqu'une idée germe dans son esprit, a du mal à s'en défaire. Je vous ai demandée en mariage, il y a presque un demi-siècle, et je suis bien décidé à faire de vous ma femme.

— Vous allez déboucher vos oreilles et m'écouter attentivement, siffla Plume d'un air menaçant. Je ne serai jamais vôtre, je ne vous appartiens pas. Vous ne pourrez pas me forcer à vous aimer. Obligez-moi à vous épouser et je consacrerai ma vie entière à vous haïr. Est-ce que c'est clair ?

— Je pourrais tuer vos parents, susurra l'Oméga. Je pourrais faire tellement de mal à votre amie Charlotte, à votre maudit couturier et à ce gamin qui s'accroche à votre manche.

— Allez-y et vous m'aurez perdue pour toujours. Aujourd'hui, vous avez fait pendre Jack et je ne vous le pardonnerai jamais. Mais il reste encore une part de moi qui espère revoir Élias. Voulez-vous vraiment détruire le mince lien qui me raccroche à vous ?

L'Oméga se massa les tempes comme à la recherche d'un compromis.

— S'il vous plaît, restez près de moi… Ne soyez pas mon ennemie. J'ai besoin de vous à mes côtés, j'ai vécu trop longtemps sans sentir votre présence. Ouvrez-moi votre cœur et je vous promets que je ne serai plus cruel avec vous. Plus jamais…

Sa voix vibrait d'émotion. Il paraissait si sincère, si proche de son fiancé mort à ses pieds. L'espace d'un instant, Plume eut envie de le croire, de lui accorder une seconde chance. Certains mots avaient encore le pouvoir de faire vaciller ses convictions.

— Je ne souhaite que votre bonheur. Dites-moi ce qui vous ferait plaisir et j'exaucerai vos désirs.

Plume hésita. Elle exerçait toujours une influence sur lui. Dans son âme rongée par la noirceur, il subsistait une once de bonté. Une infime lumière qui luttait contre les ténèbres.

— Prouvez-moi que vous m'aimez, murmura-t-elle. Prouvez-moi que je peux vous faire confiance.

— Très bien.

L'Oméga se leva de son fauteuil. Il saisit la robe de mariée et marchant vers la cheminée, il la jeta dans les flammes. Le feu dévora l'étoffe précieuse, le tulle se consuma au milieu des braises et les perles se mêlèrent aux cendres.

— Je ne vous demanderai pas de m'épouser contre votre gré. Soyez rassurée, je ne suis pas un monstre. Je respecte les dames et en particulier leur honneur… Mlle Herrenstein, ajouta-t-il d'un ton cérémonieux, me feriez-vous l'honneur de dîner avec moi ce soir ?

— Et si je refuse ?

— Ce n'était qu'une simple proposition, ma chère. Vous êtes libre de me dire non. Je ferai porter un plateau dans votre chambre, voilà tout. Alors ?

— Je ne peux pas.

— Vous ne pouvez pas ou vous ne voulez pas ?

— Votre Majesté, vous avez tué mes amis. Pensez-vous sincèrement que j'accepterais l'invitation de leur meurtrier ?

— Ne m'appelez pas Votre Majesté… Ces mots créent une distance entre nous, je ne veux pas que vous me traitiez comme si j'étais quelqu'un d'autre.

— Vous n'êtes plus Élias. Vous avez cessé d'être lui à l'instant même où vous avez choisi le pouvoir.

— Vous me détestez, Éléonore ?

Plume baissa les yeux. Elle s'inclina dans une longue révérence et quitta la pièce sans un regard en arrière. La vérité était qu'elle n'était pas sûre de sa réponse. Le cœur humain était plein de méandres et il venait de l'entraîner sur un chemin tortueux : là-bas, quelque part entre la haine et l'espoir d'une rédemption.

※※※

Andreas se traîna sur le sol. Les gardes s'étaient acharnés sur lui, ils l'avaient roué de coups et une énorme tache violacée s'étalait à présent sur sa joue. Ses membres lui faisaient mal, mais le plus inquiétant était sa jambe gauche qui formait un angle inhabituel. Lorsqu'il fit un effort pour se relever, son corps tout entier protesta. Un cri de douleur s'échappa de ses lèvres, alors qu'il retombait impuissant sur le carrelage froid.

Il était prisonnier de ces quatre murs. Contrairement aux princes maudits, ce n'était pas dans un cachot humide qu'on l'avait jeté. C'était dans une chambre richement meublée ; une suite avec un lit à baldaquin et des armoires en bois précieux. Des nobles se seraient parjurés pour bénéficier d'un tel luxe. Malgré le faste du décor, la pièce n'en restait pas moins une cellule. Dans le couloir, Andreas devinait les soldats qui patrouillaient devant sa porte. Même s'il parvenait à forcer la serrure, il n'aurait aucune chance de leur échapper.

— Je dois réfléchir, prononça-t-il dans un souffle, il existe forcément une issue.

Il chercha à faire le vide dans sa tête, mais comment se concentrer quand toutes ses pensées le ramenaient à l'Oméga ? Ce régime contre lequel il avait tant lutté était l'œuvre de son frère. Son chef-d'œuvre ! Jamais il n'aurait cru que sa cruauté pouvait le conduire aussi loin. Cette lettre écrite par un homme sur le point de mourir n'était rien d'autre que du vent… Peu importaient ses espoirs, Élias était toujours le même.

— Il va tuer Plume et cette pauvre fille ne se doute de rien.

C'était avec elle qu'Andreas aurait voulu parler. Si seulement ils pouvaient communiquer ! Sa chambre n'était peut-être pas si éloignée de la sienne. Lorsque le Faucon espionnait pour le compte de la rébellion, il avait passé des heures à étudier les plans du palais. Il connaissait le labyrinthe des corridors, mais où l'Oméga avait-il pu enfermer Plume ?

Alors qu'il songeait à l'immensité des dédales, un son inhabituel lui fit brusquement froncer les sourcils. Là, dans la pièce adjacente, un sanglot entrecoupé venait briser le silence. C'était à peine audible, presque un murmure, et pourtant Andreas en était sûr : quelqu'un pleurait…

⁂

Allongé par terre, Pipo observait sous le lit un étrange phénomène. C'était vraiment bizarre… Il n'avait encore jamais vu une fleur pousser dans un endroit pareil. Pourtant, il distinguait bien une tige qui pointait le bout de ses feuilles entre les dalles du carrelage. Peut-être s'était-elle perdue. Elle attendait sans doute que quelqu'un la trouve et prenne soin d'elle.

Un jour, sa maman lui avait expliqué que pour être heureuse, une plante avait besoin d'eau. Alors, le petit garçon se releva et courut chercher le broc posé sur la coiffeuse avant de retourner à quatre pattes sous le sommier. Maladroitement, Pipo arrosa la fleur et fit s'abattre sur elle une pluie torrentielle. La flaque menaçait de mouiller le tapis. Il aurait bien aimé éponger avec ce lourd rideau qui pendait autour du lit. Alors qu'il hésitait à transformer le tissu en serpillière, le mur choisit de s'en mêler. Il commença à faire tap-tap, une série de coups répétitifs qui ressemblait fort à une protestation. Voilà qui était de plus en plus inhabituel ! D'ordinaire, les murs étaient sages et bien élevés et se taisaient en toutes circonstances.

Intrigué, Pipo essaya de lui répondre. Il tapota à son tour contre la paroi et son nouvel ami s'obstina à faire encore plus de bruit.

— Pipo, qu'est-ce qui se passe ?

Cette musique lancinante avait fini par tirer la dame hors de sa cachette. Depuis que les méchants soldats les avaient ramenés dans leur chambre, elle avait enfoui son visage sous l'oreiller. Si c'était une partie de cache-cache, elle n'était pas très douée car la moitié de sa robe dépassait de sous les draps.

Cela faisait bien longtemps que Pipo l'avait trouvée mais jusqu'à présent, elle refusait d'admettre que la partie était achevée. Les cheveux en bataille, elle fixait l'enfant avec un regard plein de larmes. Il n'eut pas besoin de lui faire une démonstration. Ses yeux s'écarquillèrent de surprise quand elle entendit le mur lui parler.

※❅•❅※

Plume se précipita au pied du lit. Elle plaqua son oreille contre le mur, s'efforçant de percevoir ce qui se disait de l'autre côté. La voix de son interlocuteur lui parvint difficilement. Lui-même devait sans doute parler bas de peur d'être surpris par les gardes.

— Qui est là ? Est-ce que c'est vous, Éléonore ?

— Andreas ?

Le cœur de Plume fit un bond dans sa poitrine.

— Je suis si contente de vous entendre. J'avais tellement peur pour vous. Est-ce que vous allez bien ?

— Plus ou moins. Apparemment, le hasard a bien fait les choses, ils nous ont placés côte à côte… ou alors leur stratégie était de regrouper les ennemis du régime pour mieux les surveiller. Mais peu importe. Allons à l'essentiel, j'ignore combien de temps nous avons devant nous. Je sais qu'Élias est l'Oméga et je suppose qu'il a fait pression sur vous. Écoutez, vous ne devez surtout pas le croire !

Andreas avait beau insister sur chaque syllabe, Plume avait l'impression qu'il se trouvait à plusieurs mètres de distance. Elle luttait pour rester concentrée et saisir chaque mot.

— L'Oméga m'a trahie, répondit-elle. Je n'ai aucune confiance en lui.

— Ce que je vais vous dire vous choquera sûrement, mais je ne peux pas vous laisser dans l'ignorance. L'Oméga a des plans vous concernant… Il a l'intention de vous faire assassiner lorsque lui-même sera mort !

— Quoi ?

Plume tressaillit. La dernière phrase avait claqué dans son esprit comme un coup de fouet. Malgré le mur qui les séparait, elle devinait le regard d'Andreas, mélange de pitié et de tristesse, alors que les circonstances le forçaient à lui révéler cette vérité sans cérémonie. Ses paroles venaient de briser ses derniers espoirs et avec eux, l'illusion qu'une rédemption était encore possible.

— Alors, il ne m'aime plus, marmonna-t-elle.

Peut-être était-ce cette conclusion qui lui faisait le plus mal.

— Oh si, il vous aime mais son amour a tourné à la folie. Il vous a attendue trop longtemps, il a oublié ce qu'aimer voulait dire. Il a fait pendre Jack parce qu'il représentait un rival. Il est prêt à tous les crimes pour vous garder à ses côtés. Ce n'est pas pour vous faire souffrir qu'il veut mettre fin à vos jours. C'est pour être sûr que vous n'appartiendrez jamais à un autre que lui… Malheureusement, l'Oméga est partagé entre la passion qu'il éprouve pour vous et sa soif de pouvoir. Il ne renoncera ni à l'un ni à l'autre. Il craint qu'en vous laissant sans surveillance, vous retourniez dans le passé pour l'empêcher de régner.

Plume resta silencieuse. Cette journée avait été longue et épuisante. Elle aurait voulu s'allonger sous ses draps et laisser le sommeil s'emparer d'elle pour qu'il l'entraîne loin, très loin de cette réalité qui ne faisait que la détruire davantage.

— Que dois-je faire ? demanda-t-elle finalement. Vous avez une idée, n'est-ce pas ?

— J'ai bien un plan, mais il risque de vous déplaire.

— Dites-le-moi et je le ferai.

— Il faut que vous invoquiez la fente, nous pouvons encore modifier le cours des événements.

— Comment ? Sans aucune aide extérieure, je ne pourrais représenter qu'un lieu connu. Je serais obligée de me dédoubler. Il est dangereux de manipuler le temps. La situation risquerait de s'aggraver… Et même si je trouvais une faille, l'Oméga a placé une gargogne dans mon placard. Si je tente quoi que ce soit, elle ira aussitôt le prévenir. Je n'ai aucun endroit où me réfugier qui ne soit constamment soumis à son contrôle.

— Très bien, alors nous devons changer de tactique. Est-ce qu'il vous a demandée en mariage ?

— Oui.

— Dans ce cas-là, épousez-le.

— Je ne peux pas. J'ai déjà refusé.

— Faites semblant d'avoir changé d'avis. Retournez le voir, montrez-vous vulnérable et vous réussirez à percer ses défenses. Il y a une chose primordiale que vous devez savoir, ajouta Andreas d'un ton grave. Cette cérémonie de mariage est une occasion unique, elle doit avoir lieu pour une raison purement stratégique : le protocole ! Il diffère des unions ordinaires – j'entends par là celles de la bourgeoisie ou du bas peuple – sur un seul point. La Ligue écarlate, et *a fortiori* l'Oméga, demeure attachée à ce que l'on appelle le serment sur la lame. Pour faire simple, le fiancé jure sur son épée qu'il protégera celle qui deviendra sa femme. Mais ce qui nous intéresse n'est pas là. Le plus important est que, conformément à ce même protocole, il appartient à la jeune fille de remettre l'épée à son futur mari. Normalement, l'échange ne dure que quelques secondes. Vous devrez saisir cette chance pour faire pencher la balance en notre faveur.

— J'aurai une arme, mais à quoi bon ? Ils seront des centaines, la salle sera probablement pleine de militaires…

— Je ne vous propose ce plan qu'en dernier recours. Il faut que vous compreniez que nous n'avons pas d'autre alternative. Il est trop tard pour sauver ceux qui sont morts, mais la révolte peut encore triompher. Vous êtes notre seul espoir, Éléonore… Lorsque vous prendrez l'épée, vous devrez tuer l'Oméga.

— Non !

Plume n'avait pu s'empêcher de pousser un cri.

— Élias est mort. Cet homme ne fait que lui ressembler, affirma Andreas. Nous ne pouvons plus rien faire pour lui. Il a choisi sa voie depuis bien longtemps. Réfléchissez-y, je vous en prie. Si vous renoncez, nous aurons perdu la guerre.

— Vous me demandez d'assassiner votre frère…

— Je vous demande d'assassiner un tyran.

Lorsque Avalon lui avait soumis la même requête, Plume était prête à sacrifier sa vie pour la rébellion. Mais la vérité n'avait pas encore le goût amer de la trahison. Elle ignorait que sous le masque de bronze, ce serait le visage d'Élias qui lui sourirait.

— Vous devez faire un choix, insista le Faucon. Êtes-vous la dame de cœur ou la dame écarlate ?

Sa question resta en suspens. Même si elle avait voulu jurer fidélité aux princes maudits, Plume n'en eut pas l'occasion. De l'autre côté du mur, une porte venait de claquer. D'après les bruits sourds qu'elle percevait, des gardes avaient saisi Andreas et l'entraînaient hors de la pièce. Son premier réflexe fut de serrer Pipo dans ses bras. Elle craignait de subir le même sort mais les pas s'éloignèrent, la laissant seule dans le silence de sa chambre.

Seule avec ses doutes et ses interrogations.

⁂

L'Oméga reposa sa cuillère à la droite de son assiette. La table ne lui avait jamais paru aussi immense. D'ordinaire, elle accueillait des conseillers, des ministres et des hauts responsables qui importunaient ses oreilles avec des sujets politiques. Ce n'étaient que des parasites mais aujourd'hui, même cette bande d'imbéciles lui semblait préférable à cette horrible solitude. Éléonore avait refusé son invitation ; elle s'était réfugiée dans sa chambre et lui connaissait assez cette jeune entêtée pour savoir qu'elle était capable de bouder des semaines durant.

— Oh, Plume, murmura-t-il, qu'ai-je fait ?

Peut-être était-il allé trop loin… Il avait commis des crimes en son nom, il avait sacrifié des innocents pour un royaume où elle aurait dû être sa reine. Il avait brisé son cœur d'enfant avec l'espoir qu'elle finirait un jour par comprendre. Il n'avait fait cela que par amour pour elle. Il l'aimait d'un amour possessif, d'un amour cruel, oui, mais cela n'en restait pas moins de l'amour. Cette passion le dévorait de l'intérieur, elle rongeait son esprit au point d'annihiler sa raison.

— Élias ?

L'intéressé releva la tête. Perdu dans ses pensées, il n'avait pas entendu la porte s'entrouvrir. Éléonore se tenait sur le seuil. Contrairement à ce qu'exigeait le protocole, elle flottait dans une chemise de nuit qui laissait apparaître ses bras nus. Son teint était livide. Elle ressemblait à l'une de ces créatures fantomatiques qui hantaient d'ordinaire ses nuits.

— Vous allez bien ? s'inquiéta l'Oméga.

La jeune fille tremblait. Elle se mordit la lèvre comme si elle hésitait à repartir en courant. Ses yeux étaient humides et des larmes menaçaient de rouler sur ses joues.

— Je ne devrais pas être là, marmonna-t-elle en reniflant bruyamment.

L'Oméga se leva de son siège. Lentement, il s'approcha d'elle et d'un geste doux, lui déposa son manteau sur les épaules.

— Ne prenez pas froid, lui dit-il avec un sourire. Les courants d'air sont assez traîtres par ici… Est-ce que vous voulez vous asseoir ?

En parfait gentilhomme, l'Oméga lui présenta une chaise qui avait l'avantage d'être placée à côté de la sienne. Alors qu'elle prenait place, il s'aperçut qu'elle évitait son regard. Parmi les mystères de ce monde, aucun n'était plus insondable que les sentiments d'une femme. Dubitatif, il l'observa se tapoter les joues avec un mouchoir en dentelle.

— Je ne vous attendais pas pour le dîner, ajouta-t-il dans un effort louable de faire la conversation. Mais je peux toujours demander aux domestiques d'aller secouer le cuisinier… Vous avez faim, peut-être ?

— Non, merci.

— Et ce môme qui s'agrippait à votre manche, il n'est pas descendu avec vous ?

L'Oméga s'en fichait royalement, mais peu importait l'évocation de ce gosse s'il parvenait à décoller les lèvres de sa fiancée.

— Je l'ai laissé avec Sue. Elle m'a promis de s'occuper de lui jusqu'à mon retour.

— Et que me vaut le plaisir de votre visite ?

D'un air détaché, il fit sauter une olive qui termina sa trajectoire dans sa bouche. Bizarrement, il aurait préféré accueillir une Mlle Herrenstein en furie plutôt que cette fille qui, au lieu d'annoncer la couleur, le laissait dans l'expectative.

— Tout à l'heure, vous m'avez posé une question, articula-t-elle finalement. Vous m'avez demandé si je vous détestais… Je n'étais pas sûre de ma réponse, à présent je le suis. Je pensais sincèrement vous haïr. Lorsque j'ai vu Jack monter sur l'échafaud, j'ai lutté pour retenir mes larmes. Ma dignité était le seul rempart qui me restait. La vérité était que j'avais peur de vous, je craignais de devoir faire un choix… J'ai tenté de faire mon deuil, je me suis raccrochée à Élias comme à une bouée. J'ai cherché à me convaincre que le croire enterré m'aiderait à surmonter cette épreuve. Et puis, j'ai compris que je ne pourrais pas fuir éternellement. Certaines images du passé continueront toujours de me hanter. Aujourd'hui, je sais que je ne cesserai jamais de vous aimer, malgré vos crimes.

— Est-ce que vous me pardonnez ?

— Non, c'est moi qui vous prie de me pardonner. Je n'ai pas compris assez tôt que vous étiez un homme bien. Lorsque je vous ai rencontré, vous n'étiez pas encore l'Oméga et si je ne vous avais pas abandonné, vous n'auriez pas été un tyran. J'aurais dû rester auprès de vous, je n'aurais pas dû me jeter à travers cette fente et vous laisser étendu sur le sol. Je pensais qu'en vous sacrifiant, je pourrais encore sauver Seräen. J'ignorais que ce serait Seräen que je sacrifierais.

— Vous n'avez rien à vous reprocher, j'ai pris seul ma décision.

La main d'Éléonore était posée sur la table. L'Oméga hésita avant de la serrer dans la sienne.

— Plus rien ne sera jamais pareil entre nous, murmura-t-elle. Vous me connaissez, vous savez que je ne renoncerai pas à la révolte, je me battrai pour la justice mais s'il vous plaît, laissez-moi être votre amie. Je ne veux plus m'opposer à vous, je veux être avec vous…

— Vous avez l'intention de mettre votre nez dans mes affaires et d'influencer ma politique ? résuma l'Oméga dans un ricanement.

— Je ne demande qu'une place de conseillère à vos côtés, juste une voix pour concurrencer celle de la Ligue et de vos ministres. Vous avez raison de vous méfier de moi mais je ne vous mens pas, Votre Majesté. J'espère seulement retrouver Élias, redevenez cet homme dans mon cœur et je vous suivrai aussi loin que vous irez.

L'Oméga effleura sa joue.

— J'ai pensé chaque mot de la lettre que je vous ai écrite. J'ai passé un demi-siècle à vous attendre, aujourd'hui je suis las de vous guetter. Vous voulez être mon amie ? Je n'ai pas besoin d'une amie, j'ai besoin d'une femme… Épousez-moi !

Pris d'un élan, il posa un genou au sol. Une demande en mariage s'accompagnait d'une bague et ce fut sa propre chevalière qu'il retira de son index. Il lui tendit l'anneau avec le regard brûlant de passion.

— Je vous promets que je veillerai sur vous, je ne vous ferai plus jamais souffrir, s'enflamma-t-il. Ce qui s'est passé ce matin ne se reproduira plus, vous avez ma parole. Je ne ferai plus couler de sang inutilement, je ne vous trahirai plus. Soyez mienne et vous ne le regretterez pas !

La réponse d'Éléonore fut ses bras autour de son cou. Elle blottit sa tête contre son épaule et laissa ses lèvres se presser sur les siennes.

Il était tard. Le tic-tac de l'horloge égrenait lentement les minutes. Allongée dans son lit, Plume ne parvenait pas à s'endormir. Près d'elle, Pipo avait cessé de s'agiter dans son sommeil. Il suçait son pouce, alors que son esprit avait quitté cette réalité pour rejoindre le doux pays des rêves. Elle aurait tant voulu l'imiter, mais sa conscience se plaisait à la tourmenter.

Sur sa peau, elle sentait encore le souffle de l'Oméga ; elle entendait encore sa voix lui chuchoter des mots à l'oreille. C'était horrible de songer avec quelle facilité elle l'avait manipulé. Depuis qu'elle s'était lancée dans la rébellion, le mensonge était devenu une nécessité, une obligation pour survivre. Jusqu'à présent, elle n'avait jamais réussi à percer les défenses d'Élias. Il avait toujours vu clair dans son jeu, indifférent à ses sourires et à ses vaines tentatives de se jouer de lui.

Sa performance de ce soir n'était rien d'autre que le numéro de la demoiselle en détresse. Un coup classique qui aurait dû éveiller sa suspicion. L'Oméga n'était pas naïf, il lui avait déjà prouvé qu'il pouvait lire en elle comme dans un livre ouvert. Alors, pourquoi paraître devant lui en chemise de nuit et en larmes avait suffi pour lui ôter toute méfiance ?

— Parce que c'était la vérité, réalisa-t-elle dans un souffle.

Elle avait beau avoir préparé son texte, ses sentiments étaient-ils si différents de ceux qu'elle avait fait mine de confesser pour tromper sa vigilance ? Ses pensées se mêlaient : il y avait la mort de Jack, l'exécution des princes maudits, mais comme pour compenser ces actes de cruauté, l'Oméga avait promis de la rendre heureuse, il lui avait promis un avenir meilleur. Elle l'avait cru comme il avait cru en son amour. Il avait prévu de la tuer, de mettre fin à ses jours et elle avait prévu de l'assassiner devant une foule de témoins. S'il s'agissait d'un jeu, ils étaient à égalité : aussi malhonnête l'un envers l'autre et pourtant, toujours aussi attiré par cet autre.

Andreas lui avait parlé d'un choix : la dame de cœur ou la dame écarlate. En cet instant, elle ignorait qui elle était vraiment.

— Élias, murmura-t-elle, reviens-moi…

Chapitre 11
La croisée des chemins

Une semaine s'était écoulée. La chambre de Plume ressemblait à une serre où s'entassaient des bouquets de roses par dizaines. L'Oméga ne cessait de lui faire porter des présents. Chaque jour, il la couvrait de bijoux et de richesses comme pour lui faire oublier la sévérité du régime.

De l'autre côté des murs, Plume ne doutait pas que la milice multipliait les exécutions. La condamnation des princes maudits n'était que le début, le point de départ d'une opération qui visait à purifier la société de tous les perturbateurs.

— Encore une épingle, mademoiselle, et vous serez parfaite.

Sue finit d'ajuster le voile en haut de son chignon. Sous les rayons du soleil, les perles qui parsemaient l'étoffe scintillaient comme des étoiles. Mais ce n'était rien comparé à sa robe : une création d'un rouge écarlate, une splendeur en mousseline et organdi qui sublimait sa silhouette.

— Vous êtes vraiment éblouissante, commenta Sue avec enthousiasme.

Plume se détourna du miroir. Dans son dos, assis en tailleur sur le tapis, un petit garçon l'observait d'un air perplexe.

— Je vais me marier, expliqua-t-elle en réponse à cette question muette. Il est possible que toi et moi, on ne se revoit pas avant très longtemps… Tu sais que je t'aime, n'est-ce pas, Pipo ?

Ce que Plume essayait de lui dire était qu'elle ne reviendrait pas. Les régicides étaient aussitôt mis à mort. Elle n'osait imaginer quel serait son sort si le plan venait à échouer. L'Oméga lui pardonnerait-il son geste ?

Comme s'il avait lu la tristesse dans ses yeux, l'enfant saisit doucement sa main dans la sienne. Posée au creux de sa paume, une fleur d'un bleu éclatant évoquait un papillon qui étirait ses ailes. Plume ignorait que cette étrange offrande avait poussé sous son lit et que chaque matin, un apprenti jardinier l'avait arrosée.

— Mon grand-père aimait me raconter une histoire à propos d'une fleur magique, murmura-t-elle. D'après la légende, elle avait le pouvoir d'exaucer les souhaits. S'il te plaît, Pipo, fais quelque chose pour moi… Garde ta fleur et tout à l'heure, lorsque l'horloge sonnera douze coups, pense très fort à un vœu. Peut-être qu'il se réalisera.

L'espace d'un instant, un mince sourire se dessina sur ses lèvres. Lentement, elle se pencha vers Pipo et déposa un baiser sur son front.

— Sue, je vais vous demander d'être loyale envers moi.
— Que puis-je faire pour vous, mademoiselle ?
— Je veux que vous me promettiez que vous prendrez soin de Pipo.
— Bien sûr, mademoiselle, répondit la servante en s'inclinant.

Elle comprendrait bien assez tôt la raison d'une telle requête. Plume eut un dernier regard pour l'enfant avant de quitter sa chambre. Elle devait rester forte, oublier ses regrets et ses incertitudes pour se concentrer sur l'instant présent. Aujourd'hui l'attendait un ultime combat, une bataille où son plus grand ennemi serait son propre cœur.

Les portes de la grande salle s'entrouvrirent dans un grincement. Des rangées de chaises accueillaient une marée sans fin de spectateurs, des silhouettes sans visage qui se mêlaient dans une explosion de couleurs. Au fond de la pièce, Plume discerna la Ligue écarlate et les douze seigneurs qui siégeaient dans d'imposants fauteuils – l'un d'eux avait un nez en bec d'aigle, probablement le cousin nommé en grande pompe suite à la destitution d'Andreas. Mais le plus impressionnant était le silence de mort qui accompagna son entrée. L'ensemble des invités était tourné vers elle, chacun scrutant cette fille à peine sortie de l'adolescence et qui prétendait pouvoir s'asseoir à la droite du trône.

Aussi solennellement que le lui permettait sa longue traîne, Plume s'avança dans l'allée centrale. Un voilage blanc avait été noué de banc en banc et des pétales de roses parsemaient le sol. La décoration de la salle était fastueuse, partout des tentures ou des compositions florales occupaient le moindre espace. Pour un mariage organisé en si peu de temps, Plume n'osait imaginer combien de domestiques avaient été réquisitionnés pour se charger des préparatifs.

Alors qu'elle dépassait les premiers rangs, un cri lui fit tourner la tête. Une femme s'était écroulée sur sa chaise et cherchait vainement à reprendre son souffle. Assis près d'elle, un homme lui tapotait l'épaule. Dans un sursaut, Plume reconnut ses parents. Elle avait voulu les éloigner des affaires du palais, les tenir à l'écart de son propre mariage, mais l'Oméga les avait joints à la liste des invités. Quelle explication leur avait-il fournie ? Mme Herrenstein essuya une larme de joie et c'est alors que Plume comprit : elle ne s'attendait pas à la trouver là. Était-elle venue en ignorant complètement qui s'apprêtait à devenir leur reine ?

Sur la même rangée, Plume aperçut son amie Charlotte dans une parade de boucles et de dentelles. Deux sièges plus loin, Frédérion était penché vers une Anémone verte de jalousie, qui mâchonnait sa langue en la fusillant du regard.

Plume s'immobilisa au côté de l'Oméga dont l'éternel manteau écarlate se parait de broderies en fil d'or. Face à eux, le maître de cérémonie débuta un discours monocorde qui semblait uniquement destiné à plonger l'assemblée dans la torpeur. Indifférente à ce verbiage, Plume se hissa sur la pointe des pieds pour atteindre l'oreille de son fiancé.

— Pourquoi m'avez-vous caché que mes parents seraient présents ? chuchota-t-elle.

— Vous ne me l'avez pas demandé. La salle est pleine de nobles, il aurait été injuste que votre charmante famille soit privée de ce spectacle, non ?

— Je suis censée être morte, siffla Plume entre ses dents. Comment leur avez-vous annoncé la nouvelle ?

— Je n'ai rien annoncé du tout. Ressusciter Mlle Herrenstein présentait un certain nombre d'inconvénients. Il aurait fallu rouvrir un dossier classé concernant votre disparition. Le petit problème, c'est que vous vous étiez volatilisée avec Élias et je n'avais pas envie de le voir ressurgir. Surtout pas après les tracas que m'avait causés mon frère. Il était grand temps que l'on cesse de murmurer autour du titre de Monseigneur d'Aubrey... Bref, j'ai préféré changer votre patronyme.

— Quoi ?

— Vous n'êtes plus Mlle Herrenstein, vous êtes Mlle Duchamp. Vous vous souvenez, c'était sous ce nom que je vous avais présentée à cet imbécile d'Artéor. J'ai fait porter des cartons d'invitation avec votre nouvelle identité. Camillus Malbert a écrit un joli article sur vous dans *L'Orme glorieux*, il vous a présentée comme la fille d'un riche aristocrate du Sud ou quelque chose de ce genre. C'est cela l'avantage d'être l'Oméga, je peux tordre la réalité selon mon bon plaisir.

— Les gens ne sont pas dupes.

— Bien sûr que non. Déjà, après les exécutions, il était clair que certains d'entre eux vous avaient reconnue, dont cette chère Anémone. Ah, son petit air renfrogné m'amuse tellement, j'ai bien fait de la faire asseoir là ! Votre mère, par contre, il est fort possible qu'elle ait eu le choc de sa vie... Mais quelle importance, de toute façon, puisque ma version des faits sera toujours la vérité ?

Le maître de cérémonie se racla la gorge avant d'attaquer la seconde page de son discours. Sans se soucier de ce monologue, Plume balaya l'assistance du regard. Parmi la foule, un visage familier se découpa soudain au milieu des chapeaux à plumes et des coiffures extravagantes. Assis dans un recoin sombre de la pièce, Andreas était encadré par deux soldats. Malgré la distance, elle devinait la large ecchymose qui dévorait sa joue.

Depuis leur conversation à travers le mur, Plume n'avait plus eu de nouvelles de lui. Elle avait supposé qu'il avait été déplacé dans une autre chambre ou emmené pour être interrogé. Andreas avait été brutalisé, battu par les gardes. Pourquoi avait-elle cru qu'en tant que frère de l'Oméga, il bénéficierait d'une protection ?

— Que lui avez-vous fait ? murmura Plume.

— Il va bien, soupira l'Oméga. Ce n'est pas un passage à tabac qui va briser les ailes de votre Faucon. J'avais besoin d'informations et il n'a pas voulu me les donner. Il a donc fini en prison dans l'espoir que l'air humide des cachots lui éclaircisse les idées. J'ai pensé que cela lui ferait plaisir de quitter sa cellule pour assister aux réjouissances. Ce gamin est têtu, ajouta-t-il, aussi têtu que vous qui bavardez au lieu d'écouter ce magnifique discours sur les liens sacrés du mariage.

Plume fit l'effort de se détourner d'Andreas pour se concentrer sur la cérémonie. Elle ne supportait pas de le voir blessé, avec sa jambe déjà si mal en point et qui semblait à présent incapable de le soutenir. Privé de sa canne, il était avachi sur sa chaise et se tenait la tête entre les mains.

— L'union de ces deux êtres nous réunit en ce jour, marquant une nouvelle ère dans l'histoire du royaume. Le peuple aura désormais une reine qui, à l'image de Sa Majesté, se montrera juste envers ses sujets. Notre loyauté ne saurait faillir et nous nous félicitons que…

Les bouches du régime, que cela soit Tibérius ou l'un de ses semblables, devaient être facilement interchangeables, conclut Plume. Peut-être existait-il un énorme volume recensant toutes les formules grandiloquentes qui étaient resservies à chaque événement officiel.

Brusquement, ce fut le silence qui l'arracha à ses pensées. Le maître de cérémonie s'était enfin tu. D'un geste théâtral, il venait d'ouvrir un étui en bois précieux. C'était la fameuse épée qu'elle devrait tendre à l'Oméga. L'heure de la révolte avait sonné.

Le plan du Faucon était simple. Il reposait sur un effet de surprise, un instant d'inattention pour mettre à bas un tyran. Le plus difficile serait les secondes qui précédaient l'acte.

« Je dois le faire », songea-t-elle.

Son cœur battait la chamade. Le monde autour d'elle n'existait plus, il s'était figé autour de ce choix qui scellerait à jamais son destin. Était-ce cela la croisée des chemins ? Andreas attendait d'elle un acte de courage, un acte d'abnégation. Il était prêt à sacrifier son propre frère, elle aurait à sacrifier l'homme qu'elle aimait. La vie n'avait parfois aucune logique.

Ce n'est pas Élias... Élias est mort... Ces phrases résonnaient en elle tel un air entêtant, un refrain incessant qui se répétait encore et encore. Durant la semaine qui s'était écoulée, Plume avait lutté pour dissocier Élias de l'Oméga. Elle avait tenté de les séparer, de les imaginer comme deux êtres distincts, mais ses pensées la ramenaient constamment à ce fantôme du passé.

La main de Plume tremblait. Maladroitement, elle effleura la garde de l'épée... *Élias l'avait prise pour une voleuse, elle lui avait fracassé un vase sur le crâne...* Le maître de cérémonie se racla la gorge, l'invitant à se saisir de l'arme... *Ils avaient dansé ensemble au bal d'Anémone ; ils étaient alors ennemis avant que le hasard ne fasse d'eux des alliés...* Plume inspira profondément. Elle s'efforça d'oublier sa peur et sa fébrilité, alors que tous les regards se tournaient à nouveau vers elle... *Ensemble, ils avaient combattu les gargognes, ils avaient affronté les dangers d'une autre époque...* Plume s'empara de l'épée, elle sentit le contact froid du pommeau sur sa peau. Elle n'aurait pas droit à une seconde chance... *Elle avait pleuré Élias, elle avait passé des nuits à relire sa lettre d'adieu pour s'imprégner de chaque mot. Elle s'était juré qu'elle n'épouserait jamais un autre que lui...*

Le corps de Plume se raidit. Elle sut qu'elle ne le ferait pas. Ce n'était pas seulement au-dessus de ses forces, c'était contraire à tout ce pour quoi elle s'était battue. Depuis son retour à Seräen, elle avait rejoint la rébellion pour venger son fiancé. À présent, elle comprenait que la haine était un labyrinthe qui emprisonnait l'âme, un cercle vicieux dont nul ne ressortait jamais indemne. Si une force supérieure l'avait guidée jusque-là, ce n'était pas pour semer la mort, c'était pour tirer Élias des ténèbres. Et le sauver de lui-même.

Alors, sous le coup d'une impulsion, Plume brandit l'épée et glissa la lame sous la gorge de l'Oméga. L'extrémité frôlait l'étoffe de son col, menaçant de déchirer le tissu pour transpercer sa peau.

— Et maintenant, Votre Majesté, s'exclama Plume, je vous invite à m'écouter attentivement !

Un éclat de rire lui répondit. Derrière le masque de bronze, la jeune fille devinait les lèvres de l'Oméga étirées en un sourire narquois. Lui aussi avait placé ses pièces, il les avait disposées sur cet immense échiquier où leurs volontés ne tarderaient pas à s'affronter. Il ne fallut que quelques secondes pour que le monde bascule. Comme obéissant à un ordre tacite, les militaires dégainèrent leurs armes ; ils s'avancèrent telle une masse grouillante parmi la foule. Du haut de l'estrade, Plume distinguait la silhouette du Faucon, à peine visible dans la marée d'uniformes qui l'avait redressé de force. Un mouvement brusque, une chaise qui se renverse et de la pénombre se détacha un petit garçon. Un enfant qui suçait son pouce et qui s'agrippait désespérément à la manche d'Andreas.

« Pipo », réalisa Plume dans un sursaut. Sa présence à la cérémonie n'avait qu'une seule explication possible. L'Oméga espérait se servir de lui comme moyen de pression si jamais elle refusait de suivre le protocole. Lui et Andreas n'étaient que des otages, des atouts stratégiques que sa propre traîtrise condamnerait à mort.

— Je vous en prie, madame, ricana l'Oméga, exposez-nous donc vos revendications. Je serais ravi de les connaître.

— J'exige que vous me fournissiez de quoi dessiner.

La voix de Plume avait claqué comme un fouet. Il émanait de cette gamine une détermination farouche, presque inflexible, alors qu'elle se risquait à commander l'homme le plus puissant du royaume.

— Pour que vous sabotiez mon règne ?

— Non, pour qu'Élias me revienne.

— Ce garçon est mort et il ne ressuscitera pas, affirma l'Oméga d'un ton tranchant. À présent, avant que vous ne vous lanciez dans un long plaidoyer, je tiens à vous rappeler que j'ai le pouvoir de faire exécuter tous ceux que vous aimez. Votre cher Faucon, ce môme que vous affectionnez tant, voire même vos parents…

— Je vous interdis de leur faire du mal !

— C'est ce que nous allons voir. Amenez-moi le prisonnier !

Les gardes empoignèrent Andreas par la chemise. Animé par l'énergie du désespoir, il riposta avec une fougue étonnante. Il se jeta sur ses assaillants, s'efforçant d'oublier son corps affaibli par les privations. Les coups fondirent sur lui ; il tenta de se défendre, mais un choc plus violent que les précédents l'envoya rouler sur le sol. Alors qu'il luttait pour se relever, le teint blême et les lèvres tordues par la douleur, l'inattendu se produisit. Quelqu'un dans l'assemblée choisit brusquement d'intervenir, un innocent spectateur que rien ne prédestinait à un acte de résistance. Dans un élan de courage, Frédérion Céleste s'était interposé, bousculant les soldats qui, sans ménagement, frappaient ce garçon déjà à terre. Réflexe malheureux ou non, le poing du couturier s'abattit sur un officier qui, désarçonné par cette attaque surprise, s'écroula sur le carrelage froid.

— Vous avez toujours de curieux alliés, commenta l'Oméga de sa voix pleine de sarcasmes.

Le regard de Plume croisa celui de Frédérion. Le couturier paraissait stupéfait de sa propre audace ; l'espace d'un instant, il écarquilla les yeux comme s'il hésitait à se rendre. Planté tel un piquet, il serait demeuré pétrifié si une main gantée ne l'avait pas secoué par l'épaule. Plume sentit son cœur faire un bond dans sa poitrine. M. Herrenstein venait de s'avancer, lui qu'elle avait toujours connu discret et peu enclin à porter des jugements semblait métamorphosé. Aucune once d'hésitation ne transparaissait dans ses gestes. Après tant d'années à taire les secrets du gouvernement, il se levait enfin contre l'Oméga pour réclamer justice. Dans l'assemblée, la surprise avait laissé place à des chuchotements interrogatifs. Beaucoup de nobles s'étaient penchés vers leurs voisins, désignant du doigt cet homme qui osait sortir du rang.

— Moi, Armand Herrenstein, ancien ambassadeur, je vous accuse d'avoir menti au peuple d'Orme, lança-t-il vivement. Valacer n'a jamais été une puissance militaire, vous n'êtes qu'un tyran qui use de la peur pour asseoir son autorité. Trop longtemps, je me suis forcé à garder le silence alors que j'aurais dû dénoncer les atrocités qui sont perpétrées en votre nom… Votre Majesté, pendant des décennies, j'ai lutté contre ma conscience et j'aurais continué à le faire si, aujourd'hui, vous n'aviez pas menacé ma fille. Je vous ordonne de la libérer immédiatement !

— Vous n'avez pas le pouvoir de m'ordonner quoi que ce soit. Et si cela vous amuse de finir pendu au bout d'une corde, je ne vous priverai pas de ce plaisir. Gardes, arrêtez MM. Herrenstein et Céleste pour haute trahison !

— Non !

Le cri de Plume fut noyé dans le brouhaha qui s'était emparé de la Grande salle. Sans réfléchir, elle se jeta en avant et son arme croisa celle de l'Oméga. Sa lame avait jailli de son fourreau comme s'il s'était depuis toujours préparé à cette éventualité.

— Vous avez vraiment l'intention de me tuer, Éléonore ? N'oubliez pas que c'est moi qui vous ai formée… Et si je puis me permettre ce commentaire, vous êtes toujours une piètre escrimeuse.

Empêtrée dans sa robe de mariée, Plume ne cessait de reculer. Malgré ses efforts, elle parvenait à peine à repousser les coups qui l'assaillaient. L'Oméga accueillait ses ripostes avec un éclat de rire. Un demi-siècle s'était écoulé, son corps avait subi les ravages du temps et pourtant, lui ne semblait jamais faiblir. Une force mystérieuse animait son être, cette même puissance qui, en le sauvant jadis de la mort, avait laissé des ronces recouvrir sa peau. La magie le consumait de l'intérieur, elle avait fait de sa chair le reflet de son esprit, constamment en éveil et rongeant peu à peu sa part d'humanité.

— Je vous en prie, s'exclama Plume, cessez cette folie ! Nous pouvons réécrire l'histoire, vous et moi, laissez-moi invoquer la fente et retournons dans le passé.

— J'ai une meilleure idée, vous allez lâcher cette arme et vous conduire comme une dame de l'aristocratie. Demain paraîtra en une de *L'Orme glorieux* que vous êtes devenue ma femme. Camillus Malbert décrira le faste de la cérémonie et votre ridicule tentative n'aura jamais eu lieu. Vous verrez, même les invités présents seront prêts à en témoigner.

Il lui était impossible de remporter ce combat. Le bras de Plume faiblissait, bientôt elle serait contrainte de renoncer et alors qu'elle sentait le désespoir l'envahir, un enfant lança un vœu aux étoiles.

※※•※※

Caché sous une chaise, un petit garçon s'était recroquevillé. Depuis cet abri de fortune, il distinguait une masse d'uniformes en colère, mais aussi des robes chatoyantes et des pantalons qui s'agitaient sur leurs sièges. Le bruit était assourdissant : des clameurs s'élevaient de l'assemblée, des gens criaient et lui voulait plus que jamais les bras d'Avalon. Il avait peur. Peur de sortir de sa cachette et de découvrir que tous ceux qu'il connaissait étaient morts.

De sa poche s'échappa soudain une fleur, un morceau de printemps qui parut flotter dans les airs avant de toucher terre. Comme dans une parenthèse enchantée, Pipo saisit la tige entre ses doigts et compta doucement les pétales. Avant que le monde ne sombre dans le chaos, la dame lui avait demandé de faire un vœu. Alors, l'enfant ferma les yeux et au plus profond de son âme, murmura un souhait. Cette prière muette était emplie d'innocence, elle avait le goût des larmes et des joies passées. *S'il vous plaît, je veux que tout s'arrête…* Il avait vu tant d'horreurs, des cadavres qui avaient volé ses rêves et hanté ses nuits. Lui désirait revenir en arrière, à cette époque où il avait encore une famille pour le choyer. Il ignorait que là-haut, quelqu'un entendrait sa voix et que le temps et l'espace se déchireraient.

Autrefois, une légende parlait d'une fleur capable d'exaucer les souhaits, un pouvoir tel qu'il repoussait les limites du réel. Chaque vœu était unique, mais aucun n'était plus fort que celui d'un enfant. Lentement, un souffle se répandit parmi les invités, il se glissa au milieu des gardes et envahit la Grande salle. Le brouhaha alentour s'atténua, bientôt il ne fut plus qu'un lointain chuchotement.

Plume s'attendait à subir le poids de la défaite. Le corps de l'Oméga s'était tendu dans un geste d'attaque, il s'apprêtait à abattre son épée lorsque son bras se figea brusquement. Sa main resta suspendue en l'air comme paralysée.

— Qu'est-ce que…, marmonna Plume.

L'incompréhension se lisait dans ses yeux. La réalité – cette entité d'ordinaire si complaisante – s'était éloignée du droit chemin, elle avait pris une fausse direction où l'impossible était devenu possible. Partout où Plume posait son regard, une scène étrange s'offrait à elle. Chaque personne présente était immobile, statufiée à l'image d'une figurine de plomb ; autant de pantins que le temps semblait avoir oubliés dans sa course effrénée. Ce tableau avait quelque chose de saisissant : stoppées en plein mouvement, des centaines de silhouettes paraissaient prisonnières d'un instant précis, leurs visages crispés évoquant des masques aux expressions immuables. Aucune explication rationnelle ne pouvait justifier ce phénomène comme si la magie, de sa propre initiative, avait mis un grain de sable dans l'engrenage.

Le silence enveloppait Plume, telle une présence réconfortante. Ses jambes chancelèrent alors qu'elle s'avançait le long de l'allée centrale. Parmi les rangées de spectateurs pétrifiés, elle découvrit sa mère, la bouche grande ouverte, et qui fixait désespérément son mari. M. Herrenstein était encadré par une dizaine de gardes, il soutenait un Frédérion dépenaillé dont la lavallière pendait lamentablement sur sa chemise. Lorsque le sortilège avait frappé, les militaires les poussaient sans ménagement, indifférents à leurs protestations et au corps du Faucon qui gisait sur le sol. Le cœur de Plume se serra, elle aurait tant voulu leur dire à quel point elle regrettait de les avoir entraînés dans cette guerre.

— Je suis désolée, murmura-t-elle.

Peu importait la puissance qui était en œuvre, ce statu quo ne durerait pas éternellement. Tôt ou tard, le sortilège prendrait fin et avec lui s'évanouirait tout espoir de fuite. Le destin lui offrait une chance unique de bousculer le cours des événements. Mais les pensées de Plume n'étaient qu'un brouillard épais d'où peinait à émerger l'ombre d'un plan. Elle avait beau se concentrer, son esprit la ramenait sans cesse à cette nuit sur les toits, là-bas, très loin dans le passé, avant qu'elle ne chute à travers la fente. Si elle avait su lire entre les lignes, voir que son fiancé n'était qu'un garçon au cœur meurtri, les choses auraient-elles été différentes ? Aurait-elle aimé Élias avant qu'il ne soit trop tard ?

Une idée folle se faufila dans ses pensées. Peut-être n'avait-elle pas besoin de peinture… Sa main serrait toujours l'épée, alors, volontairement, elle laissa la lame pénétrer la chair de sa paume. La jeune fille poussa un cri de douleur. Du sang venait de jaillir de sa blessure, coulant le long de son bras et imprégnant le tissu écarlate de sa robe.

Les secondes lui étaient comptées. Avec des gestes précipités, Plume trempa son doigt dans le liquide chaud et traça une ébauche sur le sol. L'ensemble n'était qu'un assemblage de traits grossiers où le décor se devinait parmi les formes à peine esquissées. Dans une salle de bal, des miroirs reflétaient des couples tournoyant sur la piste de danse.

— C'est dangereux, lui souffla une petite voix à l'oreille, tu as dit toi-même à Andreas qu'à trop vouloir manipuler le temps, tu ne ferais qu'aggraver la situation.

— Non, je pensais que je serais obligée de me dédoubler. C'était une règle que je croyais intangible… À présent, j'ai la certitude qu'il existe un moyen de la contourner.

Toute règle avait ses exceptions. Depuis que Plume s'était réveillée prisonnière de ce palais, le problème n'avait cessé de tourner dans sa tête. Inconsciemment, elle avait cherché une faille, une brèche dans cet ensemble complexe que formaient présent et passé. La solution venait brusquement de traverser son esprit, chassant ses dernières réticences.

Le plus important en peinture était la perspective, lui avait enseigné Dariel. Il était loin de se douter à quel point cette leçon serait primordiale. Sous son doigt couvert de sang, Plume avait fait surgir une image qui épousait un point de vue inhabituel : la scène était représentée à travers les yeux d'une aristocrate, une demoiselle qui valsait avec son cavalier. Seuls les bras de la jeune fille s'invitaient dans le cadre, une main serrée dans celle de l'homme et l'autre posée sur son épaule. Un observateur extérieur aurait probablement peiné pour discerner dans ces manches en dentelle l'ombre de Mlle Herrenstein. Au premier plan, un rictus déplaisant ne laissait aucun doute quant à l'identité de son partenaire. C'était la réception des Lavoisier, ce fameux soir où elle avait dansé à contrecœur avec un héritier de la Ligue.

Plume frémit. Un bruit feutré venait de rompre le silence. Sur l'estrade, l'Oméga avait esquissé un mouvement, son bras s'était tendu vers elle comme pour la retenir ; telle une marionnette entravée par ses fils, il luttait pour quitter sa prison d'immobilisme. La magie imprégnait son corps, elle coulait dans ses veines et lui donnait une force surhumaine. Le sortilège ne tarderait pas à se briser, il volerait en éclats et plus rien ne saurait retenir cette volonté inflexible.

Invoquant son pouvoir, Plume effleura l'ébauche et un point sombre se matérialisa dans les airs. Il s'agrandit peu à peu jusqu'à devenir un trou noirâtre qui envahissait l'espace... Dans un hurlement, l'Oméga se libéra de l'enchantement. Le masque de bronze était impassible mais, à travers les fentes, deux prunelles sombres pétillaient d'une lueur malveillante.

— Qu'avez-vous fait ? s'écria-t-il.

Sans attendre, Plume s'était élancée vers la brèche. La moitié de son corps avait disparu, happée par le néant, lorsque l'Oméga l'agrippa par un pan de sa robe. Elle sentait le vide l'attirer et ses sens se troublaient alors qu'elle flottait à la frontière entre deux mondes.

— Lâchez-moi ! s'exclama-t-elle.

— Non, vous ne partirez pas ! Vous serez ma femme, vous m'entendez ?!

— Jamais !

Un souffle puissant aspirait Plume, ses pieds avaient quitté le sol et seul l'Oméga la rattachait encore à cette réalité. Il continuait de se raccrocher à l'étoffe de ses jupons, tirant sur le tissu pour la ramener à lui. Combien de temps le passage resterait-il ouvert ? s'inquiéta Plume. Lorsque la fente se refermerait, elle ne pourrait plus résister à cette poigne de fer qui l'étreignait.

— Espèce de petite traîtresse ! siffla l'Oméga entre ses dents. J'étais prêt à partager mon royaume avec toi, tu aurais siégé à mes côtés et même la Ligue n'aurait pu s'opposer à nous !

— Je ne veux pas de votre pouvoir ! Vous ne voyez pas que ce poison vous a dévoré, il a fait de vous son esclave... Laissez-moi retourner dans le passé, je vous en supplie ! Élias peut encore être sauvé...

— J'ai enterré Élias, je l'ai brisé parce qu'il était trop faible. Il est hors de question qu'il ressuscite et que je meure pour lui !

— Alors, c'est moi qui mourrai. J'aime Élias d'Aubrey et je n'appartiendrai qu'à lui. Je me suiciderai plutôt que d'être vôtre, cracha Plume. La seule chose que vous obtiendrez de moi, c'est ma mort sur votre conscience !

Les yeux de l'Oméga s'étaient écarquillés. Cette phrase lui avait fait l'effet d'un choc. Un poids venait de s'abattre sur ses épaules alors que ses dernières illusions s'évanouissaient. L'Oméga réagit à peine quand ses doigts relâchèrent le tissu. Sans plus rien pour la retenir, Plume bascula en arrière. Avant qu'elle ne soit envahie par les ténèbres, une voix lui parvint. Un cri qui lui parut se répercuter en des milliers d'échos. Un cri où se mêlaient la colère et le désespoir.

Plume chuta dans une nuit sans étoiles. Elle ressemblait à une feuille d'automne virevoltant dans le vent. Sa tête tournait et une impression de vertige l'obligea à fermer les paupières. Peu à peu, le silence laissa place à des notes de musique, quelques accords qui s'intensifièrent jusqu'à résonner distinctement. Plume fut bientôt en mesure de reconnaître le morceau : c'était l'un des airs autorisés par le régime. L'obscurité s'effaça lentement, révélant une salle de bal où des miroirs muraux multipliaient les silhouettes et créaient une impression de démesure.

Son voyage à travers le temps l'avait laissée avec la bouche pâteuse. Sans quoi, un cri de joie lui aurait sans doute échappé. Elle avait réussi ! Elle était de retour chez Anémone… Son premier réflexe fut de jeter un coup d'œil derrière son épaule. Elle craignait de s'être dédoublée, mais il n'y avait aucune trace d'une autre demoiselle Herrenstein. En dessinant la scène selon son point de vue, Plume était revenue dans son propre corps.

— Puis-je savoir pour quelle raison vous m'écrasez les pieds ?

Plume leva la tête. Les sourcils froncés, Élias fixait ses chaussures où apparaissait nettement une trace de semelle. Ils avaient cessé de valser et les autres couples s'efforçaient de les éviter.

— Élias ! s'écria-t-elle.

— Oui, c'est mon nom…

Les événements lui revinrent en mémoire. C'était le lendemain de leur rencontre. Élias l'avait invitée à danser, il s'était amusé à la pousser dans ses retranchements. Éléonore s'attendait à ce qu'il la dénonce, à ce qu'il clame devant toute la noblesse qu'elle violait le couvre-feu. Elle se souvenait de ce bras de fer, de cette joute verbale où sa seule défense était la toile dissimulée dans le manoir des d'Aubrey. Un secret contre un autre secret.

Pour Élias, ce n'était qu'un jeu. Il n'avait jamais eu la moindre intention de lui nuire mais pour elle, c'était son avenir qui reposait entre ses mains. Elle espérait un statu quo ; elle ignorait encore que ce soir-là, il la demanderait en mariage. À présent, cela lui semblait si lointain, presque dérisoire par rapport à ce que le destin leur réservait.

— Ai-je dit quelque chose d'amusant ? fit Élias.

Plume s'aperçut alors qu'elle souriait bêtement. Elle n'aurait jamais cru que subir ses sarcasmes la plongerait un jour dans un tel état d'euphorie.

— Vous êtes réel, murmura-t-elle.

— Bien sûr que je suis réel. Est-ce que vous vous sentez bien, Mlle Herrenstein ?

— Élias, je suis tellement contente de vous voir…

— De me voir, moi ? Vous m'avez assommé avec un vase.

Même Élias avait du mal à cacher sa perplexité.

— Il y a beaucoup d'oreilles indiscrètes dans cette salle, marmonna-t-il finalement. Suivez-moi, j'ai une affaire à régler avec vous.

Flottant sur un nuage, Plume lui emboîta le pas jusqu'au balcon. Un couple enlacé s'empressa de libérer la place devant le regard peu amène que leur adressa Élias. Ils refermèrent la porte derrière eux, les laissant seuls dans la fraîcheur de la nuit. La musique du bal s'était évanouie et Plume n'entendait plus que les battements de son cœur.

— Que savez-vous exactement ?

— À propos de quoi ? demanda-t-elle d'un air faussement innocent.

— La chose interdite.

— La toile ? Je pourrais prétendre que j'en ai vu assez pour alerter les autorités, mais il serait inutile de me leurrer. Personne n'oserait remettre en cause la parole d'un héritier de la Ligue. Vous étiez dos à la fenêtre quand vous avez déroulé la toile, tout ce que j'ai pu distinguer était un amas de couleurs. Je n'ai rien contre vous, M. d'Aubrey, et vous le savez pertinemment.

— Vous n'êtes pas aussi butée que je le croyais, ricana Élias. Et moi qui m'attendais à détruire vos prétendus arguments un par un.

— Oh si, je suis terriblement têtue et ce serait vous méprendre que de supposer le contraire.

— Vous pensez qu'en faisant semblant de garder mon secret, vous obtiendrez de moi le même engagement ?

— Vous n'aurez pas l'audace de me faire tomber.

— Ce serait fort amusant que la haute société découvre vos agissements. Je n'ose imaginer la réaction de notre hôtesse en apprenant que vous enfreignez la loi. Mais vous avez de la chance, ajouta-t-il, je ne suis pas assez machiavélique pour souhaiter votre perte. Reconnaissez simplement vos torts et j'oublierai toute cette histoire.

Plume se souvenait de cet échange, de ces mots qui avaient fusé entre eux. C'était étrange de se chamailler à nouveau avec Élias, de faire mine de le craindre alors qu'elle lisait en lui comme dans un livre ouvert.

— Vous voulez des excuses ?

— Exactement. Je vous avais aimablement invitée à piller mes cuisines et vous m'avez attaqué.

— Je vous prie de me pardonner, marmonna-t-elle.

— Très bien, estimons que nous sommes quittes sur ce point-là… En réalité, si je vous ai conviée dans cet endroit ô combien charmant, c'était pour vous soumettre une requête.

Assis sur la balustrade, Élias lui fit signe d'approcher. Avec une certaine maladresse, Plume prit place à côté de lui. Elle lissa les plis de sa robe et s'efforça de respirer calmement. Dans quelques instants, il lui demanderait sa main. Cet événement avait beau faire partie de son passé, elle avait peur qu'Élias ne se ravise brusquement.

— Vous n'ignorez pas qu'il pèse sur mes épaules de lourdes responsabilités. Mon rang m'impose de me marier afin d'assurer la lignée et bien que la perspective d'une vie conjugale m'indiffère, je ne saurais me soustraire à cette obligation… Bref, poursuivit-il avec son éternel rictus au coin des lèvres, je dois choisir une épouse et parmi toutes ces créatures gloussantes, vous êtes celle qui irrite le moins mes oreilles. Est-ce que cela vous plairait de devenir ma femme ? Si vous acceptez, je m'engage solennellement à vous rendre heureuse et à satisfaire le moindre de vos désirs.

En matière de déclarations enflammées, Élias venait de se surpasser : il n'avait jamais réussi à être aussi peu romantique. Comme pour clore son discours, il claqua des talons et attendit la réponse avec le même intérêt que s'il lui avait proposé une alliance commerciale.

Le cœur de Plume avait fait un bond dans sa poitrine. Il lui était impossible de laisser parler ses sentiments. Elle se força alors à revêtir un masque, à suivre Élias dans cette comédie où il excellait tant.

— Je consens à vous épouser, murmura-t-elle, mais à deux conditions.

— Je vous écoute, Mlle Herrenstein.

— S'il vous plaît, brûlez la toile… Détruisez-la et qu'il n'en reste rien.

Une lueur de surprise illumina le regard sombre d'Élias.

— Pourquoi ? s'étonna-t-il. Je croyais que vous teniez à ce tableau.

— Un jour, je vous en expliquerai les raisons mais, par pitié, ne me posez pas de questions. Jurez-moi que vous le ferez !

Élias parut hésiter, puis il acquiesça d'un signe de tête.

— Et votre seconde condition ? marmonna-t-il.

— *Embrassez-moi.*

Plume avait chuchoté ces mots à son oreille. Elle devinait le trouble d'Élias, cette impression confuse de se prêter à un jeu dont les règles lui échappaient. Lentement, il se pencha vers elle et effleura sa joue.

— C'est curieux, prononça-t-il dans un souffle, j'ai l'impression de vous connaître depuis très longtemps. Comme si je vous avais rencontrée dans un rêve… Pardonnez-moi, ce que je viens de dire est ridicule.

— Peut-être pas.

Élias se releva. Ses bras pendaient le long de son corps et il parut brusquement très raide. Après l'avoir vu foncer tête baissée vers le danger, Plume ne pensait pas le trouver aussi gauche. Avec la prudence d'un homme s'aventurant dans une zone à risques, il pressa sa bouche sur la sienne. Plume l'enlaça et alors qu'elle répondait à son baiser, elle se fit une promesse. Elle se jura que plus jamais elle ne le laisserait devenir l'Oméga. Ils ne chuteraient pas à travers la fente, le passé ne les emporterait pas dans une spirale qui ferait de lui un tyran. Dans l'immense engrenage du temps, un grain de sable venait de se glisser dans le mécanisme.

Les pensées de Plume se mêlèrent soudain. Un brouillard l'enveloppait, le monde autour d'elle était devenu une explosion de couleurs qui tournoyaient. L'espace d'un instant, la réalité se scinda : elle se divisa en deux entités distinctes dont chaque détail s'affrontait et se contredisait.

Dans un cri de douleur, Plume sentit sa mémoire se tordre comme une matière malléable : de nouveaux souvenirs affluaient, autant d'images évoquant une vie qui lui était étrangère… Elle ne s'appelait pas Éléonore Herrenstein, elle s'appelait Éléonore Dariel. Elle avait grandi dans un milieu où l'art régnait, et son grand-père était un peintre réputé… Sur les murs de la ville, les affiches proclamant les règles écarlates s'étaient évanouies. Les livres n'étaient plus des amas de cendre ; le savoir s'était répandu, nourrissant les esprits et les consciences. Dans chaque foyer, la musique avait envahi le cœur des habitants et parmi les comptines qui berçaient les enfants, l'une d'elles parlait des gargognes hantant les ténèbres…

Depuis son plus jeune âge, Plume aimait courir sur les toits à la nuit tombée. La veille, elle avait rencontré un homme qu'elle avait pris pour un voleur. Elle s'était faufilée dans son manoir sans imaginer que cette silhouette en noir était l'un des fils d'Aubrey. Cette méprise s'était conclue par un vase se brisant sur son crâne…

Un demi-siècle plus tôt, un coup d'État visant à destituer le roi avait échoué grâce à un certain Selfried. Les traîtres avaient été contraints de quitter le territoire. Dans un souci d'apaisement, une loi les avait récemment graciés et ceux qui, autrefois, se faisaient appeler la Ligue écarlate étaient revenus d'exil avec leurs héritiers… Élias d'Aubrey avait été convié au bal des Lavoisier. Malgré son statut d'ancien déchu, il n'en restait pas moins immensément riche. Les demoiselles à marier avaient aussitôt vu en lui un excellent parti, mais c'était avec Plume qu'il avait dansé. Dans ses bras, elle avait eu cette sensation étrange de retrouver un ami oublié.

— Bien que j'aie grandi en Valacer, je ne m'attendais pas à ce qu'une aristocrate s'amuse à imiter le chat de gouttière. Vous avez de drôles d'occupations, Mlle Dariel. Affirmez-moi que vous maniez aussi l'épée et cela ne me surprendrait guère.

Plume cligna plusieurs fois des yeux. Elle avait l'impression d'être une toupie qui, après une multitude de tours, peinait à retrouver une position statique. Chancelante, elle tituba sur ses jambes et s'agrippa à l'épaule d'Élias.

— Vous allez bien ? s'inquiéta-t-il.

— Oui, juste un vertige.

Ébahie, elle embrassa l'espace du regard. Le plus étonnant était qu'ils n'avaient pas bougé. Ils étaient toujours sur le balcon et à leurs pieds, la capitale et ses milliers de lumières formaient comme un tapis scintillant. Ses yeux se posèrent alors sur la cape de son fiancé : elle avait changé de couleur, elle était désormais aussi bleue que la mer d'Oryat. Élias n'était plus le même. Il n'était pas destiné à devenir seigneur, il n'avait pas connu l'horrible solitude que lui imposait un père absent. Il avait grandi en se sachant aimé et la silhouette de l'Oméga n'était plus qu'une ombre lointaine.

Dans un sursaut, Plume chercha dans sa mémoire les visages de ses amis. En changeant l'ordre des choses, elle avait craint de perdre des êtres chers, qu'ils ne soient jamais nés ou que le hasard les ait écartés de sa vie. Elle les retrouva pourtant, chacun à sa place, aussi conformes à l'image qu'elle gardait d'eux.

Ce miracle avait peut-être une explication… Oui, d'une façon ou d'une autre, elle avait dû en payer le prix. Elle songea à ses propres toiles, à ces heures passées à sublimer la réalité. Aucun passage ne s'était jamais entrouvert. Son pouvoir s'était éteint. La magie avait-elle accompli ce dernier prodige avant de l'abandonner ? Ce monde sans dictature et sans milice semblait calqué sur le précédent comme le reflet déformé que renverrait un miroir. C'était le même schéma qui se répétait, un écho où chaque homme s'était vu accorder la chance de refaire son existence. D'être celui qu'il aurait dû être. Les victimes envoyées à la guerre et les condamnés à mort n'avaient pas été sacrifiés. Il n'y avait pas eu ces longs défilés qui menaient des innocents à l'échafaud. Chacun d'eux avait repris le cours de sa vie, ignorant tout du sort qui avait été le sien. Les souvenirs avaient été effacés, il n'en restait plus que des bribes qui ressurgissaient parfois dans les songes.

— Vous êtes sûre de ne pas être souffrante ? insista Élias. On dirait que vous avez vu un fantôme.

Le passé et ses horreurs ne la quitteraient jamais, mais c'était par le sang versé qu'ils avaient pu construire un monde meilleur. Lorsque Plume se tourna vers son fiancé, ses lèvres s'étirèrent en un large sourire. Elle n'aurait pu être plus heureuse.

⁓⁕⁓

À une autre époque, quelque part dans le passé, un fermier avait été torturé pour une dette impayée. Son tortionnaire l'avait épargné, le menaçant de revenir trois jours plus tard pour obtenir son remboursement. Aidé par un guérisseur, il s'enfuit avec sa famille dans les terres de l'Est et disparut.

Dans le village, un enfant au sourire édenté continuait de courir dans les bois, indifférent aux moqueries des commères. Il aimait la nature et les chevaux. Son bonheur était simple et personne ne parviendrait à le lui arracher.

Une femme au visage défiguré se présenta chez l'homme qu'elle avait épousé en secret. À bord d'un bateau, ils partirent un beau matin pour Valacer. Ensemble, ils élevèrent leur fils Lysidor. Peu à peu, la situation politique entre les deux nations s'améliora et ces pays, autrefois ennemis, devinrent partenaires commerciaux.

Des années plus tard, la famille migra pour retourner en Orme. Ils rencontrèrent l'ancien ambassadeur qui leur apporta son soutien. Les tableaux de Dariel attirèrent l'attention des collectionneurs et la réussite commença à leur sourire. Avec le temps, Lysidor s'imposa comme un interlocuteur privilégié dans le commerce des œuvres d'art. Il était loin de se douter que dans une autre réalité, il avait été pendu... *Un condamné qui, porté par un espoir impossible, avait souhaité que l'art de son père perdure à travers sa fille. Une fleur magique avait poussé dans sa cellule pour réaliser son vœu. Elle avait accordé à la petite Plume un pouvoir si puissant qu'il avait bouleversé le cours du temps...* Cette scène avait été effacée, elle s'était évanouie avec son propre malheur.

Aujourd'hui, ce don rare s'était perdu. Pour les habitants du royaume, la magie n'était plus qu'une ancienne légende, une histoire qui se murmurait au coin du feu.

Épilogue

Sur la place du marché, des commerçants se bousculaient pour décharger leurs charrettes et préparer les étalages. Le soleil était à peine levé et déjà, des odeurs sucrées flottaient dans l'air frais du matin. Elles se mêlaient à des senteurs chaudes, douceâtres ou exotiques qui évoquaient les épices des lointaines terres du Sud. Indifférent aux cris des marchands, un homme traversa la place sans daigner s'arrêter. Ce n'était pas le manque d'argent qui dictait sa conduite car à chacun de ses pas, des pièces de monnaie s'entrechoquaient dans un son mélodieux. Hélas, cette coquette somme n'était pas destinée à quitter sa poche ! L'heureux propriétaire contourna la manufacture des tabacs, dépassa l'impasse de l'apothicaire et poursuivit sa route jusqu'à la rue des Marjolaines. Là, à quelques pas du théâtre, la devanture d'un établissement proclamait en lettres capitales : Société de courtage Thibault.

Jack était de très bonne humeur. Non seulement il venait de remplir son contrat, mais son benêt de client lui avait remis trois merles de trop. Sifflotant, il introduisit sa clef dans la serrure et pénétra dans son bureau. Son arrivée avait toujours le don de provoquer un mouvement de panique. Avachi sur sa chaise, son subordonné sursauta violemment et fit mine de s'intéresser à une pile de dossiers.

— En train de dormir, hein ? constata Jack avec un sourire. Tu crois que j'ignore que tu utilises ces documents en guise d'oreiller ? Tu es un fainéant, mon petit Marino, mais je t'aime bien quand même.

— Patron, je venais juste de m'assoupir...

Bah tiens, c'était toujours ce qu'il disait ! De temps en temps, il faudrait que ce gosse apprenne à renouveler ses excuses.

— Tu as fini ce que je t'ai demandé ?

— Oui, je sais où habite M. Salomon. C'était dans le registre des artisans, mais j'ai dû en éplucher quatre autres avant de trouver son adresse.

— Si ce n'était pas une tâche ingrate, je ne te l'aurais pas confiée... Quand Archibald reviendra de voyage, il verra qu'on a réussi à se débrouiller sans lui. Tu as bien travaillé, mon garçon. Rentre chez toi et reviens demain.

Marino s'empressa d'obéir mais, malgré sa rapidité, il ne parvint pas à atteindre la sortie avant d'être rattrapé par la voix de son chef.

— Un instant ! lança Jack.

À contrecœur, l'adolescent usa de ses jambes filiformes pour faire demi-tour.

— Oui ? prononça-t-il avec le sentiment qu'une avalanche de travail allait s'abattre sur lui.

— Tu es conscient que ta tenue laisse à désirer ? Tu représentes une société respectable et pourtant, en voyant ton accoutrement, je pourrais te confondre avec le poissonnier du coin.

— Je n'ai que ça, se défendit Marino en tirant sur sa chemise.

— Non, sans blague ? ironisa l'autre. Et moi qui pensais que c'était uniquement de la mauvaise volonté… Demain, je t'emmène chez le tailleur. Il est grand temps que tu cesses de ressembler à un perpétuel vagabond.

Et pour accompagner ses paroles, Jack tapota sa poche dans un geste non équivoque. Pas possible, songea Marino, cet avare avait-il vraiment l'intention de payer pour lui ?

— Merci, m'sieur ! s'exclama-t-il.

— Oui, oui, marmonna Jack en agitant la main distraitement.

Le gamin disparut après avoir multiplié les courbettes de gratitude. Seul dans ses locaux, le courtier s'assit sur sa chaise et commença à se balancer au rythme de ses pensées. Depuis son bureau, il apercevait par la fenêtre le spectacle de la rue. Chaque jour, il ne pouvait s'empêcher de guetter la silhouette d'une femme. Celle d'une aristocrate qui venait parfois lui rendre visite. Éléonore Dariel.

Jack l'avait rencontrée des années plus tôt. Elle n'était alors qu'une fillette qui, par bravade, courait sur les toits dans les ténèbres de la nuit. Une loi aurait instauré un couvre-feu, lui ne doutait pas qu'elle l'aurait violé ! Jamais Jack n'oublierait leur rencontre, cet instant précis où, en marchant dans la rue, il avait distingué une enfant qui se jouait de la gravité. Elle bondissait tel un chat de gouttière pour se hisser à des hauteurs insoupçonnées.

— Hé, petite, avait crié Jack, descends de là tout de suite ! Tu vas finir par te blesser !

Elle avait sursauté en entendant sa voix. Une seconde d'inattention et son pied avait dérapé. Elle avait glissé le long du mur, ses bras s'étaient agités dans les airs comme un petit oiseau cherchant vainement à voler. Mais au lieu de s'écraser sur le sol, elle avait atterri sur Jack. Surpris, il avait basculé en arrière. Il s'était effondré sur les pavés froids de la ruelle, entraînant la gamine avec lui. Ils s'étaient retrouvés là, lui étendu de tout son long et elle allongée sur son torse.

— Bon sang, qu'est-ce que tu fabriquais là-haut ? avait grommelé Jack en se massant le crâne.

— Je me promenais.

Pour une adolescente, elle ne manquait pas de culot ! Lorsqu'elle s'était relevée, Jack avait su qu'elle recroiserait sa route. Il avait su qu'un jour ou l'autre, il se sentirait responsable de ce petit bout de femme. Plus qu'une intuition, c'était une certitude. Il ignorait pourtant que ce serait les sentiments d'un frère qu'il éprouverait pour elle.

— Sacrée Plume ! s'amusa Jack alors qu'il retombait bruyamment sur les quatre pieds de sa chaise.

Pas de doute, cette jeune demoiselle n'avait pas cessé de le surprendre. Elle était aussi butée qu'un âne. Lorsqu'une idée élisait domicile dans sa tête, rien ne pouvait la déloger. Quatre mois plus tôt, elle avait lâché une bombe dans son existence. Elle lui avait annoncé ses fiançailles avec l'un des d'Aubrey ! Des trois frères, pourquoi avait-il fallu qu'elle fonde pour le plus patibulaire ? Mais Plume ne s'était pas arrêtée là. Avec un large sourire, elle avait tiré un bon au porteur de son réticule.

— Mazette ! s'était exclamé Jack en oubliant momentanément son fiancé. Tu sais combien ce truc vaut ?

— Presque mille merles.

— Tu ne devrais pas te promener avec ça sur toi. Un type malhonnête met la main dans ton sac et hop, tu perds une fortune d'un claquement de doigts.

D'ordinaire, Jack s'incluait dans cette même bande d'individus à la morale douteuse. Mais dès qu'il s'agissait de défendre les intérêts de Mlle Dariel, il devenait étonnamment protecteur.

— Je voudrais que tu me fasses une promesse, Jack, avait-elle murmuré.

— Si ça concerne cet aristo qui parade dans toutes les réceptions mondaines, tu risques d'être déçue… Tu as l'intention de l'épouser sur un coup de tête, tu vas faire une terrible bêtise, ma petite.

— Non, ce n'est pas à propos d'Élias.

— Alors, quoi ?

— Je te demande d'ouvrir une société de courtage avec cet argent. Tiens, prends-le, il est à toi.

Jack avait saisi le papier avec la même méfiance que si Plume lui tendait un explosif dont la mèche serait déjà allumée.

— Où est l'entourloupe ? avait-il lâché dans un grognement. Pourquoi est-ce que tu me donnerais une somme pareille ?

— Parce qu'un jour, tu as été un héros. Tu as fait pour moi *quelque chose* qui restera à jamais gravé dans ma mémoire.

— Quoi ? Qu'est-ce que j'ai fait de si bien ?

Un héros, lui ? La malhonnêteté coulait dans ses veines. Il n'aidait ses prochains que si leur reconnaissance se manifestait en espèces sonnantes et trébuchantes. C'était presque une insulte de voir en lui un être désintéressé qui agirait par pur altruisme.

— Le plus beau des sacrifices.

Et Plume s'était hissée sur la pointe des pieds. Elle lui avait collé un baiser sur la joue et l'avait planté là. Jack était resté la mâchoire pendante, incapable de savoir s'il flottait ou non en plein rêve. Aujourd'hui encore, il ignorait quelle mouche l'avait piquée.

⁂

Assis sur la banquette d'un fiacre, Avalon triturait machinalement l'ourlet du rideau. Il était en retard et il imaginait sans peine la mine renfrognée de Pandore, contemplant une assiette pleine que la politesse lui ordonnait de ne pas toucher. C'était le grand jour ! Une réunion familiale si importante que pour rien au monde, il ne se serait permis d'être absent. Avalon était un homme très demandé. Depuis qu'il avait été nommé conseiller au palais, de nouvelles responsabilités pesaient sur ses épaules. Le roi Hélisor II l'avait choisi pour cette tâche, il lui faisait confiance. Il avait senti dans le regard de ce jeune noble l'ardeur d'une volonté toute entière tournée vers la justice.

— M'sieur, marmonna le chauffeur, c'est jour de marché et la place n'a jamais été aussi encombrée !

Par la fenêtre, Avalon discernait la longue succession de véhicules qui obstruaient la rue.

— Ce n'est pas grave, répondit-il en ouvrant la portière, je vais continuer à pied. Je ne suis plus très loin de ma destination.

— Bonne journée, m'sieur !

Le vieux bonhomme souleva son couvre-chef avec respect. Ce qu'il respectait surtout, c'était la pièce d'un merle qu'Avalon lui lança par-dessus l'épaule. Avec sa redingote et sa lavallière, sa présence semblait presque incongrue dans ce quartier populaire. Alors qu'il s'enfonçait dans les ruelles étroites, Avalon éprouva une étrange sensation de déjà-vu. Il connaissait cet endroit, non pas comme l'héritier d'une riche famille dont les pas s'aventuraient parfois jusque-là, mais comme quelqu'un qui aurait grandi dans les bas-fonds. Avalon hocha la tête. C'était absurde ! Pourtant, il se souvenait avoir rêvé d'une autre vie qui, la nuit venue, s'amusait à bousculer l'ordre de ses pensées. Durant ces instants mi-songes mi-réalité, il se revoyait courant dans des lieux malfamés où la misère formait le seul horizon.

« C'est sûrement mon subconscient », songea Avalon. Combien de fois s'était-il endormi sur l'un de ces dossiers traitant de la pauvreté ? Il avait passé des heures, penché sur ces chiffres et ces paragraphes qui dénonçaient les inégalités. Ce combat était devenu le sien. Jamais il ne pourrait empêcher les riches de s'enrichir encore, mais chaque homme et femme de Seräen avaient le droit de vivre dans la dignité. C'était pour eux qu'Avalon avait embrassé une carrière dans la politique. Les lois devaient protéger les plus démunis. Il y aurait toujours de la corruption, des manigances et des complots mais, de l'autre côté de la balance, il y aurait autant de porte-parole prêts à se battre pour le peuple.

— Pa'don…

Avalon tourna la tête. Quelqu'un était en train de tirer sur sa manche. Son interlocuteur était un petit garçon, haut comme trois pommes avec un visage en forme de lune. Il était tout seul. Chacun alentour poursuivait sa route sans se soucier de cet enfant qui ne devait pas avoir plus de quatre ans.

— Je veux ma maman, murmura-t-il en reniflant.

Il faisait des efforts pour ne pas pleurer. Doucement, Avalon se pencha pour se mettre à sa hauteur.

— On va chercher ta maman ensemble, lui dit-il en souriant. Tu étais au marché avec elle ?

Le petit acquiesça d'un timide signe de tête. Au milieu de cette foule toujours plus nombreuse, il avait facilement pu s'égarer, errer au hasard jusqu'à s'éloigner de la place. Lorsque Avalon glissa sa main dans la sienne, ce fut à nouveau ce sentiment bizarre qui s'empara de lui. C'était la première fois qu'il voyait ce garçon, alors pourquoi avait-il l'impression d'être son père ?

Ces derniers mois avaient été très perturbants. Avant même ce quartier qui lui paraissait si familier ou cet enfant qui trottinait à ses côtés, sa mémoire n'avait cessé de lui jouer des tours. Comme si certains de ses souvenirs avaient été occultés, ne lui laissant que des fragments, les morceaux d'un tout impossible à reconstituer. Avalon avait beau blâmer sa surcharge de travail, il ne pouvait nier que quelque chose clochait. Il croisait des gens, des personnes qui lui étaient étrangères mais qui, curieusement, faisaient naître une boule au fond de sa gorge.

Un vieux bouquiniste derrière son comptoir ; un frère et une sœur qui jouaient à se poursuivre dans la rue ; un géant avec un manteau en peaux de bêtes qui mangeait avec la pointe de son couteau ; un individu couvert de cicatrices et à la mine patibulaire ; un homme aux cheveux hérissés qui marmonnait « boum boum »...

C'était curieux comme ces rencontres semblaient toujours guidées par le hasard : au détour d'une rue, dans des lieux publics, partout où la routine de son quotidien le menait. Mais Avalon ne pouvait se défaire de cette impression étrange que le destin le poussait dans une direction précise. Que ces inconnus n'étaient mis sur sa route que parce qu'une force mystérieuse en avait décidé ainsi.

Autour de lui, la foule devenait de plus en plus dense. Le petit garçon s'était agrippé à sa manche et utilisait son autre main pour sucer son pouce.

— Je m'appelle Avalon, et toi ?

— Pipo, répondit l'enfant en libérant sa bouche.

— Dis-moi, Pipo, est-ce que tu peux me décrire ta maman ? Est-ce que tu te souviens de quelle couleur était sa robe ?

— Ma maman est la plus jolie des mamans.

— Et sa robe ? Tu as une idée ?

Le petit secoua la tête. Voilà qui n'aidait guère Avalon... Retrouver une femme au milieu de toutes ces ménagères venues faire leur marché n'allait pas être une tâche aisée. Sans se décourager, Avalon saisit l'enfant par la taille et le hissa sur ses épaules.

— Si tu vois ta maman, préviens-moi.

À défaut d'un meilleur plan, Avalon fit le tour de la place, espérant que la chance finirait par leur sourire. Ils devaient former un duo inhabituel : des curieux se retournaient sur leur passage, surpris de voir ce conseiller si élégant s'occuper d'un enfant des classes populaires. Un lien indéfinissable semblait l'unir à ce petit garçon. Avalon entendait son cœur battre au même rythme que le sien, il devinait son anxiété et lorsque sa main pressait l'épaulette de son uniforme, ses gestes devenaient des mots. Une pensée ridicule se faufila dans son esprit. L'espace d'une seconde, il se surprit à souhaiter que cet instant ne s'achève jamais et qu'ils continuent d'errer éternellement au hasard des présentoirs.

Et puis, il y eut un cri d'excitation.

— Maman ! lança Pipo en battant des mains.

Il se laissa glisser jusqu'au sol et se précipita vers une femme qui tordait nerveusement les pans de sa jupe. En le voyant, elle poussa un soupir de soulagement. Des mèches blondes s'échappèrent de son bonnet lorsqu'elle souleva son fils dans ses bras.

— Oh, j'étais tellement inquiète ! s'exclama-t-elle. Je vous remercie, cher monsieur, d'avoir pris soin de lui.

— C'était avec plaisir, madame.

L'enfant perdu n'en était plus un. Les formules de politesse avaient été échangées. Avalon aurait dû prendre congé, se hâter dans la direction opposée, mais ses jambes étaient devenues aussi raides que du bois. Il resta quelques instants immobile, suivant fixement des yeux la mère et l'enfant qui s'éloignaient. Et ce qu'il éprouva fut un sentiment d'arrachement.

Pandore n'avait jamais été très patient et il l'était encore moins quand c'était son frère qui manquait à l'appel. Même son grand-oncle, dont l'haleine trahissait un penchant pour l'alcool frelaté, avait fait l'effort d'être là.

La famille était réunie dans le salon, une pièce qui avait été spécialement aménagée pour l'occasion. Contre le mur, un immense buffet avait été dressé et l'odeur des entremets était une invitation à laquelle Pandore résistait de plus en plus difficilement.

— Enfin, marmonna-t-il lorsqu'un bruit de porte annonça l'arrivée d'Avalon. Il était temps ! J'ai bien cru que tu ne viendrais pas…

— J'ai été retenu au palais, j'avais des affaires importantes à régler.

— Mouais, tu m'en diras tant.

— Alors, tu as l'intention de me présenter ?

Mimant une révérence, Pandore s'écarta pour laisser apparaître une jeune femme dont les cheveux tombaient en une cascade de boucles dorées. Elle souriait nerveusement comme intimidée à l'idée de faire mauvaise impression.

— Mlle de Montreuil, je vous présente mon frère, Avalon. Avalon, je te présente Mlle de Montreuil, ta future belle-sœur et ma future femme.

— Je suis ravi de vous accueillir dans notre famille.

Avalon partageait le bonheur de son frère mais, alors qu'il portait une coupe de champagne à ses lèvres, l'image d'un petit garçon lui revint en mémoire. Il se souvenait de son rire, de cet éclat de joie qui avait déchiré le brouhaha du marché.

— Adieu, Pipo, murmura-t-il. *Grandis et sois heureux.*

Plume esquiva le coup en bondissant sur le côté. Sa lame croisa celle de son adversaire alors qu'elle tentait de défendre le peu de terrain qui lui restait. Elle était loin d'être en position de force et chaque pas en avant ne réussissait qu'à la faire reculer davantage. Cependant, ce ne fut pas sa technique qui la trahit et l'obligea à déposer les armes. Ce fut sa robe. Le nœud grossier, qu'elle avait réalisé en toute hâte pour remonter ses jupons, venait de lâcher. Ses jambes, jusque-là libérées des carcans du protocole, se retrouvèrent soudain empêtrées dans une étoffe soyeuse, mais nullement destinée à un combat à l'épée.

— Pause ! s'écria-t-elle.

— Je m'en fiche, répondit Élias. Vous avez perdu et vous allez me payer le prix fort. Réglez vos dettes, Mme d'Aubrey !

— Vous n'avez aucun sens de l'honneur...

— Pourquoi devrais-je me montrer magnanime alors que c'est vous qui m'avez attaqué par surprise ? J'étais tranquillement assis en train de lire mon journal quand vous avez surgi avec cette épée à la main.

— Parce que vous êtes un gentilhomme.

— C'est mal me connaître que de supposer une chose pareille. Et puis, ce ne serait que justice vu votre drôle de façon de compter les points... Oh oui, ne prenez pas cet air offusqué, vous savez bien que j'ai raison. La semaine dernière, vous avez revendiqué la victoire pour un prétexte futile.

— Vous plaisantez ? Ma lame était bien placée dans le creux de votre dos, non ?

— Oui, là où elle n'aurait jamais dû être puisque nous avions convenu d'une trêve. Une trêve, répéta Élias en insistant sur chaque syllabe, une cessation des conflits que j'avais moi-même réclamée pour parler à Griffin. Il avait toqué à la porte, il fallait bien que je lui réponde.

— Même votre maître était d'accord avec moi.

— Bien sûr qu'il était d'accord ! C'est la première fois qu'il voit une femme se battre aussi bien à l'épée. Vous l'amusez et il aime bien me voir perdre contre vous...

Dans un mouvement théâtral, Élias tira de sa poche un carnet et un crayon. Sur la dernière page, un tableau laissait apparaître deux colonnes avec des croix réparties essentiellement d'un seul côté.

— Alors, voyons voir, susurra Élias, nous étions à douze contre un et maintenant, cela fait treize points pour moi. J'ai remporté cette nouvelle manche et vous me devez toujours ma récompense.

Plume fit la moue. Elle haussa les épaules et se tapota les dents pour le simple plaisir de le faire attendre. Et puis, les masques tombèrent. Le rictus d'Élias s'élargit en un sourire, ses traits se détendirent et elle-même eut du mal à continuer à jouer les impertinentes.

— La voilà votre récompense, murmura-t-elle d'un ton malicieux.

Elle le saisit par le col et l'attira contre elle. Sa bouche se pressa sur celle d'Élias. Elle sentit ses mains remonter le long de sa taille pour se perdre dans ses cheveux. Le temps semblait brusquement s'être arrêté. Leurs souffles se mêlaient, leurs corps s'unissaient et leurs esprits ne faisaient plus qu'un. Avec une infinie douceur, Élias relâcha l'étreinte et lui caressa la joue.

— Je vous aime, lui dit-il, et je le répéterai chaque jour même si vous finissez par vous en lasser.

— Je ne m'en lasserai jamais.

— Tant mieux, parce que j'ai l'intention de vous le répéter trois fois par jour : le matin, le midi et le soir.

— Vous me le jurez ?

— Je le jure.

Élias claqua des talons et avec un air faussement sérieux, entreprit de remettre en ordre les boucles de Plume.

— Ma parole, on dirait que vous vous êtes roulée par terre… Voilà, vous êtes de nouveau présentable ! Qu'aurait dit cette chère Anémone si elle vous avait surprise avec une coiffure laissant autant à désirer ?

— Rien, probablement. Il paraît qu'à la réception des Vial-Barry, elle a voulu faire entendre sa voix de soprano. Elle serait montée tellement haut dans les aigus que pour reprendre les mots de Charlotte, elle n'en est pas redescendue. Cela fait trois jours qu'elle est aphone.

— C'est malheureux, ricana Élias. Et votre amie aux savonnettes, comment se porte-t-elle ?

— Très bien, elle est revenue de sa lune de miel et elle est parfaitement heureuse.

— Donc, vous ne regrettez pas d'avoir joué les entremetteuses ?

— Les entremetteuses ? Je ne vous suis vraiment pas, prétendit Plume dans un gracieux mouvement d'éventail.

— D'ordinaire, j'admire votre doigté mais la façon dont vous avez évincé Hugues Prescott, le fiancé de Charlotte et accessoirement l'associé de son père, était une manœuvre assez peu discrète.

— M. Prescott est un imbécile, elle méritait bien mieux que ce gros lourdaud.

— Certes, admit Élias, mais entre lui et M. Céleste, je peine à voir la différence. Il se promène toujours avec son horrible bestiole, un danger sur pattes qui ne pense qu'à manger et dormir. Quelle mouche vous a piquée pour que vous poussiez Charlotte dans les bras du couturier ?

— Je n'ai fait que réunir deux âmes sœurs.

— L'une de vos âmes sœurs a dû se prendre un coup sur la tête pour accepter une telle proposition. À moins que ce ne soit la promesse des robes qui l'ait décidée...

— Pas du tout. Charlotte est tombée sous le charme de M. Céleste, tout simplement... Il m'a suffi de lui décrire Frédérion de façon flatteuse et de glisser quelques insinuations au moment opportun. D'ailleurs, vous refuserez sans doute de le croire, mais lorsque j'ai croisé Charlotte ce matin, elle promenait Sabre en laisse. Elle n'avait pas l'air effrayée et elle lui avait même mis un énorme ruban autour du cou.

— Pauvre animal, soupira Élias, peut-être est-ce lui le plus à plaindre... Vous les avez invités à notre dîner de demain soir, je suppose ?

— Bien sûr.

— À propos de ce dîner, j'ai reçu une réponse de vos frères. Andreas sera ravi de se joindre à nous et Jonas vous informe qu'il sera légèrement en retard.

— Et nos autres invités ? Je me doute que M. Thibault se fera un plaisir d'arriver en avance pour le simple plaisir de m'ennuyer.

— Vous m'avez promis de ne pas vous disputer avec lui, lui rappela Plume en l'embrassant.

— En effet, mais je n'ai rien promis concernant son ridicule catogan. Il n'est pas impossible qu'il ressorte avec moins de cheveux sur la tête qu'en entrant.

Plume eut un léger sourire. Elle avait joué avec le temps, elle avait tordu la réalité au risque de voir son monde s'écrouler et pourtant, certaines choses restaient immuables : Jack et Élias se détestaient toujours autant.

Dans le couloir, des bruits de pas vinrent soudain les interrompre. La poignée ne tarda pas à s'abaisser et la porte pivota sur ses gonds. Suivant un accord tacite, Élias s'écarta de Plume et dans sa hâte de se trouver un alibi, se prit de passion pour réaligner l'encrier avec le bord de la table.

— Quel désordre dans ce bureau, ma chère ! commenta-t-il d'un air faussement naturel. Oh, mais nous avons une visiteuse... Qui est cette demoiselle ? Il me semble la connaître, mais je n'en suis pas sûr...

Sur le seuil se tenait une petite fille qui flottait dans une chemise de nuit. Ses cheveux tombaient sur ses épaules en des boucles noires et dans ses prunelles pétillait toute l'espièglerie de l'enfance.

— Je crois que nous l'avons déjà croisée, continua Élias en faisant mine de réfléchir. Était-ce au bal des Herrenstein la semaine dernière ? Non, c'était plutôt avant-hier…

— Ou peut-être ce midi ? supposa Plume.

— Oui, c'est possible qu'elle ait déjeuné avec nous… Quel est votre nom, mademoiselle ?

Élias s'était penché pour se mettre à la hauteur de la fillette.

— Rose d'Aubrey, répondit-elle.

Avec l'allure d'une dame, elle tira sur les pans de sa chemise et s'inclina en une révérence.

— D'Aubrey ? répéta Élias. Mais ne serait-ce pas notre fille ?

La petite Rose éclata alors de rire.

— Papa ! s'exclama-t-elle.

Élias la souleva dans ses bras et lui déposa un baiser sur le front.

— Est-ce que ma jolie princesse ne devrait pas être au lit ? Oui, ce vilain meuble avec un oreiller et des couvertures.

— Il y a un monstre qui se cache derrière les rideaux de ma chambre.

— Un monstre ? Et à quoi ressemble-t-il ?

— Je ne sais pas, il était bien caché.

— Effectivement, fit Élias en la reposant par terre, voilà un problème épineux. Eh bien, je ne vois qu'une seule solution : je vais moi-même chasser ce monstre qui a eu l'outrecuidance de s'installer là… Retourne dans ta chambre, ajouta-t-il, j'arrive dans un instant.

Rose trottina jusqu'à la porte et disparut dans le couloir. Un long bâillement leur parvint. Il y avait fort à parier qu'elle se serait déjà rendormie avant qu'Élias ne la rejoigne.

— Vous êtes un père extraordinaire, lui dit Plume.

— Et un époux exemplaire, aussi ? Vous savez que j'ai été très jaloux cette nuit quand je vous ai entendue prononcer un nom qui n'était pas le mien.

— Quel nom ?

— L'Oméga. Vous l'avez murmuré dans votre sommeil. Est-ce que c'était l'un de vos anciens prétendants ?

Quatre années s'étaient écoulées depuis le bal chez les Lavoisier. Jamais Plume n'avait mentionné cet être en manteau rouge. Elle s'était tue sur ce passé qui avait été le sien et qui, pour tous ceux d'Orme, n'avait pas existé.

— L'Oméga est mort, déclara-t-elle. Il est parti et il ne reviendra pas.

— Il vous manque ?

— Non.

Plume enfouit sa tête au creux de son cou et laissa ses bras l'enlacer. C'était là et nulle part ailleurs qu'elle se sentait bien. Aux côtés d'Élias où serait toujours sa place. Elle avait choisi de l'aimer et l'amour était pardon. Peu importait ses crimes, Élias avait cessé d'être l'Oméga. Cette page de leur histoire était tournée : l'avenir leur souriait désormais, lui et toutes ses promesses de bonheur.

Remerciements

Je tiens à remercier Céline pour ses précieuses relectures et pour m'avoir soutenue et encouragée pendant l'écriture de ce roman. J'adresse également toute ma reconnaissance aux membres de la communauté Plume d'Argent, en particulier Jowie, Slyth, Rimeko, Laure, Spacym et MPX.

Et surtout, merci, lecteur, d'avoir suivi les aventures de Plume et Élias à travers le temps !

Si cet ouvrage vous a plu, n'hésitez pas à en parler autour de vous !

Loi n° 49-956 du 16 juillet 1949
sur les publications destinées à la jeunesse.

ISBN : 9781726849739
Dépôt légal : février 2019

Printed in France by Amazon
Brétigny-sur-Orge, FR